布登布洛克家族

BUDDEN BROOKS

托瑪斯·曼

姬健梅 譯

THOMAS MANN

布登布洛克家族　2

重要人物表

老約翰・布登布洛克——布登布洛克企業創辦者之子，為家族奠定榮耀與財富基礎
約瑟芬——老約翰・布登布洛克的第一任妻子，不來梅一位商人之女
安朵涅特——老約翰的第二任妻子，來自法語區的杜尚家族，湯瑪斯等人之祖母
尤思圖斯・克羅格——安朵涅特的哥哥
約翰（尚）・布登布洛克——老約翰與安朵涅特之子，家族第二代經營者，身兼領事職
伊莉莎白（貝絲）——尚的妻子，出身克羅格家族
戈特豪德・布登布洛克——老約翰與約瑟芬之子，與父親關係疏離，代表家族被排擠的旁支
湯瑪斯（湯姆）・布登布洛克——尚與伊莉莎白的長子，布登布洛克家族事業的主要繼承人
克里斯提昂・布登布洛克——尚與伊莉莎白的次子，喜好逸樂
安東妮（東妮）・布登布洛克——尚與伊莉莎白的長女，性格鮮明
克拉拉・布登布洛克——尚與伊莉莎白的么女
弗麗德里珂、亨麗耶特、菲菲——戈特豪德的女兒
蓋爾妲——湯瑪斯的妻子
雷布瑞希特・克羅格——領事，蓋爾妲的父親、湯瑪斯的岳父

克婁蒂妲——寄養在布登布洛克家的貧窮遠親，與東妮同齡
雅克伯與約爾根．克羅格——蓋爾妲的姪兒
伊妲．雍曼——布登布洛克家的女傭
莫爾登．許瓦茲寇夫——領港員之子，東妮的初戀情人
班迪克斯．古倫里希——商人，東妮的第一任丈夫
阿洛伊斯．佩曼尼德——出身南德，東妮的第二任丈夫
阿琳娜——克里斯提昂的妻子
艾芮卡——東妮和古倫里希的女兒
胡戈．魏宣克——艾芮卡的丈夫
小伊莉莎白——艾芮卡和魏宣克的女兒
小約翰（翰諾）．布登布洛克——湯瑪斯和蓋爾妲的兒子，體弱敏感
德喬太太——翰諾的保母
魏希布洛特小姐——東妮少女時期就讀的女子寄宿學校校長
赫爾曼．哈根史托姆——年齡比湯瑪斯稍長，後成為領事，是布登布洛克家族的政治與經濟對手。
茱爾欣．哈根史托姆——赫爾曼的妹妹，與東妮從小就有競爭意識
葛拉波夫——布登布洛克家的主治醫師
朗哈爾斯——布登布洛克家的家庭醫師，其家族為布登布洛克家多年好友
溫德里希——牧師，布登布洛克家老友
葛許——房地仲介商

霍夫施泰德——詩人，布登布洛克家老友
柯本夫婦——葡萄酒商，布登布洛克家老友
凱伊・莫恩——小翰諾的同學及摯友

第一部

第一章

「這是什麼。這——是什麼……」

「嘖，見鬼了，這就是問題所在，我親愛的小姑娘！」

布登布洛克領事夫人傍著她婆婆坐在沙發上，白漆長沙發飾有金色獅頭，軟墊上罩著淺黃布套。她看了一眼坐在旁邊單人沙發上的丈夫，開口替年幼的女兒解圍，小女孩正由坐在窗前的爺爺抱在膝上。

「東妮！」她說，「我信上帝造我——」

八歲大的小安東妮身形嬌柔，穿著閃亮薄綢裁製的洋裝，一頭漂亮的金髮，微微側著頭，沒有面向爺爺，一雙灰藍色的眼睛茫然地看著室內，努力思索，又說了一次：「這是什麼，」接著緩緩說出：「我信上帝造我。」她的小臉煥發出神采，迅速接著往下說：「——並一切萬物。」忽然說得流暢了，她喜形於色，一口氣把教義問答中的這整篇文章背了出來，這份教義問答在這一年（一八三五年）剛由崇高睿智的市民代表會重新修訂出版。她心想，只要背得順了，感覺上就像在冬天裡跟兩個哥哥坐在小雪橇上從「耶路撒冷山」上滑下來：腦袋裡簡直什麼念頭都沒有，就算想要停下來也停不住。

「祂賜我衣服和鞋子，」她說，「食物和飲料、房屋和庭院、妻子和兒女、田地和牲畜……」聽到這裡，老約翰．布登布洛克先生忍不住笑了，這一聲有所克制的輕笑是他先前暗中忍住了的。能夠嘲弄教義問答使他樂得發笑，說不定他就是為了這個目的才進行了這番小小的考問。他詢問東妮有多少田地和牲畜，問她一袋小麥要賣多少錢，表示願意和她做買賣。他有一張紅潤的圓臉，面容和善，即使他想流露出惡意也辦不到，撲了粉的雪白頭髮圍著這張臉，一綹似有若無的小辮子垂在鼠灰色外套的寬領上。現年七十歲的他仍保留著年輕時的服裝款式，只捨棄了鈕釦與大口袋之間的金線繡飾，但他這一輩子都沒穿過長褲[1]。他寬大的雙下巴擱在白色蕾絲胸巾上，流露出幾分安逸。

大家都跟著他一起笑了，主要是出於對這位大家長的尊敬。出身杜尚家族的安朵涅特·布登布洛克老夫人咯咯輕笑的方式跟她丈夫一模一樣。她體態豐滿，濃密的白色鬈髮遮住了耳朵，黑灰相間的條紋衣裳上沒有什麼裝飾，顯得簡單樸素，擱在膝上的一雙手仍舊白皙美麗，捏著一個絲絨小提袋。隨著歲月流逝，他們夫妻倆的面容奇妙地變得相似，只有她眼睛的輪廓和靈動深邃稍微洩露出她有一半的拉丁血統。她在漢堡出生長大，祖父出身於瑞士法語區的一個家族。

她媳婦伊莉莎白·布登布洛克領事夫人出身克羅格家族，笑的時候下巴緊貼胸前，那笑聲是克羅格家族所特有的，從雙脣音「噗」的一聲開始。克羅格家族的人全都儀表出眾，她也一樣，即使算不上美人兒，但她清亮冷靜的聲音和沉著輕柔的舉止給人坦蕩而值得信賴的感覺。她的臉上長了些小雀斑，膚色出奇白嫩，和她帶點紅色的頭髮十分相稱，頭髮在頭頂盤成一個小髮髻，兩側燙成了大捲鬈髮，遮住了耳朵。她的鼻子略嫌太長，嘴巴很小，臉部的特徵在於下脣和下巴之間完全沒有凹陷。她穿著有蓬蓬袖的緊身短上衣和一條貼身的淺色印花薄綢長裙，完美無瑕的脖子露在外面，繫著一條緞帶頸鍊，綴著閃爍發亮的大顆鑽石。

布登布洛克領事坐在單人沙發上，身體向前傾，顯得有點緊張。他穿著有大翻領的肉桂色外套，袖

1 十八世紀末的歐洲男士時興穿過膝短褲配長襪。

子上寬下窄，直到手腕下方才束緊了。下半身穿著兩側飾有黑色鑲邊的白色長褲，係由可以水洗的布料裁製而成。僵硬的衣領緊貼著下巴，繫著一條蓬鬆寬大的絲質領巾，遮住了花背心的整個領口。他的一雙藍眼睛像他父親，一樣警醒而且略微凹陷，雖然他的眼神也許多了幾分做夢的神情。但是他的面容比較嚴肅，輪廓更加鮮明，鼻子高而彎，臉頰遠遠沒有他父親豐潤，被鬈曲的金色鬍鬚遮住了一半。

布登布洛克老夫人用一隻手按住媳婦的手臂，咯咯輕笑，看著她的膝上說：

「我的老伴總是這樣，對吧，貝絲？」

她說「總是」的時候，把i發成了ü。

領事夫人只默默舉起她柔嫩的手，使得金手鐲叮噹作響，接著做了一個她特有的動作，把手從嘴角往髮際一揮，彷彿要把一縷鬆散下垂的髮絲撥回去。

領事卻露出迎合的笑容，半帶著責備的語氣說：

「父親，您又拿神聖的事物來開玩笑了！……」

他們坐在「風景廳」裡，在曼恩路一棟古老大宅的二樓，「約翰．布登布洛克公司」在前些時候買下這棟房子，一家人才住進來不久。在牆壁和堅固而有彈性的壁毯之間留有一些空隙，壁毯上織出大片風景，色彩就跟鋪在地板上的薄地毯一樣柔和，呈現出十八世紀流行的田園風光：快活的葡萄酒莊主人、勤勞的農民、繫著漂亮髮帶的牧羊女坐在清澈如鏡的水邊，腿上抱著潔白的小羊，或是和溫柔的牧羊人接吻。這些風景畫上大多籠罩著一抹淡黃色的落日餘暉，和白漆家具上的黃色布罩以及兩扇窗前的黃綢窗簾色彩協調。

以這個房間的大小來說，家具並不多。那張圓桌並非擺在沙發前面，而是擺在對面的牆邊，飾有金線的桌腳又細又直，圓桌面對著一架小風琴，琴蓋上擺著一個裝長笛的盒子。幾張硬挺的扶手椅沿著幾面牆壁平均放置，除此之外，就只有一張縫紉用的小桌子擺在窗前，另外在沙發對面有一張精緻華麗的寫字桌，上面擺滿了小擺飾。

窗戶對面有一扇玻璃門，門後可以看見一間昏暗的圓柱大廳，從那扇門進來，左手邊是通往餐廳的高大白色雙扇門。壁爐位在另一面牆邊的半圓形壁龕裡，柴火在鏤空雕花鍛鐵爐門後面劈啪作響。

原來這一年冷得早。才十月中旬，屋外對街圍著聖瑪利亞教堂的矮小椴樹已經有了黃葉，寒風從哥德式教堂的宏偉尖頂和邊角颼颼吹過，一陣冷冷的細雨正在落下。考慮到布登布洛克老夫人的身體，窗外已經加裝了防寒的雙層窗。

這天是星期四，是這家人按照慣例每隔一週就會齊聚一堂的日子，而今天除了住在本城的親戚之外，還邀請了幾位好友來吃一頓簡單的便飯，於是在將近下午四點的此刻，一家人坐在逐漸深沉的暮色中等待客人到來。

小安東妮背得正順口，就像滑雪橇一樣滑溜，不受爺爺的干擾，只是把她原本就微翹的上脣噘得更高了。現在她已經抵達了「耶路撒冷山」的山腳，但是滑得太順了，無法突然剎住，於是又再往前滑了一段。

「阿門，」她說，「我懂得一些事的，爺爺！」

「聽哪！她懂得一些事呢！」老先生喊道，裝出一副好奇難耐的樣子。「你聽見沒有，媽媽？她懂得一些事呢！誰來告訴我……」

「如果有東西燒起來，」東妮說，每說一個字就點一下頭，「那就是閃電打的。如果沒有東西燒起來，那就是雷劈的！」

說完她就交叉起雙臂，看著那一張張笑臉，像是對自己的成功信心十足。布登布洛克老先生聽到這句俗諺卻不高興，堅持要知道是誰把這種蠢話教給這孩子的，當他得知那人是最近才從馬林韋德[1]替孩子請來的保姆伊妲・雍曼，他兒子不得不出面維護這位伊妲小姐。

「您太嚴厲了，爸爸。對於這種事情，這個年紀的小孩為什麼不能有她自己的奇妙想像呢……」

「抱歉，兒子！……可是這是胡說八道！你知道我討厭有人把這種愚昧的想法灌輸到小孩腦袋裡！說什麼雷劈東西，那不如現在就給雷劈了吧！別再讓這個普魯士女人來煩我……」

原來這位老先生和伊妲・雍曼不怎麼合得來。他的心胸並不狹隘，是個見過世面的人，一八一三年曾經駕著四匹馬拉的馬車前往德國南部，以軍糧供應商的身分去替普魯士軍隊購買穀物。他去過阿姆斯特丹和巴黎，是個思想開明的人，對於位在他家鄉城市城門之外的東西並非一概不以為然。可是撇開生意上的往來不談，在社交關係上，他對外地人有所排斥，比他的領事兒子更傾向於劃清界線。因此，有一天，當他兒子從西普魯士旅行回來，把這個年方二十的年輕姑娘當成聖子耶穌一樣地帶回家，父子之間起了一場爭執。她是個孤兒，父親是個旅店老闆，在布登布洛克一家人抵達馬林韋德之前剛剛去世。此領事把她帶回家，為了這個善舉和父親起了爭執，老先生在爭吵時幾乎只用法語和低地德語說話。此外，伊妲・雍曼在處理家務和跟孩子們相處上都表現得很能幹，以她的忠誠和普魯士人的階級觀念，基本上非常適合她在這個家庭裡擔任的職務。她抱持著貴族般的原則，把一等階層和二等階層、中產階級和中下階級劃分得一清二楚，對於自己身為一等階層的忠誠僕人感到自豪，不樂於見到東妮與在她眼中只屬於中上階層的同學交朋友。

就在此刻，這位普魯士姑娘本人出現在圓柱大廳，穿過玻璃門走了進來。她的個子相當高，骨架很

1 馬林韋德（Marienwerder）為普魯士的一個行政區，如今屬於波蘭。

大，穿著黑色衣裳，一頭直髮，有一張誠實的臉。她牽著年幼的克婁蒂妲，那孩子異常瘦削，穿著一件印花棉布衣裳，灰土色的頭髮沒有光澤，帶著一副有如老姑娘的沉靜表情。她是這家人的貧窮遠親，父親是布登布洛克老先生的姪兒，在羅斯托克擔任莊園管理員，由於她和安東妮同齡，而且個性溫順，就寄養在這個家庭裡。

「全都準備好了，」雍曼小姐說，她發的r音就只在喉頭呼嚕了一下，因為她原來根本發不出這個音。「小克婁蒂妲在廚房裡幫了大忙，特莉娜簡直什麼都不必做……」

伊妲的外鄉口音讓布登布洛克老先生低頭對著胸前的領巾竊笑，領事先生卻摸摸小姪女的臉頰，說：

「你做得對，小蒂妲。常言說得好，我們要勤於祈禱和工作。我們家的東妮應該要拿你當榜樣。她經常容易懶散放縱……」

東妮低下了頭，從底下抬眼看向爺爺，知道爺爺會替她說話，就跟平常一樣。

「不，不，」爺爺說，「東妮，你要抬頭挺胸，振作起來！沒有一件事是適合所有人的。每個人都不一樣。小蒂妲是個乖孩子，但是咱們也不容小覷。我這話說得有道理吧，貝絲？」

他尋求媳婦的支持，她習慣贊同他的意見。而老夫人則往往站在兒子那一邊，她這樣做主要是出於明智，而不是由於心服口服。以這種方式，父母和子媳這兩代夫妻就像在跳方陣舞一樣交換了舞伴。

「您真好，爸爸，」領事夫人說。「東妮會努力的，長大後成為一個聰明能幹的人……兩個男孩放學回家了嗎？」她問伊妲。

可是幾乎就在同一時刻，東妮從祖父膝上看向窗外的反光鏡，喊了出來：

「湯姆和克里斯提昂從約翰尼斯路上走過來了……還有霍夫施泰德先生……和醫生叔叔……」

聖瑪利亞教堂的鐘聲響起，奏出了一首聖歌：噹！叮，叮——噹！節拍很亂，使人聽不出究竟是首什麼歌，但卻十分莊嚴，接著，當大鐘小鐘愉快而莊重地宣告了現在是四點鐘，樓下門廊的鈴聲也已經響徹了寬敞的玄關，果然是湯瑪斯和克里斯提昂回來了，連同第一批客人，詩人尚·雅克·霍夫施泰德和家庭醫師葛拉波夫。

第二章

尚・雅克・霍夫施泰德先生是這座城市的詩人，為了今天這個日子，他口袋裡肯定也揣著幾節詩句，他沒比布登布洛克老先生年輕多少，衣著的品味也相同，只不過他的外套是綠色的。但是他比他的老朋友瘦一些也靈活一些，有一雙機靈的淡綠色小眼睛和尖尖的長鼻子。

「非常感謝，」他說，說這話之前先和兩位男主人握了手，再向兩位女士說了幾句精心挑選的恭維話，尤其是向他十分仰慕的領事夫人，他說這些話時臉上一直帶著溫文爾雅的微笑，這些恭維話是年輕一輩的人絕對說不出來的。「非常感謝諸位的盛情邀請，醫生和我在柯尼希路上遇到了這兩個孩子，」他指著湯瑪斯和克里斯提昂，他們身穿繫著皮帶的藍色罩衫站在他身旁，「那時他們剛放學。很出色的小伙子。對吧，領事夫人，湯瑪斯既穩重又認真，將來一定會成為商人，這一點毫無疑問。克里斯提昂在我看來則有點鬼靈精，對吧？有點非比尋常……不過，我不隱瞞我對他的欣賞。我想他將來會去讀大學，他生性聰明伶俐……」

布登布洛克老先生從鍍金菸草盒裡取出菸草。

「他像隻猴子！他是不是乾脆當個詩人算了，霍夫施泰德？」

雍曼小姐把窗簾合攏，室內隨即浸浴在水晶吊燈和寫字桌上的枝狀燭臺所發出的燭光裡，燭火微微搖晃，但燭光柔和宜人。

「嗯，克里斯提昂，」領事夫人說，她的頭髮閃著金光，「你今天下午學了些什麼？」接著得知克里斯提昂上了寫作、算術和歌唱。

他是個七歲小男孩，現在就已經和他父親長得很像，相像到了近乎可笑的地步。他有著和父親一樣的眼睛，又小又圓，深深凹陷，鼻子也和父親一樣又高又彎，顴骨下方的幾道紋路也已經預示出他的臉形不會永遠保持現在這種孩童特有的豐潤。

「我們都笑翻了，」他開始喋喋不休，一雙眼睛輪流看著屋裡的人。「你們聽聽看，史登格老師對席格姆．寇斯特曼說了些什麼。」他把身體向前傾，搖著頭，語重心長地對著空氣說：「孩子呀，你的外表光鮮整潔，沒錯，可是孩子呀，你的心是黑的……」他說這話時省略了r音，而且把sch發成了s，把a發成了ä，同時擺出一副表情，極其滑稽地模仿老師對這種外表光鮮整潔的厭惡，逗得大家哄堂大笑。

「他像隻猴子！」布登布洛克老先生咯咯笑著又說了一次。霍夫施泰德先生卻大為傾倒。

「妙極了！」他喊道。「維妙維肖！凡是認識馬歇魯斯．史登格的人都知道！他就是這副樣子！哎呀，實在太逗趣了！」

湯瑪斯沒有這種模仿的天分，站在他弟弟旁邊，由衷地笑著，沒有嫉妒之意。他的牙齒長得不太好，細小而且泛黃，但是他的鼻子線條優美，而且眼睛和臉型都很像爺爺。

眾人有些坐在椅子上，有些坐在沙發上，和小孩子閒聊，談談提早來到的寒冷天氣，也聊聊這棟房子。霍夫施泰德先生在寫字桌旁邊欣賞一個精美的墨水瓶，是賽佛爾瓷窯出品，形狀是一隻有黑色斑點的獵犬。葛拉波夫醫生則打量著陳列在桌上的蛋糕、葡萄乾麵包和各式各樣裝滿鹽的鹽罐。這是親友為了慶賀這家人喬遷之喜而送來的「麵包和鹽」，但是為了要讓人看出這禮物不是來自寒微人家，麵包都做成了香甜厚實的糕餅，鹽也是盛裝在沉甸甸的金製器皿中。

醫生的年紀和領事先生相仿，一張和善的長臉帶著微笑，夾在兩頰稀疏的鬍鬚中間。他指著這些甜食，告誡那幾個小孩說：「你們要是吃得太多，我大概就有得忙了。」接著他就搖頭晃腦地拿起一個做工細膩的調味瓶架，是用來盛裝鹽、胡椒和芥末的。

「那是雷布瑞希特．克羅格送的，」布登布洛克老先生笑著說。「我這位好親家總是這麼多禮。他在城堡門外蓋了那棟庭園別墅的時候，我可沒有送他這麼貴重的禮物。但是他一向如此……慷慨大方！出手闊綽！是個時髦的紳士……」

門鈴又響了幾次，鈴聲響徹了整棟屋子。溫德里希牧師到了，他身材矮壯，穿著黑色外套，頭髮上撲了白粉，笑吟吟的白臉上有一雙炯炯有神的灰眼睛。他已經鰥居多年，視自己為舊時代的單身漢，就跟和他聯袂前來的房地仲介商葛雷提恩一樣，葛雷提恩先生是個高個子，一直把一隻瘦削的手握成圓圈，像望遠鏡一樣拿在一隻眼睛前面，彷彿在鑑賞一幅畫，他是眾人公認的藝術行家。

市議員朗哈爾斯博士夫婦也到了，他是這家人的多年老友，也別忘了還有葡萄酒商柯本夫婦，柯本先生有張深紅色的大臉，夾在高聳的墊肩中間，他太太的體態也同樣肥胖。

等到克羅格一家老少也終於蒞臨，已經過了四點半了，老夫婦和克羅格領事夫婦連同第三代的雅克伯與約爾根，這兩個男孩和湯瑪斯與克里斯提昂的年紀相仿。克羅格領事夫人的雙親也幾乎同時抵達，那是木材批發商厄韋蒂克夫婦，是對恩愛的老夫妻，習慣在眾人面前用新婚燕爾的暱稱來喊對方。

「貴客來得遲。」布登布洛克領事一邊說，一邊親吻了他岳母的手。

「而且是闔家光臨！」約翰．布登布洛克舉起手臂朝克羅格一家人的方向揮了一下，一邊握住克羅格老先生的手。

雷布瑞希特・克羅格這位時髦的紳士是個身材高大、儀表出眾的人物，頭髮上還按照老派的作風稍微撲了粉，但是衣著時髦，絲絨背心上綴著兩排閃亮的寶石鈕釦。他的兒子尤思圖斯蓄著短短的落腮鬍和尾端上翹的八字鬍，身材和舉止都酷似父親，揮手的動作也同樣圓滑優雅。

眾人並沒有坐下，而是站著隨意閒聊，等待著這次聚會的重頭戲。而約翰・布登布洛克老先生也已經伸出手臂讓柯本夫人挽著，一邊用大家都能聽見的聲音說：

「各位女士、各位先生，如果大家都有了胃口的話……」

雍曼小姐和女傭已經打開了通往餐廳的白色雙扇門，眾人從容地緩步走向餐廳，心中很篤定，在布登布洛克家包准能吃到一頓營養豐富的便餐……

第三章

當眾人動身走向餐廳，年紀比較輕的那位男主人用手摸了摸左胸，一張紙在那兒窸窣作響，在社交場合擺出的笑容頓時從他臉上消失，被一種焦慮不安的神情取代，太陽穴上有幾條肌肉在跳動，彷彿他咬緊了牙關。他朝著餐廳走了幾步，但只是做做樣子，隨即停了下來，用目光搜尋他的母親。她落在眾人後面，走在溫德里希牧師旁邊，正要跨過門檻。

「不好意思，牧師先生……媽媽，我得跟您說兩句話！」牧師和藹地向他點點頭，布登布洛克領事把老夫人拉回風景廳的窗前。

「我就長話短說了，戈特豪德寫了一封信來。」他很快地小聲說，一邊看著母親露出詢問眼神的深色眼睛，一邊從口袋裡掏出那封摺了起來、尚未拆封的信。「這是他的筆跡……這是第三封了，而爸爸只回了他的第一封信……怎麼辦？這封信在下午兩點就送來了，我早就該把信交給父親了，可是我該在今天這個日子破壞他的心情嗎？您說呢？現在要請他出來一下還來得及……」

「不，你做得對，尚，再等等吧！」布登布洛克老夫人說，按照她的習慣一把抓住兒子的手臂，又擔憂地接著說：「信裡會寫些什麼呢！這個孩子不肯讓步，堅持這棟房子他也有分，非要拿到補償金不可……不，不，尚，現在先別把信拿出來……也許等到今天晚上吧，在上床睡覺之前……」

「怎麼辦？」領事又說了一次，搖了搖低垂的頭。「我好幾次都想勸父親讓步……不該讓事情看起來像是身為異母弟弟的我霸占了家產，好像是我在暗中跟戈特豪德作對……在父親面前，我也必須避免有這個嫌疑。可是如果要說實話……畢竟我是公司的合夥人。而且目前我和貝絲住在三樓也按照一般的行情付了房租……至於嫁到法蘭克福去的妹妹，事情已經安排好了。在爸爸還在世的時候，妹夫就會先拿到一筆補償金，就只相當於購買這棟房子所花金額的四分之一……這是樁有利的買賣，爸爸處理得很漂亮，對公司來說也是件好事。如果爸爸對戈特豪德這麼不講情面，那麼……」

「不，沒這回事，尚，你對這件事的立場是很明確的。但是戈特豪德以為我這個做繼母的就只會替自己的子女著想，以為我故意離間他們父子的感情。這就是令人難過之處……」

「可是這是他的錯啊！」領事幾乎喊了出來，隨即朝餐廳瞥了一眼，壓低了嗓音。「把父子關係弄得這麼糟是他的錯！您自己來評評理吧！為什麼他不能明理一點！為什麼他非得要娶那位史特溫小姐和那家……小店……」說到這裡，領事又生氣又尷尬地笑了。「父親瞧不起那間小店，這是他的毛病，但是戈特豪德應該要尊重父親的這點虛榮心才對……」

「唉，尚，最好是爸爸能夠讓步！」

「可是我能勸他這麼做嗎？」領事激動地伸手扶住額頭，低聲地說。「身為關係人，我應該要說：父親，把錢給他吧。可是我也是公司的合夥人，必須要維護公司的利益，如果父親不認為有義務為了一個不聽話的叛逆兒子而從公司資本中抽出這筆錢……這牽涉到一萬一千多塔勒[1]，不是個小數目……不，不，我不能勸他這麼做……但也不能勸他不要這麼做。這件事我不想管。只是想到要把信拿給父親，那個場面讓我很不自在……」

1 塔勒是當時流通的一種銀幣，一塔勒相當於三馬克。

「晚上再說吧，尚。來吧，大家都在等我們……」

領事把那封信塞回胸前的口袋，抬起手臂讓母親挽著，母子倆並肩跨過了門檻，走進燈火輝煌的餐廳，眾人剛剛在長長的餐桌旁就座。

在細長的圓柱之間，白色的眾神像在天藍色壁紙的襯托下凸顯出來，幾乎像是立體的。厚重的紅色窗簾已經拉上，除了擺在餐桌上的銀製枝形燭臺，餐廳的每個角落都有一個高大的鍍金枝形燭架，各點著八支蠟燭。面向風景廳的那面牆擺著一個龐大的碗櫥，上方掛著一幅大尺寸的畫作，畫的是一個義大利海灣，藍霧般的色調在燭光照耀下格外懾人。沿著牆壁擺著幾張龐然的紅色緞面硬背沙發。

克羅格老先生坐在長桌靠窗那一側的主位上，布登布洛克老夫人在他和溫德里希牧師之間坐下，臉上不再看得出一絲擔憂和不安。

「請好好享用！」她短促而殷勤地向大家點點頭，目光迅速掃過整張餐桌，從桌首一直到坐在桌尾的小孩……

第四章

「就像我剛才說的，太叫人佩服了，布登布洛克！」柯本先生宏亮的嗓音蓋過了眾人的談話聲。女傭剛送上熱騰騰的蔬菜濃湯和烤麵包，她裸露著紅通通的臂膀，穿著條紋衣裙，後腦勺上戴著一頂白色小帽，上菜時由雍曼小姐和領事夫人的侍女協助。大家小心地舀起湯來喝。

「太叫人佩服了！這等寬敞，這等高雅……我得說，在這裡能過上好生活，我得說……」柯本先生和這棟屋子的前任屋主沒有往來；他並非出身仕紳家庭，成為有錢人的時間還不長，可惜也還戒不掉一些方言口語，像是一再重複「我得說」。此外，他的發音也不準確。

「而且根本沒花什麼錢。」葛雷提恩先生冷冷地說了一句，一邊透過圈起來像望遠鏡一般的手仔細打量那幅畫中的海灣。他想必知道這棟房子的價錢。

座位的安排是盡可能男女相間，並且在親戚中間插入家庭友人。但是這個原則很難嚴格執行，於是厄韋蒂克老夫婦就跟平常一樣緊貼著彼此，深情地互相點頭。克羅格老先生則挺直了上身，端坐在朗哈爾斯議員夫人和布登布洛克老夫人之間，分別向兩位女士比著手勢，說些含蓄的笑話。

「這房子是哪一年蓋的？」霍夫施泰德先生隔著桌子問坐在斜對面的布登布洛克老先生，老先生正用略帶揶揄的輕快語氣和柯本太太聊天。

「公元……讓我想想……一六八〇年左右，如果我沒記錯的話。我兒子對這些年分日期記得比較清楚……」

「是一六八二年，」布登布洛克領事加以證實，說話時把上半身向前傾。他坐在長桌末端，鄰座沒有女士，而坐著朗哈爾斯議員。「是一六八二年冬天完工的。當時『拉騰坎普公司』的事業正蒸蒸日上……可嘆的是，這家公司這二十年來逐漸沒落了……」

眾人停止了談話，靜默了半分鐘。大家看著自己的盤子，緬懷那個曾經顯赫一時的家族，他們建造了這棟房子，在這裡住了很久，然後家道中落，潦倒了，搬走了……

「唉，可悲啊，」房地仲介商葛雷提恩說，「想到是哪種荒唐事導致了該公司的破產……要不是狄特里希．拉騰坎普當時讓蓋爾瑪克那傢伙當上了合夥人！那傢伙開始參與公司經營的時候，我就知道大事不妙。各位，我從可靠的消息來源得知，那人瞞著拉騰坎普，在他背後做了多少糟糕的投機生意，用公司的名義東開一張支票，西開一張匯票……最後就完了……銀行起了疑心，公司缺少保證金……各位沒法想像……是誰在監管倉庫呢？蓋爾瑪克？他們就像老鼠一樣在那裡做窩，一年又一年！可是拉騰坎普一點也不在乎……」

「他就像是麻痺了。」布登布洛克領事說，臉上露出了陰鬱的表情。他把上半身向前傾，用湯匙舀著湯，不時用他那雙深深凹陷、又圓又小的眼睛朝著桌首瞥上一眼。

「他就像是承受著一股壓力，而我認為這是可以理解的。是什麼讓他去跟蓋爾瑪克合夥？那人帶來的資金少得可憐，而且名聲又差。拉騰坎普想必是覺得那分責任太過巨大，覺得他必須把一部分責任隨便推卸到哪個人身上，因為他感覺到大勢已去……公司經營不善，這個古老的家族沒落了。威廉．蓋爾瑪克肯定只是推了最後一下，把公司推向毀滅……」

「所以，按照您的看法，可敬的領事先生，」溫德里希牧師徐徐地說，一邊替自己和鄰座的女士斟了些紅酒，「即使沒有蓋爾瑪克和他的胡作非為，事情也還是會有同樣的下場？」

「這倒未必，」布登布洛克領事若有所思地說，並沒有特別對著某個人說話。「但我認為，狄特里希．拉滕坎普非得和蓋爾瑪克合夥不可，好讓命中注定的事得以實現……他想必是在勢所必然的壓力之下這樣做的……唉，我相信他多少知道他合夥人的所作所為，對於倉庫裡的情況也不是一無所知。可是他僵住了……」

「夠了，尚，」布登布洛克老先生說，擱下了拿在手裡的湯匙。「這只不過是你的揣測……」

領事心不在焉地笑了笑，向父親舉起了酒杯。雷布瑞希特．克羅格則說：

「不談這個，我們還是專注在愉快的當下吧！」

他說著就小心而優雅地握住面前那瓶白酒的頸部，瓶塞上印著一隻小小的銀色雄鹿，他把酒瓶略微傾斜，仔細打量瓶身的標籤。「C．F．柯本，」他讀道，一邊向那位葡萄酒商點點頭，「我們還真不能沒有您呢！」

鑲著金邊的麥森瓷盤換過一輪，布登布洛克老夫人緊盯著女僕的動作，雍曼小姐則透過連接餐廳和廚房的傳聲筒向廚房發號施令。這時上了一道魚，溫德里希牧師一邊小心地取用，一邊說：

「然而，這個愉快的當下也並不是理所當然的。此時此地和我們這些老人家歡聚一堂的年輕人，他們可能不會想到從前的情況也許有所不同……我可以說，我曾經有好幾次親身參與了布登布洛克家族的命運。每次看到這些東西……」他側身面向布登布洛克老夫人，一邊從桌上拿起一支沉甸甸的銀湯匙，「我就不禁會想，這湯匙是否就是拿破崙皇帝麾下那位中士，我們曾見過的那位哲學家雷諾爾，在一八〇六年曾經拿在手裡的銀器之一……夫人，讓我來回憶一下我們在阿爾弗路上相遇的往事吧……」

布登布洛克老夫人垂下目光，半是尷尬、半是懷舊地微微笑了笑。坐在桌尾的湯瑪斯和東妮幾乎齊聲喊道：「對，奶奶，說給我們聽吧！」他們不喜歡吃魚，一直專心聆聽大人的交談。但是牧師知道老夫人不喜歡說起這件對她而言有點難堪的往事，於是就替她把這一小段陳年舊事再說了一次，這個故事那些小孩百聽不厭，而且席上的賓客或許有一、兩位還沒有聽過。

「簡單地說吧，各位想像一下：那是十一月的一個下午，天冷又下著雨，上帝垂憐，我辦完一件公務，走在阿爾弗路上，心裡想著時局真是糟糕。布呂歇爾公爵[1]撤軍了，法軍進了城，但是走在路上並不太感覺得到當時的騷動。街道上靜悄悄的，居民都躲在家裡。先前屠宰師傅普拉爾站在家門口，把手插在褲袋裡，扯著嗓門說了一句：『這實在太糟糕了，這像話嗎！』然後他腦袋上就『砰』一聲吃了一顆子彈……我心想：我得去探望一下布登布洛克一家人，他們可能需要一點安慰。布登布洛克先生長了皮蛇，臥病在床，而家裡駐紮了軍隊肯定會給夫人添很多麻煩。」

「就在那一刻，我看見了誰迎面而來呢？就是我們大家尊敬的布登布洛克夫人。可是她的模樣多麼狼狽啊！她在雨中疾行，頭上沒戴帽子，只在肩上匆匆披了一條披肩，不像是走路，而是跌跌撞撞地往前衝，髮型整個亂了……的確如此，夫人！簡直沒有髮型可言了。」

「『真是個驚喜！』我說，而她根本沒有看見我，於是我冒昧地抓住了她的衣袖，因為我感覺事情不妙……『夫人，您急著要上哪兒去？』她發覺是我，盯著我看，冒出一句：『原來是您……再見了！一切都完了！我要去跳特拉維河！』」

「『這怎麼行！』我說，感覺到自己臉色發白。『那不是您該去的地方！究竟發生了什麼事？』我在不失禮的情況下緊緊拉住她。『您問我發生了什麼事？』她全身發抖地喊道，『他們要搶走那些銀

1 布呂歇爾公爵（Fürst Blücher, 1742-1819），軍功彪炳的普魯士元帥，在拿破崙戰爭中曾率軍與法軍爭奪呂北克，落敗後撤離。

器。溫德里希！這就是所發生的事！而我先生得了皮蛇躺在床上，幫不了我！就算他下得了床，他也幫不了我！他們偷走了我的湯匙，我的那些銀湯匙，這就是所發生的事，溫德里希，現在我要去跳特拉維河！』」

「我抓著她不放，說些大家在這種情況下都會說的話，『鼓起勇氣來，夫人，』我說，『事情會好轉的！』又說：『我們去和那些人講講道理，請您先鎮靜下來，我們一起去吧！』於是我領著她沿著那條路走回她家。在樓上餐廳裡找到了那批民兵，大約有二十個人，正在翻那個裝銀器的大箱子，就跟夫人離開時一樣。」

「『各位，』我彬彬有禮地問，『你們當中的哪一位可以和我談一談？』他們放聲大笑，喊道：『和我們大夥兒都可以，老爹！』可是隨即有一個人站出來自我介紹。他的個子高大得像一棵樹，留著上了蠟的黑色鬍鬚，一雙紅通通的大手從鑲邊衣袖裡露出來。『我叫雷諾爾，』他說，一邊用左手敬了個禮，因為他的右手拿著五、六把銀湯匙。『雷諾爾中士。這位先生有什麼事嗎？』」

「『軍官先生！』我這樣稱呼他，想要激起他的榮譽感。『拿這些東西符合您光榮的身分嗎？這座城市並沒有關上城門阻擋皇帝陛下……』『你想怎麼樣？』他回答。『戰爭就是這樣！弟兄們用得上這些餐具……』」

「『你們應該要收斂一點，』我打斷了他，因為我靈機一動，想到了一個主意。『這位女士，』我說，因為人在情急之下什麼話都說得出來，『這棟屋子的女主人，她並不是德國人，而是法國人，幾乎算得上你們的同胞……』『什麼，她是法國人？』他複述著我說的話。你們猜猜看，這個武夫接下來說了什麼？『所以說，她是個移民？』他說，『那她就是哲學的敵人了！』」

「我愣了一下，但是忍住了沒有笑出來。我說：『看得出來您是個有智識的人。我再說一次，我認為做這種事有損您的尊嚴！』他沉默了片刻，可是隨即紅了臉，把手裡那六支湯匙扔回箱子裡，大聲說：『我只不過是拿起來看看罷了，誰說我對這些東西還打著別的主意？這些玩意兒很漂亮！如果有哪個弟兄想拿一件當作紀念品的話……』」

「嗯，反正他們拿走的紀念品還是夠多了，訴求正義也沒有用，不管是人間的正義還是神的正義……除了那個可怕的矮子[1]，他們大概也不相信別的神……」

1 係指拿破崙。

第五章

「牧師先生，您見過他嗎？」

盤子又換過一輪。一塊龐然的磚紅色火腿上了桌，是煮熟後再裹粉炸過的煙燻火腿，配上微酸的棕色紅酒醬汁，還有大量的蔬菜，一個大碗裡裝的蔬菜似乎就足以餵飽整桌賓客。雷布瑞希特·克羅格自願負責切火腿，他輕鬆地抬起手肘，伸直修長的食指，分別按住刀背和叉脊，小心地切下一片片肥嫩多汁的火腿。布登布洛克領事夫人的傑作「俄式水果盆」也上桌了，那是一道爽口而帶有酒味的什錦醃製水果。

不，溫德里希牧師表示遺憾，說他從未見過拿破崙。不過，布登布洛克老先生和霍夫施泰德曾經親眼見過他，前者是在巴黎，當時拿破崙在遠征俄國之前在杜樂麗宮殿廣場上閱兵，後者則是在但澤市。

「欸，他的相貌不太和善，」霍夫施泰德說，一邊揚起眉毛，把依序叉在叉子上的一小塊火腿、球芽甘藍和馬鈴薯送進嘴裡。「另外，據說他在但澤市的時候過得很暢快。當時流傳著一個笑話，說他整天都在和德國人賭博，而且賭的不是小錢，到了晚上則和他手下的將軍賭。『對吧，拉普[1]，』他從桌

1　拉普（Jean Rapp, 1771-1821）是拿破崙戰爭時期的一名法軍將領。

上抓起一把金幣說，『德國人很喜歡這些小拿破崙[2]？』而拉普回答：『是的，陛下，更勝過大拿破崙！』……」

霍夫施泰德把這則軼事說得很生動，甚至還模仿了一下這位皇帝的表情，把大家都逗笑了，在眾人的笑聲中，布登布洛克老先生說：

「嗯，不開玩笑了，對於他個人的偉大我是萬分佩服的……真是個天生的偉人！」

布登布洛克領事不以為然地搖搖頭。

「不，不，比較年輕的我們這一代無法再理解此人有哪裡值得崇拜，他殺害了昂吉安公爵[3]，在埃及屠殺了八百名戰俘……」

「這些傳聞有可能言過其實，或是捏造出來的，」溫德里希牧師說。「昂吉安公爵可能是個魯莽而叛逆的人，至於那些戰俘，處死他們也許是一個正式的戰爭委員會在審慎考量之後不得不做出的決議……」接著他談起他讀過的一本書，作者是那位皇帝的秘書，在幾年前出版，很值得一讀……

「不管怎麼說，」布登布洛克領事仍舊堅持己見。他面前的枝形燭臺上有一支燭火晃動得很厲害，於是他順手修剪了一下燭芯。「我無法理解別人對這個殘忍之人的崇拜！身為基督徒，身為一個有宗教情懷的人，我心裡容不下這種崇拜。」

他的臉上流露出一種沉靜而神往的表情，甚至把頭微微歪向一邊，而他父親和溫德里希牧師則似乎微微相視而笑。

2　係指印有拿破崙肖像的金幣，是拿破崙一世在位時所鑄製的。

3　昂吉安公爵（Louis Antoine Henri de Bourbon, Duke of Enghien,1772-1804），出身法國王室波旁家族的法國貴族，被拿破崙以密謀叛國的罪名處死。

「好吧，好吧，」布登布洛克老先生微笑著說，「但是那些小拿破崙挺不賴，對吧？我兒子對路易·菲利普[1]比較傾心。」他又加了一句。

「傾心？」霍夫施泰德語帶揶揄地說，「真是奇怪的組合！菲利普·平等[2]和傾心……」

「嗯，我認為七月王朝有很多地方值得我們學習……」布登布洛克領事認真而熱切地說。「法國的立憲主義對於當代的務實新理念和新需求抱持著友好而樂於協助的態度……這是非常值得我們感謝的……」

「務實的理念……嗯，這個嘛……」布登布洛克老先生把玩著他的鍍金菸草盒，讓他的下頷暫時休息一下。「務實的理念……不，我一點也不贊成！」他因為心生厭惡而脫口說出了方言。「商業學校、技術學校和貿易學校像雨後春筍一樣地冒出來，而文理中學和古典教育忽然成了愚蠢的事，所有的人都只想著礦山……工業……和賺錢……這些都很好，好得很！可是從另一方面來看，長時間來看，又有一點愚蠢——不是嗎？我不知道這為什麼令我反感……就當我沒說吧，兒子……七月王朝是件好事……」

但是朗哈爾斯議員站在布登布洛克領事這一邊，就跟葛雷提恩和柯本一樣。沒錯，柯本先生說，對於法國政府以及在德國的類似努力，我們應該要有極大的敬意……他說到「敬意」時又省略了t這個音。他的臉在用餐時脹得更紅了，聽得見他在喘氣；溫德里希牧師的臉色卻跟平常一樣白，神情文雅機敏，雖然他自在愜意地一杯又一杯地喝著酒。

蠟燭慢慢地愈燃愈短，偶爾當燭火在微風中傾斜，火光閃動，一股淡淡的蠟燭香就在餐桌上飄散開

1 係指法國國王路易·菲利普一世（Louis Philipp, 1773-1850, 1830-1848在位）。

2 菲利普·平等（Philipp Egalité）係法國貴族奧爾良公爵（Ludwig Philipp II. Joseph, Duke of Orléans, 1747-1793）的別名，他在法國大革命之後放棄貴族頭銜，改名為菲利普·平等，其子後來成為法國國王路易·菲利普一世。

來。

眾人坐在沉重的高背椅上，用沉甸甸的銀器享用不易消化的佳餚，喝著醇厚的美酒，發表自己的看法。不久之後大家就談起了生意，不自覺地用上愈來愈多的方言，這種慵懶的表達方式似乎有著商業用語的簡潔，也有著有錢人的疏懶，偶爾自我調侃地加以誇大。他們不說「在證券交易所」，而只說「在證交所」……還故意把 r 音發成短促的 ä，同時擺出一副自滿的表情。

女士們沒有聆聽這番談話太久。克羅格夫人主導了她們的談話，正在說明用紅酒烹調鯉魚的最佳做法，令人垂涎欲滴……「先把魚切成大小適中的塊狀，再連同洋蔥、丁香和烤麵包片一起放進長柄鍋，放到火上的時候再加入一點糖和一匙奶油……但是千萬別洗，千萬要把血都留著……」

克羅格老先生談笑風生。他兒子尤思圖斯·克羅格領事則逗弄地和雍曼小姐談起話來，他坐在葛拉波夫醫生旁邊的位子，在桌子末端，靠近那些小孩。雍曼小姐瞇起一雙棕色眼睛，按照她的習慣把刀叉豎起來輕輕擺動。就連厄韋蒂克老夫婦也活潑起來，高聲談笑。這位年邁的領事夫人又替丈夫取了一個暱稱：「你這隻小綿羊！」她說，一邊笑得前仰後合，連頭上的軟帽都前後搖擺。

眾人的談話又匯聚到一件事情上，當霍夫施泰德說起他最喜歡的話題，亦即他在十五年前的那趟義大利之旅，和漢堡一個富有的親戚同行。他說起威尼斯、羅馬和維蘇威火山，說起波格賽別墅[3]，已逝的歌德曾在那裡寫下《浮士德》的一部分。他對那些文藝復興時期的噴泉讚不絕口，說它們清涼消暑，也稱讚那些修剪得整整齊齊的林蔭大道，讓人能夠愜意地漫步，於是席間有人提起布登布洛克家族那座荒蕪了的大庭園，就在城堡門外……

3 波格賽別墅（Villa Borghese）是位於羅馬的一座大型庭園，包括美術館等建築，原本是貴族世家波格賽家族的莊園。

「是啊，老天爺！」布登布洛克老先生說：「我一直還在氣自己當年沒有下定決心把那座庭園打理得像樣一點！最近我才又去過一次——真丟臉，簡直是座原始森林！假如把草地維護好，把樹木修剪成圓錐體和立方體，那該會是片多麼漂亮的地產……」

布登布洛克領事卻強烈抗議。

「看在上帝的分上，爸爸！夏天裡我喜歡在那兒的樹叢中散步，假如那美麗的天然景色被修剪得規規矩矩，一切就都毀了……」

「可是，既然這片天然景色是我的，老子我難道沒有權利按照我的意思來打理嗎？」

「唉，父親，當我躺在那兒的茂密樹叢下，躺在深深的草叢裡，我更覺得是我屬於這片大自然，覺得我沒有任何權利去支配它……」

「克里斯提昂，別吃撐了，」布登布洛克老先生忽然喊道，「克婁蒂妲多吃點沒關係……她像個打穀機一樣能吃，這丫頭……」

的確如此，這個安靜瘦削、一張長臉顯得老氣橫秋的孩子胃口實在驚人。當別人問她要不要再盛一碗湯，她謙卑地拖長了聲調回答：「好——，謝——謝！」那道魚和火腿她都拿了兩次，而且兩次都挑最大塊的拿，連同一大堆配菜。她埋頭在盤子上，就只專心盯著眼前的食物，然後安安靜靜、慢條斯理地大口吃掉所有的東西。聽見年老的男主人說的話，她也只是拖長了聲調，帶點訝異，和氣而憨傻地回答：「啊——伯伯——？」誰也嚇唬不了她，她埋頭吃著，不管這是否得體，也不管別人是否會嘲笑她。一個窮孩子在闊親戚家裡白吃白喝，這種狼吞虎嚥乃是出於本能，她腆著臉笑著，在盤子上堆滿美食，耐心十足，堅持到底，飢餓而瘦削。

第六章

這時，「普雷登布丁」上桌了，盛在兩個大大的水晶碗裡，這是用果仁蛋白餅、覆盆子、餅乾和蛋奶凍層層堆疊的一道甜點，而在長桌末端則冒出了火焰，因為小孩子得到了他們最愛吃的甜點，先灑上酒再用火點燃的李子布丁。

「湯姆，好孩子，麻煩你跑一趟，」約翰．布登布洛克說著就從褲袋裡掏出一大串鑰匙。「你去第二間地窖，從右手邊第二個格層拿兩瓶酒來，好嗎？就在波爾多紅酒後面。」這種跑腿的事湯瑪斯很拿手，回來時帶回兩個布滿灰塵和蛛網的酒瓶。金黃色的陳年瑪瓦西亞甜白酒從這不起眼的瓶子徐徐斟入喝甜酒用的小酒杯，這時溫德里希牧師端著酒杯站了起來，當眾人的談話聲戛然而止，他用得體的言辭開始向主人敬酒祝賀。他把頭微微歪向一邊，白皙的臉上露出淘氣的淺笑，輕輕擺動空著的那隻手，做出優美的手勢，用他在講道時也喜歡用的那種平易近人的聊天語氣。「現在，諸位好友，恭請各位和我一起乾掉這杯美酒，恭祝我們尊敬的東道主在這棟富麗堂皇的新居裡福泰安康——祝布登布洛克家族福泰安康，包括在場和不在場的家人……祝福他們家道興旺！」

「不在場的家人？」布登布洛克領事心想，當他在眾人朝他舉起的酒杯前欠身回禮。「他指的就只是住在法蘭克福的家人嗎？也許還包括住在漢堡的杜尚家族？還是說這位老牧師別有所指？」他站起來和父親碰杯，真摯地看著父親的眼睛。

接著站起來敬酒的是房地仲介商葛雷提恩，他的賀詞花了不少時間，等他終於講完，他用略帶沙啞的嗓音祝賀「約翰・布登布洛克公司」生意興隆，事業蒸蒸日上，替這座城市增光[1]。

布登布洛克老先生對眾人的祝賀表示感謝，首先是以一家之主的身分，其次是以這家貿易公司年長老闆的身分，然後他又派湯瑪斯再去拿一瓶瑪瓦西亞甜白酒來，他原本以為兩瓶就夠了，現在發現自己估算錯誤。

雷布瑞希特・克羅格老先生也說了幾句賀詞。他坐著沒站起來，因為這讓人感覺更加親切，他敬酒的賀詞主要是針對這一家的兩位女主人，布登布洛克老夫人和領事夫人，他一邊說一邊和藹地搖頭晃腦，打著手勢。

而等他說完，等到普雷登布丁幾乎快被吃光，瑪瓦西亞甜白酒也快被喝盡，這時霍夫施泰德清了清嗓子，在眾人的一聲輕呼中站了起來，坐在桌尾的幾個小孩都高興得鼓掌。

「抱歉，獻醜了，我不能免俗……」他輕輕碰了一下他尖尖的鼻子，從外衣口袋裡掏出一張紙，餐廳裡漸漸安靜下來。

他用雙手拿著的那張紙五彩斑斕，由紅色花朵和燙金花紋框出了一個橢圓形，而他念出了寫在這個橢圓形裡的文字：

「友人布登布洛克一家喬遷新居設宴歡聚，吾亦躬逢其盛，謹獻詩一首祝賀，一八三五年十月。」

念完之後他把那張紙翻過來，用他已經有點顫抖的聲音開始朗誦：

1 小說中自始至終都沒有提到布登布洛克家族所住的這座城市的名稱，但是藉由文中所述的街道名、地標建築和地理位置，就能看出這座城市乃是德國北部的港市呂北克，也是作者的故鄉。

「可敬的朋友！請容我
用這首小詩來親近你們，
在上天賜予你們的
華麗廳堂。
欣然獻給
我的銀髮老友
和尊夫人，
還有子媳賢伉儷！
精明能幹和貞潔美麗
在我們面前締結良緣，
自海中升起的維納斯
牽住火神勤勞的手。
不會有愁苦的未來
打擾你們愉悅的生活，
每一個新的日子
都給你們帶來新的幸福。
而你們未來的幸福
將帶給我無限喜悅。
此刻我的眼神告訴你們

我將時時重新祝禱。
祝你們在此華廈生活美滿
並請珍惜愛護
今日在陋室之中
寫下此詩的在下！——」

他鞠了個躬，眾人一致報以熱烈的掌聲。

「太好了，霍夫施泰德！」布登布洛克老先生喊道。「敬你一杯，祝你健康！實在是太貼心了！」

不過，當領事夫人和這位詩人碰杯，她細嫩的臉上泛起一層淡淡的紅暈，因為當他朗誦到「自海中升起的維納斯」，她注意到他得體地向她點頭致意……

第七章

歡樂的氣氛此時達到了頂點，柯本先生明顯感覺需要解開背心上的幾顆鈕釦，只可惜這樣做不成體統，就連那幾位老先生也不敢冒昧地這麼做。雷布瑞希特．克羅格老先生仍舊在座位上坐得直挺挺的，就跟剛開始用餐時一樣，溫德里希牧師仍舊彬彬有禮，臉也沒紅，布登布洛克老先生雖然稍微向後靠坐在椅背上，但是仍保持著得體的禮節，只有尤思圖斯．克羅格顯然有點醉了。

可是葛拉波夫醫生在哪裡呢？布登布洛克領事夫人悄悄起身離席，因為長桌末端雍曼小姐、葛拉波夫醫生和克里斯提昂的座位空了，而從圓柱大廳傳來像是壓抑住的呻吟。女僕剛送上奶油、乳酪和水果，領事夫人跟在她後面，迅速離開了餐廳。而果然，在昏暗的大廳裡，在圍著中間那根柱子的圓形軟凳上，年幼的克里斯提昂半坐半躺，蜷縮著身體，小聲地哼哼唧唧，那聲音令人心碎。

「哎呀，夫人！」伊妲說，她跟葛拉波夫醫生一起站在克里斯提昂身旁。「這孩子很不舒服……」

「我好難受，媽媽，見鬼地難受！」克里斯提昂嗚咽著說，一雙深深凹陷的圓眼睛在太大的鼻子上方不安地轉動。他之所以脫口說出「見鬼地」就只是因為太過絕望，但是領事夫人說：

「如果說這種話，上帝就會懲罰我們，讓我們更加難受！」

葛拉波夫醫生摸摸他的脈搏，那張和善的臉似乎變得更長了，表情也更溫和。

「有點消化不良……不要緊的，領事夫人！」他安慰她。接著他用看診時那種一板一眼的口氣慢慢地說：「最好是讓他上床休息……服用一點小兒散，也許喝一小杯洋甘菊茶，讓他發汗……而且要嚴格控制飲食，領事夫人？剛才說了要嚴格控制他的飲食。吃一點鴿子肉，一點法國麵包……」

「我不要吃鴿子肉！」克里斯提昂失控地喊道。「我什麼都再也不吃了！我好難受，見鬼地難受！」他是如此激動地喊出這句話，彷彿這句咒罵能夠減輕他的痛苦。

葛拉波夫醫生暗自微笑，那是一種寬容的微笑，幾乎帶點憂傷。唉，這個男孩，他會再吃東西的！他將會和世上所有的人一樣生活。他將會像他的父祖、親戚和朋友一樣，每天都坐著過日子，一天吃上四頓不易消化的美食珍饈……欸，上帝保佑！葛拉波夫並無意推翻這些規規矩矩、富裕安逸的商人家庭的生活習慣。如果他們召喚他來，他就會來，然後建議嚴格控制飲食一、兩天——一點鴿子肉，一片法國麵包……欸，欸——並且心安理得地保證這一次沒有大礙。儘管他年紀還輕，卻已經握住過某個能幹市民臨終時的手，對方剛吃掉這輩子最後一塊煙燻火腿、最後一隻肚裡塞了填料的火雞，然後就蒙主寵召了，不管是出人意料地在辦公室的椅子上忽然發生，還是在堅固的老式床鋪上經過一番折騰。那叫中風，是一種癱瘓，一種突如其來、無法預見的死亡……欸，欸，而葛拉波夫其實可以向他們預告會有這麼一天，在他每次說「沒有大礙」的時候，也許他甚至沒有受到召喚，也許對方就只是在用餐之後回到辦公室時，感覺到一陣異樣的暈眩……欸，上帝保佑！葛拉波夫自己也不會拒絕享用肚裡塞了填料的火雞。今天席上這道酥炸火腿配紅酒醬汁是一道珍饈，見鬼了，然後，當大家已經飽到呼吸困難了，還又上了那道普雷登布丁——果仁蛋白餅、覆盆子加蛋奶凍，欸，欸……「剛才說過了，要嚴格控制飲食，領事夫人？一點鴿子肉，一點法國麵包……」

第八章

餐廳裡，眾人紛紛起身。

「各位女士，各位先生，希望這蒙福的一餐大家吃得還愉快。大家可以過去那邊喝杯咖啡，喜歡雪茄的人可以去抽一支，如果夫人慷慨同意的話，還可以喝杯利口酒……後面的撞球檯當然是任君使用；兒子，你帶大家到後面去吧……柯本夫人，請賞光……」

眾人酒足飯飽，心情愉快，一邊閒聊，一邊針對何謂「蒙福的一餐」交換看法，穿過雙扇門，回到風景廳。但是布登布洛克領事沒有過去，而是立刻把想要打撞球的男士集合在身邊。

「岳父，您不想玩一局嗎？」

不，雷布瑞希特・克羅格想留在女士身邊，但是尤思圖斯可以去後面玩一局。朗哈爾斯議員、柯本先生、葛雷提恩和葛拉波夫醫生也留在布登布洛克領事身邊，霍夫施泰德則打算稍後再加入他們：「晚一點，晚一點！約翰・布登布洛克要吹笛子，我得先留下來聽……待會兒見啦，各位先生……」

這六位男士穿過圓柱大廳時還聽見笛聲在風景廳裡悠悠響起，由領事夫人用風琴伴奏，那是一首輕快優美的小曲，動人地在寬敞的室內繚繞。布登布洛克領事豎耳傾聽，一直到聽不見為止。他真想留在風景廳裡，坐在靠背椅上，在這音樂聲中沉浸在自己的夢想和心緒裡，可是他必須善盡主人之誼。

「拿幾杯咖啡和幾支雪茄到撞球室來，」他對從前廳走過的女僕說。

「對，莉娜，咖啡，聽到了嗎？咖啡！」柯本先生把這句話重複了幾次，聲音從裝滿食物的胃裡發出來，一邊想去捏那個女僕紅通通的手臂。他發K這個音是從喉嚨深處發出來的，彷彿他已經嚥下了咖啡，正在品嘗其滋味似的。

「我敢說，柯本夫人剛才隔著玻璃門看見了。」克羅格領事說。

朗哈爾斯議員問：「布登布洛克，你就住在樓上嗎？」

右邊的樓梯通往三樓，領事一家人的臥房就位在三樓，而前廳左側也還有一排房間。這幾位男士抽著雪茄，順著有白漆木頭雕花欄杆的寬敞樓梯往下走。布登布洛克領事在樓梯平臺上停下腳步。

「在中間這個夾層還有三個房間，」他說，「早餐室、家父家母的臥室、還有一個很少使用的房間通往庭院，旁邊有一條狹窄的過道權充走廊……但是我們就往前走吧！——對了，如各位所見，運貨推車會經過玄關，一路穿過這整片地產，通往烘焙房。」

樓下寬敞的玄關鋪著大塊方石地板，發出了回聲。公司的辦公室位在玄關門旁邊的另一端，廚房連同通往地窖的通道則位在樓梯左側，從廚房裡還繼續飄出紅酒醬汁的微酸氣味。廚房對面有木板隔成的小房間從牆壁上凸出來，位置相當高，外觀奇特而且有點突兀，但是乾乾淨淨地上了漆：這是女僕住的房間，只能藉由一架外露的垂直樓梯從玄關爬上去。幾個十分古老的櫥櫃和一口雕花木箱擺在旁邊。

穿過一扇高大的玻璃門，走下幾級可走推車的平坦臺階，進入院子，左側有間小小的洗衣房。從這裡可以看見那座打理得很漂亮的庭園，但此時在秋雨中顯得灰暗潮溼，為了防止霜害，花圃上已經鋪上草墊，最後面則是一間庭園小屋，有著洛可可風格的立面，被稱為「門扉」。但是這幾位男士走上院子左邊的一條小徑，這條小徑被夾在兩道圍牆中間，經過第二個院子通往後棟建築。

後棟建築有幾級滑溜的臺階通往一個圓頂地下室，地面是夯實的泥土，被用來當作儲藏室，還有一條粗繩從高處垂下，用來把裝了糧食的麻袋吊上去。但他們從右邊那道乾淨的樓梯走上二樓，布登布洛克領事親自替客人打開通往撞球室的那扇白門。

寬敞的室內看起來簡單樸素，幾張硬背椅子靠著牆壁擺放，柯本先生筋疲力盡地坐在其中一張上。「我先旁觀就好！」他喊道，一邊拍掉沾在外套上的小雨滴。「真要命，布登布洛克，在你們家這屋子裡走一趟可真遠哪！」

就跟在風景廳裡一樣，這裡也在一扇黃銅爐柵後面生了火。透過三扇又高又窄的窗戶可以看見溼漉漉的紅色屋頂、灰色庭院和三角牆。

「議員先生，玩一局開侖嗎？」布登布洛克領事問道，一邊從架上抽出撞球桿。接著他繞著球檯走了一圈，把兩個球檯的袋口都關上。「哪位要跟我們一起玩？葛雷提恩？醫生？好。葛雷提恩和尤思圖斯，你們就用另外那個球檯……柯本，你也得一起來。」

這個葡萄酒商站起來，含著滿滿一口雪茄煙，聽著一陣強風從房屋之間颼颼吹過，吹得雨滴飛濺在窗玻璃上，風聲在爐管中呼嘯。

「真要命！」他說，把嘴裡的煙吐了出來。「布登布洛克，你認為『烏倫威爾號』進得了港嗎？這麼糟的天氣……」

是的，從特拉沃明德[1]傳來的消息不太好，克羅格領事也加以證實，他正在替球桿的皮頭塗上防滑的巧克粉。據說沿海各地都有暴風，跟一八二四年在聖彼得堡造成洪水的那場暴風相去不遠……喔，咖啡送來了。

1 特拉沃明德（Travemünde）係位於波羅的海的港口，也是濱海度假勝地。

大家斟了咖啡，喝了一口，開始打撞球。可是隨即有人談起了關稅同盟……噢，一說到關稅同盟，布登布洛克領事就眉飛色舞！

「各位，這是多麼偉大的創舉！」他喊道，在打完一桿之後旋即轉過身來面向另一個球檯，是那邊先提起了這個話題。「一有機會，我們就應該加入……」

柯本先生卻不以為然，對這個看法簡直是嗤之以鼻。

「那我們的自主呢？我們的獨立呢？」他不甘心地問，氣勢洶洶地用球桿撐住身體。「還保得住嗎？漢堡會想要加入普魯士人想出的這個玩意兒嗎？那豈不是還不如乾脆被他們合併算了，布登布洛克？上帝保佑我們，不，我倒想知道我們要這個關稅同盟做什麼！現在不是一切都很順利嗎？……」

「對你賣的桶裝紅酒來說是很順利，柯本！也許對俄國的產品來說也是，這我就不提了。但是除此之外就沒有什麼貨物進口了！至於出口，嗯，我們的確有出口一些穀物到荷蘭和英國，沒錯！……可是，不，我得很遺憾地說，並不是一切都很順利。上帝知道，我們這兒從前也做過其他買賣……如果加入關稅同盟，我們就能進入梅克倫堡和什勒斯維希—霍爾斯坦這兩地的市場……自營貿易將會興盛到什麼程度是難以估計的……」

「噢，拜託，布登布洛克，」葛雷提恩開口了，他俯身在球檯上，把球桿擱在他瘦骨嶙峋的手上來回移動，瞄準著球，「這個關稅同盟……我不懂。我們現有的制度不是既簡單又實用嗎？市民宣誓結清關稅……」

「這是個古老的好制度。」布登布洛克領事也不得不承認。

「不，說真的，領事先生，您認為這個制度好在哪裡！」朗哈爾斯議員有點忿忿不平地說：「我雖然不是商人……可是老實說——不，我得說，市民宣誓那套做法已經漸漸成了胡鬧！已經淪為形式，大家就只是敷衍了事……吃虧的是政府。我聽說過一些很糟糕的傳言。我認為從市議會的角度來看，加入關稅同盟……」

「那就要起衝突了！」柯本先生氣沖沖地把球桿扔在地上。他把「衝突」說成了「匆突，」此刻完全不再留意自己的發音是否標準。「一場匆突，我知道我在說啥。不，議員先生，請恕我直言，您實在是無可救藥，這絕對不行！」接著他激動地說起決策委員會、國家福祉、市民宣誓和自由邦……

感謝上帝，幸好這時候霍夫施泰德來了！他和溫德里希牧師一起走進撞球室，兩位無拘無束、開朗快活的老先生，他們經歷過比較無憂無慮的時代。

「嗯，各位好友，」他開口說道，「我來給你們講個笑話，這是從法文改寫的一首打油詩……聽好囉！」

他在一張椅子上從容坐下，面對那幾個在打撞球的人，他們撐著球桿，倚著球檯站著。霍夫施泰德從口袋裡掏出一張紙片，把戴著圖章戒指的修長食指擱在鼻尖，用吟唱敘事詩的愉快腔調念了出來：

「薩克森元帥乘坐金色馬車，
驕傲的龐巴度夫人同車出遊，
弗雷隆見了大聲喊：瞧瞧這一對！
一位是國王的寶劍——另一位是國王的劍鞘！[1]」

---

1 詩中的薩克森元帥（Maurice de Saxe, 1696-1750）係法國名將，由法國國王路易十五拔擢為元帥；龐巴度夫人（Madame de Pompadour, 1721-1764）則是路易十五的情婦，在宮廷中具有很大的影響力。

柯本先生愣了一下，隨即把「匆突」和「國家福祉」都拋到九霄雲外，跟著眾人一起大笑起來，笑聲在室內迴蕩。溫德里希牧師則走到一扇窗前，從他抽動的肩膀來判斷，他是在那裡暗自咯咯輕笑。

他們在後屋這間撞球室裡還待了好一會兒，因為霍夫施泰德還準備了好幾個類似的笑話。柯本先生把背心上的鈕釦全解開了，情緒極佳，因為他在這裡比在餐廳裡更覺得自在。他每出一桿就會用方言說幾句滑稽的俗話，不時開心地自己吟誦起來：

「薩克森元帥……」

這首小詩被他用粗啞低沉的嗓音一念，聽起來真夠怪異……

第九章

當眾人再度聚集在風景廳裡，時間已經相當晚了，接近十一點，而客人幾乎同時開始準備告辭。領事夫人接受了眾位男士的吻手禮，就立刻上樓回房間去看看身體不適的克里斯提昂，而把監督女傭收拾餐具的工作交給雍曼小姐。布登布洛克老夫人回到中間夾層的房間休息，領事則陪同客人下了樓，經過玄關，一直送到大門口的街道上。

一陣刺骨的寒風把雨水斜斜地打下來，克羅格老夫婦裹著厚厚的皮裘大衣，急忙鑽進那輛已經等候多時的氣派馬車。屋前的鐵桿上和橫跨街道上空的粗鐵鍊上掛著幾盞油燈，昏黃的燈光閃爍不定。這條街是個斜坡，一路往下通往特拉維河，路旁的房屋有些建造了伸向街道的門廊，有些則有臺階或長椅。溼漉漉的野草從鋪石路面的殘缺處冒了出來。街道另一頭的聖瑪利亞教堂被黑暗和雨水籠罩，完全沒入了陰影中。

「謝謝，」雷布瑞希特．克羅格說，握住站在馬車旁邊的女婿的手。「謝謝，尚，今天真是愉快！」車門隨即「啪」地關上，馬車轟隆隆地駛離。溫德里希牧師和房地仲介商葛雷提恩也在道謝後踏上歸途。柯本先生穿著一件有五層披肩的大衣，頭上戴著一頂寬邊灰色禮帽，挽著他肥胖的妻子，用極其低沉的嗓音說：「晚安了，布登布洛克！快進去吧，別著涼了。多謝啦，我很久沒吃得這麼好了……還有，我那每瓶四馬克的紅酒還合你胃口吧？再說一次晚安啦……」

這一對夫妻連同克羅格領事一家人朝著河流的方向往下走，朗哈爾斯議員、葛拉波夫醫生和霍夫施泰德則往反方向走。

布登布洛克領事站在離屋子大門幾步遠的地方，雙手深深插在淺色長褲的口袋裡，身上只穿著布外套的他微微打著哆嗦，在這冷冷清清、燈光昏暗、溼漉漉的街道上聆聽著漸行漸遠的腳步聲。然後他轉過身，抬頭仰望這棟屋子的灰色三角牆立面。他的目光停留在門楣上方，那裡用古老的字體刻著一句拉丁文：Dominus providebit，意思是「耶和華必預備」。他略微低下頭，走進門內，緩慢而仔細地關上那扇嘎嘎作響的沉重大門。接著他讓玄關門「喀吋」一聲鎖上，慢慢走過發出回聲的玄關。廚娘正端著滿滿一托盤的玻璃杯，叮叮咚咚地走下樓梯，領事問她：「特里娜，老先生在哪兒？」

「在餐廳，領事先生……」她紅了臉，就跟她的手臂一樣紅，因為她是鄉下人，很容易不知所措。

他上了樓，才走到黑暗的圓柱大廳，就把手伸向胸前的口袋，那封信窸窣作響。接著他走進餐廳，在一個角落的枝形燭架上還燃著殘燭，照亮了已收拾乾淨的餐桌。紅酒醬汁的微酸氣味仍舊滯留在空氣中。

在餐廳後端的窗前，約翰．布登布洛克把雙手擱在背後，正悠然自得地來回踱步。

第十章

「喔，兒子啊，你好嗎！」他停止踱步，向兒子伸出手來，那白皙的手稍微嫌短，但是形狀優美，是布登布洛克家族所特有的。在閃動的燭光中，他矍鑠的身形在深紅色窗簾前面若隱若現，只有撲了粉的假髮和蕾絲領巾白閃閃的。

「你還不累嗎？我在這兒走一走，聽聽那風聲……天氣糟透了！克斐特船長正從里加[1]駛來……」

「噢，父親，有上帝幫助，一切都會順利的！」

「我能仰賴上帝的幫助嗎？雖然我承認你和上帝的交情挺不錯……」

看見父親情緒這麼好，領事的心裡舒坦了一些。

「嗯，我就直說了吧，」他開口說道，「我並不是只想來跟您說晚安的，爸爸，而是……不過您可別生氣，好嗎？這封信是今天下午送來的，我一直沒敢拿出來，不想讓您煩心……在這麼愉快的夜晚……」

「瞧！是戈特豪德寫來的。」老人接過尚未開封的淡藍信箋，態度鎮靜。「約翰・布登布洛克老先生親啟……尚，你這位同父異母的哥哥還真是中規中矩呀！他最近寫來的第二封信我回覆了嗎？現在他

1 里加（Riga），臨著波羅的海的大城，也是漢薩同盟時期的主要商業城市，現為拉脫維亞首都。

又寫了第三封來……」他紅潤的臉色漸漸陰沉下來，用一根手指扯開封漆，迅速展開那張薄薄的信紙，把身體側向一邊，讓燭光照在紙上，然後用手背用力往紙上一拍。就連這個筆跡似乎都顯得背叛和叛逆，因為布登布洛克家族的人通常都把字寫得又小又斜，筆觸很輕，而這些字母卻寫得又高又陡，有些地方忽然加重了筆觸，許多字下面還加上了底線，是用快筆一揮而成。

領事稍微往旁邊靠，退到牆邊擺放椅子的地方，但是他沒有坐下，因為父親還站著，他只是焦躁地抓住高高的椅背，一邊觀察著父親。這位老人家歪著頭、皺著眉讀起這封信，嘴唇一開一闔地快速動著……

「父親！

我原本希望您會有足夠的正義感，能夠料到我所感受到的**憤怒**，當我針對您已經知道的那件事所寫的第二封信沒有得到回音，而只有先前的第一封信收到了回覆（姑且不提那是個什麼樣的回覆！），但是我想錯了。我必須告訴您，由於您的固執，使我們父子之間的鴻溝愈來愈深，而您這樣做是一種罪過，必將在上帝的審判中被重重地追究責任。許多年前，我聽從自己的心意，娶了現在的妻子，並且接管了一間小商店，即使那樣做違背了您的意思，傷害了您**過度看重**的自尊，您因此殘酷無情地完全棄我而去，這件事已經夠悲哀了；可是您現在對待我的方式實在是天理不容，要是您以為保持沉默就能讓我識趣地不再吭聲，那您就**大錯特錯**了。

您新近買下曼恩路那棟房子的價格是十萬馬克，此外我也知道，您第二段婚姻所生的兒子兼公司合夥人以租用的方式與您同住，在您死後將獨自繼承公司和這棟房子。您和我住在漢堡的異母妹妹以及她的丈夫達成了協議，這我無權干涉。可是身為長子的我有權繼承這房子的一部分，而您的震怒**違**

犯了基督教精神，使您斷然拒絕給我任何補償！在我結婚成家時，您付給我十萬馬克，在遺囑中也只允諾給我十萬馬克的遺產，那時我默默地接受了，因為當時我對您的財產狀況也不夠了解。但是現在我看得比較清楚了，既然基本上我並沒有喪失繼承權，在這個特殊情況下，我**要求**得到三萬三千三百三十五馬克做為補償，亦即購屋金額的三分之一。

我不願去猜測您是受到哪些**該受詛咒**的影響，才使我至今被迫忍受這種待遇；但是我要以身為**基督徒**和**商人**的正義感對這些影響表示**抗議**，我最後一次向您重申，倘若您不能決定尊重我合理的要求，我將無法再尊重您，不管是身為**父親**、身為**基督徒**、還是身為**商人**。

戈特豪德·布登布洛克」

「抱歉，我沒有興致把這串廢話再念給你聽。拿去吧！」布登布洛克老先生忿忿地把信扔給他兒子。

當那張信箋飄落到他膝蓋的高度，領事伸手抓住了，然後用悲傷迷惑的目光看著父親在室內走動。老先生抓起靠在窗邊的熄燭桿，挺直了腰桿，氣沖沖地沿著餐桌走向對面那個角落的枝形燭架。

「夠了！我說。這件事別再談了，到此為止！上床去！走吧！」熄燭桿的上端有個小小的金屬罩，罩在蠟燭上，燭火就頓時熄滅。餐廳裡的蠟燭一根接一根地熄滅了，只剩下最後兩根，這時老人再次轉身面向兒子，幾乎已經辨識不出他的身影。

「好了，你站在那裡做什麼？你怎麼說？你總該說點什麼吧！」

「父親，我該說什麼呢？——我不知所措。」

「你很容易不知所措！」約翰·布登布洛克生氣地拋出這句話，雖然他自己知道這句話並不符合事實，知道他的兒子兼合夥人常常比他更擅長當機立斷地把握優勢。

「該受詛咒的壞影響……」領事繼續說，「這是我讀懂的第一句話！父親，難道您不了解這句話讓我多麼痛苦嗎？而且他指責我們不像個基督徒！」

「這樣一篇胡言亂語就嚇倒你了嗎？是嗎？」布登布洛克老先生氣呼呼地走過來，把熄燭桿拖在身後。「不像個基督徒！哈！我得說，這很有品味，自稱虔誠的人還這麼貪婪！你們這些年輕人究竟是怎麼回事？滿腦子奇怪的基督教觀念和奇思怪想……還有……理想主義！而我們這些老人家就是沒心沒肺，只會嘲弄……另外還要談什麼七月王朝，談什麼務實的理念……寧願把最粗魯的胡言亂語寄到父親家裡，也不願意放棄幾千塔勒！還有，他還瞧不起身為商人的我！哼！身為商人，我知道什麼是意外開支，——意外開支！」「意外開支」這個詞他用的是法文，重複說了兩次，用巴黎口音重重地強調喉音。「就算我不顧顏面掃地而對他讓步，這個沒有分寸的頑劣兒子也不會更聽話……」

「親愛的父親，我該怎麼回答呢！我不想讓他說中了，當他說您受到了『影響』！身為公司合夥人，我是利益相關者，正因為如此，我不能勸您堅持您的立場，可是……再說，我就跟戈特豪德一樣是個好基督徒，可是……」

「可是！你說『可是』的確有道理，尚！事情究竟是什麼情況呢？當年，當他迷戀上那位史特溫小姐，當著我的面吵了一次又一次，到最後還是娶了這個門不當戶不對的女人，儘管我強烈反對。於是我寫信給他：我親愛的兒子，你娶了你的小店，其他的都不必說了。我不會剝奪你的繼承權，不會把場面弄得很難看，但是我們的父子情誼就到此為止。我給你十萬馬克做為結婚賀禮，在遺囑裡會另外再留十萬馬克給你，但是這就是全部了，你不會再多拿到一毛錢，就這樣被打發了。——而他沒有吭聲。如果我們生意做得好，關他什麼事？如果你和你妹妹拿到的比他多，又關他什麼事？如果我用你們將會繼承的財產買了一棟房子……」

「父親，如果您能了解我的處境是多麼尷尬！為了家人的和睦，我應該要勸您……可是……」

領事倚著他的椅子，輕聲嘆了口氣。布登布洛克老先生倚著那根熄燭桿，凝神看進燭光閃動的那片昏暗中，想看清兒子臉上的表情。僅剩的兩支蠟燭中，有一支已經燃盡，自己熄滅了，只有後面一支殘燭的火光還在閃動。壁紙上高大的白色神像偶爾會帶著平靜的微笑在搖曳的燭光中閃現，隨即又消失。

「父親，和戈特豪德的關係弄成這樣讓我心情鬱悶！」領事小聲地說。

「別胡說，尚，不要感情用事！是什麼讓你心情鬱悶？」

「父親，今天我們如此歡樂地齊聚一堂，慶祝了一個美好的日子，我們既自豪又幸福，明白自己做出了一番成績，有了一些成就……提高了我們公司和家族的地位，享有名望和眾人的讚賞……可是，父親，和您的長子、我的哥哥這樣反目成仇……我們靠著上帝仁慈的幫助擁有了這棟宅邸，不該讓裂痕在暗中貫穿了這棟屋子……父親，一家人必須要同心，必須團結一致，否則就會有災禍臨門……」

「胡說八道，尚！胡鬧！對一個忤逆的兒子……」

一時兩人都沉默不語，最後一支蠟燭即將燃盡，火光愈來愈小。

「你在做什麼，尚？」布登布洛克老先生問。「我根本看不見你了。」

「我在計算，」領事不帶感情地說。燭火向上竄，可以看見他站直了身體，冷靜而專注地盯著那舞動的火光，這是他一整個下午都不曾流露出的眼神。「一個做法是：您給戈特豪德三萬三千三百三十五馬克，給在法蘭克福的妹妹一萬五千馬克，這樣一共是四萬八千三百三十五馬克。另一個做法是：您只給在法蘭克福的妹妹兩萬五千馬克，對公司來說，這就省下了兩萬三千三百三十五馬克。但這還不是全部。假定您給了戈特豪德補償金，補償他對這座房產應有的持分，那麼您當年立下的原則就被打破了，而他當年就沒有徹底被打發，那麼，在您死後，他就有權要求和我與妹妹繼承同樣多的遺產，這將會使公司蒙受幾十萬馬克的損失，這是公司承受不起的，未來將獨自經營這家公司的我也承受不起……不，爸爸！」他做出決定，把手用力一揮，把身體挺得更直了。「我必須勸您不要讓步！」

「那就這樣吧！別再多說了！走吧！上床去！」

最後一點燭光在熄燭罩下熄滅了。父子兩人在一片漆黑中穿過圓柱大廳走出去，在通往三樓的樓梯旁握了握手。

「晚安了，尚……鼓起勇氣來，好嗎？這是些煩人的事……明天吃早餐的時候再見了！」

領事上樓走進他的住處，老人則扶著欄杆，摸索著下樓到中間夾層。於是這棟寬敞的老宅就籠罩在黑暗和靜默中。自豪、希望和擔憂都沉沉睡去，而在外面的寂靜街道上，雨仍淅瀝淅瀝地下著，秋風颼颼吹過山牆和屋角。

第二部

第一章

兩年半之後，春天在四月中旬就提早來臨，比任何一年都早。而就在這個時節發生了一件事，使得布登布洛克老先生愉快地哼起歌來，也使他兒子欣喜異常。

一個星期天的上午，九點鐘在早餐室裡，領事坐在窗前那張棕色的大寫字桌前面，桌子的弧形頂蓋掀開了，藉由一個精巧的機關被縮進去。他面前擺著一個厚厚的皮革文件夾，裡面裝滿了文件，而他抽出了一本封面有壓印花紋、燙著金邊的冊子，急切地俯身其上，用他那細瘦的字跡振筆疾書。他不停地寫著，只在把鵝毛筆伸進沉甸甸的金屬墨水瓶中蘸墨水時才暫時停筆。

兩扇窗戶都打開了，溫煦的陽光照在庭園裡初綻的花苞上，幾隻小鳥的叫聲俏皮地互相應和，春風帶著一股清香吹進屋裡，偶爾無聲地掀動了紗簾。在室內另一端的早餐桌上，耀眼的陽光照在白色桌巾上，桌上零星散落著麵包屑，閃動的光線在缽狀杯子的金邊上旋轉跳躍。

通往臥室的雙扇門都打開了，聽得見布登布洛克老先生的聲音從那兒傳來，他正輕聲哼著一首古老的詼諧歌謠：

「一個好人，一個老實人，
一個討人喜歡的人；

他會煮湯，也會抱小孩，
帶著一身苦橙味。」

他坐在有著綠色絲綢床帷的小搖籃旁邊，用一隻手搖著，讓搖籃以均勻的幅度擺動。領事夫人的天篷床就在旁邊，他們夫妻倆為了讓僕人省點事，就暫時搬下樓，住在這個中間夾層，而布登布洛克老夫婦則暫時睡在這個中間夾層的第三個房間。老太太在條紋衣裳外面罩了件圍裙，濃密的白色鬈髮上戴著一頂蕾絲軟帽，正在後面的桌子旁忙著，桌上堆著法蘭絨和亞麻衣物。

布登布洛克領事幾乎沒有朝隔壁房間看上一眼，全神貫注在手邊正在做的事情上。他表情嚴肅，虔誠得幾乎顯得痛苦。他的嘴巴略微張開，下巴微微垂下，眼睛不時泛起淚光。他寫下：

「今天，一八三八年四月十四日，清晨六點鐘，我親愛的妻子伊莉莎白，娘家姓氏克羅格，在上帝慈悲的幫助下，極其幸運地產下一名女嬰，她將在神聖的洗禮中被命名為克拉拉。願主慈悲地保守她，雖然葛拉波夫醫生說孩子太早出生，產前也並非一切順利，貝絲忍受了很大的疼痛。啊，何處還有像祢一樣的神，萬軍之主，幫助我們度過一切危難，教導我們正確地明辨祢的旨意，讓我們敬畏祢，忠於祢的旨意和戒律！主啊，請帶領我們大家，引導我們，只要我們還活在這塵世間……」——他繼續振筆疾書，下筆流暢敏捷，偶爾使用商人慣用的花體字，一行又一行地對上帝訴說。寫了兩頁之後，他繼續寫下：

「我替我的么女寫了一張一百五十塔勒的保單。主啊！請帶領她走在祢的道路上，並且賜給她一顆純淨的心，讓她有朝一日進入永生的居所。因為我們知道，要全心信靠有多麼困難，去相信親愛的耶穌屬於我，因為我們這顆世俗的心渺小而軟弱……」領事在寫了三頁之後寫下了「阿門」，但是那支筆仍在紙上滑動，發出沙沙的聲音，又繼續寫了幾頁，寫到使疲憊旅人恢復精神的甘泉，寫到救世主流血的神聖傷口，寫到窄路和寬路，還有上帝的偉大榮光。不能否認，領事在寫完這一句或那一句之後會感覺到現在該停筆了，該把筆擱下，走進臥房裡看望妻子，或是到辦公室去。可是這怎麼行呢！難道他這麼快就累了嗎？不再繼續向他的造物主和救主訴說？如果現在就停筆，豈不是剝奪了主嗎？……不行，不行，為了懲罰他不夠虔敬的欲望，他又從《聖經》裡引用了更長的章節，替他的父母、他的妻兒和他自己祈禱，也替他的哥哥戈特豪德祈禱。終於，在最後一次引用了《聖經》中的話語之後，再最後一次連寫了三次「阿門」，他在紙上灑上金粉，鬆了一口氣，向後靠坐。

他翹起一條腿，慢慢往前翻閱這本冊子，偶爾停下來讀一段他親手寫下的紀事和沉思，並且再次心懷感激地看出上帝之手顯然總是賜福給他，讓他平安度過一切危險。他曾經染患天花，病情嚴重，大家都認為他活不了，但是他被救活了。他小時候曾經有一次旁觀別人準備一場婚禮，那時釀了許多啤酒（當時還有在自己家裡釀啤酒的這個古老習俗），為此在門口豎起一個大酒桶。結果這個酒桶倒下來，桶底重重擊中了他，發出一聲巨響，鄰居紛紛跑到門口，六個人忙了半天才把桶子再扶正。他的頭被壓傷，鮮血直冒，流了他一身。他被抬到一家商店裡，由於他一息尚存，就派了人去請醫生和外科醫生過來。但是大家都勸他父親要聽天由命，說這孩子不可能活下來……可是聽聽結果吧：全能的上帝保佑了他，幫助他完全恢復了健康！——當領事在腦海中重溫他所經歷的這樁意外，他再次拿起筆來，在剛才寫的最後一個「阿門」後面又添了一句：「主啊，我將永遠頌讚祢！」

另一次，在卑爾根，上帝使他免於滅頂之災，那時他還是個年輕小伙子。冊子上寫著：「在暴風期間，當行駛北海的船隻抵達，我們必須費很大的功夫穿過那些小船，才能抵達卸貨碼頭，於是我站在駁船邊上，雙腳抵著槳架，背倚著小船，設法把平底駁船拉近；不幸的是，我雙腳抵著的橡木槳架斷了，於是我一頭栽進水裡。我第一次浮出水面的時候，周圍沒有人離我夠近，能把我抓住；我又第二次浮出水面，可是那艘平底駁船從我頭上駛過。周圍想要救我的人很多，但是他們必須先把小船和那艘駁船推開，讓船身不至於壓在我頭上。本來他們再怎麼推也無濟於事，可是就在這一刻，一艘小船的纜繩自己斷了，就這樣漂了出去，承蒙上帝保佑，讓我有了浮出水面的空間。雖然我第三次浮上來時就只有頭髮露出水面，但是因為駁船上的人東一個、西一個地全都趴在船邊，把頭伸出在水面上，一個從船艄探出來的人抓住了我的頭髮，而我抓住了他的手臂。可是因為他自己也撐不住，他就扯著嗓門大吼大叫，其他人聽見了，趕忙緊緊抓住他的腰，讓他能夠撐住。我也始終緊緊抓著他，就算他咬了我的手臂，就因為這樣，最後他才能夠幫忙把我拉上來……」接下來是一篇很長的感謝禱告，領事用溼潤的雙眼瀏覽過去。

在另一處寫著：「如果我想要抒發情感，我有很多事可以說，只是……」領事略過了這一段，開始讀起他結婚成家與初為人父那段時間的記載，在這裡讀幾行，那裡讀幾行。老實說，這段婚姻並非出於愛情。他父親拍拍他的肩膀，讓他注意到富豪克羅格的女兒，她的嫁妝將會給公司帶來一筆可觀的資金。他由衷同意這個安排，從那以後就把妻子當成上帝交付給他的伴侶來敬重……

畢竟他父親的第二段婚姻也是同樣的情況。

「一個好人，一個老實人，

一個討人喜歡的人」……

他父親在臥室裡輕聲哼著歌。遺憾的是，父親對這些舊日的記載和文件不甚感興趣。他活在當下，不太關心家族過去的歷史，雖然當年他也曾在這本燙著金邊的冊子裡寫過幾則紀事，用他那有點龍飛鳳舞的筆跡，而且主要是關於他的第一段婚姻。

領事翻開那幾頁，和他自己裝訂進去的紙頁相比，父親當年用的紙張比較結實，也比較粗糙，而且已經有點泛黃了……是啊，布登布洛克老先生想必深愛著他的第一任妻子約瑟芬，不來梅一位商人之女，而他得以在她身邊度過的那短短一年似乎是他最美好的時光。上面寫著「我這一生最快樂的一年」，下面畫了一條波浪形的底線，也不怕他的現任妻子安朵涅特．布登布洛克老夫人讀到。

可是接著戈特豪德出生，而這個孩子把約瑟芬害死了……關於這件事，在那張粗糙的紙上記載了一些奇怪的話語。老約翰．布登布洛克似乎真心怨恨這個孩子，從他開始在母親肚子裡肆無忌憚地亂動，讓母親感到疼痛難當的那一刻起，到他健康活潑地來到世上，而約瑟芬卻死了，她血色全無的臉埋在枕頭裡。這個孩子健壯無憂地長大，但老約翰．布登布洛克始終沒有原諒這個害死了母親的無恥闖入者……這一點是領事無法理解的。他想，她是在完成了女性崇高天職的時候死去，換作是我，我會把對她的愛溫柔地轉移到她賦予了生命的孩子身上，她在離我而去時把這個孩子留給了我……但是在他父親眼中，這個長子始終就只是毀掉他幸福的卑鄙傢伙。後來他娶了安朵涅特．杜尚，她出身於漢堡一個富有的名門望族，夫妻倆互敬互重地相伴度日……

領事在冊子裡翻來翻去，在後面幾頁讀到自己子女的一些小事：湯瑪斯何時得了麻疹，東妮何時患了黃疸，而克里斯提昂的水痘又是何時痊癒的。他讀到他和妻子做過的許多次旅行，前往巴黎、瑞士和瑪麗亞溫泉市，再往前翻，翻到有如羊皮紙般有了裂痕、黃斑點點的那幾頁，上面有他祖父約翰．布登布洛克用淡灰色墨水寫下的大大花體字。這些記載始於一份年代久遠的家譜，溯及這家人的嫡系祖先。所知最早的一位布登布洛克家族祖先在十六世紀末住在帕爾希姆，他兒子在格拉包當上了市議員。還有另一位祖先的職業是裁縫師，在羅斯托克結了婚，「家境十分富裕」——這句話下面畫了底線——並且生了一大堆孩子，有些死了，有些活下來，視命運而定……又有另一個已經名叫約翰的祖先留在羅斯托克經商，又過了幾年之後，領事的祖父終於來到此地，成立了這家穀物貿易公司。關於這位祖先的事已經記錄得很詳盡：他何時得了粟粒疹，何時得了天花，都如實記載下來；他何時從四樓摔進烘穀室而僥倖存活，雖然他墜落時可能會撞上許多橫樑，還有他何時曾因發高燒而神智不清，都記載得很清楚。而且他還在紀事中添加了對子孫的訓勉，其中有一句特別醒目，用尖尖的哥特體字母一筆一畫仔細寫下，還框了起來：「吾兒，白天裡努力經營生意，但是只做夜裡能讓我們安心睡覺的生意。」接著囉哩囉唆地證明那本在威登堡印行的古老《聖經》是他所有，他將把這本《聖經》傳給他的長子，再由長子傳給長孫……

布登布洛克領事把那個皮革文件夾拉過來，挑出幾件其他文件來瀏覽。裡面有年代久遠、已經殘破的泛黃信件，由擔憂的母親寫給在外地工作的兒子，而收信人在信上加註：「順利收到，銘記在心。」那裡面也有漢薩自由市頒發的市民證書，印有市徽，蓋了官印，此外還有保單、祝賀詩、承諾擔任孩子教父的信函。裡面也有動人的商業書信，例如由兒子從斯德哥爾摩或阿姆斯特丹寫信給身兼合夥人的父親，告知小麥的貨源可靠，請父親放心，同時懇請父親代為問候自己的妻兒……裡面還有領事的一本日記，是專門為他遊歷英國和布拉邦那趟旅行而寫，日記本的封面是一幅銅版畫，畫的是愛丁堡城堡和乾草市場。戈特豪德寫給父親的那幾封憤怒書信是其中令人難過的文件，而霍夫施泰德最近寫的那首祝賀詩則是令人愉快的最後一份文件……

一陣優美急促的鈴聲響起。寫字桌上方掛著一幅色彩黯淡的畫作，畫的是一座古老的市場，畫中的教堂塔樓裝了一個真實的時鐘，這時正以自己的方式敲了十下。領事闔上裝著家族文獻的資料夾，小心地收藏在寫字桌後層的一個抽屜裡。然後他就走進位在另一端的臥室。

臥室裡的牆壁用深色大花布幔遮著，與圍著產婦床邊的高高簾幕是同一種布料。在安然度過了憂懼和疼痛之後，空氣中有一種寧靜安歇的氣氛，室溫仍被爐火微微加熱，瀰漫著一股混合了古龍水和藥物的氣味。窗簾拉上了，光線只依稀透進來。

兩個老人家並肩而立，俯身在搖籃上端詳著熟睡的嬰兒。領事夫人則向丈夫伸出她美麗的手，即使在此刻她手腕上也戴著一條金手鍊，輕輕地叮噹作響。她穿著一件典雅的蕾絲外套，一頭紅髮梳理得整整齊齊，臉色雖然還有點蒼白，但是帶著幸福的微笑。她伸出手時習慣盡量把掌心翻過來，似乎使得這個動作更加親切。

「嗯，貝絲，妳還好嗎？」

「我很好，非常好，親愛的尚！」

他握著她的手，面向著他父母，把臉湊近正在咻咻吸氣的嬰兒，吸進從嬰兒身上散發出的溫暖香氣，那氣味和善動人。「願上帝保佑你，」他小聲地說，一邊親吻了這個小生命的額頭，嬰兒皺巴巴的手指又小又黃，像極了雞爪。

「她喝了很多奶，」布登布洛克老夫人說。「看哪，她胖了好多，真是驚人……」

「我覺得她長得像她奶奶，你們相信嗎？」由於幸福和自豪，布登布洛克老先生今天簡直是容光煥發。「這雙烏溜溜的眼睛，不像奶奶才怪……」

老夫人謙遜地推辭。「欸，現在哪裡就看得出來像誰……尚，你要去教堂嗎？」

「對，十點了，該出發了，我等那幾個孩子一起……」

這時也已經聽得見那些孩子的聲音。他們不懂分寸地在樓梯上吵吵嚷嚷，也聽得見克婁蒂妲發出噓聲，要他們安靜下來。接著他們就小心翼翼地悄悄走進來，一來是怕吵到剛出生的小妹，二來是在做禮拜之前必須要靜下心來。他們穿著毛皮大衣，因為在聖瑪利亞教堂裡當然還是冷得像冬天一樣，紅通通的小臉表情興奮。今天真是個喜氣洋洋的日子！鸛鳥不只帶來了小妹妹，還帶來了各式各樣的好東西，肯定是隻肌肉結實的鸛鳥，牠替湯瑪斯帶來一個海豹皮做的書包，給安東妮帶來一個大玩偶，這個玩偶特別之處在於它的頭髮是真的，乖巧的克婁蒂妲收到一本彩色圖畫書，但是心懷感謝、安安靜靜的她幾乎只忙著翻看那些一起送來的糖果袋，克里斯提昂則收到了一整臺傀儡戲，有蘇丹、死神和魔鬼。

他們親吻了母親，獲准再次朝搖籃的綠綢床帷後面小心地瞄上一眼，接著父親披上斗篷式大衣，拿起讚美詩集，他們就規規矩矩地默默跟在父親後面往教堂走去。刺耳的哭聲在他們身後響起，這個家庭的新成員忽然醒了……

第二章

每到夏天，也許早在五月或是六月，東妮·布登布洛克就會去城堡門外的外公外婆家小住，而她總是滿心歡喜地去。

住在郊外那棟豪華別墅裡很舒服，別墅包括占地甚廣的附屬建築，有僕人住的屋子和馬車棚，還有大片果園、菜園和花園，沿著斜坡往下一直延伸到特拉維河畔。克羅格家族生活闊綽，雖然這種耀眼的財富和東妮父母家那種略為呆板的殷實有所不同，但外公外婆家的一切顯然都比爸媽家更豪華兩級，這一點令這位年幼的布登布洛克小姐印象深刻。

在這裡她從來不必做家事，更別提在廚房裡幫忙，而在曼恩路的家裡，雖然爺爺和媽媽也不太在乎這件事，但是爸爸和奶奶卻經常提醒她要擦拭灰塵，並且要她拿乖巧虔誠又勤快的堂姊克婁蒂妲做榜樣。當這位小姑娘坐在搖椅上向外婆的貼身侍女或男僕發號施令，母系家族的封建主義傾向就在她心中甦醒。除了這兩位僕人之外，伺候這對老夫妻的還有兩個女傭和一個馬車夫。

不管怎麼說，早晨在貼有明亮壁紙的寬敞臥室中醒來，一伸手就先摸到一條厚厚的緞面被子，這畢竟是件愉快的事；值得一提的還有：在有露臺的房間裡吃第一頓早餐時，晨風穿過敞開的玻璃門從庭院吹拂進來，替她準備好的不是茶、也不是咖啡，而是一杯熱可可，沒錯，每天都有平常要在過生日時才喝得到的熱可可，配上厚厚一塊鬆軟綿滑的圓環蛋糕。

只不過，除了星期天，東妮都得要一個人吃早餐，因為外公外婆通常要在上課時間開始很久之後才會下樓。等她吃完了蛋糕和熱可可，她就會抓起書包，踩著小碎步走下露臺，穿過整理得花木扶疏的前院。

年幼的東妮．布登布洛克長得非常可愛。天生鬈曲的濃密金髮從草帽底下露出來，那金色隨著年紀的增長而愈來愈深，上唇微翹，使她那張有著藍灰色明眸的清新小臉帶點俏皮，而這分俏皮也顯現在她嬌小的身形上。她細瘦的腿上穿著雪白的襪子，走起路來一搖一擺，步伐輕快，自信滿滿。許多人都認得布登布洛克領事的這個年幼女兒，會在她走出庭院大門、走上栗樹夾道的林蔭大道時跟她打招呼。對方也許是個賣菜的婦人，頭上戴著飾有淺綠色緞帶的大草帽，推著小車從村莊裡進城來，會對著她和氣地喊一聲「早啊，小姐！」而高大的穀物搬運工人馬提森身穿黑袍和燈籠褲，腳上穿著白襪和扣帶鞋，在經過時甚至會恭敬地摘下他那頂粗劣的圓頂高帽⋯⋯。

東妮停下來一會兒，等她的鄰居茱爾欣．哈根史托姆出來，她們習慣一起走路上學。那個孩子的肩膀長得有點太高，有一雙明亮的黑色大眼睛，住在隔壁那棟爬滿葡萄藤的別墅裡。她父親哈根史托姆先生的家族定居此地的時間還不長，他娶了來自法蘭克福的一個年輕女子，娘家姓氏為塞姆林格，她有一頭出奇濃密的黑髮，耳朵上戴著全城最大的鑽石。哈根史托姆先生擁有一間出口公司，名叫「史特倫克&哈根史托姆」。他對於市政事務相當熱心，也很有野心，但是由於他的婚姻令那些比較保守的家族——像是莫倫朵普家族、朗哈爾斯家族、布登布洛克家族——感到有些錯愕，因此他的人緣並不太好，儘管他身為好幾個委員會、理事會、董事會的成員而在地方上相當活躍。他似乎打定主意，一有機會就要跟地方上幾個名門望族的成員作對，狡猾地反駁他們的意見，堅持自己的看法，意圖證明自己遠比他們更為能幹、更不可或缺。布登布洛克領事這樣說他：「亨利希．哈根史托姆愛找麻煩，很惹人厭⋯⋯

他簡直是存心要跟我作對，不管在哪裡，他都要妨礙我……今天在『濟貧代表團』會議上他鬧了一場，前幾天在財政局也一樣……」而布登布洛克老先生又加了一句：「一個臭小子！」——另一次，父子倆回家吃飯時又生氣又沮喪……出了什麼事呢？唉，沒什麼……他們沒能做成一筆把黑麥運往荷蘭的生意，因為「史特倫克&哈根史托姆公司」硬是搶走了這筆大買賣，這個亨利希·哈根史托姆真是隻老狐狸……

東妮經常聽到這類談話，使得她難以對茱爾欣·哈根史托姆有太多好感。她們之所以一起走路上學就只是因為兩人剛好是鄰居，可是她們經常惹對方生氣。

「我爸爸有一千塔勒！」茱爾欣說，自以為扯了瞞天大謊。「你爸爸呢？」

東妮由於羨慕和自尊受損而沉默不語。然後她冷靜地隨口說道：

「我剛才喝的熱可可真是太好喝了……你早餐都喝些什麼呢，茱爾欣？」

「喔，趁我還沒忘記，」茱爾欣回答，「你想要我分一顆蘋果給你嗎？——哼，可是我才不要分給你！」她緊緊抿住嘴脣，樂得一雙黑眼睛水汪汪的。

有時候，茱爾欣的哥哥赫爾曼也跟她們在同一個時間去學校，他比她們大個幾歲。她還有一個哥哥叫莫里茲，但是他體弱多病，沒去上學，而在家裡上課。赫爾曼有一頭金髮，但是鼻子有點扁，跟上脣挨得很近，而且他總是咂著嘴，因為他習慣用嘴巴呼吸。

「亂講！」他說，「爸爸的錢比一千塔勒多得多。」他有趣之處在於他帶到學校的第二頓早餐不是麵包，而是檸檬餅：一種加了牛奶的橢圓形軟餅，裡面摻了葡萄乾，而且他甚至還要夾上小香腸或鵝胸肉，這就是他吃東西的口味。

檸檬餅夾上鵝胸肉，這對東妮·布登布洛克來說是件新鮮事。再說，這一定很好吃！當他打開早餐盒讓她瞧瞧，她表達出想要嘗一塊的願望。一天早上，赫爾曼說：

「我沒辦法分給你，東妮，可是明天我會多帶一塊給你，如果你也願意拿點東西跟我交換的話。」

隔天早上，東妮在林蔭道上等了五分鐘，茱爾欣還沒來。她又等了一分鐘，然後赫爾曼一個人來了，他把用皮繩綁著的早餐盒甩來甩去，一邊小聲地咂著嘴。

「喏，」他說，「這裡有一塊檸檬餅夾鵝胸肉，而且全是瘦肉，一點肥肉都沒有……你要拿什麼來交換？」

「喔，也許用一先令[1]？」東妮問。他們站在林蔭道的正中央。

「一先令……」赫爾曼重複著，然後他嚥了一口口水，說：

「不行，我想要別的東西。」

「你要什麼呢？」東妮問，為了這塊可口的點心，她什麼都願意給他。

「一個吻！」赫爾曼．哈根史托姆喊道，伸出一雙手臂摟住東妮，沒頭沒腦地就親下去，卻連她的臉都沒碰到，因為她十分靈活地把頭向後仰，用拿著書包的左手抵住他的胸口，用右手使勁打了他三、四個巴掌。他踉踉蹌蹌地向後退。可是就在這一刻，他妹妹茱爾欣從一棵樹後面跳出來，像個黑色小魔鬼，氣呼呼地撲向東妮，扯下她頭上的帽子，把她的臉頰抓得慘不忍睹。自從這件風波之後，她們的同學情誼就幾乎畫上句點。

此外，東妮之所以拒絕讓年少的哈根史托姆吻她肯定不是由於害羞。她是個相當大膽的姑娘，生性淘氣，常令父母擔憂，尤其令她父親操心。而她雖然頭腦聰明，在學校裡該學的都學得很快，但她的操

1　一塔勒（Taler）等於四十八個先令（Schilling）。

行卻大有缺陷，到最後就連校長阿嘉特．菲爾梅亨小姐都不得不到曼恩路的布登布洛克宅邸來登門拜訪。她尷尬得微微冒汗，極其禮貌地請求領事夫人對她的女兒嚴加管教，因為這位小姑娘又明目張膽地在街上惡作劇了，儘管校方已經委婉地警告過她許多次。

東妮在城裡走動時認得所有的人，也會跟所有的人閒聊，這並沒有什麼不好；何況布登布洛克領事也贊同她這樣做，因為這表示她不高傲，而懂得與別人和睦相處。她和湯瑪斯一起去特拉維河畔的倉庫，在鋪放在地上的燕麥堆和小麥堆之間爬來爬去，她會和工人閒聊，也和一樓窄小陰暗的辦公室裡坐著的抄寫員閒聊，甚至會幫忙用滑輪把麻袋吊上來。她認識那些繫著白圍裙、扛著肉桶緩步穿越布萊特大街的屠夫，也認識那些載著一罐罐牛奶從鄉下進城裡來販售的婦人，偶爾也會讓她們載她一小段路；她認識金飾小舖裡鬍子灰白的金匠師傅，那些木造的小舖就建在市場的拱廊裡面；她也認識市場上那些賣魚、賣水果、賣蔬菜的婦人，還有在街角嚼菸草的搬運工人……這都不成問題！

可是有一個臉色蒼白、沒留鬍子、看不出究竟多大年紀的人，他習慣每天早上帶著憂傷的微笑在布萊特大街上閒逛，如果有人忽然大喊一聲「哈！」或是「呵！」，他就會忍不住嚇得用一條腿跳起舞來；而東妮每次見到他就要嚇他一下，讓他嚇得跳起來。另外有個婦人非常矮小，頭卻很大，習慣在任何天氣都撐著一把滿是破洞的大傘，東妮總是喊她「破傘太太！」或是「蘑菇！」，像這樣譏笑別人可就不是件好事了。而她該受指責的事還不僅如此。有個老婦人在約翰尼斯路的一條窄巷裡賣毛線做的娃娃，長著一雙紅得出奇的眼睛，東妮會和兩、三個氣味相投的女孩跑到這個老太太的家門口使勁拉扯門鈴，等到老太太出來，她們就假裝客氣地詢問這裡是否住著一位痰盂先生或是痰盂太太，然後就尖聲笑著跑走了……這些惡作劇東妮．布登布洛克全都會做，而且看起來她做這些事完全心安理得。因為如果哪個被她捉弄的人凶她一下，她就會向後退一步，把上唇微翹的漂亮腦袋往後一甩，半是動怒、半是訕笑地吐出一聲「呸！」彷彿想說：「看你敢對我怎麼樣！我可是布登布洛克領事的女兒，如果你還不知道的話……」

她像個小女王一樣在城裡走來走去，要待人和善或殘忍都隨她高興，這是女王特有的權利。

第三章

尚·雅克·霍夫施泰德對布登布洛克領事的兩個兒子做出的評語顯然相當中肯。

湯瑪斯打從出生就被認定將來要成為商人繼承公司，他在有著哥特式拱頂的那所古老學校讀的是實用科學，為人聰明、靈活而且明理。克里斯提昂讀的則是文理中學，他一樣有天分，但是比較不正經，當他維妙維肖地模仿起學校老師，湯瑪斯也總是被逗得樂不可支，他尤其喜歡模仿馬歇魯斯·史登格先生，這位老師教的是歌唱、繪畫之類的有趣科目。

史登格先生的背心口袋裡總是插著半打削尖的鉛筆，他戴著一頂狐紅色假髮，穿著敞開的淺棕色外套，下襬幾乎長到腳踝，襯衫的硬領連鬢角都遮住了，說話風趣，喜歡做充滿哲理的區分，像是：「好孩子，你該畫一條橫線，結果呢？你卻畫了一撇！」而「線」這個字音他也發不準。或是他會對一個懶惰的學生說：「我告訴你，你的七年級不會只讀一年，而是得讀好幾年！」——而他把「七」說成「西」，把「好幾年」幾乎說成了「好幾娘」……他最喜歡的課程是在歌唱課上讓學生練習〈綠色森林〉那首悅耳的歌曲，他會叫幾個學生到走廊上去，要他們在開始合唱時小心地輕聲哼唱最後一個字做為回聲。可是如果是克里斯提昂·布登布洛克、他表哥約爾根·克羅格或是他朋友安德瑞亞斯·吉塞克（消防隊長之子）被派去做這件事，他們在應該唱出輕柔回聲的時候卻把煤箱推下樓梯，因此必須在下午四點去史登格先生家裡接受處罰。可是那裡的氣氛卻十分溫馨，因為史登格先生把先前發生的事忘得一乾二淨，要女管家給布登布洛克、克羅格和吉塞克這三個學生每人一杯咖啡，然後就讓這幾位少爺回家了。

事實上，在從前附屬於修道院的這所古老學校，校長是位吸著鼻菸的慈祥老先生，在他領導下的那群優秀學者都是些脾氣和善的好好先生，他們一致認為學問和歡樂並不抵觸，致力於懷著善意和愉快的心情來上課。中年級有位教拉丁文的老師以前是傳道人，他個子很高，留著棕色絡腮鬍，有一雙明亮的眼睛。這位老師姓希爾特（Hirte），意思是「牧者」，正好和他的牧師頭銜相符，這是他此生最引以為榮的事，於是他不厭其煩地讓學生一次又一次地翻譯pastor這個拉丁文字彙[1]。他的口頭禪是「無限的狹隘！」而大家始終沒有弄清楚這是否是他故意開的玩笑。而他若是想要讓學生徹底目瞪口呆，就會表演一項特技，把嘴唇緊緊抿進嘴裡，再突然鬆開，發出「啵」的一聲，就像是香檳酒開瓶的聲音。他喜歡邁開大步在教室裡走來走去，向各個學生預言他們將來的一生，說得活靈活現，目的在於稍微激發學生的想像力。但他隨即認真地繼續教學，意思是聽學生背誦他為了解釋拉丁文各種複雜的文法規則而寫的詩句，這些詩真的寫得很巧妙，希爾特牧師朗誦這些詩的時候刻意強調韻律和節奏，說不出有多麼得意。

湯瑪斯和克里斯提昂的年少時光……沒有什麼特別值得述說的事。在那段日子裡，布登布洛克家中陽光普照，公司生意興隆。偶爾會有一陣暴風雨，例如下述這樁小風波：

住在鑄鐘路的施篤特先生是個裁縫師，他太太因為收購舊衣物而和上流社交圈有所往來。施篤特先生穿著一件毛料襯衫，裹住圓滾滾的肚子，腹部以驚人的弧線垂落在褲子上。這位施篤特先生替布登布

1 Pastor這個字在拉丁文裡是牧羊人之意，後來在德文和英文中都用來指牧師。

洛克家的兩位少爺縫製了兩套西裝，費用一共是七十馬克。只不過在兩位少爺的請求下，他很乾脆地同意在帳單上寫下八十馬克，而把多拿到的那十馬克交給他們。這是筆小生意，雖然稱不上乾淨，但也沒什麼不尋常。可是不幸之處在於，由於冥冥中命運的捉弄，這件事被揭穿了。於是施篤特先生只好在毛料襯衫外面加穿一件黑外套，到領事先生的私人辦公室來，當著他的面，湯瑪斯和克里斯提昂受到了嚴厲的質問。施篤特先生站在領事坐的扶手椅旁邊，雖然叉著腿，但是歪著頭，態度十分恭敬，講了一番好聽的話，大意是「這不過是件小事嘛」，說他能拿回那七十馬克就很高興了，「既然事情已經鬧出來了。」領事對於這個把戲卻感到震怒。可是經過深思熟慮之後，他決定提高給兩個兒子的零用錢額度，因為《聖經》上說：「不叫我們遇見試探」。

很顯然，比起他弟弟，大家對湯瑪斯．布登布洛克的期望更大。他舉止沉穩，個性開朗而有分寸；克里斯提昂則顯得情緒化，既喜歡搞笑，又會以極其怪異的方式把全家人嚇一大跳。

全家人一起吃飯，已經送上了餐後水果，大家愉快地邊吃邊聊。可是克里斯提昂突然把一顆咬過的桃子放回盤子上，臉色蒼白，一雙深深凹陷的圓眼睛在太大的鼻子上方睜得大大的。

「我再也不吃桃子了，」他說。

「為什麼？克里斯提昂……你在胡說些什麼……你是怎麼啦？」

「你們想想看，要是我不小心……把這麼大一個桃核給吞下去了，如果它卡在我喉嚨裡……讓我沒辦法呼吸……於是我跳起來，要命地噎住了，而你們也全都跳起來……」接著他忽然短促地呻吟了一聲，這一聲「噢！」充滿了驚恐，他不安地從椅子上站起來，轉向一邊，彷彿想要逃走。

領事夫人和雍曼小姐果真跳了起來。

「老天爺，克里斯提昂，你沒有真的把桃核吞下去吧？」因為看起來完全像是真有其事。

「沒有，沒有，」克里斯提昂說，逐漸冷靜下來，「但是假如我吞下去了的話！」

領事剛才也嚇得臉色發白，這時開口責罵，祖父則惱怒地敲著桌子，不准他再這樣瞎胡鬧。只是克里斯提昂在這之後果真有很長一段時間不再吃桃子了。

第四章

這家人搬進曼恩路那棟大宅大約六年之後，在一個寒冷的一月天，安朵涅特・布登布洛克老夫人病倒了，躺在中間夾層那間臥室裡高高的天篷床上一病不起。原因不僅是年老體衰，因為老太太在病倒之前一直都很硬朗，一頭白髮始終端莊地在鬢角梳理成濃密的鬈髮。她會偕夫婿及子女參加城裡舉辦的重要宴會，而在自己家裡舉辦的聚會上，她的儀態也不比她高雅的媳婦遜色。可是有一天她突然感到不適，原因不明，一開始只是輕微的腸炎，葛拉波夫醫生開的處方是一點鴿子肉和法國麵包，接著她就開始嘔吐，而且腹部絞痛，體力迅速衰退，速度之快，令人無法理解，衰弱無力的狀態令人擔憂。

等到葛拉波夫醫生在臥室外面的樓梯上和領事做了一番簡短而嚴肅的談話，隨著又有另一位身材矮壯、蓄著黑鬍、眼神陰鬱的醫生加入會診，開始跟著葛拉波夫醫生在屋裡進進出出，這棟屋子的面貌彷彿也隨之改變。大家躡手躡腳地走路，嚴肅地低語，而且不准推車從玄關經過。似乎有某種以前不曾存在、非比尋常的陌生事物降臨了，一份祕密，每個人都從另一個人的眼睛裡讀到，死亡的念頭已經進了屋裡，無聲地統治了寬敞的室內空間。

然而一家人卻也並非閒著無事，因為一直有人來探望。這場病持續了大約十四天或十五天，而在一週之後，年邁的杜尚議員偕同女兒從漢堡前來，他是臥病在床的老夫人的哥哥；又過了幾天之後，領事住在法蘭克福的妹妹和銀行家妹婿抵達家門。這幾位客人住在家裡，於是雍曼小姐忙得不可開交，要替客人把臥室整理好，準備包括鮮蝦和波特酒的豐盛早餐，廚房裡忙著又煎又烤。

在樓上，布登布洛克老先生坐在病榻旁，握著老伴虛弱的手，揚起了眉毛，略微耷拉著下唇，默默凝視著前方。壁鐘隔了很久才又滴答一聲，而病人短淺的呼吸聲要隔得更久才會響起。一位身穿黑衣的護士在桌旁忙著裝牛肉湯，還想試著讓病人喝一點，偶爾會有一個家人悄悄走進來，又悄悄離開。

這個老人也許回憶起四十六年前，當他第一次坐在垂死妻子的病榻旁，也許在比較當年他心中湧起的強烈絕望和此刻這種沉思的憂傷。如今他自己也老了，看著老妻那張變了樣子、沒有表情、淡漠得嚇人的臉，她不曾帶給他很大的快樂，也不曾帶給他很大的痛苦，但是在這漫長的歲月中賢慧地陪在他身旁，而現在她也將慢慢離他而去。

他沒有多想，只是微微搖頭，凝眸回看自己的一生和所謂的人生，生活於他忽然顯得如此遙遠而奇異，他曾經置身其中的這種喧囂擾攘在不知不覺中離他遠去，如今在他愕然聆聽的耳中遠遠地響起。偶爾他會輕聲自言自語：

「怪哉！怪哉！」

等到布登布洛克老夫人沒有掙扎地吐出最後一聲短短的嘆息，在餐廳裡進行了祈福儀式，挑夫抬起覆蓋著鮮花的棺木，腳步沉重地把棺木抬出去——他的心情也沒有改變，甚至沒有哭泣，但是他經常還會訝異不解地輕輕搖頭，而那句幾乎帶著微笑說出的「怪哉！」成了他最常說的一句話。毫無疑問，布登布洛克老先生的來日也不多了。

他開始心不在焉地默默坐在家人當中，偶爾會把年幼的克拉拉抱在膝上，唱一首他熟悉的滑稽老歌謠給她聽，像是：

「大馬車在城裡跑……」

或是：

「瞧，一隻蒼蠅停在牆壁上……」

這時他會忽然沉默下來，接著把孫女抱下來放在地上，轉過身去，一邊搖著頭說聲「怪哉！」，彷彿從接近無意識的悠長思緒中清醒過來。有一天他跟兒子說：

「尚，是時候了吧，你說呢？」

不久之後，幾份印刷清晰、由父子兩人署名的文件就在城裡流傳，約翰・布登布洛克老先生在文件上聲明，由於他年事已高，將放棄迄今所從事的商務，因此將把他先父於一七六八年成立的「約翰・布登布洛克貿易公司」交給他兒子兼目前的公司合夥人約翰・布登布洛克[1]，他兒子將成為公司的唯一業主，繼承該公司的所有資產和負債，並且懇請各方把從前對他的信賴轉移到他兒子身上。老約翰・布登布洛克謹上，此後他將不再簽署公司文件。

可是這件事一宣布，老人家就拒絕再踏進辦公室一步，而他那種陷入沉思的冷漠麻木也愈來愈嚴重，令人感到可怕。到了三月中旬，在他妻子去世才兩個月後，春季裡的一場小感冒就足以使他臥床不起。之後在一個夜裡，家人圍繞在他床邊的時刻也就來臨了，他對領事說：

「願你萬事如意，你聽見了嗎？尚？而且永遠要有勇氣！」

再對湯瑪斯說：

「要協助你父親！」

又對克里斯提昂說：

1 這個家族有好幾代的子孫都名叫約翰，公司名稱也叫「約翰・布登布洛克」，布登布洛克領事和父親同名，因此平時家人都用法文稱呼他「尚」(Jean)。

「成為一個像樣的人！」

說完他就沉默下來，看著全家人，說了最後一次「怪哉！」，就轉過頭去面對著牆壁……

他直到臨終都不曾提起戈特豪德，當領事寫信請求這個哥哥在父親臨終前來見他最後一面，這個長子以沉默做為回覆。然而在隔天一大清早，當訃聞尚未送出，領事走出房間，打算下樓去辦公室處理幾件要務，這時卻發生了一件怪事：戈特豪德．布登布洛克，布萊特大街上「席格蒙德．史特溫＆坎普布料行」的老闆，從玄關快步走進來。四十六歲的他身材矮胖，長著一雙短腿，穿著格紋粗布的寬鬆長褲，灰金色的濃密連鬢鬍鬚已經斑白。他走上樓梯，朝著領事迎面而來，一雙眉毛在灰色帽子的帽沿底下抬得高高的，卻同時皺緊了眉頭。

「約翰，」他說，嗓音高而悅耳，「情況如何？」他並沒有和弟弟握手。

「他在夜裡回天家了！」領事激動地說，握住了哥哥拿著雨傘的手。「這世上最好的父親！」

戈特豪德垂下眉頭，闔上眼皮，沉默片刻之後用強調的語氣說：

「事情到最後都沒有改變，對吧，約翰？」

領事立刻鬆開了手，甚至向後退了一步，那雙深陷的圓眼睛頓時變得清澈，他說：

「沒有。」

戈特豪德的眉毛又抬高到帽沿底下，一雙眼睛死命盯著弟弟。

「那我可以寄望於你的正義感嗎？」他壓低了聲音說。

現在換成領事垂下了目光，但他隨即又抬起眼睛，堅決地把手一揮，堅定地小聲回答：

「在這個沉重而肅穆的時刻，身為兄弟，我向你伸出了手；至於生意上的事，我只能以這家老字號公司的老闆身分來面對你，從今天起，我就成為這家公司的唯一業主。你不能指望我做出違反業主職責的事；在這件事情上，我的其他感受都不重要。」

戈特豪德走了，不過，在葬禮那一天，當親戚舊識、商界朋友、各界代表、搬運工人、公司職員和倉庫工人把屋裡的房間、樓梯和走道擠得滿滿的，當城裡所有的出租馬車都在曼恩路上一字排開，戈特豪德又來了，令領事由衷感到欣慰。他甚至帶著娘家姓氏為史特溫的妻子和三個已經成年的女兒一起前來，長女弗麗德里珂和次女亨麗耶特都長得又高又瘦，十八歲的么女菲菲卻又矮又胖。

後來在墳墓旁，在布登布洛克家族位於城堡門外墓園小樹林邊上的祖墳，由聖瑪利亞教堂的柯靈牧師主持葬禮，他是個壯漢，有一顆大腦袋，言語粗俗。他稱頌死者敬虔度日、懂得節制，不同於那些「酒鬼、貪吃鬼和好色之徒」——這就是他說話的方式，雖然有些人忍不住搖頭，他們想起了剛去世不久的溫德里希老牧師的謹言慎行。等到所有的儀式和程序都結束了，那七、八十輛出租馬車開始轆轆駛回城裡。這時戈特豪德．布登布洛克提議陪領事一起走，因為他想私下和領事談談。看哪：他和同父異母的弟弟並肩坐在那輛高大笨重的馬車後座，把一條短腿翹在另一條腿上，態度溫和，表現得前嫌盡釋。他說他漸漸能理解領事這樣做乃是不得不然，而他也不想再記恨父親。他放棄他以前提出的要求，尤其是因為他打算要退出商場，以後就靠著他的積蓄和他拿到的那份遺產過退休生活，因為經營布料行對他來說並沒有多大意思，而且生意平平，他並不想再投入更多資金。領事在內心虔誠地仰望上帝，心想：「違抗父親並沒有給他帶來幸福！」而戈特豪德的心裡很可能也這麼想。

回到曼恩路大宅，他陪著哥哥走到樓上的早餐室。兩位男士穿著禮服在春寒料峭的戶外站了那麼久，這時都打著哆嗦，兄弟倆一起喝了杯陳年白蘭地。等到戈特豪德禮貌而嚴肅地和弟媳婦交談了幾句，再摸了摸姪兒姪女的頭，他就走了。等到下一次全家人在克羅格家的庭園別墅舉辦「兒童日」聚會時，他將再次出席，他已經開始進行結束營業的程序了。

第五章

有一件事令布登布洛克領事感到遺憾，亦即他父親沒有能夠看見長孫進入公司就職，那是這一年復活節前後的事。

湯瑪斯在十六歲時離開學校。這段時間以來他長得很快，自從受過堅信禮之後——柯靈牧師在堅信禮上嚴詞告誡他「要懂得節制！」——他就穿著成年人的衣服，使他顯得更為高大。他的脖子上戴著一條長長的金錶鍊，是祖父的遺贈，錶鍊上掛著一個刻有家徽的紀念章。這個盾形紋章上面有一塊用不規則線條畫出來的地方，一塊平坦的沼澤地，還有河岸邊一棵孤伶伶、光禿禿的柳樹，構圖有點淒涼。至於那個鑲著綠寶石的印章戒指則更為古老，很可能是羅斯托克那個家境十分富裕的裁縫師祖先就戴過的，祖父把這枚戒指和那本大部頭《聖經》都留給了領事。

湯瑪斯長得和祖父愈來愈像，一如克里斯提昂長得愈來愈像父親；尤其是他結實的圓下巴和線條優美的高挺鼻子都和爺爺一模一樣。他旁分的頭髮在鬢角向後縮，狹長的太陽穴上青筋畢露，頭髮是深金色的，相形之下，他的長睫毛和眉毛就顯得顏色很淡，而他喜歡微微挑起一邊的眉毛。他的言行舉止都穩重而懂事，他的笑容也一樣，笑時露出頗有缺陷的牙齒。他懷著熱忱，認真看待自己未來的職業。

那是個極為莊嚴的日子，當領事在第一頓早餐之後帶他一起下樓到辦公室去，把他介紹給公司的授權代表馬庫斯先生、會計哈弗曼先生和其他工作人員，而他和這些人其實早就是朋友了。他第一次坐在辦公桌前的旋轉椅上，忙著蓋章、整理、抄寫，下午父親也帶著他到特拉維河畔的幾間倉庫去，湯瑪斯對那些名叫「椴樹」、「橡樹」、「獅子」和「鯨魚」的倉庫也早已十分熟悉，但現在他以公司同事的身分被介紹給大家。

他全心投入，效法父親那種埋頭苦幹的勤奮，父親咬緊了牙關努力工作，在日記裡寫下禱告，祈求上帝協助。由於老先生的去世使得「公司」（這是個神聖的字眼）減損了可觀的資本，必須設法把這筆錢再補回來。一天晚上，時間已近深夜，他在風景廳向妻子相當深入地說明了公司目前的情況。

那是夜裡十一點半，幾個孩子和雍曼小姐已經就寢，睡在外面走道旁邊的幾個房間裡，因為三樓的房間現在空下來了，只偶爾供客人使用。領事夫人和丈夫並肩坐在那張黃色沙發上，領事嘴裡叼了根雪茄，正在瀏覽本地報紙上的股市行情，領事夫人則低頭繡著一塊絲綢，微微動著嘴唇，數著一排針腳。她旁邊那張飾有金邊的小巧縫紉桌上擺著一個枝形燭臺，點著六根蠟燭，天花板上的枝形吊燈則沒有使用。

布登布洛克領事已經四十出頭，在過去這幾年裡明顯老了許多。他那雙圓圓的小眼睛似乎凹陷得更厲害了，彎彎的大鼻子就跟顴骨一樣更為凸出，髮線分得很仔細的灰金色頭髮在兩鬢已略微霜白，像是用粉撲輕輕拍了幾下。領事夫人也已年近四十，但仍舊保養得光彩照人，皮膚依舊細嫩，淡紅色的頭髮巧手梳理過，被燭光照得透亮，雖然她並不算美麗，白皙的臉上長著些許雀斑。她用淡藍色的眼睛往旁邊瞄了一眼，說：

「親愛的尚，有件事我想請你考慮一下：我們是不是應該再雇用一個男僕？我認為我們應該這麼做，當我想到我爸媽家裡……」

領事把報紙擱在膝上，從嘴裡取出雪茄，眼神變得專注，因為這牽涉到金錢支出。

「喔，我又愛又敬的貝絲，」他開口了，把這句開場白拉得很長，因為他需要整理一下他的反對意見。「再雇用一個男僕？在爸媽過世之後，我們把三個女僕全都留下了，另外還有雍曼小姐，我認為……」

「唉，這房子太大了，尚，簡直是大得要命。我說：『莉娜，好孩子，後面那間屋子已經很久沒打掃了！』可是我不想讓傭人太累，因為光是要把前面這裡打理得乾乾淨淨，她們就已經忙得氣喘吁吁了……有個男僕可以幫忙跑腿辦點事會方便得多，我們可以雇用一個老實純樸的鄉下人……不過，尚，趁我還沒忘記：路易莎・莫倫朵普要辭退她家裡的男僕安東，我見過他在餐桌旁服侍用餐，舉止很沉穩……」

「我得承認，」領事說著不自在地挪動了一下身體，「我沒動過這個念頭。目前我們既沒有去參加宴會，也沒有在家裡宴客……」

「是沒有，但是家裡還是經常有訪客，而這件事不能怪我，親愛的尚，雖然你知道我由衷高興有客人來訪。有時候你生意上的朋友從外地來，你邀請他來家裡用餐，而他還沒有找到旅館住下，於是我們當然就會留他在家裡過夜。有時候也會有傳教士來，也許會在我們家裡住個八天……下下個禮拜就有馬提亞斯牧師要從康斯達特來訪……嗯，簡單地說吧，雇個僕人也花不了幾個錢……」

「可是這些錢會累積呀，貝絲！我們家裡要付工資給四個人，而且妳別忘了我們公司裡還雇用了那麼多人！」

「我們真的連一個男僕都雇不起嗎？」領事夫人面帶微笑地問，歪著頭看著她丈夫。「想到我娘家爸媽底下雇的傭人……」

「妳娘家的爸媽！親愛的貝絲，不，現在我得問問妳，妳究竟明不明白我們家的情況？」

「這倒是真的，尚，我可能不是那麼清楚……」

「嗯，要弄清楚很容易。」領事說。他在沙發上坐直了，把一條腿翹在另一條腿上，吸了一口雪茄，微微眯起眼睛，開始極其流暢地報出他腦中的數字。

「簡單地說吧：在我妹妹出嫁之前，先父足足擁有九十萬馬克，這當然還沒有把土地和公司的價值算進去。妹妹嫁去法蘭克福帶走了八萬馬克做為嫁妝，另外給了戈特豪德十萬馬克成家立業：剩下七十二萬。之後又買了這棟房子，雖然阿爾伏路上那棟小屋也賣了一點錢，但是買下現在這棟房子連同修繕和添購家具也足足花了十萬馬克：剩下六十二萬。付了兩萬五給法蘭克福的妹妹和妹婿做為補償：剩下五十九萬五千。父親去世時本來應該就只剩下這些錢了，要不是我們這些年來又賺了二十萬馬克，彌補了這些開銷。也就是說，全部的財產是七十九萬五千。之後又分給戈特豪德十萬馬克的遺產，法蘭克福那邊則分到二十六萬七千，如果再扣掉父親遺囑中交代的幾筆金額較小的遺贈，捐給『聖靈醫院』、『商人遺眷救濟金』等機構的幾千馬克，就剩下大約四十二萬馬克，然後再加上妳帶來的十萬馬克嫁妝。這就是我們目前大致的財務狀況，撇開財產的各種小幅增減不提，只算個整數。我們並不是非常富有，親愛的貝絲，此外還得考慮到，公司的生意規模雖然變小了，但是營業支出還是跟以前一樣多，因為公司的格局讓我們無法削減開支……我這番話妳明白嗎？」

領事夫人把刺繡擱在膝上，略微遲疑地點點頭說：「相當明白，親愛的尚。」雖然她並不能完全理解，而且實在不懂，為什麼明明有這麼一大筆錢，卻還要阻止她雇用一名男僕。

領事又吸了一口雪茄，菸頭亮起紅光，他仰起頭，吐出了煙，然後繼續說：

「妳也許在想，等妳親愛的爸媽被召喚到上帝跟前，我們還能得到一筆可觀的遺產，而這樣想也沒錯。可是……我們也不能過於輕率地指望這筆錢。據我所知，妳父親蒙受了相當可觀的損失，而且大家都知道這是尤思圖斯造成的。尤思圖斯的個性很討人喜歡，可是他不是個精明的生意人，又碰上了一些不能歸咎於他的倒楣事。好幾個顧客讓他損失慘重，他的營運資本縮水了，使他必須用高利向銀行借貸，而妳父親有好幾次必須拿出大筆金額來給他救急，免得發生不幸。這種事有可能一再發生，而且恐怕也會一再發生，因為——貝絲，請原諒我實話實說——妳父親已經不再過問生意，那種輕鬆過日子的態度在他身上看起來很愜意，但是這種態度對妳哥哥就沒有什麼好處……妳明白我的意思……他這個人不是很謹慎，對吧？行事有一點魯莽而且好高騖遠……此外，妳爸媽家裡應有盡有，我對這一點由衷感到高興，他們過著闊綽的生活，符合……他們的經濟情況……」

領事夫人露出包容的微笑，她知道丈夫對她娘家講究排場的習慣不以為然。

「好了，」他繼續說，把剩餘的雪茄擱在菸灰缸裡，「我自己就只仰賴上帝能讓我保有我的工作能力，讓我能在祂慈悲的協助下把公司的財產恢復到從前的規模……親愛的貝絲，希望妳現在比較清楚我們的情況了？」

「完全清楚了，尚，完全清楚！」領事夫人急忙回答，因為今天晚上她暫時打消了雇用男僕的念頭。「不過，我們該去睡了，好嗎？已經很晚了……」

順帶一提，幾天之後，當領事心情很好地從辦公室回家用餐，他還是決定雇用了莫倫朵普家辭退的男僕安東。

第六章

「我們把東妮送到寄宿學校去，送去魏希布洛特小姐家。」布登布洛克領事說，語氣十分堅決，於是事情就這麼決定了。

前面已經提過，東妮和克里斯提昂的表現比較不令人滿意，不像在生意上逐漸展現出才幹的湯瑪斯，不像健康長大的克拉拉，也不像可憐的克婁蒂妲，她那副好胃口任誰看著都感到欣慰。說到克里斯提昂，他幾乎每天下午都被罰留下來在史登格老師家喝咖啡，而這還是他惹出的事情當中最無關痛癢的。領事夫人覺得這太不像話了，於是有一天用娟秀的字跡寫了張紙條，請求史登格老師到曼恩路大宅來談一談。史登格先生上門時戴著他最體面的假髮，脖子上圍著一副最高的硬領，背心口袋露出一排削尖的鉛筆，像一排長矛。他和領事夫人坐在風景廳裡，克里斯提昂則躲在餐廳裡偷聽他們談話。這位傑出的教師雖然略顯拘束，但仍滔滔不絕地說明他的觀點，說起「一橫」和「一撇」之間的重要差異，提到〈綠色森林〉那首美妙的歌曲和那次的煤箱事件，並且在這次造訪時不斷使用「因此之故」一詞，似乎覺得這個字眼和這個高雅的環境最為相稱。十五分鐘之後，領事來了，趕走了在餐廳偷聽的克里斯提昂，為了兒子惹老師生氣而向史登格先生深表遺憾。「噢，沒這回事，領事先生，請別這樣說！這個學生頭腦聰明，是個活潑的小伙子。因此之故，他只是有一點浮躁，如果我可以這麼說的話，嗯……因此之故……」領事客氣地帶他在屋裡參觀了一下，然後史登格先生就告辭了。但是這還算不上什麼糟糕的事。

糟糕的事在於下面這件事變得眾所周知：一天晚上，克里斯提昂．布登布洛克同學獲准和一位好友去劇院看戲，那天演出的是席勒的劇作《威廉．泰爾》。不過，威廉．泰爾的兒子瓦爾特乃是由一位年輕女士飾演，一位邁爾—德拉葛蘭芝小姐。這位小姐另有一段故事，亦即她登臺時習慣配戴一個鑽石胸針，也不管這和她所飾演的角色是否相稱。而且這個胸針毫無疑問是真品，因為大家都知道這是年輕的彼得．德爾曼領事送她的禮物，他是已逝的木材批發商德爾曼之子，住在霍爾斯滕城門外的城牆路一段。彼得．德爾曼領事屬於在這座城裡被稱為「紈絝子弟」的一群男士，就跟尤思圖斯．克羅格一樣，意思是他的生活方式有點輕浮。他已經結婚，甚至有一個年幼的女兒，但是與妻子失和已久，完全過著有如單身漢的生活。他父親留給他的財產相當可觀，而他也算是在繼續經營父親的生意，但是大家都說他已經在消耗老本了。他通常都待在「俱樂部」或是市政廳地下室的餐廳裡，去那裡吃早餐，每天清晨四點都可以在街上某處看見他，而且他經常去漢堡出差。但他尤其熱愛看戲，不錯過任何一場演出，私底下也很關心那些演員。過去這些年來，獲得他贈與鑽石的年輕女演員有好些個，邁爾—德拉葛蘭芝小姐是目前最後一位。

言歸正傳，這位年輕女士飾演瓦爾特的扮相非常可愛（她飾演此角時也戴著她的鑽石胸針），而且演出十分動人，使得布登布洛克同學感動得熱淚盈眶，這份過於澎湃的情感促使他做出了忘我的舉動。他在中場休息時去劇院對面的花店，用一馬克又八點五先令買了一束花，於是這個長著大鼻子、一雙小眼睛深深凹陷的十四歲少年就捧著這束花，大步走向舞臺後臺。由於無人攔阻，他就在一間更衣室門口遇到了邁爾—德拉葛蘭芝小姐，她正站在門口和彼得．德爾曼領事交談。當德爾曼領事看見克里斯提昂拿著花束走過來，他笑得差點撞在牆上；這個新進的紈絝子弟卻一本正經地向飾演瓦爾特．泰爾的這位女伶表達了讚美，把花束遞給她，緩緩搖著頭，用真誠得近乎憂傷的語氣說：

「小姐，您演得真好啊！」

「噢，瞧瞧這個克里尚．布登布洛克！」德爾曼領事帶著濃厚的土腔大喊。可是邁爾—德拉葛蘭芝小姐卻揚起了漂亮的眉毛，問道：

「布登布洛克領事的兒子？」然後她就滿懷善意地摸了摸這位新粉絲的臉頰。

這就是當天晚上彼得．德爾曼在「俱樂部」裡精彩述說的事實，而這件事迅速傳遍了全城，甚至傳到了校長耳中，於是校長又拿這件事來和布登布洛克領事商量。領事對這件事有什麼反應呢？他倒沒有大發雷霆，而是大受打擊，簡直不知所措。當他把這件事告訴妻子，他坐在風景廳裡幾乎失魂落魄。

「這就是我們的兒子，他成了這種人……」

「尚，我的老天，要是你父親還在世，他會一笑置之的……等到週四在我爸媽家聚會的時候也不妨說給他們聽，爸爸會覺得很逗趣的……」

聽到這裡，領事發脾氣了。「哼！沒錯！我相信岳父會覺得很逗趣，貝絲！他會很高興他輕率的天性和不虔誠的心態不僅傳給了尤思圖斯，那個……紈絝子弟，而是也傳給了他的外孫……可惡，妳逼得我不得不說出這番話！這孩子去找那個女人！他把零用錢花在這個戲子身上！這些事他還不懂，但是這種天性已經顯露出來了！已經顯露出來了！……」

這件事的確很糟，因此，如同前面所說，當東妮的舉止也有欠端正，領事更是又驚又怒。雖然隨著她日漸長大，她不再去把那個面色蒼白的男子嚇得跳起舞來，也不再去賣洋娃娃的老太太那裡惡作劇，但是她的態度愈來愈輕浮，把腦袋向後仰，嚴重流露出傲慢和虛榮的傾向，尤其是當她在外公外婆家度過夏天的時候。

有一天，領事不高興地撞見她和雍曼小姐在一起讀克勞倫的小說《蜜米莉》[1]，他翻了翻這本小書，一言不發，就把這本書拿走，永遠地鎖起來了。不久之後，安東妮．布登布洛克單獨和一名中學生（她哥哥的一個朋友）去城門外散步的事也被發現了。施篤特太太（就是因為收購舊衣物而和上流社交圈有所往來的那位裁縫師太太）看見了他們兩個，之後在去莫倫朵普家收購衣物時提起這件事，說布登布洛克小姐的確也到了年紀了，應該……而莫倫朵普議員夫人就用輕鬆的語氣把這件事告訴了布登布洛克領事。於是散步的事被阻止了。可是後來發現，東妮小姐從城堡門外那幾棵老樹中空的樹幹取出那個中學生寫給她的信，或是把她給對方的信留在那裡，那些中空的樹幹雖然填了灰泥，但是並沒有填滿。當這件事被發現了，看來務必得讓此時芳齡十五的東妮受到更嚴格的管教，應該把她送進一所寄宿學校，亦即魏希布洛特小姐所經營的寄宿學校，位在磨坊邊街七號。

1 克勞倫（Heinrich Clauren, 1771-1854）是德國當時的一位暢銷作家，《蜜米莉》（*Mimili*）講述一名軍官和一個礦工之女之間的愛情故事，一八一六年出版。

第七章

特瑞莎．魏希布洛特是個駝背，駝得很厲害，乃至於她不比一張桌子高多少。這一年她四十一歲，但是由於她一向不重視外表，因此她的穿著打扮就像個六、七十歲的老太太。濃密的灰色鬈髮垂在耳邊，頭上戴著一頂軟帽，帽子的綠色飾帶一直垂到有如孩童般瘦削的肩膀上，身上那件寒酸的黑色衣裙從來沒有任何裝飾，除了那個在瓷底上繪著她母親肖像的橢圓形大胸針。

矮小的魏希布洛特小姐有一雙聰明銳利的棕色眼睛、微微彎曲的鼻子和薄薄的嘴唇，她能夠極其堅決地把嘴唇緊緊抿住。其實她瘦小的身形和一舉一動都流露出一份堅決，雖然有點滑稽，但也令人肅然起敬。而這在很大程度上要歸功於她說話的方式。她說話時下頜很有活力地一開一闔，同時快速而堅決地搖頭，發音準確，不夾雜方言，咬字清晰，語氣堅定，而且仔細強調每一個子音。而她的母音發音還要更為誇張，例如把Butter（奶油）發成了Botter乃至Batter，把她那隻任性亂吠的小狗「波比」喊成「巴比」。當她對一個女學生說：「孩子啊，別這麼蠢！」同時彎起食指在桌上短促地敲個兩下，這無疑會使人印象深刻；而若是那位法國姑娘波比內小姐在喝咖啡時加了太多糖，魏希布洛特小姐就會盯著天花板，用一隻手在桌布上彈起鋼琴，說：「我會乾脆把整罐糖都倒進去！」使得波比內小姐脹紅了臉。

小時候——老天爺，她還是個小孩的時候該有多麼矮小！特瑞莎．魏希布洛特替自己取了個小名叫「希瑟米」，而她保留了這個小名，允許那些比較出色、比較能幹的女學生這樣喊她，不管是寄宿生還是走讀生。「孩子，叫我『希瑟米』就好。」她在第一天就這樣對東妮．布登布洛克說，同時「啵」地一聲在東妮額頭上親了一下。「我喜歡聽別人這樣叫我。」她的姊姊凱特森太太則名叫內莉。

凱特森太太大約四十八歲，先生去世後沒有留下財產給她，於是寄住在妹妹家樓上的一個小房間裡，並且和大家同桌吃飯。她的穿著與希瑟米相似，但個子卻高得出奇，在瘦削的腕關節處戴著毛線腕套。她不是老師，一點也不嚴格，天性與人無爭，而且安靜開朗。如果有個學生捉弄魏希布洛特小姐，她就會好脾氣地笑出聲來，那笑聲真摯得近乎嘆息，直到希瑟米敲敲桌子，咄咄逼人地喊一聲「內莉！」（聽起來卻像是「娜莉」），嚇得她不敢再出聲。

凱特森太太聽她妹妹的話，任由妹妹把她當成小孩一樣訓斥，而事實是希瑟米打從心底看不起她。魏希布洛特小姐讀過很多書，幾乎稱得上博學，要保持她兒時的信念與積極的宗教信仰，並且深信她辛苦乏味的人生有朝一日將在另一個世界得到補償，她內心不免有過嚴肅的小小掙扎。凱特森太太卻沒讀過什麼書，個性天真單純。「善良的內莉！」希瑟米說。「老天，她還像個孩子，從來沒有懷疑過什麼，從來不需要做什麼掙扎，她很幸福……」這些話中既帶有輕視，也帶有羨慕，這是希瑟米性格中的一個弱點，雖然這個弱點也值得原諒。

這棟磚紅色的郊區小屋座落在一個打理得很漂亮的庭院當中，地基很高，一樓是教室和餐廳，臥室則在二樓和閣樓。魏希布洛特小姐所收的學生人數不多，因為這所寄宿學校只收年紀稍微大一點的女孩，包括走讀生在內只有三個年級；而且她招生也很嚴謹，只收那些名門閨秀。前面已經提過，東妮．布登布洛克受到了親切的接待，晚餐時希瑟米調了她拿手的「主教雞尾酒」，一種用紅酒調製的冷甜酒。「再喝一點嗎？」她親切地搖著頭問，聽起來是那麼令人胃口大開，沒有人拒絕得了。

魏希布洛特小姐坐在餐桌首端的位子上，下面墊了兩個沙發靠墊，以充沛的精力和審慎的思慮掌控著吃飯時間；她把佝僂的瘦小身體挺得直直的，警覺地敲敲桌子，喊一聲「娜莉！」和「巴比！」並且用一道眼神讓波比內小姐感到難為情，當這位姑娘想把冷切烤小牛肉的肉凍全部拿到自己盤裡。東妮被分配坐在另外兩位寄宿生中間，一位是安姆噶爾德．馮．席林，是個強壯的金髮女孩，來自梅克倫堡，父親是個地主，另一位是家住阿姆斯特丹的蓋爾妲．阿爾諾德森，模樣高雅而奇特，有著濃密的深紅色頭髮，一雙棕色眼睛靠得很近，白皙美麗的臉龐有點高傲。坐在她對面喋喋不休的是個模樣像黑人的法國女孩，戴著大得嚇人的金耳環。在餐桌末端坐著瘦削的英國女子布朗小姐，帶著酸溜溜的微笑，她也住在這屋子裡。

多虧了希瑟米調製的「主教雞尾酒」，大家很快就成了朋友。波比內小姐說她前一夜又做了惡夢，用法語說「啊，真是可怕！」她做惡夢時習慣用發音不準確的德語大喊「救命，救命！小偷，小偷！」把所有人都嚇得從床上跳下來。另外還發現蓋爾妲．阿爾諾德森不像其他女孩一樣彈鋼琴，而是拉小提琴，而且她爸爸——她母親已經不在人世了——答應要送她一把真正的史特拉第瓦里名琴。東妮沒有音樂天分，就跟布登布洛克家族的大多數人和所有克羅格家族的人一樣。就連聖瑪利亞教堂裡唱的聖歌她都聽不出來……噢，阿姆斯特丹那座新教堂裡的管風琴有著人聲音栓，能發出嘹亮的人聲！安姆噶爾德．馮．席林則說起家中飼養的乳牛。

從第一刻起，這個安姆噶爾德就給東妮留下最深刻的印象，因為她是東妮接觸到的第一個貴族女孩。能夠擁有馮．席林這個貴族姓氏是多麼幸運！東妮的父母擁有這座城裡最美麗的古老宅邸，而她的外祖父母也很高尚體面，但是他們也只有「布登布洛克」和「克羅格」這樣平凡的姓氏，實在太可惜了。高貴的雷布瑞希特．克羅格的外孫女因為佩服安姆噶爾德的貴族身分而興奮得臉頰發紅，而她偶爾會在暗中心想：姓氏中代表貴族的這個「馮」字其實更適合她自己——因為安姆噶爾德，我的老天，她根本不知道自己有多幸運，她綁著粗粗的辮子走來走去，有一雙善良的藍眼睛，說話帶著梅克倫堡的鄉音，根本沒去想自己是個貴族；她根本談不上高雅，一點也不認為自己高雅，對於高雅這件事完全無感。「高雅」這個詞牢牢嵌在東妮的小腦袋裡，而她用讚賞的口氣把這個字眼用在蓋爾妲．阿爾諾德森身上。

蓋爾妲有點與眾不同，帶有一點陌生的異國氣質；她喜歡把一頭漂亮的紅髮梳成引人注目的髮型，儘管希瑟米不贊成；而且許多人都覺得她拉小提琴這件事有點可笑——這裡要指出：「可笑」這個字眼表達出強烈的批判。然而，東妮認為蓋爾妲．阿爾諾德森是個高雅的女孩，而大家都不得不同意這一點。她超齡的成熟外貌、她的生活習慣、她擁有的物品，全都很高雅：例如，東妮格外懂得賞識那套來自巴黎的象牙製梳妝用品，由於她自己家裡也有很多東西是她爸媽或祖父母從巴黎帶回來的，而且他們對這些東西都非常珍惜。

這三個少女很快就成了朋友，她們上課時屬於同一個班級，也一起住在樓上最大的一間臥室。那是多麼有趣而且愜意的時光，當她們在晚上十點就寢，一邊換衣服一邊聊天。她們必須要壓低聲音，因為隔壁房間裡的波比內小姐開始夢見小偷。她和年紀較小的艾娃．埃弗斯睡在同一間臥室，艾娃是漢堡人，父親是個熱愛藝術的收藏家，搬到慕尼黑去了。

棕色條紋的百葉簾已經闔上，桌上的低矮檯燈還在紅色燈罩裡亮著，房間裡瀰漫著一股淡淡的香氣，是紫羅蘭和乾淨衣物的氣味，還有一種由於睏倦、無憂和編織夢想而形成的平靜氣氛。

「老天，」安姆噶爾德的衣服換到一半，坐在床緣說，「諾伊曼博士講課多麼流暢！他走進教室，往講桌旁一站，就講起了拉辛[1]……」

「他的額頭很高、很漂亮。」蓋爾妲說，一邊在兩扇窗戶中間的鏡子前面梳著頭髮，在兩支蠟燭的燭光下。

「是啊！」安姆噶爾德馬上說。

「安姆噶爾德，妳之所以提起他，就只是想聽我這麼說，因為妳總是用妳那雙藍眼睛盯著他看，好像……」

「妳愛他嗎？」東妮問。「我的鞋帶就是解不開，蓋爾妲，請幫我一下……好了！說吧，安姆噶爾德，妳愛他嗎？妳就嫁給他好了，他是個很好的對象，將來會成為文理中學的老師。」

「老天，你們真討厭。我根本不愛他。我肯定不會嫁給一個老師，而會嫁給一個擁有農莊的人。」

「一個貴族？」東妮鬆手放開拿在手裡的襪子，若有所思地看著安姆噶爾德的臉。

「這我還不知道，但是他必須要有一座大莊園……啊，我是多麼期待呀！我將會在早晨五點起床打理農務……」她把被子拉起來蓋在自己身上，帶著做夢的神情凝視著天花板。

「她在想像面前站著五百隻母牛。」蓋爾妲說，一邊從鏡子裡打量她的朋友。

東妮還沒有換好衣服，但是她先一頭倒在枕頭上，把雙手在後頸交叉，也盯著天花板深思。

「我當然會嫁給一個商人，」她說。「他得要很有錢，讓我們能夠過體面的生活；為了我的家族和我們家的公司，我都應該這麼做，」她認真地又加了這一句。「對，你們看著吧，我將來就會這麼做。」

---

1 拉辛（Jean Racine, 1639-1699），法國古典主義時期重要劇作家，以寫作悲劇聞名。

蓋爾姐梳好了頭髮，對著她那面象牙製的小鏡子刷起她有如編貝的潔白牙齒。

「我**很可能**根本不會結婚，」她說話有點吃力，因為嘴裡的薄荷牙粉妨礙了她說話。「我看不出來我為什麼要結婚。我對結婚根本沒有興趣。我會回阿姆斯特丹去跟爸爸一起合奏，再以後就去住在已婚的姊姊家……」

「那太遺憾了！」東妮活潑地喊道。「不，那太遺憾了，蓋爾妲！妳應該在這裡結婚，然後永遠留在這裡……聽我說，比如，妳應該嫁給我兩個哥哥當中的一個……」

「鼻子很大的那一個嗎？」蓋爾妲問，一邊嬌滴滴、懶洋洋地打了個呵欠，用手裡那面小鏡子掩住了嘴巴。

「還是另外一個，都無所謂。老天，你們的家會布置得多漂亮！一定得找雅克布斯來做，費許路上的裝潢師傅雅克布斯，他的品味很高雅。我將會每天都去拜訪你們……」

可是隨即聽見波比內小姐的聲音從隔壁房間傳來：

「啊！將來再說吧，小姐們！該睡覺了，拜託！你們今天晚上是不會結婚的！」她夾雜著法語和德語說。

不過，每逢星期天和假日，東妮就在曼恩路大宅或是城門外的外祖父家裡度過。多麼幸福啊，如果復活節的週日天氣很好，可以在克羅格老夫婦家偌大的庭院裡尋找彩蛋和杏仁糖做的兔子！而在海邊度過的暑假又是多麼美好，住在度假旅館，和其他住客同桌用餐，去海邊戲水，還可以騎驢子！另外有幾年，當領事忙完生意上的事，一家人也會去比較遠的地方旅行。可是聖誕節更是美妙，尤其是能收到三次禮物：在家裡，在外公外婆家，還有在希瑟米的寄宿學校，在這一夜也會喝掉大量的「主教雞尾酒」。不過最棒的還是家裡的聖誕夜，因為布登布洛克領事堅持這個神聖的基督教節日要過得隆重盛大而有氣氛。當大家在莊嚴的氣氛中聚集在風景廳裡，而僕人和各種老弱病殘之人擠在圓柱大廳裡，由領事逐一和他們握手，他們凍得紅紅的手青筋畢露。這時外面會響起聖瑪利亞教堂男童合唱團的四部合唱，節慶的氣氛使人感覺到一顆心怦怦跳動。接著，當冷杉的香氣已經從高大白色雙扇門的門縫裡鑽出來，領事夫人就從那本字母特別大的家傳古老《聖經》裡緩緩朗誦跟聖誕節有關的篇章。等到外面又有一首聖歌接近尾聲，大家就唱起〈聖誕樹〉，一邊排成莊嚴的隊伍穿過圓柱大廳走進壁紙上有白色神像的那間寬敞餐廳。用白色百合花裝飾的聖誕樹閃閃發亮，散發出芳香，高高聳立，快要碰到天花板，擺著禮物的長桌從窗邊一直延伸到門邊。而在外面，在馬路上凍得硬硬的積雪上，搖著手搖琴的義大利人演奏著音樂，聖誕市場的熱鬧聲音從市集廣場傳來。除了年幼的克拉拉，孩子們也在圓柱大廳裡共享晚餐，桌上有分量驚人的鯉魚和肚裡塞了餡料的火雞。

在這裡還要提到，東妮·布登布洛克在這些年裡造訪過梅克倫堡的兩座莊園。暑假裡她去她朋友安姆噶爾德家住過幾個星期，在馮·席林先生位於海灣對面的地產上，和特拉沃明德隔海相望。另一次則是和她堂姊克斐蒂妲一起前往堂叔貝恩哈德·布登布洛克先生擔任莊園管理員的地方。這片莊園名叫「失寵」，雖然沒有帶來一分錢的收益，但是做為度假地點卻仍是不容小覷。

歲月就這樣流逝，整體而言，東妮度過了幸福的少女時代。

第三部

（獻給我妹妹茱莉亞，紀念我們在波羅的海的心愛海灣）

第一章

六月的一個下午，五點剛過，一家人坐在庭院小屋的「門扉」前，剛在那兒喝過咖啡。在那間漆成白色的庭園小屋裡，牆壁上嵌著高大的鏡子，牆面上畫著振翅飛翔的小鳥，背景中有兩道上了漆的雙扇門，但仔細看去，就會發現那並不是真的門，只有畫上去的門把。由於小屋裡太過悶熱，於是他們把桌椅搬到戶外，那些家具是用經過防腐處理的粗糙木料稍微加工製作而成。

領事夫婦、東妮、湯瑪斯和克婁蒂妲以半圓形圍坐在那張圓桌旁，使用過的杯盤在桌上閃閃發亮，克里斯提昂則稍微離得遠一點，帶著悶悶不樂的表情在預習西塞羅的第二篇〈反喀提林演說〉[1]。領事抽著雪茄，讀著當地的報紙。領事夫人擱下了手裡的絲綢刺繡，帶著微笑看著年幼的克拉拉，這孩子正和伊姮．雍曼在草地上尋找偶爾會長出來的紫羅蘭。東妮用兩隻手撐著頭，入神地讀著霍夫曼的《謝拉皮翁兄弟》[2]，湯瑪斯則用一根草莖小心地搔著她的後頸，東妮很聰明地假裝沒有察覺。瘦削而老氣橫秋的克婁蒂妲穿著印花棉裙坐在那裡讀一篇故事，篇名是〈又瞎又聾又啞，卻仍然幸福〉；讀著讀著，

1　西塞羅（Marcus Tullius Cicero, 西元前 106-43），古羅馬政治家與知名演說家，其作品常被選為拉丁文教材，〈反喀提林演說〉共有四篇，係西塞羅在元老院為了譴責密謀發動政變的元老喀提林（Lucius Sergius Catilina）而作。

2　霍夫曼（Ernst Theodor Amadeus Hoffmann，筆名 E. T. A. Hoffmann，1776-1822），德國浪漫主義時期作家，《謝拉皮翁兄弟》（*Serapionsbridern*）是一部合集，收錄了多篇短篇小說和散文。

她會把桌布上的餅乾屑刮在一起，再用五根手指捏起那一小撮餅乾屑，慎重地吃掉。

天空中有幾片紋絲不動的白雲，天色漸漸變得蒼白。城市中的這座小庭園鋪設著對稱的小徑和花圃，色彩斑斕而且乾淨整齊地浸浴在傍晚的陽光中。圍著花圃栽種的木犀草散發出香氣，不時隨著微風飄散過來。

「嗯，湯姆，」領事取出嘴裡的雪茄，心情很好地說，「我跟你提過凡・韓克東&康普公司的那批黑麥，事情已經解決了。」

「他出價多少？」湯瑪斯感興趣地問，停了手，不再用草莖去騷擾東妮。

「一千公斤六十塔勒……這價錢不錯吧？」

「太好了！」湯瑪斯知道這是樁好生意。

「東妮，妳的坐相不合禮節。」領事夫人說。聽了這話，東妮把一隻手肘從桌上挪開，眼睛仍舊盯著她的書。

「這沒有關係，」湯瑪斯說。「她可以愛怎麼坐就怎麼坐，永遠都還是東妮・布登布洛克。蒂妲和東妮毫無疑問是我們家最美的兩位。」

克斐蒂妲驚訝得要命。「老天！湯姆——？」她說，她能夠把這幾個短短的音節拖得很長很長，令人想不透她是怎麼辦到的。東妮忍耐著沒吭聲，因為湯瑪斯比她強，這是沒有辦法的事；假如她回嘴，他就會再想出一個回答，最後還是贏家。她就只是掀動鼻翼，用力吸氣，並且聳起了肩膀。不過，等到領事夫人談起即將在胡諾伊斯領事家舉辦的舞會，說到有關新皮鞋的事，東妮就把另一隻手肘也從桌上挪開，表現出很高的興致。

「你們一直說個不停，」克里斯提昂抱怨，「而這篇文章難得要命！我真希望我也是個商人！」

「是啦，你的志向每天都在改變。」湯瑪斯說。這時男僕安東穿過院子走過來，手裡端著的托盤上擺著一張名片，於是一家人都滿懷期待地看著他走過來。

「古倫里希，代理商，」領事讀著那張名片。「來自漢堡。一個很好相處、風評很好的人，父親是位牧師。我跟他有生意往來。有件事……安東，告訴那位先生——貝絲，你不介意吧？——勞駕他到院子這裡來……」

穿過庭院走過來的這名男子把帽子和手杖拿在同一隻手裡，踩著短小的步伐，頭部微向前伸。他身材中等，大約三十二歲，穿著一套黃綠色毛料長襬西裝，戴著棉線手套。他淡金色的頭髮有點稀疏，臉色紅潤，面帶微笑，但是在一個鼻翼旁邊長了一顆顯眼的疣。他下巴和嘴脣上方的鬍子都刮得乾乾淨淨，而按照英國時尚讓兩鬢的鬍鬚垂下來；這些落腮鬍是顯眼的金黃色。遠遠地，他就用那頂淺灰色大帽子做出了謙恭的手勢。

他的最後一步跨得很大，走近眾人之後，把上半身轉了半圈，以這種方式向每個人鞠躬致意。

「打擾了，我闖進了一家人的聚會，」他帶著文雅的矜持輕聲細語地說。「大家手裡拿著好書，正在閒聊……請原諒我貿然來訪！」

「歡迎歡迎，我敬重的古倫里希先生！」領事說，他和兩個兒子都站了起來，和這位客人握了手。「很高興能在辦公室之外、在我的家人圈子裡向您表示歡迎。貝絲，這位古倫里希先生是我生意上的朋友，是個能幹的人……這是我女兒安東妮……我姪女克婁蒂妲……湯瑪斯您已經見過……這是我的次子克里斯提昂，他在文理中學就讀。」

古倫里希先生再度以鞠躬來回應領事所介紹的每一個名字。

「如同我剛才所說，」他接著說，「我無意當個闖入者……我是為了生意而來的，如果方便的話，想請領事和我一起在這個園子裡走一走……」
領事夫人回答：
「如果您不要馬上和我先生談起生意的事，而還就一下和我們一起坐一會兒，我們會很高興。請坐！」
「太感謝了。」古倫里希先生感動地說。於是他就在湯瑪斯拿來的椅子前緣坐下，把帽子和手杖擱在膝上，坐正了，用手撫過一邊臉頰上的落腮鬍，輕咳了一聲，聽起來像是：「嘿嘿！」這一切給人的印象是他彷彿想要說：「這算是開場白。接下來呢？」
領事夫人替談話的主要部分起了頭。
「您住在漢堡？」她問，把頭歪向一邊，把刺繡活擱在腿上。
「沒錯，領事夫人，」古倫里希先生回答，一邊又鞠了個躬。「我是住在漢堡，只不過我常出遠門，我的事情很多，我的生意非常忙碌……嘿嘿，不是我誇口。」
領事夫人揚起了眉毛，動了一下嘴巴，彷彿在肅然起敬地說：「哦，是這樣嗎？」
「馬不停蹄對我而言是生活的必要條件。」古倫里希先生又加了一句，半轉過身去面向著領事，接著他注意到安東妮小姐的目光停佇在他身上，便又輕咳了一聲。那種冷冷審視的目光是年輕女孩用來打量陌生年輕男士的，似乎隨時可能變成輕視。
「我們有親戚住在漢堡。」東妮說，就只是為了說點什麼。
「杜尚家族，」領事向客人解釋，「先母的娘家。」
「噢，這我很清楚！」古倫里希先生急忙回答。「我很榮幸跟那幾位先生稍微熟識。他們都是很優秀的人，心地善良又有頭腦，嘿嘿。事實上，如果每個家庭都具有這個家庭的精神，那麼這個世界就會更好。在這個家庭裡有對上帝的信仰、溫暖的心腸、由衷的虔誠，簡而言之就是真正的基督教精神，也是我的理想。除此之外，那幾位先生還具有一種高貴的世故，一種高尚體面，一種光彩奪目的高雅，領事夫人，這對我個人而言是非常有魅力的！」

東妮心想：他怎麼會這麼了解我爸媽？說的都是他們愛聽的話。領事讚許地說：「能夠兼顧這兩方面，任何人都會顯得出類拔萃。」

而領事夫人也不免要伸出手來和這位客人相握，親切地把掌心翻轉向上，手鍊微微叮咚作響。

「您說出了我的心聲，我敬重的古倫里希先生！」她說。

古倫里希先生鞠了個躬，坐直了身體，摸了一下他的落腮鬍，然後輕咳了一聲，彷彿在說：「讓我們繼續吧。」

領事夫人提起一八四二年五月在漢堡發生的那場大火，對古倫里希的家鄉來說那幾天很可怕。「的確，」古倫里希先生說，「那場火災是一件嚴重的事故，一場令人心情沉重的災難，造成了一億三千五百萬的損失，是的，這經過相當精確的計算。順帶一提，我得要深深感謝上天保佑，我沒有遭受一點損失。那場大火主要是在聖彼得教堂和聖尼古拉教堂那兩個教區肆虐……這座庭園多麼漂亮。」他打斷了自己對那場火災的敘述，一邊感謝地拿了一支領事遞給他的雪茄，「真的，以城市裡的庭園來說，這園子大得出奇！而且這些花卉是多麼五彩繽紛……噢，老天，我承認我對鮮花和大自然有所偏愛！那邊那些麗春花把這園子妝點得可真美……」

古倫里希先生稱讚了這棟房子的高雅規畫，對這整座城市都讚不絕口，也稱讚了領事的雪茄，並且對每個人都說了些親切的話。

「我可以斗膽請問您正在讀的是哪一本書嗎，安東妮小姐？」他微笑著問。

東妮不知何故忽然皺起了眉頭，沒有看著古倫里希先生，答道：

「霍夫曼的《謝拉皮翁兄弟》。」

「的確！這位作家的作品非常傑出，」他說。「不過，很抱歉，領事夫人，我忘了您第二位公子的名字了。」

「克里斯提昂。」

「這名字取得真好！如果我可以這麼說的話。」古倫里希先生又轉身面向男主人，「我喜歡那些讓人一眼就能看出此人乃是基督徒的名字。據我所知，約翰這個名字在您的家族裡是代代相傳的……一聽到這個名字就一定會想到主耶穌最心愛的門徒。就拿我來說吧，如果允許我這樣說的話，」他口若懸河地繼續說，「我就跟我大多數的祖先一樣名叫班迪克斯，而這個名字就只可能是在方言裡被簡化了的班乃迪克。而布登布洛克先生，您也在看書？啊，您在讀西塞羅！這是艱深的讀物，這個偉大的古羅馬演說家的作品。Quousque tandem, Catilina[1]……嘿嘿，是啊，我學過的拉丁文也還沒有完全忘記呢！」

領事說：

「我和先父不同，我一向反對讓年輕人老是花時間學習希臘文和拉丁文。要為實際的生活作準備，有那麼多嚴肅而重要的事得要學習。」

「您說出了我的看法，領事先生，」古倫里希先生急忙回答，「在我還沒能找到話語來表達之前！這是艱深的讀物，而且**也不是沒有爭議**，這我先前忘了說。撇開別的不提，我記得在這幾篇演講中有幾個地方簡直有失體統。」

1 古倫里希在這裡賣弄了一下他的拉丁文，這一句出自西塞羅的〈反喀提林演說〉，意思是：喀提林，你還要考驗我們的耐心多久……

當談話出現了空檔，東妮心想：現在輪到我了。因為古倫里希先生的目光停留在她身上。而她想得沒錯，是輪到她了。古倫里希先生忽然從他的座位上站起來，朝著領事夫人做了一個不太自然、但卻優雅的短促手勢，同時激動地低語：

「領事夫人，請問您注意到了嗎？我懇求您，小姐，」他大聲地打斷自己，彷彿只想讓東妮聽見下面這番話：「請再保持這個姿勢一會兒……領事夫人，您注意到了嗎？注意到陽光如何在令嬡的頭髮上舞動？我從來沒見過比這更美的頭髮！」他忽然陶醉而認真地對著空氣說，彷彿這番話是對著上帝說的，或是對著他自己的心。

領事夫人莞爾一笑，領事說：「別讓這個丫頭起了些愚蠢的念頭！」東妮則又默不吭聲地皺起眉頭。幾分鐘後，古倫里希站了起來。

「但是我不能再叨擾了，不，上帝作證，領事夫人，我不能再叨擾了！我是為了生意的事而來……只不過誰能抗拒得了……現在該做正事了！如果我可以請領事撥空……」

「我無須向您強調，」領事夫人說，「如果您在本地停留期間願意將就著住在寒舍的話，我會有多高興。」

古倫里希先生感激得一時說不出話來。「我全心全意地感謝您，領事夫人！」他露出感動的表情說。「但是我不能濫用您的好意。我在『漢堡市旅館』[1]住著幾個房間……」

「**幾個**房間。」領事夫人心想，而這也正是古倫里希說這話的用意。

「無論如何，」她再次以親切的動作向他伸出了手，「我希望這不會是我們最後一次見面。」

1「漢堡市旅館」（Gasthaus Stadt Hamburg）是呂北克的一間古老旅館，早在十五世紀即已存在，最早係漢堡市議員到呂北克時下榻之處，因此而得名。

古倫里希先生親吻了領事夫人的手，等待著安東妮也把手遞給他，但是她沒有這麼做。於是他把上半身轉了半圈，向後退了一大步，再次鞠了個躬，接著把頭向後一仰，揚手戴上他那頂灰帽子，就跟著領事一起走開了。

「一個討人喜歡的人！」等到領事回到家人身邊，再度坐下來，他又說了一次。

「我覺得他很可笑。」東妮大著膽子說，而且加重了語氣。

「東妮！我的老天！這是什麼評語！」領事夫人有點動怒地喊道。「這麼有基督教精神的一個年輕人！」

「這麼一個有教養而且見過世面的人！」領事加上一句。「妳不知道自己在說些什麼。」有時候這對父母會基於禮貌而以這種方式來交換彼此的觀點，然後他們就更有把握彼此意見一致。

克里斯提昂皺起他的大鼻子，說：

「他說話老是那麼煞有介事！『大家正在閒聊！』我們根本沒在閒聊。還有『那些麗春花把這園子妝點得可真美！』有時候他好像在大聲地自言自語。『打擾了——請原諒我貿然來訪！』『我從來沒見過比這更美的頭髮！』……」克里斯提昂把古倫里希先生模仿得維妙維肖，就連領事也忍不住笑了。

「是啊，他把自己看得太重要了！」東妮又開口了。「他一直說起他自己的事。說他的生意非常忙碌，他喜歡大自然，他偏好哪些名字，他名叫班迪克斯……我倒想知道這關我們什麼事……他說這些都只是為了凸顯他自己！」她忽然生氣地大聲說。「他就只對媽媽妳，還有爸爸你，說些你們愛聽的話，他只是想討好你們！」

「這無可厚非，東妮！」領事正色說道。「和不熟悉的人相處，一個人會表現出自己最好的一面，斟酌自己的言辭，想要討人喜歡，這是理所當然的。」

「我覺得他是個好人。」克婁蒂妲拖長了音調輕輕地說，雖然她是唯一一個沒有得到古倫里希先生絲毫關注的人。湯瑪斯沒有表示看法。

「好了，」領事做出結論，「他是個信奉基督教、能幹有為而且受過良好教養的人，而東妮妳呢，是個快要十九歲的十八歲大姑娘，他對妳表現得彬彬有禮，妳應該改掉喜歡批評別人的毛病。凡人都是軟弱的，而妳，原諒我這麼說，實在不是有權扔第一塊石頭的人……湯姆，去工作了！」

東妮卻喃喃自語道：「金黃色的落腮鬍！」一邊皺起了眉頭，這天下午她已經好幾次皺起眉頭了。

第二章

「小姐，先前沒能見到您，我是多麼遺憾啊！」幾天之後，古倫里希先生說，當外出歸來的東妮在曼恩路和布萊特大街交口遇見了他。「我冒昧地去拜訪令堂，而您不在家令我深感惋惜……而現在我居然還是遇見了您，這多麼令人欣喜！」

由於古倫里希先生開口說話，布登布洛克小姐停下了腳步，但是她半閉著的眼睛忽然陰暗下來，目光就只盯著古倫里希的胸膛，沒有再往上移，同時她的嘴角帶著一抹嘲諷而且無情的微笑，一個年輕女孩用這種微笑來掂量並且拒絕一個男子……她的嘴脣在動——她該怎麼回答？哈！這句話必須要能一勞永逸地回絕這個班迪克斯・古倫里希，把他徹底摧毀……但是這句話也必須機智圓滑、一語中的，既能夠刺傷他，也能令他印象深刻。

「我沒有同感！」她說，目光始終盯著古倫里希先生的胸膛；等到她射出了這枝毒箭，她就留下他站在那裡，昂首闊步地走回家，對自己挖苦對方的口才得意地紅了臉，回到家裡，她得知古倫里希先生受邀在下週日前來享用烤小牛肉。

而他來了。穿著鐘形打褶外套，雖然不算時髦，但是做工精緻，賦予他一絲嚴肅和沉穩。此外他臉色紅潤，面帶微笑，稀疏的頭髮仔細分了邊，落腮鬍灑了香水梳理過。他吃了燉淡菜、蔬菜湯、烤比目魚、烤小牛肉配上奶香焗烤馬鈴薯和花椰菜、糖漬櫻桃布丁、黑麥麵包配洛克福乳酪，對每一道菜餚都找到一句不同的讚美，也懂得巧妙地說出來。例如，他會把甜點匙高高舉起，看著壁紙上的一具雕像，大聲地自言自語：「請上天原諒我，我實在忍不住；我已經吃了一大塊了，但是這個布丁實在做得太棒了，我得請求好心的女主人再給我一小塊！」說完他就頑皮地向領事夫人眨眨眼睛。他和領事談起生意和政治，展現出嚴肅幹練的處事原則，也和領事夫人聊起戲劇、社交圈和時裝；他也會對湯瑪斯、克里斯提昂和可憐的克婁蒂妲說些親切的話，就連對年幼的克拉拉和雍曼小姐也一樣。東妮沉默不語，而他也沒有試圖去接近她，只是偶爾歪著頭打量著她，目光中既帶著憂傷也帶著鼓勵。

當古倫里希先生在這天晚上告別，他更加深了他首次來訪時留下的印象。「一個非常有教養的人，」領事夫人說。「一個信仰基督而且值得尊敬的人，」領事說。克里斯提昂現在能夠把他的言談舉止模仿得更加酷似，而東妮則皺著眉頭說了晚安，因為她隱約猜到這不會是她最後一次見到這位男士，此人出奇迅速地擄獲了她父母的心。

果不其然，當她在下午出門訪友，和一群女孩聚會之後回來，她發現古倫里希先生安坐在風景廳裡，親自朗誦華特．司各特的《威弗萊》[1]給領事夫人聽，而且發音非常標準，因為如他所述，他的忙碌生意也使他需要出差前往英國。東妮拿著另一本書在另一邊坐下，而古倫里希先生輕聲細語地問她：「小姐，我朗讀的作品大概不合您的口味吧？」東妮則把頭向後一仰，說些尖酸刻薄的話來回答，像是：「絲毫不合！」

但是他不為所動，開始說起他已逝的雙親，說起他父親的事，他父親是個傳道者，是位牧師，一個高度具有基督教精神的人，但也同樣熟悉人情世故……然後，古倫里希先生就回漢堡去了，他上門辭行

1 華特・司各特（Walter Scott, 1771-1832），以歷史小說聞名的蘇格蘭作家，《威弗萊》（*Waverley*）即是其中一部。

的時候東妮沒有在場。「伊妲！」東妮對雍曼小姐說，她是個可以信賴的朋友。「那個人走了！」可是伊妲．雍曼回答：「孩子呀，還得再看看……」

八天之後，發生了早餐室那一幕，東妮在九點鐘下樓來，驚訝地發現父親還坐在咖啡桌旁，和她母親一起。她讓爸媽親吻了她的額頭，在自己的位子上坐下，神清氣爽，飢腸轆轆，剛睡醒的眼睛還紅紅的，她拿了糖和奶油，吃起了綠色的香草乳酪。

「爸爸，還能在早餐桌上見到你真好！」她說，一邊用餐巾捏住熱燙燙的水煮蛋，用茶匙把蛋敲破。

「今天我等著我們晚起的女兒，」領事說，他抽著一支雪茄，一直用摺起來的報紙輕輕敲著桌子。領事夫人以優雅的動作慢慢結束了她的早餐，去沙發上坐下。

「蒂妲已經在廚房裡忙了，」領事意味深長地繼續說，「我本來也已經要上班了，要不是你母親和我有件大事要和咱們的女兒討論。」

東妮嘴裡塞滿了奶油麵包，看看父親，又看看母親，臉上的表情混合了好奇和驚嚇。

「先把早餐吃了吧，孩子，」領事夫人說，然而東妮擱下了刀叉，喊道：「你們就趕緊說了吧，拜託，爸爸！」但是領事又說了一次：「先吃吧。」繼續拿著報紙敲桌子，完全沒有停手的意思。

當東妮胃口盡失地默默喝著咖啡，吃了蛋和綠色乳酪配麵包，她開始猜到那是件什麼事。她的臉失去了新鮮的朝氣，變得有點蒼白，她婉拒了蜂蜜，沒多久就小聲地說她吃完了。

領事又沉默了片刻才說：「親愛的孩子，我們要和妳談的事就在這封信裡。」他不再用報紙、而改用一個淡藍色的大信封敲著桌子。「長話短說吧：班迪克斯．古倫里希先生——我們都認識他，知道他是個規矩而親切的人——寫信給我，說他在此地停留期間對我們家的女兒深深有了好感，正式地向她求婚。好孩子，妳怎麼想呢？」

東妮低著頭，靠在椅背上，右手緩緩轉動著銀製餐巾環。但她忽然張大了眼睛，眼神變得很黯淡，淚水盈眶。她用苦惱的聲音脫口而出：

「這個人想要我怎麼樣？我對他做了什麼嗎？」說著她就哭出聲來。

領事朝妻子看了一眼，有點尷尬地看著他的空杯子。

「親愛的東妮，」領事夫人柔聲說道，「何必這麼激動呢？妳應該相信爸媽只會為妳的最佳利益著想，對吧？應該相信爸媽沒辦法建議妳拒絕別人提供妳的身分地位。聽我說，我假定妳對古倫里希先生還沒有確切的感受，但是妳將來會有的，我向妳保證，隨著時間過去就會有的……像妳這麼年輕的姑娘永遠弄不清楚自己究竟想要什麼……腦袋裡就跟心裡一樣迷惑……妳得給妳的心一點時間，也要聽得進過來人的勸告，我們是有計畫地在替妳的幸福著想……」

「我對他根本一無所知——」東妮絕望地說，用那條沾著蛋漬的白色麻布小餐巾按住了眼睛。「我只知道他有金黃色的落腮鬍和忙碌的生意……」她的上唇由於哭泣而顫抖，那模樣楚楚可憐。

領事心中忽然一軟，把自己坐的椅子挪到她旁邊，微笑著撫摸她的頭髮。

「我的小東妮，」他說，「妳哪裡需要知道他什麼事呢？妳是個孩子，聽我說，就算他在這裡不是待了四週，而是待了整整一年，妳對他也不會知道更多……妳是個小女孩，還沒法看清這個世界，必須要仰賴其他人的眼光，我們是為了妳好……」

「我不懂……我不懂……」東妮不知所措地啜泣，像隻小貓咪一樣把頭緊貼著父親撫摸她頭髮的手。「他到這兒來……跟每個人都說些好聽的話……然後離開了……又寫信來說他想要……我不懂……他怎麼會這麼做……我對他做了什麼嗎？……」

領事又露出微笑。「這句話妳已經說過一次了，東妮，而這就顯示出妳的孩子氣和不知所措。我的小女兒可別以為爸爸是要逼她或是折磨她……這一切都可以冷靜地加以考慮，也必須冷靜地加以考慮，因為這是件大事。我暫時也會這樣回覆古倫里希先生，對於他的請求既不拒絕也不表示同意……要考慮的事情很多……好了……我們再看看？就這樣說定了！現在爸爸要去上班了……貝絲，再見啦……」

「再見，親愛的尚。」

當早餐室裡只剩下母女倆，領事夫人說：「妳還是應該再吃點蜂蜜，東妮，要吃飽才好。」而東妮垂著頭坐在她的座位上，一動也不動。

東妮的眼淚漸漸乾了。她的腦袋發熱，腦子裡充滿了各種念頭……老天！好一件大事！她一直都知道自己有朝一日將會嫁給一個商人，結一門風光體面的親事，符合家族和公司的地位……可是現在忽然真的有人認真打算要娶她！這還是第一次！她該有什麼舉止？對她——東妮．布登布洛克——來說，所有那些鄭重其事的說法：請求她「許婚」，向她「求婚」……「終身大事」……天哪！這對她來說是個全新的情況，這樣突如其來！

「那妳呢，媽媽？」她說。「妳也要勸我……許婚嗎？」她在說出「許婚」這個字眼之前遲疑了一下，因為她覺得這個字眼太誇張，也太令人尷尬；但她隨即帶著尊嚴說出這個字眼，這輩子第一次。她開始為了自己起初的不知所措感到羞愧。就跟十分鐘前一樣，她仍然覺得要和古倫里希先生結婚這件事很荒謬，但是她的重要地位卻開始讓她的心情愉快起來。

領事夫人說：

「孩子，勸妳答應？爸爸有勸妳答應嗎？他只是沒有勸妳不要答應，如此而已。不管是爸爸還是我，如果要勸妳答應的話，我們就太不負責任了。親愛的東妮，向妳提出這門親事的絕對是大家所謂的好對象……妳會以極佳的條件嫁到漢堡去，將會過闊綽的生活……」

東妮一動也不動地坐著，眼前忽然浮現外公外婆家客廳裡的絲綢門帷……如果成為古倫里希夫人，她早餐會有熱可可喝嗎？這個問題她問不出口。

「如同妳父親說的：妳還有時間考慮，」領事夫人繼續說。「但我們也要提醒妳，得到幸福的機會不是每天都有的，而締結這樣的婚姻正是妳的義務和天職。是的，孩子，這也是我必須要告誡妳的。今天在妳面前展開的這條路，是妳命中注定要走的路，這一點妳自己也很清楚……」

「是的，當然。」東妮深思地說。她很清楚自己對家族和公司的義務，而且為此感到自豪。她，安東妮．布登布洛克，身為布登布洛克領事的女兒，她就像個小女王一樣在城裡行走，就連搬運工人馬提森都會在她面前脫帽行禮。她沉浸在自己的家族歷史中：那個在羅斯托克擔任裁縫師的祖先就已經十分富裕，而從那以後，這個家族就愈發興旺。她的天職是以自己的方式來替這個家族和「約翰．布登布洛克公司」增添光彩，藉由嫁入一個富有體面的人家……湯瑪斯則為此在商行裡工作……沒錯，這樁婚事本質上肯定是正確的，可是偏偏是古倫里希先生……他的模樣在她眼前浮現，他金黃色的落腮鬍，他微笑的紅潤臉龐，還有鼻翼旁邊那顆疣，他短小的步伐，她覺得彷彿能摸到他那件毛料西裝，聽見他柔和的聲音……

「我就知道妳能夠冷靜地想像……」領事夫人說，「也許妳已經做出決定了？」

「噢，才沒有呢！」東妮忽然惱怒起來，強調那聲「噢」。「這是多麼荒謬的事，嫁給古倫里希！我一直都說些尖酸刻薄的話來嘲笑他……我根本不明白他怎麼還受得了我！這個人總該有點自尊心吧……」

說著她就動手把蜂蜜滴在一片鄉村麵包上。

第三章

這一年，布登布洛克一家人在克里斯提昂和克拉拉放暑假時也沒有出門旅遊。領事說生意太忙，而東妮這件事懸而未決也促使一家人留在曼恩路大宅等待。領事親筆寫了一封信給古倫里希先生，措辭十分圓滑世故；可是東妮的固執阻止了事情的進展，這份固執以極其幼稚的形式表現出來。「才不要呢，媽媽！」她說。「我受不了他！」並且刻意強調「受不了」這幾個字。或是平常都喊「爸爸」的她會鄭重其事地說：「父親！我永遠都不會向他許婚。」

這件事肯定還會僵持很久，若非發生了下面這件事，時間是七月中旬，大約在早餐室那番談話過了十天之後。

那時是下午，一個晴朗溫暖的下午。領事夫人出門了，而東妮拿著一本小說，獨自坐在風景廳的窗邊，這時僕人安東拿了一張名片來給她。她還沒來得及讀出名片上的名字，一位身穿鐘形小禮服和豆綠色長褲的男士就走了進來。此人想當然耳是古倫里希先生，他的臉上露出央求的溫柔表情。

東妮震驚地從椅子上站起來，動了一下，彷彿想要逃進餐廳裡。她怎麼能再跟一位向她求過婚的男士說話？她的一顆心直跳到喉嚨裡，而她的臉色變得十分蒼白。當她知道古倫里希先生在很遙遠的地方，和父母進行那些嚴肅商討、感覺到自己以及她所做的決定忽然具有了重要性，這幾乎給她帶來了樂趣。可是這會兒他又出現了！就站在她面前！將會發生什麼事？她又覺得自己快要哭出來了。

古倫里希先生踩著急促的步伐走向她，他張開雙臂，把頭歪向一邊，這個姿勢彷彿在說：我在這裡！殺了我吧，如果妳想這麼做！「真是太巧了！」他喊道。「我找到了您，安東妮！」他喊她「安東妮」。

東妮右手拿著那本小說，在她的椅子旁站直了，噘起嘴唇，每說一個字就把頭由下而上抬起，而且用深深的惱怒強調每一個字，她脫口而出：

「您──怎──麼──敢！」

儘管如此，淚水已經湧上了她的咽喉。

古倫里希先生太過激動，無法去理會她提出的異議。

「我還能再等下去嗎？……我不是非回來不可嗎？」他急切地問。「我在一個星期前收到令尊的來信，這封信讓我心中充滿了希望！我還能再繼續處於這種懸而未決的狀態嗎？安東妮小姐？我忍耐不住了……我跳上一輛馬車，急忙趕到這兒來……在『漢堡市旅館』訂了幾個房間……現在我來到這裡，安東妮，想從您口中聽見最後的決定，那將會使我幸福得難以形容！」

東妮僵住了，驚訝地嚥下了眼淚。原來父親那封不置可否的審慎回信產生了這種效果！

她結結巴巴地說了三、四次：「您弄錯了。您弄錯了……」

古倫里希先生把一張扶手椅拉過來，在很靠近她窗邊座位的地方坐下，也懇請她再坐下來。他把身體向前傾，握住她由於不知所措而柔弱無力的手，用激動的聲音繼續說：

「安東妮小姐，打從第一刻起，打從那天下午……您還記得那個下午嗎？……當我第一次在您的家人當中見到您，您的模樣是那麼高雅，可愛得如夢似幻……您的名字就無法磨滅地寫進了我心裡……」他隨即修正自己的措辭，改說「刻在我心上」。「打從那一天起，安東妮小姐，能夠一輩子握住您美麗的手就成了我唯一的熱切心願，而令尊的回信給了我希望，現在您將會使我這份希望幸福地成真……對吧？我可以指望您對我也有好感……可以確定您對我也有好感！」說到這裡，他的另一隻手也握住了她的手，深深看進她那雙害怕地睜大的眼睛。今天他沒有戴棉線手套，一雙手又白又長，布滿了高高凸起的青筋。

東妮盯著他那張紅潤的臉，盯著他鼻子旁邊那顆疣，看進他那雙藍得像鵝眼的眼睛。

「不，不！」她害怕地連聲說道。接著又說：「我不會答應您的求婚的！」她努力想要用堅定的口氣說話，但是她已經哭了起來。

「我做了什麼，讓您這樣懷疑和猶豫？」他問，把聲音壓得很低，幾乎帶著指責。「您是個備受呵護和寵愛的女孩……但是我向您發誓，是的，我以男子漢之言向您保證，我將會把您捧在手掌心，身為我的妻子您將什麼都不缺，您將會在漢堡過著配得上您的生活……」

東妮跳了起來，掙脫了他的手，眼淚奪眶而出，徹底絕望地喊道：

「不……不！我說了不！我拒絕了您，難道您聽不懂嗎？老天爺！……」

可是古倫里希先生也站了起來。他往後退了一步，張開了雙臂，把兩個手掌心都對著她，像個有尊嚴、有決心的男子，嚴肅地說：

「布登布洛克小姐，您曉得我不能允許自己受到這樣的侮辱吧？」

「可是我不是要侮辱您，古倫里希先生，」東妮說，因為她後悔自己剛才這麼激動。老天，偏偏讓她遇上這種事！她沒有想像過求婚會是這樣的。她以為她只需要說：「您的求婚讓我感到很榮幸，但是我不能接受。」事情就解決了……

「您的求婚讓我感到很榮幸，」她盡可能冷靜地說，「但是我不能接受……好了，現在我得離開了……請見諒，我沒有空了。」

但是古倫里希先生擋住了她的路。

「您拒絕了我？」他輕聲地問。

「是的，」東妮說，並且謹慎地加了一句：「很遺憾……」

這時古倫里希先生重重地吸了一口氣，向後退了兩大步，把上半身轉向一側，用食指指著地毯，用嚇人的聲音喊道：

「安東妮！」

兩人就這樣對峙了片刻，他的姿態表現出真心的憤怒和專橫，東妮則臉色蒼白，哭泣顫抖，用淚溼的手帕摀著嘴。終於他轉過身，把雙手擱在背後，在房間裡來來回回走了兩趟，彷彿他是在自己家裡。然後他在窗前停下腳步，隔著窗玻璃看著暮色逐漸降臨。

東妮小心翼翼地緩緩走向玻璃門，可是她才走到房間中央，古倫里希先生就又來到了她身旁。

「東妮！」他很小聲地說，同時輕輕握住她的手，然後他蹲下來，慢慢地在她身旁的地板上跪下。他兩鬢的金黃色落腮鬍垂在她手上。

「東妮……」他又說了一次，「請您看著我……是您讓事情走到這一步……您是鐵石心腸嗎？……請聽我說……您眼睜睜看著一個人在您面前被毀滅，被摧毀，如果……是的，他將會由於悲傷而死，」他帶著一種急切打斷了自己，「如果您摒棄他的愛！我跪在這裡……您狠得下心來對我說：我厭惡你？」

「不，不！」東妮忽然用安慰的語氣說。她不再流淚，心中湧起了感動和同情。老天，他一定非常愛她，才會把這件事做到這個地步！這件對她而言全然陌生、而且她也不在乎的事。她真的有可能親身經歷這種事嗎？她在小說裡讀過，而如今在尋常生活中，一位身穿小禮服的男士跪在她面前央求！……她覺得跟古倫里希先生結婚這個念頭很荒謬，就只是因為她覺得他很可笑。可是，老天在上，這一刻他一點也不可笑！從他的聲音和臉上流露出真心的恐懼，流露出真誠而絕望的央求。

「不，不，」她又說了一次，一邊感動地朝他彎下身子，「我並不厭惡您，古倫里希先生，您怎麼能這樣說呢！……現在請您站起來吧……拜託……」

「您不打算讓我傷心而死？」他又問，而她又說了一次：

「不——不……」語氣幾乎像個母親在安慰孩子。

「這就是我想聽到的話！」古倫里希先生跳起來喊道。可是，當他看見東妮被嚇了一跳，他就立刻再度跪下，擔心地用安撫的口吻說：

「好了，好了……安東妮，現在您別再說什麼了！這一次就說到這裡，我求您……我們以後再談……下一次……下一次……今天我就跟您說再見了……再會……我回去了……再會！」

他迅速站起來，從桌上抄起他那頂灰色大帽子，親吻了她的手，急忙穿過玻璃門走了出去。

東妮看著他在圓柱大廳裡拿起他的手杖，看著他的身影消失在走廊裡。她站在房間中央，心慌意亂而且筋疲力盡，垂下的一隻手裡握著淚溼的手帕。

第四章

布登布洛克領事對妻子說：

「假如我想得出東妮有什麼難言之隱，讓她無法下定決心結這門親事！可是她是個孩子，貝絲，她愛玩，在舞會上跳舞，讓那些年輕人追求她，而且樂在其中，因為她知道自己長得漂亮，家世又好……也許她不自覺地在暗中尋找對象，但是我了解她，如同俗話所說，她還根本心無所屬……如果去問她，她就會搖頭晃腦地思索……但是她不會找到意中人的……她是個孩子，是個小丫頭，是個快樂無憂的少女……如果她答應，她就將找到自己的歸屬，可以按照自己的意思好好安頓下來，而且過了幾天之後她就會去愛她的丈夫……他不是個美男子，不，老天，他不是個美男子……但他畢竟也非常體面，而且說到底，誰也不能要求一頭羊有五條腿，如果妳不介意我使用這句商人用語！……如果她想要等到有個既英俊又富有的對象出現——嗯，上帝保佑！東妮．布登布洛克總還是找得到對象的。可是另一方面……那還是有風險，而且，再用一句商場上的話來說：每天都會撒網，但不是每天都捕得到魚！……昨天上午，我和古倫里希有過一番長談，他以持久的誠意來求婚，我和他一起看了他的帳冊……是他拿給我看的……貝絲，那些帳冊值得裝裱起來！我向他表示我非常高興！對一個成立還不太久的商行來說，他的情況相當好，相當好。他的財產總計大約有十二萬塔勒，而且這顯然只是目前的基本資產，因為他每年還能賺進可觀的利潤……我向杜尚家的人打聽過，而他們對他的風評也不錯。他們說雖然並不清楚他的經濟狀況，但是他過得像個紳士，在上流社交圈裡往來，而且大家都說他生意興隆、事業項目很廣……我也向另外一些漢堡人打聽過，例如一個名叫基瑟邁爾的銀行家，而我聽到的消息也令我完全滿意。長話短說，貝絲，如妳所知，我沒有辦法不迫切希望這樁婚事能夠談成！這對我們的家族和公司只會帶來好處！——老天，看到這孩子處境窘迫，我很難過，看到她從四面八方被包圍，悶悶不樂地走來走去，幾乎不再說話；可是若要斷然地拒絕古倫里希，我實在下不了決心……因為還有一件事，貝絲，而且這件事我不得不一再提起：過去這幾年我們的進帳實在不盡如人意。倒不是說上帝沒有保佑我們，不，絕非如此，誠實的工作得到了應有的報酬。生意平順……唉，太過平順了，而這就只是因為我做生意極為謹慎。自從父親去世，我們的生意就沒有太大的進展。目前對商人來說實在不是個好時節……簡而言之，沒有多少可喜之事。我們的女兒到了適婚年齡，而且能夠結一門在所有人看來都有利而且光彩的親事——她應該要答應！等待並不明智，並不明智，貝絲！妳再跟她談談吧，今天下午我竭盡所能地勸過她了……」

東妮的處境窘迫，這一點領事說得沒錯。她不再說「不」，但是她也沒辦法說「好」——願上帝幫助她！她自己也不太明白她為什麼就是無法答應。

與此同時，父親把她拉到一邊，說了一番嚴肅的話，母親要她在身旁坐下，要求她最終做出決定。戈特豪德伯伯和他的家人並未被告知此事，因為他們對於住在曼恩路的這家人始終帶有挖苦之意。可是就連魏希布洛特小姐都得知了這件事，用標準的發音勸她答應，即使是雍曼小姐也說：「小東妮，我的孩子呀，妳不需要擔心，妳仍然會留在上等階層……」而東妮每次去城堡門外那間受人敬重、有絲綢門帷的客廳作客，克羅格老夫人就會說：「對了，我聽說了一件事，我希望妳會明智一點，丫頭……」

一個星期天，當東妮和父母還有哥哥、妹妹一起坐在聖瑪利亞教堂裡，柯靈牧師用強烈的措辭講起一段經文，說女子應該要離開父母，追隨丈夫——而他的口氣忽然變得粗魯。東妮震驚地抬起頭來呆望著他，看他是否正盯著她瞧……並沒有，感謝老天，他把他肥胖的腦袋轉向另一邊，就只是泛泛地對著虔誠的教眾布道；然而，事情還是再清楚不過，這是對她發動的一次新攻擊，每一句話都是針對她而發。牧師宣稱，一個稚氣未脫的年輕女性還沒有自己的意志和見解，卻違抗父母慈愛的旨意，這個女子應該受到懲罰，主會唾棄她……這屬於柯靈牧師愛說的那一套，而他總是興高采烈地說出來，說到這裡，他還是咄咄逼人地看了東妮一眼，同時嚇人地把手一揮。東妮看見身旁的父親抬起一隻手，彷彿想說：「好了！別太激烈……」但是毫無疑問，柯靈牧師一定是得到了她父親或母親的默許。東妮紅著臉、駝著背坐在位子上，感覺到所有人的目光都停佇在她身上，於是下一個星期天，她極其堅決地拒絕去上教堂。

她沉默地走來走去，不再笑口常開，幾乎失去了胃口，偶爾發出令人心碎的嘆息，彷彿努力想要做出決定，然後就可憐兮兮地看著她的家人。別人不得不同情她。她真的憔悴許多，失去了朝氣。最後領事說：

「這樣下去不行，貝絲，我們不能折磨這孩子。她得稍微出去走走，靜下心來，好好想一想；妳會發現，到時候她就會明白事理的。我走不開，而且暑假也快要結束了……但我們也大可以都待在家裡。昨天，老許瓦茲寇夫湊巧從特拉沃明德到這兒來，領港員狄特里希．許瓦茲寇夫。我提了幾句，而他欣然同意讓那丫頭去他家裡住幾天……我給他一小筆錢做為補償……在那裡她會有舒適的居家環境，可以去做海水浴，呼吸新鮮空氣，並且弄清楚自己的心意。由湯姆陪她一起搭車過去，一切都不會有問題。事不宜遲，最好是明天就去……」

東妮對這個想法欣然表示同意。她雖然幾乎沒見到古倫里希先生，但是她知道他在城裡，在和她父母協商，在等待……老天，他每天都可能會再次出現在她面前，大喊大叫地哀求她！在特拉沃明德，在一個陌生的人家，她更能夠安全地遠離他。於是她開心地急忙收拾行李，然後在七月末的一天，她和負責陪她同行的湯瑪斯坐上克羅格家的豪華馬車，興高采烈地說了再見，鬆了一口氣，乘車出了城堡門外。

第五章

前往特拉沃明德是一路直行，搭乘渡輪過河，然後繼續直行。兄妹倆對這條路都很熟悉。雷布瑞希特·克羅格養的這幾匹肥碩棕馬來自梅克倫堡，灰色的大道在富有節奏的噠噠馬蹄聲下快速掠過，雖然陽光炙熱，而且灰塵遮住了原本就不寬廣的視野。全家人例外地在中午一點就吃了午餐，讓這對兄妹在兩點整出發，這樣他們就能在四點多抵達，因為克羅格家的馬夫約亨會野心勃勃地想用兩小時跑完一輛出租馬車需要跑上三小時的路途。

東妮半睡半醒地打著盹，頭上戴著扁平的大草帽，手裡撐著有奶油色花邊的淺灰陽傘，把陽傘抵著後車蓋，身上那件剪裁簡單的修長洋裝也是淺灰色的。她腳上穿著白襪和有十字飾帶的鞋子，秀氣地交疊著雙腳，舒適而優雅地靠坐在座位上，彷彿天生就該乘坐豪華馬車。

湯瑪斯已經二十歲了，穿著藍灰色布料的衣服，衣著整齊，他把草帽往後推，抽著俄國菸。他長得不算很高，但是唇上的鬍鬚漸漸長得很濃密，顏色比頭髮和睫毛都來得深。他習慣性地稍微挑高了一邊的眉毛，看進飛揚的塵土，也看著向後掠過的行道樹。

東妮說：

「我從來沒有像這一次這麼高興到特拉沃明德去……首先是基於種種理由，湯姆，你完全沒必要嘲笑我；我希望我可以離那一雙金黃色的落腮鬍遠一點，再遠個幾英里……另外，這一次的特拉沃明德將會有全新的面貌，住在水岸第一排的許瓦茲寇夫家……我不必理會住在度假飯店的那群人……那些社交活動我太熟悉了……而且我根本沒有那個心情……反正外頭那個……那個人想做什麼都可以，他不會覺得難為情，你看著吧，有一天他將會嘻皮笑臉地出現在我身旁……」

湯瑪斯扔掉了手裡的香菸，從盒子裡再拿出一支，盒蓋上鑲著一幅精美的圖案，是一輛受到狼群襲擊的三駕馬車：這是某位俄國顧客送給領事的禮物。這種有著黃色菸嘴的短小香菸味道濃烈，是湯瑪斯愛抽的。他抽得很多，而且有個壞習慣，總是把煙深深吸進肺裡，說話時再緩緩吐出。

「是啊，」他說，「說到這個，度假飯店裡從漢堡來的人可多了。買下那座飯店的弗里徹領事本身就是漢堡人……據說他目前的生意非常好，這是爸爸說的……還有，如果妳不稍微參加一些社交活動，妳就會錯過一些事……彼得・德爾曼當然會在那兒，在這個季節他從來都不會待在城裡，說也奇怪，他的生意好像都不必管，自己就能運作似的……嗯……尤思圖斯舅舅每到星期天肯定也會出來透透氣，玩一局輪盤賭……另外還有莫倫朵普家族和齊斯登梅克家族的人，想來是全員到齊，還有哈根史托姆家的人……」

「哈！——當然！怎麼能少了莎拉・塞姆林格呢……」

「她的名字是蘿拉，老妹，做人要公平。」

「她當然是帶著茱爾欣一起來……聽說茱爾欣今年夏天要和奧古斯特・莫倫朵普訂婚了，而且她會這麼做的！這樣一來，她就徹底進入上流圈子了！湯姆，你知道嗎，這真是令人生氣！這些從外地來的家族……」

「是啊，老天……史特倫克&哈根史托姆的生意做得非常出色，這才是最重要的……」

「這不用說！而且大家也知道他們是怎麼做生意的……不擇手段，你曉得的……毫不通融，一點也不正派……爺爺這樣說亨利希．哈根史托姆：『他能讓公牛都生出小牛』，這是爺爺說的……」

「對，對，對，這些都無所謂。賺得到錢最重要。至於他們訂婚這件事，那是樁很合適的買賣。茱爾欣會成為莫倫朵普家族的人，而奧古斯特則會得到一筆可觀的嫁妝……」

「唉，湯姆，你就只是想要惹我生氣而已……我瞧不起這些人……」

湯瑪斯笑了起來。「老天，妳知道我們得和他們好好相處。爸爸最近才說過：他們是城裡的新貴……相對於像是莫倫朵普這樣的家族……而且不能否認，哈根史托姆家的人的確很能幹。赫爾曼在商行裡已經很有用處，而莫里茲雖然肺不好，卻還是以優異的成績讀完了中學。據說他頭腦很好，在大學讀法律。」

「好吧……但是湯姆，至少我也很慶幸還有別的家族在他們面前不需要覺得矮了一截，就好比我們布登布洛克家族……」

「這個嘛，」湯瑪斯說，「我們最好不要自鳴得意。每個家庭都有自己的瘡疤。」他看著車夫約亨厚實的背部，小聲地繼續說。「就好比尤思圖斯舅舅，他的境況如何只有老天爺知道。爸爸說起他的時候總是搖頭，而我認為外公有好幾次必須拿出大筆金錢來幫助他度過難關……而我們那兩個表兄弟的情況也不盡如人意。約爾根想要讀大學，卻一直還沒有能夠從中學畢業……至於雅克伯，他在漢堡的『達貝克&康普公司』工作，據說雇主對他一點也不滿意。他的錢從來都不夠用，雖然他的收入夠多；而尤思圖斯舅舅拒絕給他的錢，羅莎麗舅媽會寄給他……不，我認為我們不該批評別人。再說，如果妳不想被哈根史托姆家族比下去的話，那妳就應該嫁給古倫里希！」

「我們坐上這輛馬車就是為了談這個嗎？對！對！也許我是該嫁給他！但是我現在不願意去想這件事，只想把它忘了。現在我們要去許瓦茲寇夫家。在我記憶裡，我從來沒見過他們……他們應該很好相處吧？」

「噢！狄特里希・許瓦茲寇夫，他是個『挺不錯的老小子』，用他的話來說……他不總是會用方言說話，只有在他喝了五杯摻水烈酒之後。有一次，他到商行裡來，我們一起去『船員公會之家』餐廳……他喝得可真多，像個無底洞。他父親在一艘挪威商船上出生，後來成為這條航線上的船長。狄特里希受過很好的訓練，領港員這個職位責任重大，而且待遇很好。他是個有經驗的老水手，可是對女士一向風度翩翩。小心囉，他會對妳獻殷勤……」

「哈！那他太太呢？」

「他太太我也不認識，應該很好相處。另外他還有個兒子，我讀書的時候他在文理中學讀七年級還是八年級，現在應該讀大學了……瞧，大海在那裡！只要再過十五分鐘……」

他們行駛在一條林蔭道上，夾道是年輕的櫸樹，有一段路緊鄰著大海，藍色的海面寧靜地浸浴在陽光裡。那座黃色的圓形燈塔出現了，有一會兒，他們眺望著海灣和碼頭，眺望著小鎮房舍的紅色屋頂和那座小港口，還有港中小船的船帆和索具。接著他們穿過最先經過的兩排房屋，把教堂拋在後面，沿著河邊「水岸第一排」的房屋向前行駛，直到一棟漂亮的小屋，門廊上長滿了濃密的爬藤。

領港員許瓦茲寇夫站在家門口，在馬車駛近時摘下了水手帽。他身材矮壯，紅臉膛，水藍眼睛，冰灰色的扎人鬍鬚從一隻耳朵連到另一隻耳朵。他的嘴角下垂，嘴裡叼著一支木頭菸斗，脣上的鬍鬚刮掉了，呈弧形的上脣又紅又硬，給人正直而有尊嚴的印象。他敞開的外套飾有金色滾邊，底下露出一件白色網眼棉布背心。他叉開雙腿站在那兒，肚子略向前挺。

「我真是榮幸，小姐，不管怎麼說，您願意在寒舍住上一段時間……」他小心地把東妮抱下車。

「您好，布登布洛克先生！令尊好嗎？領事夫人也好嗎？……我真心感到高興！……嗯，請兩位走近一點！我太太準備了一些點心。」車夫正把行李箱扛進屋裡，他對車夫說：「您把馬車駛到旅店老闆裴德森那兒去吧，這幾匹馬在那兒會受到很好的照顧。」又對湯瑪斯說：「布登布洛克先生，您會在我們這兒過夜吧？……欸，為什麼不呢？馬兒也需要休息呀，而且您沒法在天黑之前回到城裡……」

十五分鐘後，大家坐在門廊上的咖啡桌旁，東妮說：「我說啊，住在這裡至少跟住在度假飯店裡一樣舒服。這裡的空氣多好！海草的氣味一直到這裡都能聞到。能夠再到特拉沃明德來，我實在太開心了！」

從爬滿綠藤的門廊柱子之間能望見在陽光下波光粼粼的大河，連同河上的小船和岸邊的浮動碼頭，再遠一點能望見從梅克倫堡伸出海面的普里瓦半島上的渡輪站。鑲著藍邊的寬口杯子像木碗一樣，比東妮家裡那些精緻的古老瓷杯笨重許多，但是在她座位前面的桌上擺著一束野花，桌上的東西看起來很誘人，而且這趟車程使人飢腸轆轆。

「是啊，小姐會發現自己能在這裡恢復元氣，」女主人說。「小姐看起來有點憔悴，如果我可以這麼說的話；這是因為城裡的空氣不好，而且宴會也太多……」

許瓦茲寇夫太太是牧師之女，來自特拉維河畔的漁村舒魯特普，看起來大約五十歲左右，比東妮矮一個頭，身材相當瘦小。她的髮色仍黑，梳理得光滑整齊，用一個大網眼的髮網罩著。她穿著深藍色衣裙，有著鉤織出的小白領和袖口。她整潔、溫柔而且和善，殷勤地請客人享用她自己烤的葡萄乾麵包。船形的麵包籃周圍擺著鮮奶油、糖、奶油和蜂巢蜜。麵包籃上有串珠刺繡鑲邊，是小女孩梅塔的作品。這個八歲大的乖巧女孩穿著蘇格蘭格紋衣裙，坐在她母親身旁，淡金色的頭髮綁成一根沖天辮。

先前東妮已經進房間稍微梳洗了一下，許瓦茲寇夫太太抱歉地說替她準備的房間太簡陋了。

「哪會，房間好極了！」東妮說。她說從房間裡可以望見大海，這一點最重要。她一邊把葡萄乾麵包浸在咖啡裡，這已經是第四片了。湯瑪斯則和那位老漢聊起此刻正在城裡修理的「烏倫威爾號」……

忽然有個大約二十歲的年輕人拿著一本書走上門廊，他摘下頭上的灰色氈帽，紅著臉，有點笨拙地鞠了個躬。

「喔，兒子，」那個領港員說，「你來晚了……」接著他介紹說：「這是我兒子——」，他說了個東妮沒有聽懂的前名。「他在大學讀醫科，回來家裡過暑假……」

「幸會。」東妮按照她所學到的禮節說。湯瑪斯站起來跟他握手。年輕的許瓦茲寇夫又鞠了個躬，擱下手裡的書，又一次紅了臉，在桌旁坐下。

他身材中等，相當苗條，頭髮是很淡的金色，剪得短短的，覆蓋在略長的頭上。剛長出來的鬍鬚幾乎看不見，顏色就跟頭髮一樣淡，和異常白皙的膚色相稱，皮膚宛如有細孔的白瓷，一有機會就會脹成鮮紅色。他眼睛的顏色是比他父親略深的藍色，眼神同樣不甚活潑，懷著善意露出審視的表情。他的五官勻稱，相當討人喜歡。當他開始吃東西，露出了異常整齊的牙齒，潔白閃亮，有如經過拋光的象牙。此外他穿著一件扣起來的灰色短外套，口袋上有袋蓋，背後有鬆緊帶。

「是的，我來晚了，請見諒。」他說。他講話有點慢吞吞的，而且帶點嘎嘎聲。「我在海灘上看了一會兒書，沒有及時注意時間。」接著他就默默地咀嚼，只偶爾抬起眼睛打量湯瑪斯和東妮。

稍後，當女主人又一次要東妮再多吃一點，他說：

「布登布洛克小姐，您可以信得過這些蜂巢蜜……這是純粹的天然食品……讓人還知道自己吃下的是什麼……您得要好好吃飯，您曉得的！此地的空氣會消耗體力……會加速新陳代謝。如果吃的不夠，就容易消瘦……」他有種天真討喜的態度，在說話時把身體向前傾，有時沒有看著他說話的對象，而看著另一個人。

他母親溫柔地聽著他說話，然後想從東妮的臉上看出他這番話所引發的印象。可是他父親卻說：

「你別冒充內行了，醫師先生，說什麼新陳代謝……我們根本不想聽。」聽見這話，那個年輕人笑了，又紅了臉，看著東妮的盤子。

這個領港員又說了幾次他兒子的前名，但是東妮怎麼也聽不懂是哪個名字。聽起來有點像是「摩爾」或是「莫德」……從這個老漢帶著土腔的發音實在聽不出來。

等到用餐結束，狄特里希．許瓦茲寇夫愜意地對著陽光眨眼，把外套大大敞開，露出裡面的白色背心，父子倆開始抽起他們的木製短菸斗，而湯瑪斯又抽起他的香菸。三個年輕人暢談起在學校裡的舊日時光，東妮也熱烈地參與了談話。他們引用了史登格老師的口頭禪：「你該畫一橫，結果呢？你卻畫了一撇！」可惜克里斯提昂不在，他可以模仿得更像。

有一次，湯瑪斯指著桌上的鮮花對他妹妹說：

「古倫里希先生若是看到了，就會說：『這可妝點得真美！』」

聽見這話，東妮氣得戳了他一下，並且怯怯地朝年輕的許瓦茲寇夫瞄了一眼。

今天他們例外地把喝咖啡的時間延後了很久，而且也在一起坐了很久。等到那位領港員站起來的時候，已經是六點半了，在對面的普里瓦半島上，夕陽已逐漸西下。

「嗯，請兩位客人見諒，」他說。「我還有事得去領港站一趟……我們在八點吃晚餐，如果客人覺得合意的話……還是說今天稍微晚一點再吃，梅塔，怎麼樣？……還有你——」他又說了那個前名，「別在這裡閒坐……再去動動筋骨吧……布登布洛克小姐應該要去把行李打開……還是客人如果想去海灘上走走的話……你可別打擾他們！」

「狄特里希，老天，為什麼他不能再多坐一會兒，」許瓦茲寇夫太太帶點責備地柔聲說道。「而且，如果客人想去海灘上走一走，為什麼他不能一起去？他在放暑假呀，狄特里希！……再說，難道他都不能陪陪我們的客人嗎？」

第六章

隔天早晨，東妮在她住的小房間裡醒來，在新的生活環境中睜開眼睛令她感到興奮愉快，房間打理得乾乾淨淨，家具上罩著淺色印花棉布。

她坐起來，用雙臂抱住膝蓋，把頭髮散亂的頭向後仰，眨著眼睛看著那一條條窄窄的刺眼日光，是從關上的窗板之間透進房間裡的，她悠閒地把昨天經歷的事再從記憶中翻找出來。

幾乎沒有一個念頭跟古倫里希先生有關。那座城市和風景廳裡那個難堪的場面，還有家人與柯靈牧師的勸誡都離得很遙遠了。如今在此地，她每天早晨都能無憂無慮地醒來。許瓦茲寇夫一家都是很好的人。昨天晚上真的有一缸柳橙雞尾酒，大家為了在一起快樂生活而舉杯，氣氛很愉快。許瓦茲寇夫先生把海上的故事說得非常精彩，他兒子則說起哥廷根這座城市，他在那裡的大學就讀……可是她始終還不知道他的前名，這也太奇怪了！她聚精會神地留意過，可是吃晚餐時他的前名沒有再被喊過，而開口去問可能也不太得體。她絞盡腦汁地思索……老天，那個年輕人究竟叫什麼名字！摩爾……莫德？此外，她滿喜歡這個叫摩爾還是莫德的人。他笑得那麼調皮，當他請家人遞水給他，卻不說「水」，而說了兩個字母加上數字，惹得他老爹生起氣來。他說這是「水」的化學式，不過不是此地的水，因為特拉沃明德此地這種液體的化學式要複雜得多，隨時都可能在水裡發現一隻水母。高層當局對於飲用水有他們自己的定義……說到這裡，他又被父親訓斥了一番，因為他用輕蔑的語氣說起高層當局。許瓦茲寇夫太太一直在東妮的臉上尋找欽佩的表情，而他說話的確非常有趣，既風趣又有學問。這位年輕男士相當關心她。當她抱怨說她在吃飯時腦袋發熱，認為自己血量太多……而他怎麼回答呢？他仔細打量她，然後說：是的，太陽穴上的血管很滿，但是這不能排除她的頭部缺少足夠的血，或是缺少足夠的紅血球。說不定她**有一點**貧血……

木刻壁鐘裡的布穀鳥跳出來，響亮地叫了好幾聲。「七、八、九，」東妮數著，「起床了！」說著她就跳下床，推開了窗板。天空有點雲層，但是陽光照耀。目光越過「燈塔草原」可以一直望向碧波蕩漾的大海，右邊以弧形和梅克倫堡的海岸相鄰，以藍中帶綠的帶狀延伸出去，直到和煙霧朦朧的地平線相接。晚一點我要去做海水浴，東妮心想，但是要先好好吃頓早餐，好讓新陳代謝不會令我消瘦。一邊這樣想著，她露出微笑，迅速而愉快地洗臉穿衣。

她離開房間的時候，九點半剛過。湯瑪斯睡的那個房間的房門敞開著，他一大清早就又搭車回城裡去了。這層樓相當高，只有幾間臥室，在樓上就已經能聞到咖啡的香味，這似乎是最能代表這棟小屋的氣味。東妮走下樓梯，質樸的木頭欄杆沒有雕花裝飾，咖啡的香氣愈發濃烈。她穿過樓下的走道，走道旁是客廳、餐廳和領港員的辦公室。身穿白色網眼布料衣裙的她神清氣爽、心情極佳地踏上門廊。

咖啡桌旁就只坐著許瓦茲寇夫太太跟她兒子，桌面已經稍微收拾過了。她穿著棕色衣裙，外面繫著一條藍色格紋圍裙。一個裝鑰匙的小籃子擺在她面前。

「真是萬分抱歉，」許瓦茲寇夫太太說，一邊站了起來，「我們沒有等您一起吃早餐，布登布洛克小姐！我們這種普通老百姓起得早。要做的事太多了。我先生在他辦公室裡……小姐您不會生氣吧？」

東妮也表示歉意。「您可別以為我每天都起得這麼晚。我心裡非常過意不去。可是昨天晚上那缸雞尾酒……」

這時這家人的年輕兒子笑了起來。他手裡拿著木製短菸斗，站在桌子後面，報紙攤開在他面前。

「對，這都要怪您，」東妮說。「早！您一直和我碰杯……現在我活該只能喝冷掉的咖啡。我本來應該已經吃完早餐而且去做過海水浴了。」

「不，對一位年輕女士來說那太早了！您要知道，早上七點的時候海水還很冷，攝氏十一度。剛從溫暖的床上起來，那樣的水溫有點刺骨。」

「您怎麼知道我會想在溫水中做海水浴呢？先生？」東妮說著就在桌旁坐下。「啊，您替我把咖啡保溫了，許瓦茲寇夫太太！但是讓我自己來倒……多謝了！」

女主人看著客人吃下她的頭幾口早餐。

「小姐在這裡的第一個夜晚睡得可好？欸，老天，床墊裡塞的是海草……我們是普通人家……不過，現在請您慢用，也祝您有個愉快的上午。小姐肯定會在海灘上遇見一些熟人。如果您不介意的話，我兒子會陪您走過去。請原諒我不能再多陪您坐坐，但是我得去廚房看看我煮的東西。我煎了香腸，我們就能力所及盡量弄點好吃的。」

「我還是吃蜂巢蜜，」東妮說，當門廊上只剩下他們兩個人。「您瞧，這讓人還知道自己吃下的是什麼！」

許瓦茲寇夫家的年輕兒子站起來，把菸斗擱在門廊的護欄上。

「您儘管抽吧！我一點也不介意。我在家裡吃早餐的時候，早餐室裡總是已經瀰漫著爸爸抽的雪茄菸霧……您說說看，」她突然問，「一顆蛋的營養真的跟四分之一磅的肉一樣嗎？」

他的臉脹得通紅。「布登布洛克小姐，您是想要取笑我嗎？」他半笑半怒地問。「昨天晚上我才挨過父親的罵，他怪我三句不離本行，說我裝腔作勢……」

「可是我問這話完全沒有惡意！」東妮驚愕得暫時停止了吃東西。「裝腔作勢！怎麼能這麼說呢！我很樂意知道一些事……老天，我是個傻丫頭，您瞧！在魏希布洛特小姐的寄宿學校裡我一直都是最懶惰的學生。而我認為您懂得這麼多……」她心裡在想：裝腔作勢？和不熟悉的人相處，一個人會表現出自己最好的一面，斟酌自己的言辭，想要討人喜歡——這是理所當然的……

「嗯，兩者在某種程度上是等值的，」他受寵若驚地說。「就某些養分而言……」

接下來，當東妮吃著早餐，而許瓦茲寇夫家的年輕兒子抽著他的菸斗，他們開始聊起魏希布洛特小姐，聊起東妮在寄宿學校的時光，聊起她那些朋友，如今已經回到阿姆斯特丹的蓋爾妲·阿爾諾德森，還有安姆噶爾德·馮·席林，從此地的海灘就能看見她家那棟白房子，至少在天氣晴朗的時候能看見。

稍後，等東妮吃完了早餐，擦擦嘴巴，她指著桌上的報紙問道：

「有什麼新聞嗎？」

許瓦茲寇夫家的年輕兒子笑了，帶著嘲諷的同情搖搖頭。

「喔，不……會有什麼新聞呢？您曉得，這份城市報紙是份可悲的小報！」

「哦？可是爸爸和媽媽一直都看這份報紙呀？」

「噢，是啊！」他說著又紅了臉，「我也讀這份報，如您所見，因為手邊沒有別的報紙可看。可是大批發商某某領事打算要慶祝銀婚紀念日，這實在不是什麼震撼人心的新聞……好啦！您在笑……可是您該讀一讀別的報紙，像是《柯尼斯堡報》[1]或是《萊茵報》[2]，在那些報紙上您會讀到一些不同的東西！不管普魯士國王怎麼說……」

「他說了什麼？」

「嗯……不，很遺憾，我不能在一位女士面前重述他說的話……」說著他又臉紅了。「針對這些報紙他說了很難聽的話。」他露出帶有強烈嘲諷意味的微笑繼續說，這個微笑讓東妮有片刻感到難堪。「要知道，這些報紙對政府不太留情，對那些貴族、神職人員和大地主也一樣。報社懂得巧妙地規避審查。」

「那您呢？您對貴族也毫不留情嗎？」

「我嗎？」他問，頓時感到尷尬。東妮站了起來。

「嗯，這件事我們改天再聊吧。我現在就去海灘，怎麼樣？看哪，天空幾乎整個變藍了。今天不會再下雨了。我有極大的興致再度跳進海裡。您願意陪我過去嗎？」

---

1 《柯尼斯堡報》（*Königsberger Hartungsche Zeitung*）係1660-1933年間在柯尼斯堡市（Königsberg）發行的報紙，在這部小說的背景年代（十九世紀中期），柯尼斯堡是自由主義重鎮，反對普魯士國王腓特烈・威廉四世的保守統治。

2 《萊茵報》（*Rheinische Zeitung*）創刊於一八四二年，是一份鼓吹民主和改革的報紙，於一八四三年遭到政府查禁，卡爾・馬克思曾任該報編輯。

第七章

她戴上大草帽，撐開了陽傘，因為天氣很熱，儘管微微吹著海風。許瓦茲寇夫家的年輕兒子戴著灰色氈帽，把書拿在手裡，走在她身旁，偶爾從旁邊打量著她。他們沿著「水岸第一排」的房屋走，散步穿過公園，公園裡有著碎石小徑和玫瑰花圃，安安靜靜，沒有綠蔭。音樂演奏臺隱藏在針葉樹之間，對面是海濱度假飯店、糕餅店和那兩間以長長的穿廊連在一起的小木屋。時間將近十一點半，那些泳客應該還在海灘上。

兩人從兒童遊戲場上走過，場上有著長椅和大鞦韆；他們從靠近室內溫水泳池的地方經過，慢慢走過「燈塔草原」。陽光晒著草地，蒸騰出苜蓿和雜草的辛辣氣味，蒼蠅嗡嗡地飛來飛去或是停在草地上。單調低沉的濤聲從大海傳來，偶爾有小小的白色浪頭在遠方閃現。

「您在讀什麼書呀？」東妮問。

那個年輕人用雙手捧著那本書，很快地從卷尾到卷首翻了一遍。

「喔，這不是適合您看的書，布登布洛克小姐！寫的都是血液、內臟和病痛。您看，這裡正談到肺水腫，俗稱肺積水。也就是肺泡裡充滿了水狀液體，這是非常危險的，在肺部發炎時會出現。如果情況嚴重，病人就會無法呼吸，然後死亡。而且書裡談到這一切用的都是很冷漠、很傲慢的語氣。」

「唉！可是如果想要成為醫生的話……等到葛拉波夫醫生退休，我會設法讓您成為我們的家庭醫師，您看著吧！」

「哈！那您讀的又是什麼呢？如果我可以問的話，布登布洛克小姐？」

「您知道霍夫曼嗎？」東妮問。

「寫《宮廷樂長》和《金缽》的那一位嗎[1]？嗯，那很不錯……可是，您知道，這種讀物比較適合女士。男人如今必須要讀點別的東西。」

「現在我得問您一件事，」東妮在走了幾步之後下定決心地問。「就是您的前名叫什麼！我一次也沒有聽懂……這實在讓我很煩躁！我簡直是絞盡了腦汁在想……」

「您絞盡了腦汁在想？」

「唉——您就別再為難我了！開口去問似乎不太得體，可是我當然會感到好奇。話說回來，我這輩子其實都沒必要知道。」

「嗯，我叫莫爾登，」他說，一張臉脹得比任何時候都紅。

「莫爾登？這名字很好聽！」

「噢！很好聽……」

「欸，老天。總比辛茲或昆茲這些名字好聽吧。聽起來有點特別，有點外國風情。」

「您是個浪漫主義者，布登布洛克小姐，您讀了太多霍夫曼的作品了。事情其實很簡單：我祖父有一半的挪威血統，而他的前名就叫莫爾登。我是按照他的名字來命名的。如此而已。」

東妮小心翼翼地穿過在光禿禿的海灘邊緣長得高高的刺人蘆葦。在他們面前是一排有著錐形屋頂的

---

1 係指德國浪漫主義時期作家霍夫曼（Ernst Theodor Amadeus Hoffmann）以宮廷樂長克萊斯勒為主角的作品《克萊斯勒魂》（*Kreisleriana*）和中篇童話故事《金缽》（*Der goldene Topf*）。

木製涼亭，再過去，在更靠近海水的地方，可以看見一排排有遮篷的沙灘椅，一個個家庭圍著這些椅子在溫暖的沙灘上休憩。女士戴著藍色遮光夾鼻眼鏡，拿著從圖書館借來的書，男士穿著淺色西裝，悠閒地用手杖在沙子上畫出圖形，晒成古銅色的小孩戴著大草帽，有的在挖沙子，有的在沙灘上打滾，有的想在沙灘上挖出水來，有的用木頭模型做沙子蛋糕，有的在挖掘隧道，裸著腿在淺淺的波浪中戲水，讓小船在水面上漂浮。在右邊，海水浴場的木造建築伸進了海中。

「我們現在正直接走向莫倫朵普家族的涼亭，」東妮說。「我們稍微拐個彎吧！」

「我很樂意。可是您現在得去跟那幾位女士先生交際一下吧，我去坐在後面那些石頭上。」

「交際……對，我大概得去打聲招呼。但是您得知道，我實在很厭惡得要這麼做。我來這裡是為了圖個清靜……」

「清靜？是怕誰打攪呢？」

「唉！是怕誰……」

「聽我說，布登布洛克小姐，我也還有一**件事**得要問您……但是看機會吧，晚一點，等時機到了的時候。現在請容許我跟您說再見了。我去坐在後面那些石頭上……」

「不要我把您介紹給他們嗎？許瓦茲寇夫先生？」東妮一本正經地問。

「不，噢，不。」莫爾登急忙說，「多謝了。您知道我不屬於那個圈子。我去坐在後面那些石頭上。」

東妮朝著在莫倫朵普家族專用涼亭前面休憩的那群人走去，莫爾登．許瓦茲寇夫則向右走，走向海水浴場旁邊被海水沖刷的那些大石塊。那群人包括莫倫朵普、哈根史托姆、齊斯登梅克和弗里徹這幾個家族的成員。除了來自漢堡的弗里徹領事（這個海濱浴場的主人）和彼得．德爾曼那個紈綺子弟，其餘都是婦孺，因為這是平常日，大多數的男士都在城裡忙著做生意。弗里徹領事有點年紀了，相貌堂堂，臉上的鬍子刮得很乾淨，他在敞開的涼亭裡操作一副望遠鏡，對準了遠方在視線中出現的一艘帆船。彼得·德爾曼戴著寬邊草帽，留著修剪成圓形的連鬢鬍鬚，站在女士旁邊聊天。那些女士躺在沙灘上鋪著的格紋毯上，或是坐在小帆布椅上：娘家姓氏為朗哈爾斯的莫倫朵普議員夫人手裡拿著一支長柄眼鏡，頂著一頭凌亂的灰白頭髮；哈根史托姆太太帶著女兒茱爾欣，茱爾欣的個子仍舊嬌小，但是已經跟她母親一樣戴著鑽石耳環；齊斯登梅克領事夫人帶著幾個女兒，還有弗里徹領事夫人，她滿臉皺紋，身材矮小，頭戴軟帽，在浴場上善盡女主人的職責。她曬得紅紅的，神情疲憊，心裡就只惦記著該替飯店住客舉辦的舞會、兒童舞會、抽獎活動和乘船出遊。替她朗讀的女子坐在離她有一段距離的地方。小孩子在水邊玩耍。

「齊斯登梅克父子公司」是生意蒸蒸日上的葡萄酒商，這幾年來使得老酒商柯本漸漸顯得過時，名叫艾德華和史提方的兩個兒子已經在父親的商行裡工作。德爾曼領事完全缺少尤思圖斯·克羅格那種文質彬彬的翩翩風度，他是個幼稚的紈絝子弟，不帶惡意的粗魯是他的特點，在社交圈裡他可以任性地做出十分放肆的舉動，因為他知道他那種慢條斯理、放肆大膽、喳喳呼呼的舉止尤其受到女士歡迎，讓她們認為他與眾不同。有一次，在布登布洛克家的晚宴上，有一道菜遲遲沒有上桌，令女主人感到尷尬，無事可做的賓客則情緒欠佳，而德爾曼領事用一句話就讓大家恢復了好心情，他拖長了音調，扯著大嗓門，用方言口音大喊：「領事夫人，咱準備好吃下一道菜了！」

此刻他正用粗聲粗氣的響亮嗓音說著曖昧的軼聞趣事，並且用方言俗話添油加醋。莫倫朵普議員夫人笑得沒了力氣，一次又一次地喊道：「老天，領事先生，您歇會兒吧！」

哈根史托姆家的母女冷淡地跟東妮·布登布洛克打了招呼，其他人則熱情地歡迎她。就連弗里徹領事都急忙走下涼亭的臺階，因為他希望布登布洛克一家人至少在明年能幫忙增加造訪浴場的人數。

「任您差遣，小姐！」德爾曼領事說，發音盡可能地高雅，因為他知道布登布洛克小姐並不特別欣賞他的舉止。

「布登布洛克小姐！」

「您也在這兒？」

「太棒了！」

「您何時來的？」

「您這身打扮多麼迷人！」

「您住在哪兒呢？」

「住在許瓦茲寇夫家？」

「住在那個領港員家裡？」

「多麼有創意呀！」

「我覺得這實在太有創意了！」

「您住在鎮上？」弗里徹領事又說了一次，沒有讓人察覺這令身為度假飯店業主的他感到尷尬。

「下一次的舞會您是否會賞光呢？」他太太問。

「噢，您只在特拉沃明德待幾天？」另一位女士回答。

「您不覺得布登布洛克家的人有點太孤傲了嗎？」哈根史托姆太太很小聲地對莫倫朵普議員夫人說。

「而您還沒有去做海水浴？」有人問。「請問這些年輕女士當中有誰今天還沒有做過海水浴？小瑪莉、茱爾欣、小路薏絲？您這幾位朋友當然會陪您一起去，安東妮小姐……」

幾個年輕女孩從那群人當中走出來，準備和東妮一起去做海水浴，而彼得・德爾曼堅持要陪她們沿著沙灘走一段路。

「老天！妳還記得當年我們一起走路上學嗎？」東妮問茱爾欣・哈根史托姆。

「記得！妳總是很頑皮，」茱爾欣帶著同情的微笑說。

他們走在海灘上方由並排的木板鋪設而成的小路上，朝著浴場走去；當他們經過莫爾登・許瓦茲寇夫坐在上面看書的那些大石頭，東妮遠遠地向他急急點了好幾次頭。有人問：「東妮，妳在跟誰打招呼？」

「噢，那是許瓦茲寇夫家的年輕人，」東妮說，「是他陪我走到海邊來……」

「那個領港員的兒子？」茱爾欣・哈根史托姆問，用她閃亮的黑眼睛銳利地朝莫爾登看過去，他正用有點憂鬱的眼神打量著這一群貴氣體面的小姐。東妮卻大聲地說：「有一件事我感到遺憾：例如奧古斯特・莫倫朵普不在這裡……非假日的時候在海灘上想必相當無聊！」

第八章

東妮・布登布洛克在夏天裡的幾個美好星期就此展開，比她以前在特拉沃明德度過的時光都更有趣，也更愉快。她容光煥發，卸下了心裡的重擔，言談舉止又恢復了開朗活潑和無憂無慮。當布登布洛克領事在週日帶著湯瑪斯和克里斯提昂前來，他看著她，感到心滿意足。這一天他們就會在度假飯店和其他人同桌共餐，在糕餅店的涼篷底下喝咖啡，一邊聽樂隊演奏音樂，在大廳裡旁觀輪盤賭局。那些愛玩的人擠在賭桌旁，像是尤思圖斯・克羅格和彼得・德爾曼，布登布洛克領事則從來不賭。

東妮做日光浴，做海水浴，吃著煎香腸配辛香料醬汁，和莫爾登散步去很遠的地方：通往鄰鎮的大路，沿著海灘走到位於高處的「海神廟」，那裡視野遼闊，可以眺望大海和陸地，或是走上度假飯店後面的小樹林，在樹林高處懸掛著一口大鐘，用來通知客人用餐時間到了。或者他們會划著小船渡過特拉維河，到普里瓦半島去，在那裡可以撿到琥珀。

莫爾登是個有趣的同伴，雖然他的看法有點偏激，會對他不認同的事物表示輕蔑。他對所有的事物都有公正而嚴格的判斷，會用堅決的語氣表達出來，雖然他這樣做時會臉紅。如果他用笨拙而憤怒的姿態聲稱所有的貴族都是些白痴和可憐蟲，東妮就會不高興地斥責他；但是他在她面前能夠直言不諱地說出他在父母面前絕口不提的觀點，這令她感到十分自豪。有一次他說：「我還想告訴您一件事：我在哥廷根住的小房間裡有一副完整的骷髏。您知道的，就是用幾根鐵絲勉強固定住的一具人骨。嗯，我替這具骷髏穿上了一套舊的警察制服……哈！您不覺得這個點子很棒嗎？可是看在老天的分上，您可千萬別把這件事告訴我父親！」

東妮免不了會經常跟來自城裡的熟人交際往來，在海灘上，或是在度假飯店的花園裡，有時也會被拉去參加一場舞會或是搭帆船出遊。這時候莫爾登就會「坐在石頭上」。從第一天起，這些石頭就成了他們兩人之間的慣用語。「坐在石頭上」意味著：「孤單寂寞而且百無聊賴」。如果碰到雨天，把整片大海都籠罩在灰色的輕紗下，使得大海和低懸的天空完全融為一體，雨水淹沒了小徑，使沙灘成了爛泥，這時東妮會說：「今天我們兩個都得坐在石頭上，意思是坐在門廊上或客廳裡。沒別的事可做，只好請您演奏那些大學生歌曲給我聽，莫爾登，雖然我覺得那無聊透頂。」

「好，」莫爾登說，「我們坐下吧。可是您知道嗎，只要有您在，那就不再是石頭了！」順帶一提，如果他父親在場，他就不會說這些話，但是他不介意讓他母親聽見。

「怎麼？兩位年輕人要上哪兒去！」那個領港員問，當午餐過後，東妮和莫爾登同時站起來，準備出門。

「喔，我可以陪安東妮小姐去海神廟走一走。」

「哦，你可以嗎？兒子呀，你倒說說，如果你回房間去複習那些神經纖維束不是更恰當嗎？等你要回哥廷根的時候，你就把所有學到的東西全忘光了……」

許瓦茲寇夫太太卻柔聲地說：「狄特里希，老天！為什麼他不能一起去呢？你就讓他去吧！他在放暑假嘛！而且難道他就不能陪陪我們的客人嗎？」於是他們就去了。

他們沿著海灘走，在最靠近海水的地方，那裡的沙子被潮水浸潤，變得平坦而堅實，在上面行走毫不費力。那裡散布著常見的白色小貝殼，還有一些比較長、有著乳白色光澤的大貝殼；在那當中有溼漉漉的黃綠色海草，還有空心的圓形果實，捏破時會發出爆裂聲；另外也有水母，有水色的普通水母，還有紅黃色的有毒水母，如果在游泳時碰到，腿就會灼熱紅腫。

「您想知道我以前有多傻嗎？」東妮問。「我想要從水母身上取出那些彩色的星星。我用手帕包了一大堆水母回家，整整齊齊地放在陽臺上晒太陽，好讓它們的水分蒸發……然後就會剩下那些彩色的星星！唉，等到我去看的時候，那裡就只有一大片溼漉漉的水漬，聞起來有點像腐爛的海草……」

他們走著，旁邊是長長的海浪有節奏的濤聲，帶有鹹味的清新海風拂面而來，那風暢行無阻地吹來，在耳邊盤旋，造成一種愉快的暈眩、一種隱隱的麻木……他們走在海邊這片遼闊的寧靜中，海風靜靜呼嘯，這片寧靜使得遠遠近近的每一個輕微聲響都有了神秘的意義。

左邊是布滿裂縫的斜坡，由黃色黏土和卵石構成，不時有凸出的尖角遮住了蜿蜒的海岸。由於海灘到了這裡逐漸變成了石灘，他們找了個地方往上爬，準備穿過樹林，走上通往海神廟的上坡路。那座海神廟是個圓形亭子，用木板和未經加工、還帶著樹皮的樹幹建造而成，裡面刻滿了題字、姓名字母縮寫、心形圖案和詩句。東妮和莫爾登坐進亭子裡一個面向大海的小隔間，坐在後面狹窄的粗木長凳上，隔間裡有木頭的氣味，就跟浴場的更衣間一樣。

在下午這個時間，這上頭十分安靜肅穆。幾隻小鳥在吱吱喳喳，樹葉的沙沙聲和大海的濤聲交織在一起，大海在下方深處遼闊地展開，遠方的海面上可以看見一艘船的船帆。避開了在這之前一直在他們耳邊打轉的海風，他們忽然感覺到一分引人深思的寂靜。

東妮問：「它是要來還是要走？」

「嗄？」莫爾登慢吞吞地問，彷彿從一種深沉的心不在焉中醒來，他隨即說：「它是要走！那是『史登波克市長號』，要駛往俄國。」他停頓了一會兒之後又說：「我不會想要跟著去，那裡的情況一定比我們這裡更令人氣憤！」

「好了！」東妮說。「現在您又想要批評那些貴族了，莫爾登，我從您的臉上看得出來。您這樣做是不對的……您曾經認識過身為貴族的人嗎？」

「沒有！」莫爾登幾乎生氣地喊道。「謝天謝地！」

「是啊！您看吧？我卻認識一個。不過，她是個女孩，安姆噶爾德．馮．席林，她就住在梅克倫堡那邊，我跟您提起過她。嗯，她比您和我都更和善，她幾乎沒有意識到自己有個貴族姓氏，她吃生肉香腸，談她家養的母牛……」

「凡事當然都有例外，東妮小姐！」他急切地說。「可是聽我說，您是位年輕女士，您以個人的角度去看待一切。您認識一個貴族，然後就說：可是他是個好人啊！當然，可是要批判所有的貴族根本不需要認識半個貴族！因為您要知道，重點在於原則，在於這套制度！看吧，說到這個您就只能沉默了……怎麼說？一個人只要一出生就能成為菁英，成為貴族……可以輕蔑地俯視我們這些不是貴族的人……我們再有成就都無法達到他的地位？」莫爾登帶著一種天真善良的憤慨說話；他試圖做出手勢，看出自己那些手勢很笨拙，就又放棄了。但是他繼續往下說，說得正興起。他坐著，身體向前傾，把一根大拇指插在外套的鈕釦之間，和善的眼睛露出倔強的眼神，「我們這些中產階級，到目前為止被稱為第三階層的我們，我們希望就只還有一種貴族存在，亦即因功勳而受封的貴族。我們不再承認那些懶惰的貴族，我們拒絕現有的階級制度……我們希望所有的人都自由而且平等，沒有誰臣服於一人之下，而是所有人都臣服於法律之下！不該再有特權和專制！人人都應該是具有同等權利的國家子民，一如在俗眾和上帝之間不再有中間人，公民和國家之間的關係也應該是直接的！我們希望擁有新聞自由、職業自由和貿易自由……我們希望人人都能在沒有優先權的情況下互相競爭，讓功績成為其冠冕！但是我們受到了奴役，被堵住了嘴巴……我想說的是什麼呢？對，您聽好了：四年前，針對大學和新聞界的聯邦法律被修訂了……冠冕堂皇的法律！凡是可能與現有秩序不符的真相就不准被寫下來，也不准被教導……您明白嗎？真相被壓制了，無法被說出來，而原因何在？為了維持一種愚蠢之至、老舊過時、搖搖欲墜的現狀，每個人都知道這個現狀遲早會被廢除……我認為您根本不理解這種卑鄙的做法！這種暴力，目前這種愚蠢、粗暴的警察暴力，完全不理解新事物和精神上的事物……不，撇開這一切不談，我就只還想說一件事，普魯士國王做了一件極其不公正的事！當年，一八一三年，當法國人占領了我們的土地，他呼籲我們反抗，向我們承諾將會制訂憲法……而我們挺身而出，把法國人從德國趕走了……」

東妮用一隻手托著下巴，從旁邊看著他，認真思考了片刻，思考他本人是否真有可能幫忙趕走了拿破崙。

「……可是您認為他兌現了這個承諾嗎？唉，沒有！而目前這個國王就只會說好聽的話，是個夢想家，是個浪漫主義者，就跟您一樣，布登布洛克小姐……因為有一點您必須知道：當哲學家和詩人已經拋棄了一個被認為過時的真理、觀點或原則，國王才剛開始接觸到這些真理、觀點和原則，認為這乃是最新、最好的，認為自己必須要據以行事……是的，王室就是這樣！國王不僅是凡人，甚至是非常平庸的凡人，他們永遠落後一大截……唉，德國的情況就像是一個參加了學生同盟[1]的大學生，他在『德意志解放戰爭』時期度過了熱情勇敢的青春歲月，如今卻成了可悲的市儈……」

「好，好，」東妮說。「您說的都很好。可是我就只問您一件事，這跟您有什麼關係呢？您根本不是普魯士人……」

1 學生同盟（Burschenschaft）是一種大學生組織，在德國有很長的歷史，在十九世紀曾經是對抗拿破崙以及追求德意志統一的一股力量，也曾推動一八四八年的革命。

「唉，到處都是一樣的，布登布洛克小姐！對，我用您的姓氏稱呼您，而且是刻意的……而我其實還應該用法文的『小姐』來稱呼您，才更符合您享有的特權！我們這裡的人難道會比普魯士人更自由、更平等、更博愛嗎？各種限制、階級差異、貴族制度——到處都一樣！您對貴族懷有好感……要我告訴您為什麼嗎？因為您本身就是個貴族！對——哈，您還不知道嗎？您的父親像個大領主，而您就像個公主。一座深淵把您跟我們其他這些人分隔開來，我們這些不屬於您那個顯赫家族圈的人。為了放鬆一下，您可以偶爾和我們這些人當中的一個一起在海邊散散步，可是等您又回到您所屬的那個擁有特權的菁英圈子，這個人就只能坐在那些石頭上……」他的聲音異常激動。

「莫爾登，」東妮難過地說。「所以說，您坐在石頭上的時候的確在生氣！我明明請求過您讓我把您介紹給他們……」

「噢，東妮小姐，身為年輕女士，您又把這件事看得太個人了！我說的是原則上的問題……我的意思是，我們這裡也不比普魯士更具有博愛的精神……」他稍微停頓了一下，然後繼續往下說，語氣中那股異樣的激動並未消失，「如果從個人的角度來說，那我指的不會是現在，而也許是將來……等到您成為某某夫人，徹底消失在您所屬的上流圈子裡，而……我可能終其一生都坐在石頭上……」

他沉默了，而東妮也沉默了。她不再看著他，而看向另一邊，看著她身旁的木板牆。有相當長的時間就只有一片令人抑鬱的靜默。

「您還記得嗎？」莫爾登又開口了，「我曾經跟您說過，我有個問題想要問您？是的，要知道，從您抵達此地的第一天下午開始，我就一直想著這個問題……您別猜！您絕對不可能知道我指的是什麼。下次有機會的時候我再問您；這事不急，其實也完全不關我的事，我純粹只是好奇……不，今天我只想向您透露一件事……另一件事……您看。」

說著莫爾登就從外套口袋裡抽出一條彩色條紋狹長綬帶的末端，然後看著東妮的眼睛，表情中混合著期待和得意。

「很漂亮，」東妮不明就理地說。「這表示什麼？」

莫爾登卻鄭重地說：「這表示我在哥廷根屬於一個學生同盟——現在您知道了！我也有一頂同樣顏色的帽子，但是在放假期間我把它戴在那具穿著警察制服的骷髏頭上了……因為您要了解，在這裡我不能讓別人看見我有那頂帽子……我可以指望您不會說出去吧？要是我父親知道了，那就慘了……」

「我不會說出去的，莫爾登！您可以相信我！但是我對這種事一無所知……你們全都在密謀反對貴族嗎？你們想要什麼呢？」

「我們想要自由！」莫爾登說。

「自由？」東妮問。

「是的，自由，您曉得的，自由！」他重複這個字眼，一邊把手臂朝著下方的大海一揮，做出一個不太明確、有點笨拙、但是熱情洋溢的動作，而且不是向著海灣被梅克倫堡的海岸線侷限住的那一側，而是向著遼闊的海面，綠色、藍色、黃色、灰色的帶狀海浪輕輕捲起，愈來愈細長，壯闊無垠，朝著水天交融的地平線延伸。

東妮用目光追隨著他的手伸出去的方向，他們一起看向遠方，兩人並排擱在粗木長凳上的手差點就要相握。他們沉默了很久，大海平靜舒緩的濤聲傳進他們耳中。而東妮忽然認為她和莫爾登對「自由」的理解是一致的，一份偉大而模糊的理解，充滿了預感和渴望。

第九章

「說也奇怪，人在海邊就是不會感到無聊。如果是在別的地方仰躺著三、四個小時，什麼都不做，甚至什麼也不去想……」

「是啊，不過，東妮小姐，我得承認，之前我偶爾會感到無聊，但那是好幾個星期以前的事了……」

秋天來了，第一道強風已經颳起。被撕裂的薄薄灰雲在空中急急飄過，波浪翻騰的渾濁海面布滿了白沫。強勁的大浪以無情而令人生畏的冷靜滾滾而來，氣勢磅礴地傾斜，形成一道金屬般閃亮的深綠色曲線，然後轟然墜落在沙灘上。

度假季節已經徹底結束。平常有許多泳客聚集的那段海灘上，有部分涼亭已經被拆掉了，海灘上只剩下寥寥幾張沙灘椅，幾乎顯得荒涼。但是東妮和莫爾登下午會在一處比較遠的地方休憩：在黃土沙壁展開之處，在那裡，海浪拍打著「海鷗石」[1]，浪花高高濺起。莫爾登替她堆了一座堅實的沙丘。她背倚著這座沙丘，腳上穿著白襪和有十字飾帶的鞋子，雙腳交疊，身上穿著鑲著大鈕釦的柔軟秋季外套。莫爾登面向著她側身躺著，用手托著下巴。偶爾會有一隻海鷗衝向海面，發出猛禽的叫聲。他們看著那

1 「海鷗石」（Möwenstein）是特拉沃明德海邊的一塊冰川漂礫，估計重達八十噸，有大約五分之二露出海面。

一道道由海浪和海草交織而成的綠牆氣勢洶洶地撲過來，然後在擋住它們的那塊巨石上碎裂……這連綿不絕的混亂巨響令人麻木、沉默，扼殺了時間感。

莫爾登終於動了一下，彷彿喚醒了自己，然後問道：「東妮小姐，您大概不久之後就要啟程離開了吧？」

「不，為什麼？」東妮心不在焉而且不明所以地問。

「喔，老天，今天是九月十號，我的暑假反正也快結束了……這還能持續多久呢！您期待著城裡的社交聚會嗎？您說說看：和您跳舞的都是些和藹可親的男士吧？不，這我也不想問！現在您得回答我一個問題，」他說，忽然下定決心，把下巴端正地托在手上，看著她。「就是我一直想問而沒問的那個問題……您知道嗎？好吧！古倫里希先生是誰？」

東妮愣住了，迅速看了他一眼，然後就讓目光四處逡巡，像是剛剛被人提醒，從而憶起了一個遙遠的夢境。同時，自從古倫里希先生向她求婚以來，她在心裡確實感受到了的那種感覺又鮮活起來：感覺到自己的重要。

「您想知道這個？莫爾登？」她嚴肅地問。「嗯，那我就告訴您。雖然您要知道，湯瑪斯在第一天下午就提起這個名字讓我非常難堪；可是既然您聽見了……好吧，古倫里希先生，班迪克斯．古倫里希，是我父親在商場上的一個朋友，是個來自漢堡的富商，他在城裡向我求過婚……可是不！」她迅速回應了莫爾登的一個動作，「我拒絕了他，我沒有辦法下定決心答應把自己的終身託付給他。」

「為什麼沒有辦法呢……如果我可以問的話？」莫爾登笨拙地問。

「為什麼？噢，老天，因為我受不了他！」她幾乎憤慨地喊道，「您真該看看他，看看他的模樣，看看他的舉止！別的不說，他有金黃色的落腮鬍……完全不像是天生的！我認為他一定是用金粉梳理過，就是聖誕節時用來把核桃染成金色的那種金粉。而且他很虛偽。他想方設法討好我爸媽，無恥地說些他們想聽的話……」

莫爾登打斷了她。

「可是，您還得告訴我一件事，什麼叫做『這妝點得可真美！』」

東妮神經質地咯咯笑了起來。

「對，莫爾登，這就是他說話的方式！他不說『這很好看』，也不說『這把房間裝飾得很漂亮』，而是說『這妝點得可真美』……他就是這麼可笑，我向您保證！而且他很纏人，一直纏著我不放，雖然我一向都用嘲諷的態度對待他。有一次他在我面前鬧了一場，差點哭了……拜託，一個大男人哭了……」

「他一定非常愛慕您。」莫爾登小聲地說。

「可是那關我什麼事！」她訝異地喊道，倚著她的沙丘轉向一側。

「您很殘忍，東妮小姐……您總是這麼殘忍嗎？告訴我……您受不了這個古倫里希先生，可是您曾經喜歡過其他人嗎？有時候我會想：莫非您有一顆冷酷的心？有一點我想要告訴您，我可以向您發誓這是真話：一個男人並不可笑，如果他因為您不想理他而哭泣……這就是我要說的。我不確定，完全不確定，我是不是也會……聽我說，您是個被寵壞了的千金小姐，您總是只會嘲笑那些拜倒在您腳下的人嗎？您真的有顆冷酷的心嗎？」

在短暫地笑過之後，東妮的上唇突然顫抖起來。她用一雙憂傷的大眼睛盯著他，眼睛裡漸漸盈滿淚水，然後小聲地說：「不，莫爾登，您認為我是這樣嗎？您不必認為我是這樣。」

「我也不這麼認為！」莫爾登笑著喊道，笑聲中聽得出感動和勉強抑制住的歡呼，他把身體整個翻過來，現在趴著躺在她旁邊，撐著一雙手肘，用雙手握住她的手，用他那雙鋼藍色的善良眼睛著迷而激動地看著她的臉。

「而您……您不會嘲笑我，如果我對您說……」

「我知道，莫爾登，」她小聲地打斷了他，一邊側過臉去看著她沒被握住的那一隻手，讓柔軟的白沙從指間緩緩流過。

「您知道……而您……您，東妮小姐……」

「是的，莫爾登。我非常看重您。我很喜歡您。我喜歡您勝過所有我認識的人。」

他一躍而起，揮舞了幾下手臂，不知道自己該做什麼。他站了起來，隨即又撲倒在她身旁，聲音結結巴巴、激動不穩、變得沙啞、隨即又由於幸福而響亮起來，喊道：「啊，謝謝您！謝謝您！您看，現在我太快樂了，我這輩子都不曾這麼快樂過！」然後他就開始親吻她的手。

忽然他小聲地說：「不久之後，您就要回城裡去了，東妮，而我的暑假再過兩週就要結束。到時候我就得回哥廷根去。可是您願意答應我嗎？答應我您不會忘記在沙灘上的這個下午，直到我回來，成為醫生……能夠去請求您父親同意我們的事，儘管這將會很困難？並且答應我在這之前您不會應允古倫里希先生的請求？噢，聽我說，那不會太久的！我會拚命用功讀書……而且功課一點也不難……」

「好的，莫爾登。」她快樂而恍惚地說，一邊看著他的眼睛、他的嘴巴和他握住她手的雙手。

他把她的手拉得更靠近他胸前，壓低了聲音，央求地問：「您願不願意給我……保證……我能不能？」

她沒有回答，甚至沒有看著他，只是輕輕地把倚著沙丘的上半身朝他再挪近一點，接著莫爾登慢慢地、笨拙地吻了她的嘴。然後他們看往不同的方向，看著沙地，羞愧難當。

第十章

「最親愛的布登布洛克小姐！

署名者有多久沒能見到這位最最迷人的姑娘了？這短短幾行字是要告訴您，這張臉仍時時在他腦海中浮現，在這令人忐忑不安的幾個星期，他不斷想起在您父母家客廳中那個彌足珍貴的下午，那天下午您脫口說出了一個承諾，雖然還只是個羞澀未決的承諾，卻如此令人欣喜。在那之後已過了漫長的數週，在這段時間裡，您為了靜心思考與了解自己而隱居，現在我應該可以希望考驗期已經結束。

署名者斗膽地附上這枚戒指給您，最最親愛的小姐，做為他此情不渝的保證，畢恭畢敬地呈獻給您。

謹致上最謙卑的問候，最深情地親吻您的手，尊貴的您最謙卑的僕人古倫里希敬上」

「親愛的爸爸！

噢，老天，我真是氣壞了！隨信附上我剛從古倫里希那裡收到的來信和戒指，讓我氣得頭都疼了，而我想不出更好的辦法，除了請您替我把信和戒指退回去。古倫里希不願意理解我的心意，而他如此詩意地提到的『承諾』根本就不是那麼回事，因此我懇求您乾脆明明白白地告訴他，說比起六週之前，我現在更是千倍地無法答應和他共度一生，告訴他不要再來打擾我，他把自己弄得很可笑。您是這世上最好的父親，所以我可以告訴您，我的心已另有所屬，他愛我，而我也愛他，說不出有多愛他。噢，爸爸，關於這件事我可以寫上好幾頁，我說的是莫爾登・許瓦茲寇夫，他將會成為醫生，而等到他當上醫生，他就會向我求婚。雖然我知道按照習俗，我應該嫁給商人，但是莫爾登屬於另一群受人尊重的男士，亦即學有專精的人。他不富有，您和媽媽可能會很介意這一點，但是親愛的爸爸，我必須告訴您，我雖然還很年輕，但是生活給我們的教訓是單靠財富未必能使每個人都幸福。給您上千個吻，我仍舊是您聽話的女兒。

安東妮敬上

P.S. 我看得出這枚戒指是廉價的金子，而且相當單薄。」

「親愛的東妮！

妳寫信給我是對的。針對這封信的內容，我要告訴妳，按照我應盡的義務，我當然是把妳的看法委婉地轉告了古倫里希先生；可是其結果卻令我深受震撼。妳是個成年女孩，目前正處於人生中如此重要的關鍵時刻，這個情況不容許我遲疑，我必須明白向妳指出，妳的一個輕率舉動可能會帶來的後果。因為古倫里希先生在聽到我那番話時露出絕望的表情，喊著說他太愛妳了，無法忍受失去妳的痛苦，說他想要自殺，如果妳堅持妳的決定。由於我無法認真看待妳信中寫到對另一人有好感的事，我請妳按捺住妳收到那枚戒指的激動，嚴肅地把這一切再重新考慮一次。親愛的女兒，按照我的基督教信念，人有義務去尊重別人的感受，而且我們不知道有朝一日妳是否會被一位至高無上的法官追究責任，由於妳固執而冷酷地鄙棄一個男人的情感，使得他褻瀆了自己的生命。但是有一件事我在口頭上已經向妳說明過好幾次，而我想要再次提醒妳，因此很高興有機會以書面的形式再向妳重申一次。

因為說出來的話語固然可能更生動、更直接，但寫下來的文字也有其優點，亦即在書寫時可以字斟句酌，寫下來之後就固定不變，並且能夠以書寫者再三斟酌考慮過的形式和立場被一再閱讀，然後持續地發揮作用。親愛的女兒，我們生來不是為了我們以短淺的目光視之為個人微小幸福的東西，因為我們不是鬆散、獨立的個體，不是只為了自己而存在，而是一條鍊子上的一環。如果沒有先人替我們指出道路，我們就不可能是現在這個樣子，而我們的先人也同樣不左顧右盼，而是嚴格地遵循經過考驗、值得尊敬的傳統。依我看，妳該走的路從好幾個星期以來就明擺在妳面前，而妳若是認真打算獨自倔強而輕率地走上自己那條放縱的路，妳就算不上是我的女兒，算不上妳安眠主懷的祖父的孫女，而且根本就不配是我們家族的成員。親愛的安東妮，我請妳在心裡考量這一點。

妳母親、湯瑪斯、克里斯提昂、克拉拉和克婁蒂妲（她去『失寵莊園』她父親那裡住了幾個星期），還有雍曼小姐都衷心問候妳好；我們大家都期待著能再次擁抱妳。

永遠愛妳的父親」

第十一章

大雨傾盆而下。天空、大地和雨水模糊成一片，強風挾著雨水吹打在窗玻璃上，流下的不是雨滴，而是小河，使得窗玻璃變得朦朧。哀怨而絕望的風聲在爐管中低訴。

午飯過後，當莫爾登．許瓦茲寇夫拿著菸斗走到門廊前面，想看看天色如何，一位男士站在他面前，穿著貼身的黃格紋雙排扣長大衣，戴著灰色帽子，一輛門窗緊閉的出租馬車停在屋前，車頂溼得發亮，車輪濺滿了汙泥。莫爾登愕然不解地看著這位男士紅潤的臉。此人留著落腮鬍，看起來像是用聖誕節時把核桃染成金色的那種金粉梳理過。

身穿雙排扣大衣的男士看著莫爾登，微微眨著眼，就像看著一個僕人，沒有正眼瞧他，柔聲問道：

「領港員先生在嗎？」

「在……」莫爾登結結巴巴地說，「我想我父親……」

這時這位先生定睛看了看他，此人的眼睛藍得像鵝一樣。

「您是莫爾登．許瓦茲寇夫先生嗎？」他問。

「是的，先生，」莫爾登回答，努力擺出鎮定的表情。

「看哪！果然……」身穿雙排扣大衣的男士說，接著又說：「年輕人，麻煩您向令尊通報一聲。我姓古倫里希。」

莫爾登領著這位先生穿過門廊，替他打開走道右邊通往辦公室的門，再走回客廳去通知父親。當父親走出去，這個年輕人就在那張圓桌旁坐下，把手肘撐在桌上，似乎專心地讀起那份就只知道報導某某領事慶祝銀婚紀念日的「可悲小報」，沒有看他母親一眼，她正坐在因淋溼而朦朧的窗前補襪子。東妮在她位於樓上的房間裡休息。

領港員走進他的辦公室，臉上的表情顯示出他對剛吃過的午餐感到滿意。他的制服外套敞開著，底下是圓鼓鼓的白背心。冰灰色的大鬍子和他的紅臉膛形成對比。他的舌頭愜意地在牙齒之間轉來轉去，使他老實的嘴巴做出種種奇模怪樣。他猛地鞠了個躬，那副表情彷彿想說：按照規矩該這麼做吧！

「剛吃過飯，」他說，「準備好為先生您效勞！」

古倫里希先生則謹慎地鞠了個躬，嘴角微微往下拉，小聲地說：「嘿嘿。」

這間辦公室相當小，牆面下方有幾尺高的地方鑲著木板，其餘的牆面則露出沒貼壁紙的灰泥。窗前掛著被菸燻黃的窗簾，雨水不停地敲在窗上。在門的右邊是一張粗糙的長桌，桌上鋪滿了紙張，桌邊的牆上貼著一張大幅歐洲地圖和一張小幅的波羅的海地圖。天花板正中央懸著一艘張滿船帆的模型船，手工俐落。

領港員請客人在面對著門的弧形沙發上坐下，沙發上鋪著裂開的黑色油布，自己則舒舒服服地坐在一張木製扶手椅上，把雙手交疊在腹部。古倫里希先生穿著扣得緊緊的大衣，把帽子擱在膝上，坐在沙發邊緣，沒有碰觸到椅背。

「我名叫古倫里希，」他說，「我再說一次，來自漢堡的古倫里希。為了向您自我介紹，我想提一下，我可以說是大批發商布登布洛克領事在生意上關係很密切的朋友。」

「太好了！這是我的榮幸，古倫里希先生！可是先生您不想坐得稍微舒服一點嗎？在長途搭車之後來杯摻水烈酒？我馬上跟廚房裡講一聲……」

「我得冒昧地跟您說我的時間有限，」古倫里希先生冷靜地說，「我的馬車還在外面等我，我只是必須和您談幾句話。」

「我洗耳恭聽。」許瓦茲寇夫先生又說了一次，有一點被嚇到了。出現了片刻沉默。

「領港員先生！」古倫里希先生開口了，他堅定地搖著頭，並且把頭稍微向後仰，接著又沉默下來，以加強這個發語詞的效果；同時他把嘴巴緊緊閉上，就像一個用繩子束緊的錢包。

「領港員先生，」他又說了一次，然後很快地說：「我來找您談的這件事，跟這幾個星期以來借住在您家裡的這位年輕女士有關。」

「布登布洛克小姐？」許瓦茲寇夫先生問。

「沒錯。」古倫里希先生低著頭輕聲回答，嘴角出現了繃緊的細紋。

「我……覺得有必要告訴您，」他用輕快的口吻繼續說，目光極其專注地從室內的一個點跳躍到另一個點，然後又跳到窗戶上，「不久之前我向這位布登布洛克小姐求過婚，這件事完全得到雙方家長的同意，小姐本身也以明確的話語給了我向她求婚的權利，雖然尚未舉行正式的訂婚儀式。」

「老天，這是真的嗎？」許瓦茲寇夫先生興沖沖地問。「這件事我還根本不知道呢！恭喜了，呃……古倫里希先生！衷心地恭喜您！這是門好親事……」

「多謝，」古倫里希先生冷冷地加重語氣說。「然而，」他用歌唱般提高了的嗓音繼續說，「在這件事情上，可敬的領港員先生，促使我來找您的原因是這份關係最近遇上了**困難**，而這些困難……來自您府上？」他用詢問的口吻說出最後一句話，彷彿想說：我聽說的事有可能是真的嗎？

許瓦茲寇夫先生沒有回答，只是高高挑起了一雙灰白的眉毛，並且用兩隻手握住了座椅的扶手，那是水手的手，晒成了褐色，長著金色毛髮。

「是的，的確如此。據我耳聞，」古倫里希先生用遺憾的肯定語氣說。「我**聽說**您的兒子，那位在攻讀醫學的先生擅自……雖然是在無意中……侵犯了我的權利，我**聽說**他利用了這位小姐住在此地的機會，從她那兒得到了某種承諾……」

「什麼？」領港員喊道，重重地撐著座椅扶手跳了起來，「這馬上就可以……喔，他肯定沒有……」接著他兩個大步就來到門邊，用力把門拉開，對著走道大喊，聲音足以蓋過最洶湧的濤聲：「梅塔！莫爾登！過來一下！你們兩個都過來！」

「我感到非常抱歉，」古倫里希先生帶著優雅的微笑說，「如果我因為維護自己先有的權利而打亂了您身為人父的計畫，領港員先生……」

狄特里希．許瓦茲寇夫轉過身來，用銳利的眼神凝視著他，一雙藍眼睛周圍布滿細紋，彷彿努力想要理解他這番話的意思卻徒勞無功。

「先生！」接著他說，聲音聽起來像是剛被一口烈酒燙傷了喉嚨。「我是個單純的人，聽不懂帶刺的話，也不懂得耍手段……可是如果您的意思是……那麼，讓我告訴您，您想錯了，先生，而且您不了解我做人的原則！我曉得我兒子是什麼人，也曉得布登布洛克小姐是什麼人，而我有太多的尊重，也有太多的自尊，不會去做這種身為人父的計畫！現在你們說吧，現在你們回答我！這究竟是怎麼回事？我聽到的究竟是怎麼回事？」

許瓦茲寇夫太太和她兒子站在門口，前者一無所知，忙著整理她的圍裙，莫爾登則帶著做錯事但無意悔改的表情。古倫里希先生在他們進來時並沒有站起來，而是以平靜的姿勢牢牢端坐在沙發前緣，身上的大衣扣得緊緊的。

「所以，是你表現得像個傻小子嗎？」領港員斥責莫爾登。

這個年輕人把一隻拇指插進外套的鈕釦之間，露出陰沉的眼神，倔強得甚至鼓起了腮幫子。

「是的，父親，」他說，「布登布洛克小姐和我……」

「哦，那我要告訴你，你是個笨蛋，是個小丑，是個大傻瓜！明天你就搭車回哥廷根，聽見了嗎？明天就走！這整件事就只是齣兒戲，一齣毫無用處的兒戲，就這樣！」

「狄特里希，老天，」許瓦茲寇夫太太說，一邊把雙手交握；「話也不能這麼說！誰曉得……」她沉默了，看得出一個美好的希望在她眼前破滅。

「這位先生想和小姐說話嗎？」領港員粗著嗓子對古倫里希先生說。

「她在她房間裡！她在睡！」許瓦茲寇夫太太懷著同情，激動地解釋。

「這很遺憾，」古倫里希先生說，雖然他其實稍微鬆了一口氣，接著他站了起來。「此外，我再說一次，我的時間有限，我的馬車在外面等我。」他繼續說，在許瓦茲寇夫先生面前把他的帽子由上往下一揮，「領港員先生，有鑑於您堂堂男子漢的舉止，我冒昧地向您表達我全心的滿意和讚許。告辭了。我很榮幸。再見。」

狄特里希．許瓦茲寇夫完全無意跟他握手，只是猛然把沉重的上半身微向前傾，彷彿想說：按照規矩該這麼做吧！

古倫里希先生踩著從容的步伐，從莫爾登和他母親之間穿過去，走出了房門。

第十二章

湯瑪斯搭乘克羅格家的豪華馬車前來。這一天來到了。

這位年輕男士在上午十點抵達，和這家人一起在客廳裡吃了些點心。大家就跟第一天一樣坐在一起，只是夏日已逝，如今天氣太冷，風也太大，沒法再坐在門廊上了，而且少了莫爾登……他在哥廷根。東妮甚至沒有能夠好好跟他道別。領港員站在一旁說：「好了，就這樣。上路了。」

兄妹倆在十一點上了車，東妮的大皮箱緊緊綁在車後。她臉色蒼白，在柔軟的秋季外套裡微微顫抖，由於寒冷、疲憊、旅行前的激動、還有一份偶爾乍然浮現的憂傷，這份憂傷使她的胸口疼痛欲裂。她親吻了小梅塔，握了握女主人的手，然後向許瓦茲寇夫先生點點頭，當他說：「嗯，小姐，您可別忘了我們。還有，別見怪，好嗎？」

「那麼，祝您旅途愉快，並且請代為問候令尊和領事夫人。」接著車門就「啪」一聲地關上，那幾匹肥碩的棕馬拖動了車子，許瓦茲寇夫家的三個人揮動著手帕。

東妮把頭抵在車廂角落，看出車窗外。天空布滿泛白的雲層，特拉維河泛起輕波，隨即被風吹開了。偶爾有小小的雨滴敲打在窗玻璃上。在水岸第一排房屋的盡頭，有些人坐在自家門口修補漁網；赤腳的孩童跑過來，好奇地打量這輛馬車。這些人可以留在這裡……

等到馬車把最後幾間屋子拋在後面，東妮把身子向前傾，好再一次看看那座燈塔；然後她向後靠坐，閉上了疲倦而且敏感的眼睛。前一夜她激動得幾乎沒睡，早早就起床收拾行李，而且不想吃早餐。在她乾乾的嘴裡有股澀味。她覺得自己很虛弱，甚至沒有試圖壓抑隨時緩緩湧進她眼中的熱淚。

她才閉上眼睛，就又置身於特拉沃明德的那個門廊上。她看見莫爾登．許瓦茲寇夫栩栩如生地在她面前，他對她說話的樣子，以他慣有的方式把身體向前傾，偶爾用善意探詢的目光看著另一個人；看見他笑著露出他漂亮的牙齒，顯然他根本不知道自己的牙齒有多美。這使她感到平靜而愉快。她把她在許多次談話中從他那兒聽到和得知的一切都喚回記憶中，她鄭重地向自己承諾，將把這一切當成某種神聖不可侵犯的東西保存在自己心裡，這帶給她一種幸福的滿足。普魯士國王做了一件極其不公正的事，城市報紙是些可悲的小報。對她而言，這些事從此都將成為值得尊敬而且帶來慰藉的真理，成為她隨時可以取出賞玩的祕密珍寶，就連針對大學和新聞界的聯邦法律在四年前被修訂了這件事也一樣。不管是走在路上，在家人圈子裡，還是吃飯時，她都將想起這些事。誰曉得呢？也許她將會走上替她規畫好的道路，而嫁給古倫里希先生，這也無所謂；但是當他跟她說話時，她將會突然想到：我知道一些你不知道的事……從原則上來說，那些貴族是可鄙的！

她心滿意足，自顧自地微笑了。可是這時，她在轆轆的車輪聲中驀地聽見了莫爾登說的話，出奇地鮮活清晰。她聽出了他那有點慢吞吞、帶點嘎嘎聲的溫和嗓音所發出的每一個音，親耳聽見他在說：「東妮小姐，今天我們兩個都得坐在石頭上……」而這段小小的回憶令她招架不住。她的胸口由於憂傷和痛苦而收縮，她任由眼淚奪眶而出，她縮在角落裡，用雙手拿著手帕蒙住了臉，痛哭失聲。

湯瑪斯嘴裡叼著香菸，有點不知所措地看向車窗外的公路。

「可憐的東妮！」最後他說，一邊撫摸她的外套。「我真心為妳感到難過……妳瞧，我很了解妳的心情！可是有什麼辦法呢？這種事只能撐過去。相信我……這種心情我也懂……」

「啊，湯姆，你根本什麼也不懂！」東妮抽噎著說。

「喔，別這麼說。比如說，我已經確定了明年要去阿姆斯特丹。爸爸替我找到一個職位……在『凱林&康普公司』……到時候我將得離開很長、很長一段時間……」

「啊，湯姆！離開父母和兄弟姐妹！這根本不算什麼！」

「對——！」他把這個字拖得很長。他深深吸了一口氣，彷彿還想說些什麼，但隨即又沉默了。他把香菸從一個嘴角挪到另一個嘴角，揚起了一道眉毛，把頭轉向一邊。

「而且這不會持續太久的，」過了一會兒之後他又說。「情況會好轉的。妳會遺忘的……」

「可是我根本不想遺忘！」東妮絕望地喊。「遺忘……這算得上安慰嗎？」

第十三章

然後渡輪來了，接著是伊司瑞斯村大道，耶路撒冷山，城堡廣場。馬車通過了城堡門，監獄圍牆在城門右側聳立，馬車轆轆地行駛在城堡街上，越過柯貝格市集廣場……東妮看著那些有著三角牆立面的灰色房屋、高懸在街道上的油燈、聖靈醫院和醫院前面那幾棵樹葉幾乎已經落盡的椴樹……老天，一切都還是原來的樣子！這座城市一直矗立在這裡，不容改變，令人敬畏，而她之前想起它時卻把它當成一個不妨遺忘的昔日夢境！這些灰色三角牆是古老而熟悉的，是從以前流傳下來的，重新接納了她，而如今她將再度生活在其中。她不再哭泣，好奇地看著四周。看著這些街道和街上熟悉的老面孔，離別的痛苦幾乎麻木了。馬車嘎嘎地穿過布萊特大街，穀物搬運工人馬提森就在這一刻剛好經過，他摘下頭上那頂粗劣的圓頂高帽，深深鞠了個躬，繃著一張有責任感的臉，彷彿在想：如果不這樣做的話，我就是個狗崽子了！

馬車轉進了曼恩路，那幾匹肥碩的棕馬喘著氣，跺著腳，停在布登布洛克家的大宅前面。湯瑪斯周到地協助妹妹下車，男僕安東和女僕莉娜急忙來把皮箱從馬車上卸下來。但是他們在進屋之前得要等待。三輛高大的載貨馬車剛剛接連擠進屋子大門，裝滿穀物的麻袋在車上堆得高高的，麻袋上用大大的黑色字母寫著「約翰．布登布洛克公司」。車子轟隆隆地發出悠緩的回聲，搖搖晃晃地經過寬大的玄關和平坦的臺階，去到院子裡。一部分的穀物想來會卸在後屋，其餘的則會被送進名叫「鯨魚」、「獅子」或「橡樹」的倉庫。

兄妹倆走進玄關時，領事從辦公室裡朝他們迎面走來，羽毛筆插在耳後，向他女兒伸出了雙臂。

「歡迎回家，我親愛的東妮！」

她親吻了父親，用哭得紅腫的眼睛看著他，流露出像是羞愧的眼神。但是父親沒有生氣，一個字也沒提，就只說：「時間已經晚了，但是我們延後了第二頓早餐的時間，等著你們。」

領事夫人、克里斯提昂、克婁蒂妲、克拉拉和伊妲．雍曼都聚在樓梯平臺上迎接他們。

東妮在曼恩路的第一夜睡得又沉又香，隔天早晨，亦即九月二十二日，她神清氣爽、心情平靜地走進樓下的早餐室。時間還很早，不到七點，只有雍曼小姐已經在早餐室裡準備早晨的咖啡。

「哎呀，小東妮，我的孩子，」她說，用睡眼惺忪的褐色小眼睛看著四周，「這麼早就起來啦？」

東妮在寫字檯旁坐下，寫字檯的蓋子是掀開的，她把雙手交疊在腦後，看向院子裡由於潮溼而黑得發亮的鋪石路面，還有樹葉泛黃的潮溼庭院，看了好一會兒。然後她開始好奇地在寫字檯上那些名片和書信底下翻找。

緊挨著墨水瓶之處擺著那本熟悉的大本子，封面有壓印花紋，燙著金邊，夾著各式各樣的文件。想必就在昨天還拿出來用過，奇怪的是爸爸沒有跟平常一樣把它收進皮製檔案夾，再鎖進後面那個特別的抽屜裡。

她拿起這本冊子翻了翻，讀了起來，然後沉浸在其中。她讀到的大多是她所熟悉的普通事物，但是每一個書寫者都從先人那裡繼承了一種鄭重而不誇張的記載方式，並非刻意，而是本能地隱約帶著編年史的風格，流露出一個家族對自己、對傳統和歷史的尊重，這份尊重由於慎重而更加莊嚴。這對東妮來說並不是什麼新鮮事，之前她就曾偶爾獲准翻閱這些冊頁。但是其內容從不曾像這天早晨一樣給她留下深刻的印象。即使是家族史中最微不足道的事實，在這本冊子裡也被鄭重其事地記錄下來，這分鄭重令她陶醉。她把手肘撐在寫字檯上，讀得愈來愈入神，帶著自豪和嚴肅。

即使是她自己過去的短短人生，也沒有遺漏任何一點。她的出生，她小時候生過的病，她第一次上學，她進入魏希布洛特小姐的寄宿學校，她的堅信禮……一切都由領事用他那細小而流暢的商人筆跡仔細地寫下，對於這每一件事實懷著一分近乎宗教般的尊重。因為即使是最微小的事不也是上帝的旨意和傑作嗎？上帝奇妙地引領著這個家族的命運……在她的名字後面，這個得自她祖母安朵涅特的名字[1]，未來還會有什麼事要記載在這裡？而一切都將由這個家族的後代成員以同樣的虔誠來閱讀，一如她關注著從前的事件。

她深深吸了一口氣，向後靠坐，一顆心莊嚴地怦怦跳動。她內心充滿了對自己的敬畏，感覺到自己的重要，這股她熟悉的感覺流過她全身，由於她剛剛體會到的那股精神而更加強烈，就像一陣寒顫。「像一條鍊子上的一環」，爸爸這樣寫過……對，對！正是由於身為這條鍊子上的一環，她具有高度的重要性，肩負著重大的責任，被要求以行動和決心來為家族的歷史做出貢獻！

她又翻到這本大冊子的末尾，在一張粗糙的雙頁紙上，領事以一目了然的方式，用括弧和方框扼要地重述了布登布洛克家族的整個家譜：從最早的嫡系祖先和傳教士之女布莉吉妲·舒仁締結婚姻開始，一直到約翰·布登布洛克領事和伊莉莎白·克羅格於一八二五年結婚。上面寫著，這段婚姻有了四名子女。接著依序寫下這四名子女的出生年月日和受洗名字，而在長子的名字後面已經寫下他於一八四二年

1 東妮祖母的前名安朵涅特是法文的Antoinette，在德文就成了Antonie（安東妮），暱稱Tony（東妮）。

復活節進入父親的公司擔任學徒。

東妮久久凝視著自己的名字和名字後面的空位。然後，她的表情有了緊張而熱切的變化，她猛地嚥了一口口水，雙唇顫動了一下，驀地拿起筆，用力插進墨水瓶，而非輕輕蘸了墨水，彎起食指，把發熱的腦袋深深靠向肩膀，用她由左向右往上傾斜的生硬筆跡寫下：「……於一八四五年九月二十二日與漢堡商人班迪克斯·古倫里希先生訂婚。」

第十四章

「我完全同意您的看法，我親愛的朋友。這個問題很重要，必須解決。簡單地說吧：按照傳統，我們家族替年輕女孩準備的現金嫁妝是七萬馬克。」

古倫里希先生用商人的目光審慎地瞥了他的準岳父一眼。

「實際上……」他說，一邊深思地捻著他左頰上金黃色的落腮鬍，而這句「實際上」就跟他讓那綹鬍鬚從指尖滑過的時間一樣長。當他說完了，才鬆開那綹鬍鬚的末稍。

「您曉得，」他繼續說，「岳父大人，我對值得尊敬的傳統與原則深深懷有崇高的敬意！只不過，在目前這個情況下，這樣恪遵傳統會不會過於誇張了？一個公司在擴展……一個家庭正興旺起來……總之，條件不同了，變得更好了……」

「親愛的朋友，」領事說，「您遇到了我這個樂於通融的商人！老天……您剛才沒有讓我把話說完，否則您就會知道我願意遷就您的情況，很乾脆地再多加一萬馬克。」

「也就是八萬。」古倫里希先生說。接著他的嘴巴動了一下，彷彿想說：這不算多，但是足夠了。

雙方極其親切地達成了協議，布登布洛克領事起身時滿意地把褲袋裡那一大串鑰匙搖得叮噹作響。其實八萬馬克才是「傳統現金嫁妝」的額度。

談妥此事之後，古倫里希先生就告辭了，啟程返回漢堡。東妮沒怎麼感覺到自己在人生中的新處境。沒有人阻止她去參加莫倫朵普家、朗哈爾斯家、齊斯登梅克家與自己家中舉辦的舞會，也沒有人阻止她在城堡廣場上與特拉維河畔的草地上溜冰，受到年輕男士的仰慕。十月中旬，她有機會去參加莫倫朵普家為其長子和茱爾欣．哈根史托姆舉行的訂婚派對。「湯姆！我才不去呢，這太氣人了！」她說。可是她還是去了，而且玩得很開心。

此外，隨著她在家譜上添加的那幾行字，她獲得了在城裡各家商店大肆採購的許可，與領事夫人同行，或是自己單獨前往，替自己置辦一分**體面**的嫁妝。兩名女裁縫在早餐室裡忙了好幾天，替布料鑲邊，繡上字母縮寫，也吃掉許多抹上綠色乳酪的鄉村麵包。

「媽媽，廉特福把床單被套送來了嗎？」

「還沒有，但是這裡有兩打喝茶用的餐巾。」

「很好。他答應了今天下午以前會送來。老天，那些床單還得要加上鑲邊！」

「伊姐，畢特里希小姐問起要鑲在枕頭套上的花邊。」

「在玄關右邊放家用布品的櫃子裡，小東妮，我的乖孩子。」

「莉娜——！」

「妳也不妨自己跑一趟，小乖……」

「噢，老天，如果我結婚是為了要自己在樓梯上跑上跑下……」

「妳考慮過結婚禮服了嗎，東妮？」

「雲紋綢，媽媽！沒有雲紋綢我是不會結婚的！」

十月和十一月就這樣過去。聖誕節快到時，古倫里希先生出現了，來與布登布洛克一家人共度聖誕夜，而克羅格老夫婦邀請他去參加他們家的盛會，他也沒有拒絕。在他的未婚妻面前，他的舉止充滿柔情，符合眾人對他的期待。沒有不必要的鄭重！沒有違反社交禮儀！沒有不得體的親暱！當著父母的面，在額頭上含蓄的輕輕一吻就確認了婚約。有時候東妮會微微感到納悶，覺得他此刻的幸福程度與他在被她拒絕時所表現出的絕望似乎並不相稱。他就只是帶著擁有者的愉快表情打量著她……不過，偶爾當他湊巧與她獨處，他可能會一時興起，想要開玩笑或是戲弄她，可能會試圖把她拉到自己膝上，把他的落腮鬍湊近她的臉，用喜悅得顫抖的聲音問她：「我終究還是逮住妳了？我終究還是把妳弄到手了？」而東妮就會回答：「噢，老天，您忘形了！」然後巧妙地脫身。

古倫里希先生在聖誕節之後不久就回漢堡去了，因為他忙碌的生意需要他本人在場處理，而布登布洛克一家人默默同意了他的看法，認為東妮在訂婚之前已有足夠的時間來認識他。

關於住處的問題是透過書信來解決的。東妮非常期待住在大城市裡的生活，表示她想要住在漢堡市中心，而且是在古倫里希先生辦公室所在的史皮塔勒大街。可是這位未婚夫以男性的堅持獲得授權，在漢堡市郊的艾姆斯比特爾附近買下一棟別墅。在浪漫而遠離塵囂的地方，做為寧靜的小窩，相當適合一對年輕夫妻。他引用了一句古詩：procul negotiis[1]——噢，他還沒有完全忘記他學過的拉丁文！

十二月過去了，而婚禮在一八四六年初舉行。婚禮前夕的鬧婚之夜熱鬧非常，城裡一半的人都來了。東妮的閨中好友——包括安姆噶爾德．馮．席林，她搭乘一輛高塔般的馬車前來——和湯瑪斯與克里斯提昂的朋友共舞，其中也包括安德瑞亞斯．吉塞克，消防隊長之子兼大學法律系學生，還有「齊斯登梅克父子公司」的兩兄弟，史提方與艾德華．齊斯登梅克，大家在餐廳裡和走道上跳舞，走道上為此灑上了滑石粉。負責摔碎碗碟的主要是彼得．德爾曼領事，他在寬敞玄關的石板地上把他拿得到的陶鍋

1 引自古羅馬詩人賀拉斯（Horace）的詩句 beatus ille, qui procul negotiis，意思是：遠離俗務的人是幸福的。

全摔破了[1]。

住在鑄鐘路的施篤特太太又一次有機會與上流社交圈往來，在婚禮當天幫忙雍曼小姐和女裁縫師打理東妮的婚紗。她從未見過比東妮更美的新娘，上帝在上，這絕非謊言，肥胖的她跪著把香桃木的小枝子別在雲紋白綢婚紗上，讚賞地抬頭仰望。這是在早餐室裡。古倫里希先生穿著長襬燕尾服和絲綢背心在門口等待，一張紅潤的臉露出莊重得體的表情，左邊鼻翼旁的那顆疣上看得出擦了些粉，金黃色的落腮鬍仔細梳理過。

家族聚集在樓上的圓柱大廳，因為婚禮將在那裡舉行——陣容相當可觀！克羅格老夫婦坐在那裡，兩人都已經有點佝僂，但仍舊是儀表最為非凡的人物。克羅格領事夫婦也在，帶著兩個兒子約爾根和雅克伯，雅克伯就跟杜尚家族的親戚一樣係從漢堡前來。在場的還有戈特豪德·布登布洛克和他娘家姓氏為史特溫的妻子，連同他們的女兒弗麗德里珂、亨麗耶特和菲菲，遺憾的是，這三個女兒大概都嫁不出去了。來自梅克倫堡的旁系親戚由克婁蒂妲的父親貝恩哈德·布登布洛克代表，他從「失寵莊園」前來，睜大了眼睛打量著這位富有親戚的堂皇宅邸。法蘭克福的親戚只寄了禮物來，因為這趟旅程實在太費周章。但是葛拉波夫醫生和魏希布洛特小姐在場，她對東妮來說是母親般的朋友，而非屬親戚的賓客就只有他們兩人。希瑟米·魏希布洛特繫著嶄新的綠色帽帶，垂在兩側的鬈髮上，身穿黑色衣裙。「要幸福，好孩子！」她說，當東妮傍著古倫里希先生走進圓柱大廳，她踮起腳尖，親吻了東妮的額頭，發出「啵」的一聲輕響。家人對新娘感到滿意；東妮看起來很漂亮，落落大方而且神情愉快，雖然由於好奇和旅行前的激動而略顯蒼白。

1 舊時的德國習俗，認為婚禮前夕在新娘家門前摔破盤碟等物能帶來吉利。

大廳裡裝飾了鮮花，在右側布置了一座聖壇。婚禮儀式由聖瑪利亞教堂的柯靈牧師主持，而他以強烈的措辭特別提醒新人要懂得**節制**。一切都按照禮俗進行。東妮天真和善地說出了「我願意」，古倫里希先生則先說了聲「嘿嘿」來清清嗓子。之後眾人就吃了一頓異常豐盛的喜宴。

當賓客在大廳裡繼續用餐，牧師也在他們當中，領事夫婦陪著這一對已經整裝待發的新人走出門外，走進白霧瀰漫的雪氣裡。那輛旅行用的大馬車已經停在門口，車上裝滿了皮箱和提袋。

東妮說了好幾次她很快就會回娘家探望，不久之後也會邀請父母去漢堡探望他們，然後就滿懷信心地登上馬車，讓母親仔細地用毛皮毯子把她裹住。隨後她丈夫也坐上了車。

「還有，古倫里希，」布登布洛克領事說，「那些嶄新的蕾絲花邊擺在最上面那個比較小的手提袋裡。在進入漢堡市之前請拿出來擱在大衣底下一會兒，好嗎？這些消費稅能避則避。再見了，多保重！再說一次，再見了，親愛的東妮！願上帝與妳同在！」

「你們在阿倫斯堡會找到理想的下榻之處吧？」領事夫人問。

「已經安排好了，親愛的媽媽，一切都安排好了！」古倫里希先生回答。

僕人安東、莉娜、特里娜、蘇菲向「古倫里希夫人」道別。

車門正要關上，這時東妮突然感到一陣激動。儘管這很麻煩，她還是解開了裹在身上的旅行用毛毯，毫無顧忌地跨過古倫里希先生的膝蓋下了車，使得他嘟囔了幾聲，然後她熱情地擁抱了父親。

「再見，爸爸……我的好爸爸！」然後她輕聲低語：「你對我感到滿意嗎？」

領事無言地緊緊摟住她一會兒，然後把她稍微推開，真摯而堅定地握住她的雙手搖了搖。

接著一切就緒。車門「砰」地關上，車夫抽響了鞭子，馬匹拉動車子，車窗玻璃嘎吱作響，領事夫人讓她的麻紗手帕在風中飄揚，直到馬車轆轆地順著街道往下行駛，漸漸消失在雪霧之中。

領事若有所思地站在妻子身旁，她以優雅的動作把裹住肩膀的毛皮披肩拉緊一點。

「她走了，貝絲。」

「是啊，尚，她是第一個離家的孩子。你認為她和他在一起幸福嗎？」

「啊，貝絲，她對她自己感到滿意；這是我們在這世上能夠得到的最堅實的幸福了。」

他們返回賓客之中。

第十五章

湯瑪斯．布登布洛克沿著曼恩路往下走到芬夫豪森街。他避免往上走穿過布萊特大街，以免遇到許多熟人，為了行禮而得一直把帽子拿在手裡。他穿著溫暖的深灰色有領大衣，雙手插在寬大的口袋裡，相當入神地走在晶瑩閃亮、凍得硬硬的雪地上，積雪在他的靴子底下嘎吱作響。他走在自己的路上，這條路沒有別人知道。藍天明亮冷冽，空氣清新刺鼻，帶有香氣，平靜無風，零下五度的嚴寒天氣晴朗純淨，一個無與倫比的二月天。

湯瑪斯沿著芬夫豪森街往下走，穿過貝克古魯伯街，再經由一條窄巷走上費雪古魯伯街。這條街的走向和曼恩路相同，都是通往特拉維河的陡峭下坡路，他往下走了幾步，直到他在一棟小屋前面站定，那是一家樸素的花店，有著窄窄的門和簡陋的小櫥窗，櫥窗裡有幾盆球莖植物並排擺放在一塊綠色玻璃上。

他走進去，門上的錫製鈴鐺像一隻警醒的小狗一樣叫了起來。店裡的櫃檯前面站著一個矮小肥胖、有點年紀的婦人，披著一件土耳其式斗篷，正在和女店員交談。她在幾盆花當中挑選，仔細檢查，聞一聞，挑剔幾句，喋喋不休，一直用手帕去擦嘴。湯瑪斯．布登布洛克有禮貌地跟她打了招呼，然後站到一邊。她是朗哈爾斯家族的一個窮親戚，一個好脾氣、愛閒聊的老姑娘，雖然頂著一個名門望族的姓氏，卻並不屬於上流社會，不會受邀去參加大型晚宴和舞會，只會被邀請去參加小型的咖啡聚會，除了少數人以外，大家都喊她「小洛蒂阿姨」。她手臂下夾著一個用包裝紙包住的花盆，朝著店門走去，湯瑪斯再次跟她打了個招呼，然後大聲地對女店員說：「請給我幾朵玫瑰……嗯，都可以。法蘭西玫瑰……」

等到小洛蒂阿姨把門在身後關上，走開了，他小聲地說：「好了，再把花放回去吧，安娜。妳好，小安娜！嗯，我今天是懷著相當沉重的心情過來的。」

安娜穿著樸素的黑衣裳，外面繫著白圍裙。她長得出奇漂亮，嬌柔有如羚羊，臉型幾乎像是馬來人：顴骨略微突出，狹長的黑眼睛漾著柔和的光芒，暗黃的膚色在這一帶無人與她相似。她纖細的雙手也是這種顏色，對一個女店員來說，這雙手美得非比尋常。

她走到櫃檯後面，走到這家小店的右端，在那裡不會被櫥窗外的人看見。湯瑪斯在櫃檯的這一側跟著她，探過身去，親吻了她的嘴唇和眼睛。

「你整個凍壞了，你這個可憐的傢伙！」她說。

「零下五度！」湯瑪斯說，「我一點也沒感覺到，我走過來的時候心裡很難過。」他坐在櫃檯上，握住她的手，繼續說：「是的，妳聽到了嗎？安娜？今天我們得要理智一點。時候到了。」

「啊，老天……」她哀嘆了一聲，把圍裙撩上來蓋住了臉，充滿了恐懼和憂傷。

「這一天總是要來的，安娜……好了！別哭！我們得要理智一點，對吧？有什麼辦法呢？這種事只能撐過去。」

「什麼時候？」安娜啜泣著問。

「後天。」

「啊，天哪……為什麼是後天？再留一個禮拜吧……拜託！五天也好！……」

「不行，親愛的小安娜。一切都已經決定，也都安排好了……他們在阿姆斯特丹等我……我連一天都不能多留，哪怕我再怎麼想留下！」

「而且是那麼遠的地方……」

「阿姆斯特丹嗎？才不會呢！而且我們總是可以互相思念，對吧？我也會寫信！聽我說，我一到那裡就會寫信……」

「你還記得嗎？」她說，「一年半之前，在射擊節[1]上？」

他陶醉地打斷了她。

「老天，我記得，一年半之前！我以為妳是個義大利人……我買了一朵石竹，插在鈕釦孔裡……那朵花我還留著。我會帶著它到阿姆斯特丹去……當時那片草地上是多麼熱呀，灰塵好多！」

「是啊，你去隔壁攤位替我買了一杯檸檬水……我還記得，就像今天才發生一樣！到處都是油炸餅和人群的氣味……」

「但是那很美好！我們不是馬上就從彼此的眼睛看出我們之間會有緣分？」

「而你想要和我一起去搭旋轉木馬，但是那不行，我還得要賣花呀！老闆娘會罵的……」

「對，那不行，安娜，我完全理解。」

她小聲地說：「而那也是我唯一拒絕過你的事。」

他又親吻了她，吻她的嘴唇和眼睛。

1 射擊節（Schützenfest）是德國各地的一項傳統民俗活動，通常會舉辦射擊比賽，選出最佳射手。

「再見了，我親愛、善良的小安娜！是的，我們得要開始說再見了！」

「啊，明天你還會再來吧？」

「對，當然，大約這個時間。而後天早上我也還會再來，只要我能抽出時間……可是現在我要告訴妳一件事，安娜。現在我要去很遠的地方，是的，阿姆斯特丹畢竟很遠……而妳留在這裡。但是不要自暴自棄，妳聽到了嗎？安娜？因為到目前為止妳沒有自暴自棄，我可以告訴妳！」

她把臉埋在圍裙裡哭了，用空著的那隻手把圍裙蒙在臉上。

「那你呢？那你呢？」

「安娜，事情將來會怎麼樣只有老天知道！我不會永遠年輕……妳是個聰明的女孩，妳從來沒有提過結婚之類的事……」

「不，我絕對不會要求你這樣做……」

「我們被命運帶著走，妳看……如果我活著，我就會接管家裡的生意，就會結一門嫁妝豐厚的親事……是的，我對妳很坦白，在道別的時候……而妳也一樣……妳也會這樣生活下去……我祝福妳幸福，親愛、善良的小安娜！但是不要自暴自棄，妳聽到了嗎？因為到目前為止妳沒有自暴自棄，我可以告訴妳……」

屋裡很溫暖。小店裡瀰漫著泥土和鮮花的溼潤香氣。屋外，冬日的太陽已經快要西沉。一抹柔和純淨、彷彿畫在瓷器上的淡淡夕陽點綴著河流對岸的天空。行人把下巴縮在豎起來的大衣領子裡，從櫥窗旁匆匆經過，沒有看見他們倆在這間小花店的角落裡向彼此道別。

第四部

第一章

「一九四六年四月三十日

親愛的媽媽，非常謝謝您的來信，告訴我安姆噶爾德．馮．席林和波本拉德莊園的馮．麥布姆先生訂婚的消息。安姆噶爾德自己也寄了一張喜帖給我（鑲了金邊，非常體面），另外還寫了一封信，信裡表達出她對新郎十分傾心。據說他相貌英俊而且天性高尚。她一定很幸福！大家都結婚了，我也收到艾娃．埃弗斯從慕尼黑寄來的喜帖。她要嫁給一個啤酒廠長。

可是現在我得問您一件事，親愛的媽媽：為什麼我一直都還沒聽到您和爸爸要來拜訪的消息！難道你們是在等待古倫里希的正式邀請嗎？這沒有必要，因為我認為他根本沒去想這件事。如果我提醒他，他就會說：好啦，孩子，妳父親有別的事要忙。還是你們認為你們會打攪我？噢，不，一點也不會！還是你們以為你們來訪只會讓我又開始想家？老天，我可是個明理的女人，我踏踏實實地過日子，也已經成熟了。

剛才我去凱斯勞夫人家喝咖啡，就在附近；他們是很好相處的人，而我們家左手邊的鄰居（雖說是鄰居，但是兩家的房子離得相當遠）也很隨和，他們姓古斯曼。我們家有兩個好朋友，他們也同樣住在這郊外：克拉森醫生（待會兒我還會再跟您提到他）和銀行家基瑟邁爾，他是古倫里希的密友。

您不知道他是個多麼好笑的老先生！他臉上的白色頰鬚修剪過，頭上是黑白夾雜的稀疏頭髮，看起來就像小鳥的絨毛，一有微風吹過就會飄動。由於他也像小鳥一樣滑稽地擺動他的頭，而且相當多話，我總是叫他「喜鵲」；可是古倫里希不准我這樣叫他，說喜鵲會偷東西，而基瑟邁爾先生卻是個正直的人。他走路的時候總是彎著腰，擺動著手臂。他頭上的絨毛就只長到後腦勺的一半，下面的後頸紅通通的，而且皸裂了。他總是一副樂呵呵的模樣！有時候他會拍拍我的臉頰，說：您這個善良的小婦人，古倫里希娶到您真是有福氣呀！然後他會掏出一副夾鼻眼鏡（他總是隨身帶著三副，用長繩子繫著，老是在他的白背心上纏在一起），往鼻子上一夾，同時皺起鼻子，張著嘴巴，極其享受地看著我，逗得我當著他的面大笑起來。但是他一點也不介意。

古倫里希很忙，每天早上乘坐我們家那輛黃色小馬車進城，常常很晚才回家。偶爾他會坐在我旁邊看看報紙。

如果我們要去參加社交聚會，例如去基瑟邁爾家，或是去阿爾斯特丹路的高斯提克領事家，還是去市政廳路的波克議員家，我們就得雇一輛出租馬車。我已經好幾次請求古倫里希添購一輛雙座四輪馬車，因為住在這郊外必須要有一輛像樣的馬車。他也幾乎答應我了，可是說也奇怪，他根本不喜歡和我一起去參加社交聚會，而且顯然不喜歡看見我跟城裡人聊天。難道他是吃醋嗎？

我們的別墅真的很漂亮，我已經仔細向您描述過，由於最近新購置的家具而變得更美。客廳位在挑高的一樓，您若是看到，一定不會有任何不滿意之處：全部都用棕色絲綢來裝飾。旁邊的餐廳牆面鑲上了漂亮的木板，那些椅子一張要價二十五馬克。我坐在充當起居室的紫色房間裡。另外還有一間吸菸室兼玩牌室。位在走道另一側的大廳占了一樓的另一半，現在又加裝了黃色紗簾，看起來很雅致。樓上是臥房、浴室、更衣間和僕人住的房間。我們有個小馬夫負責打理家中那輛黃色馬車。我對家裡的兩個女僕相當滿意。我不知道她們是否完全誠實，但是感謝老天，我也沒必要計較每一分錢！簡而言之，一切都配得上我們家族的姓氏。

不過，現在我要告訴您一件事，我把這件最重要的事留到最後才說。前一段時間我感覺有點怪怪的，您曉得的，我覺得身體不太舒服，又有點異樣，就找機會告訴了克拉森醫生。他的身材矮小，長著一顆大腦袋，頭上戴的弧形帽還要更大。他總是把他的藤杖抵在下巴的長鬚上，藤杖的把手是塊圓形骨板，而他的長鬚幾乎是淺綠色的，因為他長年把鬍鬚染成黑色。噢，您真該看看他的樣子！他根本沒有回答，只是扶了扶眼鏡，眨動紅紅的小眼睛，臉上的鼻子長得像馬鈴薯，對我點點頭，咯咯笑著，那樣無禮地打量著我，讓我不知道該走開還是留下。然後他替我做了檢查，說一切都很好，我只需要喝點礦泉水，因為我可能有一點貧血。噢，媽媽，請小心地把這件事告訴爸爸，讓他寫進家族文獻裡。我會盡快告訴您進一步的消息！

請向爸爸、克里斯提昂、克拉拉、克婁蒂妲和伊妲．雍曼致上我衷心的問候。我最近剛寫過信去阿姆斯特丹給湯瑪斯。

您聽話的女兒安東妮」

「一八四六年八月二日

親愛的湯瑪斯，

我很高興從你的來信得知你和克里斯提昂在阿姆斯特丹相聚的事；那幾天想來十分愉快。關於你弟弟經由奧斯坦德前往英國的下一段旅程，我尚未收到任何消息，但我向上帝祈求這趟旅程將會一切順利。既然克里斯提昂決定放棄成為學者，但願讓他跟他老闆理察森先生學點有用的東西還為時未晚，也希望他從商之後能夠幸運成功！如你所知，理察森先生（倫敦針線街）是我們生意上一位親近的友人。我自認為很幸運，能把兩個兒子都安插在與我有交情的公司裡。這分幸運你現在應該也感受到了：我很欣慰地得知凡．德．凱林先生在這一季就已經提高了你的薪資，而且會繼續給你賺取外快的機會；我相信你藉由能幹練達證明了自己值得受到這種優待，未來也將繼續好好表現。

然而，你的身體不太健康，這件事令我難過。你在來信裡提到的神經緊張讓我想起自己年輕的時候，當時我在安特衛普工作，因而不得不前往愛慕思溫泉鄉療養。如果事實證明類似的療養對你而言乃屬必要，吾兒，我自然願意全力支持，儘管在目前這個政治動盪不安的時期，我避免為了家裡其他人花這筆錢。

無論如何，你母親與我在六月中旬搭車前往漢堡，去探望你妹妹東妮。她的丈夫並未邀請我們前往，但卻十分親切地接待我們。我們住在他家的那兩天，他把所有的時間都用來招呼我們，擱下了他的生意，也讓我幾乎沒有時間去城裡拜訪杜尚一家人。安東妮懷孕五個月了，她的醫生保證一切都很正常，過程將會順利可喜。

我還想提一下凡．德．凱林先生的一封來信，從信中我欣慰地得知你在工作之外也是受到他家人歡迎的客人。吾兒，如今在你這個年紀，已經開始收成父母讓你所受教育的果實。你可以把這視為忠告，我在你這個年紀的時候，不管是在卑爾根還是在安特衛普，一向都很注重替老闆夫人服務，討得她們的歡心，這給我帶來極大的好處。除了跟老闆的家人來往較為密切所帶來的榮幸，老闆夫人也能成為對你有所幫助的貴人，能替你說話，如果生意上有了疏失，或是老闆對某些事情不盡滿意，這種情況固然必須竭力避免，卻仍然可能發生。

至於你對公司生意所作的未來計畫，吾兒，這些計畫顯示出你對於做生意有濃厚的興趣，這令我感到欣喜，雖然我並不能完全同意你的看法。你所持的觀點是：銷售我們家鄉城市周邊地區所生產的物資，諸如穀物、油菜籽、毛皮、羊毛、油、油渣餅、骨頭等等，乃是最自然、最持久的生意，而你考慮在代理貿易之外最好也朝那個行業發展。當年，在這個行業的競爭還不激烈的時候（如今已十分激烈），我也曾有過這個念頭，並且在有餘裕和機會時嘗試過幾次。我前往英國的主要目的就在於在該國替我的計畫尋找人脈。為此，我最遠曾去到蘇格蘭，認識了一些對生意有所助益的人，但我隨即看出直接出口至該地具有風險，因此就沒有進一步往那個方向發展。再加上我一直銘記創辦這家公司的祖先對我們的告誡：『吾兒，白天裡勤奮經商，但是只做能讓我們在夜裡安心就寢的生意！』

我打算終身遵循這個神聖的原則，雖然我們偶爾可能會對此感到懷疑，當我們看到那些沒有這種原則的人似乎過得更好。我想到『史特倫克&哈根史托姆公司』，該公司發展得非常迅速，而我們的生意卻太過清淡。你知道，在你祖父去世之後，商行的規模縮小了，而且沒有再增長，而我向上帝祈禱，希望將來我至少能把公司以現有的規模交付給你。公司的授權代表馬庫斯先生經驗豐富、思慮周密，給了我很多協助。要是你母親的娘家花錢能更審慎一點就好了，那筆遺產對我們來說將會非常重要！

生意上和市政上的工作使我忙得不可開交。我是『卑爾根貿易商會』[1]的主席，又先後被選為財政局、商務諮詢委員會、審計代表團和『聖安妮貧民救濟院』的市民代表。

1「卑爾根貿易商會」（Bergenfahrer-Kollegium）係由漢薩同盟各城市中與挪威卑爾根市有貿易往來的商人與船東組成，以維護其利益，自中古時期即已存在。

你的母親、克拉拉與克婁蒂妲衷心地問候你。另外也有好幾位先生要我代為向你問候：莫倫朵普議員、厄韋蒂克博士、齊斯登梅克領事、房地仲介商葛許、酒商柯本，還有我們辦公室裡的馬庫斯先生，以及克魯特船長和克婁特曼船長。吾兒，願上帝保佑你！要工作、祈禱和節儉！

關愛你的父親」

「一八四六年十月八日：

親愛的岳父岳母大人！

署名者欣然通知您二位，令嬡，亦即我鍾愛的妻子安東妮在半小時前順利分娩。按照上帝的旨意，嬰兒是個女孩，言語無法表達我的喜悅和感動。母女均安，克拉森醫生對於整個過程十分滿意。助產士葛羅斯喬吉斯太太也說那完全不困難。由於心情激動，我不得不擱筆。謹懷著恭敬之情向我最尊敬的岳父母大人致意。

B．古倫里希

假如是個男孩，那我就知道一個很好聽的名字。現在我想叫她梅塔，但是古倫里希想叫她艾芮卡。

東妮」

第二章

「妳怎麼啦，貝絲？」布登布洛克領事說，當他在餐桌旁坐下，掀起蓋在他湯碗上的盤子。「妳身體不舒服嗎？哪裡不對勁？妳看起來似乎愁眉苦臉？」

圍著寬敞餐廳裡那張圓桌吃飯的家人變得很少了。除了領事夫婦之外，每天坐在桌旁的就只有雍曼小姐、十歲的克拉拉和瘦削乖巧、安靜吃飯的克婁蒂妲。領事環顧四周，每一張臉都拉長了，露出愁容。發生了什麼事？他自己也焦躁不安、憂心忡忡，由於股市動盪，由於什勒斯維希—霍爾斯坦那件麻煩事[1]。而空氣中還瀰漫著另一股不安。稍後，當男僕安東走出餐廳去把肉類料理端來，領事才得知家裡發生了什麼事。特里娜，廚娘特里娜，這個一向表現得忠誠老實的女僕，忽然毫不掩飾地變得忿忿不平。這一段時間以來，她和一個肉鋪伙計結為朋友，結成一種精神上的同盟，令領事夫人十分不悅。而那個身上總是沾著血的伙計想必對她的政治觀點產生了不良影響。當領事夫人因為她煮壞了一鍋紅酒醬汁而斥責她，她把赤裸的手臂插在腰際，說了下面這番話：「等著瞧吧，領事夫人，要不了多久了，將來會有新的秩序，到時候就換我穿著綢緞衣裳坐在沙發上，由您來伺候我了。」她當然立刻就被解雇

1 係指第一次什勒斯維希戰爭（1848-1851），為了爭奪對什勒斯維希—霍爾斯坦的控制權而起，對戰雙方為普魯士王國和丹麥王國，由丹麥獲勝。

了。

領事搖搖頭。他自己最近也感受到各種令人憂心的事。誠然，那些年紀較長的搬運工人和倉庫工人都夠老實，不會打什麼主意；但是在年輕工人當中，有一、兩個人的舉止顯示出目前這種忿忿不平的情緒已經偷偷找到了入口。這年春天在街頭發生過一場騷動，雖然一部符合新時代要求的新憲法已經有了草案，而且不久之後就經由議會通過而成為國家基本法[2]，儘管雷布瑞希特·克羅格和另外幾位頑固的老先生反對。民眾代表被選舉出來，召開了市民會議。可是情況並未平靜下來。世界整個失去秩序。人人都想要修改憲法和選舉權，市民彼此之間爭吵不休。「遵照階級原則！」有些人說；約翰·布登布洛克領事也這麼說。「普選權！」另一些人說；亨利希·哈根史托姆也這麼說。又有一些人喊出：「遵照階級原則的普選權！」而且他們甚至也許知道這是什麼意思。此外還有另一些想法在空中四處散播，像是廢除市民和居民之間的區別，把取得公民權的機會也擴及非基督徒。難怪布登布洛克家的廚娘特里娜會起了穿著絲綢衣裳坐在沙發上的念頭！唉，情況還會變得更糟。眼看著將會發生可怕的轉變……

那是一八四八年十月初的一天，藍天上輕輕飄著幾朵雲，被太陽照亮成銀白色，不過，太陽的威力已不夠大，風景廳裡閃亮的高高爐柵後面已經點燃了劈啪作響的爐火。

年幼的克拉拉有著一頭深金色頭髮和一雙相當嚴肅的眼睛，坐在窗邊的縫紉桌前編織，同樣忙著編織的克婁蒂妲則坐在沙發上，坐在領事夫人身旁。克婁蒂妲·布登布洛克雖然沒比她已經結婚的堂妹大多少，今年才二十一歲，但她那張長臉已經有了明顯的紋路，而她梳得平平整整的頭髮從來不是金色，一直都是黯淡的灰色，這使得她看起來已經像個老姑娘。她滿足於此，沒做任何事來加以補救。也許她

2 當時的呂北克是個擁有自治權的城邦（呂北克自由市），由議會與市民代表會共同治理。

想要趕快變老，趕快擺脫所有的懷疑和希望。由於她一文不名，她知道在這個廣大的世界上沒有人會娶她，而她謙卑地迎向自己的未來，這個未來就是住在某個小房間裡，靠著一份微薄的養老金過活。她有權有勢的堂伯父將會設法讓她能從某個慈善機構領取這份養老金，這種機構會照顧出身良好家庭的貧窮未婚女子。

領事夫人則在讀兩封信。東妮來信述說小艾芮卡平安長大，克里斯提昂則熱切地報導倫敦的熱鬧生活，卻沒有詳細提到他在理察森先生那兒的工作情形。年近四十五歲的領事夫人深深抱怨金髮女子注定衰老得快。儘管用了各種保養品，和她紅金色頭髮相得益彰的白嫩膚色在這幾年逐漸失去光澤，而頭髮也會無情地漸漸灰白，要不是有一種巴黎染劑配方暫時阻止了這種情況發生，感謝老天。領事夫人下定決心，永遠不要讓頭髮變白。如果染劑不再管用，她就會戴一頂跟她年輕時髮色相同的假髮。她仍舊梳著精心打理的髮型，頂端綴著一個小小的絲帶蝴蝶結，圍著一圈白色蕾絲：暗示出有朝一日將會戴上的軟帽。她的絲綢裙子寬大蓬鬆，鐘形衣袖加了紗布硬襯。一對金色手環在她手腕上輕輕叮噹作響。時間是下午三點。

忽然聽見街上有人大呼小叫，一種放肆的吵嚷和口哨聲，還有許多重重的腳步聲，那聲音愈來愈近，也愈來愈大……

「媽媽，那是什麼？」克拉拉說，她看向窗外，也看向窗框上的反光鏡。「那麼多人……他們怎麼了？什麼事讓他們這麼高興？」

「我的老天！」領事夫人喊道，扔開手中的信，害怕地跳起來，急忙跑到窗前。「難道是……噢，天哪，是的，這是革命……是那些老百姓……」

事情是這樣的，城裡這一整天已經是動盪不安。在布萊特大街，布料商班提安的商店櫥窗早上被人用石頭砸爛了，天曉得班提安先生的窗戶跟政治有什麼關係。

「安東？」領事夫人用顫抖的聲音朝著餐廳喊，這個男僕正在整理銀器，「安東，下樓去！把大門關上！把所有的門窗都關上！是那些老百姓……」

「是的，領事夫人！」安東說。「可是我敢去嗎？我是大戶人家的僕人……如果他們看見我身上的制服……」

「這些壞人，」克婁蒂妲拖長了音調難過地說，並未停下手裡的編織工作。就在這一刻，領事穿過圓柱大廳，從那扇玻璃門走進來。他把雙排扣大衣搭在手臂上，手裡拿著帽子。

「你要出門，尚？」領事夫人震驚地問。

「是的，親愛的，我得去市議會……」

「可是那些老百姓，尚，這場革命……」

「唉，老天，事情沒那麼嚴重，貝絲。我們的命運掌握在上帝手中。他們已經從屋子旁邊走過去了。我走後門出去……」

「尚，如果你愛我……你居然要冒險出門，而把我們留在這裡……噢，我好害怕，我好害怕！」

「親愛的，拜託，妳太激動了。那群人會在市政廳前面或是在廣場上製造一點騷動，也許還會讓市政府再多損失幾塊窗玻璃，如此而已。」

「你要去哪裡，尚？」

「去開市民代表會，我幾乎快要遲到了，被生意的事耽擱了。如果今天不出席，那會是件恥辱。妳認為能有人攔得住妳父親嗎？他年紀都這麼大了……」

「好吧，那你就帶著上帝的祝福去吧，尚。但是要小心，我求你，注意你的安全！並且關照一下我父親！萬一他出了什麼事……」

「別擔心，親愛的。」

「你什麼時候回來？」領事夫人在他身後喊道。

「嗯，四點半，或是五點，視情況而定。議程上有重要的事，要看……」

「啊，我好害怕，我好害怕！」領事夫人反覆地說，一邊在房間裡來回踱步，不知所措地東張西望。

第三章

布登布洛克領事匆匆穿過他占地甚廣的房產。當他走上貝克古魯伯街，他聽見身後有腳步聲，看見了房地仲介商葛許，他裹在長大衣裡，也正沿著這條傾斜的街道往上走，一樣要去開會。他用一隻瘦長的手掀了掀頭上戴的耶穌會士帽子，用另一隻手做了個謙卑的手勢，壓低了聲音說：「領事先生，您好！」

這個房地仲介商西吉斯蒙・葛許是個四十歲左右的單身漢，儘管舉止怪異，卻是這世上最誠實、最善良的人。只不過他熱愛文藝，思想獨特。他臉上的鬍子刮得很乾淨，有著彎彎的鼻子、突出的尖下巴、鮮明的輪廓、還有一張嘴角下垂的大嘴，一雙薄脣緊緊抿著，看起來堅決而凶惡。他努力擺出一副狂野帥氣而邪惡的陰謀家模樣，而且成績斐然，像個凶惡陰險、令人著迷而又令人畏懼的人物，介於惡魔和拿破崙之間，灰白的頭髮陰沉地垂在額頭上。他真心遺憾自己沒有駝背。在這座古老貿易城市的居民當中，他是個怪異而可愛的人物。他是他們的一分子，因為他完全具有市民階層的特質，經營著一家穩當的小型房地仲介公司，公司雖小，但受人尊重。可是在他窄小陰暗的辦公室裡擺著一個大書櫃，擺滿了各種語言的文學作品，而且有傳言說他從二十歲起就著手翻譯羅培・德・維加[1]的全部劇作。不過，有一次他參加了一場業餘演出，在席勒的劇作《唐・卡洛斯》中飾演多明哥一角[2]。這是他人生的高潮。他從來沒說過一句不雅的話，就連在談生意的時候，他也只從牙齒間吐出那些尋常的慣用語，臉上的表情像是想說：「壞蛋，哈！我在墳墓裡詛咒你的祖先！」在某些方面，他繼承了已逝的詩人霍夫施泰德，是其接班人；只是他的天性比較陰沉激昂，絲毫沒有老約翰・布登布洛克那位詩人好友從上個世紀保存下來的那種風趣詼諧。有一次，他投機買下的兩、三張股票在股市上一下子損失了六塊半塔勒。這時，他任由自己的戲劇情懷盡情流露，做了一番表演。他以在滑鐵盧打了敗仗的姿勢坐在一張長椅上，用緊握的拳頭抵住額頭，露出褻瀆上帝的眼神，重複說了好幾次：「哈，該死！」基本上，他藉由售出某一塊地產而獲得的小小利潤雖然穩當可靠，卻讓他覺得無趣，因此在股市的這個損失，這個上天用來打擊他這個陰謀家的悲劇性打擊，對他來說是種享受，是種快樂，讓他細細咀嚼了好幾個星期。如果有人對他說：「聽說您碰上了倒楣事，葛許先生？我很遺憾……」他就會回答：「噢，我親愛的朋友！Uomo non educato dal dolore riman sempre bambino！（義大利語，意思是：沒有受過痛苦教訓的人就永遠是個孩子）」想當然耳，這句話沒有人聽得懂。他是引用羅培・德・維加說過的話嗎？可以確定的是，這個西吉斯蒙・葛許是個博學多聞的怪人。

「我們活在什麼樣的時代啊！」他對布登布洛克領事說，當他彎著腰，拄著手杖，傍著領事沿著街

1 羅培・德・維加（Lope de Vega, 1562-1635），西班牙黃金時代的重要作家，也是世界文學史上罕見的多產作家，作品以詩和劇作為主，單是流傳下來的劇作就有大約五百部。

2 《唐・卡洛斯》（*Don Carlos*）是德國文豪席勒的經典劇作，一七八七年首演，多明哥（Domingo）是劇中西班牙國王的告解神父。

道往上走。「風起雲湧的時代！」

「您說得沒錯，」領事回答。他說時代的確是在變動，今天的會議有的瞧了。階級原則……

「不，聽我說！」葛許先生繼續說。「我一整天都在外面走動，我觀察了那群暴徒。那當中有些很出色的小伙子，眼睛裡冒出怒火和熱情……」

約翰．布登布洛克笑了起來。「偏偏是您這樣說，我的朋友！這似乎引起了您的興趣？不，請容許我說……這一切都是場兒戲！這些人想做什麼？一群沒有教養的年輕人，利用這個機會來製造一點混亂……」

「話是沒錯！但是不能否認，肉鋪伙計柏克邁爾砸爛班提安先生商店櫥窗的時候，我也在場。他就像一頭豹子！」葛許先生說出最後兩個字的時候把牙齒咬得特別緊，接著他繼續說：「噢，不能否認這件事有其崇高之處！總算有點不一樣的事發生，您曉得的，一種非比尋常的事，暴力的事，一場暴風，一股狂野……一場雷雨……啊，我知道老百姓是無知的！然而我的心與他們同在，我的這顆心……」他們已經走到那棟漆成黃色的樸素房屋前面，市議會的會議廳就位在一樓。

這座廳堂是一間啤酒館兼舞廳的一部分，酒館由一個姓蘇爾克林格的寡婦所經營，但是在某些日子提供給市民代表會使用。餐飲場所位在一條狹窄鋪石走道的右側，走道上瀰漫著啤酒和食物的氣味，往左邊走，穿過一扇漆成綠色的木板門就是議事大廳，那扇門又窄又矮，誰都想不到門後會有那麼大的空間。這座大廳裡沒有暖爐，也沒有裝飾，像座穀倉，天花板粉刷成白色，橫樑外露，牆壁也粉刷成白色；三扇窗戶相當高，窗櫺漆成綠色，沒有懸掛窗簾。窗戶對面是一排排成階梯式上升的座位，最底下擺著一張鋪著綠色桌布的桌子，桌上擺著文件檔案、書寫用具和一個大鈴鐺，供發言人、記錄員和在場的議會代表使用。對著門的牆壁上有好幾個高高的衣帽架，掛滿了大衣和帽子。

當布登布洛克領事與同行的葛許先生一前一後地穿過那扇窄門走進大廳，嘈雜的人聲撲面而來。他們顯然是最晚到的。大廳裡擠滿了市民代表，他們三五成群地站著討論，有些把雙手插在褲袋裡，有些把雙手擱在背後，有些則把雙手舉在半空中。在一百二十名成員中肯定有一百名聚集於此。一些農村地區的代表在目前的情況下寧可待在家裡。

一群人站在最靠近入口的地方，他們是社會地位比較低的人，包括兩、三個無足輕重的商店老闆，一名中學教師，「孤兒之父」閔德爾先生，還有廣受眾人喜愛的理髮師溫策爾先生。溫策爾先生身材矮壯，留著黑色的小鬍子，有一張聰明的臉和紅通通的手。今天早上他才替領事刮過鬍子，但是在這裡卻和領事平起平坐。他只替上流人士刮鬍理髮，幾乎只替莫倫朵普、朗哈爾斯、布登布洛克、厄韋蒂克這幾個名門望族的男士服務，而他之所以被選入市民代表會，原因在於他對市政事務無所不知，個性隨和而且圓滑世故，還有他即使屈居人下卻仍明顯流露出的自信。

「領事先生知道最新的消息嗎？」他眼神嚴肅，熱心地對著他的主顧大聲說。

「我該知道什麼呢，親愛的溫策爾？」

「這消息今天早晨還沒人知道呢，領事先生，請容我告訴您這個最新消息！那批民眾沒有湧向市政廳前面，也沒有湧向市場！而是要到這兒來威脅市民代表會！是報社編輯呂布薩姆煽動他們的……」

「欸，這不可能！」領事說。他從外圍這群人中間擠過去，走向大廳中央，看見他的岳父在那兒，與兩位在場的市議員朗哈爾斯博士和詹姆斯．莫倫朵普在一起。他和他們握了手，一邊問道：「各位，真有這回事嗎？」

的確如此，整個會場上都在談論這件事；騷亂的民眾正湧向此地，已經聽得到他們的聲音了。

「這群流氓！」雷布瑞希特．克羅格冷冷地說，語氣輕蔑。他是乘坐自家的豪華馬車前來的。當年這位「時髦紳士」的魁梧身形已經漸漸有點佝僂，在八十高齡的重負下這也很尋常。但是今天他站得很挺，半閉著眼睛，嘴角下垂，帶著傲慢和不屑，脣上白鬚的短短髫尖向上翹起。兩排寶石鈕釦在他的黑絲絨背心上閃閃發亮。

可以看見亨利希．哈根史托姆就站在離這群人不遠處，他身材矮胖，兩頰上的淺紅色鬍髭已經花白，外套敞開著，藍色格紋背心上繫著一條粗粗的錶鍊。他和他的合夥人史特倫克先生站在一起，完全無意跟布登布洛克領事打招呼。

再遠一點的地方站著模樣富裕的布商班提安，為數不少的仕紳聚集在他周圍，他正鉅細靡遺地向他們述說他店裡的櫥窗是怎麼被砸破的，「一塊磚頭，半塊磚頭，各位！『啪』的一聲，砸破窗戶飛進來，落在一捆綠色稜紋布上……這群無賴！哼，這是政府該處理的事……」

可以聽見鑄鐘路的施篤特先生正在某個角落滔滔不絕地說話，他穿著棉質襯衫，外面罩著黑色外套，加入了一場爭論，只聽見他義憤填膺地一再說著：「真是卑鄙無恥！」而且他把「卑鄙」說成了「卑鼻」。

約翰．布登布洛克四處轉了一圈，在這邊和他的老朋友柯本打聲招呼，又去那邊跟柯本在生意上的競爭對手齊斯登梅克領事打聲招呼。他和葛拉波夫醫生握了手，也和消防隊長吉塞克、營造商沃伊格特、會議主席朗哈爾斯博士（朗哈爾斯議員的一個兄弟）、還有幾個商人、教師及律師交談了幾句。

會議尚未開始，但是討論極其熱烈。眾仕紳都咒罵這個三流文人，這個報社編輯呂布薩姆，眾人知道是他煽動了群眾，而他的目的何在？眾人聚在這裡是為了確定選舉市民代表是否該保留階級原則，還是該採用平等的普遍選舉權。市議會已經提案要採用後者。可是民眾要的是什麼呢？他們就是想要揪住這些仕紳的衣領罷了。見鬼了，這些仕紳從不曾落入如此糟糕的處境！大家圍在那幾位市議會代表旁邊，想聽聽他們的看法。大家也圍在布登布洛克領事身旁，認為他想必知道厄韋蒂克市長對此事的態度；因為自從去年市議員厄韋蒂克博士（尤思圖斯．克羅格的一個小舅子）當上了議會主席，布登布洛克家族就跟市長成了親戚，大大提高了這家人在公眾間的聲望。

外面忽然響起一陣喧鬧聲，革命已經鬧到會議廳窗下了！會議廳裡激動的意見表述頓時沉寂下來。眾人震驚無語，把雙手交疊在腹部，面面相覷，或是看向那幾扇窗戶，窗外的群眾舉起了拳頭，一片放肆狂亂、震耳欲聾的呼喝聲在空中迴蕩。可是隨後，十分出人意料地，彷彿這些暴動的人被自己的行為給嚇到了，外面變得跟會議廳裡一樣安靜，而在這籠罩一切的寂靜之中，就只聽見從最底下一排那邊，雷布瑞希特．克羅格所坐之處，傳來了一句話，冷冷地、緩緩地、重重地打破了這片沉默：「**這些流氓！**」

從某個角落隨即有個低沉憤怒的嗓音吐出了一句：「卑鼻無恥！」

接著，布商班提安急促、顫抖而且神秘兮兮的聲音忽然在會場迴蕩。

「各位先生，各位先生……請聽我說。這棟屋子我很熟悉，如果爬到閣樓上，那裡有一扇天窗，我小時候就從那裡射過貓。從那裡很容易就能爬到隔壁的屋頂上，再安全地逃走……」

「可恥的怯懦！」房地仲介商葛許咬牙切齒地說。他交叉著雙臂，倚著主席臺站著，垂著頭，用嚇人的眼神看向那幾扇窗戶。

「怯懦？先生，這哪裡怯懦了？老天在上……這些人會扔磚塊呀！我可是受夠了……」

此刻，外面的吵嚷聲重新響起，但是並未回復到起初那種狂暴叫囂的程度，而是冷靜地不斷叫喊，一股耐心哼唱的嗡嗡聲，聽起來幾乎是快活的，從中偶爾能聽見幾聲口哨，能聽出有人在喊「原則！」和「市民權！」這類字眼，眾市民代表凝神靜聽。

「各位先生，」過了一會兒，主席朗哈爾斯博士壓低了嗓音對著會場眾人說，「我希望各位同意我現在宣布會議開始……」

這是個委婉的提議，但是完全沒有得到任何支持。

「我可不贊成。」有個人說，語氣誠實堅決，不容許別人提出異議。那是個農民模樣的人，名叫法爾，來自里策勞地區，是小施雷塔肯村的代表。誰也不記得曾經在議事過程中聽過他發言，可是在當前的處境中，即使是最樸實之人的意見也很有分量，法爾先生毫不怯場，憑著可靠的政治直覺說出了全體市民代表的看法。

「願上帝保佑我們！」班提安忿忿地說。「從外面的街道上可以看見會議廳上面幾排座位的人！那些人會扔磚塊呀！不行，老天在上，我可是受夠了……」

「偏偏這扇該死的門又這麼窄！」葡萄酒商柯本絕望地喊道。「如果我們想出去，八成會擠死，多半會擠成一團！」

「卑鄙無恥，」施篤特先生悶聲悶氣地說。

「各位先生！」主席再度懇切地開口了。「請各位還是考慮一下，我在三天之內要把今天的會議紀錄整理好交給現任市長。再說，全城的人都在等著會議紀錄被印出來公布，究竟要不要開會，我希望大家至少表決一下……」

可是除了少數幾個市民代表對主席表示支持，沒有人願意進入議事程序。就算表決也無濟於事。不該去刺激那些民眾。誰也不知道他們要的是什麼。不該通過什麼決議去觸怒他們，不管決議是偏向哪一邊。應該要等待，不要輕舉妄動。聖瑪利亞教堂敲響了四點半的鐘聲……

眾人加強了彼此決定耐心堅持等候的決心。大家漸漸習慣了外面的吵嚷，那聲音一會兒大，一會兒小，停歇了片刻，又再度響起。眾人漸漸冷靜下來，在下面幾排座位坐下，讓自己舒適一些。這群能幹市民的商業頭腦開始蠢蠢欲動，此處彼處有人放膽談起了生意，甚至還談成了幾樁。仲介商湊近了大商人，這群被圍困在此的仕紳彼此閒聊，就像是在一場暴風雨中困坐在一起的一群人，談著不相干的事，偶爾帶著肅敬的表情豎耳諦聽雷聲。時間來到五點，五點半，暮色漸漸低垂。間或有人發出嘆息，說妻子在家裡等著他回去喝咖啡；聽見這話，班提安先生又大膽地提起閣樓上那扇天窗。但是大多數人的想法都跟施篤特先生一樣，他認命地搖搖頭說：「我太胖了，爬不出去的！」

約翰・布登布洛克記得妻子的叮囑，一直守在岳父身旁，有點擔心地打量著他，問道：「岳父，希望您沒把這場小風波太放在心上？」

在雪白的假髮下方，雷布瑞希特・克羅格的額頭上有兩條泛青的血管隆起，令人擔憂，他那富貴人家的蒼老雙手有一隻正撫弄著背心上的閃亮鈕釦，另一隻戴著大鑽戒的手則在他膝上顫抖。

「別胡說，布登布洛克！」他說，顯得異常疲倦。「我只是覺得很煩，如此而已。」但是他隨即證明了此言不實，因為他突然咬牙切齒地說：「天哪，尚！這些卑鄙齷齪的傢伙得用火藥和鉛彈來對付，才能讓他們學會尊重……這群無賴！這群流氓……」

領事嗯嗯啊啊地勸慰他。「是啊，是啊，您說得對，這是一場不成體統的鬧劇。可是該怎麼辦呢？我們只能逆來順受。已經是傍晚了，那群人會撤走的……」

「我的馬車在哪裡？叫我的馬車來！」雷布瑞希特・克羅格怒不可遏地發號施令。他的怒氣爆發，全身都在顫抖。「我要馬車五點鐘來接我！馬車在哪兒？會議不開了……我待在這裡幹麼？我可不想被愚弄！我要我的馬車……有人欺負我的馬車夫嗎？布登布洛克，你去瞧瞧！」

「親愛的岳父，看在老天的分上，請您冷靜下來！您太激動了，這對您的身體不好！當然，我現在就去看看您的馬車。我也厭倦了這個局面。讓我去跟那群人談一談，要他們回家去……」

雖然雷布瑞希特．克羅格不同意，雖然他忽然用冰冷而輕蔑的語氣命令：「站住，留在這裡！你不要自貶身分，布登布洛克！」領事仍然快步穿過了大廳。

當他走到那扇綠色小門旁邊，西吉斯蒙．葛許追上了他，用瘦骨嶙峋的手抓住他的手臂，壓低了嗓音，令人心裡發毛，問道：「領事先生要去哪裡？」

這個房地仲介商的臉上皺起了千百條深深的皺紋，露出了狂野的堅決表情，把尖尖的下巴往上抬，幾乎要碰到鼻子，一頭灰髮陰鬱地垂在前額和太陽穴上，把腦袋深深縮在雙肩之中，活像個駝背的人，他激動地說：「我願意去跟民眾談一談！」

領事說：「不，還是讓我去吧，葛許。在那群民眾當中我認識的人可能比較多……」

「那就這樣吧！」葛許輕聲回答。「您的地位比我高。」他提高了嗓音繼續說：「但是我將陪著您，布登布洛克領事，我將會站在您身旁！即使這些掙脫鎖鍊的憤怒奴隸會把我撕裂……」

「啊，好一個日子！好一個夜晚！」他說，當他們走出去，他肯定從不曾感到如此幸福。「哈，領事先生！民眾在那兒！」

兩人穿過走廊，走到大門外，門口有三級窄窄的臺階通往人行道，他們就停在上面兩級臺階上。街道上的景象令人感到陌生。街上冷冷清清，周圍房屋的窗戶裡已經亮起燈光，可以看見好奇的居民從敞開的窗邊向下張望，俯瞰擠在市民代表會前面那群黑壓壓的暴民。這群人在人數上並沒有比聚在大廳裡的人多很多，包括碼頭和倉庫的年輕工人、僕役伙計、國民學校的學生、商船上的一些水手、以及一些住在貧寒城區那些窮街陋巷中的人。當中也有三、四個婦女，她們可能也像布登布洛克家的廚娘一樣期待這次抗爭能有所成果。幾個抗議者站累了，就坐在人行道上，把腳擱在排水溝裡，吃起了奶油麵包。

快要六點了，雖然暮色已深，掛在街道上方鍊條上的油燈卻尚未點燃。這種對公共秩序的公然破壞令人憤慨，是真正惹惱了布登布洛克領事的第一件事，而他之所以用生氣的簡慢口吻開始說話也要歸咎於此。他說：「你們這些傢伙幹的是什麼蠢事！」

那些正在吃點心的人從人行道上一躍而起。站在馬路另一側後面幾排的人則踮起了腳尖。幾個替領事工作的碼頭工人摘下了帽子。大家專注起來，戳戳彼此的腰，壓低了嗓音說：「是布登布洛克領事！布登布洛克領事要講話！閉上你的嘴，克里尚，他發起火來可凶了！旁邊那人是房地仲介商葛許，這個小丑！他是不是有點瘋癲？」

「柯爾．史莫特！」領事又開口了，用一雙深陷的小眼睛盯著一名大約二十二歲的倉庫工人，此人長著一雙O型腿，把帽子拿在手裡，嘴裡塞滿了麵包，就站在那幾級臺階的正前方。「說吧，柯爾．史莫特！是時候了！你們在這裡吵了一下午……」

「嗯，領事先生……」柯爾．史莫特邊嚼邊說。「事情是這樣的，時候到了，我們在進行革命。」

「這是什麼鬼話，史莫特！」

「嗯，領事先生，這是您的說法，可是時候到了……我們不再滿意當今的世道，我們要求另外一種秩序，就是這樣而已。」

「聽著，史莫特，還有你們其他這些傢伙！誰要是頭腦清楚，就會回家去，別再搞什麼革命，也別在這裡擾亂公共秩序……」

「神聖的秩序！」葛許先生咬牙切齒地插嘴。

「秩序，我說了！」布登布洛克領事做出結論。「甚至連街燈都沒點燃……這場革命也鬧得太不像話了！」

可是柯爾·史莫特現在嚥下了最後一口麵包，由於有群眾撐腰，他又開雙腿站在那裡，提出了反對意見。

「嗯，領事先生，這是您的說法！可是我們就只是為了普遍的選舉權……」

「老天爺，你這個蠢貨！」領事大喊，氣得忘了說方言，「你滿嘴胡說八道。」

「嗯，領事先生，」柯爾·史莫特說，有一點被嚇到了，「事情現在就是這樣。革命是必須要搞的，這一點是肯定的。到處都在搞革命，在柏林，還有巴黎……」

「史莫特，你們要的到底是什麼！你就說吧！」

「嗯，領事先生，我就簡單說吧：我們想要一個共和制度，簡單地說……」

「可是你這個笨蛋，你們已經有了共和制度了！」

「嗯，領事先生，那我們就還另外再要一個。」

周圍的人有幾個比較懂事的，慢吞吞地開懷大笑起來，雖然只有極少數人聽懂了柯爾·史莫特說的話，但這股愉快的氣氛散播開來，直到這一整群擁護共和體制的民眾都站在善意的宏亮笑聲中。幾位仕紳好奇的面孔出現在市民代表會議事大廳的窗前，手裡拿著啤酒杯，只有西吉斯蒙·葛許對事態的這個轉變感到傷心失望。

「好了，你們這些人，」最後，布登布洛克領事說：「我認為你們最好是全都回家去吧！」

柯爾·史莫特對自己所引發的效果感到茫然不知所措，答道：「嗯，領事先生，是啊，事情就這樣算了吧，我很高興領事先生沒有怪罪我，那就再見了，領事先生……」

群眾開始興高采烈地散去。

「史莫特，等一下！」領事喊道。「你有沒有看見克羅格家的馬車？原本在城堡門外面的那輛四輪馬車？」

「有的，領事先生！馬車已經來了，就停在領事先生家的院子裡。」

「好，史莫特，那你就趕快跑一趟，去告訴約亨，要他把馬車駛過來，他的主人要回家了。」

「好的，領事先生！」柯爾·史莫特把帽子往頭上一扔，把皮製的帽檐往下拉到快要遮住眼睛，踩著大搖大擺的步伐順著街道往下走去。

第四章

等到布登布洛克與西吉斯蒙・葛許回到議事會場，大廳裡的景象要比十五分鐘之前來得愜意。主席臺上兩盞大大的石蠟油燈照亮了大廳，那些仕紳在黃色燈光下或坐或站地聚在一起，把瓶裝啤酒倒進光亮的啤酒杯，互相碰杯，心情極其愉快地大聲交談。經營酒館的寡婦蘇爾克林格太太來過，熱心地招呼這些被困在大廳裡的客人，能言善道地說這場包圍可能還會持續很久，建議大家喝點東西提神。她利用了這段騷動的時間賣出了數量可觀的啤酒，她店裡那種相當濃烈的金黃色啤酒。剛才，當這兩位出去談判的人回到大廳裡，酒館的僕役脫了外套，只穿著襯衫，帶著笑臉又拖來了一箱瓶裝啤酒。雖然夜色漸深，雖然時間已經太晚，無法再去關注憲法的修訂，卻沒有一個人想要現在就散會回家。反正今天下午的咖啡時間已經過了。

許多人走過來恭喜布登布洛克領事談判成功，領事和他們握過手後，就趕緊過去他岳父那邊。雷布瑞希特・克羅格似乎是唯一一個心情沒有好轉的人。他表情冷漠地端坐在他的位子上，聽見他的馬車即將駛來，他諷刺地說：「那些暴徒准許我回家了嗎？」他的聲音顫抖，主要是由於惱怒，而非由於他的高齡。

他把毛皮大衣披在肩上，動作僵硬，絲毫看不出平日的翩翩風采，當領事表示要攙扶他，他隨口用法文說了聲謝謝，就把手臂伸進女婿的臂彎裡。

那輛豪華的四輪馬車停在門口，車上掛著兩盞大燈，門口的路燈也有人去點燃了，這讓領事感到心滿意足。兩人上了馬車。雷布瑞希特・克羅格一語不發，在領事的右邊僵直地坐著，沒有倚著靠背，半閉著眼睛，把車上的毛毯蓋在膝上。當馬車轆轆地行駛在街道上，在他唇上白鬚的短短髯尖下方，下垂的嘴角拉長成為兩條垂直的皺紋，一直延伸到下巴。他所遭受的屈辱令他怒火中燒，嚙蝕著他的心。他看著對面空位的椅墊，眼神黯淡冰冷。

街上比在星期天晚上還要熱鬧，顯然洋溢著節慶的氣氛。民眾陶醉於革命的順利進行，興高采烈地四處遊蕩。甚至有人唱起歌來。當馬車從旁駛過，那些男孩把帽子拋向空中，高喊「萬歲！」的聲音此起彼落。

「岳父，我真的認為您太把這件事放在心上了，」領事說。「只要想一想這整件事是多麼愚蠢的胡鬧，一場鬧劇……」為了聽見老人的回答和看法，他開始興致勃勃地談起一般的革命，「如果這些貧窮的群眾明白他們在這種時期這樣做對自己一點好處都沒有。唉，老天，到處都是一樣的情況！今天下午我和房地仲介商葛許簡短地交談過，這個怪人用詩人和劇作家的眼光來看待一切。您知道，岳父，在柏林，革命是在文人雅士的茶桌上醞釀的，然後是庶民為了革命而奮戰到底，冒著生命危險……他們這樣做值得嗎？」

「麻煩你把那邊的車窗打開，」克羅格先生說。

約翰・布登布洛克匆匆瞥了他一眼，趕緊把窗玻璃降下來。

「您覺得不太舒服嗎？親愛的岳父？」他擔心地問。

「很不舒服。」雷布瑞希特・克羅格板著臉回答。

「您需要吃點東西，休息一下。」領事說，為了做點什麼，他把岳父膝上的毛毯裹緊了一些。

當馬車轆轆地行駛在城堡街上，忽然發生了一件嚇人的事。城門的圍牆在昏暗中已依稀可見，當馬車在距離城牆大約十五步遠之處經過一群嬉鬧的街童，一塊石頭穿過敞開的車窗飛了進來。那是一塊不足為害的小石頭，還沒有雞蛋大，是哪個名叫克里尚．史努特或海納．沃斯的男孩為了慶祝革命而投擲的，肯定並沒有惡意，很可能也根本不是對著馬車投擲的。這塊小石頭無聲地飛進了車窗，無聲地撞在雷布瑞希特．克羅格蓋著厚厚毛皮的胸膛上，也無聲地從毛毯上滾落下來，落在車底板上。

「愚蠢的胡鬧！」領事生氣地說。「這些人今天晚上都瘋了嗎？但是沒有打傷您吧？岳父？」

克羅格老先生沉默不語，沉默得令人害怕。車裡太暗，看不清他臉上的表情。他比先前坐得更直、更高、更挺，沒有碰到後背的靠墊。但是隨後他緩緩地、冷冷地、重重地從內心深處吐出了一句話：

「這群流氓。」

領事擔心會再刺激他，就沒有答話。馬車在回聲中轆轆地穿過城門，三分鐘後就抵達了克羅格家莊園前的寬敞大道，來到莊園周圍頂端鍍金的鐵柵欄前。庭院大門的兩邊亮著兩盞明亮的燈，燈蓋有鍍金的圓頂，門後是一條栗樹夾道的車道，通往露臺。此時領事看向他岳父的臉，大吃一驚。那張臉面色蠟黃，布滿鬆弛的皺紋。那張嘴先前一直保持著冰冷、堅定而輕蔑的表情，此刻扭曲成一張虛弱、歪斜、鬆垮而痴呆的老叟怪相，馬車在露臺旁邊停下。

「幫我一下。」雷布瑞希特．克羅格說，雖然先下車的領事已經把毛毯掀開，伸出手臂和肩膀讓他扶著。他扶著他走在碎石路上，距離那道白閃閃的臺階只有短短幾步路，臺階往上通往餐廳。老人在臺階底下雙腿一軟，腦袋重重地垂到胸前，下垂的下顎「喀啦」一聲和上顎相撞，兩眼翻白，眼神渙散。

雷布瑞希特．克羅格，那位時髦的紳士，回到他祖先那裡了。

第五章

一年又兩個月後，在一月分一個雪霧瀰漫的早晨，古倫里希夫婦和他們三歲大的小女兒坐在餐廳裡吃著第一頓早餐，牆壁上鑲著淺棕色的木板，他們所坐的椅子每張要價二十五馬克。

由於霧氣，窗玻璃幾乎不再透明，只能依稀看見窗外光禿禿的樹木和灌木。一個上了綠釉的低矮壁爐矗立在餐廳一角，旁邊是一扇敞開的門，通往起居室，可以看見那裡的觀葉植物，壁爐裡的紅色餘燼劈啪作響，讓房間裡瀰漫著溫煦的暖意，帶著一股氣味。在對面那一側，隔著半掀起的綠色門簾可以看見用棕色綢緞布置的客廳和一扇高高的玻璃門，門縫裡塞著填了棉絮的擋風條，門後是個小小的露臺，隱在灰白色的濃霧中。另一側還有第三個出口通往走廊。

圓桌上罩著雪白的針織錦緞，中間再鋪上綠色繡花的長條桌巾，擺著鑲金邊的瓷器，質地透明，偶爾像珍珠母般閃閃發亮。一個燒茶的水壺嗡嗡作響。一個薄銀製作的淺淺麵包籃裡擺著圓形小麵包和切片的牛奶麵包，麵包籃的形狀是一片微捲的大葉子，周圍成鋸齒狀。在一個鐘狀水晶罩底下堆著表面有波紋的小顆奶油球，在另一個水晶罩底下則擺著各式各樣的乳酪，有黃色、白色和帶有綠色大理石花紋的。男主人面前也少不了要擺一瓶紅酒，因為古倫里希先生早餐習慣吃熱食。

他兩鬢的鬍鬚剛打理過，面色在早晨這個時候顯得格外紅潤，他背對著客廳而坐，已經穿戴整齊，上身穿著黑色外套，下身穿著大格紋淺色長褲，按照英國人的習慣吃著一塊嫩煎肉排。他的妻子覺得這個習慣雖然闊氣，但是也很噁心，她絕對無法把她早餐吃慣的麵包和雞蛋換成肉排。

東妮穿著睡衣，她非常喜歡睡衣，覺得沒有什麼比一件高雅的居家睡衣更闊氣，由於在父母家中不允許她沉湎於這種嗜好，結婚之後她就更加沉迷於此。她有三件這種柔軟精緻的衣物，比起舞會禮服，這種衣物的剪裁更能夠展現出品味、巧思和想像力。而今天她穿的是那件深紅色晨袍，顏色和護壁鑲板上方的壁紙色調正好相稱，大花的布料比棉絮更柔軟，到處都綴著同樣顏色的細小玻璃珠，宛如細雨，密密一排紅絲絨蝴蝶結從領口一直延伸到下襬。

她那頭濃密的灰金色頭髮綴著一個深紅色絲絨蝴蝶結，鬈髮覆蓋在額頭上。雖然她自己也知道她的外貌已臻成熟，但是她微翹的上脣仍然保留了那種稚氣天真的調皮表情。灰藍眼睛的眼皮由於用冷水洗了臉而泛紅，一雙白皙的手略為嫌短，但是形狀優美，是布登布洛克家族典型的手，纖細的手腕被柔軟的絲絨袖口裹住。出於某種原因，今天這雙手拿起刀、匙和杯子的動作有點唐突和匆忙。

年幼的艾芮卡坐在她身旁一張高塔般的兒童椅上，穿著一件淺藍色粗毛線織成的小裙子，說不出是什麼形狀，模樣滑稽。她是個營養良好的孩子，留著淡金色的短短鬈髮。她用一雙小手緊緊握著一個大杯子，把整張小臉都伸進杯子裡，大口喝著牛奶，偶爾發出一、兩聲忘我的輕聲嘆息。

這時古倫里希太太按了鈴，女僕婷卡從走廊走進來，把那孩子從高椅子上抱起來，準備把她抱到樓上的遊戲室去。

「妳可以用嬰兒車推著她去戶外散步個半小時，婷卡。」東妮說。「但是不要超過半小時，而且要穿厚一點的外套，妳聽到了嗎？外面有霧……」餐廳裡只留下她和她丈夫。

她沉默了一會兒，然後說：「你把自己弄得很可笑，」顯然是重拾一段被打斷的談話，「你有反對的理由嗎？你把反對的理由說出來呀！**我沒辦法**總是在照顧小孩……」

「妳不喜歡小孩，安東妮。」

「喜歡小孩……喜歡小孩……我沒有時間！家務讓我忙得不可開交！我醒來時想著白天裡要做的二十件事，上床時想著四十件還沒做的事……」

「家裡有兩個女僕呀。妳還這麼年輕……」

「是有兩個女僕沒錯。婷卡得要洗碗洗衣、清掃整理、伺候主人，而廚娘已經忙得不可開交。你一大早就要吃肉排……你想想吧，古倫里希！艾芮卡遲早要有個保母，有個家庭女教師……」

「以我們的經濟狀況，沒辦法現在就替她請保母。」

「我們的經濟狀況！噢，老天，你這話太可笑了！難道我們是乞丐嗎？難道我們連必須要有的東西都得放棄嗎？據我所知，光是我的嫁妝就有八萬馬克……」

「哼，妳那八萬馬克！」

「沒錯！你不屑提起這筆錢……你並不看重這筆錢。你和我結婚是出於愛情……好吧。可是你究竟還愛不愛我呢？我提出合理的要求，而你置之不理。不給孩子請保母……至於添購馬車的事，你根本連提都不提了，而馬車對我們來說是必需品，就像每天吃的麵包一樣。如果我們的**經濟情況**不容許我們有輛馬車，讓我們能體面地搭車去參加社交聚會，那你為什麼一直讓我們住在鄉下？為什麼你從來都不喜歡我去城裡？你巴不得我們就永遠藏在這裡，再也見不到任何人。你真是掃興！」

古倫里希先生替自己倒了杯紅酒，掀起水晶罩去拿乳酪。他根本就不回答。

「你究竟還愛不愛我？」東妮又問了一次，「你這樣一聲不吭太沒有禮貌了，讓我忍不住想要提醒你，那一次你出現在我們家風景廳裡……當時你完全是另一副姿態！從婚後第一天起你就只在晚上陪我坐一坐，而且也只是為了看報紙。起初你至少還會稍微考慮到我的願望，可是很久以來你連這一點也做不到了。你不在乎我！」

「那妳呢？妳把我弄得傾家蕩產。」

「**我**？我弄得你傾家蕩產？」

「對。妳的好逸惡勞和揮霍無度弄得我傾家蕩產……」

「噢！不要怪罪我的好家世！我在娘家的時候連一根手指都不必動，而現在我得要吃力地習慣操持家務，但是我有權要求你不要拒絕給我最起碼的幫助。我父親是個富有的人，他絕對想不到我居然會缺少佣人……」

「那就等到這分財產對我們有點用處的時候再請第三個女僕吧。」

「難道你巴望著我父親死嗎？我的意思是我們是有錢人，而且我也不是空手嫁過來的……」

古倫里希先生雖然嘴裡正嚼著東西，卻還是微微笑了笑，笑得輕蔑、憂傷而沉默。這令東妮感到困惑。

「古倫里希，」她說，語氣平靜了些，「你在微笑，你提起我們的經濟情況……難道我對情況的了解不正確嗎？你的生意做得不好嗎？你是不是……」

就在這時候響起了敲門聲，有人又急又重地敲了幾下通往走廊的門，然後基瑟邁爾先生走了進來。

第六章

身為這家人的熟客，基瑟邁爾先生未經通報就走進屋裡，沒戴帽子也沒穿大衣，在門邊停下腳步。他的外貌完全符合東妮在寫給母親的信裡對他的描述。他的身形略矮，不胖也不瘦，穿著一件黑色外套，已經磨得有點發亮，長褲也一樣，而且又緊又短，另外穿著一件白色背心，一條細長的錶鍊和兩、三條繫著夾鼻眼鏡的細繩在背心上交纏。剪短的白色頰鬚在他紅通通的臉上十分醒目，鬍鬚蓋住了臉頰，但是沒有遮住下巴和嘴唇。他的嘴巴小而靈活，有點滑稽，只有下牙床上還有兩顆牙齒。當基瑟邁爾先生把雙手插在垂直的褲袋裡，神情困惑、心不在焉地站在門口陷入了沉思，他把那兩顆錐狀的黃色犬齒擱在上唇上。頭頂上黑白夾雜的柔軟頭髮輕輕飄動，雖然並沒有感覺到一絲微風。

他終於把一雙手從褲袋裡抽出來，鞠了個躬，耷拉著下唇，大費周章地從胸前纏在一起的繩鍊當中解開一條繫著夾鼻眼鏡的細繩。然後他伸手把眼鏡夾在鼻子上，一邊擺出最怪誕的鬼臉，打量著這對夫妻，說了聲：「啊哈。」

由於他極其頻繁地使用這個口頭禪，此處得要趕緊說明，他習慣用各種不同而且獨特的方式說出這兩個字。他可以仰著頭、皺起鼻子、張大了嘴巴、雙手在半空中胡亂揮舞，拖長了聲調，帶著鼻音和金屬音說出這兩個字，讓人聯想到中國的鑼聲。另一方面，撇開那許多細微的差異不提，他也可以十分短促地隨口輕輕吐出這兩個字，而這可能還更加滑稽，因為他發ㄚ這個音時帶著濃濁的鼻音。今天他發出的是一聲短促、快活的「啊哈」，一邊使勁地搖頭，彷彿出自十分愉悅的心情。但是這並不可信，因為事實是：銀行家基瑟邁爾的心情愈是險惡，他的舉止就愈歡樂。如果他蹦蹦跳跳，說了千百聲「啊哈」，把夾鼻眼鏡夾上又放下，揮舞著雙臂，喋喋不休，顯然控制不了自己過度愚蠢的舉動，那就可以確定惡意正在侵蝕他的內心。古倫里希先生眨著眼睛看著他，明顯流露出猜疑。

「這麼早就來了？」他問。

「是啊。」基瑟邁爾先生回答，把一隻起皺泛紅的小手舉在半空中搖了搖，彷彿想說：耐心點，有件令你吃驚的事！「我得和你談一談！馬上和你談一談，老兄！」他說話的方式非常可笑，把每個字都在嘴裡轉一圈，再用那張缺牙的靈活小嘴極其費力地吐出來。他發R音的方式就彷彿他的上顎抹了油。古倫里希先生更加猜疑地眨著眼睛。

「過來吧，基瑟邁爾先生，」東妮說。「過來坐下。您來得正好……聽我說，您該評評理。我剛才和古倫里希吵了一架……現在您倒說說看：一個三歲的小孩是不是該有個保母了！您認為呢？」

可是基瑟邁爾先生似乎根本沒有去注意她。他坐下來，把一張小嘴盡可能地張大，皺起了鼻子，用一根食指搔弄著他修剪過的頰鬚，發出令人神經緊張的聲響，帶著難以形容的愉快表情，從夾鼻眼鏡上方打量著這張高雅的早餐桌、銀製的麵包籃、紅酒瓶上的標籤。

「是這樣的，」東妮繼續說，「古倫里希聲稱我弄得他傾家蕩產！」

聽見這話，基瑟邁爾先生看了她一眼，再看了古倫里希先生一眼，然後就放肆地大笑起來！「您讓他傾家蕩產？」他喊道。「您……讓他……是說您讓他傾家蕩產嗎？天哪！噢，老天！我的老天！這真好笑！實在太……太……太好笑了！」接著他發出了一連串各式各樣的「啊哈」。

古倫里希先生顯然有點坐立不安，緊張地在椅子上挪來挪去。他一會兒用長長的食指在衣領和脖子之間滑來滑去，一會兒又倉促地用手指捋一捋他金黃色的絡腮鬍。

「基瑟邁爾！」他說。「冷靜一點！您神經失常了嗎？別再笑了！您要喝點葡萄酒嗎？還是想抽根雪茄？您到底在笑什麼？」

「我在笑什麼？嗯，給我一杯葡萄酒吧，也給我一根雪茄……我在笑什麼？所以說，您認為您的夫人弄得您傾家蕩產？」

「她太追求奢華了。」古倫里希先生惱怒地說。

東妮完全不否認這一點。她平靜地靠著椅背，雙手擱在膝上，擱在她那件睡衣的絲絨蝴蝶結上，上唇俏皮地噘起，說：「沒錯，我的確是這樣。這是明擺著的事實。我是從媽媽那兒遺傳來的。克羅格家族的人一向都喜歡追求奢華。」

她也會同樣平靜地宣稱自己個性輕率易怒、報復心強。深刻的家族意識使她對自由意志和自主自決這些概念幾乎感到陌生，使她以一種近乎宿命的淡定承認自己的性格特質並且加以接受，不做區分，也無意去改正。她在不知不覺中形成一個觀念，認為每一種性格特質都是祖傳的，意味著一個家族傳統，因此是值得尊敬的，無論如何都該予以尊重。

古倫里希先生吃完了早餐，兩支雪茄的香味融入了爐火的熱氣。

「室內的空氣還可以嗎，基瑟邁爾？」男主人問道，「再拿根雪茄吧。我再替您倒杯紅酒……您是說要跟我談一談嗎？是急事嗎？重要嗎？您覺得這裡太熱了嗎？待會兒我們一起搭車進城去……順便提一下，吸菸室裡比較涼快……」可是對所有這些殷勤的詢問，基瑟邁爾先生都只是把一隻手在半空中一揮，彷彿想說：這些都沒用，老兄！

他們終於站了起來，東妮留在餐廳監督女僕收拾餐桌，古倫里希先生則領著這位生意上的友人穿過起居室。他低著頭走在前面，若有所思地在指間捻著左臉頰鬢的鬍尖；基瑟邁爾先生跟在他後面，大力擺動著雙臂，走進了吸菸室。

十分鐘過去了。東妮去客廳裡待了片刻，拿著一支色彩斑斕的羽毛撢子，親手拂拭那張小寫字檯光亮的胡桃木桌面和弧形桌腳，此刻她緩步穿過餐廳，走進起居室。她的步伐平靜，而且顯然莊重威嚴。布登布洛克小姐的自信在成為古倫里希夫人之後顯然沒有減損分毫。她站得很挺，下巴稍微抵在胸前，高高在上地俯視一切。她一手拿著上了漆的精巧鑰匙籃，另一隻手隨意塞進深紅色睡衣的側袋，讓柔軟的長長衣褶圍著她款款擺動，而她的嘴巴流露出天真無知的表情，洩露出這全副的莊重威嚴都是種無限稚氣的東西，無害而帶有遊戲的性質。

她拿著小小的黃銅灑水壺在起居室裡走來走去，替觀葉植物的黑色土壤澆水。她很喜愛她的棕櫚，這些枝葉繁茂的盆栽替屋裡增添了幾分高雅。她小心地觸摸一枝飽滿粗壯的主莖上長出的嫩芽，溫柔地檢視那些舒展開來的壯觀扇葉，用剪刀剪去幾處泛黃的葉尖……忽然，她豎起了耳朵傾聽。吸菸室裡的談話從幾分鐘前就激烈起來，此刻談話聲大到在起居室裡都能聽得一清二楚，雖然房門很結實，而門簾也很厚重。

「不要大喊大叫！看在老天的分上，您克制一下自己吧！」可以聽見古倫里希先生在大聲地說，他的柔和嗓音經不起這樣過度使用，因此聲音都變尖了，「您再拿根雪茄吧！」接著他又補了一句，竭力使語氣溫和。

「好的，非常樂意，多謝了。」那個銀行家回答，接下來出現了片刻沉默，想來是基瑟邁爾先生正在點燃雪茄。然後他說：「總之，您願意還是不願意，二選一！」

「基瑟邁爾，再寬限一下吧！」

「啊哈？嗯……哼，不行，老兄，絕對不行，這話根本別提……」

「為什麼不行？您是怎麼了？看在老天的分上，請講講情理！您都等了這麼久了……」

「一天也不能再延了，老兄！好吧，就說定八天好了，但是多一個小時也不行！難道還有人信任……」

「不要指名道姓，基瑟邁爾！」

「不要指名道姓……好吧。難道還有人信任您那位德高望重的岳……」

「不要說出稱謂！老天爺，您別做傻事！」

「好，不說稱謂！難道還有人信任我們都知道的那間公司嗎？您的信用與之息息相關的那間公司，老兄？在不來梅的那樁破產案，該公司損失了多少錢？五萬？七萬？十萬？還是更多？該公司受到了牽累，很大的牽累，就連屋頂上的麻雀都知道……這種事是心理問題。昨天……好，不提名字！昨天我們都知道的那間公司狀況良好，不自覺地保護了您免於受困……今天該公司狀況欠佳了，而班迪克斯．古倫里希的狀況就更為欠佳……這話夠明白了吧？難道您沒有察覺嗎？您應該是最早感覺到這種波動的人……別人現在是怎麼對待您的？別人怎麼看待您？波克和高斯提克對您還是客客氣氣而且充滿信任嗎？信貸銀行的態度呢？」

「銀行展延了期限。」

「啊哈？你在說謊吧？我知道銀行昨天就已經踹了您一腳？大快人心的一腳？您瞧瞧！可是您不必感到難為情。騙我說其他人還是跟以前一樣沉得住氣，這當然對您有好處……嗯——哼，老兄！給領事寫信吧！我會等一個星期。」

「讓我先付一部分吧，基瑟邁爾！」

「說什麼部分支付！接受部分支付，是為了事先確認某人的償付能力！我有必要做這個實驗嗎？您的償付能力我可清楚得很！哈哈哈……我覺得部分支付真是太好笑了……」

「小聲點，基瑟邁爾！不要一直這樣該死的大笑！我的處境很嚴峻……是的，我承認我的處境很嚴峻；可是我還有這麼多筆生意在進行……一切都還可能會好轉。聽我說，您聽好了：您再寬限一下吧，我給您百分之二十的利息……」

「不成，不成……這太可笑了，老兄！嗯哼，我相信買賣要及時！您答應給我八趴的利息，於是我展延過一次。後來您又答應給我十二趴和十六趴的利息，於是我每次又都展延了。現在就算您答應給我四十趴的利息，我也不打算展延，想都別想，老兄！自從不來梅的威斯法爾兄弟栽了跟頭，目前大家都設法跟我們都知道的那間公司結清利息，確保自己的利益不會受損……剛才說了，我相信買賣要及時。我保留您簽字的借據，在約翰·布登布洛克的狀況穩定無虞的時候……同時我可以把你拖欠的利息加進本金裡，再提高你借款的利率！但是只有在一件東西會增值或者至少是價值穩定的時候，我們才會繼續持有……一旦開始跌價，那我們就要賣出……意思是，我要索回我的本金。」

「基瑟邁爾，您臉皮真厚！」

「啊哈，我覺得厚臉皮有趣得很！您究竟想怎麼樣呢？您反正得向岳父求助！信貸銀行已經在叫囂了，再說，您的信用也算不上是毫無瑕疵……」

「不，基瑟邁爾……我懇求您現在冷靜下來聽我說！好，我不拐彎抹角，坦白向您承認我的處境很嚴峻。不光是您和信貸銀行……還有別人要求我兌現支票……好像大家都約好了似的……」

「這是當然的。在這種情況下……不過，是有個一次解決的辦法……」

「不，基瑟邁爾，請聽我說！您就幫幫忙，再拿根雪茄吧……」

「我這根還沒抽到一半呢！別拿您的雪茄來煩我了！還錢吧……」

「基瑟邁爾，現在請別抽手拋下我……您是我的朋友，來我家吃過飯……」

「難道您沒來我家吃過飯嗎？老兄？」

「這倒是……可是請不要現在取消您給我的貸款，基瑟邁爾！」

「貸款？還要貸款？您的腦子沒問題吧？再借一筆新債？」

「是的，基瑟邁爾，我懇求您……不必多，一筆小錢！我只需要在此處彼處付清幾筆帳款和分期付款，就能重新贏得別人的尊重和耐心……支持我撐下去，您就能大賺一筆！剛才說了，我還有好些生意正在進行……一切都會好轉的……您也知道，我很機靈，腦筋動得快……」

「喔，您是個傻瓜，是個草包，老兄！可以勞駕您告訴我，現在您還能動腦筋弄到什麼？也許在這廣大的世間還找得到一家銀行願意借一枚銀幣給您？還是再找到另一位岳父？喔，不……您最大的妙計已經用過了！同樣的事您沒法再做一次！我很佩服！噢，不，是佩服之至……」

「該死的，小聲一點……」

「您是個傻瓜！沒錯，您是機靈，腦筋動得快……但總是便宜了別人！您一點也不老實，卻從來沒因此得到什麼好處。您耍了些花招，騙到了一些資本，卻得付我百分十六的利息，而不是百分之十二。您把誠實拋到了九霄雲外，卻沒有得到絲毫好處。您的良心就像屠夫家的狗，卻仍舊是個倒楣鬼、糊塗蛋、是個可憐的傻瓜！的確是有這種人，這種人有趣之至！為什麼您這麼害怕把整件事去向我們都知道的那個人徹底說清楚？去向他求助？是因為您感到不太自在嗎？因為四年前不是所有的事都按照規矩來？不是所有的事都乾乾淨淨、沒被動過手腳？是嗎？您害怕某些事情會……」

「好吧，基瑟邁爾，我會寫信。可是如果他拒絕了呢？如果他撒手不管我呢？」

「噢……啊哈！那我們就聲請一次小小的破產吧，有趣之至的小小破產一下，老兄！這我根本不在意，一點也不在意！就我個人而言，您東拼西湊繳給我的利息就差不多讓我收回成本了……而您破產後的財產清償我將享有優先權，我親愛的朋友……而且您聽好了，我是不會吃虧的。我很清楚您的情況，閣下！我口袋裡已經事先準備好了財產清單……啊哈！我會留心，不會讓哪個銀製麵包籃或哪件睡衣被漏掉的……」

「基瑟邁爾，您來我家吃過飯……」

「別再提您家的餐桌了！八天之後我來取得答覆。現在我要進城去了，活動一下筋骨對我會大有好處。早安啦，老兄！祝您有個愉快的早晨……」

而基瑟邁爾先生似乎動身了，是的，他走了。可以聽見他拖著腳走路的奇特步伐在走廊上響起，也能想像他大力擺動雙臂的模樣。

當古倫里希先生走進起居室，東妮站在那兒，手裡拿著黃銅灑水壺，直視著他的眼睛。

「妳怎麼站在這裡……妳在看什麼……」他齜著牙說，雙手在半空中比劃著不明確的動作，上半身搖來搖去。他紅潤的臉色無法變得完全蒼白，而是出現了點點紅斑，就像患了猩紅熱。

第七章

約翰・布登布洛克領事在下午兩點抵達別墅，他穿著灰色大衣，走進古倫里希夫婦家的客廳，以一種心痛的真摯擁抱了他的女兒。他面色蒼白，顯得蒼老，一雙小眼睛深陷在眼窩裡，鼻子突出於凹陷的雙頰之間，大而顯眼，雙脣似乎變薄了，而鬍鬚就跟頭髮一樣灰白。最近他不再蓄著從鬢角垂到臉頰中央的鬈曲鬍鬚，而是讓鬍子在下巴順著脖子往下長，半被僵硬的衣領和繫得高高的領巾遮住。

領事經歷了一段辛苦傷神的日子。湯瑪斯生了病，肺部出血，身為父親的他從凡・德・凱林先生的來信中得知這個不幸的消息，就把生意交給行事謹慎的公司授權代表，走最短的路線趕往阿姆斯特丹。他從醫生口中得知兒子的病沒有立即的危險，但急需前往南方空氣好的地方療養，去法國南部。剛好湯瑪斯的公司老闆也計畫讓自己年輕的兒子去外地休養，於是等到湯瑪斯的身體好一點、能夠旅行了，他就讓這兩個年輕人結伴出發，前往法國西南部的波城。

領事才回到家，就遭受了一場重大打擊，一時撼動了他的家業根基：不來梅的那樁破產案使他一下子就損失了八萬馬克……怎麼回事呢？由於公司拿「威斯法爾兄弟」開出的支票去貼現，「威斯法爾兄弟」破產後，這些支票被止付，兌現的義務就又落到公司身上。公司並非沒有能力支付，而是立刻就展現了自己的償付能力，毫不猶豫，也毫不窘迫。但是這也阻止不了銀行、「朋友」和外國公司驟然對布登布洛克領事表現出冷淡、觀望和不信任的態度，這是當周轉資金大幅失血時一向會引發的反應。

他已經打起精神，評估了整個情勢，鎮靜下來，處理了該處理的事，昂首面對一切。可是，就在這場奮戰當中，就在那疊電報、信件和帳單當中，他還又碰上了這件事：古倫里希，班迪克斯・古倫里希，他女兒的丈夫，失去了償債能力，在一封語無倫次、不斷訴苦的長信裡請求他、乞求他、哀求他金援十萬到十二萬馬克！領事輕描淡寫地用三言兩語把這件事告訴了妻子，冷淡地寫了回信，沒有做出承諾，而請古倫里希先生和他信中提及的銀行家基瑟邁爾一起到前者家中協商，然後就啟程前往漢堡。

東妮在客廳裡迎接他。她喜歡在這間用棕色絲綢裝飾的客廳接待客人，因此今天接待父親也不例外。她深刻而鄭重地感受到當前事態的重大，雖然看不清事情的真相。她看起來健康、漂亮而嚴肅，穿著一件有蓬蓬袖的淺灰色衣裳，胸前和袖口都鑲著蕾絲花邊，裙子按照最新的流行款式有著弧度很大的裙撐，領口飾有小巧的鑽石扣。

「日安，爸爸，我總算又見到你了！媽媽好嗎？湯姆捎來了好消息嗎？把大衣脫掉，坐下來吧，親愛的爸爸……你要不要去梳洗一下？我讓僕人把樓上的客房替你準備好了，古倫里希也正在梳洗……」

「別叫他，孩子，我就在樓下這裡等他。妳知道，我是來和妳丈夫商量事情的……一件非常、非常要緊的事，我親愛的東妮。基瑟邁爾先生來了嗎？」

「來了，爸爸，他在起居室裡坐著看紀念冊……」

「艾芮卡呢？」

「在樓上，和婷卡在一起，在兒童房裡，她很好，正在替她的娃娃洗澡……當然不是放在水裡洗……那是個蠟製的娃娃……總之，她只是假裝在洗……」

「當然。」領事深深吸了一口氣，接著說：「親愛的孩子，關於……關於妳丈夫的處境，我想妳還不知情吧？」

他在圍著大桌子擺放的一張扶手椅上坐下，東妮則坐在他腳邊的一張矮凳上，那張矮凳的形狀是三個交疊在一起的絲綢椅墊。領事用右手的手指輕輕撫弄她頸上的鑽石。

「對，爸爸，」東妮回答；「我得向你承認我什麼都不知道。老天，我是個傻丫頭，你曉得的，我什麼都看不出來！最近，基瑟邁爾跟古倫里希交談的時候，我聽了一會兒……最後我覺得基瑟邁爾先生好像又只是在開玩笑……他說話總是那麼滑稽。有一、兩次我聽見了你的名字……」

「妳聽見了我的名字？談的是哪方面的事？」

「不知道，我完全不知道是哪方面的事，爸爸！從那天起古倫里希就悶悶不樂……簡直讓人受不了，我得說！一直到昨天……昨天他情緒溫和，問了十幾次我愛不愛他，問我會不會在你面前替他說好話，如果他有事求你的話……」

「喔……」

「是的，他告訴我，說他寫了信給你，說你會來……你來了真好！事情有點詭異……古倫里希把那張綠色牌桌準備好了。桌上擺了許多文件和鉛筆。待會兒你和他還有基瑟邁爾就會在那張桌子旁邊商量事情……」

「聽我說，我親愛的孩子，」領事一邊說，一邊用手撫摸她的頭髮，「現在我得要問妳一件事，一件很嚴肅的事！告訴我……妳是全心全意愛著妳丈夫吧？」

「當然囉，爸爸。」東妮說，擺出一副孩子氣的虛偽表情。從前當別人問她：妳再也不會去惹那個賣洋娃娃的老太太生氣了吧，東妮？她也會擺出這副表情。

領事沉默了一會兒，然後問她：「妳愛他的程度到了沒有他就活不下去，不管在任何情況下，是嗎？即使他的處境由於上帝的旨意而有了改變，如果他的經濟情況不再允許妳繼續擁有這一切？」他用手比劃了一下，指著那些家具和門簾、鏡臺上的鍍金座鐘、最後往下指著她的衣裳。

「當然囉，爸爸。」東妮用安撫的語氣又說了一次。每當別人嚴肅地對她說話，她幾乎總是用這種語氣回答。她的目光從父親臉上掠過，移向窗戶，窗外正無聲地下著濛濛細雨。她的眼睛裡充滿了孩童的那種眼神，當大人在朗讀童話故事時不識趣地夾雜了一番有關道德和責任的大道理，那表情中摻雜了尷尬和不耐煩、虔敬和厭倦。

領事默默打量了她一分鐘，若有所思地眨著眼睛。他對她的回答滿意嗎？他在家裡和途中已經仔細考慮過一切。

每個人都會理解，約翰．布登布洛克最初也最由衷的決定是竭盡所能避免付錢給女婿，不管金額是多少。可是當他回想起當初自己是多麼急切地（這還算是委婉的措辭）贊成這門婚事，回想起婚禮過後女兒向他道別時問他：「爸爸，你對我感到滿意嗎？」他就不得不對女兒感到內疚，令他心情沉重。於是他告訴自己，這件事必須完全按照女兒的意願來決定。他很清楚，她同意這門婚事並非出於愛情，但是他也考慮到，這四年的時間以及對婚姻生活的適應和小孩的出生有可能改變了許多事，乃至於東妮現在可能覺得自己和丈夫成為一體，基於基督教的精神和世間的禮俗都完全不會考慮離開丈夫。領事考慮過，在這種情況下，他就只好拿錢出來，不管要拿多少。雖然基督徒的責任和婦道都要求東妮無條件地跟隨丈夫，不論貧賤富貴；可是倘若她果真表示出這種決心，那麼他就覺得自己沒有理由讓她在並無過失的情況下失去從小就習慣享有的錦衣玉食和養尊處優，那麼他就覺得自己有責任去避免一場災難發生，必須不計一切代價去保住班迪克斯．古倫里希。簡而言之，他權衡之後的結果是希望把女兒和外孫女都接回娘家，而讓古倫里希先生自謀出路。但願上帝別讓事情走到這一步！無論如何，他在心中斟酌過那段法律條文：如果丈夫無力撫養妻小，便可以離婚。但是，他首先必須要探詢女兒的想法……

「我看得出來，」他說，一邊繼續溫柔地撫摸她的頭髮，「我親愛的孩子，我看得出來妳懷著善良的原則，這值得稱許。只是……我不認為妳把這件事當成事實來看待，而很不幸地，這件事必須被當成事實來看待。我不是問妳在這種情況或那種情況下**可能會**怎麼做，而是問妳現在，今天，立刻**要**怎麼做。我不知道妳對事情的情況了解多少或猜到了多少……所以很遺憾地我有義務告訴妳，妳的丈夫已經無力償還債務，他的生意維持不下去了……我想妳明白我的意思……」

「古倫里希破產了？」東妮小聲地問，她從矮凳上半站起來，急忙握住領事的手。

「是的，我的孩子，」他嚴肅地說。「妳沒有想到嗎？」

「我沒有特別想到什麼……」她結結巴巴地說。「所以說，基瑟邁爾不是在開玩笑？」她繼續說，側眼凝視著棕色的地毯。「**噢，天哪！**」她忽然喊出聲來，跌坐回矮凳上。直到此刻，她才明白了「破產」這個字眼所包含的一切，是她還是個幼小孩童時就模模糊糊感受到的可怕事件，「破產」……那是比死亡更恐怖的東西，那是混亂、崩潰、毀滅、名譽掃地、恥辱、絕望和悲慘，「他要破產了！」她又說了一次。這個攸關命運的字眼給了她重重一擊，擊垮了她，乃至於她根本沒想到求援，就連她父親可能提供的幫助也沒有想到。

他揚起眉毛，用那雙深深凹陷的小眼睛打量著她，眼神悲傷而疲倦，卻又流露出一股非比尋常的緊張。

「所以我剛才問妳，」他溫和地說，「我親愛的東妮，妳是否準備好要跟著妳丈夫，即使要過苦日子？」他隨即向自己承認，他本能地選用了「苦日子」這句重話來嚇唬她，於是又加了一句：「他可以再努力爬起來……」

「當然，爸爸。」東妮回答。但是這並沒有阻止她的眼淚奪眶而出。她用鑲著蕾絲邊的麻紗小手絹掩面啜泣，手絹上繡著她的姓名縮寫字母ＡＧ。她哭泣的樣子仍然跟小時候一模一樣：一點也不難為情，絲毫不忸怩作態。她哭泣時的上唇說不出地楚楚可憐。

她父親繼續審視著她。「孩子啊，妳是真心這樣想嗎？」他問。他就跟女兒一樣不知所措。

「我不是非這樣不可嗎……」她抽噎著。「我必須這樣……」

「當然不是！」他明快地說，但隨即又感到內疚，馬上改口說：「我未必會強迫妳這麼做，親愛的東妮。如果妳的情感並沒有把妳和妳丈夫緊緊相繫，始終不渝……」

她眼淚汪汪，眼神茫然地看著他。

「怎麼說，爸爸？」

領事扭動了一下身體，找到了一個解決辦法。

「好孩子，相信我，要讓妳承受由於妳丈夫的不幸、公司的解散和家庭的瓦解將立刻帶來的一切不便和難堪，我心裡非常難過……我想讓妳避開這第一波不愉快的事，暫時把妳和小艾芮卡接回娘家。我認為妳會感謝我這麼做……」

東妮沉默了一會兒，一邊擦乾了眼淚。她大費周章地朝她的手帕呵氣，再按在眼睛上，以免眼睛紅腫。然後她用堅決而平靜的語氣問道：「爸爸，這事要怪古倫里希嗎！他是由於輕率和不誠實才遭到不幸的嗎！」

「大有可能！」領事說。「意思是……不，孩子，我不知道。我剛才跟妳說過，我還要跟他和借錢給他的銀行家討論……」

東妮對這個回答似乎置若罔聞。她彎著腰坐在那三個絲綢軟墊交疊而成的矮凳上，把手肘撐在膝上，用手托著下巴，深深低著頭，帶著做夢的神情陷入深思，由下而上凝視著房間。

「啊，爸爸，」她小聲地說，嘴脣幾乎沒動，「要是當初……」

領事看不見她的臉孔，但是她臉上的表情就跟當年在特拉沃明德，在某幾個夏夜，她倚在她小房間的窗前時臉上的表情一樣。她把一條手臂擱在她父親的膝上，那隻手則無力地下垂，沒有任何支撐。就連這隻手都流露出無限溫柔而憂傷的沉醉，一種充滿回憶的甜蜜渴望，飄向遙遙的遠方。

「要是……」布登布洛克領事問。「我的孩子，當初要是怎麼樣？」

他打從心底願意承認，當初要是不結這門親事會比較好。但是東妮就只是嘆了口氣說：「唉，沒什麼！」

她似乎被自己的思緒牽引，在遙遙的遠方流連，幾乎忘了「破產」這件事。領事看出他必須主動把他原本只想附和的那番話說出口。

「我認為我猜到妳的想法了，親愛的東妮，」他說，「而我也一樣，我毫不猶豫地向妳承認，此刻我對四年前我認為明智而有益的那一步感到後悔……由衷感到後悔。我認為我在上帝面前沒有過錯。我認為我善盡了自己的義務，盡力替妳找到一個門當戶對的歸宿。但是上天卻另有安排……妳不要以為我當年是輕率而未經考慮地賭上了妳的幸福！古倫里希和我建立起關係的時候備有最好的推薦信，他是牧師的兒子，信奉基督教而且通曉人情世故……後來我也去打聽過他的生意情況，而我所聽到的都對他十分有利。我調查過他的經濟情況……這一切都很可疑，還有待澄清。但是，妳並不怪我吧……」

「不會的，爸爸！你怎麼會這麼說！來，你別把這件事放在心上，可憐的爸爸……你的臉色好蒼白，要我上樓去拿些胃藥下來嗎？」她用手臂摟住父親的脖子，親吻了他的臉頰。

「謝謝妳，」他說，「嗯，嗯……不用了，謝謝。沒錯，最近這段日子很傷神。有什麼辦法呢？我遇到了很多麻煩。這是上帝給我的考驗。但即便如此，我對妳也不能完全不感到內疚，我的孩子。現在一切都取決於我已經問過妳的那個問題，而妳還沒有充分地回答。坦白對我說吧，東妮，在婚後這些年裡妳是否學會了去愛妳的丈夫？」

東妮又哭了起來，用拿著麻紗手絹的雙手摀住了眼睛，抽抽噎噎地說：「唉，你在問些什麼，爸爸！我從來沒愛過他……我一直很討厭他，難道你不知道嗎？」

很難說清楚約翰．布登布洛克此刻臉上的表情。他的眼神震驚而悲傷，然而他又抿緊了嘴脣，使得嘴角和臉頰起了皺紋，這是他在談成一樁對自己有利的交易時習慣露出的表情。他輕輕地說：「四年了……」

東妮的眼淚頓時乾了。她手裡拿著淚溼的手帕，在矮墊上坐直了，生氣地說：「四年了……哼！在這四年裡他也不過就是偶爾在晚上坐在我旁邊看看報紙……」

「上帝賜給了你們一個孩子……」領事感慨地說。

「是的，爸爸。而且我很愛艾芮卡，雖然古倫里希老是說我不喜歡小孩。我跟你說，我絕對不想和她分開……至於古倫里希——不！我不愛他！現在他還又破產了！啊，爸爸，如果你要帶我和艾芮卡回家……我很樂意！現在你知道了！」

領事又抿緊了嘴脣，他非常滿意。無論如何，最重要的一點還得提一下，但是以東妮表現出的堅決來看，談這件事並沒有太大的風險。

「儘管如此，」他說，「我的孩子，妳似乎完全忘了還有可能得到幫助……而且是從我這裡。父親我已經向妳坦承，在妳面前我未必能感到自己全無過錯，倘若……嗯，倘若妳希望……指望……父親出面，那麼我就會阻止這次破產，就會盡可能替他償還債務，讓他的生意能維持下去……」

他緊張地打量著她，而她的表情令他感到滿意。那是失望的表情。

「究竟牽涉到多少錢呢？」她問。

「這不是重點，我的孩子。牽涉到一筆很大、很大的數字！」布登布洛克領事重重地點了幾下頭，彷彿一想到這筆金額，這個沉重的念頭就壓得他緩緩搖晃。「同時，」他繼續說，「我也不能向妳隱瞞，撇開這件事不談，公司還遭受了別的損失，付出這樣一筆錢將會使公司元氣大傷，很難……很難再恢復。我這樣說絕對不是為了……」

他沒有把話說完。東妮跳了起來，甚至後退了幾步，手裡一直還拿著那條淚溼的蕾絲手絹。她喊道：「好了！夠了！絕不！」

她的模樣幾乎像個英雄。「公司」這個字眼發揮了效果。比起她對古倫里希先生的厭惡，這個字眼很可能起了更關鍵的作用。

「不要這樣做，爸爸！」她非常激動地繼續說。「難道你也想破產嗎？夠了！絕對不行！」

就在這一刻，通往走廊的門遲疑地打開了，古倫里希先生走了進來。

約翰·布登布洛克站起來，那個動作表達出：事情解決了。

第八章

古倫里希先生的臉上有著紅斑，但是他的打扮一絲不苟。他穿著質地結實、打了褶的黑外套，豆綠色長褲，那裝束就跟當年他頭幾次去曼恩路大宅拜訪時相似。他姿態頹喪地停下腳步，目光盯著地面，用柔和無力的聲音說：「岳父……」

領事冷冷地欠了欠身，用力伸手整理了一下領巾。

「謝謝您跑這一趟。」古倫里希先生接著說。

「這是我的義務，我的朋友，」領事回答：「只不過，在這件事情上，恐怕這將是我唯一能做的事。」

他的女婿倉皇地看了他一眼，姿勢更加頹喪了。

「我聽說，」領事接著說，「你的銀行家，基瑟邁爾先生，在等我們……你決定要在哪裡進行商議？我聽候吩咐……」

「麻煩您跟我來。」古倫里希先生喃喃地說。

布登布洛克領事親吻了女兒的額頭，說道：「安東妮，上樓去妳孩子身邊！」

接著他就和古倫里希先生一起穿過餐廳，走進起居室。古倫里希先生一會兒走在他前面，一會兒走在他後面，替他掀開門簾。

基瑟邁爾先生站在窗前，當他轉過身來，他頭上黑白夾雜的柔軟細髮一下子豎了起來，然後又輕輕垂下。

「這位是銀行家基瑟邁爾，這位是大批發商布登布洛克領事，我的岳父……」古倫里希先生嚴肅而謙遜地說。領事面無表情。基瑟邁爾先生彎下腰，雙臂下垂，把下排那兩顆犬齒擱在上脣上，說道：「任憑吩咐，領事先生！榮幸之至！」

「基瑟邁爾，讓您久等了，請原諒。」古倫里希先生說。他對這兩位客人都非常客氣。

「我們就談正事吧？」領事說，一邊用搜尋的目光東張西望。男主人趕緊回答：「有請兩位先生……」

當他們朝吸菸室走去，基瑟邁爾先生快活地說：「領事先生，旅途還愉快嗎？啊哈，下雨？是啊，這不是個好季節，而是個骯髒、醜陋的季節！假如是落一點霜，下一點雪……可是沒有！下雨！泥濘！討厭極了……」

真是個怪人，領事心想。

那個小房間的壁紙是深色的花卉圖案，房間中央擺著一張相當大的方桌，鋪著綠色桌布。外面的雨勢愈來愈大。天色很暗，古倫里希先生隨即點燃了桌上銀製燭臺上的三支蠟燭。綠色桌布上擺著蓋有公司章的淡藍色商業書信以及幾份殘舊的文件，有幾處撕破了，上有日期和簽名。另外還有一本厚厚的總帳簿和一組金屬墨水瓶與吸墨細沙瓶，旁邊擺滿了削尖的鵝毛筆和鉛筆。

古倫里希先生用靜默得體而拘謹的表情與動作招呼客人，宛如在一場葬禮上向賓客致意。

「岳父大人，請您坐這張扶手椅，」他柔聲說道。「基瑟邁爾先生，您坐這邊好嗎？」

大家終於各就各位。銀行家坐在男主人對面，領事則坐在桌子橫側的扶手椅上，椅背緊貼著通往走廊的門。

基瑟邁爾先生彎下腰，耷拉著下脣，從背心上糾纏在一起的細繩中解開一副夾鼻眼鏡，皺起鼻子，張開嘴巴，把眼鏡夾在鼻子上。接著他搔了搔剪短的頰鬚，製造出一陣令人煩躁的聲響，把一雙手撐在膝上，對著那些文件點點頭，愉快地簡短說道：「啊哈！整筆爛帳都在這兒了！」

「現在請允許我更仔細地了解一下情況。」領事說著就伸手去拿總帳簿。然而，古倫里希先生忽然伸出雙手遮住了桌面，那雙長長的手布滿了隆起的青筋，明顯在顫抖。他用激動的聲音喊道：「稍等一下！岳父，請再稍等一下！噢，請讓我先說明一下……是的，您將會了解事情的情況，什麼都逃不過您的眼睛……但是請相信我。您將會了解這是一個不幸之人的處境，而不是一個犯錯之人的處境！岳父，請把我看成一個堅持不懈對抗命運、但卻被命運擊倒的人！請您顧念這一點……」

「我再看看，我的朋友，我會再看看！」領事說，顯然不太耐煩。於是古倫里希先生抽回了雙手，聽天由命了。

漫長而可怕的幾分鐘在沉默中流逝。三位男士坐在搖曳的燭光裡，被四面深色的牆面包圍，彼此靠得很近。除了領事翻閱文件的沙沙聲，聽不見其他動靜。除此之外，就只有屋外淅淅瀝瀝的雨聲。

基瑟邁爾先生把兩隻拇指塞進背心的袖孔，用其餘的手指在肩膀上彈鋼琴，神情說不出地快活，看看這一位，再看看那一位。古倫里希先生坐在那裡，沒有靠著椅背，雙手擱在桌上，陰鬱地凝視著前方，不時焦慮地側眼瞄他岳父一眼。領事翻閱著總帳簿，用指甲從那一列列數字底下劃過，比對著數據，用鉛筆在紙上寫下難以辨識的小符號。他緊張的臉孔流露出他對於自己「正在了解」的情況感到驚恐。最後他把左手擱在古倫里希先生的手臂上，震驚地說：「你這個可憐的人！」

「岳父……」古倫里希先生喊了一聲。兩顆大大的淚珠從這個不幸之人的臉上滑落，滑進他金黃色的頰鬚。基瑟邁爾先生興味盎然地注視著這兩顆淚珠的流向，甚至稍微站了起來，俯身向前，張大了嘴巴，凝視著他對面那張臉。布登布洛克領事被深深震動了。他自己遭遇過的那樁不幸使他心軟，他感覺到自己被憐憫之心打動，但是他隨即控制住自己的情感。

「這怎麼可能！」領事說，一邊絕望地搖頭，「才這麼幾年的時間！」

「容易得很！」基瑟邁爾先生樂呵呵地回答。「四年就足以讓人一敗塗地！只要想一想，不來梅的威斯法爾兄弟在不久之前都還活蹦亂跳的……」

領事眨著眼睛看著他，其實對他視而不見、聽而不聞。他一點也沒有洩漏出他正在苦苦思索的真實想法……為什麼？他滿腹狐疑卻又百思不解地自問，為什麼這一切偏偏發生在現在？班迪克斯．古倫里希早在兩、三年前就可能陷入目前的處境了，這一點一眼就能看得出來。但是他卻源源不絕地得到貸款，他從銀行取得了資金，一再得到像市議員波克和高斯提克領事這些殷實的家族替他的事業背書，他開出的匯票就像現金一樣流通。為什麼偏偏是現在，現在，現在——而「約翰．布登布洛克公司」的老闆很清楚這個「現在」指的是什麼——這種全面的崩潰，這樣不約而同地完全撤回所有的信賴，沆瀣一氣地對班迪克斯．古倫里希發動攻擊，不顧任何情面，甚至連一點禮貌都不顧了？領事並沒有那麼天真，他當然知道自從古倫里希跟他女兒訂婚之後，他自家公司的聲望想必也對他的女婿有所助益。但是，難道他女婿的信用完完全全、眾所周知地就只取決於老丈人的信用嗎？難道古倫里希自己什麼都不是嗎？那麼，領事對他做過的打聽、查核過的帳冊又是怎麼回事呢？不管那是怎麼回事，領事的決心比之前更加堅定，決定在這件事情上連一根手指頭都不動。那些人打錯算盤了！看來，班迪克斯．古倫里希很懂得讓別人以為他和約翰．布登布洛克會有難同當？這個令人震驚的普遍誤解必須一勞永逸地加以預防！也該讓這位基瑟邁爾感到驚訝！這個小丑還有良知嗎？一眼就能看出，此人是多麼無恥地全然指望約翰・布登布洛克不會對他女婿見死不救，因此一再貸款給早已破產的古倫里希，同時卻要求他支付愈來愈坑人的高利……

「不管怎樣，」他冷淡地說。「我們談正事吧。如果要我以商人的身分發表意見，那麼我不得不遺憾地說，陷入這個處境的當事人固然不幸，但是他自己也有很大的過失。」

「岳父……」古倫里希先生結結巴巴地說。

「這個稱呼聽在我耳中**很不舒服！**」領事很快地說，語氣嚴厲。「先生，」他暫時轉身面向那位銀行家，繼續說，「您對古倫里希先生追討的欠款是六萬馬克……」

「加上尚未支付的利息以及計入本金的利息，一共是六萬八千七百五十五馬克又十五先令。」基瑟邁爾先生輕鬆愜意地回答。

「了解……而您無論如何都不願意再延長您的耐心？」

基瑟邁爾先生就只是大笑起來。他張大了嘴巴笑著，笑得上氣不接下氣，不帶一絲嘲諷，甚至很和善，他看著領事的臉，彷彿想邀請他一起笑。

約翰・布登布洛克深陷的小眼睛變得黯淡，眼睛周圍忽然紅了一圈，一直延伸到顴骨上。他這樣問只是出於形式，而且他心知肚明，就算這一個債權人展延期限，對於事態的改變也微乎其微。可是此人拒絕他的方式令他感到極度難堪和憤怒。他伸手一推，把擺在他面前的東西推得遠遠的，把鉛筆猛地扔在桌上，說：「那麼我就宣布，我不想再以任何方式跟這件事有所牽扯了。」

「啊哈！」基瑟邁爾先生喊道，一雙手在半空中搖擺，「這句話說得漂亮，說得有尊嚴。領事先生要乾脆地解決這件事！不必長時間談判！乾淨俐落！」

約翰・布登布洛克看都不看他一眼。

「我幫不了你，我的朋友，」他冷靜地對古倫里希先生說。「事情走到這一步，只能順其自然了。我不認為我能夠阻止得了。你要鎮靜，向上帝尋求安慰和力量。我認為這場商談到此結束。」

出乎意料地，基瑟邁爾先生的臉上露出了嚴肅的表情，看起來很奇怪，但他隨即向古倫里希先生鼓勵地點點頭。後者一動也不動地坐著，只在桌上用力擰著他長長的雙手，使得手指輕輕作響。

「岳父……領事先生……」他用顫抖的聲音說，「您不會……您不會想讓我破產、讓我悲慘的！請聽我說！虧損的金額一共是十二萬馬克……您能夠救我的！您是個富有的人！您要怎麼看待這筆錢都可以……當作是最後一筆補償金，當作是您女兒將來會繼承的遺產，當作是一筆有息借款……我會努力工作……您知道我很機靈，腦筋動得快……」

「我已經說出我的決定了。」領事說。

「請容許我說句話，您**幫不了**嗎？」基瑟邁爾先生問，皺起鼻子，透過夾鼻眼鏡看著他。「如果我能請領事先生考慮一下，現在正是個大好的機會，來證明『約翰．布登布洛克公司』的實力……」

「先生，我公司的聲譽最好是讓我自己來操心。我沒有必要為了證明自己的支付能力而把錢扔進水溝裡……」

「哪會，哪會！啊哈，『扔進水溝裡』這個說法真有趣！可是難道領事先生不覺得，您女婿的破產也會連帶使您的境況受到……嗯……錯誤和扭曲的看待嗎？」

「我只能再次勸您把我在商界的聲譽留給我自己來操心，」領事說。

古倫里希先生不知所措地看著銀行家的臉，又說起話來：「岳父……我求求您，考慮一下您現在做的事！難道我們談的就只是我一個人嗎？噢，我……我自己毀了也就罷了！可是您的女兒，我的妻子，我深愛的妻子，我那樣熱烈追求才娶到的妻子……還有我們的小孩，我們倆的無辜孩子……她們也要受苦！不，岳父，這我受不了！我會自殺！是的，我會親手自我了結……相信我！到時候但願上天會認為您沒有任何罪過！」

約翰・布登布洛克靠坐在扶手椅上，臉色蒼白，心潮起伏。這是他第二次被此人澎湃的情感震動，這看起來的確是真情流露，一如當年，當他把女兒從特拉沃明德寫來的信告訴古倫里希先生，此人也做出了同樣可怕的恫嚇，揚言要自殺。而他這一代人對於人類情感的崇拜敬畏又一次使他全身戰慄，這份崇敬和他冷靜務實的生意頭腦始終格格不入。然而，這股震動只持續了一秒鐘。十二萬馬克……他在心裡反覆念誦，然後平靜而堅定地說：「安東妮是我的女兒。我會知道該如何避免讓她無辜受累。」

「您這話是什麼意思？」古倫里希先生說，他逐漸呆住了……

「你會知道的，」領事回答。「現在我沒有別的話要說了。」說完他就站起來，用力讓椅腳落在地板上，轉身朝門走去。

古倫里希先生沉默無語，僵硬地坐著，六神無主，他的嘴巴往兩側抽搐，可是一句話也說不出來。在領事做出這個毅然決然的動作之後，基瑟邁爾先生的高昂興致又回來了。是的，他的高昂興致占了上風，超越了一切尺度，變得肆無忌憚！夾鼻眼鏡從兩眼之間高高皺起的鼻子上滑落，小小的嘴巴笑得差點要裂開，兩顆發黃的犬齒孤伶伶地從嘴裡露出來。一雙紅紅的小手在半空中揮舞，頭頂的細髮在飄動，一張臉由於高興過度而扭曲歪斜，朱紅色的臉上有剪短的白色頰鬚。

「啊哈！」他大喊，喊得嗓音都變尖了，「我覺得這太……太有趣了！可是，要把這麼可愛、這麼逗趣的一個女婿扔進溝裡，布登布洛克領事，您應該再考慮一下！這麼的機靈、腦筋動得這麼快，這種人在上帝創造的這個廣大可愛的人世間不會再有第二個了！啊哈！早在四年前，當刀子已經抵住咱們的喉嚨……當繩索已經套上咱們的脖子……咱們忽然把跟布登布洛克小姐訂婚的消息在證券交易所散播出去，在訂婚尚未真正舉行之前……真叫人佩服啊！不，是佩服之至！」

「基瑟邁爾！」古倫里希先生尖叫了一聲，一雙手抽搐地揮動，彷彿在驅趕鬼魂。然後他跑到房間一角，在一張椅子上坐下，把臉埋在手中，深深彎著腰，連頰鬚的末端都垂到大腿上了。有幾次他甚至縮起了膝蓋。

「咱們是怎麼辦到的？」基瑟邁爾先生繼續說。「咱們是怎麼開始把那個小姑娘連同那八萬馬克騙到手的？喔！這是可以安排的！哪怕只有一丁點的機靈和足智多謀就能安排妥當！把漂亮的帳冊攤在成為救星的岳父大人面前，人見人愛、乾乾淨淨的帳冊，帳面上的情況好得無以復加。只可惜跟殘酷的現實不太相符，因為，在殘酷的現實中，四分之三的嫁妝已經要拿去抵債了！」

領事站在門邊，臉色死白，一手握著門把。一陣恐懼順著他的背脊往下竄。在這個燭光搖曳的小房間裡，難道和他同處一室的就只有一個騙子和一隻惡毒得瘋狂的猴子？

「先生，我鄙視您說的話，」他說，語氣並沒有十足的把握。「尤其是這番話也牽涉到我，使我更加鄙視您這番瘋狂的誹謗。我並沒有輕率地把我女兒推入不幸。我向可靠的消息來源去打聽過我女婿的情況。其餘的事就是上帝的旨意了！」

他轉過身，打開了房門，不想再聽下去。可是基瑟邁爾先生在他身後喊道：「啊哈！打聽過？向誰打聽過？波克嗎？高斯提克嗎？彼得森嗎？『馬斯曼&提姆』嗎？他們全都參了一腳！全都大大地參了一腳！他們都高興得很，慶幸這樁婚事使他們的債權得到了保障……」

領事把門「砰」地一聲在身後關上。

第九章

朵拉在餐廳裡忙碌，她是那個不太老實的廚娘。

「去請古倫里希夫人下樓。」領事吩咐。

東妮一下來，他就說：「孩子啊，趕快準備好。」他和她一起走進客廳。「趕緊準備好，也要打點好，讓艾芮卡馬上就能出發。我們要搭車進城，在旅館過夜，然後明天搭車回家。」

「好的，爸爸。」東妮說。她的臉紅紅的，神色倉皇，不知所措。她的手在腰間無用而倉促地擺動，不知道該從哪裡準備起，也還不太能夠相信這些事件的真實性。

「爸爸，我該帶些什麼呢？」她焦慮而激動地問，「所有的東西嗎？全部的衣服？帶一個箱子還是兩個？古倫里希真的要破產了嗎？噢，老天……那我可以帶走我的首飾嗎？爸爸，家裡的女僕也得打發走……我沒辦法再付工錢給她們……古倫里希本來應該在今天或明天把家用的錢給我……」

「別管了，孩子，這些事會有人處理的。只帶最必要的東西就好……一個箱子，一個小箱子。屬於妳的東西將來會再送過來。動作快一點，妳聽見了嗎？我們……」

就在此刻，有人掀開了門簾，古倫里希先生走進客廳。他腳步急促，張開了雙臂，把頭歪向一邊，這個姿勢彷彿在說：我來了！你要是忍心，就殺了我吧！他急忙走向他妻子，雙膝落地跪在她面前。他的模樣令人心生憐憫。金黃色的頰鬚凌亂不堪，外套皺巴巴的，領巾歪到一邊，領口敞開了，額頭上冒出小小的汗珠。

「安東妮……」他說。「看著我……妳忍心嗎？妳有感情嗎？聽我說，妳眼前這個男人就要被毀掉，被搞垮，就要憂傷而死，如果妳鄙棄他的愛！我匍匐在這裡，妳忍心對我說：我厭惡你？我要離開你？」

東妮哭了。這一幕就跟當年在風景廳裡一模一樣。她又看見了這張因恐懼而扭曲的臉，看見這雙哀求的眼睛在盯著她，她又一次驚訝而感動地看出這份恐懼和這番哀求乃是發自真心，並非虛假。

「起來，古倫里希，」她抽噎著說。「拜託你站起來吧！」她試圖去拉他的肩膀，想拉他起來。「我不厭惡你！你怎麼能說這種話！」她不知道自己還應該說些什麼，於是完全不知所措地轉身面向她父親。領事抓起她的手，向他女婿欠了欠身，然後就牽著她走向通往走廊的門。

「妳要走？」古倫里希先生喊道，跳了起來。

「我已經告訴過你，」領事說，「我不能讓我的孩子在沒有過錯的情況下遭受不幸，現在我要再補充一句，就是你也不能。不，先生，你已經把我女兒的財產揮霍殆盡。而你要感謝造物主，感謝祂讓這個孩子保持著純潔而毫不猜疑的心，讓她離開你時並無厭惡之情！你保重吧。」

這時古倫里希先生卻失去了理智。他本來可以說這次分離是暫時的，說他希望她會再回來，重新展開新生活，這樣他或許還能保住將來可分得的遺產。可是他的思考力、他的機靈和足智多謀都已用盡。他本來可以拿起玻璃層架上那個打不破的大銅盤，可是他卻拿起銅盤旁邊那個繪有花卉圖案的單薄花瓶，扔在地上，摔成了無數的碎片。

「哈！好！很好！」他大喊。「妳儘管走吧！妳這個蠢女人，妳以為我會追著妳哭嗎？噢，不，親愛的，妳弄錯了！我跟妳結婚就只是為了妳的錢，可是妳的錢還遠遠不夠，所以妳就回家去吧！我受夠妳了……受夠了……受夠了……」

約翰・布登布洛克默默地帶著他女兒走出去。但他自己又走回來，走向古倫里希先生。古倫里希先生這時背著手站在窗前，凝視著窗外的雨。領事輕輕拍拍他的肩膀，輕聲告誡：「鎮靜下來。祈禱吧。」

第十章

自從古倫里希夫人帶著她幼小的女兒搬回來住，曼恩路那棟大宅有很長一段時間都氣氛低迷。大家都小心翼翼，不樂意提起「那件事」。只有這整件事的主角本人除外，她反倒是很愛提起這件事，而且說得津津有味。

東妮帶著艾芮卡住進了位在三樓的房間，布登布洛克老夫婦還在世時，這幾個房間住著東妮的父母。當父親全然無意替她雇用一個專供她差遣的女僕，她有一點失望，而父親的一番話讓她深思了半小時，當他委婉地向她說明，說她暫時只適合過隱居的生活，要她放棄城裡的社交活動，因為從世俗的情理來說，上帝為了試煉她而讓她遭受的這個命運固然錯不在她，但是身為離婚的婦人，這個身分要求她暫時得要極度克制。然而，東妮具有一種美妙的天賦，能夠以天分、圓滑和對新事物的熱烈期待來適應人生的各種處境。她很快就喜歡上自己所扮演的這個角色，身為無辜受累的妻子，她穿著深色衣服，像少女時期一樣把漂亮的灰金色頭髮梳直中分，並且一本正經而且無盡欣喜地感受到自身處境的嚴肅和重大，在家裡針對她的婚姻、古倫里希先生以及人生和命運侃侃而談，藉以彌補她不能參加社交活動的損失。

並非每個人都給了她侃侃而談的機會。領事夫人雖然深信自己的丈夫盡了身為父親的職責而做了正確之舉，但是每當東妮提起這件事，她就會微微舉起她美麗白皙的手，說：「夠了，孩子，我不太想聽這件事。」

克拉拉才十二歲，還不理解這件事，堂姊克婁蒂妲又太魯鈍，就只會拖長了聲調驚訝地吐出一句：「噢，東妮，真令人難過！」另一方面，這位少婦則在雍曼小姐身上找到了一位忠實聽眾，雍曼小姐如今已經三十五歲了，可以誇耀自己是在上等階層人家裡服務到了白頭。「不必害怕，小東妮，我的小乖，」她說，「妳還年輕，妳會再婚的。」此外，她懷著愛心和忠誠來教育小艾芮卡，講故事和自己的回憶給她聽，就是領事的子女在十五年前聽過的那些故事和回憶。她尤其喜歡說起一位在馬林韋德因打嗝而死去的叔叔，因為他「把自己的心臟給碰壞了」。

不過，東妮最喜歡的談話對象是她父親，和他聊天的時間也最長，在午餐過後或是早晨吃第一頓早餐時。她和父親的關係一下子變得比以前親密許多。在這之前，由於他在城裡有權有勢，由於他勤勞能幹、腳踏實地、嚴格而虔誠，她對父親的感覺是敬畏多於溫情。可是在她漢堡家中客廳裡的那次討論中，他卻向她展露出人性的一面，而且願意推心置腹地和她針對那件事進行一番嚴肅的談話，願意把決定權交在她手中。像她父親這樣無可指摘的人還幾近謙卑地向她承認自己對她不無內疚，凡此種種都令她自豪和感動。東妮自己肯定絕對不會想到父親需要對她感到內疚，可是由於他自己這麼說，她就相信了，而她對父親的感情因此變得更加溫柔體貼。至於領事本人，他並沒有改變他的看法，而認為他必須用加倍的愛來補償女兒所遭遇的不幸。

約翰．布登布洛克個人並沒有採取任何行動來對付這個騙子女婿。雖然東妮和她母親從幾番對話中得知，古倫里希先生為了騙取那八萬馬克的嫁妝而用了哪些不誠實的手段，但是領事小心避免將此事公諸於世，更沒有想到要交由法庭處理。身為商人，他覺得自尊心嚴重受損，默默承受著受騙上當的這份屈辱。

無論如何，班迪克斯．古倫里希的公司一宣布破產（順帶一提，這在漢堡給好幾家公司造成了不小的損失），領事就堅決地提起了離婚訴訟，而正是這樁訴訟讓東妮充滿了難以形容的尊嚴，想到她本身乃是一樁真實訴訟案的中心人物。

「父親，」她說。因為在這種對話中她從來不喊領事「爸爸」。「父親，我們這件事進行得如何了？你認為一切都會順利嗎？法律條文寫得很清楚，我仔細研讀過了！『倘若丈夫沒有扶養家庭的能力……』法院的諸位先生想必能看清這一點。假如我們有兒子的話，兒子就會歸古倫里希撫養……」

另一次她說：「父親，關於我們那幾年的婚姻我又想了很多。哼！這就是為什麼那個人一點也不希望我們住在城裡，雖然我很想住在城裡。這就是為什麼他從來都不喜歡看見我進城參加社交活動！比起在艾姆斯比特爾，他擔心我在城裡更可能以某種方式得知他的真實情況！真是個大騙子！」

「孩子啊，我們不該論斷別人。」領事答道。

或是，當離婚被判定之後，她一本正經地開口問道：「父親，你已經把這件事記在家族紀事簿裡了嗎？還沒有嗎？噢，那應該可以讓我來吧……請把寫字檯抽屜的鑰匙給我。」

於是她用心而自豪地在她四年前寫在自己名字後面的那幾行字底下添上：「這段婚姻已於一八五〇年二月合法解除。」

然後她擱下筆，思索了片刻。

「父親，」她說，「我很清楚這件事在我們的家族史上構成了一個汙點。是的，這件事我想了很久。這就好比在這本簿子上有了一塊墨漬一樣。可是放心吧，我會再把這個汙點抹掉的！我還年輕……你不覺得我還是很漂亮嗎？雖然施篤特太太再次見到我的時候對我說：『噢，天哪，古倫里希夫人，您真變老了！』嗯，我總不可能一輩子都還是四年前那個傻丫頭呀……歲月當然會催人老……總之，不，我還會再婚的！你看著吧，一門好親事將會彌補這一切！你不這麼認為嗎？」

「孩子啊，這要由上帝來決定。但是現在完全不適合談這件事。」

此外，從這時候起，東妮就開始經常把「人生就是這樣」這句話掛在嘴邊，而在說到「人生」這個字眼時嚴肅地睜大她漂亮的眼睛，讓人明白她把人生和命運看得多麼透徹。

當湯瑪斯在這年八月從波城返回家中，在餐廳裡同桌吃飯的人又添了一位，而東妮也多了一個暢所欲言的對象。她全心全意地愛著這個哥哥，也尊敬他，當年在離開特拉沃明德回家的路上，他曾看出她的傷心並且加以尊重，而她也在他身上看見了未來的公司老闆和一家之主。

「是啊，是啊，」他說，「我們兄妹倆都經歷過許多事了，東妮……」說著他就揚起一邊的眉毛，把嘴裡叼著的俄國香菸從一個嘴角移到另一個嘴角，心裡也許想著花店那位有著馬來人臉型的小姑娘，她在不久前嫁給了她老闆娘的兒子，如今接手經營費雪古魯伯街上的那間花店。

湯瑪斯．布登布洛克的臉色還有點蒼白，但是儀表出眾。看來，他的教育在過去這幾年已徹底完成。他的頭髮在兩耳上方梳攏成有如小丘一般，小鬍子按照法國時尚用火鉗往橫向拉長，捻得很尖，身材壯實，肩膀很寬，使他幾乎像個軍人。但是他太陽穴上的青色血管清晰可見，頭髮從那裡向後退，露出兩處凹陷，而且他也容易感染風寒，葛拉波夫醫生雖然努力也沒能根治，這些都顯示出他的體質不是特別強壯。至於他身體的個別特徵，諸如下巴和鼻子，都和他祖父愈來愈像，尤其是布登布洛克家族特有的那雙手，實在相似得奇妙！

他說著一口帶著西班牙口音的法語，喜愛某些文筆帶有諷刺和論戰性質的當代作家，令每個人都感到驚訝。對於他的這種愛好，整座城市裡只有那位陰鬱的房地仲介商葛許能夠理解，他父親則極其嚴厲地加以譴責。

但是這並不妨礙領事眼中流露出這個長子令他感受到的自豪和幸福。在湯瑪斯回來之後不久，領事就懷著激動和喜悅，歡迎他重新成為公司辦公室裡的同事。而領事自己也更加心滿意足地重新開始工作，而且是在克羅格老夫人於這年年底去世之後。

大家冷靜地接受了老夫人的離世。她已經垂垂老矣，晚年過著十分寂寞的生活。她回到上帝的懷抱，而布登布洛克家族得到了一大筆錢，足足有十萬塔勒，使得公司的營運資金如其所願地大幅增加。

這位老夫人去世所帶來的另一個結果是：領事的大舅子尤思圖斯一拿到自己那份遺產，就把公司解散然後退休了，他已經厭倦了做生意老是失敗。尤思圖斯．克羅格這個紈綺子弟，那位「時髦紳士」喜歡享受人生的兒子，並不是個很幸福的人。他生性大方而又放蕩不羈，從來無法在商界建立起穩固可靠而且毫無爭議的地位，父母留下的遺產在沒有到手之前就已經損失了一大部分，而最近他的長子雅克伯又給他帶來很大的煩惱。

這個年輕人在漢堡似乎選擇和一群傷風敗俗之人為伍，這些年來花掉了他父親大筆金錢，當克羅格領事拒絕再提供兒子金援，他溫柔軟弱的妻子卻繼續偷偷寄錢給這個浪蕩子，於是夫妻之間起了齟齬。更有甚者，幾乎就在班迪克斯．古倫里希無力償債的同一時間，在漢堡，在雅克伯．克羅格任職的「達貝克&康普」公司，還發生了另一件不光彩的事，一次瀆職，一樁詐欺……大家對這件事閉口不談，也沒有向雅克伯．克羅格提出任何問題。但據說雅克伯在紐約找到了一份旅行推銷員的工作，即將上船遠渡重洋。有一次，在他啟程之前，有人在城裡看見他，他這次回來很可能是為了在父親寄給他的旅費之外再從母親那兒多弄點錢。他是個裝扮浮華的小伙子，模樣很不健康。

長話短說，事情最後弄到尤思圖斯．克羅格領事提起他兒子時都只用單數，彷彿他就只有一個子嗣，而他指的是次子約爾根。這個兒子雖然從來沒犯過什麼過錯，但是頭腦似乎很遲鈍。他吃力地完成了文理中學的學業，這段時間以來在耶拿攻讀法律，看來讀得既沒有樂趣也沒有成就。

約翰·布登布洛克對妻子娘家不甚光彩的發展感到極為痛心，因此更加焦慮地對自己的子女懷有期望。他大有理由對長子的能幹和認真充滿信心，可是說到克里斯提昂，理察森先生在來信中寫道，這個年輕人雖然極有天賦地學會了英語，但是對於生意沒有展現出足夠的興趣，而且太過耽溺於大都會的娛樂活動，像是戲劇表演。克里斯提昂自己則在來信中強烈表達出旅行的願望，懇請父親允許他接受在「那邊」的一個職位，他指的是南美洲，也許是智利。但領事說：「這只是想要冒險罷了。」命令他先在理察森先生那裡完成第四年的商業知識學習。在那之後，針對他的計畫又有幾封書信往返，然後在一八五一年夏天，克里斯提昂·布登布洛克果真搭船前往瓦爾帕萊索[1]，他自己在那裡找到了一份工作。他從英國直接搭船前往，並沒有先回家鄉一趟。

不過，除了這兩個兒子之外，領事也心滿意足地注意到東妮堅決而自信地捍衛著她身為布登布洛克家族成員在城裡的地位，雖然可以預見身為離婚婦人的她必須要克服其他家族的幸災樂禍和成見。

「哼！」她散步回來，一張臉紅通通的，把帽子扔在風景廳的沙發上，「這個莫倫朵普太太，這個出嫁前的哈根史托姆小姐，這個媽媽姓塞姆林格的丫頭，這個茱爾欣，這個傢伙……媽媽，妳猜怎麼了！她沒跟我打招呼……不，她沒跟我打招呼！她等著我先跟她打招呼！妳怎麼看這件事！我在布萊特大街上抬頭挺胸地從她旁邊走過去，直視著她的臉……」

「妳做得太過火了，東妮。凡事都該有個分寸。為什麼妳不能先跟莫倫朵普夫人打招呼呢？妳們的年紀一樣大，而她是個已婚婦女，就跟妳之前一樣……」

---

1 瓦爾帕萊索（Valparaiso）是智利最大的海港，濱臨太平洋，在十九世紀吸引了大批來自歐洲的移民。

「絕不，媽媽！噢，老天，那個爛人！」

「夠了，孩子！別說這麼難聽的話……」

「噢，我就是忍不住！」

單是想到哈根史托姆家族如今也許自覺有資格瞧不起她，就滋長了她對這個「外來家族」的憎恨，另外也因為這個家族很走運地興旺起來，年老的亨利希．哈根史托姆在一八五一年初去世，而他的兒子赫爾曼……就是那個用檸檬餅換來一耳光的赫爾曼，現在和史特倫克先生一起繼續經營著欣欣向榮的出口生意，並且在不到一年之後娶了胡諾伊斯領事的女兒，這位領事是城中首富，靠著木材貿易得以留給三名子女各兩百萬的財產。赫爾曼的弟弟莫里茲雖然肺不好，卻以優異的成績讀完大學，以法律學者的身分在城裡定居。他被視為頭腦聰明、機智風趣、甚至是個鑑賞家，迅速成立了一間規模相當大的事務所。他的外表完全沒有母系塞姆林格家族的特徵，卻有一張發黃的臉孔和縫隙很大的尖牙。

就連在自己的家族裡，東妮也得要昂首捍衛自己的尊嚴。自從戈特豪德伯父不再經營生意，一雙短腿穿著寬大的褲子，無憂無慮地在他簡陋的住處走來走去，從鐵罐裡拿喉糖吃，因為他嗜吃甜食。對於受到父親偏愛的異母弟弟，他的不滿情緒一年比一年淡了，也愈來愈認命。然而，由於他有三個沒出嫁的女兒，他當然也不免在暗中對東妮的不幸婚姻感到些許幸災樂禍。至於他那個娘家姓氏為史特溫的妻子，尤其是他那三個如今已經二十六、七、八歲的女兒，她們對於這個堂妹的不幸婚姻和離婚訴訟表現出近乎誇張的興趣，遠比她們當年對東妮的訂婚和婚禮所流露出的興趣更強烈。自從克羅格老夫人去世之後，每週四的「兒童日」聚會又改回在曼恩路大宅舉行，在這種家族聚會的日子，東妮要招架這幾位堂姊並不容易。

「噢，老天，妳真可憐！」菲菲說，她在三姊妹當中年紀最小，身材矮胖，每說一句話就會搖晃身體，嘴角溼潤，模樣滑稽。「判決已經下來了嗎？所以說，妳現在又回復到從前的老樣子了？」

「喔，正好相反！」亨麗耶特說，她的身材跟她姊姊一樣特別瘦長。「妳的處境要比根本沒結過婚還要更慘。」

「我也不得不這麼說，」弗麗德里珂附和著。「那還真不如根本不要結婚呢。」

「噢，不，弗麗德里珂！」東妮說，她把頭向後仰，想出一個老練世故而且相當有力的反駁。「這妳想必是弄錯了，不是嗎？要知道，至少我對人生有了些認識！我不再是個傻丫頭了！再說，比起某些連一次婚也沒結過的人，我再婚的機會還是大得多呢。」

「是嗎？」三個堂姊異口同聲地說。她們把「是」發成了「似」，聽起來更加尖銳也更加不可置信。

希瑟米．魏希布洛特小姐卻是非常善良而且識趣，對這件事提都不提。東妮有時會去磨坊邊街七號那棟小紅屋拜訪她從前的這位老師，那裡仍舊住著一些年輕女孩，雖然這所寄宿學校逐漸過時了。而這位能幹的老小姐偶爾也會受邀到曼恩路大宅來享用一餐鹿肉或烤鵝。這時候，她就會踮起腳尖，感動而表情豐富地親吻東妮的額頭，發出「啵」的一聲輕響。至於她那個沒受過什麼教育的姊姊凱特森太太，最近重聽得愈來愈厲害，很快地聾了，對東妮的事幾乎一無所悉。她在愈來愈不恰當的場合發出無知的笑聲，由於大剌剌地發自真心，那笑聲聽起來幾乎像在訴苦，乃至於魏希布洛特小姐不得不再三拍著桌子大喊「娜莉！」

歲月流逝，布登布洛克領事的女兒所經歷的事在城裡和家族中所留下的印象愈來愈淡。東妮自己則只會偶爾想起那段婚姻，當她在健康成長的小艾芮卡臉上看出一些與班迪克斯．古倫里希相似之處。但是她又穿起色彩明亮的衣服，額上的頭髮又燙捲了，而且像從前一樣參加熟人圈裡的社交聚會。

至少她很高興每年夏天都有機會離開這座城市一段時間，因為很遺憾地，領事的健康情況使他們現在必須要持續去外地療養。

「你們不知道變老意味著什麼！」他說。「我的長褲上沾到了咖啡，如果我用冷水去擦，馬上就會嚴重風溼痛……而從前我什麼事不能做？」另外他有時也會突然感到暈眩。

他們去了鹽泉鎮，去了愛慕思溫泉鄉和巴登巴登，去了基辛根，甚至還從該地出發，做了一趟寓教於樂的旅行，經過紐倫堡到慕尼黑，再穿越薩爾斯堡地區，經由溫泉小鎮伊施爾到維也納，再經由布拉格、德勒斯登、柏林返回家鄉。雖然東妮最近開始感到神經性的胃部不適，在各個溫泉療養地都不得不接受嚴格的治療，她仍舊覺得這些旅行是種理想的調劑，因為她一點也不隱瞞她在家裡覺得有點無聊。

「噢，天哪，父親，你曉得人生是怎麼回事！」她說，一邊若有所思地望著天花板。「沒錯，我認識了人生……但是正因為如此，老是像個傻子一樣待在家裡，這個前景對我來說有點令人沮喪。爸爸，希望你不要以為我不喜歡跟你們在一起……我要是這樣想就太忘恩負義了！那我就真該挨打！可是你曉得人生就是這樣……」

然而，最令她厭煩的是父親這棟大宅裡愈來愈濃厚的宗教氣氛，因為隨著領事逐漸年老多病，他虔誠信奉上帝的傾向就愈來愈明顯，而領事夫人自從上了年紀以後，也開始對宗教產生了興趣。餐前禱告在布登布洛克家宅裡一向是慣例，可是好一段時間以來，家裡又有了一條新規矩，就是每天早晚全家人連同僕人都要聚集在早餐室裡，聆聽男主人念誦一段《聖經》經文。此外，登門拜訪的牧師與傳教士也一年比一年多，因為曼恩路上這座堂皇的豪宅早已名聞遐邇，被路德宗和改革宗教會的神職人員以及國內外的布道團視為好客的接待所。順帶一提，此豪宅中提供的餐點也極其美味，於是從全國各地都偶爾會有穿著黑袍、蓄著長髮的男士來此小住幾日。他們都有把握能進行幾番虔誠的對話、享用幾頓營養豐富的餐食、並且為了神聖的目的而得到主人慷慨解囊。本城的牧師也以家庭友人的身分經常出入此宅。

湯瑪斯十分通曉人情世故，對於此事就連一絲竊笑也沒有流露出來，可是東妮卻直截了當地加以揶揄。嗯，很遺憾地，她一逮到機會就忍不住要讓這些神職人員出糗。

有時，碰上領事夫人偏頭痛，就會由東妮負責管理家務並決定菜單。有一天，碰巧有一位外地來的傳教士來家裡作客，他的好胃口令眾人都引為笑談。東妮惡作劇地交代廚房煮了一道燻肉湯，這是當地特有的一道料理，是用酸白菜熬煮的肉湯，把午餐的全部食材都放進去一起煮：火腿、馬鈴薯、酸李子、烤梨、花椰菜、豌豆、菜豆、蘿蔔和其他東西連同果泥一起攪拌，除非是從小就吃慣的人，這世上任誰都難以下嚥。

「好吃嗎？牧師先生，好吃嗎？」東妮一直問，「不好吃？哎呀老天爺，誰想得到呢！」她做出一個淘氣十足的鬼臉，舌尖輕輕舔著上唇，這是她在想出或做出一件惡作劇時常有的表情。

這位胖先生放下湯匙表示投降，毫無疑心地說：「我等著吃下一道菜吧。」

「喔，之後還有一道甜點。」領事夫人急忙說。因為在這一道湯之後還會有「下一道菜」是無法想像的。儘管後來還有幾片塗了蘋果醬的法式吐司上桌，這位受騙的神職人員只好在沒吃飽的狀態下離開飯桌，東妮咯咯笑個不停，湯瑪斯則挑起一道眉毛，忍住了笑。

又有一次，東妮和廚娘特里娜正站在玄關談著家務事，這時，來自康斯達特的馬提亞斯牧師外出歸來，他這回又在布登布洛克家裡住了幾天。牧師按響了門鈴，特里娜踩著鄉下人搖搖擺擺的步伐過去開門。牧師想對她說句親切的話，也想稍微考核一下她的信仰，和氣地問道：「妳愛主嗎？」也許他打算要送她一點東西，如果她承認自己對救世主的忠誠。

「呃，牧師先生。」特里娜紅了臉，睜大了眼睛，遲疑地說。「您指的是哪個呢？老主人還是少主人？」

東妮少不了在餐桌上大聲講述此事，就連領事夫人也忍不住撲哧大笑，發出克羅格家族典型的笑聲。

領事卻面露慍色，嚴肅地低頭看著自己的盤子。

「那是個誤會……」馬提亞斯牧師困窘地說。

第十一章

下面這件事發生在一八五五年夏末，在一個星期天下午。布登布洛克一家人坐在風景廳裡，等待還在樓下更衣的領事。他們和齊斯登梅克一家人約好，趁著假日前往城門外的一座公園散步。大家打算在公園裡喝喝咖啡，如果天氣許可，或許也在河上划划船。只有克拉拉和克婁蒂妲不會參加，因為她們每個週日晚上都要聚在一個朋友家替黑人小孩編織毛襪。

「爸爸真會把人急瘋，」東妮說，她習慣選用誇張的字眼。「他能有一次在講好的時間準備好嗎？他在寫字檯前面坐了又坐，坐了又坐。還有這件事、那件事必須完成……老天爺，也許真有這個必要，這我不知道……雖然我不認為他早個十五分鐘把筆擱下，我們家就得宣告破產。好了，等到時間已經晚了十分鐘，他才想起他的承諾，然後就總是兩階併一階地急忙跑上來，雖然明知道這樣上樓會讓他頭暈心悸。每次要參加聚會之前、每次要出門之前都是這樣！他就不能騰一點時間出來嗎？他就不能準時出發然後慢慢走嗎？這真是不負責任。媽媽，假如是我丈夫這樣，我就會找機會好好勸勸他……」

她穿著時髦的閃亮絲綢衣裳，在沙發上坐在領事夫人旁邊，領事夫人則穿著一件比較厚的灰色羅紋絲綢衣裳，鑲著黑色蕾絲，頭上的小帽由蕾絲和硬挺網紗製成，末端在下巴底下繫成一個緞帶蝴蝶結垂在胸前，梳得很平整的頭髮仍舊是金紅色的，兩隻白皙的手透著淡青色血管，拿著一個手提袋。湯瑪斯靠坐在她旁邊的扶手椅上，抽著菸，克拉拉與克婁蒂妲則面對面坐在窗邊。克婁蒂妲雖然每天都吃得那麼多、那麼好，卻一點成果都沒有，令人難以置信。她變得愈來愈瘦，而她那件毫無式樣可言的黑色衣裳也遮掩不住這件事實，平滑的灰金色頭髮底下是一張灰白安靜的長臉，挺直的鼻子毛孔粗大，鼻頭也大。

「你們說，不會下雨吧！」克拉拉說。這個少女有個習慣，提出問題時從來不把聲調提高，同時用相當嚴厲的堅定眼神看著每個人的臉。她坐得很挺，雙手交疊在膝上，所穿的棕色衣裳只綴著漿過的白色小翻領和白色袖口。家裡的僕人最怕的就是她，每天早晚的祈禱現在也由她主持，因為領事不再能夠大聲朗讀經文，否則就會引起頭部不適。

「妳今晚要穿妳的連帽披肩嗎，東妮！」她又問。「會被淋溼的。可惜了那件新的連帽披肩。我認為你們改天再去散步比較合適。」

「不行，」湯瑪斯回答；「我們和齊斯登梅克一家人約好了。沒有關係的。氣壓下降得太突然，會有一場小天災，一場暴雨。不會持久的。正好爸爸也還沒準備好。我們可以靜心等待這場雨過去。」

領事夫人抗拒地舉起一隻手。「湯姆，你認為一場暴風雨要來了嗎？唉，你知道我會害怕的。」

「不，」湯瑪斯說。「今天早上我在碼頭和克魯特船長談過。他說的話很可靠。只會下一場傾盆大雨，就連風勢都不會增強。」

這年九月的第二週帶來了遲來的酷暑。在東南風的吹拂下，夏季比在七月時更沉重地籠罩在這座城市上。異樣深藍的天空在房屋的山牆上方閃閃發亮，在地平線上則顏色蒼白，宛如在沙漠裡；而在日落之後，狹窄街道上的房屋和人行道都像火爐一般散發出沉悶的熱氣。今天的風向突然轉向西邊，同時氣壓猛然下降，天空還有一大部分是藍色的，但是灰藍的雲團慢慢湧上來，像枕頭一樣又厚又軟。

湯瑪斯又說：「我也覺得這場雨來得正是時候。假如我們得在這種天氣裡步行，一定會悶熱難耐。

這是種不自然的熱氣，就連我在波城的時候都沒有遇到過這種天氣……」

這時，伊妲．雍曼牽著小艾芮卡走進房間。那孩子穿著一件剛漿洗過的花布衣裳，散發出一股澱粉漿和肥皂的氣味，看起來十分逗趣。她的眼睛和紅潤臉色都活像古倫里希先生，但是微翹的上脣卻像東妮。

善良的伊妲已經頭髮灰白，近乎全白，雖然她才快要四十歲。但這是她的家族遺傳，她那位死於打嗝的叔叔也是三十歲就滿頭白髮，而她那雙棕色小眼睛流露出忠誠、清澈而專注的眼神。如今她已經替布登布洛克家族服務了二十年，並且為自己的不可或缺感到自豪。她負責管理廚房、食物儲藏室、布品櫃和瓷器，比較重要的採購也由她負責；她朗讀書籍給小艾芮卡聽，替她的玩偶縫製衣裳，陪她做功課，中午去學校接她，帶著一袋夾心法國麵包，帶她去磨坊城牆上散步。無論哪家的太太都會對布登布洛克領事夫人或她女兒說：「親愛的，您家裡這位保母真是好！老天，我告訴您，這樣的人是千金難換！都二十年了！而且她就算到了六十歲以後也還會身體硬朗！身材瘦削的人就是這樣。還有那雙忠誠的眼睛！我真羨慕您，親愛的！」而伊妲．雍曼也懂得自持身分。她知道自己是誰，如果在磨坊城牆上有個普通人家的女傭帶著主人家的小孩在同一張長椅上坐下，想要以平起平坐的態度跟她交談，那麼雍曼小姐就會說：「小艾芮卡，這裡風大。」然後起身離開。

東妮把女兒拉到身邊，在她紅潤的臉頰上親了一下，領事夫人也微笑著把手掌伸過來，笑得有點心不在焉，因為她正擔心地注視那愈來愈昏暗的天空。她的左手手指緊張地撫弄著沙發墊，一雙明亮的眼睛不安地瞥向窗外。

艾芮卡獲准坐在外婆旁邊，伊妲則在一張扶手椅上坐下，坐得直挺挺的，沒有倚著靠背，開始用鉤針編織。大家就這樣默默坐了一會兒，等待著領事。空氣很沉悶。窗外的最後一片藍天也消失了，深灰的天空沉甸甸地深深低垂。房間裡的各種色彩都消失了，包括壁紙上風景畫的墨色，家具和窗簾的黃色，東妮的絲綢衣裳不再閃爍發亮，眾人的眼睛也失去了光澤。剛才那陣西風還在聖瑪利亞教堂院子的樹木間嬉戲，把昏暗街道上的灰塵吹成小小的漩渦四處飛揚，這時不再有動靜。剎那間萬籟俱寂。

這一刻驟然來臨，某件無聲而可怕的事發生了。悶熱感似乎增加了一倍，氣壓似乎在一秒鐘之內急遽升高，使大腦受到驚嚇，心臟受到壓迫，呼吸感到困難。在這股氣壓下，一隻燕子振翅掠過街道，飛得那麼低，羽翼都觸及了路面。這股壓力，這份緊張，生物體所感受到的這股愈來愈大的壓抑假如再持續短短一剎那，假如不是在迅速到達頂點之後就鬆弛下來、迅速轉變，就會令人無法忍受……一個釋放壓力的微小裂縫在某處悄悄產生，卻又彷彿能夠聽見。如果不是就在這一刻驟然下起了傾盆大雨，排水溝裡頓時水流滾滾，雨水在人行道上高高濺起，而事前卻連一顆雨滴也沒落下。

湯瑪斯由於生過病，已經習慣於觀察自己神經的反應，在這奇特的一瞬把身體向前傾，伸手摸了一下頭，扔掉手裡的香菸。他環顧四周，看看其他人是否也感覺到、注意到這一刻。他覺得在母親身上看出了一些反應，其他人則似乎沒有意識到什麼。這時領事夫人望向窗外那場完全遮蔽了聖瑪利亞教堂的滂沱大雨，嘆了一口氣說：「感謝上帝。」

「好了，」湯瑪斯說。「過個兩分鐘就涼快了。待會兒外面的樹上會掛著雨珠，我們可以在露臺上喝咖啡。蒂妲，把窗戶打開吧。」

雨聲更強烈地湧進室內，簡直震耳欲聾。滿耳都是嘩啦嘩啦、淅瀝淅瀝、潺潺淙淙、水流滾滾的聲音。風又再度吹起，歡快地吹進濃密的水簾，將之撕裂，又吹得雨珠四處飄散。每過一分鐘，氣溫就又涼爽一些。

這時女僕莉娜跑著穿過圓柱大廳，猛地衝進這個房間，伊妲·雍曼為了要她冷靜下來而用斥責的語氣喊道：「老天，我得說……」

莉娜把一雙表情空洞的藍眼睛睜得大大的，下頷動了好一會兒，卻一個字也說不出來。

「啊，領事夫人，啊，不好了，快點去……哎呀，老天爺，嚇死我了……」

「好了，」東妮說，「這會兒她又打破東西了！可能是精緻的瓷器！真是的，媽媽，看看妳用的人！」

可是女僕害怕地喊道：「喔，不，古倫里希夫人。假如只是這樣……可是我說的是老爺，我想把靴子拿去給他，領事先生坐在椅子上不能說話，只是一個勁地喘氣，我知道情況不妙了，因為領事先生整張臉都黃了……」

「快去請葛拉波夫醫生！」湯瑪斯一邊喊，一邊趕著她出門。

「我的老天！噢，我的老天！」領事夫人喊道，用手捧著臉，急忙跑了出去。

「快去請葛拉波夫，坐馬車去，馬上去！」東妮上氣不接下氣地又喊了一次。

眾人飛奔下樓，穿過早餐室，衝進臥房。

可是約翰·布登布洛克已經死了。

第五部

第一章

「晚安，尤思圖斯，」領事夫人說。「你好嗎？請坐。」

克羅格領事溫柔地匆匆擁抱了她，再跟他最年長的外甥女握了手，她也在餐廳裡。如今他大約五十五歲，除了脣上那撇小鬍子之外，還又留起了一圈濃密的頰鬚，只露出了下巴，鬍鬚已經完全灰白。在他那一大塊禿了的粉紅色頭皮上有稀稀疏疏的幾縷頭髮仔細梳理過。考究的外套衣袖上戴著寬寬一圈黑紗。

「貝絲，妳聽說了嗎？」他問。「嗯，東妮，妳對這個消息會特別感興趣。長話短說，我們家在城堡門外面的那塊地產已經賣掉了。賣給誰呢？不是賣給一個人，而是賣給了兩個人，因為地產會被分割，房子會被拆掉，中間豎起一道柵欄，然後商人班提安會在右邊蓋間狗窩，商人索倫森在左邊蓋間狗窩。嗯，願上帝保佑。」

「太過分了，」東妮說，她把雙手交疊在膝上，望向天花板，「外祖父的土地！好吧，這座莊園就這樣毀了。它迷人之處正在於寬敞遼闊……其實遼闊得沒有必要，但這就是它闊氣之處。那座大庭院一直延伸到特拉維河畔……還有那棟隱在園中的房子，前面有車道和兩旁種了栗樹的林蔭道……現在要分成兩半了。班提安會站在一扇門前抽他的菸斗，而索倫森則會站在另一扇門前。是啊，尤思圖斯舅舅，我也要說『願上帝保佑』。大概再也沒有人闊氣到能夠住在那整塊地產上了。還好外公看不到了……」

居喪的氣氛還沉重肅穆地瀰漫在空氣中，乃至於東妮無法用更慷慨激昂的言辭來表達她的憤慨。這一天是宣讀遺囑的日子，在領事去世兩週後的下午五點半。布登布洛克領事夫人請她哥哥到曼恩路大宅來，以便他能和湯瑪斯以及公司的授權代表馬庫斯先生商討死者的遺囑和財產情況，而東妮宣布了她決定也要參與討論。她說她的這份興趣是她對公司和家族應有的責任，而她努力讓這次聚會具有一場會議或家庭會議的性質。她拉上了窗簾，餐桌的桌面整個拉開了，上面鋪著綠色桌布，點著兩盞石蠟油燈，儘管如此，她還多此一舉地把那些鍍金枝形燭架上的蠟燭全都點燃了。此外她還在桌上分別擺了許多紙張和削尖的鉛筆，誰也不知道這些紙筆究竟有什麼用途。

黑色喪服使她的身形顯得有如少女般苗條，最近這些年她和父親由衷感到親近，對於領事的死，在所有人當中她可能最感傷心，就連今天她都還因為想起父親而兩度痛哭流涕。但是想到這場小型的家庭會議，想到她能夠莊嚴地參與這番嚴肅的商談，就使她漂亮的臉頰泛起紅暈，眼神活潑起來，賦予她的動作一份喜悅和鄭重。另一方面，領事夫人則由於受驚和傷痛、由於服喪與葬禮的千百種繁文縟節而身心交瘁，看起來帶有病容。她的臉龐被帽帶的黑色蕾絲圍住，顯得更加蒼白，一雙淺藍色眼睛也黯淡無光。不過，她那頭梳得平整的紅金色頭髮仍舊不見一絲白髮，這仍然是那種巴黎染劑的功效嗎？還是她已經戴了假髮？答案只有雍曼小姐知道，而她絕對不會說出去，即使是對家中的其他女士也守口如瓶。

他們坐在餐桌末端，等待湯瑪斯和馬庫斯先生從辦公室過來。在天藍色壁紙的襯托下，更凸顯出矗立在基座上之眾神畫像的潔白與雄偉。

領事夫人說：「事情是這樣的，親愛的尤思圖斯，我請你過來，長話短說，是為了克拉拉這個孩子的事。這孩子還有三年才成年，而我親愛的亡夫把監護人的選擇權交給了我。我知道你不喜歡承擔太多責任，你已經有對妻子和兩個兒子的責任……」

「我只有一個兒子，貝絲。」

「好了，好了，我們應該要有基督徒的精神，要有慈悲之心。就像《聖經》上說的，『如同我們免了別人的債』。想想我們仁慈的天父吧。」

她哥哥有點訝異地看著她。這類話語從前大家只會從已逝的領事口中聽到。

「不說這個了！」她繼續說，「我想要請你擔任她的監護人。這個責任就只是情感上的，幾乎不會給你造成任何麻煩。」

「我很樂意，貝絲，真的很樂意。我可以見見我的受監護人嗎？這個好孩子有點太過嚴肅了。」

克拉拉被喚進來。她緩緩出現，身穿黑衣、面色蒼白，動作因悲傷而拘謹。在父親死後，她就幾乎不停地在自己房間裡祈禱。她的深色眼睛一動也不動，彷彿她在傷痛和對上帝的敬畏中呆住了。

尤思圖斯舅舅向來很有紳士風度，朝她走過去，幾乎以鞠躬的姿態跟她握手，然後對她說了幾句細心斟酌過的話。克拉拉讓領事夫人在她一動也不動的嘴唇上親吻了一下，就又離開了。

「你的好孩子約爾根怎麼樣啊？」領事夫人重新開口。「他在維斯馬過得還好嗎？」

「很好，」尤思圖斯．克羅格回答，聳了聳肩膀又再度坐下，「我想他現在找到了自己的位置。他是個好孩子，貝絲，一個有榮譽感的孩子；可是……在兩次考試都失敗之後，這也許是最好的結果。他自己也並不喜歡法學，而在維斯馬郵局的這個職位還算不錯。對了，我聽說妳兒子克里斯提昂要回來？」

「是的，尤思圖斯，他要回來了，願上帝保佑他乘船渡海一路平安！唉，要花這麼長的時間！雖然我在他爸爸死後第二天就給他寫了信，他到現在都還沒收到，然後他搭乘帆船回來也還要花大約兩個月。可是他必須回來，我好想見到他，尤思圖斯！雖然湯姆說，假如他父親還在世，絕對不會同意克里斯提昂辭掉在瓦爾帕萊索的職位。可是請聽我說：我快八年沒見到他了！而且在目前這種情況下！不行，在這段艱難的時間裡，我想要他們全都在我身邊，這對一個母親來說是理所當然的。」

「當然，當然！」克羅格領事說，因為她已經落淚了。

「現在湯瑪斯也同意了，」她繼續說，「因為克里斯提昂待在哪裡會比待在他已逝父親的公司、待在湯瑪斯的公司裡更好？他可以留下來，在這裡工作。唉，我也一直擔心那邊的氣候對他不好……」

這時，湯瑪斯·布登布洛克在馬庫斯先生陪同下走了進來。弗里德里希·威廉·馬庫斯是已故領事的長年授權代表，他個子很高，穿著棕色長外套，戴著黑紗。他說話很小聲，吞吞吐吐，有一點結巴，每說一個字都要考慮一秒鐘，而且習慣伸直了左手食指和中指，小心地緩緩撫摸脣上那撇未經整理而遮住了嘴巴的紅棕色鬍鬚，或是謹慎地搓著雙手，一邊把那雙圓圓的棕色眼睛從容地轉向一邊，給人一片茫然和心不在焉的印象，雖然他一向專注地審視手邊的事。

湯瑪斯·布登布洛克年紀輕輕就成了這家大商行的老闆，面容和舉止都流露出一股嚴肅莊重；可是他很蒼白，尤其是他的一雙手就跟從黑色衣袖裡探出來的白色袖口一樣白，白得像霜一樣，看得出這雙手又乾又冷，那枚鑲著綠寶石的祖傳印章大戒指在他的一隻手上閃爍發光。這雙手的指甲修剪成漂亮的橢圓形，經常泛著淡淡的青色，在某些時刻、在某些有點痙攣而不自覺的姿勢中，這雙手會流露出一種拒人於千里之外的敏感和一種近乎畏怯的矜持，這種難以形容的表情從前不曾出現在布登布洛克家族的手上，也不太適合他們，他們的手雖然勻稱卻相當寬大，而且是屬於平民的。湯瑪斯走進來之後做的第一件事是打開通往風景廳的雙扇門，讓在風景廳鍛鐵爐門後面熊熊燃燒的壁爐給餐廳帶來暖意。

接著他和克羅格領事握手，然後在餐桌旁坐下，坐在馬庫斯先生對面，同時揚起一道眉毛，訝異地看著他妹妹東妮。可是東妮把頭向後一仰，把下巴抵在胸前，就使他按捺住他對於她在場這件事想表達的任何意見。

「這麼說來，還不能用『領事先生』來稱呼你囉？」尤思圖斯．克羅格問道，「荷蘭那邊希望你能代表他們，這份希望要落空了嗎？湯姆？」

「是的，尤思圖斯舅舅，我認為這樣比較好。你知道的，本來我可以馬上繼承領事的頭銜，連同其他職務；但是一來我的年紀還輕，二來我跟戈特豪德伯伯談過了，他很樂意接受這個頭銜。」

「這樣做很明智，孩子。很懂得人情世故，也非常有紳士風度。」

「馬庫斯先生，」領事夫人說，「我親愛的馬庫斯先生！」說著她就伸出手準備與他相握，掌心向上，而他緩緩握住她的手，謹慎有禮地向旁側視。「我請您上樓來，您曉得是為了什麼事，而我知道您也會同意我們的做法。先夫在遺囑中表達了他的心願，希望在他返回天家之後，您不再以受雇員工的身分替公司服務，而是以股東的身分，為公司奉獻出您經過考驗的忠實才幹……」

「當然，領事夫人，這還用說。」馬庫斯先生說。「請您相信，這個提議令我深感榮幸，對此我心懷感激，因為我能給公司帶來的資金實在太少了。在上帝和世人面前，我只能感激不盡地接受您和您公子的提議。」

「很好，馬庫斯，那我就由衷感謝您願意接下一部分的重責大任，否則這分責任對我來說也許會過於沉重。」湯瑪斯輕快地說出這番話，同時伸出手越過桌面和他的合夥人相握，因為他們兩人早已取得共識，現在這一切都只是個形式。

「『合夥就會壞事』，你們兩位大概要把這句俗話推翻了！」克羅格領事說。「孩子們，現在讓我們來了解一下財務狀況吧。我只需要關心克拉拉的陪嫁，其他的我就不管了。貝絲，妳手邊有遺囑的副本嗎？還有湯姆，你有個粗略的概念嗎？」

「都在我腦子裡。」湯瑪斯說，他向後靠著椅背，看向風景廳，一邊把他的金色鉛筆在桌面上來回滾動，一邊分析目前的情況。

事實是，領事留下的遺產比任何人所以為的都更為豐厚。他長女的嫁妝當然是損失了，公司由於一八五一年不來梅倒閉事件而蒙受的損失也是個沉重的打擊，而一八四八年和當前一八五五年的動亂與戰爭時期也造成了損失。但是，布登布洛克家族也從克羅格家族繼承了一筆遺產，應得的份額原本是四十萬馬克，雖然尤思圖斯已經事先揮霍掉不少，但仍有足足三十萬馬克。另外，約翰．布登布洛克生前雖然按照商人的習慣總是抱怨自己所蒙受的損失，但是這些損失還是被大約十五年中所賺得的三萬塔勒給抵銷了。因此，除了地產之外，全部的財產大約是七十五萬馬克。

湯瑪斯對公司的經營情況雖然瞭若指掌，但父親生前也沒有讓他得知財產的總額。聽見這個數字，領事夫人表情冷靜，不動聲色，東妮則愣愣地凝視前方，表情莊重，迷人中帶著不解，但臉上仍然忍不住流露出焦慮的疑惑，彷彿在說：這筆錢算多嗎？很多嗎？我們也算有錢人嗎？馬庫斯先生看似心不在焉地緩緩搓著雙手，克羅格領事則顯然感到無聊，而湯瑪斯對自己說出的這個數字感到一種自豪，令他緊張而激動，看起來幾乎像是惱怒。

「我們的財產本來早就該達到一百萬了！」由於激動，他壓低了嗓音說話，雙手在顫抖，「祖父在最得意的時候就已經有九十萬可用，而在那之後我們又付出了多少努力，取得了多大的成功，做成了多少筆好買賣！再加上媽媽的陪嫁！還有媽媽繼承的遺產！唉，可是這筆財產又一再分散出去。老天，人間的事本來就是如此；請你們原諒，如果我此刻純粹只站在公司的立場說話，而不是站在家人的立場。這一筆筆的嫁妝，付給戈特豪德伯伯和法蘭克福的姑姑的那些錢，這幾十萬都不得不從公司的資金裡撥出，而且當時的公司老闆還只有一個哥哥和一個妹妹……好了，不說了，馬庫斯，我們可有得忙了！」

在他眼中短暫而強烈地閃現出對行動、勝利和權力的渴求，以及想要征服幸福的渴望。他感覺到世人的目光都盯在他身上，滿懷期望，想看看他能否提升公司與這個古老家族的聲望，或者至少是能夠維持既有的聲望。在證券交易所裡，他也同樣感受到這種打量著他的斜睨目光，來自那些年長的商人，他們和藹的目光中流露出懷疑和一絲嘲弄，彷彿在問：「年輕人，你辦得到嗎？」我辦得到的，湯瑪斯心想。

馬庫斯先生謹慎地搓著雙手，尤思圖斯．克羅格則說：

「好了，別激動，湯姆！現在這個時代跟你爺爺替普魯士軍隊供應軍糧的時候已經不同了。」

接著展開了一番詳談，針對遺囑中對大小事宜的安排，大家都參與了這番談話，而克羅格領事的興致特別好，不斷地稱呼湯瑪斯為「如今大權在握的親王殿下」。「按照傳統，倉庫的地產當然歸親王所有，」他說。

此外，一如預期，遺囑中還規定所有的資產應該盡可能留在一起，伊莉莎白．布登布洛克夫人原則上是唯一繼承人，全部的財產都要留在公司；說到這裡，馬庫斯先生表示，身為公司合夥人，他將增資十二萬馬克。遺囑中替湯瑪斯暫時準備了五萬馬克的個人財產，替克里斯提昂也準備了同樣的金額，如果他想要獨立生活。念到下面這一段時，尤思圖斯．克羅格表現得格外熱心：「我摯愛的小女兒克拉拉倘若結婚，其嫁妝金額將交由我摯愛的妻子來決定。」「那就十萬馬克吧！」他提議，說著他往椅背上一靠，蹺起了二郎腿，用兩隻手把短短的灰白小鬍子往上捻。他這個人就是慷慨大方。但是大家把這筆嫁妝的金額訂為傳統的八萬馬克。

「如果我摯愛的長女安東妮再次結婚，」遺囑接著寫道，「由於她的第一次婚姻已經花掉八萬馬克，再婚的嫁妝不得超過一萬七千塔勒……」東妮把一雙手臂向前伸，把衣袖向後捋，動作既優雅又激動，看著天花板喊道：「古倫里希——哼！」聽起來像一聲戰鬥的呼喊，像是短短吹響了號角。「馬庫斯先生，您曉得他是個什麼樣的人嗎？」她問。「一天下午，我們坐在庭院裡，在門扉前面……您曉得的，馬庫斯先生：我們家那扇『門扉』。——好！誰出現了呢？一個長著金黃色頰鬚的人，這個大騙子！」

「嗯，」湯瑪斯說。「古倫里希的事我們以後再談，好嗎？」

「好吧，好吧。但是你得承認我說得沒錯，湯姆，你是個聰明人，你知道的，雖然我在不久之前還是那麼幼稚單純，但是我得到了教訓，亦即在生活中不是每件事都是誠實而公正的。」

「對。」湯瑪斯說。於是大家繼續宣讀遺囑，談到一些細項，得知了那本祖傳大本《聖經》要如何處置，還有領事的鑽石鈕釦和許多其他物品。這一天，尤思圖斯．克羅格和馬庫斯先生留下來吃晚餐。

第二章

一八五六年二月初，克里斯提昂．布登布洛克在離家八年之後返回了故鄉。他從漢堡搭郵車回來，穿著一套大格紋黃色西裝，的確帶有熱帶風情，攜回一隻劍魚的長喙和一大截甘蔗，以半是恍神、半是尷尬的神態接受了領事夫人的擁抱。

他也仍然維持著這副神態，當全家人在他抵達後的隔天上午就前往城堡門外的墓園獻花。他們並肩站在白雪皚皚的小徑上，前面是那塊中央刻著家徽的大石板，圍著家徽則刻著在此安息之人的姓名。在冬季墓園裡光禿禿的小樹林邊緣還豎立著一具大理石十字架。一家人都來了，除了克婁蒂妲，她待在「失寵莊園」照顧她生病的父親。

東妮把花圈放在石板上父親的名字上，金色的字母鐫痕猶新，儘管地上有積雪，她還是在墳前跪下，輕聲禱告。她的黑色頭紗在風中飄揚，寬大的衣裙在她身旁攤開成弧形，宛如一幅畫。在這個宛如雕像的姿勢中究竟有多少傷痛和虔誠，又有多少是一個漂亮少婦的虛榮，這只有上帝才知道。湯瑪斯沒有心情去思考這件事。克里斯提昂卻從側面看著他妹妹，臉上的表情混合了揶揄和焦慮，彷彿想說：「妳能負起這個責任嗎？妳站起來的時候不會感到難為情嗎？多麼尷尬呀！」東妮站起來時注意到他的目光，但是她一點也不感到難為情。她把頭向後一仰，整理了一下頭紗和裙子，就莊重自信地轉身走開，這讓克里斯提昂顯然鬆了一口氣。

已故的領事熱愛上帝和被釘在十字架上的耶穌，他培養出非屬日常、不符合市民階層傳統的細膩感受，如果說他是家族中第一個有這種細膩感受的人，那麼他的兩個兒子就是布登布洛克家族中頭兩個害怕天真自由地流露出這種感受的人。對於父親的死，湯瑪斯肯定比他祖父在喪父之時更能夠感覺到傷痛。儘管如此，他不會在墳前下跪，也從不曾像他妹妹東妮一樣撲倒在桌上像個小孩一樣啜泣，看見東妮喜歡在享用烤肉和甜點之間的空檔含著眼淚，用堂皇的辭藻來讚美亡父的個性和為人，這令他感到極其尷尬。面對這種情感迸發，他表現出一種得體的嚴肅、一股鎮靜的沉默，自我克制地點點頭。反倒是在沒有人提起或想起死者時，他的眼睛會漸漸盈滿淚水，雖然他的面部表情並沒有改變。

克里斯提昂的情況則不同。他完全無法在他妹妹這樣天真稚氣地宣洩情感時保持鎮定。他會低頭看著他的盤子，別過頭去，一副想要躲起來的樣子，甚至有好幾次痛苦地小聲打斷她：「天哪，東妮……」同時把他的大鼻子皺出了無數小小的皺紋。

是的，每當談話轉移到死者身上，他就表現得尷尬不安，而且他所害怕和迴避的似乎不僅是以不恰當的方式表達出深刻莊嚴的情感，而也是這些情感本身。

還沒有人看見他為了父親的死流過一滴眼淚。這不能只用他離家多年來解釋。可是奇怪的是，儘管他平常厭惡這種談話，他卻一再單獨把東妮拉到一旁，讓妹妹把父親去世的那個可怕下午所發生的事繪聲繪影、一五一十地講給他聽，因為東妮述說起來最為生動。

「所以說他的臉是黃色的？」他問了第五次，「女僕衝到你們面前的時候喊了些什麼？說他的臉整個變黃了？他就只還能夠發出什麼聲音？『呃……呃』？他沉默了，沉默了很久，一雙又小又圓、深深凹陷的眼睛若有所思地在房間裡瞄來瞄去。「真可怕。」他忽然說，看得出他站起來時打了個哆嗦。他總是帶著苦苦思索的不安眼神來回踱步，東妮卻感到訝異，在她大聲哀悼父親時，她哥哥似乎出於某種費解的原因而感到羞慚，可是他卻喜歡帶著嚇人的深思表情大聲重複死者臨終時發出的聲音，那是他費了很大的工夫才從女僕莉娜口中問出來的。

克里斯提昂絲毫沒有變得更加俊秀。他蒼白瘦削，皮膚緊繃在頭顱上，大大的鷹鉤鼻又瘦又尖地突出於顴骨之間，頭髮也已經明顯稀疏。他的脖子又細又長，兩條瘦腿明顯向外彎曲。此外，旅居倫敦的生活對他產生的影響似乎最為持久，由於他在瓦爾帕萊索也多半和英國人來往，他的整個外表都帶有一些英國風情，看起來倒也適合他。從他那身剪裁舒適、質地耐穿的毛料西裝，到他腳上那雙寬大結實、體面大方的靴子，以及他嘴上那撇濃密的紅金色小鬍子略顯悶悶不樂的表情，全都帶有英國味。就連他那雙由於熱帶的高溫而變得毛孔粗大、白得沒有光澤的手，連同那剪得又圓又短的乾淨指甲，也都莫名地讓人覺得他像個英國人。

「告訴我，」他冷不防地問，「妳有過這種感覺嗎？這很難描述……當你嚥下一口很硬的東西，結果整個背脊都痛起來？」說著他的大鼻子又皺出了許多緊繃的小皺紋。

「有過的，」東妮說，「這種情形很常見。只要喝一口水……」

「是嗎？」他不滿意地回答。「不，我不認為我們說的是同一回事。」一種不安的嚴肅在他臉上閃現。

此外，他是家裡第一個擺脫了哀悼而展現出自在情緒的人。他仍舊擅長模仿已經去世的史登格老師，經常模仿他說話，一說就是幾個小時。在餐桌上他問起城裡的劇院，問那裡是否有個好劇團，正在演出什麼劇目。

「我不知道，」湯瑪斯說，為了掩飾心中的不耐煩，他的語氣極其冷淡。「我現在不關心這些事。」

克里斯提昂卻完全沒聽出這分冷淡和不耐，而開始談起劇院，「我簡直說不出我有多喜歡上劇院！單是『劇院』這個字眼就令我感到快樂。我不知道你們當中是否有人懂得這種感受？就算只是看著拉上的帷幕，我也可以靜靜坐上幾個鐘頭……而我開心得就像小時候來這兒領取聖誕禮物一樣。單是那些管絃樂器調音的聲音！我願意只為了聽聽這個聲音而進劇院！我特別喜歡看愛情戲，有些女演員擅長用兩隻手捧住愛人的頭。說到演員，我在倫敦和瓦爾帕萊索的時候都常與演員來往。一開始的時候，能夠在日常生活中和他們交談讓我非常引以為榮。在劇院裡，我留心他們的一舉一動。那非常有趣！一個角色說出他的最後一句臺詞，從容地轉過身去，自信滿滿地緩緩朝門走去，一點也不尷尬，雖然他知道全場觀眾的眼睛都盯著他的背影……他們怎麼辦得到！從前我一直渴望能到後臺去看看，而現在我可以說，我在後臺就跟在家裡一樣自在。你們想像一下……在一個輕歌劇院——那是在倫敦——有一天晚上，當帷幕拉開的時候，我還站在舞臺上，我正在和瓦特克魯斯小姐聊天，一位非常漂亮的小姐！然後觀眾席突然出現在我面前……老天，我都不知道我是怎麼從舞臺上下來的！」

圍坐在餐桌旁的寥寥數人當中，只有東妮笑了；可是克里斯提昂繼續往下說，眼睛滴溜溜地轉動。他說起在英國咖啡館裡獻唱的女歌手，說起一位女士戴著撲了粉的假髮登臺，把一支長長的手杖往地上一撐，唱起一首叫做〈那就是瑪麗亞〉的歌。「瑪麗亞，你們知道，瑪麗亞是最可恥的……如果有人做了罪大惡極的事，那就是瑪麗亞！你們知道，瑪麗亞是個糟糕透頂的女人……不良的嗜好……」說到最後一句時他擺出厭惡的表情，皺起鼻子，舉起手指蜷曲的右手。

「夠了，克里斯提昂！」領事夫人說。「我們對這些事一點也不感興趣。」

但是克里斯提昂的目光失神地從她身上掠過，即使母親沒有出言制止，他可能也會停止說話，因為當他那雙又小又圓、深深凹陷的眼睛魂不守舍地四處游移，他似乎也不安地深深陷入對瑪麗亞與不良嗜好的思索。

突然他說：「很奇怪，有時候我沒辦法吞嚥！不，這沒什麼好笑的，我覺得這件事嚴重得很。我會起了一個念頭，覺得自己可能沒辦法吞嚥，而我果真就嚥不下去了。一口食物已經到了喉頭，可是喉嚨這些肌肉卻發揮不了作用，不服從意志的指揮，你們知道的。嗯，事實是：我甚至不敢認真想要吞嚥。」

東妮失聲大喊：「克里斯提昂！老天，你說的是什麼蠢話！你不敢想要吞嚥。不，你這樣說太可笑了！你在胡說些什麼……」

湯瑪斯沒有吭聲。領事夫人卻說：「這是神經的關係，克里斯提昂，是啊，你是該回家了，否則那邊的氣候會使你生病的。」

飯後他坐在餐廳裡那架小風琴前面，模仿鋼琴家演奏。他假裝把頭髮向後一甩，搓了搓雙手，抬起頭來朝室內眾人看了一眼，然後無聲地按下低音琴鍵，並沒有踩踏鼓動風箱的踏板，因為他根本不會彈琴，而且就跟布登布洛克家族的大多數人一樣毫無音樂天分。他鄭重其事地俯身向前，假裝彈奏出瘋狂的樂段，向後一仰，陶醉地仰望上方，雙手力道十足而且勝券在握地往琴鍵上一按，就連克拉拉都笑了出來。他的表演幾可亂真，裝模作樣而且充滿熱情，也充滿了令人難以抗拒的滑稽，帶有英美通俗文化中搞笑丑角的特色，一點也不會讓人覺得不舒服，因為他自己在表演時感到十分自在而且自信。

「我常常去聽音樂會，」他說，「我真喜歡看那些人演奏樂器！當個藝術家實在太棒了！」

說著他又開始表演，但是又忽然中斷，驀地嚴肅起來。如此突然，彷彿有一張面具從他臉上脫落。他站起來，伸手撫過頭上稀疏的頭髮，坐到另一個位子上，待在那裡沉默不語，情緒欠佳，流露出不安的眼神，臉上的表情彷彿在傾聽某種神秘恐怖的聲音。

「有時候我覺得克里斯提昂有點奇怪，」一天晚上東妮對湯瑪斯說，當時只有他們兄妹倆在場。「他說話怎麼是那個樣子？我覺得他太喜歡渲染細節……還是該怎麼說呢？他看事情的角度很奇特，是不是？」

「是的，」湯瑪斯說，「我很明白妳的意思，東妮。克里斯提昂非常不懂得謹言慎行……我很難說得清楚。他缺少一般人稱之為均衡的東西，一種個人的均衡。一方面，他在面對別人不得體的天真舉動時無法保持鎮定。他做不到，不懂得如何掩飾，完全失去自制。而另一方面，他也會以另一種方式失去自制，使得他滔滔不絕地說出令別人極度不自在的話，把他最私密的一面公諸於世。有時候這簡直令人感到恐怖。這不就像是一個人在發燒的時候發出囈語嗎？一個在發燒時胡言亂語的人就是這樣毫無顧忌……唉，事情很簡單，克里斯提昂過於關注他自己，過於關注在他自己內心發生的事。有時候他被一股真正的狂熱攫住，把他內心最瑣細、最深沉的事攤開來說。一個明智的人根本不會去關心這些事，也根本不會想要知道，而理由很簡單，因為明智的人會羞於啟齒。這種和盤托出太厚顏無恥了，東妮！要知道：除了克里斯提昂，別人也可能會說自己熱愛戲劇，可是別人會用另一種口氣說，比較像是順帶一提，總之就是用比較低調的方式來說。克里斯提昂說這句話時卻要特別強調，意思是：我對舞臺的熱愛不是一件非常奇特而且有趣的事嗎？他拚命想要找到合適的字眼，彷彿絞盡腦汁想要表達出某種極端微妙、隱密而且奇特的念頭……」

「我要告訴妳一件事，」他沉默了一會兒之後繼續說，把手裡的香菸從鑄鐵爐門扔進壁爐裡，「我偶爾也思考過這種焦慮、虛榮、好奇的自我關注，因為從前我自己也有這種傾向。但是我意識到，這種自我關注使我精神渙散、失去幹勁、心旌動搖。而對我來說，自制和均衡才是最重要的。永遠都會有一些人有資格這樣關注自己，這樣密切觀察自己內心的感受，比如說詩人，他們能夠準確而優美地表達出自己的內心生活，藉此豐富其他人的感情世界。但我們只不過是普通的商人，老妹，我們的自我觀察實在不足為道。如果非說不可，我們可以說管絃樂器調音的聲音給我們帶來奇特的享受，可以說我們有時候會不敢吞嚥……唉，去他的，我們應該坐下來，做出一番事業，就像我們的祖先一樣……」

「對，湯姆，你說出了我心裡的話。每當我想到哈根史托姆那一家人愈來愈會擺架子。噢，老天，那些**爛人**，你知道的。媽媽不願意聽到這個字眼，但這是唯一恰當的字眼。他們也許以為除了他們之外，這城裡就沒有體面高尚的人家了？哼！我真想笑，你知道的，我真想大笑……」

第三章

在弟弟返抵家門時，「約翰．布登布洛克公司」的老闆用審視的目光打量了他好一會兒，在頭幾天裡對弟弟進行了不動聲色的隨意觀察，然後他的好奇心似乎得到了滿足，心中似乎有了定論，雖然在他平靜審慎的臉上看不出他對弟弟的看法。在家人相聚時，他用平淡的語氣和弟弟談些無關緊要的事，在克里斯提昂做出什麼表演時，他就跟其他人一樣覺得逗趣。

大約過了八天後，他對弟弟說：「所以說，我們要在一起工作，老弟？據我所知，你也同意媽媽的願望，對吧？嗯，你也知道，馬庫斯成了我的合夥人，他所持的股份和他投入的資本相當。我想，在表面上，身為我的弟弟，你可以接替他從前的位置，擔任公司的授權代表，至少是名義上。至於你的實際工作，我不清楚你的商業知識進步了多少。我想，在這之前你有點打混，對吧？無論如何，把英文書信交給你來負責應該是最合適的。然後我還要拜託你一件事，老弟！身為公司老闆的弟弟，在其他員工當中，你實際上的地位當然比較優越，但是你應該要以平等的地位和恪盡職守來讓他們服氣，而不是利用特權恣意妄為，這不用我多說，對吧。也就是說你要遵守上下班的時間，而且要時時顧及門面，可以嗎？」

接著他針對公司授權代表這個職位的待遇向弟弟提出了一個建議，克里斯提昂馬上就接受了，沒有多想，也沒有討價還價。他帶著心不在焉的尷尬表情，沒有流露出什麼貪婪之心，一心只想趕緊了結這件事。

隔天湯瑪斯把他帶進辦公室，克里斯提昂就這樣開始在這家老公司工作。

領事去世之後，公司的業務繼續穩定地進行。但是大家很快就注意到，自從湯瑪斯．布登布洛克接手掌管之後，公司就洋溢著一股更有創意、更活潑進取的精神。偶爾他會有大膽之舉，偶爾會自信地利用公司的信譽來貸款並且善加運用，而在老主人掌管公司時，信用貸款其實只是個概念，只是個理論和奢侈品，證券交易所裡的人向彼此點點頭，說：「布登布洛克打算用錢來滾錢。」但他們也覺得，有德高望重的馬庫斯先生像個鉛球一樣拽著湯瑪斯的腳也是件好事。馬庫斯先生的影響力拖慢了公司業務進行的腳步。他用兩根手指慢條斯理地捋著脣上的鬍鬚，一絲不苟地把文具和辦公桌上總是擺著的一杯水擺放整齊，帶著心不在焉的表情從各方面審視一件事。另外他還有個習慣，就是在辦公時間內會走到院子裡五、六次，去洗衣房把整個頭放在水龍頭底下用水沖，藉此來提神。

「這兩個人真是相輔相成。」大商號的老闆對彼此這樣說，也許是胡諾伊斯領事對齊斯登梅克領事說。而在船員和倉庫工人之間，以及在小市民的家裡，大家也重複著這個評語，因為全城的人都關心布登布洛克家的年輕老闆要怎麼「打理生意」。就連鑄鐘路的施篤特先生也對他那個和上流社交圈有所往來的妻子說：「我告訴妳，這兩個人很能相輔相成！」

然而，公司的「門面人物」毫無疑問是這兩位合夥人當中比較年輕的那一位。這從他懂得和公司員工、商船船長、倉庫辦公室經理、車夫和倉庫工人打交道就能看得出來。他能夠自然而然地用他們的語言交談，同時卻仍保持著難以接近的距離。換作是馬庫斯先生對一個老實的工人說：「你聽懂俺說的話嗎？」聽起來就完全不自然，乃至於坐在他辦公桌對面的合夥人忍不住笑了起來，而整個辦公室就也跟著哄堂大笑。

湯瑪斯．布登布洛克一心想要維持並增添這家老字號公司應有的榮光，喜歡在每日為了成功而做的努力中親自上陣，因為他很清楚，有幾筆好生意之所以能夠成交，都是多虧了他自信大方的舉止、博得好感的親和力與圓滑的談話技巧。

「一個商人不能只會坐辦公桌！」他對「齊斯登梅克父子」公司的史提方．齊斯登梅克說，此人是他以前的同學，在智力上始終略遜他一籌，總是用心聆聽他說的每一句話，再當成自己的看法說給別人聽，「做生意也需要有個性，這是**我的**作風。我不認為從辦公室就能掙得巨大的成功，至少那不會給我帶來多少樂趣。成功無法只在辦公桌前計算出來……我總覺得需要親眼、親口、親手去指揮事情的發展……讓我的意志、我的才能、我的運氣——隨你怎麼說——直接發揮影響力，去掌控事情的進展。只可惜，商人的這種親力親為已經漸漸不時興了。時代在進步，可是在我看來，最好的東西被拋棄了……交通愈來愈方便，得知市價行情愈來愈快，風險變小了，利潤也隨之減少……是啊，老一輩的人當時的情況不同。就拿我祖父來說吧，他駕著四匹馬拉的馬車去到德國南部，這位老先生戴著撲粉的假髮，穿著及膝馬褲，替普魯士軍隊供應軍糧。然後他四處施展魅力，展現他做生意的技巧，賺了很多錢，多得令人難以置信，齊斯登梅克！唉，我真怕商人這個職業將會隨著時間而變得愈來愈乏味……」

湯瑪斯偶爾會這樣抱怨，因此，他最喜歡做的生意就是偶然走進一家磨坊，也許是在和家人散步時，然後與感到榮幸的磨坊主人聊聊天，再輕鬆愉快地順便和對方簽下一份好合同。這種事情是他的合夥人做不來的。

至於克里斯提昂，起初他似乎帶著真正的熱忱和樂趣投入他的工作；是的，他在工作中似乎感到格外稱心如意，一連幾天都胃口大開，抽著他的短菸斗，把肩膀在那件英式外套裡舒展開來，表現出他的心滿意足。上午他和湯瑪斯大約在同一個時間去到樓下的辦公室，在他那張可以轉動的扶手椅上坐下，因為他就跟公司的兩位老闆一樣擁有一張扶手椅，他的位子在馬庫斯先生旁邊，在他哥哥的斜對面。他先讀一下報紙，一邊舒舒服服地抽完早晨那根菸。然後他從辦公桌下面的櫃子裡拿出一瓶陳年白蘭地，伸個懶腰，活動一下身體，說聲「好吧！」讓舌尖在齒間遊走，就興致高昂地開始工作。他的英文書信寫得異常熟練有力，因為他說起英文來滔滔不絕，乾淨俐落、不甚講究、滿不在乎而且毫不費力，寫起英文來也一樣。

依著他的天性，在家人之間他會用言語來表達自己的心情。

「商人真是個令人感到幸福的好職業！」他說。「踏實，知足，勤勞，舒適，我真是天生就適合這一行！而且像這樣身為家族的成員，你們曉得的……總之，我感覺自己從來沒有這麼舒服過。早上神清氣爽地進辦公室，翻閱一下報紙，抽根菸，想想這個，想想那個，想著自己過得多好，喝一口白蘭地，再稍微工作一下。等午餐時間到了，跟家人一起吃個飯，休息一下，就再去工作，寫寫信，用的是質地好、光滑乾淨的公司信箋，一支好寫的筆，直尺、裁紙刀、印章，全都是高級品，擺得整整齊齊。就用這些文具處理一切事務，勤勤懇懇，按照順序，一件接一件，直到最後收拾好下班。明天又是新的一天。等到上樓去吃晚餐的時候，就感到無比滿足，四肢百骸都感到滿足，一雙手也感到滿足……」

「老天，克里斯提昂！」東妮喊道。「你又說些可笑的話了！一雙手也感到滿足……」

「是這樣沒錯啊！妳沒有過這種感受嗎？我的意思是……」接著他就急切地想要表達，想要解釋，「你握起拳頭，妳知道的，不是握得特別緊，因為你工作得累了。但是手心並不潮溼……不會讓人感到煩躁，感覺很舒適，那是一種自給自足的感覺，你可以靜靜地坐著，而不感到無聊……」

大家都沉默不語。然後湯瑪斯為了掩飾他的反感，用十分平淡的口氣說：「我覺得，工作並不是為了……」但是他沒有把話說完，沒有複述克里斯提昂所說的話。「至少我工作是為了別的目標。」他又加了一句。

但是克里斯提昂的目光四處游移，對這句話置若罔聞，因為他陷入了沉思，隨即說起在瓦爾帕萊索發生的一個故事，是他親眼目睹的一樁凶殺案，「就在這時候那傢伙拔出了刀子——」克里斯提昂有一肚子這種故事，東妮聽得津津有味，領事夫人、克拉拉和克婁蒂妲聽得毛骨聳然，雍曼小姐和艾芮卡則聽得目瞪口呆，只有湯瑪斯基於某種理由並沒有熱烈的反應。他習慣對這些故事說些冷嘲熱諷的話，明顯表現出他認為克里斯提昂是誇大其詞，是在吹牛。雖然他肯定並非真的這麼想，而克里斯提昂把故事說得有聲有色。難道湯瑪斯不樂於見到弟弟比他見多識廣嗎？還是對這些動刀動槍的故事所歌頌的混亂和帶有異國色彩的暴力事件覺得反感？可以確定的是，克里斯提昂一點也不在乎哥哥不愛聽這些故事。他全神貫注地述說，根本沒去注意別人愛不愛聽，等他說完了，他就若有所思而且心不在焉地環顧室內。

如果說布登布洛克家兩兄弟間的關係並未隨著時間而好轉，克里斯提昂卻並沒有想到要對哥哥表現出不滿或心懷怨恨，也不會妄自對哥哥有任何意見、看法或評斷。他心照不宣地承認哥哥比他優越、比他認真、比他有能力、比他能幹、比他更值得尊敬，對此沒有流露出一絲懷疑。可是正是這種無邊無際、滿不在乎、毫無對抗之意的屈居下風令湯瑪斯感到惱怒，因為克里斯提昂在每一件事情上都心甘情願地屈居下風，看起來就好像他根本不重視優越、能幹、認真和值得尊敬。

他似乎完全沒有察覺，身為公司老闆的哥哥對他愈來愈反感了，雖然湯瑪斯沒有表現出來。而這種反感也是有理由的，因為很遺憾地，克里斯提昂的工作熱忱在第一週過後就已經大大減退，而在第二週過後更是如此。這首先表現在他動手工作前的準備活動上，起初那看起來像是在刻意延長對工作的期待：看報紙、早餐後抽根菸、喝杯白蘭地；漸漸地，他花在這些事情上的時間愈來愈長，最後花掉了一整個上午。然後自然而然地，克里斯提昂開始不受上班時間的約束，每天上午抽著早餐後那根菸走進辦公室的時間愈來愈晚，進辦公室後就做工作前的準備活動，中午去俱樂部吃午餐，回來得太晚，有時直到晚上才回來，有時甚至根本不回來。

這間俱樂部的會員主要是些未婚的商人，在一家葡萄酒餐館的二樓占了幾個舒適的房間，在那裡可以用餐，也可以聚在一起從事一些無拘無束的娛樂活動，這些活動往往並非全然無害：因為那裡有一張輪盤賭桌。會員也包括一些雖然已有妻小、但個性有點輕浮的男士，像是克羅格領事，當然也少不了彼得·德爾曼，而警察局長克雷默則是俱樂部裡的「龍頭老大」。這是吉塞克博士替他取的綽號，安德瑞亞斯·吉塞克是消防隊長的兒子，也是克里斯提昂的老同學，已經在城裡執業當律師，雖然他被公認為放蕩的紈絝子弟，布登布洛克家的二公子卻很快就和他重拾當年的友誼。

克里斯提昂（或者說克里昂，別人通常馬馬虎虎地這樣叫他）在俱樂部裡受到熱烈的歡迎，由於大多數人都曾經是已逝的史登格老師的學生，他從前和這些人就或多或少相識或有些交情。雖然不管是商人還是學者都不認為他有多高的才智，但是大家都曉得他具有娛樂眾人的社交才華。事實上，他在俱樂部裡做了他最出色的表演，說了他最精彩的故事。他在俱樂部的鋼琴前模仿鋼琴家演奏，模仿英國和大西洋彼岸的演員與歌劇演唱家，他以無傷大雅、妙趣橫生的方式把他在各地的風流韻事說得精彩萬分，因為克里斯提昂·布登布洛克毫無疑問是個花花公子，他述說自己經歷過的風流史：在船上、火車上、漢堡聖保利區、倫敦白教堂區、原始森林裡……他說起故事來引人入勝、扣人心弦，如行雲流水，講話有點慢吞吞的，帶點感嘆，像個英國幽默大師一樣搞笑而無傷大雅。他說起一條狗的故事，牠被裝在一個箱子裡，從瓦爾帕萊索寄往舊金山，而且還是條癩皮狗。天曉得這則軼事有什麼意義，但是從他嘴裡說出來卻異常滑稽。等到周圍的人全都笑得前仰後合，他自己卻坐在那裡，頂著大大的鷹鉤鼻、太過細長的脖子和已經稀疏的紅金色頭髮，把一條向外彎曲的瘦腿翹在另一條腿上，臉上帶著不安而莫名的嚴肅，那雙又小又圓、深深凹陷的眼睛若有所思地四處游移，簡直就像是眾人把他當成笑柄，彷彿大家都在嘲笑他，但是他並沒有這樣想。

在家裡，他特別喜歡談起他在瓦爾帕萊索上班的地方，談起當地過於炙熱的氣溫，談起一個名叫強尼・桑德史東的年輕人，那人來自倫敦，是個懶鬼，是個不可思議的傢伙，「該死的，從沒見過他工作，」卻仍是個能幹的商人。「我的老天！」他說。「那麼熱的天氣！老闆進來辦公室，我們八個人像蒼蠅一樣橫七豎八地躺著抽菸，為了至少把蚊子燻走。我的老天！老闆說：『嗯，各位先生，你們不工作嗎？』……『No, Sir！』強尼・桑德史東說，『如您所見，Sir！』而我們全都把香菸的煙往他臉上吹。我的老天！」

「你為什麼老是說『我的老天』？」湯瑪斯惱怒地問。可是讓他生氣的並不是這個。而是他感覺到克里斯提昂之所以津津有味地述說這個故事，就只是因為這讓他有機會用嘲弄和輕蔑的口吻來談論工作。

然後他們的母親就不動聲色地把話題轉開。

這世上有許多醜惡的事，出身克羅格家族的布登布洛克領事夫人心想。兄弟也可能互相憎恨、互相輕視；雖然聳人聽聞，但這種事的確會發生。然而大家閉口不提。大家粉飾門面。這事沒有必要知道。

第四章

這年五月，現年六十歲的戈特豪德伯父——戈特豪德．布登布洛克領事——在一個悲傷的夜裡心臟痙攣發作，在他原姓史特溫的妻子懷中痛苦地死去。

相對於在家中更有地位、由安朵涅特夫人所生的弟弟妹妹，這個由可憐早逝的約瑟芬夫人所生的兒子這一生比較吃虧，但他早已認命。最近這些年來，尤其是在他姪兒把荷蘭領事的頭銜讓給他之後，他心中就不再懷有絲毫憤恨，每天知足地從鐵罐裡拿咳嗽糖果吃。如果說有誰對家族中昔日的嫌隙仍然耿耿於懷，表現為一種並非針對特定事件的敵意，那就是他家裡的幾位女性：他那好脾氣而頭腦簡單的妻子表現得倒不明顯，但是那三位已是老姑娘的女兒在見到領事夫人、東妮或湯瑪斯時，眼中總難免會閃現一絲惡毒的怒火。

每週四是這個家族傳統聚會的「兒童日」，下午四點，全家人就齊聚在曼恩路大宅，準備一起吃午餐，然後共度晚間時光。有時候克羅格領事夫婦或是魏希布洛特小姐和她那個沒讀過什麼書的姊姊也會來參加。就是在這種聚會中，從布萊特大街過來的布登布洛克三姊妹特別喜歡口無遮攔地把話題引到東妮那段已經結束的婚姻上，刺激她說幾句慷慨激昂的話，一邊彼此交換短促的尖刻眼神。或是她們會大發議論，說染髮是種可恥的虛榮，並且過度關心地問起領事夫人那個浪蕩姪兒雅克伯．克羅格的情況。可憐、無辜而且逆來順受的克婁蒂妲事實上是家人當中唯一會自覺還矮她們三姊妹一截的人，而她們也讓她嘗到受譏笑的滋味，雖然這個家貧而且老是覺得飢餓的女孩每天都會受到湯瑪斯或東妮的揶揄，而她總是面露驚訝、態度和善地接受，但是那三姊妹對她的譏嘲卻遠遠更為惡毒。她們嘲笑克拉拉的嚴肅與過度虔誠，也很快就發現克里斯提昂和湯瑪斯相處得並不好，還發現她們根本不需要在乎克里斯提昂，謝天謝地，因為他是個丑角，是個可笑的人。至於本身無懈可擊的湯瑪斯，他以寬容的沉著面對她們，那意味著：我了解你們，我替你們感到難過。因此，她們以略帶嫉恨的敬意對待他。小艾芮卡雖然營養良好、面色紅潤，她們卻也還是有話可說，說她長得太慢，令人不安。而菲菲還要多此一舉地指出這個孩子長得和大騙子古倫里希驚人地相似，說時全身抖動，口沫流到嘴角……

此刻她們和母親圍在父親臨終的床邊哭泣，儘管她們覺得就連父親的死也得要怪曼恩路大宅的親戚，她們還是派了信差過去通報。

深夜裡，門鈴在寬敞的玄關裡迴蕩，由於克里斯提昂很晚才回來，而且感覺身體不適，於是湯瑪斯就獨自冒著春雨出門。

他剛好趕上看見這位老先生臨終前的最後幾次抽搐，然後他雙手合十，在死者的房間裡站了很久，看著被子底下顯露出的矮小身形，看著死者的臉，這張臉有著柔和的線條和白色頰鬚。

「你這一生過得並不如意，戈特豪德伯伯。」他想。「你太晚才學會妥協、學會體諒，但這是必要的。假如我像你一樣，我早在多年以前就會跟一個女店員結婚了。要顧及門面！你所過的生活究竟是否是你想要的？雖然你當年很執拗，而且大概認為這種執拗具有某種理想性，但你缺少活力、缺少想像力、也缺少理想，這種理想會使人默默懷著熱忱去珍惜、維護和捍衛某種抽象的東西——一個古老的姓氏，一個公司的招牌——為之掙得名譽、權力和榮耀，這比祕密的愛情更加甜蜜，也更令人滿足。你缺少詩意，雖然你曾經那麼勇敢，在戀愛和結婚這件事上違抗了父命。你也缺少野心，戈特豪德伯伯。當然，這個古老的姓氏只不過是個尋常百姓的姓氏，而祖先藉由使穀物生意蒸蒸日上來愛惜這個姓氏，使個人在世界的一隅受人尊敬、受人歡迎、享有權勢……那時候你心想：我要娶我所愛的史特溫小姐，不在乎現實的考量，因為那都是些世俗瑣事，都是市儈之見？噢，我們也是見過世面、受過教育的人，足以清楚看出我們的進取心是有界限的，這個界限在外人和上天眼中狹隘得可憐。但是這塵世上的一切都只是個比喻，戈特豪德伯伯！你難道不知道一個人即使在一座小城市裡也能成為大人物？即使在波羅的海沿岸一個中等的貿易城市也能稱王？當然，這需要一點想像力，需要一點理想，而這兩者你都不具備，不管你對自己有什麼看法。」

於是湯瑪斯．布登布洛克轉過身去。他走到窗前，雙手擱在背後，聰明的臉上浮現一絲笑容，看著市政廳的哥特式外牆在雨中被燈光微微照亮。

湯瑪斯在父親死後原可直接繼承的「荷蘭皇家領事」職位和頭銜，如今順理成章地又落在他頭上，令東妮．古倫里希感到無比自豪。大家又能看見那面繪著獅子、家徽和王冠的拱形盾牌重新掛在曼恩路大宅正面的山牆上，就在「Dominus providebit（耶和華必預備）」那句拉丁文下方。

處理完這件事之後，同年六月，這位年輕的領事就踏上了旅途，出差前往阿姆斯特丹，這趟旅行將會花多少時間，他也不知道。

第五章

死亡往往會喚起對天堂的嚮往，因此，布登布洛克領事去世之後，從領事夫人口中聽見某些宗教意味濃厚的措辭，誰也不感到驚訝，雖然她從前並沒有這個習慣。

可是，大家隨即看出這種情況並非暫時的。領事夫人自己也上了年紀之後，在丈夫生前的最後幾年就已經贊同他的宗教傾向，如今她想完全接受領事篤信上帝的世界觀，做為緬懷亡夫的首要方式，這件事很快就在城裡傳開了。

她努力讓這棟大宅充滿已返回天家的領事的精神，充滿基督徒的嚴肅，但那是一種溫和的嚴肅，並不排斥高尚的歡樂。晨昏的禱告以更大的規模繼續進行。全家人聚集在餐廳裡，僕人則站在圓柱大廳裡，由領事夫人或克拉拉從祖傳的大字大本《聖經》裡朗誦一段經文，接著大家再從讚美詩集裡唱幾段聖歌，由領事夫人用風琴伴奏。除了《聖經》之外，也經常從那些黑皮金邊的布道書和祈禱書中朗誦，這些《小寶庫》、《詩篇》、《神聖時刻》、《晨鐘》和《朝聖杖》，這類書籍在屋裡多得是，對於給世人帶來幸福的聖嬰耶穌流露出不變的溫情，有點令人生膩。

克里斯提昂不常來參加禱告。湯瑪斯曾找機會小心翼翼、半開玩笑地針對這些宗教活動提出異議，但是被莊重地委婉駁回。至於東妮，很遺憾地，她在這種場合的舉止不總是十分得體。一天早上，一位外地來的牧師正好在布登布洛克家中作客，大家被迫隨著一首莊嚴虔誠而真摯的曲調唱出這樣的歌詞：

「我真是惡貫滿盈，
是個滿身罪孽的廢人，
把自己的罪惡吃進肚裡，
如同被銹病侵蝕的洋蔥。
啊，主啊，揪住我的狗耳朵，
把恩典的骨頭扔在我面前，
帶領我這個罪人
進入祢慈悲的天堂！」

唱到這裡，東妮滿心悔恨地把手裡拿著的書一扔，離開了餐廳。

然而，領事夫人對自己的要求遠比對她子女的要求更多。例如，她成立了一所主日學校。星期天上午，來按響曼恩路大宅門鈴的都是些還在讀小學的小女孩，住在城牆邊的史提娜·沃斯、住在鑄鐘路的米可·施篤特、還有住在特拉維河畔或是哪條窮街陋巷的菲可·史努特，她們頂著用水梳過的金黃色頭髮，穿過寬敞的玄關，走進那間面向庭院的明亮房間，那裡已經有一段時間沒被當成辦公室使用了。如今裡面擺了幾張長凳，而出身克羅格家族的布登布洛克領事夫人就坐在長凳對面的一張小桌旁，穿著黑色厚緞衣裳，一張臉白淨端莊，頭上戴著比臉更白的蕾絲軟帽，小桌上擺著一杯糖水，跟那群小女孩進行一小時的教義問答。

她也創設了「耶路撒冷之夜」，不只是克拉拉與克婁蒂妲必須參加，就連東妮也得參加，不管她樂不樂意。每週一次，餐廳的餐桌整個拉開，在燈光與燭光的照耀下，大約二十位女士圍坐在桌旁，她們都到了該在天堂找個好位子的年紀。她們一起喝茶或「主教雞尾酒」，吃點可口的夾餡麵包和布丁，朗誦讚美詩和宗教論文給彼此聽，一邊做些手工藝品，這些藝品在年終時會拿去市集上販售，所得的收入將寄往耶路撒冷供傳教之用。

這個虔誠的社團主要由領事夫人社交圈中的女士組成，朗哈爾斯議員夫人、莫倫朵普領事夫人、齊斯登梅克領事老夫人都是成員，而另外一些像是柯本夫人這樣生性對世俗生活更感興趣的年長女士，則會調侃她們的朋友貝絲。城裡的幾位牧師娘以及新寡的另一位布登布洛克領事夫人（娘家姓氏為史特溫的那一位），還有魏希布洛特小姐和她那個沒受過什麼教育的姊姊也都是這個社團的成員。然而，在耶穌面前沒有高低貴賤之分，因此也有一些比較貧窮、比較怪異的人物來參加「耶路撒冷之夜」，例如一個身材矮小、滿臉皺紋的老婦，她虔誠信奉上帝，也擅長用鉤針織出各種圖案，住在「聖靈養老院」，姓氏是希姆斯比爾格，是她家族最後僅存的一個子孫，她哀傷地自稱為「末代的希姆斯比爾格」[1]，同時把鉤針伸進她的軟帽底下搔癢。

不過，更引人注目的是另外兩名成員，一對孿生姊妹，兩個奇特的老姑娘，戴著十八世紀的牧羊人帽子，穿著已經褪色多年的衣裳，手牽著手在城裡東奔西走，四處行善。她們的姓氏是葛哈德，自稱是神學家保羅．葛哈德[2]的直系子孫。據說她們一點也不窮，但卻過著極其清貧的生活，而把一切都施捨給窮人……布登布洛克領事夫人有時候會替她們感到難為情，對她們說：「親愛的！雖說上帝看的是人

---

1 希姆斯比爾格這個姓氏的德文原文是Himmelsbürger，意思是「天國子民」，所以「末代的希姆斯比爾格」同時也有「最後的天國子民」之意。

2 保羅．葛哈德（Paul Gerhardt, 1607-1676）係德國路德教派神學家，也是著名的德語讚美詩歌作者。

的內心，可是你們的衣著不太整潔……我們總得要注意自己的儀表呀……」然而她們就只是在這位打扮高雅的朋友（領事夫人掩飾不了自己是個名媛貴婦）額頭上親吻了一下，帶著寒微之人在面對尋求永生的富貴之人時所流露出的優越感，那當中有寬容、慈愛和憐憫。她們一點也不愚蠢，在她們醜陋乾癟、有如鸚鵡的小腦袋上有一雙明亮的棕色眼睛，微微有點迷濛，用溫和睿智的奇特眼神看著這個世界，她們內心充滿了奇妙神秘的知識。她們知道，在我們臨終之際，所有先我們蒙主寵召的親人都會在歌聲和極樂中來迎接我們。她們說「主」這個字眼時帶有第一代基督徒的輕鬆與純樸，那些人還曾聽見主親口說出「再等不多時，你們還要見我」[1]。她們對於內心的靈光和預感、對於思想的傳達與傳播有著極為奇特的理論。因為雙胞胎當中的蕾雅是個聾子，卻幾乎總是知道別人在說什麼。

由於蕾雅．葛哈德耳聾，因此在「耶路撒冷之夜」通常由她來朗讀，而且眾女士也認為她讀得優美動人。她從手提包裡拿出一本古老的書，那本書的厚度大於寬度，可笑而不成比例，首頁上印著一幅銅版畫，刻著她那位祖先的肖像，臉頰胖嘟嘟的超乎尋常。她用雙手捧著那本書，為了讓自己也能聽到一點，就用嚇人的聲音朗讀起來，那聲音聽起來就像是一陣風吹進爐管裡出不來：

「如果撒旦要將我吞噬……」

哼！東妮．古倫里希心想。哪個撒旦會想吞噬這女人！但是她什麼也沒說，只管吃著她的布丁，思索著自己有朝一日是否也會變得像這兩位葛哈德小姐一樣醜陋。

東妮不快樂，她感到無聊，而且討厭那些牧師和傳教士。在領事去世之後，他們登門拜訪的次數可能還更多了，而且在東妮看來，他們管得太多，拿的錢也太多。後者是湯瑪斯該管的事，但是他閉口不

1 語出《聖經》《約翰福音》十六章第十六節。

談，他妹妹卻偶爾會嘀咕，說有些人拿長篇禱告做藉口，把寡婦的家都給吃空了。

她對這些身穿黑袍的男士厭惡之至。身為成熟的婦人，對人生有了些認識，不再是個傻丫頭，她認為自己無法相信這些人絕對是聖潔的。「母親！」她說，「唉，老天，我們不該說別人的壞話……好吧，我也知道！可是有一件事我非說出來不可，而且如果妳沒有從生活中學到這個教訓，我會很驚訝，這件事就是：不是每個身穿長袍、嘴裡念著『主啊，主啊』的人都毫無缺點！」

湯瑪斯對於妹妹這樣理直氣壯地提出的真理有何看法，這一點始終沒人知道。克里斯提昂則根本沒有意見，他只是皺著鼻子觀察這些神職人員，然後在俱樂部或家裡加以模仿。

不過，的確是東妮最常需要忍受這些來家裡作客的神職人員。有一天確實發生了這麼一件事：有個傳教士名叫約拿坦，曾經在敘利亞和阿拉伯待過，有著一雙充滿責備之意的大眼睛和喪氣地耷拉著的臉頰，他走到東妮面前，悲傷而嚴厲地要求她回答一個問題，問她額上鬈捲的鬈髮是否符合基督徒的謙遜？唉！他沒有料到東妮．古倫里希伶牙利齒的尖酸刻薄。她沉默了片刻，看得出她正在動腦筋，然後她說：**「牧師先生，能不能拜託您只關心您自己的鬈髮就好？」**說完她就衣裙窸窸地走了出去，微微聳起肩膀，把頭向後仰，但仍舊努力把下巴抵在胸前。而約拿坦牧師的頭髮極其稀少，簡直可以說他是個禿頭！

然而，另外一次她還獲得了更大的勝利。這次是特里施克牧師，來自柏林的「淚汪汪特里施克」，他之所以有這個綽號，是因為每個週日他講道講到適當之處就會開始哭泣。「淚汪汪特里施克」的特徵是蒼白的臉、紅通通的眼睛和酷似馬兒的下頷，他在布登布洛克大宅裡待了八天或十天，每天只輪流做兩件事，一件是和可憐的克婁蒂妲比飯量，另一件則是做禱告。就在這段作客期間，他愛上了東妮，不是愛上她不朽的靈魂，而是愛上她微噘的上脣、濃密的頭髮、漂亮的眼睛、還有她豐腴的身形！這個事奉上帝的人在柏林有妻子和好幾個小孩，竟然恬不知恥地讓僕人安東在古倫里希太太位於三樓的臥房裡放了一封信，信中巧妙地夾雜了從《聖經》摘錄的經文和阿諛奉承的柔情。東妮在上床睡覺時發現了這封信，讀完後踩著堅定的步伐走到領事夫人位於中間夾層的臥房，一點也不害羞地在燭光下把這位傳道人的信大聲念出來，於是「淚汪汪特里施克」從此就再也不可能登門造訪了。

「他們全都是這樣！」東妮說，「哼！他們全都是這樣！噢，老天，我從前是個傻丫頭，媽媽，但是生活奪走了我對人的信任。大多數的人都是騙子，很遺憾，這話一點也不假。古倫里希——」這個名字聽起來像一聲號角，像短促地吹響了一聲喇叭，她微微聳起肩膀，眼睛仰視上方，對著空氣吹響了這個名字。

第六章

希弗特・提伯提烏斯是個身材瘦小的男子，有顆大頭顱，留著稀疏細長的金色頰鬚，從中一分為二，有時為了方便，他會把鬍鬚的末稍往兩邊一撩，搭在肩膀上。數不清的小髮鬈有如羊毛般覆蓋在他圓圓的頭顱上。他的耳廓很大，極為突出，邊緣向內捲的幅度很大，上端尖得就像狐狸耳朵。他的鼻子像顆扁平的小鈕釦貼在臉上，顴骨突出，一雙灰色眼睛平時瞇成一條縫，有點傻呼呼地東張西望，在某些時刻卻會出人意料地睜得大大的，愈來愈大，眼球向外凸出，簡直就要蹦出來似的。

這就是提伯提烏斯牧師，他來自里加，在德國中部任職數年，如今在故鄉得到一個牧師的職位，在返鄉途中路過這座城市。他帶著一位牧師同事的推薦信（此人也曾在曼恩路大宅享用過仿海龜湯[1]和紅酒醬汁火腿），前來拜望領事夫人，受邀在他於本城停留期間客居此宅，住在二樓走道旁邊那間寬敞的客房裡，預期將停留幾天。

可是他停留的時間比預期的更長。八天過去了，而他仍有這一處或那一處名勝尚未參觀，像是聖瑪利亞教堂的「死亡之舞」畫作和使徒時鐘、市政廳、「船員公會之家」餐廳、或是大教堂裡眼睛會動的

1 仿海龜湯（Mockturtlesuppe）源自十八世紀中期的英國，由於原本用來煮海龜湯的綠海龜已瀕臨絕種，遂用小牛頭或牛腦及內臟來代替海龜肉煮成味道類似的湯。

太陽。十天過去了，他一再提起要啟程離開，可是只要主人一出言挽留，他就又再延後。

他的人品優於約拿坦和「淚汪汪特里施克」這兩位先生。他一點也不在乎東妮額上燙捲的鬈髮，也沒有給她寫過信。但是他卻更加關注克拉拉，東妮那個比較嚴肅的妹妹。在克拉拉面前，在她說話或走動的時候，他的眼睛就可能會出人意料地睜得大大的，愈來愈大，眼球向外凸出，簡直就要蹦出來。而且他幾乎整天都守在她身旁，和她交談，談宗教上的事或日常生活，或是為她朗讀。用他那又高又尖的嗓音，帶著他那濱臨波羅的海的故鄉有點滑稽的鄉音。

他來訪的第一天就說了：「領事夫人，請恕我冒昧！令嬡克拉拉真是上帝賜予您的珍寶和福氣。這個孩子太好了！」

「您說得沒錯。」領事夫人回答。但是他一再重複這番話，乃至於她用明亮的藍眼睛審慎地打量他，使得他更詳細地述說了自己的家庭背景、經濟情況和未來的前景。原來他是商人家庭出身，母親已經去世，他沒有兄弟姊妹，而他在里加的老父已經退休，有足夠的財產過日子，這筆財產有朝一日將會傳給他本人，此外，他的牧師職位也將確保他會有足夠的收入。

至於克拉拉·布登布洛克，如今她十九歲，一頭黑髮梳得平平整整，一雙棕色眼睛目光嚴肅，卻仍帶有做夢的眼神，鼻梁微微彎曲，嘴巴緊緊閉著，身材苗條高挑，已經長成了一位有著冷淡獨特之美的年輕小姐。在家裡，她和她同樣虔誠的貧窮堂姊克婁蒂妲最親近，克婁蒂妲最近死了父親，一心想著不久之後可以「安頓下來」，亦即帶著她繼承的一點點錢和家具，在某處找間寄宿公寓住下來。然而，克拉拉完全沒有克婁蒂妲那種拖長了聲調、耐心十足、飢腸轆轆的謙卑。正好相反，她和僕人交談時所用的語氣有點專橫，甚至和哥哥姊姊或是母親交談時也是如此，而她的低沉嗓音已經帶有發號施令的特質，只會堅決地壓低聲調，從來不懂得抬高聲調表示徵詢，而且經常流露出簡慢、強硬、不耐煩、傲慢的語氣：亦即在克拉拉頭痛得難受的日子。

在領事去世而使家裡籠罩著一股哀傷之前，克拉拉也曾參加父母家以及同等社會階層的其他人家所舉辦的社交活動，表現出令人難以親近的矜持。領事夫人觀察著她，無法對自己隱瞞這件事實：儘管克拉拉有豐厚的嫁妝，操持家務也很能幹，要把這個孩子嫁出去還是很難。在周圍那些並不篤信上帝、愛喝紅酒、嘻嘻哈哈的商人當中，她想像不出有誰能與這個敬畏上帝的嚴肅女孩相匹配，但是由一位神職人員與她結為伴侶倒是可以想像的。由於這個念頭令領事夫人感到欣喜，提伯提烏斯牧師稍微導入正題就得到她友善得體的回應。

而這件事果然分毫不差地發展下去。在七月裡一個晴朗無雲的溫暖下午，全家人出外散步。領事夫人、安東妮、克里斯提昂、克拉拉、克妻蒂妲、艾芮卡・古倫里希和薙曼小姐，當中也夾著提伯提烏斯牧師，一行人一直走到城堡門外，在一家鄉村旅店的露天木桌旁吃草莓、喝酸奶、或是吃紅果羹[1]，吃過這頓點心之後，大家就去那片一直延伸到河邊的大果園裡散步，在各種果樹的綠蔭底下徜徉，兩旁種著醋栗與鵝莓，還有蘆筍田和馬鈴薯田。

希弗特・提伯提烏斯和克拉拉・布登布洛克稍微落在眾人後面。他比她矮得多，中分的頰鬚末稍擱在兩邊的肩膀上。他把黑色弧形草帽從大腦袋上摘下，不時用手帕擦乾額頭上的汗水，睜大了眼睛，輕聲細語地和她進行了一番長談，在談話中兩人一度停下腳步，而克拉拉用嚴肅而平靜的聲音說了聲「好」。

回家之後，領事夫人感覺有點疲倦和燥熱，獨自坐在風景廳裡，這時提伯提烏斯牧師在她身旁坐

1 紅果羹（Rote Grütze）是用草莓、覆盆子、紅醋栗等紅色果實製成的糊狀甜點，在德國和北歐國家很常見。

下，在夏日傍晚的餘暉中開始輕聲細語地也和她展開一番長談，戶外籠罩在週日下午引人沉思的寂靜中。等他說完，領事夫人說：「行了，親愛的牧師先生，您的提議符合我身為母親的願望，而我可以向您保證，您也做了個好選擇。誰會料到您在舍下停留的這段日子竟會得到這麼大的祝福！今天我還不能做出最後的決定，因為我理應先寫信給我身為領事的兒子，如您所知，目前他人在國外。明天您就平安健康地啟程前往里加就職上任吧，而我們打算去海邊住幾個星期……您很快就會收到我的消息，願上帝保佑，讓我們愉快地再次相見。」

第七章

「阿姆斯特丹，一九五六年七月二十日
哈斯耶旅館：

親愛的母親！

剛剛接獲您內容豐富的來信，我要先向您表示由衷的謝意，感謝您針對信中所提的這件事特意來信徵求我的同意，我當然不僅表示同意，還要欣然加以祝賀，我深信您和克拉拉都做出了很好的選擇。提伯提烏斯這個悅耳的姓氏我是聽過的，而且我確信爸爸跟他父親曾有過生意往來。無論如何，克拉拉將會有舒適的生活環境，而牧師夫人的身分也很適合她的性格。

您說提伯提烏斯動身前往里加了，將於八月再來探望他的未婚妻？嗯，屆時在我們家的曼恩路大宅可就熱鬧了——比你們大家所預想的還要熱鬧，因為你們不知道克拉拉訂婚的事為什麼會讓我這麼高興，也不知道這是件多麼可喜的巧合。是的，我親愛的好媽媽，如果我今天對克拉拉在塵世間的幸福敬表同意，把這份同意從阿姆斯特丹寄往波羅的海，那麼就只是基於一個條件，亦即我將從您的回郵中也收到您的同意，關於一件類似的事！我願意付出三個金幣，假如我能看見您讀到這幾行字時的表情，尤其是咱們家聰明伶俐的東妮的表情……可是我就直說了吧。

我住的這間旅館小而乾淨，可以看見運河，景色優美，位在市中心，離證券交易所不遠，而我來此地要辦的事（建立寶貴的新人脈：您知道這類事情我喜歡親自處理），從第一天起就進展得很順利。由於我的學徒時期在這裡度過，我在城裡的熟人很多，儘管許多家庭都去海濱浴場度假了，我還是立刻就必須參加許多社交活動。我去參加過凡・韓克東先生家和莫稜先生家裡舉辦的小型晚會，而我來此地的第三天就不得不換上盛裝，出席我從前的老闆凡・德・凱林先生所舉辦的晚宴，這原本不是舉辦晚宴的季節，他顯然是為了歡迎我而特意安排的。而由我負責帶位到餐桌旁的女士是……你們想要猜猜看嗎？是阿爾諾德森小姐，蓋爾妲・阿爾諾德森，東妮以前在寄宿學校的同學，她父親和她姊姊與姊夫也在場，她父親是個大商人，也是個卓越的小提琴演奏家。

我清楚記得，蓋爾妲——請容許我只用前名來稱呼她——還是個少女時，當她還在磨坊邊街魏希布洛特小姐的寄宿學校就讀，就已經讓我留下難以磨滅的深刻印象。而如今我又再次見到她：她長得更高、更成熟、更美麗、更機智了……請同意我不對她的個性多加描述，因為我可能會說得太過火了，反正你們很快就能當面見到她！

你們可以想像，我們在餐桌上有許多話題可談，可是等到湯品上桌之後，我們就已經不再談那些陳年往事，而談起更嚴肅、更引人入勝的事物。要談音樂，我不是她的對手，因為很遺憾地，我們布登布洛克家族的人對音樂懂得太少，但是談到荷蘭的繪畫我就比較在行了，而在文學方面我們也談得很投機。

時間真的有如飛逝。飯後我被介紹給阿爾諾德森老先生，他對我非常親切和藹。之後在客廳裡，他演奏了好幾首音樂會的曲目，蓋爾妲也上場表演。她演奏的模樣光芒四射，儘管我對小提琴演奏一竅不通，但我知道她懂得用她的樂器吟唱（那是一把真正的史特拉底瓦里名琴），使人聽了幾乎熱淚盈眶。

隔天我去阿爾諾德森家拜訪，在博伊特康特街[1]。首先來接待我的是負責陪伴蓋爾妲的一位年長婦人，我必須用法語和她交談；但是蓋爾妲隨即加入了我們，而我和她就像前一天一樣聊了大約一個鐘頭。只是這一次我們又更親近了一些，更努力想要互相了解，認識彼此。我們又談起了媽媽您，談起東妮，談起咱們那座可愛的古老城市和我的工作……

那一天我就已經打定了主意：就是她了，不然就誰都不娶；就是現在，不然就永遠不娶！之後我還在我朋友凡．斯文德倫家中的庭園派對上遇見她一次，而我自己也受邀去參加阿爾諾德森家的一場音樂晚會，在晚會上我試探性地對這位年輕小姐做了含蓄的表白，並且得到令人鼓舞的回答……五天前的上午，我去拜訪阿爾諾德森先生，請他允許我向她女兒求婚。他在他的私人辦公室裡接見我。『親愛的領事，』他說，『不管身為老鰥夫的我再怎麼捨不得跟我女兒分開，我還是非常歡迎您！可是她怎麼想呢？她曾經決定一輩子不結婚，到目前為止都堅持著這個決定。您會有機會嗎？』當我回答說蓋爾妲小姐的確給了我一些希望，他非常驚訝。

他讓她好好考慮幾天，而且我相信他出於私心甚至勸阻過她。但是那無濟於事，因為她已經選中了我，而在昨天下午之後，我們就算正式訂婚了。

噢，親愛的媽媽，我現在不請求您回信祝福我們的結合了，因為後天我就要動身離開此地；但是我得到阿爾諾德森一家人的承諾，蓋爾妲、她父親和她已婚的姊姊將在八月時來拜訪我們。到時候您將不得不承認她是最適合我的人。您應該不會因為蓋爾妲只比我小三歲而反對吧？我希望您從不曾以

1 博伊特康特街（Buitenkant）是如今阿姆斯特丹「漢瑞克王子運河街」（Prins Hendrikkade）最東端的一段。

為我會從莫倫朵普、朗哈爾斯、齊斯登梅克、哈根史托姆這幾個家族裡娶個黃毛丫頭回家吧？

至於『嫁妝』……唉，一旦大家得知她的陪嫁金額，我簡直要擔心史提方．齊斯登梅克、赫爾曼．哈根史托姆、彼得．德爾曼、尤思圖斯舅舅還有全城的人都將會狡黠地對著我眨眼；因為我的準岳父是個百萬富翁……天哪，對於這件事我能說什麼呢？我們內心有許多不純粹的念頭，可以解釋成這樣，也可以解釋成那樣。我熱情地仰慕蓋爾妲．阿爾諾德森，但是我一點也不想去深入了解自己的內心，一點也不想弄清楚這筆高額的陪嫁是否助長了我的熱情，或是在多大程度上助長了我的熱情。在初次介紹時，別人就以相當譏誚的口吻在我耳邊提到這筆高額陪嫁。我愛她，但是娶她為妻同時也使我們家的公司得到一筆可觀的資金挹注，這令我更加感到快樂和自豪。

親愛的母親，這封信我就寫到這裡，既然再過幾天我們就能當面親口談論我的幸福，這封信已經寫得太長了。祝您在海濱度過輕鬆愉快的時光，並請代我向全家人致上衷心的問候。

愛您的兒子湯姆敬上」

第八章

的確，布登布洛克家這一年的盛夏過得喜氣洋洋而且熱鬧非凡。

湯瑪斯在七月底返回曼恩路大宅。就和其他那些忙於生意而留在城裡的男士一樣，他去探望過在海邊度假的家人幾次，克里斯提昂則是在海邊徹底休了假，抱怨自己的左腿隱隱作痛，而葛拉波夫醫生對此束手無策，因此克里斯提昂更是細加思考。

「這並不是痛，不能說是痛。」他費勁地解釋，一邊用手來回撫摸那條腿，皺著他的大鼻子，目光游移不定。「這是種酸疼，一種持續的、令人不安的微微酸疼，整條腿都感覺得到。而且是在左側，在心臟所在的那一側……真奇怪，我覺得這很奇怪！你有什麼看法呢？湯姆。」

「嗯，嗯……」湯瑪斯說。「你不是正在海水浴場休養嗎？」

然後克里斯提昂就會走到海邊，去給在浴場度假的那群熟人講故事，使得眾人的笑聲在海灘上迴蕩。或是他會走進度假飯店大廳，去和彼得．德爾曼、尤思圖斯舅舅、吉塞克博士以及幾個從漢堡來的紈絝子弟玩輪盤賭。

而湯瑪斯．布登布洛克領事每次來到特拉沃明德，就會和東妮一起去拜訪住在水岸第一排的許瓦茲寇夫老夫婦，「您好啊，古倫里希夫人！」那個領港員高興得說起了方言。「您還記得嗎？那已經是好久以前的事啦，可是那真是段好時光哪。咱們家的莫爾登早就在布列斯勞行醫了，開了間很像樣的診所，這小子……」然後許瓦茲寇夫太太就忙著去煮咖啡，大家就跟當年一樣在綠意盎然的門廊上吃點心，只不過大家都老了整整十歲，莫爾登和他妹妹梅塔都已離家遠去，梅塔嫁給了哈夫克魯格村的村長，領港員已經鬚髮盡白，重聽得近乎聾了，過著退休生活，他太太用髮網攏住的頭髮也已經白了。而東妮．古倫里希夫人不再是個傻丫頭，而是對人生有了些認識，但是這並沒有阻止她吃下許多蜂巢蜜，因為她說：「這是純粹的天然食品，讓人還知道自己吃下的是什麼！」

到了八月初，布登布洛克一家人就跟其他大多數家庭一樣回到城裡，而那個隆重的時刻也就來臨了，當提伯提烏斯牧師與阿爾諾德森一家人幾乎同時抵達曼恩路大宅，前者從俄國來，後者從荷蘭來，都要在此地作客一段時間。

領事第一次帶他未婚妻走進風景廳、走向他母親的那一幕十分動人。他母親張開雙臂，把頭歪向一邊，迎向他的未婚妻。蓋爾妲走在淺色地毯上，優雅大方中帶著自豪，她長得高挑豐滿，一頭濃密的深紅色頭髮，一雙棕色眼睛靠得很近，眼睛周圍有一抹淡青色的暗影，微笑著露出閃閃發亮有如編貝的牙齒，鼻梁又直又挺，嘴型高貴美好。這位二十七歲的小姐有一種高雅迷人、奇特而神秘之美。她的臉色雪白，有一點傲慢，但是當老領事夫人溫柔真摯地用雙手捧住她的頭，親吻她雪白無瑕的前額，她還是低下了頭，「我歡迎妳來到我們家，成為我們的家人，我親愛、美麗而有福氣的媳婦。」老夫人說。「妳會使他幸福的……難道我沒有看出妳已經使他非常幸福了嗎？」說著她就伸出右臂，把湯瑪斯拉過來，也親吻了他的前額。

這棟大宅裡從不曾如此熱鬧歡樂，也許頂多在祖父還在世時曾經有過，這房子輕鬆地容納了所有的客人。只有提伯提烏斯牧師出於謙虛而選擇住在後棟建築裡撞球室旁邊的一個房間；其他的客人，亦即阿爾諾德森先生、他的大女兒和大女婿、還有蓋爾妲，則分別住進位在一樓、二樓和圓柱大廳旁的空房間。阿爾諾德森先生年近六十，活潑風趣，留著灰白的山羊鬍，一舉一動都散發出和藹可親的活力，他的大女兒面有病容，大女婿是個衣著體面、喜歡享樂的人，由克里斯提昂帶著他在城裡到處遊玩，也帶他去俱樂部。

安東妮．古倫里希很高興目前家裡就只有希弗特．提伯提烏斯這一個神職人員，她高興得無法形容！她尊敬的哥哥訂婚了，選中的對象恰好是她的朋友蓋爾妲，這樁光耀門楣的婚事將替他們的家族和公司增添新的光彩，她聽人竊竊私語說蓋爾妲的嫁妝將有三十萬馬克，想到城裡的人和其他家族，尤其是哈根史托姆家族會如何談論此事。這一切都使她處於持續的狂喜狀態。她一再熱情擁抱她未來的嫂嫂，每小時至少三次……

「噢，蓋爾妲！」她喊道。「我好喜歡妳，妳知道的，我一直都好喜歡妳！我知道妳受不了我，妳一向都討厭我，可是……」

「拜託，東妮！」阿爾諾德森小姐說。「我怎麼會討厭妳呢？可以請問妳曾經對我做過什麼糟糕的事嗎？」

可是出於某種原因，也許就只是由於喜悅過度和單純想要說話，東妮一口咬定蓋爾妲一直都討厭她，而她卻始終用愛來回報，說到這裡她的眼睛盈滿淚水。然後她把湯瑪斯拉到一旁，對他說：

「這件事你做得很棒，湯姆，噢，老天，你實在做得太棒了！可惜父親沒有能夠看見……這真是太遺憾了！是啊，這可以彌補一些缺憾……尤其是某某人那件事，我很不想提起他的名字……」說到這裡，她突然想到去把蓋爾妲拉進一個空房間，把她和班迪克斯．古倫里希的婚姻原原本本、不厭其詳地講給她聽。她也花了很長時間和蓋爾妲聊起她們在寄宿學校的時光，聊起她們當年每天晚上的談天說地，聊起在梅克倫堡的安姆噶爾德．馮．席林以及在慕尼黑的艾娃．埃弗斯……她幾乎一點也不關心希弗特．提伯提烏斯以及他和克拉拉訂婚的事。而這兩位也不在乎，他們通常手牽著手靜靜坐著，嚴肅地輕聲談論美好的未來。

由於布登布洛克家的一年喪期尚未結束，這兩樁訂婚都只在家中慶祝。儘管如此，蓋爾妲．阿爾諾德森還是很快就成為城裡的知名人物，事實上是成為眾人茶餘飯後的主要話題，不管是在證券交易所、俱樂部、劇院還是社交聚會中。「拔尖的。」那些紈絝子弟咂著舌頭說，因為這是漢堡人的最新說法，用來形容特別出色的事物，不管是一個紅酒品牌、一支雪茄、一場晚宴、還是公司商譽。但是在那些規矩老實、德高望重的市民當中，也有許多人不以為然地搖頭，「奇特，這身裝扮、這頭髮、這姿態、這張臉，都有點太過奇特。」商人索倫森這樣說：「她有種特別之處……」說著他就扭過頭，皺起了臉，就像在證券交易所裡得到可疑的報價一樣。不過，要娶她的是布登布洛克領事，這就是他的作風。有點自命不凡，這個湯瑪斯．布登布洛克，有點……與眾不同，跟他的父祖輩也不同。大家都知道，尤其是布商班提安知道得最清楚，他那些時髦考究的衣物全都是從漢堡訂購的，就連內衣都是，而他擁有的衣物非常多，包括大衣、外套、帽子、背心、長褲和領帶。大家甚至還知道他每天都要換襯衫，有時甚至一天換兩次，還會在手帕和小鬍子上灑香水，他的鬍子往兩邊拉長，就像拿破崙三世一樣。而且他做這一切不是為了公司或是排場，因為「約翰．布登布洛克公司」不需要這些，而是由於他個人偏愛特別考究而帶有貴族派頭的東西。欸，見鬼了，該怎麼說呢？還有他喜歡引用海涅與其他詩人的詩句，有時是在最講究實際的場合，在發言討論商務或市政的時候……現在他又挑了個這樣的妻子……不，布登布洛克領事身上也有那麼一點「特別之處」……別人說這話當然是懷著極大的敬意，因為他的家族很有名望，他們家的公司信譽卓著，老闆是個和藹可親的聰明人，熱愛這座城市，肯定還會為這座城市做出貢獻……再說，這門親事十分合算，據說陪嫁費高達十萬塔勒……不過，在女士當中則有些人認為蓋爾妲・阿爾諾德森「**可笑**」，而我們要記得，「可笑」一詞意味著十分嚴厲的批評。

但是也有人自從第一次在街上看見湯瑪斯・布登布洛克的未婚妻就對她萬分仰慕，這人就是房地仲介商葛許。「啊！」他會在俱樂部或是「船員公會之家」餐廳裡說，把潘趣酒杯高高舉起，把表情陰險的面孔扭曲成醜陋的鬼臉。「多麼出色的女人，各位！集天后赫拉、阿芙蘿黛蒂、布倫希爾德和美露莘於一身[1]……啊，人生真是美好！」他冷不防地加了這麼一句。古老的「船員公會之家」的天花板上懸掛著帆船模型和大魚標本，市民坐在沉重的雕花木頭長凳上喝酒，他們當中沒有人了解蓋爾妲・阿爾諾德森的出現在房地仲介商葛許平凡而又渴望著不凡的人生中是何等大事。

前面已經說過，這兩樁訂婚不需要大肆慶祝，因此聚在曼恩路大宅的這一小群人更能從容不迫地熟悉彼此。希弗特・提伯提烏斯握著克拉拉的手，談起他的父母、他的年輕歲月、以及他對將來的計畫；阿爾諾德森一家人則談起他們的族譜，這個家族世居德勒斯登，移居到荷蘭的就只有他們這一支；然後東妮索取了風景廳那張寫字檯的抽屜鑰匙，一本正經地把裝著家族文件的檔案夾抱過來，湯瑪斯也已經把最新的重要日期寫在裡面了。她鄭重其事地宣讀布登布洛克家族的歷史，從羅斯托克那位家境已經十分富裕的裁縫師說起，她也朗誦古老的祝賀詩：

「精明能幹和貞潔美麗
在我們面前締結良緣，
自海中升起的維納斯

1 赫拉（Hera）為古希臘神話中的天后，宙斯之妻；阿芙蘿黛蒂（Aphrodite）是希臘神話中代表愛與美的女神；布倫希爾德（Brünhilde）是北歐英雄傳說中的女武神；美露莘（Melusine）則是歐洲傳說中的女水妖。

牽住火神勤勞的手……」

念到這裡，她向湯瑪斯和蓋爾妲眨眨眼睛，用舌頭舔了舔上脣；而出於對歷史的尊重，她也沒有略過某某人涉入他們家族歷史的事實，雖然她很不想提起他的名字。

不過，每週四下午四點照例會來些熟客：尤思圖斯．克羅格和他軟弱的妻子，他們夫妻倆很不和睦，因為他們那個不成器而且喪失了繼承權的兒子雅克伯去了美國之後，她還一直給他寄錢。她直接從家用金裡省下錢來寄給他，老倆口幾乎就只吃蕎麥糊度日，誰也拿她沒辦法。布萊特大街的布登布洛克太太和三位千金也會來，她們為了實話實說，總要強調艾芮卡．古倫里希還是沒有長胖一點，說她長得和她那個騙子父親愈來愈像，還說領事的未婚妻梳著相當惹眼的髮型。希瑟米．魏希布洛特小姐也來了，她踮起腳尖，在蓋爾妲的額頭上「啵」地親了一下，感動地說：「祝妳幸福，妳這個好孩子！」

之後在餐桌上，阿爾諾德森先生舉杯祝賀兩對新人，說了一段富有想像力的風趣賀詞，然後在大家喝咖啡時，他像個吉普賽人一樣奏起了小提琴，技巧嫻熟，帶著一份狂野和一股熱情。蓋爾妲也取出了從不離身的史特拉第瓦里名琴，用甜美的抒情曲加入了他的演奏，於是父女倆奏起華麗的二重奏，在風景廳的風琴旁邊，領事的祖父當年也曾經站在同一個地方用長笛吹奏過動人的小調。

「太出色了！」東妮說，她深深靠坐在她的扶手椅上。「噢，老天，實在太出色了！」她向上仰望，緩慢而鄭重地繼續認真表達她強烈的真心感受。「你們知道生活是怎麼回事……不是每個人都有這種天賦！上天就沒有賜予我這種才華，你們曉得的，雖然我曾在好些個夜晚向祂祈求……我是個呆頭鵝，是個笨丫頭……沒錯，蓋爾妲，讓我告訴妳，我年紀比妳大，對人生有了些認識。妳是這樣受到上帝看顧，妳應該每天都要跪下來感謝造物主！」

「……受到**眷顧**。」蓋爾妲說，笑著露出她潔白美麗有如編貝的牙齒。

之後大家都坐到一塊兒，一邊吃著葡萄酒果凍，一邊商量接下來該辦的事。最後決定希弗特·提伯提烏斯和阿爾諾德森一家人都將在這個月底或九月初返回家鄉。等聖誕節一過，克拉拉的婚禮就將在圓柱大廳裡盛大舉行，至於將在阿姆斯特丹舉行的那場婚禮則得要延到明年初，以便在兩場婚禮之間有一段休息時間，而在「健康平安」的情況下，老領事夫人也打算去參加。湯瑪斯雖然不願意把婚禮延後，但也無濟於事。「別這樣！」老領事夫人說，把手擱在他手臂上，「希弗特有優先權！」

提伯提烏斯牧師和他的新娘決定不去蜜月旅行。但是蓋爾妲和湯瑪斯則商量好要經由義大利北部前往佛羅倫斯。他們將會旅行在外兩個月，而東妮將會利用這段時間，和費許路的裝潢師傅雅克布斯合力把布萊特大街上那棟漂亮的小屋布置好。那棟房子屬於一個已經搬到漢堡去住的單身漢，而湯瑪斯已經著手買下。噢，東妮一定會把這件事辦得令人滿意的！「你們會住得很體面！」她說。這一點大家都深信不疑。

克里斯提昂卻頂著他的大鼻子，彎著一雙細腿在房間裡走來走去，這裡有兩對新人手牽著手，談的淨是婚禮、嫁妝和蜜月旅行。他感覺到一陣酸疼，在他左腿一陣隱隱的酸疼，用他那雙又小又圓、深深凹陷的眼睛嚴肅不安而且深思地看著大家。最後他模仿馬歇魯斯·史登格老師的口音，對他那個可憐的堂妹——她已老大不小，安靜乾瘦，就連剛吃過飯也還覺得餓，坐在這一群幸福之人當中——說：

「嗯，克婁蒂妲，我們也很快就要結婚了。意思是……各結各的！」

第九章

大約七個月後，湯瑪斯·布登布洛克領事帶著妻子從義大利回來了。布萊特大街上覆蓋著三月的落雪，當那輛出租馬車在下午五點停在他們那棟房子漆了油漆的樸素外牆前面。幾個小孩和成年市民停下腳步，看著這兩個剛抵達的人下車。安東妮·古倫里希夫人站在門口，為自己所做的準備感到自豪。由她替嫂嫂精心挑選的兩個女僕站在她身後，戴著白色小帽，裸著兩條手臂，穿著厚厚的條紋裙，也準備好迎接主人。

穿著毛皮大衣的蓋爾妲和湯瑪斯下了車，車上裝滿了皮箱，東妮由於忙碌和喜悅而情緒激動，急忙跑下寬大平淺的臺階，擁抱了他們，拉著他們進門。

「你們可回來了！你們這兩個幸福的人可回來了，跑了這麼遠的地方！你們看見這棟屋子了嗎？看見那些圓柱支撐著屋頂？蓋爾妲，妳變得更漂亮了，來，讓我吻妳一下……不，嘴上也要親一下……好啦！你好啊，老哥，嗯，你也要得到一個吻。馬庫斯說這段時間公司裡一切都很順利。母親在曼恩路的家裡等你們，但是你們先休息一下。你們想喝杯茶嗎？還是洗個澡？一切都準備好了。你們會滿意的。雅克布斯費了很大的功夫，而我也盡我所能地出了力……」

他們一起走進門廳，女僕正和車夫一起把行李搬進來。東妮說：「一樓的房間你們暫時還不太用得著……暫時。」她又說了一次，然後用舌尖舔著上唇。「這裡很漂亮，」她打開門廊右側的一扇門。

「窗前長著長春藤，簡單的木頭家具，是橡木……那邊後面，在走道另一端還有一個更大的房間。這裡的右邊是廚房和食物儲藏室……不過，我們還是上樓吧，噢，我想帶你們看看所有的東西！」

他們從一道舒適的樓梯上樓，樓梯上鋪著寬寬的深紅色地毯。到了樓上，在一扇玻璃門後是一條窄窄的走道。餐廳就在走道旁，擺著一張厚重的圓桌，桌上擺著煮沸的茶炊，深紅色的壁紙有如錦緞，牆邊擺著幾張有藤編坐墊的雕花胡桃木椅子和一個很大的餐具櫃。還有一間舒適的起居室，用灰色布幔裝飾，只以門簾與狹長的客廳隔開，客廳裡擺著幾張有綠色條紋布套的單人沙發，還有一扇凸出去的窗戶。不過，一座有三扇窗戶的大廳占去了這一整層樓的四分之一。接著他們就走進臥室。

臥室位在走道右邊，掛著有花卉圖案的紗簾，擺著兩張桃花心木製的大床。東妮卻走向房間後面那扇鏤空小門，按下門把，露出一道螺旋樓梯，彎彎曲曲地通往地下室：通往浴室和女僕住的小房間。

「這裡好。我要待在這裡。」蓋爾妲說，她鬆了一口氣，癱坐在床邊的扶手椅上。

湯瑪斯俯身親吻了她的額頭。「累了嗎？的確，我也想稍微梳洗一下。」

「我去看看燒茶的水，」東妮說，「我在餐廳等你們。」說完她就朝餐廳走去。

等到湯瑪斯過來的時候，熱騰騰的茶水已經在麥森瓷杯裡冒著熱氣。「我來了，」他說，「蓋爾妲還想再休息半小時。她頭疼。之後我們再回曼恩路的家裡。我親愛的東妮，一切都好嗎？母親、艾芮卡、克里斯提昂也都好嗎？不過現在，」他擺出最親切的姿態繼續說，「先由衷地跟妳說聲謝謝，蓋爾妲也要謝謝妳，謝謝妳費了這麼大的工夫，好老妹！妳把整棟屋子布置得多麼漂亮！什麼都不缺，就只差我妻子要在那扇凸窗前擺幾棵棕櫚，另外我要去找幾幅合適的油畫……不過，現在告訴我，妳過得如何，這段時間妳都做了些什麼！」

他替妹妹拉了一張椅子過來，慢慢喝著茶，吃片餅乾，一邊和她交談。

「唉，湯姆，」她回答。「我有什麼事可做呢？我的人生已經過去了……」

「別胡說了，東妮！說什麼妳的人生……不過，我猜這日子大概是很無聊吧？」

「是啊，湯姆，我覺得好無聊。有時候無聊得想哭。打理這間房子讓我很開心，而且你不知道你們回來讓我有多高興。可是我不喜歡待在家裡，你知道的。如果這是種罪過的話，就讓上帝懲罰我吧。如今我三十多歲了，但是還沒老到能讓我和希姆斯比爾格家族的末代子孫、葛哈德家那對孿生老姊妹、或是母親那些把寡婦家都給吃空了的黑衣傳教士成為知心好友。我不相信那些人，湯姆，他們是披著羊皮的狼，都是些陰險的人。我們都是心中有罪的軟弱凡人，如果他們要用憐憫的目光看待我這個可憐的凡夫俗女，瞧不起我，那我就會嘲笑他們。我一向認為世人都是平等的，在我們和親愛的上帝之間不需要中間人。你也知道我的政治原則。我希望公民和國家之間……」

「意思是妳覺得有點寂寞，是嗎？」湯瑪斯問，好讓她再回到正題。「可是，妳不是有艾芮卡嗎？」

「是啊，湯姆，而且我全心全意愛著這個孩子，雖然某某人聲稱我不喜歡小孩。可是，你知道……我對你很坦白，我是個誠實的人，心裡有什麼就說什麼，不喜歡拐彎抹角。」

「這是妳的優點，東妮。」

「簡單地說吧，讓人難過的是，這孩子太容易讓我想起古倫里希，布萊特大街的堂姊也說她很像他。而且，有這孩子在我面前，我就會一直想：妳是個老女人了，女兒都這麼大了，妳的人生已經過去了。曾經有幾年妳有過自己的人生，但是現在就算妳活到七老八十，也只能繼續坐在這裡聽蕾雅・葛哈德朗誦。這個念頭讓我心裡難受，湯姆，覺得喉嚨裡哽著一個東西，讓我透不過氣來。因為我覺得自己還年輕，你知道的，而我渴望能夠再一次走出去，過自己的生活……最後我還要說：不僅是在家裡，在整座城市裡我都感覺不太自在，因為你別以為我瞎了眼，看不清自己的處境，我不再是個傻丫頭了，而且我頭上也長著眼睛。我是個離過婚的女人，也感覺到別人這樣看待我，這是一清二楚的。你可以相信我，湯姆，即使事情不是我的錯，讓我們家族的名聲有了汙點總是令我心情沉重。不管你怎麼做，不管你賺了多少錢，就算你成了全城最重要的人物，別人還是會一直說：『喔，順帶一提，他妹妹是個離過婚的女人。』出身哈根史托姆家族的茱爾欣．莫倫朵普不跟我打招呼。哼，她是個蠢女人！可是所有的家族都是這樣的……然而，我沒辦法放棄希望，湯姆，一切都還可以挽回！我還年輕，我不也還是相當漂亮嗎？媽媽沒辦法再給我很多嫁妝，但那也還是一筆可觀的數目。如果我再婚呢？坦白說，湯姆，這是我最強烈的願望！這樣一來一切都會好轉，汙點就會被抹去。噢，天哪，假如我能夠找到一個配得上我們家族的對象，假如我能夠再一次成家！——你認為這是完全不可能的嗎？」

「沒這回事，東妮！噢，絕對不是這樣！我始終都認為這是可能的。但是我覺得，首先妳需要出去走一走，散散心，換個環境……」

「沒錯！」她急切地說。「現在我有一件事得說給你聽。」

湯瑪斯十分滿意自己所做的提議，向後靠坐在椅背上，已經抽了第二根菸。暮色漸漸深了。

「你們不在家的這段時間，我差點找到一份工作，在利物浦的一個人家擔任陪伴女士聊天的女伴！假如那時候你知道了，你會生氣嗎？至少會覺得傳出去不太好聽？是啦，是啦，這可能是不太體面。但是那時候我一心想要離開……長話短說，這個願望落空了。我把我的照片寄給那位夫人，而她說她不能雇用我，因為我長得太漂亮了，說她家裡有個成年兒子。『妳長得太漂亮了』，她在信裡這樣寫。哈，我從來沒有覺得這麼好笑過！」

兄妹倆開懷大笑。

「可是現在我有了另一個打算，」東妮繼續說。「我接到邀請，艾娃．埃弗斯邀請我去慕尼黑……嗯，順帶一提，現在她是尼德包爾太太了，她先生是一家釀酒廠的廠長。總之，她邀請我去拜訪她，而我想在不久之後應邀前往。當然，艾芮卡不能跟我一起去。我打算把她送去魏希布洛特小姐的寄宿學校，在那裡她會受到很好的照顧。你會反對我這樣做嗎？」

「一點也不會。無論如何，妳都需要換個環境。」

「對，沒錯！」她感激地說。「可是現在該你說了，湯姆！我一直在談我的事，我真是個自私的人！現在說說你的事吧。噢，老天，你一定很幸福吧！」

「是啊，東妮！」他加重了語氣說。接著出現片刻沉默。他吐出一口煙，把煙吹過桌面，然後繼續說：「首先我很高興自己結了婚，建立了自己的家庭。妳是知道我的，我不適合當個單身漢。單身漢的一切都帶有一種孤立和浪蕩的味道，而如妳所知，我是有一些抱負的。我認為我的事業還沒有到盡頭，不管是在生意上，還是——開玩笑地說——在政治上。可是唯有當你成為一家之主、成為人父之後，才能真正贏得世人的信任。然而，這件事懸於一線，東妮，因為我有一點挑剔。有很長一段時間，我認為自己不可能在這個世界上找到一個合適的對象。但是蓋爾妲的出現改變了大局。我立刻看出她是唯一可能的對象，就是她了……雖然我知道，城裡有許多人對我的眼光很不以為然。她是個世間少有的奇妙人物。當然，她和妳很不一樣，東妮。妳的個性比較單純，也比較自然。我的老妹就是比較熱情活潑。」他繼續說，忽然改用比較輕鬆的語氣。「蓋爾妲也有熱情，她的小提琴演奏就證明了這一點；但是有時候她有點冷漠。總之，我們不能用尋常的標準去衡量她。她天生是個藝術家，獨特、神秘而且迷人。」

「對，對。」東妮說。她認真專注地聽著哥哥說話。他們沒有想到去把燈火點亮，任由夜色降臨。

這時，走廊的門開了，一個挺直的身影出現在他們兄妹倆面前，被暮色圍繞，穿著一件雪白的網眼棉布家居服，裙襬搖曳垂墜。濃密的深紅色頭髮圍著白皙的臉龐，靠得很近的棕色雙眼在眼角有著淡青色陰影。

那是蓋爾妲，布登布洛克家族下一代子孫的母親。

第六部

第一章

湯瑪斯・布登布洛克幾乎總是獨自在家中的漂亮餐廳裡吃第一頓早餐，因為他的妻子通常都很晚才會從臥室裡出來，由於她上午經常會偏頭痛而且情緒欠佳。之後，領事就立刻前往曼恩路，公司的辦公室仍舊設在那裡，他會在大宅的中間夾層和母親、克里斯提昂還有伊妲・雍曼一起吃第二頓早餐，直到下午四點吃午餐時才和蓋爾妲再碰面。

曼恩路大宅的一樓由於有商務活動而仍舊熱鬧忙碌，樓上幾層如今卻空蕩蕩的十分冷清。小艾芮卡已經被魏希布洛特小姐收為寄宿學生，可憐的克斐蒂妲則帶著屬於她的四、五件家具，住進一位中學教師的遺孀家裡，一位克勞斯明茲博士夫人，由對方提供她便宜的膳宿。就連男僕安東也離開了這棟大宅，改去少主人家裡效勞，因為那裡更需要他。如果克里斯提昂在俱樂部裡流連忘返，那麼到了下午四點，就只剩下老領事夫人和雍曼小姐坐在那張圓桌旁，桌子完全不需要添加桌板加大，在這個四壁均飾有神像、宛如神廟的大餐廳裡顯得渺小。

隨著約翰・布登布洛克領事的去世，曼恩路大宅裡的社交生活也不復存在。除了來訪的這位或那位神職人員，還有每週四來家裡聚會的家族成員，老領事夫人身邊不再有其他客人。但她的兒子和媳婦則已經舉辦過第一次宴會，在餐廳和起居室裡擺桌設宴，雇了廚娘和臨時服務生，斟上齊斯登梅克供應的葡萄酒。那是一場午宴，從下午五點開始，直到夜裡十一點都還洋溢著酒香菜香和歡聲笑語，朗哈爾斯家族、哈根史托姆家族、胡諾伊斯家族、齊斯登梅克家族、厄韋蒂克家族和莫倫朵普家族的人都來了，有商人和學者，夫婦和紈絝子弟，飯後大家玩玩惠斯特紙牌遊戲，聽了幾首音樂演奏，這場午宴才告結束。之後在證券交易所，足足有八天之久大家仍對這場宴會讚不絕口。果然，這場宴會證明了年輕的布登布洛克領事夫人懂得交際應酬。那天晚上，當賓客散去，只留下領事夫婦在殘燭照亮的屋裡，在凌亂的家具之間，在混合了美食佳餚、香水、葡萄酒、咖啡、雪茄和禮服花飾與桌上鮮花的濃郁氣味中，領事握住妻子的手說：「做得好，蓋爾妲！我們一點都不失體面。這種事很重要。我完全沒有興趣辦舞會，讓那些年輕人在這裡跳來跳去；再說，這裡的空間也不夠大。但是那些成熟穩重的人得在我們這兒玩得盡興。這樣一場宴會花的錢比較多，但是不失為一種投資。」

「你說得對，」她回答，一邊整理胸前的蕾絲花邊，有如大理石般晶瑩的胸脯在蕾絲底下若隱若現。「比起舞會，我也更喜歡宴會。一場宴會讓人感覺格外平靜。現在我的腦子累得像是死了，就算有一道閃電劈下來，也不會讓我面色蒼白或臉紅。」

這天上午十一點半，當領事在早餐桌旁坐在他母親旁邊，她把下面這封信讀給他聽：

「一八五七年四月二日

慕尼黑瑪利亞廣場五號

親愛的媽媽：

我來這兒已經八天了，一直都還沒給您寫信，實在慚愧，請您原諒。這裡可以看的東西太多，我忙得沒有時間——但是這一點稍後再說。現在我要先問候親愛的你們大家好，您和湯姆與蓋爾妲、還有艾芮卡、克里斯提昂、克妻蒂妲和伊妲大家都好嗎？這才是最重要的。

啊，這幾天裡我看了多少東西呀！有繪畫陳列館、古代雕塑展覽館、宮廷啤酒屋、宮廷劇院、好幾座教堂和許多其他地方。將來我得親口說給您聽，否則用寫的會把我累死。我們也已經搭車去伊薩爾河谷玩了一趟，明天則打算去維爾姆湖畔郊遊。節目就這樣一個接一個。艾娃對我很好，她丈夫尼德包爾先生也很和氣，他是釀酒廠的廠長。我們住在市中心一座非常漂亮的廣場旁邊，廣場中央有一座噴泉，就跟咱們城裡的市場上一樣，而我們住的房子離市政廳很近。我從來沒見過像這樣的房子！從上到下都畫著五彩繽紛的圖案，有屠龍的聖喬治，還有穿戴全套禮服與紋章的古老巴伐利亞王侯。你們想像一下！

是的，我非常喜歡慕尼黑。據說這裡的空氣能夠強健神經系統，而我的胃目前也挺好。我很享受地喝了很多啤酒，尤其是因為此地的水不怎麼有益健康，但是我還不太習慣此地的食物。蔬菜太少，麵粉則用得太多，例如在醬汁裡，那醬汁連老天都會覺得可悲。這裡的人根本不懂什麼是正宗的小牛肉，因為賣肉的人把所有的東西都亂切一通。而且我很想念吃魚。此外，老是把黃瓜沙拉和馬鈴薯沙拉配著啤酒吞下去也實在太荒謬！讓我的胃都發出了咕嚕咕嚕的聲音。

根本上，有好些事情都得要先適應，你們可以想得到，畢竟我是在一個陌生的地方。這裡用的錢幣我不熟悉，要跟普通人、跟僕人溝通也有困難，因為他們覺得我說話太快，而我覺得他們說話太難懂[1]——此外還有天主教，你們也知道我討厭天主教，根本不屑一顧……」

1 慕尼黑當時是巴伐利亞王國的首都，而巴伐利亞語的發音和標準德語差異很大。

聽到這裡，湯瑪斯笑了起來，手裡拿著一塊塗了香料乳酪的奶油麵包，仰靠在沙發上。

「是啊，湯姆，你在笑，」他母親說，用中指在桌布上敲了幾下。「但是我很高興她堅持著她父親的信仰，而厭惡基督新教以外的那些幼稚想法。我知道，你在法國和義大利的時候對於教宗領導的天主教產生了一些好感，但是這種好感並不是你的宗教信仰，湯姆，而是種別的東西，而我也明白那是什麼。儘管我們應該要寬容，但是把這種事鬧著玩或當成嗜好是會受到嚴厲懲罰的，而我得要請求上帝，求祂讓你隨著年齡增長而在這些事情上表現出必要的嚴肅，你的蓋爾妲也一樣，因為我知道她也算不上是信仰堅定的人。你得原諒身為母親的我這樣說。」

她又繼續往下念：

「在噴泉的上方立著一尊聖母像，從我房間的窗戶就能看到，有時候會有人給她戴上花環，民眾當中就會有人拿著念珠跪在那裡祈禱，那景象很動人，但是《聖經》上寫著：你禱告的時候，要進你的內屋[2]。這裡的街道上經常會看見僧侶，而他們看起來相當可敬。可是媽媽您想像一下，昨天在鐵阿提納街上有位高階教士坐在馬車上從我身邊經過，也許是大主教，是位年長的男士——總之，這位男士就像個少尉軍官一樣從車窗裡對我拋了個媚眼！母親，您曉得我對您那些傳教士和牧師朋友評價不高，可是『淚汪汪特里施克』肯定還比不上這位有如花花大少的主教王爺……」

「什麼話！」老領事夫人煩惱地喊了一聲。

2 見《馬太福音》第六章第六節。

「這完全是東妮的作風！」湯瑪斯說。

「怎麼說？」

「嗯，難道不是她稍微先挑逗了他嗎？為了考驗他？我太了解東妮了！總之，這個『媚眼』逗得她樂不可支……這大概就是那位老先生的本意吧。」

老領事夫人沒有回應他這番話，而是繼續往下念：

「前天尼德包爾夫婦舉辦了晚會，晚會棒極了，雖然我不總是聽得懂聊天的內容，有時候我覺得他們說話的語調太過模稜兩可。甚至還有一個宮廷歌劇演員在場，演唱了幾首歌曲，還有一個年輕畫家，他請求我讓他替我繪製肖像，但是我拒絕了，因為我認為那不太恰當。我和一位佩曼尼德先生聊得最愉快——您想得到會有人姓這個姓嗎？——他是做啤酒花買賣的，是個和善逗趣的中年單身漢。用餐時他坐在我旁邊，後來我也一直待在他身邊，因為他是整個晚會中唯一的新教徒，雖然他是慕尼黑的好市民，老家卻在紐倫堡。他一再對我說他對我們家的公司聞名已久，語氣十分尊敬，湯姆，你可以想得到這讓我有多開心。他也仔細問起我們家的情況，問起我有幾個兄弟姊妹，還有其他類似的事。他也問起了艾芮卡，甚至還問起了古倫里希。他偶爾會到尼德包爾夫婦家來，明天可能會和我們一起去維爾姆湖。

下次再談吧，親愛的媽媽，我不能再寫下去了。只要健康平安，如同您常說的，我還會在這裡待上三、四個星期，然後我就可以親口告訴你們在慕尼黑的事，因為在信裡我不知道該從何寫起。但是我很喜歡這裡，這我可以說，只是得要訓練一個廚娘做出像樣的醬汁。您知道，我是個老女人了，我的人生已經過去，在這塵世上沒什麼可期待的了，可是舉個例子吧，如果艾芮卡日後健康平安，她要嫁到這兒來的話，我得說我是不會反對的……」

聽到這裡，湯瑪斯忍不住又擱下早餐，大笑著仰靠在沙發上。

「她真是千金難換，母親！如果她想要裝模作樣，還真沒有人比得上她！我就是喜歡她這樣一點也隱藏不了自己的心思，哪怕是在千里之外……」

「是的，湯姆，」老領事夫人說；「她是個好孩子，理應得到一切幸福。」

然後她把這封信念完了。

第二章

四月底，東妮又回到了父母家，雖然她的人生又過去了一段，雖然生活又恢復了老樣子，她又得要參加祈禱，又得在「耶路撒冷之夜」聽蕾雅．葛哈德朗誦，她卻顯然心情愉快而充滿希望。她是從比興鎮搭火車回來的[1]，她的領事哥哥去火車站接她，在搭乘馬車穿過霍爾斯滕城門進城時，她哥哥忍不住恭維了她一下，說除了克婁蒂妲之外，她始終還是家族女性當中最美的一個。而她回答：「噢，老天，湯姆，你真討厭！這樣挖苦一個老女人……」

但是湯瑪斯這話說得沒錯，東妮的外貌保持得非常好，濃密的灰金色頭髮在髮線兩邊梳得蓬蓬的，在一雙小耳朵上面往後梳，在頭頂用一個寬面玳瑁插梳攏住，灰藍色的眼睛仍舊眼神柔和，漂亮的上唇微翹，精緻的鵝蛋臉膚色柔嫩，別人不會猜到她已三十歲，而會猜她是二十三歲。她戴著十分雅致的金耳墜，她的祖母就已經戴過，只是式樣略有不同。她穿著深色薄綢剪裁的胸衣，有著緞面翻領和蕾絲肩飾，使她的胸部顯得柔軟迷人。

前面已經說過，她的情緒非常好，在週四的家族聚會中，當湯瑪斯．布登布洛克領事夫婦、布萊特大街的布登布洛克三姊妹、克羅格領事夫婦、克婁蒂妲以及帶著艾芮卡的魏希布洛特小姐來家裡用餐，

1 比興（Büchen）是德國北部的一個市鎮，靠近漢堡，從比興到呂北克的鐵路於一八五一年開始營運。

她就有聲有色地說起慕尼黑，說起那裡的啤酒、甜饅頭[2]、那位想替她繪製肖像的畫家、還有令她印象最為深刻的宮廷馬車。她也會順帶提起佩曼尼德先生，而如果菲菲．布登布洛克說這樣的旅行固然愜意，但似乎並沒有帶來什麼實質的成果，東妮就會聽而不聞，帶著一份難以言表的尊嚴把頭向後仰，但仍舊努力把下巴抵在胸前。

此外她還養成了一個習慣，每當門鈴聲在寬敞的玄關裡迴蕩，她就會急忙跑到樓梯口，去看看是誰來了。這意味著什麼呢？大概只有伊妲．雍曼知道，東妮的這位兒時保母和長年知己偶爾會對她說點什麼，像是：「小東妮，我的好孩子，他遲早會來！他不會想要當個傻瓜的……」

家裡的人都感謝東妮開朗愉快地回到家裡，因為家中的氣氛急需改善，原因是公司老闆與他弟弟之間的關係不但沒有隨著時間過去而好轉，反而更加惡化，令人難過。他們的母親，老領事夫人，憂心忡忡地關注著事態的發展，勉力在兩兄弟之間居中調停。她告誡克里斯提昂要準時去辦公室上班，克里斯提昂卻心不在焉地沉默以對。至於他哥哥的告誡，他就懷著嚴肅不安而深思的羞愧忍受了，並不加以反駁，之後那幾天也會稍加努力地撰寫英文書信。然而，哥哥心裡卻對弟弟愈來愈感到氣惱和不屑。當他偶爾表達出這份不屑，克里斯提昂並不反抗，而是帶著若有所思而四處游移的眼神逆來順受，這卻也沒有減少哥哥對他的蔑視。

由於湯瑪斯工作繁重，神經狀態也欠佳，他無法關心或平心靜氣地去聆聽克里斯提昂詳細報告自己變化多端的症狀。在母親和妹妹面前，他不滿地把這些症狀報告稱為「一種惹人厭的自我觀察的愚蠢結果」。

2 德國甜饅頭（Dampfnudel）是一道在德國南部很受歡迎的甜點，麵團加了牛奶和糖，作法類似生煎包，外脆內軟，上桌時再淋上香草醬。

克里斯提昂腿疼的毛病，他左腿那股隱隱的酸疼，由於採取了多種外部治療，這一段日子以來已經不再作痛；可是吞嚥困難的情況卻又在吃飯時反覆發生，而最近又出現了暫時性的呼吸困難，一種氣喘病，有好幾個星期克里斯提昂一直認為那是肺結核，於是皺著鼻子，努力向家人詳細描述這種疾病的本質和影響。葛拉波夫醫生被請來商量。他確認了心肺功能都強健有力，表示那偶發的呼吸困難係由於某些肌肉有怠惰現象，為了使呼吸順暢，他開的處方首先是使用一把扇子，其次則是一種綠色藥粉，點燃後吸入其煙。這把扇子克里斯提昂在辦公室裡也用，當老闆責備他，他答道在瓦爾帕萊索，由於天氣炎熱，辦公室的每個職員都有一把扇子：「強尼．桑德史東……我的老天！」可是有一天，他在座椅上嚴肅不安地扭動了好一會兒之後，在辦公室裡也把他的藥粉從口袋裡掏出來點燃，製造出一股難聞的濃煙，弄得好幾個人猛咳起來，馬庫斯先生甚至臉色發白。這就引發了一場公開的衝突，一場軒然大波，一次可怕的爭吵，可能導致兄弟兩人立刻決裂，若非老領事夫人又一次粉飾了一切，好言相勸而扭轉了事態。

這還不是唯一一件不愉快的事。領事對克里斯提昂在外面的生活——大多是跟他擔任律師的老同學吉塞克博士一起——也感到反感。湯瑪斯不是個偽君子，也不是個掃興的人。他清楚記得自己年少輕狂時犯下的過錯。他很明白，在他故鄉這座城市，那些在商業界受人敬重的市民道貌岸然地拿著手杖「篤篤」地走在人行道上，但這座港市和貿易城市在道德上卻絕非毫無瑕疵。在此地，大家不單只是用大吃大喝來補償久坐在辦公室裡的時光。但是這些補償活動的外面罩著一件循規蹈矩的厚重大衣。如果說湯瑪斯．布登布洛克領事為人處世的首要準則是「維持門面」，那麼在這一點上他充分體現了本城市民的世界觀。吉塞克律師屬於那些欣然適應了「商人」生活方式的「學者」，也屬於那群惡名昭彰的「紈綺子弟」，任何人都一眼就能看出。但是就跟其他那些心寬體胖、喜歡享樂的男士一樣，他懂得擺出恰當的表情，避免惹麻煩，並且在政治原則與職業原則上維持自己無可非議的好名聲。他與胡諾伊斯家族的一位小姐訂婚的消息剛剛宣布。這表示他藉由婚姻在上流社會得到了一席之地，並且得到一筆可觀的陪嫁。他對市政事務抱著濃厚的興趣，而且積極參與，據說他看中了議員的席位，最終可能企盼著老市長厄韋蒂克博士的位置。

然而他的朋友克里斯提昂．布登布洛克就不同了。當年曾經踩著堅定的步伐走向邁爾—德拉葛蘭芝小姐，獻給她一束花，對她說：「小姐，您演得真好啊！」的那個克里斯提昂。由於個性使然，再加上長年旅居在外，他發展成一個天真過度、滿不在乎的紈袴子弟，在感情的事情上就跟在其他事情上一樣不願意約束自己的感受，不懂得謹言慎行、保持尊嚴。例如，他跟夏季劇院一個臨時女演員的關係就被全城的人引為笑談，而鑄鐘路的施篤特太太，就是跟上流社交圈有所往來的那位太太，會對每一位想聽閒話的女士說：克里斯提昂又在光天化日之下被人看見和「蒂沃利」[1]的那個女人一起走在大街上。

大家對此也並不見怪，眾人抱持著懷疑的態度，不會認真表現出道德上的義憤。克里斯提昂．布登布洛克是受到大家喜愛的開心果，在男士的社交聚會中簡直不可或缺，一如由於生意一蹶不振而同樣隨和行事的彼得．德爾曼領事。但是別人不會認真看待他們，在嚴肅的事情上不會把他們考慮在內；在整座城裡，不管是在俱樂部、在證券交易所、還是在碼頭上，大家都只直呼他們的前名「克里昂」和「彼得」，由此就可見一斑。而那些不懷好意的人，像是哈根史托姆家族的人，就自然會嘲笑克里斯提昂本人，而不是笑他所說的故事和笑話。

克里斯提昂沒去想這些，也可能是按照他的天性，在異樣不安的片刻沉思之後就把這些事拋諸腦後

1 蒂沃利（Tivoli）是呂北克的一座露天花園綜藝劇場。

了。然而他的哥哥，布登布洛克領事，對這種情況卻很清楚；他知道克里斯提昂替自己家族的對手提供了一個可攻擊的弱點，而可攻擊的弱點已經太多了。他們與厄韋蒂克家族只有遠親關係，等到老市長去世之後，這份親戚關係就將毫無價值。克羅格夫婦已經無足輕重，深居簡出，而且和他們的長子鬧得很不愉快……已逝的戈特豪德伯父那樁門不當戶不對的婚姻仍舊不是件光彩的事。領事的妹妹是個離過婚的女人，儘管並非沒有再嫁的希望——而他弟弟還又是個可笑的人，用他的小丑行徑娛樂那些有所作為的男士，讓他們用善意或譏嘲的笑聲打發閒暇時光，而且他還到處欠債，到了一個季度結束時，如果他無錢可用了，他就公然讓吉塞克博士替他付帳，直接丟了公司的面子。

湯瑪斯對弟弟的鄙夷表現在各種只會發生在相互依賴的家庭成員之間的細微瑣事上，而克里斯提昂則若有所思地淡然處之。例如，如果談到布登布洛克的家族歷史，那麼克里斯提昂可能會一時興起，懷著熱愛與欽佩嚴肅地談起他的家鄉城市和他的祖先，雖然這種情緒和他這個人不太相稱。這時湯瑪斯就會立刻用一句冰冷的話結束談話，因為他無法忍受。他是如此鄙視弟弟，乃至於不允許弟弟去愛他本身也愛的東西。他寧願聽到克里斯提昂模仿史登格老師的方言口音來談這些事。又如，湯瑪斯讀了一本跟歷史有關的書籍，留下深刻的印象，深受感動地加以稱讚。克里斯提昂是個缺乏獨立性的人，單憑他自己是不會發現這本書的，但是他容易被打動，也容易受到別人影響，於是也去讀了這本書。而由於他已經樂於同意這是本好書，他就也覺得這本書很棒，然後盡可能詳盡地表達出他的讀後感。但從此以後，這本書對湯瑪斯來說就算毀了。他再談起這本書時表現得冷淡、漠然，好像根本沒讀過似的。他把這本書留給他弟弟一個人去欣賞。

第三章

布登布洛克領事在第二頓早餐後去參加由一些仕紳組成的「和諧讀書會」，在那裡待了一個小時，然後回到曼恩路大宅。他從後院進來，穿過連接前後院的鋪石甬道，兩旁是爬滿藤蔓的園牆，旋即來到花園的一側。他穿過玄關，向廚房裡大聲探問他弟弟是否在家，然後要僕人在他弟弟回來時通知他。接著他就穿過辦公室，眾職員看見他來了，都把頭埋得更低，緊盯著面前的帳簿。他走進他的私人辦公室，把帽子和手杖擱在一邊，穿上工作服，在他窗前的座位上坐下，在馬庫斯先生對面。他的眉毛顏色淡得出奇，眉毛之間豎起兩道皺紋，嘴裡叼著一支已經抽完的俄國菸，焦躁地把黃色菸嘴從一個嘴角移到另一個嘴角。他拿起紙筆的動作又快又魯莽，使得馬庫斯先生用兩根手指緩緩捻著脣上的小鬍子，同時審慎地慢慢瞅了他的合夥人一眼，幾個年輕職員則揚起了眉毛面面相覷。老闆顯然在生氣。

過了大約半小時，在這段時間裡就只聽見筆尖在紙上的沙沙聲，還有馬庫斯先生緩緩咳嗽的聲音，領事透過綠色的百葉窗向外看，看見克里斯提昂從街上走來。他在抽菸。他是從俱樂部回來的，在那裡吃過早餐，玩了一會兒紙牌。他把帽子稍微歪戴在額頭上，揮擺著他的黃色手杖，這支手杖也是他從「那邊」帶回來的，杖柄是用烏木雕成的修女半身像。他顯然健康良好，情緒極佳。他一邊哼著一首什麼歌，一邊走進辦公室，說了聲「早安，各位先生！」雖然那是個春光明媚的下午，然後他走到自己的座位，打算「稍微幹點活」。可是領事站起來，從他身邊經過時說了句：「啊，我跟你說兩句話，老弟。」

克里斯提昂跟在他身後。他們穿過玄關，步伐相當快。湯瑪斯把一雙手擱在背後，而克里斯提昂不自覺地也把手擱在背後，同時把他的大鼻子朝向他哥哥。在他那撇垂在嘴巴上的英國式紅金色小鬍子上方，那個瘦骨嶙峋的鷹鉤鼻顯眼地突出於凹陷的兩頰之間。當他們走過院子，湯瑪斯說：「你得陪我去花園裡走一走，老弟。」

「好。」克里斯提昂回答。接著又是一陣長長的沉默，當他們走外圍那條小徑，經過「門扉」的洛可可式立面，從左邊繞著花園而行，初春的第一批花苞正在萌發。最後，領事很快地深深吸了一口氣，大聲地說：「我剛才碰到了很不愉快的事，而且是你的行為所引起的。」

「我的……」

「對。在『和諧讀書會』有人告訴我你昨晚在俱樂部裡說的一句話，這句話是那麼不恰當、那麼不得體到了極點，讓我無言以對。你當場就出了洋相。丟臉地被將了一軍。你有興趣回想一下嗎？」

「啊，現在我知道你在說什麼了。是誰告訴你的？」

「這不重要。是德爾曼，而他的聲音自然是大到讓還沒聽說過此事的人也能樂得當笑話聽……」

「是啊，湯姆，我得跟你說，我真替哈根史托姆感到丟臉！」

「你替他感到……這實在是……你聽著！」領事大喊，他把頭歪向一邊，伸出兩隻手，掌心向上，激動地搖著。「在既有商人又有學者的一群人當中，你當著眾人的面說：嚴格地說，每個生意人其實都是騙子，而你自己就是個商人，是一家公司的成員，這家公司竭盡一切努力追求絕對的誠信、追求無懈可擊的商譽……」

「我的老天爺，湯瑪斯，我是在開玩笑！雖然……其實……」克里斯提昂又加了一句，皺起了鼻子，把微微歪著的頭向前伸，他以這個姿勢走了幾步。

「玩笑！玩笑！」領事大喊。「我自認為懂得什麼是玩笑，可是你也看到了別人是怎麼理解你這個玩笑的！哈根史托姆回答你：『**就我而言**，我是**非常**尊重我的職業的。』而你就坐在那裡，一個遊手好閒的人，一點也不看重自己的職業……」

「噢，湯姆，拜託，你在說些什麼！我向你保證，他一下子就把整個愉快的氣氛給毀了。大家都笑了，彷彿都同意我說的話。而這個哈根史托姆坐在那裡，一本正經地說：『**就我而言**……』這個愚蠢的傢伙。我真替他感到丟臉。昨天晚上在床上我還想這件事想了很久，同時我有一種非常奇怪的感覺，我不知道你是否有過這種感覺……」

「不要東拉西扯，我拜託你，不要東拉西扯！」領事打斷了他，氣得全身顫抖。「我也同意，我也同意你說得對，他的回答也許不適合當時的氣氛，是個掃興的回答。可是你也該選擇一下你說這話的對象，如果一定非說不可，免得這樣愚蠢地遭到別人輕蔑的反擊！哈根史托姆利用了這個機會，不只是給了你一記耳光，而是給了**我們**一記耳光，因為你知道他說『就我而言』是什麼意思嗎？『布登布洛克先生，您這種看法大概是在令兄的辦公室裡獲得的吧？』他就是這個意思，你這頭蠢驢！」

「呃……蠢驢……」克里斯提昂說，擺出了一副尷尬不安的表情。

「畢竟你不是只屬於你自己，」領事繼續說，「儘管如此，如果是你自己出醜鬧笑話，我也不在乎……而你哪件事不是在出醜鬧笑話！」他大聲說。他的臉色蒼白，太陽穴上青筋畢露，由於鬢角的髮線後退而格外明顯。他把一道淺色眉毛高高挑起，就連他拉長翹起的鬍尖似乎都散發出怒氣，他揮動著手，像是把他所說的話扔到克里斯提昂腳前的碎石路上，「你的風流韻事、你的小丑行徑、你的一身毛病、你治療這些毛病的方法，全都是在鬧笑話……」

「噢，湯瑪斯，」克里斯提昂說，他十分嚴肅地搖了搖頭，有點笨拙地舉起一根食指，「說到這個，你是沒法完全理解的。要知道，事情是這樣的，這麼說吧，一個人得要感覺心安理得。我不知道你是否有過這種經驗……葛拉波夫醫生給我開了一種治療頸部肌肉的藥膏……很好！如果我不用，還是疏忽了忘了用，我就會感到失落無助，坐立不安，沒有安全感，焦慮心亂，無法吞嚥。可是如果我用了，我就感覺自己盡到了責任，覺得自己一切正常；於是我問心無愧，平靜滿足，吞嚥也就毫無困難。我認為這並不是那藥膏的功效，你知道的。但事情是，這樣一種想像只能用另一種與之相反的想像來抵銷，希望你明白我在說什麼，我不知道你是否有過這種經驗……」

「啊，夠了！啊，夠了！」領事喊道，用兩隻手緊緊抱住了頭，「你就這樣做吧！就照你的想法去做吧！但是不要說出來！不要喋喋不休地說個不停！不要用你這些惹人厭的花招來打擾別人！你這樣從早到晚喋喋不休也是在鬧笑話！但是我要告訴你，我再重複一次：我一點也不在乎你把自己弄得像個傻子；但是我**不准**你損害公司的名譽，你聽見了嗎？我不准你像昨天晚上那樣讓公司蒙羞！」

克里斯提昂沒有回答，而是伸手緩緩撫過他已經稀疏的紅金色頭髮，臉上帶著不安的嚴肅，渙散的眼神四處游移。毫無疑問，他還在想著自己剛才所說的話。兩人沉默半晌。湯瑪斯在無言的絕望中走來走去。

「你說所有的商人都是騙子，」他又開口了，「好吧！你厭倦了你的工作是嗎？你後悔成了商人？當年你徵求了父親的許可……」

「是的，湯姆，」克里斯提昂若有所思地說；「我真的寧可去讀大學！你知道的，在大學裡想必很愉快，你可以想去的時候才去，完全是自願的，去講堂裡坐下來聽講，就像在劇院裡一樣……」

「就像在劇院裡一樣……啊，你最適合去有綜藝表演的餐廳裡當個小丑。我不是在開玩笑！我全心全意地相信這就是你內心的祕密理想！」領事這樣斷言，而克里斯提昂一點也不反駁，只是若有所思地讓目光在半空中游移。

「而你竟然無恥地說出這種話來，你根本不知道，一點也不知道什麼叫工作，你用看戲、遊蕩和裝瘋賣傻替自己弄出了一堆感受、感觸和身體狀況，而你就忙著觀察和培養這些東西，不知羞恥地拿來胡扯……」

「是的，湯姆，」克里斯提昂有點感傷地說，又伸手從頭上撫過。「沒錯，你說得很對。你瞧，這就是我們之間的差別。你也喜歡看戲，而且私底下說吧，從前你也曾有過風流韻事，有一段時間也偏好閱讀小說和詩歌之類的東西。可是你一向懂得把這一切和中規中矩的工作以及生活的嚴肅結合起來。我卻做不到，你知道的。我的精力完全被其他那些雜七雜八的東西給耗盡了，你知道，我完全沒有餘力去做正經事，我不知道你是否了解我的意思……」

「所以說，你也看清了這一點！」湯瑪斯大聲說，他停下腳步，把雙臂交叉在胸前。「你低聲下氣地承認了這一點，卻還是依然故我！難道你是一條狗嗎？克里斯提昂？老天在上，做人總要有點自尊心呀！總不能繼續過著自己都不敢為之辯護的生活！可是你就是這樣！這就是你的本性！能夠看清一件事、理解一件事，能夠加以描述，這對你來說就足夠了。不，克里斯提昂，我的耐心已經用盡了！」說著湯瑪斯迅速向後退了一步，把手臂平伸，用力一揮，「我告訴你，我的耐心已經用盡了！你領了薪水，可是從來不進辦公室，讓我生氣的不是這個。你就繼續虛擲你的人生吧！但是你讓我們丟臉，讓我們全家人丟臉，不管你走到哪裡、待在哪裡！你是個瘤，是我們家族身上一個不健康的部位！你是這座城裡的禍害，假如這房子是我的，我就會把你趕出去，把你逐出大門！」他大吼，一邊朝著花園、院子、寬敞的玄關把手臂用力一揮。他不再克制自己，一股積壓已久的怒氣發洩出來。

「湯瑪斯，你怎麼這樣！」克里斯提昂說。他也被激怒了。他站立的姿勢是O形腿的人所特有的，有點垂頭喪氣，像個問號，腦袋、肚子和膝蓋都向前凸出。他盡可能睜大了那雙深深凹陷的圓眼睛，眼睛周圍紅了一圈，一直延伸到顴骨上，就像他父親當年生氣時一樣。「你怎麼這樣對我說話！」他說。「我做了什麼對不起你的事！我自己會走，不需要你把我趕出去。——呸！」他又加了一句，帶著發自真心的指責，同時把手猛地向前一伸，像是在抓一隻蒼蠅似的。

奇怪的是，湯瑪斯並沒有更激烈地回應，反而默默低下頭來，又重新繞著花園緩步而行。終於能夠把弟弟激怒，終於能夠激起弟弟的強烈反駁和抗議，這似乎令他感到滿足，簡直令他感到稱心。

「你可以相信我，」他平靜地說，又把雙手擱在背後，「這番談話真的讓我很難過，克里斯提昂，但是我們必須要這樣談一次。在家人當中鬧出這樣的場面是件可怕的事，但是我們必須要有一次把心裡的話好好說出來，而且我們可以平心靜氣地把事情談一談，老弟。依我看，你不喜歡你目前的職位，對吧？」

「對，湯姆，你說對了。要知道：一開始的時候我非常滿意，而且比起在外人的公司裡，我在這裡也過得更好。可是我認為我缺少的是獨立自主。我一直都很羨慕你，當我看見你坐在那裡工作，因為那對你來說其實根本不是工作；你工作不是因為非做不可，而是以主人和老闆的身分，你讓其他人替你工作，自己只需要算算帳並且負責管理，自由自在的……這是截然不同的……」

「好，克里斯提昂，這話你就不能早點說嗎？你明明可以獨立的，或是更獨立一點。你知道，父親在遺產中留給你和我各五萬馬克的現金，而我也隨時都願意把這筆錢付給你，只要你有合理而穩當的用途。在漢堡或其他地方都有許多生意穩當但規模有限的公司，這些公司會需要資金注入，而你可以加入成為合夥人。讓我們各自把這件事考慮一下，也找機會跟母親談一談。現在我還有事情要忙，而你在這幾天裡還可以把那些英文書信寫完，拜託了。」

「比如說，你覺得漢堡的H．C．F．布爾梅斯特公司怎麼樣？」走到玄關的時候他還又問道，「那是一家進出口公司，我認識那個人。我相信他會抓住這個機會的……」

那是一八五七年五月底的事。六月初，克里斯提昂就動身經由比興鎮前往漢堡。對於本城的俱樂部、市立劇院、蒂沃利綜藝劇場、以及那整個喜歡吃喝玩樂的社交圈來說都是個沉重的損失。所有的紈綺子弟，包括吉塞克博士和彼得．德爾曼，都到火車站來替他送行，給他獻上鮮花、甚至還有香菸，大家都開懷大笑，毫無疑問是想起了克里斯提昂跟他們說過的那許多故事。最後，律師吉塞克博士在眾人的歡呼聲中把一枚金紙做的搞笑勳章別在克里斯提昂的大衣上，這枚勳章來自碼頭附近的一間小旅店，那裡的門前在晚上會掛起一盞紅燈籠，是不拘禮節的聚會場所，氣氛總是十分歡樂，這枚勳章頒發給即將離去的克里斯提昂．布登布洛克，以表彰他的傑出貢獻。

第四章

門鈴響了，東妮按照她的新習慣出現在樓梯口，越過白漆欄杆向玄關張望。可是門一打開，她就猛地把身子再向前探，又趕緊縮回來，然後一手用手帕摀著嘴，另一隻手提起裙子，微微彎著腰，急忙跑上樓去，在通往三樓的樓梯上她碰到了雍曼小姐，低聲對她說了句話，伊妲．雍曼聽了又驚又喜，用波蘭文答了一句，聽起來像是在說「我親愛的上帝！」

這時候，布登布洛克老領事夫人坐在風景廳裡，用兩根棒針在織一條圍巾或毯子之類的東西。時間是上午十一點。

女僕忽然穿過圓柱大廳走過來，敲了敲玻璃門，搖搖擺擺地走進來，遞了一張名片給老夫人。老夫人拿起名片，把眼鏡挪了挪，因為她做女紅的時候戴著眼鏡，接著就讀起來。然後她抬起頭來看看女僕紅撲撲的臉，又讀了一次，再看了看那個女僕。最後她和藹但堅定地問：「這是什麼？這是什麼意思，我問妳？」

名片上印著：「X．諾普合資公司」。但是「X」和「諾普」都被人用藍筆重重地劃掉了，只剩下「合資公司」這幾個字。

「喔，領事夫人，」女僕說，「來了一位先生，可是他不說德語，而且怪裡怪氣的。」

「請那位先生進來。」老領事夫人說，因為現在她明白了，前來求見的是那個「合資公司」。女僕走了。緊接著玻璃門又再打開，一個矮壯的身影走進來，在房間的背光處停了一會兒，拖長了語調說了句話，聽起來像是：「我很榮幸……」

「您好！」老夫人說。「您不要走近一點嗎？」她用手輕輕撐著沙發坐墊，稍微直起身子，因為她還不知道完全站起來是否合適。

「我很冒昧……」這位先生又用吟唱般拖長了的愉快聲調回答，禮貌地彎著腰，向前走了兩步，然後又再停住，四下張望，像在尋找什麼。也許他是在找地方坐下，或是找個地方放他的帽子和手杖，因為他把這兩樣東西都帶進房間裡了，那根手杖的彎爪狀牛角杖柄足足有一尺半長。

他大約四十歲。手短腿短，身材圓胖，穿著一件大大敞開的棕色粗呢外套，淺色花背心以柔軟的弧度遮住他的肚子，背心上繫著一條金錶鍊，錶子上綴著由牛角、獸骨、銀飾和珊瑚製成的各種吊飾，琳瑯滿目。他穿的長褲顏色介於灰綠之間，褲腿太短，而且看起來像是用異常硬挺的布料裁製而成，因為褲腳像個圓筒一樣圍住寬大的短靴靴筒，沒有一點皺褶。稀疏的淡金色小鬍子像流蘇一樣垂在嘴上，使得他那圓圓的腦袋、扁扁的鼻子和稀疏凌亂的頭髮看起來有點像隻海豹。這位陌生來客下巴和下唇之間的那撮鬍鬚有點粗硬地翹起，和他唇上那撇小鬍子形成對比。他的臉頰異常厚實、肥胖、浮腫，把眼睛擠成了兩條淡藍色的細縫，在眼角形成許多細紋，使得這張腫脹的臉既顯得猙獰，又顯得好脾氣中帶著老實笨拙與親切。在小小的下巴下面，一條陡直的線條伸進細窄的白色領巾。這是一個有如嗉囊的脖子的線條，這樣的脖子戴不住高高的硬領。臉的下半部和脖子、後腦勺、後頸、臉頰和鼻子都肉嘟嘟地連在一起，有點分不出形狀。由於腫脹，整張臉的皮膚過度緊繃，在某些部位略為皸裂泛紅，像是耳垂根部和鼻子兩側。他的一雙手短小白胖，一隻手拿著手杖，另一隻手拿著一頂提洛爾帽[1]，飾有一束臆羚鬃毛。

老領事夫人已經摘下了眼鏡，仍舊撐著沙發坐墊，維持著半坐半站的姿勢。

「您找我有什麼事？」她客氣地問，但語氣堅定。

這時那位先生下定了決心，毅然地把帽子和手杖擱在風琴蓋上，然後滿意地搓了搓騰出來的一雙手，用他那雙明亮而浮腫的小眼睛真摯地看著老領事夫人，帶著濃重的巴伐利亞口音說：「請夫人原諒我那張名片，因為我手邊一時沒有別的可用。我名叫阿洛伊斯·佩曼尼德，來自慕尼黑，也許夫人您已經從令嫒口中聽過我的名字——」

這幾句話他說得粗聲粗氣，嗓門很大，用的是方言，老是把前後音節連在一起，但是那雙瞇成一條縫的小眼睛親暱地眨動，暗示著：「我們對彼此很熟悉的……」

現在老夫人完全站了起來，把頭歪向一邊，伸出了雙手，朝他走過去。

「佩曼尼德先生！原來是您？我女兒當然跟我們提起過您。我知道，為了讓她在慕尼黑的時候過得愉快有趣，您出了多少力……而現在您到我們城裡來了？」

「可不是嗎，您沒料到吧！」佩曼尼德先生說，老夫人以高雅的動作指了指身邊的一張扶手椅，佩曼尼德先生就坐下了，隨即用手在他那雙又短又圓的大腿上愜意地揉搓起來。

「您是說……」老夫人問。

「可不是嗎，您嚇了一跳吧！」佩曼尼德先生回答，這會兒他不再揉搓膝蓋了。

1　提洛爾帽源自奧地利的提洛邦（Tirol），頂部成錐形，帽冠兩側飾有花朵、羽毛或臆羚背上的鬃毛，是傳統民俗服飾的一部分，在巴伐利亞也很常見。

「好極了！」老夫人不解地說，把雙手擱在膝上，假裝滿意地向後靠。可是佩曼尼德先生看出來了，於是他俯身向前，伸手在半空中畫了個圓圈，天曉得他為什麼這樣做，然後十分吃力地用比較標準的口音說：「夫人就只是……驚訝吧！」

「對，對，我親愛的佩曼尼德先生，的確是這樣！」老夫人高興地回答，在她弄懂了他的意思之後，談話又中斷了。為了填補這段空白，佩曼尼德先生嘆了口氣，又用方言說了一句：「真是要命！」

「呃，您是說？」老夫人問，把她明亮的眼睛稍微瞄向旁邊。

「真要命！」佩曼尼德先生粗聲粗氣地又大聲說了一次。

「好極了。」老夫人安撫地說；就這樣，這個話題也結束了。

「請問，」她繼續說，「親愛的先生，是什麼事讓您到這麼遠的地方來？從慕尼黑到這兒來可是一段遠路……」

「生意上的事，夫人，」佩曼尼德先生說，伸出短短的手在半空中轉來轉去，「跟沃克米勒釀酒廠的一樁小生意！」

「噢，對了，您是做啤酒花生意的，親愛的佩曼尼德先生！諾普合資公司，對吧？請相信我，我從我的領事兒子口中聽到過很多關於貴公司的好話。」老夫人客氣地說。但是佩曼尼德先生婉拒了這番恭維：「好啦。不提這個。啊，嗯，主要是我一直都想來拜望夫人您，也想再和古倫里希夫人見個面！這就足以讓我跑這一趟了！」

「謝謝您，」領事夫人親切地說，再次向他伸出了手，把掌心盡量向外翻。「但是現在該通知我女兒了！」她又加了一句，站起來，走向掛在玻璃門旁邊繫著喚人鈴的繡花條幅。

「我的天老爺，那我真是太高興了！」佩曼尼德先生喊了一聲，連同他坐的扶手椅一起轉過來面向著門。

老領事夫人吩咐女僕：「去請古倫里希夫人下來。」

說完她又回來坐在沙發上，於是佩曼尼德先生也把他坐的扶手椅再轉回來。

「我真是太高興了……」他心不在焉地又說了一次，一邊打量著牆上的壁紙、寫字檯上那個賽佛爾瓷窯出品的墨水瓶以及房間裡的家具。然後他說了好幾次：「真要命！實在要命……」一邊揉著膝蓋，莫名其妙地重重嘆了口氣。在東妮露面之前，時間大致就是這樣度過的。

她下定決心打扮了一下，穿上一件淺色緊身胸衣，整理了頭髮。她的臉比平常更有精神、也更漂亮，舌尖調皮地舔著嘴角。

她一走進來，佩曼尼德先生就馬上跳起來，無比熱情地朝她走過去。他全身都動了起來，握住她的雙手，搖著她的手，喊道：「啊，古倫里希夫人！啊，您好呀！這段日子以來都好嗎？在這兒都做了些什麼？老天，我都樂傻了！您也還會想起慕尼黑那座城市、想起咱們那幾座山嗎？噢，咱們當時玩得可痛快了，不是嗎？乖乖！我的天！現在咱們又見面了！誰想得到呢……」

東妮也非常活潑地跟他打招呼，拉了一張椅子過來，開始跟他聊起她在慕尼黑度過的那幾個星期。這番談話現在進行得毫無阻礙，而老領事夫人也聽著他們聊，包容地向佩曼尼德先生點頭表示鼓勵，把他用方言說的這句話或那句話翻譯成書面德語，每一次當她聽懂了，她就滿意地往沙發上一靠。

佩曼尼德先生也得再向東妮夫人說明一下他到此地來的理由，但是他顯然並不重視與釀酒廠的這樁生意，讓人覺得他其實好像根本沒必要到這座城市來。另一方面，他很感興趣地問起老領事夫人的二女兒和兩個兒子，並且對克拉拉與克里斯提昂不在家一事大表遺憾，因為他一直希望能夠認識家裡的每一個人。

他對自己要在城裡停留多久含糊其辭，可是當老領事夫人說：「我兒子馬上就要回來吃早餐了，佩曼尼德先生，請您賞光跟我們一起吃點奶油麵包？」話還沒說完，他就欣然接受，彷彿正在等待這個邀請。

湯瑪斯來了。他發現早餐室裡空無一人，出現時還穿著辦公室的工作外套，行色匆匆，略顯疲憊，有點工作過度，打算隨便吃些點心就好。可是一看見這位客人的奇特模樣，看見他錶鍊上那一大串吊飾、他的粗呢外套，還有風琴上的臆羚鬃毛帽飾，他就留神地抬起頭來。一聽見這位來客的名字是他已經多次從東妮口中聽到的，他就迅速瞥了他妹妹一眼，然後極其親切地和佩曼尼德先生打招呼，他並沒有坐下，大家立刻就下樓到中間夾層，雍曼小姐已經在那裡擺好餐桌，茶炊也已在嗡嗡作響——這是個道地的茶炊，是提伯提烏斯牧師夫婦送的禮物。

「你們真會享受生活！」佩曼尼德先生說，當他坐下來，打量著桌上的各式冷食。偶爾他會忘了用敬稱，至少是在使用第二人稱複數型的時候，但是臉上帶著一副無辜的表情。

「這不是皇家啤酒，佩曼尼德先生，但至少比我們本地的啤酒好喝。」湯瑪斯說著就替他斟了一杯冒著棕色泡沫的波特啤酒，湯瑪斯自己也習慣在這個時間喝這種啤酒。

「謝啦，鄰座的先生！」佩曼尼德先生說，嘴裡還嚼著東西，一點也沒有注意到雍曼小姐震驚地看了他一眼。但是他喝波特啤酒喝得十分節制，於是老夫人又叫人拿了一瓶紅酒來，紅酒上桌之後，他的興致顯然更高了，又和東妮聊了起來。由於他挺著個肚子，他坐得離桌子相當遠，把兩條腿叉得很開，大多數時候把一條短短的手臂連同白白胖胖的小手順著椅背垂下來，長著海豹鬚的胖腦袋稍微側向一邊，臉上的表情在愜意中帶點怏怏不樂，瞇成一條縫的眼睛天真地眨動，聽著東妮的發言和回答。

她用優美的動作替他把多汁乳菇切成小塊，因為他從來沒吃過，不知道該怎麼切，同時她也毫不保留地表達她對人生的某些看法。

「噢，老天，佩曼尼德先生，生活中一切美好的事物都消逝得這麼快，真是令人難過呀！」她這句話指的是她在慕尼黑的那段時光，她暫時擱下了刀叉，嚴肅地凝視著天花板。此外她偶爾會嘗試用巴伐利亞方言說幾句話，但她缺少這方面的天分，聽起來很滑稽。

在用餐當中有人敲門，辦公室的學徒送來一封電報。湯瑪斯一邊讀電報，一邊用手指慢慢地捋著長長的鬍尖，雖然看得出他正在用心思索電報的內容，他仍然用極其輕鬆的口吻問道：「生意怎麼樣啊，佩曼尼德先生？」

「沒事。」湯瑪斯隨即對那個學徒說，於是那個年輕人就退下了。

「噢，鄰座的先生！」佩曼尼德先生回答，由於脖子又粗又僵硬，他笨拙地轉過頭去面向領事，讓另一條手臂順著椅背垂下來。「沒啥好說的，就只是個苦差事！您知道，慕尼黑。」他每次說出他故鄉的名字，發音總是含混不清，讓人只能猜出他在說什麼。「慕尼黑不是個做生意的城市，那裡的人只想安安靜靜的過日子，大杯喝啤酒，不會有人在吃飯的時候讀電報，不幹這種事。北方這裡又是另一種風氣，天老爺！喔，謝謝，我再喝一杯……真要命！我的合夥人諾普老是想搬到紐倫堡去，因為那裡有證券交易所，有商業活力，可是我離不開慕尼黑。不幹這種事！真要命……您知道，我們那兒的競爭很厲害，厲害得很……至於出口生意，那簡直可笑……就連俄國都要開始自己種啤酒花了……」

但他忽然異常迅速地瞥了湯瑪斯一眼，說道：「話說回來，就當我沒說，鄰座的先生！這還是一樁不錯的生意！我們靠著投資啤酒廠賺了錢，尼德包爾是那家啤酒廠的廠長，您曉得的。那本來是個很小的企業，可是我們給了他們一筆貸款和一筆現金。四趴利息的抵押貸款，讓他們可以擴建廠房，現在生意做起來了，我們有了營業額和年度收入——這就夠了！」佩曼尼德先生這樣總結，婉謝了香菸和雪茄，請求允許他抽自己的菸斗，從口袋裡掏出有著牛角長菸嘴的菸斗，在煙霧繚繞中和湯瑪斯談起了生意經。話題隨即轉到政治，談起了巴伐利亞與普魯士的關係，還有國王馬克西米利安[1]和拿破崙的關係。佩曼尼德先生不時用其他人完全聽不懂的俗話來替這番談話添加趣味，在談話停頓時用些看不出關連的感嘆句來填補空白，像是「開什麼玩笑！」或是「有這種事！」

雍曼小姐經常吃驚地忘了咀嚼，哪怕嘴裡正含著一口食物。她用明亮的棕色眼睛看著這個客人，驚訝得說不出話來，同時按照她的習慣，把手裡的刀叉筆直地豎在桌上並且輕輕搖動。這棟屋子裡不曾聽過這種口音，不曾瀰漫過這種菸斗的煙霧，不曾見識過這種愜意中帶點怏怏不樂、不拘形跡的舉止。老領事夫人關心地問起人數那麼少的新教徒在那麼多天主教徒當中想必會面臨的誘惑，因為聽不懂對方的回答，只好繼續維持親切的笑臉，而東妮在用餐的過程中似乎漸漸若有所思，變得有點不安。然而湯瑪斯卻興致極佳，甚至還說服母親讓人再拿一瓶紅酒過來，並且熱情地邀請佩曼尼德先生去他在布萊特大街的家中作客，說他太太一定會非常高興。

這位啤酒花商人在登門之後足足待了三個小時才準備告辭，把菸斗清乾淨，把酒杯喝乾，說了哪件事「真要命」，然後站了起來。

「我很榮幸，夫人。上帝保佑您，古倫里希夫人。上帝保佑您，布登布洛克先生……」聽到這種稱呼，伊妲．雍曼甚至嚇了一跳，臉色都變了。「您好，小姐……」他居然在臨走的時候說「您好」！

老領事夫人和她兒子交換了一個眼色，佩曼尼德先生表示他將返回特拉維河畔的小旅館，那是他投宿的地方。

1 係指巴伐利亞國王馬克西米利安一世（Maximilian I, 1756-1825）。

老夫人再一次走向佩曼尼德先生，說：「我女兒在慕尼黑的朋友和她先生離這兒很遠，我們一時可能還沒有機會回報他們的熱情招待。但是如果您，親愛的先生，在本城裡停留的這段時間願意賞光住在舍下，我們將衷心歡迎您。」

她朝他伸出手，而瞧啊：佩曼尼德先生毫不遲疑地同意了，就跟他先前欣然接受共進早餐的邀請一樣迅速。他親吻了兩位夫人的手，這個舉動由他做出來有點怪異，他從風景廳裡拿了帽子和手杖，再次承諾立刻就會請人把他的行李送過來，等他把事情辦完，就會在四點鐘再回到這裡，然後他讓湯瑪斯送他下樓。在出門前他又一次轉過身來，讚嘆地搖著頭說：「請別見怪，鄰座的先生，令妹真是個可愛的小妞！上帝保佑您！」說完他就走了，一邊還一直搖著頭。

湯瑪斯覺得自己得要趕緊再上樓去看看母親和妹妹。伊妲・雍曼已經抱著床單被套在屋裡跑來跑去，忙著把走道旁邊的一間客房打理好。

老領事夫人仍舊坐在早餐桌旁，一雙明亮的眼睛凝視著一處天花板，白皙的手指在桌布上輕輕敲著。東妮坐在窗邊，雙臂交叉在胸前，沒有左顧右盼，而是直直地看著前方，表情莊重，甚至是嚴肅。室內一片靜默。

「怎麼樣？」湯瑪斯問，在房間門口停下來，從盒蓋上有三駕馬車圖案的菸盒裡取出一根香菸，他笑得肩膀上下抖動。

「這人還滿討人喜歡的。」老夫人不痛不癢地說。

「我也這麼覺得！」接著湯瑪斯迅速轉到東妮身邊，動作在殷勤有禮之中帶著詼諧，彷彿恭恭敬敬地也想徵詢她的意見。她沉默不語，嚴肅地直視前方。

「可是湯姆，我覺得他應該別再說粗話，」老領事夫人有點煩惱地繼續說。「如果我沒聽錯的話，他老是呼天喊地的。」

「噢，這沒什麼，母親，他這樣說並沒有什麼惡意。」

「另外，他的舉止也許有點太過隨便？湯姆，你覺得呢？」

「是啊，老天，南方人就是這樣！」領事說，把一口煙緩緩吐進房間裡，對著他母親微笑，然後偷偷地把目光停留在東妮身上。老領事夫人一點也沒有察覺。

「今天你和蓋爾妲會回來吃飯吧，湯姆？幫我這個忙。」

「好啊，母親，樂意之至。老實說，我認為這個客人會給我們帶來很多樂趣。妳不也這麼覺得嗎？總算來了一個跟妳那些神職人員有所不同的客人。」

「人各有所好，湯姆。」

「同意！我要走了……噢，對了！」他說，一隻手已經握住門把。「妳肯定給他留下了深刻的印象，東妮！不，是毫無疑問！妳知道他剛才在樓下怎麼說妳嗎？『一個可愛的小妞』——這是他說的。」

這時東妮卻轉過身來，大聲地說：「好吧，湯姆，你把這件事告訴我，他大概也沒有叫你不要講，儘管如此，我不知道你把這件事轉告我是否恰當。但有一點我是知道的，而我也想要說出來，那就是在生活中重要的是心意和內心的感受，至於怎麼說、怎麼表達則並不重要。如果你是在嘲笑佩曼尼德先生的表達方式……如果你覺得他可笑……」

「妳說誰？可是東妮，我根本沒這個意思！妳幹麼這麼激動……」

「夠了！」老領事夫人說，向兒子投去一個嚴肅、懇求的眼神，意思是：體諒她一下！

「好啦，別生氣，東妮！」他說。「我沒有想要惹妳生氣。現在我要走了，我會吩咐倉庫那邊派個人去替他把行李拿過來……再見啦！」

第五章

佩曼尼德先生住進了曼恩路大宅，第二天他受邀到湯瑪斯．布登布洛克夫婦家用餐，而在第三天，那是個星期四，他認識了尤思圖斯．克羅格夫婦、布萊特大街的布登布洛克三姊妹，她們覺得他滑稽得很。也認識了希瑟米．魏希布洛特小姐，她相當嚴肅地對待他，他還認識了可憐的克婁蒂妲以及小艾芮卡，遞給她一袋糖果。

他的情緒一直很好，雖然不時嘆氣，那些嘆氣沒有什麼特別的意思，似乎就只是由於太過愜意。他抽著他的菸斗，帶著一口奇特的鄉音，飯後以極其舒適的姿勢在他的座位上久坐不厭，抽菸斗、喝酒、聊天。雖然他給這棟老宅裡的寧靜生活增添了一種陌生的全新氣氛，雖然他整個人跟這屋裡各處的風格有點格格不入，他卻不曾擾亂這個家中現有的習慣。他老老實實地參加每天早晚的祈禱，請求允許他旁聽一次老領事夫人主持的主日學校，甚至在「耶路撒冷之夜」也在大廳短暫露面，讓主人把他介紹給那幾位女士，不過，等到蕾雅．葛哈德開始朗誦，他就倉皇地告退了。

他的出現很快就在城裡傳開了，而那些大戶人家好奇地談論著布登布洛克家裡這位從巴伐利亞來的客人；可是因為他在這些家族或證券交易所裡都沒有熟識的人，而且由於季節的關係，大部分的人都準備去海邊度假，布登布洛克領事就沒有把佩曼尼德先生介紹給社交界的人。但他自己卻熱心周到地招待這位客人。儘管他要處理生意和市政事務，卻仍然抽出時間帶客人參觀這座城市，帶他遊覽所有中古時期的名勝古蹟，那幾座教堂、城門、噴泉、市場、市政廳、「船員工會之家」，想方設法招待他，也把他介紹給自己在證券交易所裡的幾個親近朋友。當他的母親找機會謝謝他願意這樣奉獻心力，他淡淡地說：「唉，母親，我當然要竭盡所能……」

老領事夫人並沒有回應他這句話，甚至沒有露出微笑，就連眼皮都沒有動一下，只是默默地把明亮的目光瞥向旁邊，隨口問了一個不相干的問題。

她對佩曼尼德先生始終維持著同樣親切友好的態度，卻未必能說她女兒的態度也是如此。這個啤酒花商人在這裡已經參加過兩次「兒童日」聚會了，雖然在來到此地的第三天或第四天，他就曾隨口提及他和本地釀酒廠的生意已經談妥，但在那之後已經又過了一個多星期。而在這兩次週四晚上的聚會中，當佩曼尼德先生說了些什麼或做了什麼，東妮多次用慌亂羞怯的眼神看向家族成員，看向尤思圖斯舅舅、幾個堂姊或是湯瑪斯，然後紅了臉，在好幾分鐘裡表現得僵硬而沉默，甚至離開了房間。

在東妮位在三樓的臥房裡，綠色紗簾在六月一個清朗的夜裡隨著微風輕輕飄動，因為兩扇窗戶都開著。天篷床旁邊的床頭櫃上擺著一個玻璃缸，裝著半缸水，水面上浮著一層油，好幾個小燈芯在油裡燃著，給這個大房間帶來寧靜而均勻的微弱光線，房間裡擺著幾張直線條的扶手椅，椅墊上罩著灰色亞麻布套。東妮在床上休息，雙手交疊在羽絨被上，她漂亮的頭躺在柔軟的枕頭上，枕頭套鑲著寬大的蕾絲滾邊。但是她卻因為思緒萬千而無法闔眼，注視著一隻長身大昆蟲，目光隨著牠移動，看著牠堅定地繞著明亮的玻璃缸飛行，無數次無聲地揮動著翅膀。床邊牆壁上掛著兩幅古老的銅版畫，畫的是中古時期的城市風景，中間裝裱了一句經文：「當將你的事交託耶和華……」[1]可是這句話能給人安慰嗎？當你

1 出自《聖經》《詩篇》三十七章第五節：「當將你的事交託耶和華，並倚靠祂，祂就必成全。」

在午夜時分躺在床上無法闔眼，必須下定決心，必須獨自對自己的人生做出「要」或「不要」的決定，無人可以商量，而且這個決定所影響的還不只是自己的人生？

房間裡很安靜。只有壁鐘滴滴答答地走著，偶爾從隔壁房間傳來雍曼小姐輕聲咳嗽的聲音，她的房間和東妮的臥室只用門簾隔開。那裡還燈光明亮。這個忠誠的普魯士女子還挺直地坐在拉出來的桌板旁邊，在吊燈下替小艾芮卡織補襪子。聽得見小艾芮卡深沉平靜的呼吸聲，因為魏希布洛特小姐的寄宿學校在放暑假，這孩子就回來住在曼恩路大宅。

東妮嘆了一口氣，稍微坐起來，用手撐著頭。

「伊妲？」她壓低了嗓音問道，「妳還坐在那兒織補嗎？」

「是啊，小東妮，我的小乖，」伊妲的聲音傳過來，「快睡吧，妳明天得要早起，妳會睡不飽的。」

「不要緊的，伊妲。那妳明天早上六點叫醒我？」

「六點半起來就夠早了，我的小乖。馬車八點才來。妳繼續睡吧，明天才會神清氣爽。」

「唉，我還根本沒睡呢！」

「哎呀，小東妮，這樣不行。妳不會想在施瓦陶鎮一副病懨懨的樣子吧？喝七口水，向右側躺，數到一千……」

「唉，伊妲，拜託妳再過來一下吧！我睡不著，我要跟妳說，我想得太多了，想得頭都疼了……妳瞧，我認為我發燒了，胃也又不舒服了；再不然就是貧血，因為我太陽穴上的血管都脹了起來，跳個不停，脹得很痛，充血得厲害，可是也不能排除我腦袋裡的血還是不夠……」

聽得見一張椅子被挪動了，伊妲·雍曼瘦骨嶙峋的硬朗身形出現在門簾之間，她穿著一件樸素而且式樣老舊的棕色衣裳。

「唉，唉，小東妮，發燒了嗎？讓我摸摸看，我的小乖。我們用溼毛巾冷敷一下吧。」

她邁著有點男性化的堅定大步，走到五斗櫃旁，取出一條手帕，在洗臉盆裡浸了浸，又走回床邊，小心翼翼地把手帕擱在東妮的額頭上，再用雙手把手帕撫平。

「謝謝，伊妲，真舒服……啊，妳在我身邊再多坐一會兒吧，好伊妲，這兒，坐在床邊上。妳瞧，我一直在想明天的事。我該怎麼辦？所有的事都在我腦子裡打轉。」

伊妲在她身邊坐下，重新拿起她的鉤針和套在織補球[1]上的襪子，低下頭，頭頂是平滑的灰髮，一邊用她那雙永不疲倦的明亮棕眼盯著針腳，一邊說：「妳覺得他明天會問嗎？」

「當然，伊妲！這一點毫無疑問。他不會錯過這個機會的。克拉拉當時不也是這樣？也是在這樣一次郊遊的時候。妳知道，我也可以避開，可以一直跟其他人待在一起，不讓他接近……可是這樣的話事情就算結束了！他後天就要走了，這是他說的，而明天若是沒有個結果，他也不可能再待下去了……明天必須要做出決定……可是如果他問了，伊妲，那我該怎麼說呢？妳從來沒有結過婚，所以妳其實並不了解人生，可是妳是個誠實的人，有妳的判斷力，而且妳四十二歲了。妳不能給我一點建議嗎？我真的需要一點建議……」

伊妲．雍曼把襪子放回膝上。

「是啊，小東妮，這件事我也想了很多。可是我發現我根本沒法給妳什麼建議，小乖。如果不跟妳或是妳母親談一談，他是不會走的。而如果妳不願意，那妳就該早點把他打發走。」

1 織補球（Stopfkugel）是在織補時用的一種輔助器，通常是木製的，形狀像顆球或蛋，把要織補的衣物套在上面，便於織補。

「妳說得對，伊妲，可是我沒辦法把他打發走，因為事情畢竟還是該發生！只是我忍不住一直想：我還可以回頭，現在還來得及！所以這會兒我就躺在這裡，折磨著自己……」

「妳喜歡他嗎？小東妮？老實告訴我！」

「是的，伊妲。如果我想要否認，那我就得說謊了。他並不英俊，但是這在生活中並不重要，而且他根本上是個好人，不會做壞事，這一點妳可以相信我。當我想起古倫里希……噢，老天，他老是說他很機靈，腦筋動得快，卻用狡猾的方式掩蓋他的招搖撞騙。佩曼尼德卻不是這種人，妳知道。我會說他懶得去騙人，也太貪圖安逸，從另一方面來說這也是個缺點，因為他肯定成不了百萬富翁，我覺得他有點傾向於放任自己，得過且過地混日子，像他們南方人說的……他們南方人都是這樣，而這就是我想要說的，伊妲，這就是問題所在。意思是說，在慕尼黑，他和與他同類的人在一起，那些人跟他很像，說話的方式也像他，那時候我簡直是愛他，覺得他人真好，那麼坦率老實，那麼讓人覺得舒服。而且我也立刻就察覺這份好感是雙向的，部分原因或許也在於他認為我是個有錢的女人，恐怕他高估了這一點，因為如妳所知，母親沒辦法再給我很多嫁妝……但是我相信他不會在乎這個。他根本不想要那麼多錢……不說了……我原本想說什麼，伊妲？」

「在慕尼黑，小東妮；而在這裡呢？」

「而在這裡呀，伊妲！妳已經知道我想說什麼了。在這裡，他完全脫離了他原本的生活環境，這裡的人都跟他不一樣，都比他更嚴肅、更有企圖心、更莊重，可以這麼說……在這裡我經常得替他感到難為情，沒錯，我坦白跟妳說，伊妲，我是個誠實的人，我替他感到難為情，雖然這樣想也許是我不對！妳瞧……有好幾次他在談話中犯了文法上的小錯誤。他們南方人就是這樣說話的，伊妲，哪怕是最有教養的人，在心情好的時候也會這樣，誰聽了也不會覺得刺耳，也沒什麼壞處，就這樣順口說了出來，誰也不會覺得奇怪。可是在這裡，母親會從旁邊瞅著他，湯姆挑起了眉毛，尤思圖斯舅舅全身一顫，差點就要撲哧一聲笑出來，克羅格家族的人總是這樣，而菲菲．布登布洛克會朝她母親或是她姊姊亨麗耶特和弗麗德里珂使個眼色，這時候我就會覺得好丟臉，恨不得衝出客廳，無法想像自己能嫁給他……」

「這是哪兒的話，小東妮！反正妳將來會和他住在慕尼黑呀。」

「妳說得對，伊妲。可是還有訂婚呢，那是必須要慶祝的，妳想想，如果因為他的舉止一點也不高雅，我得在全家人面前、在齊斯登梅克家族和莫倫朵普家族的人面前經常感到丟臉……唉，古倫里希倒是比較高雅，可是他的心卻是黑的，就像史登格老師當年常說的……伊妲，我的頭好暈，麻煩妳替我把手帕再浸浸水。」

「這件事終究還是得成，」她又說，深深吸了一口氣，伸手接下冷敷用的手帕，「因為重點在於我要再結一次婚，不能再以離婚婦人的身分在這裡混日子……唉，伊妲，這些日子我不得不回想起過去的許多事，想起當年古倫里希第一次出現的時候，想起他在我面前演的那幾齣戲——他真可恥，伊妲！——然後是特拉沃明德，許瓦茲寇夫一家人……」她緩緩地說，帶著做夢的眼神久久凝視著艾芮卡襪子上補過的地方。「然後是訂婚，搬到艾姆斯比特爾，還有我們的房子——那房子很體面，伊妲；當我想到我那些睡衣……我不會再有這樣的生活了，如果跟佩曼尼德在一起；妳知道的，生活使人愈來愈懂得謙遜——然後是克拉森醫生，艾芮卡這個孩子，還有銀行家基瑟邁爾……最後是那個結局——那實在太可怕了，妳無從想像，當一個人在人生中有過這麼恐怖的經驗……但是佩曼尼德不會做這種骯髒事，我相信他絕不會做這種事，而且我們也可以信賴他的生意，因為我真的相信他和諾普在尼德包爾的啤酒廠賺了不少錢。如果我成了他的妻子，伊妲，那妳就會看見，我會設法讓他變得更有企圖心，讓我們更有地位，讓他更努力替我和我們全家增光，畢竟一旦他娶了布登布洛克家族的人，他就得承擔這個責任！」

她把雙手交疊，墊在頭下，仰望著天花板。

「是啊，自從我嫁給古倫里希，已經過了整整十年了，十年！而現在我又走到了這一步，又要再一次答應某人的求婚。妳知道，伊妲，生活是件嚴肅得要命的事！……差別只在於，當年那件事被弄得很大，大家都來逼我，都來折磨我，而現在大家都很安靜，認為我理所當然會答應；因為妳得要知道，伊妲，這次和阿洛伊斯訂婚——我已經直呼他的前名了，因為這件事終究還是得成——根本不是什麼值得慶祝、值得高興的事，而且其實也跟我的幸福無關。重點在於隨著我進入這第二段婚姻，我就平平靜靜、自自然然地彌補了我的第一段婚姻，因為這是我對家族名聲的責任。母親這麼想，湯姆也這麼想……」

「哪兒的話，小東妮！如果妳不想要他，如果他不能使妳幸福……」

「伊妲，我對人生有了些認識，不再是個傻丫頭了，而且我頭上也長著眼睛。母親……她可能不會一定要我這麼做，因為碰到不妥當的事她就說聲『夠了』，然後就不予理睬。可是湯姆想要我這麼做。湯姆這個人我還不清楚嗎！妳知道他心裡怎麼想嗎？他想：『哪個人都行！只要不是絕對配不上。因為這一回的重點不在於結一門光彩的親事，而只在於用這第二段婚姻來勉強彌補當年的缺陷。』這就是他的想法。佩曼尼德一到這兒來，湯姆就悄悄打聽了他生意上的情況，這一點妳可以相信，等到打聽出來的結果相當不錯而且可靠，他就已經拿定主意了。湯姆是個政治家，他知道自己想要什麼。把克里斯提昂趕走的人不也是他嗎？雖然這句話說得很重，伊妲，但事實就是如此。而他為什麼這麼做呢？因為克里斯提昂損害了公司和家族的名聲，而我在他眼中也是如此，伊妲，不是因為我的言行舉止，而是因為我以離婚婦人的身分住在家裡。他希望結束這種情況，而他這樣想是有道裡的，老天在上，我對他的愛並沒有因此而減少，而我希望他對我也一樣。畢竟這些年來我也一直渴望重新走入生活，因為在母親這兒過日子我感到無聊，如果這樣說是種罪過，就讓上帝懲罰我吧，可是我才三十歲，覺得自己還年輕。人跟人是不一樣的，伊姐；妳三十歲的時候頭髮就灰白了，這是你們的家族遺傳，妳那個死於打嗝的普拉爾叔叔也是這樣……」

這一夜她還對生活進行了許多思考，偶爾插上一句：「這件事終究還是得成。」然後沉沉安睡了五個小時。

第六章

城市上空濃霧密布，可是上午八點，當約翰尼斯路出租馬車行的老闆隆蓋特親自駕著一輛有蓬頂但四面敞開的觀光馬車來到曼恩路大宅前，他說：「一個小時後太陽就會露臉啦。」於是大家就放下心來。

老領事夫人、安東妮、佩曼尼德先生、艾芮卡和伊妲・雍曼在一起吃過早餐，此刻做好出門的準備，陸陸續續來到寬敞的玄關，等待蓋爾妲和湯瑪斯到來。東妮穿著一件乳白色衣裳，下巴上繫著一個緞面領結，儘管前一夜睡眠時間較短，看起來還是很標緻；她似乎已經不再猶豫和遲疑，因為當她一邊和客人交談、一邊緩緩扣上薄手套的扣子，她的表情平靜而自信，近乎莊嚴。她又找回了從前所熟悉的心情，感覺到自己的重要，感覺到交由她做出的這個決定意義重大，意識到這一天再次到來，她有責任以嚴肅的決定來影響自己家族的歷史，這種感覺充滿在她心中，使得她心跳加速。前一夜她在夢裡看見了家族紀事簿，看見了她打算記錄她第二次訂婚的那一處。這件事將抹去簿子裡的那個汙點，使之變得無關緊要，此刻她熱切期待著湯瑪斯出現的那一刻，她將嚴肅地向他點頭致意……

領事夫婦稍微遲到了，因為年輕的領事夫人不習慣這麼早就梳妝打扮妥當。湯瑪斯穿著淺棕色小格子西裝，看起來精神抖擻，寬大的翻領露出了夏季背心的邊緣，當他看見東妮那無比莊嚴的表情，他的眼睛露出了笑意。可是蓋爾妲卻絲毫沒有流露出週日郊遊的心情，可能是因為她沒有睡飽。她的美帶點病態和神秘，和她小姑的健康漂亮形成奇特的對比。她穿著濃紫色的衣裳，以獨特的方式襯托出她濃密的深紅色頭髮，使她的膚色顯得更加蒼白。她的一雙棕色眼睛靠得很近，眼角的淡青色陰影比平時更深、更暗。她冷淡地讓婆婆親吻了她的額頭，帶著嘲諷的表情向佩曼尼德先生伸出了手，當東妮在看到她時拍手叫好，大聲說：「蓋爾妲，噢，老天，妳又是這麼美！」她也只是淡漠地笑了笑。

她深深厭惡像今天這種活動，尤其是在夏天，更何況還是在週日。她住處的房間大多掛著窗簾，光線昏暗，她也很少出門，因為她怕陽光、怕灰塵、怕那些盛裝打扮的小市民，也怕聞到咖啡、啤酒和菸草的氣味，而在這世上她最討厭的莫過於炙熱和騷動。

前往施瓦陶鎮和「巨木森林」的這趟郊遊是為了讓慕尼黑來的客人也能稍微遊覽一下這座老城的近郊，在安排出遊時，她曾隨口對湯瑪斯說：「親愛的，你也知道，我天生就需要過安靜的日常生活。在這種情況下，興奮和變動不適合我。對吧，你們就饒了我吧。」

若非在這些事情上她有把握取得他的同意，她當初就不會嫁給他了。

「是啊，老天，妳說的當然沒錯，蓋爾妲。在這種活動中感到樂趣，這通常只是世人的一種想像。可是大家還是會參加，因為不想在其他人和自己面前顯得像個怪人。這種虛榮心每個人都有，妳沒有嗎？否則很容易就會顯得孤立和不快樂，也會減損別人對你的尊重。另外還有一點，親愛的蓋爾妲……我們全都有理由對佩曼尼德先生殷勤一點。我相信這個情況妳也看得很清楚。有一件事情正在醞釀，如果事情最後沒成，那就可惜了，真的是太可惜了。」

「親愛的，我看不出有我在場會有什麼幫助。但是沒關係。既然你希望我去，那我就去吧。我們就忍受一下這場娛樂活動吧。」

「我會真心感謝妳。」

一家人出了門，走到街道上。果然，太陽已經漸漸從晨霧中露出臉來，聖瑪利亞教堂敲響了週日的鐘聲，烏鳴啁啾在空中迴蕩。馬車夫摘下帽子行了個禮，老領事夫人向他點點頭，表現出大家長式的友好，熱絡地朝著馬車上喊道：「早，親愛的朋友！」這種友好有時會讓湯瑪斯覺得有點尷尬。「大家都上車吧！現在本來是該去聽晨間講道的時間，但是今天我們打算在上帝創造的大自然中用心讚美祂，對吧，佩曼尼德先生？」

「沒錯，領事夫人。」

於是大夥兒一個接一個地從那兩級金屬臺階穿過狹窄的後車門，登上這輛可以容納十個人的大馬車，在坐墊上舒舒服服地坐下，坐墊是藍白條紋，無疑是為了向佩曼尼德先生致敬[1]。接著那扇小門就喀嗒一聲鎖上，隆蓋特先生咂著舌頭，發出各種不同的吆喝聲，那幾匹壯碩的棕色駿馬拉動馬車，車子就順著曼恩路往下行駛，沿著特拉維河，經過霍爾斯滕城門，然後向右轉，駛上通往施瓦陶的馬路。

一路上經過原野、草地、樹叢和農莊，聽得見雲雀的啁啾，眾人在那愈來愈高、愈來愈薄、也愈來愈藍的晨霧裡尋找牠們的蹤影。湯瑪斯抽著香菸，當車子經過種植穀物的田地，他就留心地環顧四周，告訴佩曼尼德先生穀物生長的情況。這個啤酒花商人心情很好，簡直像個年輕人，把他那頂飾著臆羚鬃毛的綠色帽子稍微歪戴著，把那支有著巨大牛角杖柄的手杖擱在他白胖寬大的掌心保持平衡，甚至想擱在他的下脣上保持平衡，這個特技表演雖然總是失敗，卻還是贏得了熱烈的掌聲，尤其得到小艾芮卡的喝采。同時他重複說了好幾次：「雖然這不是祖格峰[2]，但是咱們還是要爬點山，玩個開心痛快，對不對，古倫里希夫人？」

1 巴伐利亞王國的旗幟就是藍白條紋。
2 祖格峰（Zugspitz）是德國境內最高的山峰，位於巴伐利亞和奧地利邊境，屬於阿爾卑斯山脈。

接著他就興高采烈地說起背著背包、拿著破冰斧去登山的故事，老領事夫人喊了好幾次「了不起！」來表示讚嘆，然後他又不知道想到了什麼，連聲惋惜克里斯提昂不在，說他耳聞克里斯提昂是個非常風趣的人。

「這要看情況，」湯瑪斯說。「但是就今天這種場合而言，沒有人比得上他，這倒是真的。——我們待會兒要吃螃蟹，佩曼尼德先生！」他快活地大聲說。「螃蟹和波羅的海甜蝦！您在我母親家裡已經嘗過幾次，但是『巨木森林餐館』的老闆狄克曼總是有品質極佳的貨色。還有胡椒雪球餅乾，此地有名的胡椒雪球餅乾！還是說這餅乾的名聲尚未傳到南方的伊薩爾河畔？嗯，到時候您就知道了。」

東妮有兩、三次讓馬車停下來，以便在路邊摘採罌粟花和矢車菊，佩曼尼德先生每一次都熱情地想要幫忙她，可是由於他對上下車有點害怕，最後就還是作罷。

艾芮卡每次看見一隻烏鴉飛起來就會歡呼，而伊妲・雍曼也陪著一起歡呼。她跟平常一樣，即使在最可靠的天氣裡也總是穿著一件敞開的長雨衣，帶著一把雨傘。她是個道地的保母，不僅從表面上理解孩子的情緒，而是打從內心和孩子感同身受，因此她不害臊地和艾芮卡一起笑，笑聲有點像馬嘶，乃至於和她相處時間不長的蓋爾妲多次帶點冷冷的驚訝打量著她。

一行人來到歐登堡境內。山毛櫸林已經在望，馬車穿越市鎮，經過有座汲水井的小市場，再度來到野外，駛過奧河上那座橋，最後停在「巨木森林餐館」前面。這是棟一層樓的建築，位在一大片平坦廣場的一側，廣場上有草地、沙土小徑和鄉村園圃。而在這片廣場的另一側則是有如羅馬圓形劇場一樣逐層升高的森林，一層和另一層之間有粗糙的臺階相連，是利用隆起的樹根與凸出的石塊建造的，在每一層平臺上的樹木之間擺著漆成白色的桌椅和長凳。

布登布洛克一家人並不是第一批客人。幾個吃得白白胖胖的女僕已經在忙，甚至還有個穿著油膩燕尾服的侍者，他們端著冷食、檸檬水、牛奶和啤酒越過廣場，送到平臺上那些桌子上，好幾個帶著小孩的家庭已經在桌旁就座，雖然彼此之間隔著些距離。

餐館老闆狄克曼先生戴著黃色繡花小帽，只穿著襯衫，沒穿外套，親自來到車門前協助這幾位女士先生下車。當隆蓋特把馬車駛到旁邊，以便卸下馬車讓馬兒休息，老領事夫人說：「老闆，我們先去散散步，打算在一個小時或一個半小時之後吃早餐。麻煩請讓我們在平臺上面用餐。但是位置不要太高，我想就在第二層吧。」

「請多費點心，狄克曼，」湯瑪斯又加了一句。「我們有一位特別講究的客人。」

佩曼尼德先生抗議了，用濃厚的方言口音說：「沒這回事！只要一杯啤酒和一塊乳酪……」

只是狄克曼先生聽不懂他說的話，而是熟練地報起了菜名：「這兒應有盡有，領事先生。螃蟹、蝦子、各種香腸、各種乳酪、煙燻鰻魚、煙燻鮭魚、煙燻鱘魚……」

「很好，狄克曼，您看著辦吧。另外再給我們六杯牛奶和一杯啤酒，我沒記錯吧，佩曼尼德先生？」

「一杯啤酒，六杯牛奶……我們有甜牛奶、白脫牛奶、酸乳、全脂牛奶，領事先生……」

「一半一半吧，狄克曼，甜牛奶和白脫牛奶。那就一個小時之後。」

接著他們就步行穿越廣場。

「首先我們該去看看源流，佩曼尼德先生，」湯瑪斯說。「意思是奧河的源流，而奧河是條小溪，施瓦陶鎮就傍著這條小溪而建，在遙遠的中古時期，我們的城市也建在這條小溪旁邊，直到城市被燒毀——想來它造得不是很耐久，您知道的——然後在特拉維河畔重建起來。順帶一提，這條小河的名字勾起了我痛苦的回憶。小時候我們會互相掐對方的手臂，然後問：施瓦陶旁邊那條河叫什麼名字？被掐的人因為很痛，就會情不自禁地喊『奧』，正好說出了這條河的名字，那時候我們覺得這樣做很好玩……瞧！」在距離爬坡還有十步遠的地方，他忽然停止了敘述，「他們趕在我們前面了。莫倫朵普和哈根史托姆這兩家人。」

果然，在上方林間露臺的第三層平臺上，相得益彰結成親家的這兩家人坐在併在一起的兩張桌子旁，主要成員都在，一邊用餐，一邊談笑風生。老議員莫倫朵普坐在首位，他面色蒼白，臉頰上蓄著稀疏的白鬚，患有糖尿病。他的妻子出身朗哈爾斯家族，手裡擺弄著她的長柄眼鏡，仍舊頂著一頭亂蓬蓬的灰髮。她的兒子奧古斯特也在，他是個金髮青年，一看就是富家公子，他的妻子茱爾欣出身哈根史托姆家族，嬌小活潑，一雙黑眼睛又大又亮，耳環上的鑽石幾乎跟她的眼睛一樣大，坐在她的兩個哥哥赫爾曼和莫里茲中間。赫爾曼．哈根史托姆領事已經發福得厲害，因為他生活優裕，據說一早起來就要吃鵝肝醬。他留著短短的紅金色落腮鬍，鼻子像他母親一樣扁得出奇，貼著上唇。莫里茲博士的胸膛單薄，臉色發黃，在熱烈交談中露出縫隙很大的尖牙。兄弟倆都帶著妻子，因為學法律的莫里茲也已經結婚好幾年了，妻子是來自漢堡的普特法肯小姐，她有著奶油色的頭髮，一張臉毫無表情，看起來像個英國人，但卻異常美麗端正。因為哈根史托姆博士若是娶了個醜八怪，未免有損他身為鑑賞家的名聲。在座的還有赫爾曼．哈根史托姆年幼的女兒和莫里茲．哈根史托姆年幼的兒子，這兩個身穿白衣的小孩現在就幾乎等於是訂婚了，因為胡諾伊斯家族和哈根史托姆家族聯姻後的財產不該被拆散。他們都在吃火腿煎蛋。

當布登布洛克一家人從距離這兩家人不遠處爬上山坡，雙方才打了招呼。老領事夫人有點心不在焉地點頭致意，好像很驚訝；湯瑪斯掀了掀帽子，動了動嘴脣，好像在說什麼客套話；蓋爾妲則拘謹而正式地鞠了個躬。只有佩曼尼德先生由於爬山而感到興奮，無拘無束地揮舞著他的綠色帽子，愉快地大聲喊道：「各位早安啊！」聽見這聲問候，莫倫朵普老議員夫人拿起了她的長柄眼鏡，東妮則是稍微聳起肩膀，把頭向後仰，但仍然努力把下巴抵在胸前，彷彿從難以測度的高處居高臨下地打招呼，目光恰恰從茱爾欣．莫倫朵普那頂高雅的寬邊帽子上方掠過……在這一刻，她徹底下定決心，不再動搖。

「謝天謝地，湯姆，我們要再過一個小時才吃早飯！我不喜歡讓這個茱爾欣看著我吃東西，你知道的。你注意到她是怎麼跟我打招呼的嗎？幾乎根本就沒打招呼。而依我的淺見，她那頂帽子實在太沒品味了。」

「嗯，說到帽子……不過，妳打招呼的方式也沒有親切到哪兒去，老妹。再說，妳別生氣，生氣會讓妳長皺紋的。」

「生氣？湯姆，才不呢！如果這些人自以為高人一等，那只會讓人笑掉大牙。我倒想問一問，這個茱爾欣和我有什麼差別？差別就只在於她沒有嫁給一個騙子，而嫁給了一個呆子，假如她和我易地而處，那就會看出來她還能不能再找到一個……」

「意思是妳能再找到一個？」

「一個呆子嗎，湯瑪斯？」

「總比騙子好得多。」

「不必是騙子，也不必是呆子。但是我們不談這個。」

「沒錯。我們也落在後面了。佩曼尼德先生爬山爬得很起勁。」

綠樹成蔭的林間小路漸漸平坦，沒多久他們就抵達了「源流」，那是個美麗浪漫的景點，有座木橋架在一個小小的深谷上，山坡崎嶇不平，樹木斜斜地伸出山壁，樹根裸露在外。老領事夫人帶了一個可以折疊的銀杯，大家就用這個杯子從水源出水口下方的小石池裡舀水，喝了一點含有鐵質的清涼泉水提神，這時佩曼尼德先生突然想要獻個小殷勤，堅持由古倫里希夫人把泉水遞給他。他滿心感謝，說了好幾次「啊，真是太好了！」並且周到體貼地和每個人聊天，和老領事夫人、湯瑪斯、蓋爾妲、東妮、甚至是小艾芮卡。蓋爾妲本來一直苦於燥熱，伴隨著神經緊張，一路上悶不吭聲，這時也有了精神。等到他們在回程時加快腳步，重新回到餐館前面，在第二層林間露臺一張擺滿豐富餐點的桌旁坐下，是蓋爾妲用親切的辭令對佩曼尼德先生即將啟程離去表示惋惜。現在大家對彼此稍微有了些認識，例如，很容易就能看出，雙方由於方言而造成的不解和誤會愈來愈少了。她可以宣稱，她的小姑兼朋友東妮有兩、三次維妙維肖地用南德方言說了「上帝保佑」。

佩曼尼德先生沒有對「啟程離開」這句話做出任何表示證實的回應，而是先全心全意享用那滿桌的佳餚，他在多瑙河南邊可不是每天都能吃到這些美食的。

他們悠閒地享受這些美食佳餚，而小艾芮卡最喜歡那些餐巾紙，覺得那比家裡的麻布大餐巾漂亮多了，甚至取得了餐廳侍者的許可，讓她塞了幾張到口袋裡當作紀念。飯後這一家人還和客人坐在一起聊了很久，佩曼尼德先生配著啤酒抽了好幾支深黑色雪茄，湯瑪斯則抽著香菸。值得注意的是：誰都沒有再提起佩曼尼德先生將要啟程離開的事，針對將來的事大家根本隻字不提，反倒是交換了對往事的回憶，談起過去這幾年的政治事件。老領事夫人轉述了從她已逝丈夫口中聽來的有關一八四八年革命的軼聞趣事，佩曼尼德先生聽了捧腹大笑，自己也說起在慕尼黑發生的革命和蘿拉・蒙特茲[1]，東妮對這個女子的故事非常感興趣。午後的第一個小時就這樣漸漸消逝，當艾芮卡和伊妲去漫步了一趟之後回來，渾身發熱，帶回一大捧雛菊、草甸碎米薺和青草，而大家想起還要去買胡椒雪球餅乾，於是就起身下山

1 蘿拉・蒙特茲（Lola Montez, 1821-1861）原為出身愛爾蘭的舞者，後來成為巴伐利亞國王路德維希一世（1786-1868）的情婦，在一八四八年的革命中，路德維希一世被迫退位，蘿拉・蒙特茲則逃至國外。

往村裡走。出發前，今天作東招待大家的老領事夫人先用一枚不算小的金幣結了帳。

在旅店前面，他們吩咐在一小時後把馬車備好，因為他們希望回到城裡之後在用餐前還能稍做休息。然後他們就漫步朝著村莊裡低矮的房舍走去，他們走得很慢，因為陽光熱辣辣地照在塵土上。

一過了奧河上那座小橋，一行人就自然而然地分出了先後，在接下來的路程中就一直維持這個順序：走在最前面的是雍曼小姐，因為她的步伐大，旁邊是一直不知疲倦地蹦蹦跳跳、一邊追逐著粉蝶的艾芮卡，接著是老領事夫人、湯瑪斯和蓋爾妲，最後是東妮和佩曼尼德先生，和其他人甚至隔著一段距離。前面最熱鬧，因為那個小女孩在歡呼，而伊妲好脾氣地用那低沉有如馬嘶的獨特笑聲附和著她。走在中間的那三個人都沉默不語，蓋爾妲由於路上的塵土又重新陷入焦躁沮喪，而老領事夫人和她兒子則陷入了沉思。後面也很安靜，但只是表面上，因為東妮和那位來自巴伐利亞的客人正在低聲講悄悄話。他們在談些什麼呢？談的是古倫里希先生。

佩曼尼德先生很中肯地說，艾芮卡是個非常漂亮可愛的小孩，可是長得一點也不像媽媽；於是東妮回答：「她長得完全像她父親，而且可以說這對她並沒有什麼壞處，因為古倫里希在外表上是個紳士——這話一點也不假！他留著金黃色的落腮鬍，非常特別，我再也沒有見過類似的。」

接著他再次問起她的婚姻故事，雖然東妮在慕尼黑尼德包爾夫婦家作客時已經相當仔細地跟他說過了，他又一次問起所有的事，仔細詢問那次破產的所有細節，一邊又擔心又同情地眨著眼睛。

「他是個壞人，佩曼尼德先生，否則父親不會把我從他身邊帶走，這一點您可以相信我。這世上並不是所有的人都有一顆善良的心，這是生活給我的教訓，您知道，雖然十年來活得跟寡婦沒有兩樣的我還年輕。他是個壞人，而他的銀行家基瑟邁爾比他更壞，而且可笑得像隻小狗。可是這並不是說我自認為是個天使，認為自己什麼過錯都沒有……您別誤會我的意思！古倫里希對我不理不睬，偶爾坐在我旁邊就是看報，而且他瞞騙我，總是讓我待在艾姆斯比特爾，因為我在城裡可能會得知他陷入了什麼樣的泥沼。可是我也只是個軟弱的女人，我有我的缺點，而且我做的事肯定也不總是對的。比如說我做事輕率、喜歡揮霍、老買新睡袍，也讓我丈夫有理由擔心和抱怨……但是我可以再替自己說句話：我有個值得原諒的理由，這個理由就在於我結婚的時候還是個孩子，是個傻丫頭，是個笨東西。舉個例子吧，您相信嗎？在我訂婚之前不久，我還根本不知道針對大學和新聞界的聯邦法律在四年前被修訂了。原本是很好的法律！唉，一個人只能活一次，沒有辦法重新開始，這真是太令人難過了，佩曼尼德先生，否則有些事我們就能做得更好……」

她沉默下來，期待地低頭看著腳下的路，剛才她巧妙地給了他一個提示，因為對方不難想到：要展開全新的人生固然不可能，但是要展開一段新的、更好的婚姻卻並非不可能。只不過佩曼尼德先生錯過了這個機會，他只是把古倫里希先生罵得狗血淋頭，激動得連小而圓的下巴上那撇小鬍子都豎起來了。

「這個臭傢伙，這個渾球！這個狗東西、這個無恥小人要是落在我手裡，我就要賞他一巴掌……」

「唉，佩曼尼德先生！您別罵了。我們應該要寬恕，不念舊惡，而且主說過：伸冤在我[1]……您問問母親就知道了。不，我不知道古倫里希現在人在哪裡，也不知道他的生活過得怎麼樣，但是我祝他一切順利，就算他也許不配得到我的祝福……」

他們來到村裡，站在糕餅店所在的那間小屋門前，幾乎不自覺地停下腳步，在自己也無法解釋的情況下，用嚴肅而恍惚的眼神看著艾芮卡、伊妲、老領事夫人、湯瑪斯和蓋爾妲彎腰走進那扇低矮得可笑的店門。他們是如此深深沉浸在談話之中，雖然到目前為止他們就只說了些可有可無的廢話。

1 語出《聖經》《羅馬書》第十二章十九節，整句為：「主說，伸冤在我，我必報應。」

在他們旁邊有一道柵欄，沿著柵欄種著一片狹長的花圃，長著幾株木犀草，東妮低著頭，異常勤奮地用陽傘傘尖掘著花圃的鬆軟黑土。佩曼尼德先生那頂飾有臆羚鬃毛的綠色小帽滑到了額頭上，他緊挨著她站著，偶爾也用他的手杖一起翻掘花圃。他也低著頭，但是卻從下面抬眼看她，那雙浮腫的淡藍色小眼睛變得晶亮，甚至有點泛紅，眼神中混合了傾慕、苦惱和緊張，那撇流蘇般的小鬍子也以同樣的表情垂在嘴上。

「所以，」他說，「現在您對婚姻可能感到害怕，永遠都不想再試一次了，是嗎？古倫里希夫人？」

真笨啊！她心想。難道要我親口證實這一點嗎？她回答：「是的，親愛的佩曼尼德先生，我向您坦承，我很難再向哪個人許諾終身，因為我已經學到了教訓，知道這是個多麼嚴肅的決定，您曉得……而且我得要確信對方是個真正老實、高尚、心地善良的人……」

這時他才斗膽問她是否認為他是這樣的人，而她回答：「是的，佩曼尼德先生，我認為您是。」接著兩人又低聲簡短地講了幾句話，締結了婚約，也給了佩曼尼德先生許可，讓他回家後去向老領事夫人以及湯瑪斯提這件事。

等到這一行人的其餘成員拿著好幾個裝滿胡椒雪球餅乾的大袋子再度現身戶外，湯瑪斯不動聲色地讓目光從這兩人的頭上掠過，因為這兩個人的表情都很窘：佩曼尼德先生沒有想要掩飾自己的尷尬，東妮則擺出一副近乎威嚴的莊重神情。

大家趕緊回到馬車上，因為天空布滿了烏雲，雨點開始落下。

如同東妮的推測，她哥哥在佩曼尼德先生出現之後不久就仔細打聽過他的生活情況。打聽到的結果是：「X．諾普合資公司」雖然規模不大，但是相當穩固，該公司持有由尼德包爾先生擔任廠長的釀酒廠的股份，從這項合作中獲得豐厚的利潤。佩曼尼德先生的持股再加上東妮那一萬七千塔勒的陪嫁，雖然不能讓他們奢華度日，卻足以讓他們過著中上階層的生活。此事也已稟告了老領事夫人。就在訂婚日當晚，老領事夫人、佩曼尼德先生、安東妮和湯瑪斯在風景廳裡進行了詳細的討論，順利解決了所有的問題：包括小艾芮卡的事，東妮希望帶著她一起搬到慕尼黑，而她的未婚夫也感動地同意了。

兩天後，這個啤酒花商人啟程離開了——「否則諾普要罵人了」——，但是七月時東妮就又在他所住的城市和他碰面：她和湯瑪斯與蓋爾妲同行，陪他們一起前往克羅伊特溫泉鎮住四、五個星期，老領事夫人則帶著艾芮卡和雍曼小姐在波羅的海濱度過夏天。此外，湯瑪斯夫婦和這對未婚夫妻在慕尼黑時已經有機會去參觀佩曼尼德先生打算買下的那棟房子，位在考芬格大街，距離尼德包爾夫婦家很近。他打算把這棟房子的大部分出租。這是棟相當古怪的老房子，一進大門就有一道狹窄的樓梯陡直地通往二樓，中間沒有平臺，也沒有轉彎，像一道天梯，到了二樓，必須要沿著走道從樓梯兩側往回走，才能走到位在前面的房間。

八月中旬東妮回到家裡，打算用接下來幾個星期的時間置辦嫁妝。她第一次結婚時的許多東西都還在，但是必須再添購一些，有些東西是從漢堡訂購的，有一天甚至送來了一件睡袍。不過，這一次的飾帶用的不是絲絨，而只是一般的布料。

深秋時節，佩曼尼德先生再次來到曼恩路大宅，他們不想再把事情拖延下去了。

至於婚禮，一切都一如東妮的預期，也完全符合她的願望：沒有太過張揚。「我們不必鋪張，」湯瑪斯說。「妳又成了已婚的婦人，事情很簡單，就好比妳從來不曾失去已婚的身分。」只寄出了少數幾張訂婚喜帖，但是東妮特意讓嫁入莫倫朵普家族的茱爾欣．哈根史托姆收到了一張。新人沒打算去蜜月旅行，因為佩曼尼德先生不喜歡這種奔波，而東妮也才剛從避暑地回來，光是去慕尼黑這趟旅程就已經覺得遠了。這次的婚禮儀式不是在家裡的圓柱大廳舉行，而是在聖瑪利亞教堂，只有至親好友參加。東妮莊嚴地戴著橙花而非香桃木[1]，而柯靈牧師仍舊用強烈的措辭告誡新人「要有節制」，雖然聲音沒有以前那麼響亮了。

克里斯提昂從漢堡來參加婚禮，衣著十分體面，樣子有點疲憊，但是情緒很好，說他和布爾梅斯特合資經營的生意「好得拔尖」，聲明他和克婁蒂妲大概要到了「天上」才會結婚——「意思是：各結各的！」他到教堂時遲到了，因為他先去俱樂部裡轉了一圈。尤思圖斯舅舅深受感動，一如既往地表現得非常慷慨，送給這對新人一件擺在餐桌上的裝飾用銀器，沉甸甸的，異常精美。他和妻子在家裡幾乎要挨餓，因為他太太生性軟弱，一直還在拿家用金替長子雅克伯還債，雖然這個兒子早已被剝奪了繼承權而且被逐出家門，目前據說待在巴黎。布萊特大街的布登布洛克三姊妹表示：「嗯，希望這一次的婚姻能夠持久。」尷尬的是，大家普遍懷疑她們是否真心希望如此。希瑟米．魏希布洛特小姐則踮起了腳尖，在她昔日的學生、如今的佩曼尼德夫人額上「啵」地親吻了一下，用最真摯的母音說：「祝妳幸福，妳這個好孩子！」

---

1 表示新娘不是初婚。傳統上新娘會戴由香桃木編成的花環，象徵貞潔。

第七章

每天早上八點，布登布洛克領事一下床，就從臥室裡那扇小門後面的螺旋樓梯走到地下室，洗個澡，再重新披上睡袍，然後就開始關注公眾事務。因為這個時候，理髮師兼市民代表會的成員溫策爾先生就會出現在浴室裡，他有一張聰明的臉和紅通通的手，帶著一鍋從廚房取來的熱水和其他用具。當領事仰著頭坐在一張大靠背椅上，溫策爾先生開始把刮鬍皂膏打出泡沫，兩人幾乎總是會展開一番交談。一開始談的是夜裡睡得好不好、還有天氣如何，接著話題就會轉到天下大事上，然後再談起本城事務，最後再以有關生意和家庭的切身話題結束。這一切都拖長了刮鬍子的程序，因為每當領事說話時，溫策爾先生就必須把刮鬍刀從他臉上移開。

「睡得可好，領事先生？」

「謝謝，溫策爾。今天天氣可好？」

「降了霜，有一點雪霧，領事先生。那些男孩又在聖雅各教堂前面弄了一條滑冰道，足足有十公尺長，害我從市長家出來的時候差點摔一跤。這些小鬼頭……」

「已經看過報紙了嗎？」

「看了《城市報》和《漢堡新聞》。全都在報導歐爾希尼炸彈案[1]……真恐怖。在前往歌劇院途中……那邊的社會有點不妙。」

「嗯，我認為這件事並不重要。這與人民無關，影響就只是警力以及對媒體施加的壓力都會加倍。他在小心戒備。的確，那裡一直動盪不安，這想必是事實，因為他一直都要靠著各種行動來保住自己的王位。但無論如何，我還是尊敬他。就像雍曼小姐說的：遵循傳統就至少不會是個傻瓜，例如，替麵包業設立基金來平抑麵包價格這件事就讓我真心感到佩服。他無疑替人民做了許多事。」

「是啊，齊斯登梅克先生也這麼說。」

「史提方嗎？我們昨天談過這件事。」

「另外，普魯士國王腓特烈．威廉[2]的情況很糟，領事先生，沒法再拖下去了。已經有傳聞說親王確定要攝政了。」

「噢，這倒是值得期待。他現在就已經表現得比他哥哥開明了，這個威廉親王肯定不會像他哥哥一樣暗地裡厭惡憲法。可憐的國王，說到底，耗損他精力的就只是憂慮……哥本哈根那邊有什麼新聞嗎？」

「什麼消息都沒有，領事先生。他們不願意。就算邦聯已經聲明霍爾斯坦和勞恩堡那部共同憲法是

1 歐爾希尼炸彈案發生在一八五八年一月十四日，義大利革命家費利策・歐爾希尼（Felice Orsini, 1819-1858）試圖用炸彈行刺法國皇帝拿破崙三世未果，皇帝並未受傷，但造成多人傷亡。

2 係指腓特烈・威廉四世（Friedrich Wilhelm IV von Preußen, 1795-1861），他在一八五七年因中風而局部癱瘓並罹患精神疾病，因此自一八五八年起由他弟弟攝政，即後來的威廉一世（Wilhelm I, 1797-1888）。

違法的，北邊那些人就是不願意廢除那部憲法……[1]」

「是啊，這太離譜了，溫策爾。他們是在逼著邦聯議會採取行動，假如議會再機敏一點……唉，這些丹麥人！我清楚記得，我年紀還很小的時候，就一直對一首讚美詩裡的句子很生氣，那首歌的開頭是這樣的：『主啊，賜予我，賜予所有那些衷心企盼的人……』而我在心裡總以為那些人（denen）是指丹麥人（Dänen），而我不懂為什麼上帝該賜予丹麥人什麼。」

「小心我皮膚那塊皸裂的地方，溫策爾，您在笑，現在還有從我們這兒直通漢堡的鐵路這件事！這件事已經在外交上耗費了很多力氣，將來還要耗費許多力氣，直到在哥本哈根的那些人給予許可[2]。」

「是啊，領事先生，愚蠢的是，『阿爾托納—基爾鐵路公司』反對這件事，準確地說，是整個霍爾斯坦地區都反對；厄韋蒂克市長先前也這麼說。他們擔心基爾日後的發展，擔心得要命。」

「這是可以理解的，溫策爾。這樣一條連結波羅的海與北海的新路線，而且您看著吧，『阿爾托納—基爾鐵路公司』還會繼續使詭計。他們有能力另外建造一條鐵路來競爭：在霍爾斯坦東部，連接新明斯特與諾伊施塔特，嗯，這不是不可能的。但是我們絕不能被嚇倒，我們一定要有一條直通漢堡的鐵路。」

「領事先生對這件事很熱心。」

「欸，就我能力所及，在我微薄的影響力所及的範圍內，我對我們的鐵路政策很感興趣，而這是我們家族的傳統，因為我父親從一八五一年起就是比與鐵路的理事會成員，而我之所以在三十二歲時當選

1 此處的邦聯係指「德意志邦聯」（Deutscher Bund, 1815-1866），霍爾斯坦公國當時為此邦聯成員，勞恩堡公國則由丹麥王室管轄，因此而產生了一些衝突。

2 從呂貝克直通漢堡的鐵路會經過當時由丹麥所管轄的霍爾斯坦，因此需要得到丹麥王國的同意。

該理事會的理事，想來也是這個緣故；畢竟我的貢獻還不是很大。」

「噢，領事先生，您當時在市民代表會講了那番話之後……」

「是的，我那番話大概給大家留下了一點印象，至少大家對我是有好感的。您知道，我必須感謝我的父親、祖父和曾祖父替我鋪平了道路，他們在本城贏得的信任和聲望很容易就轉移到我身上，否則我根本不可能這麼活躍……比如說，我父親在一八四八年之後和五〇年代初為了改革我們的郵政費了多大的心力！溫策爾，您想想看，當時他在市民代表會上如何極力主張把『漢堡快速驛馬車』和郵務結合起來；還有一八五〇年，當時的市議會不負責任地拖拖拉拉，是他一再提出新動議，推動本市加入『德奧郵政聯盟』。如果說我們現在能夠用低廉的郵資寄信，能寄印刷品，有了郵票和郵箱，能夠和柏林以及特拉沃明德互通電報，我們首先都要感謝我父親。如果不是他和另外幾個人一再敦促市議會，那我們的郵政大概就會永遠落後於丹麥以及『圖恩與塔克西斯郵務』[3]。所以，如今在這類事情上，如果我說出自己的看法，大家都願意聽……」

「領事先生這話說得一點都不假，就連上帝也知道。說到直通漢堡的鐵路，三天前，市長厄韋蒂克博士才對我說過：『等我們在漢堡能買到一塊適合蓋火車站的土地，我們就會請布登布洛克領事一起去。在協商這種事的時候，布登布洛克領事比某些律師更有用。』這是他說的。」

「喔，他真是太過獎了，溫策爾。不過，請您在下巴上多抹點肥皂泡；那裡還得刮得更乾淨一點。」

「是啊，簡而言之，我們必須要動起來！我對厄韋蒂克市長並沒有什麼意見，可是他畢竟上了年

---

3 「圖恩與塔克西斯郵務」（Thurn- und Taxische Post, 1806-1867）由「圖恩與塔克西斯」這個貴族家族經營，該家族自十五世紀就替神聖羅馬帝國的皇帝設立了郵務系統。

紀，假如我當上市長，我認為一切都會進行得更快一點。現在已經開始安裝煤氣街燈了，那些危險的油燈和懸掛油燈的鍊子總算可以撤掉了，這讓我感到說不出的滿足；我自認為對這項成就也有一點貢獻……啊，要做的事還有多少！因為，溫策爾，時代在改變，面對新的時代，我們有許多責任。回想起我小時候……您比我更清楚我們這裡當年的情況。馬路沒有人行道，路上鋪的石塊之間長著一尺高的野草，屋子前面加蓋了陽臺，門前還有臺階和長凳……我們那些從中古時期留下來的建築由於增建而變得醜陋，就這樣坍塌崩壞，因為市民雖然有錢，沒有人餓肚子，可是政府卻一文不名，一切就這樣得過且過地混下去，像我妹夫佩曼尼德說的，根本沒想到要修繕。那一代的人慢吞吞的，而且很快樂，我祖父的好朋友霍夫施泰德成天到處散步，翻譯一些俏皮的法文小詩……但是一直那樣下去是不行的；很多事情都改變了，而且還必須要有更多改變……如您所知，我們這兒的居民不再是三萬七千人，而是已經超過五萬，而且這座城市的性質也在改變。我們有了新的建築，而郊區也在擴大，我們有了良好的道路，而且能夠修復我們輝煌時期的文物古蹟。但是說到底，這都只是表面上的改變。最重要的事多半都尚待完成，我親愛的溫策爾；說到這裡，我又要提起先父念茲在茲的那件事：關稅同盟，溫策爾，我們必須加入關稅同盟，此事根本不該再有任何疑問，而你們全都該助我一臂之力，如果我為此事而奮鬥……相信我，身為商人，在這件事情上我比我們的外交官更了解情況，就此事而言，擔心會失去自主和自由是無稽之談。一旦加入關稅同盟，內陸地區就將向我們敞開大門，像是梅克倫堡和什勒斯維希－霍爾斯坦，這對我們來說更是求之不得，由於我們不像從前一樣能完全掌控和北方之間的交通……好了，請把毛巾遞給我，溫策爾。」布登布洛克領事結束了這番談話。接下來也許還會針對黑麥目前的價格說句話，時價是五十五塔勒，而且很要命地還有下跌的趨勢，或者還會針對城中哪個家族裡發生的事說句什麼，然後溫策爾先生就會從地下室走出去，把肥皂水從閃亮的罐子裡倒在鋪石路面上，領事則從那道螺旋樓梯走回樓上的臥室。這時蓋爾妲已經醒了，他在她額頭上吻了一下，就開始更衣。

每天早晨和這個聰敏的理髮師聊上一會兒，就替湯瑪斯・布登布洛克極其活躍忙碌的日子揭開序幕，一整天他都忙著思考、談話、行動、書寫、計算、東奔西走。由於他見多識廣、興趣廣泛，在他周圍環境中他的想法最能突破市民階層的侷限，而且他肯定是最早感受到自己所處環境之狹隘的人。但是在外面，在祖國的其他地方，在革命那幾年給公眾生活帶來了蓬勃發展之後，繼之而來的是一個鬆弛、停滯與倒退的時期，太過沉悶，無法讓一個活潑的心智有所發揮。於是他有足夠的智慧，把「人類的一切活動只具有象徵意義」那句話當成他最喜歡的真理，並且將自己的全副意志、才能、熱忱與積極動力都用來替這個小小的城市社群服務，也用來替他所繼承的這個姓氏與公司招牌效勞，他的姓氏屬於這座城市的名門望族。他有足夠的智慧，既能認真看待自己想在一個小世界裡成為有權勢的大人物這種雄心壯志，也懂得加以嘲笑。

僕人安東伺候他在餐廳用過早餐之後，他就立刻穿戴整齊，前往位在曼恩路大宅的辦公室。他在那裡停留的時間不超過一小時。他會撰寫兩、三封緊急的信件和電報，下達這項或那項指示，彷彿稍微推動了一下商務的巨輪，然後就交由馬庫斯先生謹慎地從旁監督工作的進展。

他出席會議和集會並且發表演說，在市集廣場旁哥特式拱廊下的證券交易所稍做逗留，去碼頭與倉庫巡視，以船東的身分和船長交涉，中間除了匆匆和老領事夫人一起吃頓早餐、和蓋爾妲一起吃個午飯，午飯後坐在長沙發上抽根菸、看看報，休息個半小時，他有許許多多的工作要做，一直忙到晚上：無論是涉及他自己的生意還是海關、稅務、建築、鐵路、郵政與濟貧。他也設法了解一些原本和他相距甚遠、通常屬於「學者專家」的領域，尤其在金融事務上很快就展現出卓越的才能。

他也留心不要忽略了社交生活。雖然在這方面他不夠守時，經常是等到最後一秒，當馬車以及盛裝打扮的妻子已經在樓下等了半小時，他才出現，嘴裡說著「抱歉，蓋爾妲；公司的事……」一邊匆匆穿上燕尾服。可是一到現場，不管是晚宴、舞會還是晚會，他仍然懂得表現出濃厚的興趣，展現自己親切健談的一面。而他們夫婦倆在待客的排場上和其他富有人家相比也毫不遜色；他家的餐點與酒窖被認為是「拔尖」的，他是個殷勤有禮、體貼周到的主人，舉杯敬酒時的致詞幽默風趣，超出一般的水準。可是和蓋爾妲在一起時，他度過的是寧靜的夜晚，他會一邊抽菸一邊聽她演奏小提琴，或是和她一起讀一本書，由她挑選的德文、法文或俄文短篇故事。

他就是這樣努力工作而掙得了成功，因為他在城裡的聲望與日俱增，雖然克里斯提昂的自立門戶和東妮的再婚都抽走了公司的部分資本，公司這些年的表現仍然極佳。儘管如此，還是有些事會接連幾個小時麻痺他的勇氣、減損他心智的活力、使他心情鬱悶。

例如，在漢堡的克里斯提昂就令人擔心。他的合夥人布爾梅斯特先生在一八五八年這一年的春天忽然死於中風，繼承人把死者的資金從公司撤走。湯瑪斯力勸他弟弟不要獨資繼續把公司經營下去，因為他很清楚，在資金銳減的情況下要經營一家原本規模較大的公司有多困難。可是克里斯提昂堅持要繼續獨立經營下去，承接了「H．C．F．布爾梅斯特公司」的資產和債務，將來只怕會有麻煩。

另外還有領事的小妹，住在里加的克拉拉。她和提伯提烏斯牧師結婚後一直沒有生育，這倒也罷了，因為克拉拉．布登布洛克從來也不想要孩子，而且毫無疑問也完全缺少當母親的天分。可是從她和她丈夫的來信可知，她的健康情況十分不理想，據說她還是少女時就常患的頭痛最近會週期性地發作，痛到幾乎難以忍受。

這些事都令人不安。而第三件令人擔憂的事在於，即使是在領事自己家中，家族的姓氏能否延續也始終還無法確定。對這個問題，蓋爾妲表現出一種自信的鎮靜，簡直近似厭惡排斥。湯瑪斯對自己的苦惱絕口不提。但是老領事夫人插手了，把葛拉波夫醫生拉到一旁。「醫生，我們私底下說吧，這件事總得想個辦法吧？去克羅伊特溫泉鎮呼吸點山間空氣，還是去格呂克斯堡或特拉沃明德呼吸點海邊的空氣，似乎都不管用。您覺得呢？」葛拉波夫醫生慣用的處方「嚴格控制飲食；吃一點鴿子肉，一點法國麵包」在這種情況下大概也起不了太大的作用，於是他開了個新處方，建議他們前往皮爾蒙特與施朗根巴德這兩個溫泉鎮。

這是三件令人擔憂的事。而東妮呢？——可憐的東妮！

第八章

她來信寫道：「如果我說『煎肉餅』，她就聽不懂，因為這裡叫『扁肉丸』；如果她說『菜花』，大概很難有哪個基督徒會想到她指的是『花椰菜』；如果我說『煎馬鈴薯』，她就一直喊『啥！』，直到我用此地人的說法說『烤洋芋』她才聽懂，而『啥』的意思是『請再說一遍』。而這已經是第二個女傭了，第一個女傭叫卡蒂，我自作主張把她趕走了，因為她的口氣總是一下子就粗魯起來；或者說，至少我覺得是這樣，因為事後我才看出也可能是我弄錯了，由於在此地很難弄清楚別人說話究竟是粗魯還是和氣。現在這個女傭叫芭貝特，外貌很討人喜歡，已經有些南歐人的特徵，此地有些人是這樣，長著黑頭髮、黑眼睛，還有令人羨慕的牙齒。她也很聽話，在我的指導下做了些我們的家鄉菜，比如昨天做的酸模葉拌葡萄乾，可是這道菜給我帶來很大的苦惱，因為佩曼尼德為了這盤蔬菜跟我大發脾氣（雖然他用叉子把葡萄乾都挑出來了），一整個下午都不跟我說話，只是一直嘀咕。我可以告訴您，母親，生活並不總是輕鬆的。」

只不過，使她覺得日子難過的並不只是「扁肉丸」和酸模菜。蜜月還沒過完，她就受到了一次打擊，遭遇了一件她始料未及、意想不到、無法理解的事，這件事奪走了她所有的快樂，令她無法釋懷。事情的經過如下。

佩曼尼德夫婦已經在慕尼黑生活了幾個星期之後，布登布洛克領事才得以把妹妹按照父親遺囑應得的五萬一千馬克陪嫁從公司資本中抽出來，而這筆錢兌換成古爾登[1]之後也正確無誤地到了佩曼尼德先生手中。佩曼尼德先生把這筆錢存在可靠的地方，利息也很不錯。但他隨後毫不猶豫、也不臉紅地對妻子說：「東妮兒」——他喊她東妮兒——「東妮兒，我知足了。咱們也不需要更多了。我做牛做馬了一輩子，現在我想休息了，我的天老爺。咱們把一樓和二樓租出去，在這兒還是可以住得很舒服，能夠吃得起豬腳，不需要住得太體面，也不必講究排場。晚上我可以去『宮廷啤酒屋』喝兩杯。我不喜歡擺闊，也不喜歡攢一大堆錢，只想舒舒服服地過日子！從明天開始我就不幹了，將來就靠利息和租金過日子！」

「佩曼尼德！」她驚呼一聲，這是她第一次用她那種特殊的喉音來喊他的名字，她平常也用這種喉音來喊出古倫里希先生的名字。但他卻只回答：「安靜點，別煩我！」於是兩人爭吵起來，在新婚期間就發生這麼嚴重的激烈爭吵，勢必會永遠動搖婚姻的幸福。最後他仍然是這場爭吵的贏家。她的強烈反對敵不過他對「舒舒服服過日子」的渴望，結果是佩曼尼德先生把他投入啤酒花生意的資本結算變現，於是換成諾普先生得以把名片上「合資公司」的字樣用藍筆劃掉。東妮的丈夫每天晚上都去「宮廷啤酒屋」和朋友一起玩紙牌，喝個三公升啤酒，現在他也跟這些朋友中的大多數人一樣，把活動侷限在以房東的身分提高房租以及安穩地領取為數不多的利息。

這件事東妮只簡單地告知了老領事夫人。可是在寫給她哥哥的信裡，卻能看出這件事令她感受到的痛苦，可憐的東妮！這比她最擔心的情況還遠遠更糟。她原本就知道佩曼尼德先生完全沒有她第一任丈夫過度展現出的那種「機靈」，可是她沒有料到他會這樣徹底辜負了她在訂婚前夕還向雍曼小姐表達過

1 古爾登（Gulden）為當時南德通用的貨幣。

的那份期望，沒有料到他會完全無視他和布登布洛克家族聯姻所帶來的責任。

這個打擊她也只能熬過去，而她娘家的人從她的來信中看出她死心認命了。她和丈夫還有艾芮卡過著相當單調的生活，艾芮卡去上學，她主持家務，與租下一樓與二樓的房客和氣相處，另外還和住在瑪利亞廣場旁的尼德包爾夫婦有所往來。偶爾她會說起她去宮廷劇院看戲，和她的朋友艾娃一起，因為佩曼尼德先生不喜歡這類消遣，後來發現他在他「熱愛」的慕尼黑住了四十幾年，卻還從未進去過「繪畫陳列館」裡面。

日子一天天過去，可是自從佩曼尼德先生一拿到她的嫁妝就立刻退休，東妮對她的新生活就再也感受不到真正的喜悅。生活缺少了希望。她永遠都無法向娘家報告一件成就、一項進展。她現在的生活雖然不虞匱乏，但是有所侷限，而且一點也談不上「體面」，而她的餘生都將過著這樣的生活，不會有所改變。這令她心情沉重。從她的信中可以清楚看出，正是這種低落的情緒使她更加難以適應德國南部的生活。在小事情上還馬馬虎虎過得去。她學會了跟女僕和送貨的人溝通，不再說「煎肉餅」，而改說「扁肉丸」，而且在她丈夫說水果湯「稀巴爛、噁心」之後，就不再讓水果湯出現在她丈夫面前。但是總的說來，在她的新家鄉她始終仍然是個外地人，因為出身布登布洛克家族在此地完全沒有什麼了不起，這對她而言意味著持續不斷的屈辱。當她在信裡提到有個砌牆工人一手拿著啤酒杯、一手抓著一個蘿蔔的纓子，在街上和她攀談，問她：「請問現在幾點了，鄰居太太？」儘管她用的是講笑話的口氣，還是感覺得出字裡行間流露出的強烈憤慨，讓人確信她當時一定是把頭往後一仰，既不回答，也不看對方一眼。此外，令她感覺到陌生而不悅的並不只是人際之間這種不拘形式與不重視距離：她沒有深入接觸慕尼黑的生活和活動，但仍舊被慕尼黑的氣息包圍，這個大城市裡充斥著藝術家與無所事事的市民，帶著點道德敗壞的氣息，而她的心情使她往往無法帶著幽默感來呼吸這種氣息。

日子一天天過去，然後一件幸福的事似乎終於來了，而且是「布萊特大街」和「曼恩路」的家人渴望得到卻沒能得到的幸福，因為一八五九年的新年剛過，東妮想第二度成為母親的願望就確定要實現了。

如今喜悅之情在她的信中躍然紙上，信中充滿了情感奔放、天真爛漫、鄭重其事的措辭，是她的信裡已經很久不曾出現的。老領事夫人已經不再喜歡旅行，除了夏天去避暑，而避暑也愈來愈僅限於在波羅的海濱，她表示很遺憾在這個時候不能待在女兒身邊，只在信裡替她祈求上帝保佑。湯瑪斯和蓋爾妲卻捎信表示要來參加嬰兒的洗禮，於是東妮的腦子裡裝滿了各種計畫，要體面地接待來客。可憐的東妮！這場接待將是無比悲傷，而在她想像中將用鮮花、糕點和巧克力來歡欣慶祝的洗禮則根本沒有舉行，因為那個嬰兒，一個小女孩，出生後才十五分鐘就夭折了，在那十五分鐘裡醫生努力想保住這個沒有生存能力的小生命，卻徒勞無功。

湯瑪斯·布登布洛克領事夫婦抵達慕尼黑時，發現東妮本身也尚未脫離險境。她臥病的情況比她第一次生產時嚴重得多，而有好幾天，她的胃幾乎無法攝取任何食物，在這之前她就常有神經性的胃部不適。然而她還是漸漸恢復了健康，而布登布洛克夫婦可以放心地啟程離開，不必擔心她的身體。另一方面他們卻也不無掛慮，因為他們很清楚地看出，就連這件共同的傷心事也無法使這對夫妻更加親近，這一點尤其逃不過湯瑪斯的觀察。

並不是說佩曼尼德先生的心地不夠善良，他的確深受震撼，看著他沒能活下來的孩子，大顆淚珠從他紅腫的小眼睛流出來，順著他鼓脹的臉頰流到稀疏下垂的鬍鬚上，而且他好幾次唉聲嘆氣地說：「真是要命！真是要命！噢，天哪！」可是在東妮看來，他的舒適生活並未因此受到太久的影響，他每天晚上在「宮廷啤酒屋」消磨的時光讓他很快就釋懷了。他那句口頭禪「真是要命！」蘊含著一種宿命的人生觀，一種懶散、好脾氣、偶爾發發牢騷、有點麻木無感的宿命論，他就這樣得過且過地繼續混日子。

然而，從那以後，東妮的來信就一直帶著絕望和訴苦的語氣。「唉，母親，」她寫道，「我受了多少罪呀！先是古倫里希弄到破產，後來是佩曼尼德一結婚就退休，然後孩子也死了。我到底做了什麼，要遭受這麼多不幸！」

當湯瑪斯在家裡讀到信裡這些話，就會忍不住露出微笑，因為儘管字裡行間流露出這麼多痛苦，他仍然讀得出一種近乎滑稽的隱隱自豪，而且他知道東妮．布登布洛克始終都是個孩子，不管是她身為古倫里希夫人的時候，還是身為佩曼尼德太太。她對於自己這些屬於成年人的經歷幾乎感到難以置信，然後卻以稚氣的嚴肅、稚氣的煞有介事、尤其是稚氣的韌性來承受。

她不明白自己為什麼要受這種苦，因為她雖然嘲笑母親的虔誠，但她自己心中也充滿了這種想法，篤信塵世間有因果報應與公平正義。可憐的東妮！她第二個孩子的夭折既不是她所遭受的最後一次打擊，也不是最沉重的一次。

當一八五九年步入尾聲，一件可怕的事發生了……

第九章

那是十一月底的一天，一個寒冷的秋日，天空布滿陰霾，幾乎像要下雪，霧氣翻騰，陽光時隱時現，在這個海港城市裡遇上這種日子，凜冽的東北風從教堂的堅實牆角厲聲呼嘯而過，讓人很容易感染肺炎。

將近中午時，湯瑪斯·布登布洛克領事走進早餐室，看見他母親坐在桌旁，鼻梁上架著眼鏡，正低頭看著一張紙。

「湯姆，」她看著他說，同時用兩隻手把那張紙拿在旁邊，彷彿猶豫著該不該拿給他看。「不要被嚇到，是件不愉快的事。我不明白，是從柏林來的。一定是出了什麼事……」

「給我吧！」他簡短地說。他的臉色變得蒼白，太陽穴上的青筋頓時浮現，因為他咬緊了牙關。他以極其堅決的動作伸出了手，彷彿想說：「快給我吧，那個不愉快的消息，不必先讓我有心理準備！」

他站著讀了那張紙上的幾行字，挑起一條淡淡的眉毛，用手指緩緩捻著小鬍子的長長鬍尖。那是一封電報，上面寫著：「請別驚慌。即刻偕艾芮卡歸來。一切都結束了。你們不幸的安東妮。」

「即刻……即刻。」他煩躁地說，急忙搖著頭，看著老領事夫人。

「這只是一種說法，湯姆，沒有什麼意義。她的意思是『很快』之類的……」

「而且是從柏林？她在柏林做什麼？她是怎麼去到柏林的？」

「我不知道，湯姆，我也還不明白。這封電報是十分鐘前送來的。但是一定是出了什麼事，而我們只能等著看是什麼事。上帝會保佑，讓一切都順利解決的。坐下來吃飯吧，孩子。」

他坐下來，習慣性地把波特啤酒倒進又高又厚的玻璃杯。

「一切都結束了，」他複述著電報上那句話。「然後還署名『安東妮』。——真是孩子氣……」

然後他默默地吃喝。

過了一會兒，老領事夫人才敢開口說：「會不會是跟佩曼尼德有關，湯姆？」

他沒有抬頭，只是聳聳肩膀。

臨走的時候，他手裡握著門把，說道：「是的，母親，我們必須等候她。估計她不會想在三更半夜闖回家來，所以大概會是明天白天的事了。到時候請派人通知我一聲……」

老領事夫人等了一小時又一小時。夜裡她睡得不夠，搖鈴請伊妲·雍曼替她準備一杯糖水（雍曼小姐現在睡在她隔壁，在中間夾層的最後一個房間），甚至拿著針線活在床上直挺挺地坐了很久。第二天上午也在焦慮緊張中度過。吃第二頓早餐時，湯瑪斯說東妮如果回來，只可能從比興鎮搭下午三點三十三分抵達此地的那班火車。到了下午那個時間，老領事夫人坐在風景廳的窗前，試著讀一本書，黑色的皮質封面上印著一根燙金的棕櫚枝。

這一天就跟昨天一樣：天寒，霧濃，風大。爐火在閃亮的鑄鐵柵欄後面劈劈啪啪地燒著。老夫人一聽見車輪駛過的聲音就渾身一震，然後向外面張望。等到下午四點，就在她剛好沒有留神、幾乎暫時忘了女兒的時候，樓下起了一陣騷動。她趕緊把上半身朝窗戶轉過去，用蕾絲手帕擦掉窗玻璃上凝結成水珠的水氣：果然，一輛出租馬車停在下面，人已經上樓了！

她用兩隻手抓住椅子的扶手，想要站起來，可是又改變了主意，重新坐回椅子上，只朝著女兒轉過頭去，帶著近乎防備的表情。艾芮卡．古倫里希由伊妲．雍曼牽著，站在玻璃門旁，東妮則腳步急促地穿過房間，幾乎是衝了過來。

佩曼尼德太太穿著一件鑲著毛皮的斗篷，戴著一頂有面紗的長形毛氈帽。她臉色蒼白，神情疲憊，兩眼通紅，上唇顫抖著，就像她小時候哭泣時一樣。她舉起雙臂，隨即又頹然放下，接著就跪倒在母親身旁，把臉埋在老夫人的衣裙皺褶裡，傷心地啜泣起來。這一切給人的印象是她彷彿是一口氣從慕尼黑直奔此地——此刻她逃到了目的地，倒在這裡，筋疲力盡，但是得救了。老領事夫人沉默了片刻。

然後她帶著溫柔的責備說了聲「東妮！」小心地抽出佩曼尼德太太用來把帽子簪在頭髮上的大別針，再把那頂帽子擱在窗臺上，然後慈愛地用雙手撫摸女兒濃密的灰金色頭髮安撫她。

「怎麼回事，孩子。出了什麼事？」

可是她得要有耐心，因為要再過很久，這個問題才會得到回答。

「母親，」佩曼尼德太太吐出這兩個字，「媽媽！」但是就沒有下文了。

老領事夫人抬起頭看向玻璃門，當她用一條手臂摟住女兒，她把空著的那隻手伸向外孫女，這個女孩把一根食指擱在嘴邊，尷尬地站在那裡。

「來，孩子，過來打聲招呼。妳長大了，看起來活潑健康，我們要為此感謝上帝。妳幾歲了，艾芮卡？」

「十三歲，外婆。」

「天哪！是個大姑娘了。」

她越過東妮的頭親吻了這個小女孩，接著說：「現在跟伊妲上樓去吧，孩子，我們待會兒就要吃飯了。可是現在媽媽要跟我談些事，妳知道的。」

房間裡只留下她們母女倆。

「好了，我親愛的東妮？妳還沒有哭夠嗎？如果上帝給了我們一個考驗，那我們就該冷靜地承受。背起你的十字架，如同《聖經》上所說。還是妳也想先上樓去休息一下，養足精神，然後再下樓來找我？我們的好伊妲已經替妳把房間準備好了。謝謝妳先拍了電報回來。那把我們都嚇了一大跳……」她沒有往下說，因為從她的衣裙皺褶裡傳出了悶聲悶氣的顫抖聲音：「他是個無恥下流的人……無恥下流……無恥下流……」

除了這個嚴厲的字眼，佩曼尼德太太說不出別的話來。這個字眼似乎完全掌控了她。她把臉在老領事夫人的懷裡埋得更深了，一隻手甚至在椅子旁邊握緊了拳頭。

「妳說的是妳丈夫嗎，孩子？」老夫人沉默了一會兒之後問道。「我知道我不該這麼想，但是我想不出還會有什麼別的事，東妮。是佩曼尼德傷害了妳嗎？他做了什麼對不起妳的事嗎？」

「芭貝特！」佩曼尼德太太咬牙切齒地說。「芭貝特！」

「芭貝特？」老領事夫人疑惑地複誦了這個名字，然後她向後靠在椅背上，一雙明亮的眼睛望向窗外。現在她明白這是怎麼一回事了。母女倆都沉默了，這片沉默只偶爾被東妮逐漸變得斷斷續續的啜泣聲打破。

「東妮，」過了一會兒之後，老領事夫人說，「現在我明白妳的確受了委屈，妳有理由抱怨。可是妳有必要表現得這麼激烈嗎？有必要帶著艾芮卡大老遠從慕尼黑跑回來嗎？不明就裡的人可能會以為妳再也不想回到妳丈夫身邊了……」

「我是不想回去！絕不！」東妮猛地抬起頭來，淚眼婆娑地用狂亂的眼神看著母親，然後又同樣突然地把臉埋回母親的衣裙皺褶裡。老領事夫人沒有理會她這聲叫喊。

「不過，現在，」老夫人提高了聲音又開始說，一邊把頭從一側緩緩轉向另一側，「不過，現在妳既然回來了，這樣也好。因為現在妳可以讓心裡輕鬆一點，把一切都告訴我，然後我們再看看，要如何用愛、寬恕和深思熟慮來彌補這個傷害。」

「絕不！」東妮又說了一次。「絕不！」可是她隨即說出了事情的始末。雖然不是每個字都能聽懂，因為她是對著老夫人有皺褶的棉布衣裙說話，而且說得又急又快，夾雜著極度憤慨的呼喊，因而斷斷續續，但還是能聽明白所發生的是下面這件事。

在這個月二十四號和二十五號之間的深夜，佩曼尼德太太從淺眠中被吵醒，這一天白天裡她的胃一直不舒服，很晚才得以休息，而吵醒她的是從樓梯傳來的持續聲響，一種想要壓抑卻沒有壓抑住的神秘噪音，其中可以分辨出樓梯木板的嘎吱嘎吱、一陣夾雜著咳嗽的咯咯輕笑、壓低嗓音出言抗拒、還有異樣的哼哼唧唧與呻吟。只要一聽到，毫無疑問就能立刻明白這個聲響的性質。佩曼尼德太太聽到時雖然還睡得迷迷糊糊，但也立刻就明白了這是什麼聲音，而她也已經感覺到血液從她的臉頰流出並且湧向心臟，感覺到心臟收縮，沉重而令人透不過氣來地繼續跳動。她彷彿麻痺了、癱瘓了似地在枕頭上躺了一分鐘，這一分鐘漫長而且殘酷。可是由於這個無恥的聲響並未停歇，她就用顫抖的雙手點亮了燈，滿心絕望、憤怒與厭惡地下了床，扯開了門，穿著拖鞋，手裡拿著燈，急忙走到前面的樓梯附近：就是那道從房子大門直通到二樓的筆直「天梯」。而在那裡，在這道天梯最上面的幾級梯階上，之前她在臥室裡聽見這無庸置疑的聲響時腦海中自然浮現的畫面，此時活生生地呈現在她面前。那是一番扭打，是廚娘芭貝特和佩曼尼德先生之間傷風敗俗、禮法不容的一場摔角對抗。那個女傭手裡拿著一串鑰匙，另外也拿著一支蠟燭，因為在這麼深的夜裡她想必還在屋裡某處忙碌，她扭來扭去地試圖閃躲男主人，而男主人把帽子戴在後腦勺上，摟住了她，一直試圖把他那海豹般的鬍鬚貼在她臉上，有幾次也成功了。東妮出現時，芭貝特脫口喊了聲「耶穌、馬利亞和約瑟夫！」佩曼尼德先生也重複了一遍「耶穌、馬利亞和約瑟夫！」並且鬆開了她——女傭立刻就機靈地消失得無影無蹤，佩曼尼德先生則垂著手臂、垂著頭、垂著鬍鬚站在妻子面前，結結巴巴地說了些毫無意義的話：「只是鬧著玩的！真是要命！」等他膽敢睜開眼睛的時候，她已經不在那兒了。他在臥室裡找到她：她半坐半臥地倒在床上，在絕望的啜泣中一遍又一遍地重複「丟臉」這個字眼。他癱軟無力地倚著門站著，然後忽然把肩膀向前推，彷彿想戳她一下，讓她開心起來，說道：「別哭了！唉，別哭了，東妮兒！聽我說，拉姆紹爾家的法蘭茲今晚慶祝他的命名日……我們全都喝多了……」可是他在房間裡散發出的濃烈酒氣使她的激動到達了頂點。她不再啜泣，也不再軟弱無力，她的脾氣使她跳了起來，在極度絕望中把她對他這個人全部天性的嫌惡、厭憎和蔑視都當著他的面大聲吼了出來。佩曼尼德先生也沒有默不吭聲。他的腦袋發熱，因為他為了替他朋友拉姆紹爾慶祝，不僅喝了許多杯啤酒，還喝了香檳；他也回了嘴，粗野地回了嘴，一場爭吵爆發了，比之前佩曼尼德先生說要退休時吵得更凶。東妮收拾了衣服，打算到起居室去，可是最後他在她背後還又說了一句話，一句她不願意重述的話，一句她永遠說不出口的話，一句話……一句話……

　　這一切就是東妮對著她母親衣裙皺褶所做自白的主要內容。至於那句話，在那可怕的一夜使她整個人直到骨子裡都僵住了的那句話，她無法忘卻的那句話，她無法重述。噢，老天在上，她無法重述，她一再這樣強調，雖然老領事夫人也並未追問，只是若有所思地緩緩點頭，動作很輕，幾乎察覺不出，同時低頭看著東妮美麗的灰金色頭髮。

　　「是啊，」她說，「我聽到的事真令人難過，東妮。而我很能理解這一切，我可憐的小丫頭，因為我不只是妳的媽媽，也跟妳一樣是個女人。現在我明白妳傷心是有道理的，明白妳丈夫如何一時糊塗，忘了他對妳應盡的義務……」

「一時糊塗？」東妮大喊。她跳了起來，向後退了兩步，急忙擦乾了眼淚。「一時糊塗，媽媽？他對我和我們的家族姓氏應盡的義務，他已經忘了……不，他從一開始就不明白！一個一拿到妻子的嫁妝就乾脆退休的男人！一個沒有志氣、不思進取、沒有目標的男人！他血管裡流的不是血、而是濃稠的麥芽和啤酒花漿……沒錯，這一點我深信不疑！然後他還跟芭貝特做出這麼下流的事，而當我指出他的卑鄙無恥，他竟然還用那樣一句話回嘴……那樣一句話……」

她又提起了這句話，這句她不願意重述的話。可是她忽然向前走了一步，用驀地平靜下來、微感興趣的聲音說：「好可愛。這是哪兒來的，媽媽？」

她用下巴指著一個小容器，那是個藤編的籃子，一個飾有緞帶的精緻置物籃，近來老領事夫人習慣把她的針線活放在裡面。

「是我買的，」老夫人回答，「我需要用。」

「真雅致！」東妮說，一邊歪著頭打量這個置物籃。老領事夫人的目光也停留在這件物品上，但是並沒有看著它，而是陷入了沉思。

「好了，我親愛的東妮，」最後她說，再一次向女兒伸出雙手，「不管事情怎麼樣，既然妳來了，那我就由衷歡迎妳，我的孩子。等妳心情平靜一點，一切都可以再商量。去妳房間換件衣服吧，讓自己舒服一點……伊姐？」她提高了嗓音朝著餐廳裡喊。「麻煩替佩曼尼德太太和艾芮卡擺兩副餐具！」

第十章

用過餐後，東妮就馬上回她的臥室去了，因為在吃飯時老領事夫人證實了她的猜測，亦即湯瑪斯知道她回來了，而她似乎並不怎麼想見他。

領事在下午六點上樓來。他走進風景廳，和母親做了一番長談。

「她怎麼樣？」他問。「她表現出什麼態度？」

「唉，湯姆，恐怕她沒有和解的意思。老天，她是那麼激動……然後還有那句話……要是我知道他究竟說了什麼，那就好了……」

「我去找她。」

「去吧，湯姆。但是要輕輕敲門，別嚇著她，而且你要保持冷靜，聽到了嗎？她的神經不是處於正常狀態，她幾乎沒吃什麼東西……她的胃不好，你知道的。你要冷靜地跟她說話。」

他迅速爬上通往三樓的樓梯，習慣性地兩階併一階，一邊捻著鬍鬚思索。可是在他敲門時，他的面容已經開朗起來，因為他決定盡可能以幽默的態度看待此事。

聽到一聲病懨懨的「請進」之後，他打開門，看見東妮衣著整齊地躺在床上，床帷是拉開的，背後墊著一床小羽絨被，旁邊的床頭櫃上擺著一瓶胃藥。她稍微轉過身來，用手撐著頭，噘著嘴，微笑地看著他。他深深鞠了個躬，張開雙臂，十分隆重地行了個禮。

「夫人！我們何以有此榮幸見到您這位住在王城首都的女士……」

「親我一下，湯姆，」她說，直起身子，把臉頰朝他湊過去，然後就又倒回床上。「你好，老哥！看來你一點都沒變，還是你們造訪慕尼黑時的樣子！」

「喔，這房間的百葉簾是關著的，妳應該很難判斷，老妹。而且無論如何妳都不該搶先說了這句恭維話，因為這話當然是我該對妳說的。」

他握住她的手，一邊拉了一張椅子過來，在她身旁坐下。

「如同我經常說的：妳和克婁蒂妲……」

「吓，湯姆！蒂妲好嗎？」

「她當然很好！有克勞斯明茲夫人照顧她，確保她不會挨餓。但是這也不妨礙蒂妲每個星期四來這裡大吃大喝，好像要把下星期的份都先吃掉。」

東妮笑了，她已經很久沒有笑得這麼開心了，但隨即嘆了口氣，止住了笑，問道：「生意怎麼樣呢？」

「這個嘛，還過得去。應該要知足。」

「噢，感謝上帝，至少這裡還一切如常！唉，我一點也沒有愉快聊天的心情。」

「真可惜。不管怎麼樣，我們都應該保持幽默感。」

「不，做不到了，湯姆。一切你都知道了？」

「一切你都知道了……」他跟著說了一次，鬆開了她的手，忽然把他坐的椅子向後挪。「我的老天，聽聽妳說的話！『一切！』這個『一切』當中埋藏了多少東西！『我把我的愛和痛苦都融入其中』，是這樣嗎？不，妳聽我說……」

東妮沉默了，用深感驚訝和委屈的眼神瞥了他一眼。

「是啊，我已經料到妳會有這個表情，」他說，「倘若沒有這個表情，妳也就不會在這兒了。但是我親愛的東妮，請允許我把這件事看得太輕，一如妳把它看得太重，而妳將會看出我們正好可以互補。」

「看得太重，湯瑪斯，看得太重？」

「對，看在老天的分上，我們不要把事情演成一齣悲劇了！讓我們把話說得含蓄一點，不要說什麼『一切都結束了』，也不要說『你們不幸的安東妮』！不要誤會我的意思，東妮；妳很清楚，妳回家來，最由衷感到高興的人就是我。我早就希望妳能回家來看看，不要跟妳丈夫一起，讓我們自己一家人能聚一聚。可是，妳現在回來，而且是這個樣子回來，抱歉，我得說這樣做很蠢，老妹！好了，讓我把話說完！佩曼尼德的行為很不檢點，這想必是事實，而我也會讓他明白這一點，相信我。」

「他做出了什麼樣的行為，湯瑪斯，」她打斷了他，一邊在床上坐了起來，把一隻手放在胸前，「我已經讓他明白了，而且不只是『讓他明白』而已，我想告訴你。依我的尺度，我認為再跟這個人講道理完全不恰當！」說完她就又倒回床上，目不轉睛地瞪著天花板。

他低下頭，彷彿被她這番話的重量給壓住了，面帶微笑看著自己的膝蓋。

「好吧，那我就不會給他寫封不客氣的信，完全按照妳的吩咐。畢竟這是妳的事，由妳自己去教訓他也就夠了。身為他的妻子，妳有資格這麼做。順便說一下，嚴格地說，也不能說他沒有情有可原之處。朋友慶祝命名日，他在歡樂的氣氛中回家，情緒太好，於是犯了個小錯，做了件有失體統的越軌行為……」

「湯瑪斯，」她說，「我不懂你的意思。我不懂你為什麼用這種口氣說話！像你這樣有原則的人……可是你沒有看見他！沒有看見他是怎麼醉醺醺地抱住她，沒有看見他那副樣子……」

「我能想像那一定很滑稽。但重點就在這裡，東妮。妳沒有看出這件事滑稽之處，而這當然要怪妳的胃病。妳丈夫做了糊塗事的時候被妳逮住了，妳看見了他有點可笑的模樣，可是妳不該這樣大發雷霆，而應該覺得有點好笑，並且讓妳更了解他這個人。我要告訴妳：對於他這種行為，妳當然不能一笑置之，不能用沉默去縱容他，絕對不行。妳離家出走了，這是個抗議，也許有點太強烈，也許這個懲罰太嚴厲——因為我不願去想像此刻他坐在家裡該有多難過——但畢竟是合理的。我只請求妳不要這麼氣憤地看待這件事，而稍微從政治策略的角度來看。我們是自家人，所以我才這麼說。我得向妳指出，在婚姻當中，哪一方在……在道德上占了上風，這絕對不是無所謂的事。妳要明白我的意思，東妮！妳丈夫讓妳抓住了把柄，這一點毫無疑問。他出了醜，把自己弄得有點可笑。說他可笑是因為他犯的錯沒什麼了不起，不需要看得太嚴重。簡而言之，他的尊嚴不再是無可指責，在某種程度上妳肯定要比他優越一些，而妳若是懂得善加利用，那麼妳就一定能得到幸福。如果妳在……就說兩個星期吧——對，我至少也要把妳留在我們身邊兩個星期！如果妳在兩個星期後回慕尼黑，妳就會看到……」

「我不回慕尼黑了，湯瑪斯。」

「妳說什麼？」他問，他皺起了臉孔，把一隻手擱在耳朵後面，身體向前傾。

她仰躺著，後腦緊緊壓在枕頭上，使她的下巴顯得突出，神情有點嚴肅。「**永遠**不回去了。」她說。然後她大聲地吐了一口長氣，輕咳起來，緩慢而清晰，那是一種乾咳，逐漸成為她緊張時的一個習慣，可能跟她的胃病有關。兄妹倆都沉默了。

「東妮，」他忽然說，同時站了起來，一隻手用力地拍在椅背上，那是張帝政風格的椅子，「妳別給我鬧出醜聞來！」

她側眼一瞥，看見他臉色蒼白，太陽穴上青筋鼓動。她無法再繼續躺著，就也動了起來，而且為了掩飾她對他的畏懼，她發起脾氣，嗓門也提高了。她一躍而起，讓雙腳滑下床鋪，臉頰發燙，眉頭緊蹙，搖頭擺手地開口說：「醜聞，湯瑪斯？別人讓我蒙受恥辱，朝我臉上吐口水，你還命令我不要鬧出醜聞來？這是當哥哥的人該做的事嗎？對，我必須請你回答這個問題！沒錯，顧全大局和世故圓滑是好事！可是這在生活中有個限度，湯姆——而我對人生的認識就跟你一樣多——如果超出了這個限度，害怕鬧出醜聞就變成了懦弱！這一點居然還得由我來告訴你，這令我感到納悶，我不過是個傻丫頭，是個蠢東西。對，我就是這樣，如果佩曼尼德從來沒有愛過我，我也很能理解，因為我老了，是個醜女人，是有這個可能，而芭貝特肯定比我漂亮。但是這並沒有免除他對我應有的尊重，他有義務要尊重我的出身、我的教養和我的感受！湯姆，你沒有看見他是如何忘了這份尊重的，而沒有看見的人就根本一無所知，因為他當時那令人作嘔的樣子是言語無法形容的……而且你沒有聽見他在我背後喊的那句話，在身為你妹妹的我背後喊的那句話，當我拿起我的東西離開臥房，打算去睡在起居室的沙發上……沒錯！我不得不聽見從他口中吐出的那句話……那句話……那句話！總之，湯瑪斯，就是那句話促使我、**迫使**我連夜收拾了行李，一大早就把艾芮卡叫醒，帶著她離開，因為我沒辦法待在會說出這種話的男人身邊，而且我也說了，我再也不會回去他身邊，否則我就會墮落，無法再尊重自己，在人生中再也無所依靠！」

「可以拜託妳把那句該死的話說給我聽嗎？妳說還是不說？」

「絕不，湯瑪斯！我絕對不會用我的嘴把那句話再說一次！我知道在這間屋子裡對自己、對你應有的尊重。」

「那跟妳就沒什麼好說的了！」

「也許是吧，而我希望我們根本就再也不要談這件事了。」

「妳打算怎麼做？妳要離婚嗎？」

「對，湯姆，我要離婚。我已經下定決心了。為了我自己、為了我的孩子、為了你們大家，我都有義務這麼做。」

「喔，這是無稽之談。」他平靜地說，用腳跟轉身，從她身邊走過去，彷彿整件事情就此解決了。

「要離婚得要雙方同意，老妹。如果以為佩曼尼德會爽快地欣然同意，這個想法未免太好笑。」

「噢，這就留給我來操心吧。」她說，並沒有被嚇倒。「你的意思是，他會反對，而且是因為我那一萬七千塔勒的嫁妝。可是古倫里希當年也不想離婚，他是被逼著這麼做的，所以的確有辦法可用，我會去找吉塞克博士，他是克里斯提昂的朋友，他會幫我的。當然，當年的情況有點不同，我知道你想說什麼。當時用的理由是『丈夫無力撫養妻小』！順便說一句，你瞧，我對這些事情知道得很清楚，而你卻表現得好像這是我這輩子第一次離婚！可是這也無所謂，湯姆。也許這行不通，也許辦不到——是有這個可能，也許被你說中了。但是這也改變不了什麼。我的決定也不會改變。那就讓他留著那點錢吧——在人生中還有比金錢更崇高的東西！但是他休想再見到我了。」

說完她又輕咳起來。她已經下了床，在扶手椅上坐下，一隻手肘撐在扶手上，把下巴用力埋在手裡，四根彎曲的手指抓住了下唇。就這樣，她側著上半身，用一雙激動泛紅的眼睛愣愣地凝視著窗外。

湯瑪斯在房間裡走來走去，嘆著氣，搖著頭，然後聳聳肩膀。最後他絞著雙手在她面前停下來。

「妳實在是孩子氣，東妮！」他用沮喪和央求的語氣說。「妳說的每一句話都是孩子話！現在妳能不能暫時用一個成年人的眼光來看待這件事呢？如果我拜託妳勉強一下自己？妳難道沒有察覺，妳表現得好像自己遭受了什麼天大的委屈，好像妳丈夫殘忍地背叛了妳，當著所有人的面讓妳備受羞辱！可是妳只要想想，其實什麼事都沒有發生呀！在考芬格大街你們家裡那具天梯上發生的這件蠢事根本沒有人知道！如果妳心平氣和地回到佩曼尼德身邊，頂多帶點挖苦的表情，這完全不會有損妳和我們的尊嚴……正好相反！如果妳不回去，我們的尊嚴才會受損，因為這樣一來妳才會把這件小事鬧大了，才會造成一樁醜聞……」

她迅速把手從下巴上鬆開，直視著他的臉。

「不要說了，湯瑪斯！現在輪到我說了！現在你聽著！怎麼？難道只有鬧大了、傳出去的事才是恥辱和醜聞？才不呢！在暗中折磨你、侵蝕你自尊心的祕密醜聞才更可怕！難道我們布登布洛克家的人只求有『拔尖』的門面，用你們這地方的人愛用的詞彙來說，而為了維持這個門面，在自己家裡就得忍氣吞聲？湯姆，你真讓我感到奇怪！你想一想，如果父親還在，他今天會怎麼做？然後再按照他的意思來判斷！不，一切都必須乾乾淨淨、坦坦蕩蕩……你每天都可以把帳簿公諸於世，對大家說：請看……而我們家的每個人也都該如此。我知道上帝把我造成什麼樣子。我一點也不害怕！如果茱爾欣．莫倫朵普從我身邊經過而不跟我打招呼，就隨便她吧！如果菲菲．布登布洛克每週四來家裡聚會，幸災樂禍地笑得前仰後合，說：『可惜這已經是第二次了，不過兩次的問題**當然**都出在男方身上！』那也隨便她。我完全超脫於這些事情之上，湯瑪斯！我知道自己做了我認為對的事。如果因為害怕受到茱爾欣．莫倫朵普和菲菲．布登布洛克的嘲笑而忍氣吞聲，任由自己被人用沒教養的方言辱罵，因為害怕她們嘲笑而留在一個男人身邊，留在一座城市，在那裡我必須習慣這種話語，必須習慣在那座天梯上發生的情景，必須學會違背自己的出身和教養，學會完全否定自己的一切，只為了裝得幸福知足——這才叫做有失體面，這才叫做醜聞，我告訴你……」

她突然住口了，又把下巴用手托著，激動地凝視著窗玻璃。湯瑪斯站在她面前，把身體重心放在一條腿上，雙手插在褲袋裡，視線停留在她身上，但並沒有看著她，他緩緩搖著頭，陷入了沉思。

「東妮，」他說，「妳騙不了我。我原本就已經知道，但是妳最後說的那幾句話洩漏了真情。問題根本不在那個人，而在於那座城市。問題根本不在於發生在天梯上的那件蠢事，而在於所有的事。妳沒有能夠適應那裡的環境。妳就老實承認吧。」

「你說對了，湯瑪斯！」她喊道，甚至跳了起來，伸出手指著他的臉，一張臉脹得通紅。她擺出戰鬥的姿態站著，一手抓著椅子，用另一隻手比著手勢，滔滔不絕地說了一番慷慨激昂的話。湯瑪斯深感驚訝地看著她。她幾乎沒給自己喘口氣的時間，新的話語就又連珠砲似地迸了出來。是的，她找到了話語來表達，表達出這些年來在她心中鬱積的一切，雖然有點混亂而沒有條理，但她還是表達出來了。那是一次爆發，是充滿絕望的真情流露。在這番話中發洩出某種不容反駁的東西，某種有如自然力的東西，無法再與之爭辯。

「你說得對，湯瑪斯！你儘管再說一次！哈，我明明白白地告訴你，我不再是個蠢東西了，我知道該怎麼看待生活。當我得知生活裡的事不總是乾乾淨淨，我不會再嚇得呆住了。我見識過『淚汪汪特里施克』那種人，曾經跟古倫里希結過婚，也熟悉我們這座城裡那些紈絝子弟。我不是個純真的鄉下姑娘，我告訴你，他和芭貝特那件事本身單獨抽出來看是不會把我嚇跑的，相信我！問題是，湯瑪斯，那使得我的怨氣滿出來了。而要讓它滿出來並不需要太多，因為它其實早就已經滿了……早就滿了！一件微不足道的小事就足以使它滿出來，更何況是這樣一件事！甚至讓我看出就連在這一點上我也無法信任佩曼尼德！這真是過分得無以復加！真是把人氣炸了！這讓我馬上就下定決心離開慕尼黑，而這個決定已經醞釀了很久、很久了，湯姆，因為我沒辦法在南方生活下去，我對著上帝和祂的天軍發誓，我沒有辦法！我有多麼不快樂，你不知道，湯瑪斯，因為即使是你來探望我的時候，我也沒有流露出來，沒有，因為我是個懂得分寸的人，不會用訴苦惹人厭煩，也不會每天都把心事掛在嘴上，總是傾向於隱忍。但是我在受苦，我內心的一切、可以說我的整個人格都在受苦。就像一株植物，讓我用這個比喻吧，就像一株花卉被移植到陌生的土壤中。雖然你可能會覺得這個比喻不恰當，因為我是個醜女人了。但是我不可能去到更陌生的土地了，我還寧願去土耳其！噢，我們永遠不該離開家鄉，我們這些北方人！我們應該留在我們的港灣旁邊，老老實實地養活自己。你們有時候會嘲笑我對貴族的偏好。是的，這幾年我常想起很久以前有人對我說過的幾句話，那是個聰明人。『您對貴族懷有好感，』他說，『要我告訴您為什麼嗎？因為您本身就是個貴族！您的父親像個大領主，而您就像個公主。一座深淵把您跟我們這些其他人分隔開來，我們這些不屬於您那個顯赫家族圈的人……』是的，湯姆，我們覺得自己就像貴族，感覺到自己和別人之間有距離，而在那些別人不認識我們、不懂得該如何看待我們的地方，我們就不該試圖去那裡生活，因為我們只會得到屈辱，而別人會覺得我們高傲得可笑。是的，大家都覺得我高傲得可笑。別人沒有這樣對我說，可是我時時刻刻都感覺得到，而這也令我痛苦。哈！那個地方的人用刀子吃蛋糕，王公貴族說著不標準的德語，男士若是替女士拾起扇子就會被視為愛戀之舉，在這樣一個地方要顯得高傲很容易，湯姆！適應？不，我沒辦法適應那些缺少尊嚴、道德、志氣、高尚和嚴謹的人，沒辦法適應那些不莊重、沒禮貌、隨隨便便的人，沒辦法適應那些既懶散又輕浮、既遲鈍又膚淺的人……我沒辦法適應那些人，永遠也適應不了，就跟我永遠都是你妹妹一樣！艾娃・埃弗斯能夠適應。好吧！可是埃弗斯家族跟布登布洛克家族不能相提並論，再說她丈夫還算是個有用的人。我的情況卻是如何呢？湯瑪斯，你想一想，從頭開始回想一下！我從這個家嫁出去，這個家有點地位，家裡的人勤奮、有目標，而我嫁的佩曼尼德一拿到我的嫁妝就退休了……哈！那完全是他的作風，真正說明了他是什麼樣的人，可是這也就是這件事唯一可喜之處。後來呢？我要有孩子了！我是多麼高興！

一個孩子能夠補償這一切！然後發生了什麼事？孩子死了。夭折了。那不是佩曼尼德的錯，絕對不是。他已經盡力了，甚至有兩、三天沒去酒館，這是事實！可是這也是部分原因，湯瑪斯。可想而知那沒有使我更幸福。我忍住了，沒有抱怨。我很孤單，不被了解，走到哪裡都被人說是高傲，但我告訴自己：是妳把終身託付給他。他有點遲鈍懶散，辜負了妳的期望，但是他是善意的，他的心地是純潔的。然後我卻得經歷這件事，在那令人作嘔的一刻看見了他。然後我才知道：他根本不了解我，根本沒有比其他人更懂得尊重我，乃至於他在我背後罵了一句話，一句就連你手下那些倉庫工人在罵狗的時候都不會用的話！那時我就看出，沒有什麼留得住我了，再留下來就會是一種恥辱。而當我回到這裡，從火車站搭馬車駛上霍爾斯滕路，搬運工人尼爾森從旁邊經過，他摘下帽子向我行禮，而我也回了禮：一點也不高傲，而是像父親跟那些人打招呼一樣。像這樣……舉手致意。現在我回來了。而湯姆，就算你用二十匹馬來拉車，你也沒法再讓我回慕尼黑去。明天我就去找吉塞克！」

這就是東妮說的那番話，說完她就筋疲力盡地跌坐回椅子上，把下巴埋進手裡，凝視著窗玻璃。

湯瑪斯嚇壞了，昏昏沉沉地站在她面前沉默無語，幾乎感到震驚。然後他深深吸了一口氣，把一雙手臂舉到肩膀的高度，再讓手臂落在大腿上。

「好吧，那就沒有辦法了！」他小聲地說，靜靜地用腳跟轉個身，朝著房門走去。

她目送著他，臉上的表情跟看著他走進來時一樣：痛苦而噘著嘴。

「湯姆，」她問。「你生我的氣嗎？」

他一手握著橢圓形的門把，用另一隻手疲倦地一揮。「喔，不會。完全沒有。」

她向他伸出手，把頭擱在肩膀上。

「過來這兒，湯姆……你妹妹的命不太好。一切都落在她身上……而此刻可能沒有人會站在她這邊……」

他走回來，從旁邊握住她的手，有幾分冷淡和疲憊，並沒有看著她。

突然間，她的上脣開始顫抖。

「現在你得獨自努力了，」她說。「克里斯提昂可能不會有什麼出息，而我現在也完了……我敗掉了家產，我沒辦法再有什麼作為了。是的，現在我這個無用的婦人得靠你們賞碗飯吃了。我沒有想到我會這樣一敗塗地，一點都沒能幫上你的忙，湯姆！現在我們布登布洛克家族要維持住地位，就得全靠你一個人了……願上帝保佑你。」

兩顆大大的淚珠從她臉頰上滾落，像孩子的眼淚一般清澈，她臉上的皮膚有幾處已經漸漸不太光滑了。

第十一章

東妮沒有閒著，她動手處理自己的事。湯瑪斯希望她能夠冷靜下來、鎮定下來，還會改變心意，暫時就只要求她一件事：保持安靜，待在家裡不要出門，艾芮卡也一樣。一切都還可能好轉。暫時還不要在城裡弄得人盡皆知。週四的家庭聚會日被取消了。

可是在佩曼尼德太太回來的第二天，她就寫信給律師吉塞克博士，請他到曼恩路大宅來一趟。她單獨接待了他，在二樓走道旁中間的那個房間，房間裡升了爐火，而且她還在一張沉重的桌子上擺了墨水瓶、書寫工具和一大疊對開的白紙，都是從樓下的辦公室拿來的，不知有何用途。兩人在兩張靠背椅上坐下。

「博士先生！」她交叉著雙臂，把頭向後仰，望著天花板說。「您對生活很了解，不管是身為一個人，還是由於您的職業，我可以對您坦白！」接著她就把芭貝特的事以及在臥室裡發生的事一五一十地告訴了他。吉塞克博士聽了之後，表示他很遺憾地得向她說明，不管是發生在樓梯上的那樁憾事，還是她所受到的那句辱罵（她拒絕說清楚那究竟是句什麼話），都不足以構成離婚的理由。

「了解了，」她說。「謝謝您。」

然後她請律師概述了一下離婚的正當理由，接著又以清楚的頭腦與濃厚的興趣聆聽了有關妝奩法的長篇介紹，隨後就鄭重地讓吉塞克博士暫時先行告退。

她走到樓下，要求湯瑪斯到他的私人辦公室去。

「湯瑪斯，」她說，「我請你馬上寫信給那個人，我不想提起他的名字。關於我那筆錢的問題，我已經了解得很清楚了。他應該要表明立場。不管怎麼樣，他都不會再見到我了。如果他同意辦理具有法律效力的離婚，很好，那我們就進行財務清算，要他歸還我的陪嫁金。如果他拒絕，那我們也不需要氣餒，因為你得知道，湯姆，按照他在法律上的地位，佩曼尼德固然對我的嫁妝擁有財產權——的確，這一點我們必須承認！——但是，畢竟我在財物上也有我的權利，感謝上帝……」

湯瑪斯背著手走來走去，煩躁地動著肩膀，因為東妮說出「陪嫁金」這個字眼時臉上的表情實在驕傲得難以形容。

他沒有時間。老天在上，他忙得不可開交。她應該要耐心等待，最好是再考慮個五十次！現在他首先得要搭車去漢堡一趟，而且就在明天，去參加一場會議，和克里斯提昂做一番不愉快的談判。克里斯提昂寫了信來要求金援，要老領事夫人從他將來應得的遺產中拿出錢來接濟他。他的生意很慘澹，而儘管他病痛不斷，卻似乎仍在餐廳、馬戲團、劇院玩得很盡興。而且從他現在曝光的債務來判斷，他所過的生活遠遠超出了他的經濟能力，他能借到這些錢乃是靠著家族的好名聲。不管是在曼恩路大宅、俱樂部乃至整座城市，人人都知道他負債累累主要得怪誰。那是個有兩個漂亮小孩的單身女子，名叫阿琳娜．普沃格爾。在漢堡的那些商人當中，不是只有克里斯提昂．布登布洛克與她有花費不菲的密切關係。

簡而言之，除了東妮想要離婚的事之外，令人煩心的事還有很多，而漢堡之行迫在眉睫。再說，佩曼尼德那邊也可能會先有消息來……

湯瑪斯啟程了，回來時心情憤怒而抑鬱。由於慕尼黑那邊仍然沒有捎來任何消息，他看出自己必須走出第一步。他寫了信去，口氣冷淡、就事論事、而且有點傲慢。不可否認，安東妮在與佩曼尼德的共同生活中承受了嚴重的失望……即使撇開細節不談，整體而言她也沒能在這樁婚姻中找到她所期望得到的幸福，凡是明理的人肯定能看出她有權希望解除這段婚姻關係……她決定不回慕尼黑，而且很遺憾，這個決定似乎堅定不移……接下來則是詢問佩曼尼德對這些事實持何種態度……

之後是好幾天緊張的等待！然後佩曼尼德先生回信了。

他的回答出乎所有人的意料，不僅是吉塞克博士、老領事夫人和湯瑪斯沒有料到，就連東妮自己都沒有料到。他用簡單幾句話就同意了離婚。

他在信中寫道，他對於所發生的事由衷感到遺憾，但是他尊重安東妮的願望，因為他看出了他和她「從未真正適合彼此」。如果他使她度過了難受的歲月，那麼他希望她試著忘記這些時光並且原諒他……由於他可能再也不會見到她和艾芮卡了，他祝福她們母女永遠幸福如意……阿洛伊斯・佩曼尼德。而在信末附言中，他主動明確表示將立刻歸還那筆嫁妝，說他只靠自己的財產也能過得無憂無慮。他不需要還款期限，因為他沒有生意需要清結，房子是他的財產，他立刻就能拿出這筆錢。

東妮幾乎有點慚愧，第一次願意承認佩曼尼德先生對金錢不甚感興趣是件值得稱讚的事。

如今吉塞克博士又重新發揮了作用，他針對離婚理由和男方取得聯繫，確定理由為「雙方無法克服對彼此的反感」，於是離婚就進入法律程序——東妮的第二樁離婚案。而她抱著極大的熱忱，認真而且內行地留意此案進行的每個階段。她老是在談這件事，走到哪兒就說到哪兒，好幾次都惹得湯瑪斯生氣了。她暫時還無法分擔他的苦惱，滿腦子都是「成果」、「收益」、「添置物品」、「妝奩物品」、「有形資產」這類字眼，動不動就仰著頭、微微聳起肩膀，鄭重而流利地吐出這些字眼。吉塞克博士的論辯中有一段最令她印象深刻，談到陪嫁的土地上倘若發現「寶藏」，應視為陪嫁財產的一部分，在婚姻結束時應歸還女方。她對每個人說起這份根本不存在的寶藏：她告訴了伊妲·雍曼、尤思圖斯舅舅、可憐的克婁蒂妲、布萊特大街的布登布洛克三姊妹，順帶一提，那三個堂姊得知所發生的事之後，把雙手交疊在腿上，面面相覷，驚訝地呆住了：真沒想到居然被她們說中了。她也告訴了魏希布洛特小姐，如今艾芮卡·古倫里希又去她那兒上課，她甚至告訴了善良的凱特森太太，而對方完全聽不懂，基於不只一種原因。

然後那一天來臨了，當離婚終於被正式宣布，在法律上具有了效力，東妮在這一天完成了最後的必要手續，請湯瑪斯把家族紀事簿拿給她，親手記錄下這件新的事實，現在就只需要適應既有的情況了。

她勇敢地適應了。她帶著不可侵犯的尊嚴對布登布洛克三姊妹那些惡意的巧妙挖苦聽而不聞，帶著難以言表的冷漠在街上對哈根史托姆家族或莫倫朵普家族的人視而不見，而且完全放棄了社交生活。順帶一提，這些年來，社交活動已經不再在老家的大宅舉行，而改在她哥哥家中舉行。她擁有她最親近的家人：老領事夫人、湯瑪斯、蓋爾妲；她也有伊妲·雍曼和魏希布洛特小姐，這個對她來說有如母親般的朋友，她還有艾芮卡，她費了很多心思讓這個孩子得到**高尚**的教養，也許暗中把最後的希望寄託在這個孩子身上。她就這樣生活著，而時間就這樣流逝。

後來，以某種莫名所以的方式，家中的個別成員得知了「那句話」，佩曼尼德先生在那一夜絕望地脫口而出的那句話。他說了什麼呢？——「滾到地獄去吧，**髒母豬，臭婆娘！**」

東妮的第二段婚姻就這樣結束了。

第七部

第一章

洗禮……在布萊特大街舉行的洗禮！

萬事齊備，東妮在懷著希望的那些日子裡所夢想的一切都不缺：在餐廳的桌旁，女僕在許多杯滾燙的熱巧克力裡加入鮮奶油，小心翼翼地不弄出任何聲響，以免打擾在大廳裡進行的慶祝儀式，那一杯杯巧克力擠在一個有著貝殼狀鍍金把手的圓形大托盤上。僕人安東把一個高高的年輪蛋糕切成小塊，雍曼小姐則把糖果和鮮花擺在吃甜點用的銀碗裡，一邊歪著頭審視，兩隻小指頭翹得高高的。

再過不久，等到賓客在起居室和客廳裡就座，這些美味的點心就將端過去讓眾人取用，但願數量足夠，因為齊聚一堂的不只是近親，還包括了遠親，雖然不是定義最廣的遠親，因為透過厄韋蒂克家族，這家人跟齊斯登梅克家族也沾上了一點親戚關係，而透過齊斯登梅克家族就又跟莫倫朵普家族沾上了一點親戚關係，以此類推，要劃出親戚與非親戚的界線就不可能了！但是厄韋蒂克家族有人參加，而且是由族長代表，已經八十多歲的卡斯帕·厄韋蒂克博士，現任的市長。

他是搭車來的，拄著楞杖，由湯瑪斯·布登布洛克攙扶著爬上樓梯。他的出席使得這個慶典更加隆重。而且毫無疑問：這個慶典再隆重也不為過！

在大廳裡，在一張飾有鮮花、布置成祭壇的小桌後面，一位年輕牧師正在講話。他穿著黑色牧師服，戴著漿過的磨輪狀雪白皺領，桌前站著一個高大壯碩、營養良好的婦人，穿著以紅金兩色為主的衣服，粗壯的手臂裡抱著一個裹在蕾絲和緞帶裡的小東西……一個繼承人！一個子嗣！布登布洛克家族的一個子孫！別人是否明白這意味著什麼？

別人是否明白這個喜訊從布萊特大街傳到曼恩路大宅時所帶來的無聲喜悅？當第一句帶著暗示的話語輕輕落下？是否明白東妮在聽到消息時擁抱了母親與哥哥的那份喜極無言的熱情？她也比較謹慎地擁抱了她嫂嫂。而現在，當春天來臨，一八六一年的春天，他誕生了，正在接受神聖的洗禮。早已有這麼多希望寄託在他身上，早已談到他不知多少次，多年來被期待、被渴望，家人為了他而向上帝祈求，為了他而折磨著葛拉波夫醫生。他來了，而且看起來一點也不起眼。

他的一雙小手玩弄著奶媽腰上的金色飾帶，頭上戴著淺藍鑲邊的蕾絲小帽，腦袋微微側躺在枕頭上，漫不經心地沒有正對著牧師，一雙眼睛近乎老成地眨動，審視地看進大廳，看向那些親戚。這雙眼睛的上排睫毛很長，父親的淺藍眼珠和母親的棕色眼珠在這雙眼睛裡混合成一種淡淡的、不明確的金棕色，會隨著光線而變化。鼻根兩側的角度很深，罩著泛青的陰影，使得這張還不太能稱之為臉的小臉過早地有了些特徵，對這個四週大的嬰兒來說並不合適。但是上帝將會保佑這並沒有什麼不吉利的意味，因為在他母親身上也是這樣，而她還是平安無恙。而且無論如何，他活著，並且是個男孩，這就是四週前真正令人欣喜的原因。

他活著，而情況本來有可能不同。湯瑪斯永遠不會忘記葛拉波夫醫生在四週前從產房離開時握住他的手對他說的話：「親愛的朋友，您要心存感謝，只差一點就……」湯瑪斯沒敢問只差一點就會怎麼樣。這個盼望了多年才誕生的小生命來到世上時異樣地一聲不吭，想到他的命運差點就跟東妮的第二個女兒一樣，湯瑪斯就驚恐地揮開那個念頭。但是他知道，四週前那一個小時對產婦母子來說都是生死關頭，於是他幸福而溫柔地朝蓋爾妲俯下身去。她把穿著漆皮皮鞋的雙腳交疊，擱在一個絲絨墊子上，靠坐在他前面的一張扶手椅上，坐在老領事夫人旁邊。

她還是那麼蒼白！而且在蒼白中美得出奇，一頭濃密的深紅色頭髮和一雙神秘的眼睛，目光帶著幾分半掩的揶揄停留在牧師身上。那是安德瑞亞斯．普林斯海姆先生，聖瑪利亞教堂的牧師，在年邁的柯靈牧師驟逝之後，年紀輕輕的他就升任為主任牧師。他把交握的雙手虔誠地緊貼在抬起的下巴底下。他有一頭短短的金色鬈髮，一張顴骨突出的臉刮得乾乾淨淨，面部表情時而狂熱嚴肅，時而喜樂愉悅，顯得有點戲劇化。他來自法蘭肯地區，曾有幾年在那裡的眾多天主教徒中守護著一個路德教派小教區，他的方言口音由於努力追求發音純正與慷慨激昂而變成一種獨樹一幟的說話方式，把母音發得又低沉又長，或是突然加重，把R音在齒邊滾動。

他讚美著上帝，聲音時而輕柔，時而逐漸加重，時而嘹亮，而全家人都聽著他說：東妮擺出一副莊重嚴肅的神情，掩蓋了她的欣喜和驕傲；艾芮卡．古倫里希已經快滿十五歲了，是個健壯的少女，髮辮盤在頭上，紅潤的臉色像她父親；克里斯提昂這天早上從漢堡趕來，用他那雙深深凹陷的眼睛東張西望。提伯提烏斯牧師夫婦也不畏奔波地遠從里加前來，以求能親臨這場慶典。希弗特．提伯提烏斯把長而稀疏的頰鬚末稍擱在雙肩上，偶爾會出人意料地睜大灰色的小眼睛，睜得愈來愈大，眼球向外凸出，簡直就要蹦出來似的。克拉拉則眼神陰鬱嚴肅，有時伸手按住自己的頭，因為那裡在作痛。順帶一提，他們給布登布洛克夫婦帶來一件豪禮：一隻直立的巨大棕熊標本，張著血盆大口，是提伯提烏斯牧師的一個親戚在俄國內陸某處射殺的，現在這隻熊就豎立在樓下的前院，兩隻前爪托著一個放名片的盤子。

克羅格夫婦的次子約爾根正好回來看望父母，他在羅斯托克的郵局工作，是個衣著樸素、沉靜少言的人。至於哥哥雅克伯人在哪裡，除了他母親之外沒有人知道。他母親出身厄韋蒂克家族，個性軟弱，為了給這個被剝奪了繼承權的長子寄錢而偷偷賣掉了家裡的銀器。布登布洛克三姊妹和她們的母親也出席了，並且對家族裡的這樁喜事深感高興，但是這也阻止不了菲菲發表意見，說這孩子看起來很不健康；而她母親，娘家姓氏為史特溫的領事夫人，還有她的兩個姊姊弗麗德里珂和亨麗耶特也不得不遺憾地表示的確如此。可憐的克斐蒂妲臉色灰白，身材乾瘦，擅長忍耐而且總是覺得餓，她被普林斯海姆牧師講的話打動，也被對年輪蛋糕配熱巧克力的期望所打動。在場的賓客中不屬於家人親戚的有馬庫斯先生和魏希布洛特小姐。

此刻牧師向受洗嬰兒的兩位教父說話，告訴他們身為教父的責任。一位是尤思圖斯．克羅格。湯瑪斯起初不想請他擔任孩子的教父。「我們別慫恿這位老人家做傻事！」他說。「他每天都為了兒子的事跟他太太吵得一塌胡塗，而他那一點財產也漸漸耗盡，由於煩惱，他就連外表都開始有點邋遢了！可是你們怎麼想？如果我們請他當孩子的教父，那他就會送這孩子一整套沉甸甸的金質餐具，而且不接受謝禮！」然而，當尤思圖斯舅舅聽說了他們打算請別人當孩子的教父——被提到的是湯瑪斯的朋友史提方．齊斯登梅克——他心裡非常不痛快，於是他們終究還是請他來當。幸好他送的那個金杯沒有過於厚重，讓湯瑪斯．布登布洛克放下心來。

而第二位教父是誰呢？就是這位鬚髮雪白、德高望重的老先生，他繫著高高的領結，穿著柔軟的黑色棉布外套，後面的口袋裡總是露出一條紅色手帕的一角，他坐在最舒適的一張靠背椅上，彎著腰，拄著他的枴杖：市長厄韋蒂克博士。這是件大事，是一樁勝利！有些人不明白這件事是怎麼發生的。老天爺，他們幾乎算不上是親戚！布登布洛克一家人想必是拽著那個老人家的頭髮把他拖來的。而事實上，這是個妙計，是湯瑪斯和東妮一起謀劃的一個小計謀。原來在分娩當天確定母子均安的時候，湯瑪斯一時大喜過望地喊道：「是個男孩，東妮！應該請市長來當他的教父！」那其實只是個玩笑，可是東妮卻當了真，並且認真地著手安排，於是湯瑪斯也好好考慮了這件事，然後同意一試。於是他們拜託尤思圖斯舅舅派舅媽去找她堂嫂，木材批發商厄韋蒂克的妻子，這個嫂子又得去她年邁的公公面前先提一下這件事。然後湯瑪斯．布登布洛克必恭必敬地去拜訪了這位市長，這也起了作用。

此刻，奶媽掀起嬰兒頭上的軟帽，牧師從他面前那個內面鍍金的銀盤裡蘸了兩、三滴水，小心翼翼地灑在布登布洛克家族這個新生兒稀疏的頭髮上，然後加重了語氣，緩緩說出這個孩子受洗的名字：**尤思圖斯．約翰．卡斯帕**。接著是簡短的祈禱，親友一一走過來，在這個安靜平和的小生命的額頭上親吻一下表示祝福。魏希布洛特小姐排在最後，因為她個子矮，奶媽不得不把嬰兒稍微抱低一點；魏希布洛特小姐為此而給了嬰兒兩個吻，發出「啵啵」的輕響，中間夾著一句話：「你這個好孩子！」

三分鐘後，眾人聚在客廳和起居室裡，甜食也逐一分給大家。身穿牧師袍、戴著輪狀皺領的普林斯海姆牧師也坐在眾人之中，小口啜著熱巧克力上的鮮奶油，長袍底下露出擦得晶亮的大靴子。他帶著喜悅的表情以一種十分輕鬆的方式和眾人聊天，格外具有效果，和他的演講形成對比。他的一舉一動都表示出：看哪，我也可以放下牧師的身分，當個隨和快活的世俗之人！他圓滑世故、平易近人，和老領事夫人說話時有點一本正經，和湯瑪斯與蓋爾妲說話時則顯得見過世面，態度圓滑，和東妮說話時則用上親切調皮的快活語氣。偶爾，當他想起自己的身分，他就把雙手交疊在腿上，把頭向後仰，皺起眉頭，拉長了面孔。他笑的時候會斷斷續續地吸氣，空氣穿過咬緊的牙齒嘶嘶作響。

外面走道上忽然起了一陣騷動，聽得見僕人的哄笑聲，接著一位奇特的賀客出現在門口。那是葛羅布雷本：他瘦削的鼻子底下一年到頭都懸著長長一滴鼻水，但是從來都不落下。葛羅布雷本是布登布洛克領事手下的倉庫工人，而他老闆還給了他一份擦鞋的兼職工作。每天一早他就來到布萊特大街，拿起擺在門口的鞋子，在樓下玄關裡把鞋擦乾淨。但是碰到這家人有喜慶活動，他就會穿戴整齊，帶著鮮花前來，當那滴鼻水在他鼻子下方保持平衡，他就用泫然欲泣而一本正經的聲音說一段賀詞，說完之後就會拿到一點錢做為謝禮。但是他可不是為了拿賞錢才來祝賀的！

他穿了一件黑色外套，是領事送給他的舊衣服，但腳上穿著抹了油的長筒靴，脖子上戴了一條藍色羊毛圍巾。瘦巴巴、紅通通的手裡拿著一大束有點過度盛放的玫瑰，已經褪了色，一部分花瓣緩緩飄落在地毯上。他那雙發炎的小眼睛眨動著四處張望，似乎什麼也沒看見。他停在門口，把花束拿在面前，立刻開始說話。他每說一句話，老領事夫人就會鼓勵地向他點點頭，並且插一、兩句話要他放輕鬆，湯瑪斯看著他，把一條淡淡的眉毛高高挑起，有幾個家庭成員則用手帕摀住了嘴，例如東妮。

「各位老爺，各位太太，咱是個窮人，可是咱的心也是肉做的，主人布登布洛克領事向來對咱很照顧，他有喜事，咱也跟著高興，所以咱全心全意來道賀，祝賀領事老爺、領事夫人、還有這受人尊敬的一家子，祝這孩子健健康康地長大，從天理上講、從人情上講這都是應該的，像布登布洛克領事這樣的人可不多，他是個大好人，上帝會給他福報的……」

「好，葛羅布雷本！你說得很好！非常謝謝你，葛羅布雷本！你帶這些玫瑰花來做什麼？」

可是葛羅布雷本還沒說完，他提高了那泫然欲泣的聲音，蓋過了布登布洛克領事的聲音。

「……上帝會給他福報的，我說，會獎賞他還有這受人尊敬的一家子，等到時候到了，當咱們站在祂的寶座前面，因為總有一天咱們都要進墳墓，不管是窮人還是富人，這是上帝的旨意，有的人會有一具昂貴木頭造的油亮棺材，有的人只有一個舊木板箱，但是咱們都得回到土裡去，咱們全都得回到土裡去，塵歸塵，土歸土……」

「夠了，葛羅布雷本！我們今天是在舉行洗禮，你說什麼『土歸土』！」

「所以咱帶了些花來。」葛羅布雷本結束了他的賀詞。

「謝謝你，葛羅布雷本！你太客氣了！這讓你太花錢了！而這樣一番話我已經很久沒聽到了！喏，拿去！去痛痛快快地玩一天吧！」湯瑪斯伸手拍拍他的肩膀，給了他一一個銀幣。

「拿去吧，好人！」老領事夫人說。「你也愛你的救世主嗎？」

「咱打從心裡愛祂，老夫人，這話一點不假……」於是葛羅布雷本也從老夫人手裡拿到一個銀幣，之後又從東妮手裡拿到一個，然後他就行著屈膝禮向後退，心不在焉地把那些尚未掉落在地毯上的玫瑰花又帶走了。

這時市長起身告辭——湯瑪斯送他到樓下坐上馬車——這是個信號，讓其餘的賓客知道自己也該告辭了，因為蓋爾妲·布登布洛克還需要休養。屋裡安靜下來。只剩下老領事夫人、東妮、艾芮卡和雍曼小姐尚未離開。

「對了，伊妲，」湯瑪斯說，「我在想——而家母也同意——我們小時候都讓妳照顧過，等到小約翰稍微大一點……現在他還有奶媽照顧，可是將來他還是會需要一個保母，到那時候，妳願意搬過來和我們一起住嗎？」

「好的，好的，領事先生，如果您的夫人覺得妥當的話。」

蓋爾妲也很滿意這個安排，於是這個提議就立刻成為決定。

臨走的時候，東妮已經到了門口又再轉過身來。她走回她哥哥身邊，親吻了他的雙頰，說：「這真是個好日子，湯姆，我好高興，已經很多年沒這麼高興過了！感謝上帝，我們布登布洛克家族還沒有走到盡頭，誰要是這麼以為，那他就大錯特錯了！現在有了小約翰——真好，我們又給他取名為約翰——現在我覺得一個全新的時代就要來臨了！」

第二章

克里斯提昂・布登布洛克，漢堡「H・C・F・布爾梅斯特公司」的老闆，把他那頂時髦的灰色帽子和那根杖柄是修女半身像的黃色手杖拿在手裡，走進他哥哥家的起居室，他哥哥正和蓋爾妲坐在一起看書。時間是洗禮當天的晚上九點半。

「晚安，」克里斯提昂說。「啊，湯瑪斯，我有急事要跟你說。抱歉，蓋爾妲，事情很緊急，湯瑪斯。」

他們走進黑漆漆的餐廳，湯瑪斯點亮了牆上的一盞煤氣燈，打量著他弟弟。他有不祥的預感。除了見面時打過招呼，他還沒有機會跟克里斯提昂談話；可是今天在洗禮慶典進行時他仔細觀察過他，看出他的態度異常嚴肅而且不安，也看見他在普林斯海姆牧師講話時甚至離開了大廳好幾分鐘，不知為了什麼緣故，克里斯提昂為了償還債務而預支了一萬馬克遺產，自從他在漢堡從湯瑪斯手裡拿到這筆錢之後，湯瑪斯就沒有再給他寫過隻字片語。「你就繼續這樣下去吧！」湯瑪斯當時說，「你這點錢很快就會花光。至於我，我希望你將來很少會遇見我。這些年來你一直在消磨我對你的兄弟之情。」現在他為什麼來？想必是有某件緊急的事逼得他不得不來。

「怎麼了？」湯瑪斯問。

「我撐不下去了。」克里斯提昂回答，一邊把帽子和手杖夾在瘦削的膝蓋中間，側著身子在一張高背椅上坐下，圍著餐桌擺放著好幾張這樣的椅子。

「可以請問你是什麼事情撐不下去了？還有你來找我有什麼事？」湯瑪斯說，他仍舊站著。

「我撐不下去了。」克里斯提昂又說了一次，帶著極其不安的嚴肅把頭轉過來轉過去，那雙又小又圓、深深凹陷的眼睛四下張望。這年他三十三歲，但是看起來要老得多。紅金色的頭髮已經十分稀疏，幾乎整個頭頂都禿了。顴骨突出在深深凹陷的臉頰上，而他的大鼻子在兩頰中間以巨大的弧形隆起，赤裸、無肉、瘦削……

「如果只有這件事倒也罷了，」他繼續說，用手沿著他身體的左側往下移動，但沒有碰到他的身體，「這不是痛，而是一種酸疼，你知道的，一種持續不斷的隱隱酸疼。漢堡的德羅格米勒醫生跟我說，這一側所有的神經都太短了……你想像一下，我整個左半邊身體所有的神經都太短了！這實在太奇怪。有時候我覺得這半邊好像遲早會痙攣或是麻痺，永遠半身不遂……你沒辦法想像，我沒有一天晚上能好好入睡。我會驚醒過來，因為我的心臟忽然不再跳動，而我受到很大的驚嚇。這種情況不是發生一次，而是十次，直到我睡著。我不知道你有沒有過這種經驗。讓我仔細講給你聽，是這樣的……」

「算了吧，」湯瑪斯冷冷地說。「我想你到這兒來不是為了告訴我這件事吧？」

「不是，湯瑪斯，如果只有這件事倒也罷了；可是並非只有這個原因！是生意上的事……我撐不下去了。」

「你又虧本了嗎？」湯瑪斯甚至沒有發怒，就連嗓門都沒有提高。他很平靜地問，從旁邊看著他弟弟，帶著一份疲倦的冷漠。

「不，湯瑪斯。老實說吧——現在反正也無所謂了——我從來都沒有損益兩平過，即使是當時拿到那一萬馬克的時候也沒有，這你也知道……那筆錢其實只是讓我不必馬上關門大吉而已。問題是，在那之後我馬上就又賠了錢，賠在咖啡上，還有安特衛普那樁破產案……這是事實。可是後來我其實就根本什麼生意也沒做了，就只是安靜過日子。但是人總還是得生活啊。現在又有了到期的票據和其他債務……五千塔勒……唉，你不知道我有多麼潦倒！再加上這種酸疼……」

「喔，你只是安靜過日子！」湯瑪斯失控地大喊。在這一刻他還是失去了鎮靜。「你扔下了爛攤子，去別的地方享樂了！你以為我想像不出你是怎麼過日子的嗎？成天上劇院、馬戲團、俱樂部，跟下賤女人一起廝混。」

「你是指阿琳娜……是啊，你對這些事不感興趣，湯瑪斯，而我的不幸也許在於我對這些事太感興趣了。有一點你說得對，這花了我太多錢，而且將來還會一直花我很多錢，因為我要告訴你一件事……現在這裡就只有我們兄弟倆。她的第三個孩子，半年前出生的一個小女孩……是我的。」

「蠢驢。」

「別這麼說，湯瑪斯。你得要公平，即使是在氣頭上，對她，還有對……為什麼那孩子不該是我的。至於阿琳娜，她一點也不下賤，你絕對不能這樣說她。她絕對不是跟誰一起生活都無所謂，她為了我而跟霍爾姆領事分手，而他比我有錢得多，她對我就是這麼好。不，湯瑪斯，你一點也不了解她是個多麼出色的人物！她是這麼健康……這麼健康！」克里斯提昂重複著這句話，同時把一隻手拿在面前，手背向外，手指彎曲，就像他以前說起〈那就是瑪麗亞〉和倫敦惡習時經常做出的手勢。「你只要看看她大笑時露出的牙齒就好！我在全世界都沒見過這樣的牙齒，在瓦爾帕萊索沒見過，在倫敦也沒見過。我永遠也忘不了和她初識的那個晚上……在烏里希生蠔餐廳裡，她當時和霍爾姆領事在一起。可是我說了點故事給她聽，對她稍微親切一點，等到後來我得到了她……唉，湯瑪斯！這和做成一筆好生意的感覺完全不同。可是這些事你不愛聽，現在我也能從你臉上的表情看出來，而且這件事反正也結束了。現在我得跟她說再見了，雖然為了那個孩子的緣故，我還會和她保持聯絡。你知道嗎，我要在漢堡把我欠的債務全部還清，然後關門大吉。我撐不下去了。我已經跟母親談過，她願意把另外那五千塔勒也先給我，好讓我能夠把事情處理好，而你也會同意我這麼做的，因為比起讓別人說我破產了，還不如乾脆讓別人說：克里斯提昂・布登布洛克把公司清算解散之後出國去了。你也會同意我這樣想是對的。我要再回倫敦去，湯瑪斯，在倫敦找份工作。我愈來愈明白獨立經營生意一點也不適合我。這份責任太大了，身為職員，晚上就可以無憂無慮地回家……而且我待在倫敦的時候也很愉快……你會反對我這麼做嗎？」

在這整番說明中，湯瑪斯都背對著他弟弟，把雙手插在褲袋裡，用一隻腳在地板上畫著圖形。

「好，那你就去倫敦吧。」他乾脆地說。甚至沒有作勢回頭再看克里斯提昂一眼，就把他留在身後，自己走回起居室。

可是克里斯提昂跟在他後面，走向獨坐在起居室裡看書的蓋爾妲，伸手和她相握。

「晚安，蓋爾妲，嗯，蓋爾妲，我不久之後就又要去倫敦了。說也奇怪，一個人這樣被命運拋來拋去。現在又被拋進了未知的世界，妳知道，被拋進這樣一座大城市，在那裡每走三步就會碰上一件奇遇，會經歷那麼多的事。真奇怪……妳有過這種感覺嗎？就在這裡，大約在胃部……非常奇怪……」

第三章

商業界最年長的議員詹姆斯．莫倫朵普以怪誕可怕的方式死去。這個患有糖尿病的老人家完全失去了維持生命的本能，在他生命的最後幾年愈來愈無法自拔地愛吃蛋糕。也在莫倫朵普家擔任家庭醫生的葛拉波夫醫生卯盡全力對此表示抗議，於是憂心忡忡的家人就半強制地不讓這位族長吃甜食。可是這位議員做了什麼呢？神智不再清明的他在某條不符合他身分地位的陋巷租了個房間，在小葛羅佩古魯伯街，在城牆邊，還是英格維什街，一間斗室，一個真正的陋室，他會偷偷溜到那裡去，只為了吃蛋糕……而別人也在那裡發現了一命嗚呼的他，嘴裡還塞滿嚼了一半的蛋糕，蛋糕的殘渣弄髒了他的外套，寒傖的桌子上也布滿殘渣。一次致命的中風搶在身體慢慢衰弱之前奪去了他的生命。

他的家人對於這樁死亡事件令人作嘔的細節盡可能秘而不宣，但是事情還是很快地在城裡傳開了，成為街頭巷議的熱門話題，不管是在證券交易所、俱樂部、「和諧讀書會」、各商號的辦公室、市民代表會，還是在舞會、晚宴和晚會上，因為這件事發生在二月，一八六二年二月，正是社交活動還在熱烈進行的時候。就連老領事夫人的那些女性朋友也在「耶路撒冷之夜」談論莫倫朵普議員死去的事，趁著蕾雅．葛哈德在朗誦中稍做停頓的空檔；甚至就連那些來上主日學的小女孩也在竊竊私語地談這件事，當她們滿心敬畏地從布登布洛克大宅寬敞的玄關走過；而住在鑄鐘路的施篤特先生和他那個跟上流社交圈有所往來的妻子也把這件事仔細談論了一番。

只是眾人的興趣不會長久停留在已經過去的事情上。這位老議員去世的傳聞才一出現，一個重要的問題就隨之浮現。等到死者入了土，盤據大家腦海的就只有這一個問題：誰是他的繼任者？

氣氛是多麼緊張，暗中的活動是多麼熱烈！來此地參觀中古時期古蹟、欣賞城市優美風光的外地人不會察覺；但是在表面底下是多麼暗潮洶湧！多麼激動不安！各種可敬可佩、健全明智、不容置疑的意見互相碰撞，由於信心滿滿而吵吵嚷嚷，互相檢驗，然後慢慢達成共識。熱情被挑起，野心和虛榮心在暗中湧動。已經埋葬的希望又蠢蠢欲動，躍躍欲試，然後再次失望。貝克古魯伯街的商人庫爾茲在每次選舉時都能得到三、四張票，在選舉日當天他將再次顫抖著坐在家中等待當選通知。但是這一次他也不會當選，他將會繼續擺出一副規規矩矩、心滿意足的表情走在人行道上，用手杖敲著地面，他一輩子也沒當上議員，直到暗中飲恨地躺進墳墓。

當布登布洛克一家人在週四的家族聚餐中談起詹姆斯·莫倫朵普的死訊，東妮先是說了幾句話表示惋惜，接著就用舌尖舔起上唇，同時狡黠地看向她哥哥。這就使得布登布洛克三姊妹彼此交換了難以形容的尖刻眼神，然後不約而同地把眼睛和嘴唇緊緊閉上了一秒鐘，彷彿聽到了命令似的。湯瑪斯回應了一下他妹妹的狡猾微笑，旋即轉開了話題。他知道城裡眾人說出了東妮內心喜孜孜地起了的念頭。

有些名字被提了出來，又被捨棄；另一些名字浮現之後被加以檢視。貝克古魯伯街的黑寧·庫爾茲年紀太大。畢竟議會需要新血。木材商人胡諾伊斯領事的數百萬財產固然很有分量，但是按照憲法規定必須被排除在外，因為他的兄弟已經是議員了。葡萄酒商艾德華·齊斯登梅克領事以及赫爾曼·哈根史托姆領事仍然留在候選人名單上。可是從一開始就有一個名字也一再被提起：湯瑪斯·布登布洛克。而選舉日愈接近，就看得愈清楚，當選機會最大的就是他和赫爾曼·哈根史托姆。

毫無疑問，赫爾曼·哈根史托姆擁有支持者與崇拜者。他熱心公眾事務，「史特倫克&哈根史托姆公司」以驚人的速度成長茁壯，他本人奢華的生活方式，他在家中所設的宴席，他早餐吃的鵝肝醬，這些都少不得使人印象深刻。這個身材高大、有點太胖的男子蓄著泛紅的短短落腮鬍，貼著上唇的鼻子有點太塌。他的祖父還沒沒無聞，他自己也沒見過；他父親娶了個富有但來歷可疑的女人，因此幾乎不可能進入社交界；他自己卻和胡諾伊斯家族與莫倫朵普家族結成了姻親，躋身城中五、六個名門望族之列，和他們平起平坐。不可否認，他是城裡一個受人尊重的奇特人物。他性格中新奇而吸引人之處在於他生性開明寬容，這是他與眾不同之處，也使他在許多人眼中居於領先的地位。他賺錢和花錢的方式輕鬆大方，不同於商界同儕那種堅韌而有耐性、嚴格遵循傳統原則的工作方式。他自有主張，不受傳統和虔誠信仰的束縛，所有老派的東西於他都是陌生的。他住的不是那種舊式的豪宅，有漆成白色的迴廊圍繞著偌大的石板玄關，毫無意義地浪費空間。他的房子位在桑德街，那是由布萊特大街往南延伸出去的一條街，房子是新蓋的，風格毫不呆板，正面簡單地油漆過，室內空間的分配很實用，布置得富麗堂皇而且舒適。順帶一提，不久之前，他在這屋裡舉辦盛大晚會時邀請了一位在市立劇院駐唱的女歌手，請她在餐後在賓客面前演唱，事後給了她豐厚的酬勞，而他那個熱愛藝術、懂得審美的弟弟也在賓客當中，亦即那個法律學者。他不會在市民代表會中主張動用大筆金錢來維修中古時期的古蹟，但他卻是全城率先在住家和辦公室裡裝設煤氣燈的人，這是事實。的確，如果哈根史托姆也遵循著什麼傳統，那就是他父親亨利希・哈根史托姆那種不受拘束、進步、寬容、不帶偏見的思考方式，而他所受到的欽佩就是建立在這上面。

湯瑪斯・布登布洛克所享有的聲望則是另外一種。他不僅僅是他自己，別人也還尊敬他父親、祖父與曾祖父的為人，他們尚未被遺忘。撇開他本身在生意和公眾事務上的成就不談，他也繼承了具有百年傳統的市民榮耀。當然，最重要的可能是他以輕鬆、有品味、令人心悅誠服的方式來展現這份榮耀並加以運用。而他與眾不同之處在於他受過非常良好的正規教育，即使在少數博學的市民當中也顯得不尋常，這引起了別人的驚訝和欽佩。

每週四在布登布洛克大宅的家族聚會中，由於湯瑪斯也在場，大家通常只會用短短幾句無關痛癢的話提起即將舉行的選舉。而在談及此事時，老領事夫人會審慎地把她明亮的眼睛瞥向旁邊。儘管如此，東妮有時卻還是忍不住要賣弄一下她對憲法的了解，她的這份知識令人驚訝，凡是跟議員選舉有關的章節，她都研究得很透徹，就跟幾年前她研究與離婚有關的章節一樣。於是她會說起選舉委員會、選舉人和選票，考慮所有可能發生的情況，一字不差地流利背誦選舉人要宣讀的莊嚴誓詞，說起各選舉委員會按照憲法規定要針對候選人名單上的每一個人所進行的「坦率討論」，並且強烈表達出她希望能夠參與針對赫爾曼．哈根史托姆的為人所做的「坦率討論」。一會兒之後，她俯身向前，數起她哥哥糖漬水果盤上的李子核：「貴族──乞丐──醫生──牧師──議員！」她說，一邊用刀尖把一個李子核迅速挑到那個小盤子上，補足缺少的那一個。吃過飯後，她實在忍不住了，就拉著湯瑪斯的手臂，把他拉到窗邊凹處的坐凳上。

「噢，老天，湯姆！如果你當選的話，如果我們的家徽能掛進市政廳的軍事局裡……那我會高興死了！我會高興得倒下來死掉，你看著好了！」

「喔，親愛的東妮！拜託妳沉住氣，更有尊嚴一點！平常妳不是很沉得住氣的嗎？難道我跟黑寧．庫爾茲一樣迫不及待嗎？我們家就算沒有『議員』，也一樣有地位。而且不管結果如何，希望妳都能繼續活下去。」

那股騷動、磋商、各種意見之爭仍在持續進行。彼得．德爾曼領事也參與其中，這個紈綺子弟所經營的生意一敗塗地，只剩下公司名稱還在，就連他現年二十七歲的女兒將來應得的遺產都被他揮霍殆盡。他參加了湯瑪斯·布登布洛克舉辦的晚宴，也參加了赫爾曼·哈根史托姆舉辦的類似晚宴，每次都用響亮的嗓音大聲稱呼男主人為「議員先生」。而西吉斯蒙·葛許，那個老仲介商葛許，卻像一頭咆哮的獅子到處走來走去，自告奮勇要把每個不投票給布登布洛克領事的人直接掐死。

「說到布登布洛克領事，各位先生……哈！他是多麼了不起的人！一八四八年的時候，他父親只用一句話就平息了那群暴徒的怒火，當時我就站在他父親身旁。假如世上有公平正義的話，那麼他父親、甚至是他父親的父親就應該要當上議員了……」

但事實上，讓葛許先生內心燃起熊熊烈火的倒並非布登布洛克領事本人，而是娘家姓氏為阿爾諾德森的年輕領事夫人。這個房地仲介商從不曾跟她交談過一句話。他不屬於那些富有商人的圈子，不曾受邀和他們共餐，也不曾和他們互相拜訪。可是，前面已經提過，蓋爾妲·布登布洛克才出現在這座城市裡，這個面色陰沉的仲介商一直渴望追求非凡事物的目光就立刻瞧見了她。憑著可靠的直覺，他立刻看出這個人物足以替他乏善可陳的生活增添一些意義，於是他全心全意甘心做她的奴隸，雖然她幾乎連他的名字都不認識。沒有人向她介紹過他，但是從那時起，他的思緒就圍繞著這位神經質而且極其拘謹的女士打轉，一如老虎圍著馴獸師打轉：帶著同樣頑強的表情，同樣狡猾而卑屈的姿勢，在街上他會出其不意地在她面前摘下他那頂耶穌會士帽……這個平庸的世界沒有給他機會去替這個女子犯下什麼滔天大罪，而他其實很樂意駝著背、沉著臉、冷冷地披上大衣，以惡魔般的漠然犯下這樁罪行！這個世界的無聊習俗不允許他用謀殺、犯罪和血腥的陰謀把這個女子推上王座。這個世界讓他別無選擇，除了在市政廳把票投給她深受景仰的丈夫，以及有朝一日把他所翻譯的《羅培·德·維加戲劇全集》題獻給她。

第四章

議會的缺額必須在四週之內補上，這是憲法的規定。自從詹姆斯．莫倫朵普歸天已經過了三個星期，如今選舉日已經來到，那是二月底一個回暖的融雪天。

矗立在布萊特大街的市政廳有著鏤空的釉面磚外牆，大大小小的尖塔伸向灰白的天空，前伸的廊柱支撐著包覆式的樓梯入口，從一座座尖頂拱門可以看見市集廣場和廣場上的噴泉。中午一點時，在這座市政廳前面擠滿了人。他們堅定地站著，積雪在他們腳下徹底融化成骯髒的雪水，人群互相對視，然後又伸長了脖子直視前方。因為在那扇大門後面，在議事廳裡，十四張扶手椅圍成半圓形，由議會及市民代表會成員所組成的選舉大會此刻仍在等待各選舉委員會的提議。

時間拖得很長。在各個選舉委員會裡的辯論似乎無休無止，選戰似乎很激烈，到目前為止似乎還沒有向選舉大會提出一個獲得一致推舉的人選，否則市長就會立刻宣布此人當選了。怪哉！誰也不明白傳言是從何而來，又是如何而起，可是傳言從那扇大門傳到了街上，並且散播開來。難道是站在門內的卡斯柏森先生——他是市議會兩名差役中年紀較長的一位，一向只以「公務員」自稱——緊閉牙關、眼睛看向旁邊、從一個嘴角洩漏了口風，把他得知的消息傳到了外面？據說此刻各選舉委員會的提議已經送達議事廳，而三個選舉委員會提出的人選都不一樣：哈根史托姆、布登布洛克、齊斯登梅克！但願上帝保佑，現在選舉大會使用不記名方式投票表決的結果將會有一個候選人獲得絕對多數的選票！那些沒有穿上保暖套鞋的人開始抬腿跺腳，因為他們的雙腳凍得作痛。

站在這裡等候的人來自各個階層。可以看見裸露的頸部有著刺青的水手把雙手插在低矮的寬大褲袋裡；搬運穀物的工人穿著黑色亮面亞麻布料的上衣和馬褲，臉上帶著無比老實的表情；馬車夫從一層層堆疊起來、裝著穀物的麻袋上爬下來，手裡拿著馬鞭，等待著選舉的結果；繫著領巾和圍裙的女僕穿著厚厚的條紋裙子，白色小帽戴在後腦勺上，赤裸的手臂挽著提籃；戴著寬邊草帽的賣魚婦人和賣菜婦人；甚至還有幾個在園圃工作的姑娘，戴著荷蘭式軟帽，穿著較短的裙子，有皺褶的白色長衣袖從彩色繡花馬甲中伸出來。也有一般市民夾雜其中，像是附近商店的老闆，沒戴帽子就走到外面來，彼此交換意見；穿戴得整整齊齊、在自己父親或父親朋友的商號裡完成三到四年學徒訓練的年輕商人；還有學生背著書包或是提著用綁書帶繫成一捆的書。

一位女士站在兩個嚼著菸草、留著粗硬大鬍子的工人後面，激動得把頭轉來轉去，試圖從這兩個壯漢的肩膀中間看出去，想要看見市政廳。她穿著一件鑲著毛皮的晚禮服式長大衣，用雙手從裡面把領口拽攏，一張臉完全被密實的棕色面紗遮住，腳上的橡膠鞋在雪水中不停地踩動。

「老天在上，你們家老闆庫爾茲先生這次還是選不上。」那兩個工人當中的一個對另一個說。

「笨蛋，這哪裡還需要你來告訴我。他們現在要從哈根史托姆、齊斯登梅克、布登布洛克當中選出一個。」

「沒錯，現在的問題是，這三個人當中的哪一個會贏過另外兩個。」

「是啊，這話你可以再說一次。」

「你知道嗎？我認為他們會選哈根史托姆。」

「你別自作聰明了，你這是在鬼扯。」

說著他就把嘴裡的菸草吐在腳前，因為人群擁擠，他無法把菸草吐得遠遠的。他用雙手把皮帶底下的長褲往上拉了拉，接著說：「哈根史托姆是個貪吃鬼，他胖得連用鼻子呼吸都有困難了。如果咱們家的老闆庫爾茲先生這次又選不上，那我就支持布登布洛克。他這個人很不錯……」

「就算你說得對，可是哈根史托姆更有錢。」

「這不是重點。要考慮的不是這個。」

「可是布登布洛克老是打扮得那麼花俏，他的襯衫袖口，他的絲質領帶，還有他那翹起來的小鬍子……你見過他走路的樣子嗎？老是像隻小鳥一樣一蹦一跳的……」

「你這個笨蛋，這不是重點。」

「他不是有個妹妹已經離婚兩次了？」

穿著晚禮服大衣的女士顫抖了。

「這是個麻煩。但是咱們也不知道那究竟是怎麼一回事，再說這也不能要布登布洛克領事負責。」

這話對極了，不是嗎？戴著面紗的女士心想，在大衣底下握緊了雙手……不是嗎？噢，謝天謝地！

「還有，」支持布登布洛克的那個工人說，「厄韋蒂克市長還當了他兒子的教父呢，這可不是件小事，你想想看……」

可不是嗎？那位女士心想。噢，謝天謝地，這件事也起了作用！忽然她嚇了一跳。又有一個新的傳言從前面輾轉傳到後面，傳到了她耳中。投票沒有得出決定性的結果。艾德華・齊斯登梅克得到的票數最少，已經被淘汰。哈根史托姆和布登布洛克之間的競爭則仍在持續。一個市民一本正經地表示，如果出現雙方票數相同的情況，就得要選出五名代表，由他們再度投票，以多數決……

忽然，前面的市政廳大門旁邊有個聲音大喊：「海納・塞哈斯當選了！」

這個塞哈斯是個永遠醉醺醺的人，成天推著手推車到處賣饅頭。大家都笑了，踮起腳尖想看看是誰開了這個玩笑。那位戴著面紗的女士也忍不住神經質地笑了，笑得肩膀抖動了一會兒。但她隨即把頭一甩，意思是：現在難道是開玩笑的時候嗎？她不耐煩地重新打起精神，又熱切地從那兩個工人之間窺視，看向市政廳。而就在此刻，她頹然放下抓緊大衣前襟的雙手，使得那件晚禮服大衣敞了開來，她的雙肩下垂，癱軟無力，心灰意冷。

哈根史托姆！——消息傳來了，誰也不知道是從哪裡傳出來的。就好像是從地上冒出來的，或是從天上掉下來的，一下子就傳遍了各處。沒有人反對。事情已經決定了。哈根史托姆！——是啊，是啊，最終就是他了。沒什麼可指望的了。戴著面紗的女士早該料到。人生總是這樣。現在可以乾脆回家去了。她感覺到自己泫然欲泣。

這個情況只持續了不到一秒，整個人群中忽然起了一陣騷動，彷彿有一股推力從前面往後面推，使得前排的人倚靠在後排的人身上，同時有個鮮紅色的東西在市政廳大門後面閃現。那是市議會兩名差役卡斯柏森與烏勒費德身上的紅外套，他們身著盛裝，頭戴三角帽，穿著白色馬褲和捲黃邊長靴，繫著儀仗佩劍，並肩出現，穿過後退讓路的人群走出來。

他們走著，宛如命運的化身：嚴肅沉默、難以接近，垂著眼瞼，不左顧也不右盼。他們已經被告知選舉的結果，正堅定不移地走向這個結果指示他們前往的方向。而他們不是走向桑德街，而是向右轉，沿著布萊特大街往下走！

戴著面紗的女士不敢相信自己的眼睛。可是在她周圍的人也跟她一樣看見了這一幕。眾人推擠著跟在那兩名議會差役後面，往同一個方向走：「不，不，不是哈根史托姆！是布登布洛克！」……從市政廳大門也已經有形形色色的紳士走出來，一邊興致勃勃地交談，一邊快步沿著布萊特大街往下走，想要當第一批登門祝賀的人。

這時這位女士撩起了她的晚禮服大衣，拔腿就跑。一個淑女平時本來是不會這樣跑的。她的面紗滑動，露出了她發燙的臉，可是她不在乎。雖然她腳上一隻鑲著毛皮的套鞋在半融的雪中一再鬆脫，以最惡意的方式妨礙了她，她還是趕在所有人前面。她搶先抵達了位在貝克古魯伯街轉角的那棟房子，彷彿失了火還是遭到追殺似地拚命拉門鈴，對著來開門的女僕喊道：「他們來了，卡特琳，他們來了！」她跑上樓梯，衝進起居室，她哥哥在那裡，臉色的確有點蒼白，把手裡的報紙擱在一邊，對著她做了一個略帶推拒之意的手勢。她擁抱了他，反覆地說：「他們來了，湯姆，他們來了！你當選了，赫爾曼．哈根史托姆落選了！」

那一天是星期五。隔天布登布洛克議員就已經站在議事廳裡，在已故的詹姆斯．莫倫朵普的席位前，當著聚集在此的市民長老與市民委員會的面，宣讀了這篇誓詞：「我將恪盡職守，竭盡所能為本市謀福利，我將忠於憲法，誠實管理公共財，在行使職權時不考慮個人利益，也不顧慮親戚或朋友，尤其是在進行各種選舉時。我將執行國家法律，公正對待每個人，不分貧富。凡是應該保持緘默的事，我都將三緘其口，尤其是對要求我保密的事保密。願上帝幫助我！」

第五章

我們的願望與所作所為乃是源自神經系統的某些需求，而這些需求很難用言語來定義。湯瑪斯．布登布洛克對自己儀表的注重，他的奢華衣著，別人稱之為「虛榮心」，其實卻根本不是這麼一回事。最初那只不過是一個人努力從頭到腳都一直保持著端正與無懈可擊，提醒自己展現出應有的態度。可是不論是他自己還是別人，對他才智與精力的要求都與日俱增。必須處理的私事和公務使他應接不暇。在分配議會成員的工作執掌時，分派給他的主要職務是稅務。但是鐵路、關稅和其他政府事務也占用了他的時間和精力。自從他當選，他受命主持了成百上千的「管理與監督委員會」會議。而在這些會議中，為了顧及遠比他年長的前輩的敏感自尊，他必須用上所有的謹慎周到、和藹可親與靈活變通，表面上尊重他們的資深經驗，但仍把權力掌握在自己手中。如果有人觀察到一件奇怪的事，亦即他的「虛榮心」明顯增加——這指的是他在身體上需要提神、更新，一天要換好幾次衣服，好讓自己恢復精神，像早晨剛起來時一樣神清氣爽——這也意味著湯瑪斯．布登布洛克雖然還不滿三十七歲，活力卻已經減弱，身體的耗損也加速了。

好心的葛拉波夫醫生如果勸他要多休息，他就會回答：「噢，親愛的醫生！我還沒到這個地步。」他的意思是，他要努力的事還不知道有多少，也許有朝一日，等他事業有成，達成了自己的目標，他將可以安享清福。事實上，他幾乎不認為這種情況將會來臨。有一股力量推著他前進，使他不得安寧。即使他看似在休息，也許是在飯後看看報紙，一邊以某種悠緩的熱情捻著他拉長的鬍尖，蒼白的太陽穴上青筋畢露，他腦子裡也盤算著千百個計畫。而且他總是一樣認真，不論是要構思一個商業謀略或一篇公開演說，還是打算把他所有的內衣一次全部換新，以便至少在這件事情上能夠有一段時間井然有序！

如果這類添購和修補能給他帶來暫時的心安與滿足，那麼他就毫無顧忌地允許自己花這些錢，因為他的生意這幾年來十分興旺，只有他祖父在世時的盛況差堪比擬。公司的名聲愈發響亮，不僅是在這座城市裡，在外地也一樣，而他在社會上的聲望也愈來愈高。人人都肯定他的能幹機敏，有些人流露出羨慕，有些人帶著樂見其成的關注，而他自己卻徒勞地試圖按部就班地工作，因為和他滿腦子的計畫相比，他總是覺得自己落後得令人絕望。

因此，布登布洛克議員在一八六三年夏天四處奔走，計畫新建一棟大房子，這並非出於狂妄自負。幸福的人會留在原地。是他的躁動不安促使他這麼做，而其他市民可以把他這個企圖歸因於他的「虛榮心」，因為這也和虛榮心有關。一棟新房子，徹底改變外在的生活，整理，搬家，重新布置，清除所有陳舊和多餘的東西，清除過去那些年的所有渣滓，這些想像讓他感覺潔淨無瑕、煥然一新、精神煥發、活力增強……而他想必很需要這一切，因為他急於實現這個計畫，並且已經看中了一個地點。

那塊地產占地甚廣，位於費雪古魯伯街後段，一棟年久失修的老屋矗立其上，等待出售。屋主是個年邁的老小姐，是一個已被遺忘的家族僅存的後代，她獨自住在這棟屋子裡，而在最近去世。布登布洛克議員想把他的新居蓋在這塊地上，在前往碼頭的途中他常常經過這裡，用審視的目光打量這塊土地。周圍的環境宜人，是些有著三角牆的體面市民住宅，其中最樸素的似乎是對面那間房子：一棟狹窄的建築，一樓是一家小小的花店。

他費心思考這個計畫，粗略估算了一下費用，雖然他估算出來的這筆金額不小，他認為自己有餘裕能夠負擔。然而，想到這整件事也許就只是多此一舉，他的臉色就變得蒼白，並且向自己承認他目前的居住空間對他們夫妻倆、他的小孩以及家中的僕人來說已經是綽綽有餘了。可是他自己不完全意識到的需求更為強烈，而他希望自己這個計畫能夠得到別人的支持與贊同，於是他先向他妹妹透露。

「長話短說，東妮，妳對這件事有什麼看法！通往浴室的這道螺旋樓梯的確很別出心裁，可是根本上這整棟房子就只像個盒子。實在不夠體面，對不對？而現在，既然妳成功地讓我當上了議員……用一句話來說：我該不該換個房子？」

哎呀，老天，在東妮眼中，哪有什麼東西是他不該擁有的！她真心感到歡欣鼓舞。她把雙臂交叉在胸前，微微聳起肩膀，把頭向後仰，在房間裡走來走去。

「你說得對，湯姆！噢，天哪，你說得太有道理了！根本沒有理由反對，因為誰要是娶了阿爾諾德森家的小姐，有了十萬塔勒的閒錢。此外，你先把這件事告訴我讓我很自豪，你這樣做真好！而既然要做，湯姆，就也要做得體面，我告訴你！」

「嗯，我也這麼想。我願意花點錢在這上面。我打算請沃伊格特來設計，我已經期待著和妳一起看草圖了。沃伊格特很有品味……」

湯瑪斯得到的第二張同意票來自蓋爾妲。她很讚賞這個計畫。搬家的混亂騷動雖然不是什麼愉快的事，但是想到能夠擁有一間音響效果良好的大音樂室則令她欣喜。至於老領事夫人，她立刻願意把建造新居這件事視為其他幾件幸運喜事的自然結果，為此她心滿意足地感謝上帝。自從能夠繼承家業的孫子出生，兒子又當選議員，她比以前更加掩飾不住身為母親的驕傲；她說「我的議員兒子」的口氣聽在布萊特大街的布登布洛克三姊妹耳中極其刺耳。

這三個年紀愈來愈大的老小姐實在很難不看見湯瑪斯外在生活的飛黃騰達。在週四的家族聚會中嘲笑可憐的克婁蒂妲沒能給她們帶來什麼滿足；至於克里斯提昂，經由他從前的老闆理察森先生的介紹，他在倫敦找到了一份工作，最近才拍過電報回來，表達了想娶普沃格爾小姐為妻的荒唐願望，但是遭到老領事夫人嚴詞拒絕。這個克里斯提昂已經淪落為雅克伯・克羅格之流的浪蕩子，不再值得提起。於是她們就藉由譏諷老領事夫人和東妮的小弱點來得到補償，例如把話題轉到髮型上，因為老領事夫人能夠面不改色地說「她的」髮型很樸素。可是但凡有點頭腦的人都心知肚明，那位老夫人軟帽底下始終沒變的紅金色頭髮早就不能再稱之為「她的」頭髮了，布登布洛克三姊妹知道得尤其清楚。不過，更值得做的是誘使堂妹東妮去談起那些以可恨的方式影響了她過去生活的人。淚汪汪特里施克！古倫里希！佩曼尼德！哈根史托姆一家人！當東妮惱怒起來，就會微微聳起肩膀，厭惡地朝空中吐出這些名字，宛如用小喇叭吹奏出許多短音，聽在戈特豪德伯父的三個女兒耳中卻十分悅耳。

此外，她們也毫不隱瞞——並且無意承擔保持沉默的責任——小約翰學習走路和說話都慢得驚人。這一點她們倒是沒有說錯，別人也不得不承認，當翰諾——這是布登布洛克議員夫人給他們的兒子取的小名——能夠相當正確地喊出家裡每個人的名字時，卻始終仍然無法清楚說出弗麗德里珂、亨麗耶特和菲菲這三個名字。至於走路，這時他已經十五個月大，卻仍無法自己跨出一步，而也就是在這個時候，布登布洛克三姊妹悲觀地搖著頭，聲稱這孩子將一輩子都不會說話走路。

後來她們得以看出這個悲哀的預言沒有成真，但是誰也不否認翰諾的發育有點遲緩。他在剛出生時就必須奮力掙扎求生，讓他身邊的人都時時提心吊膽。他出生時是個沒有哭聲的虛弱嬰兒，而在洗禮過後，他接連三天上吐下瀉，差點使他勉強維持跳動的小小心臟永遠停止跳動。他活下來了。而好心的葛拉波夫醫生現在極其謹慎地注意他的飲食和照護，以幫助他度過長牙齒這個危險關頭。可是第一個白色牙尖才要穿出牙床，這孩子就開始痙攣，並以嚇人的方式又發作了好幾次，而且發作得更厲害。到後來，這位老醫生就又只能無言地握住孩子爸媽的手。孩子全身無力地躺在床上，深陷在黑眼圈裡的眼睛呆滯地斜視，顯示出腦部發炎。終結這一切幾乎成了值得祈求的事。

然而，翰諾又稍微恢復了力氣，他的視線也開始能夠聚焦在東西上，即使這番折騰延緩了他學習說話和走路的進展，至少暫時不必再擔心會有什麼危險。

翰諾的四肢細長，以他的年紀來說個子相當高。十分柔軟的淺棕色頭髮在這時開始異常迅速地生長，不久就髮長及肩，垂在他那件圍裙般有皺褶的童裝肩膀上。家族的相貌特徵也開始在他身上完全顯露出來。從一開始他就有一雙布登布洛克家族典型的手：手掌寬，手指稍微嫌短，但是形狀優美；而他的鼻子就跟他父親和他曾祖父的鼻子一模一樣，儘管他的鼻翼似乎將會比較柔美。然而，他瘦長的下半臉既不像布登布洛克家族，也不像克羅格家族，而是遺傳自母親的家族——尤其是他的嘴早早就習慣以既憂鬱又膽怯的方式緊緊閉著，現在就已經如此。這種表情後來和他那雙有著淡青色陰影的獨特金棕色眼睛所流露出的眼神愈來愈相似。

父親投向他的目光充滿了壓抑住的溫柔，母親細心關注他的衣食，東妮姑媽對他寵愛有加，老領事夫人和尤思圖斯舅公送他玩具騎兵與陀螺——他就在家人的關注與疼愛中展開人生，當他那輛漂亮的嬰兒車出現在街上，大家都帶著興趣和期望目送。至於那位莊重的保母德喬太太，目前雖然還擔任著翰諾的保母，但是這家人已經決定，等到要搬進新居的時候，她不會再跟著搬進去，而由伊妲·雍曼來接替她的位置，老領事夫人則會另外再找個幫手。

布登布洛克議員實現了他的計畫。購買費雪古魯伯街那塊地產沒有遇到任何困難，而原本布萊特大街那棟房子，仲介商葛許立刻就表示願意接手，隨即被史提方·齊斯登梅克先生買下，因為他的家庭人口增長了，而且他們兄弟倆經營的紅酒生意很賺錢。沃伊格特先生承接了新屋的建築工程，不久之後，家人就能在週四的家族聚會中攤開他畫得工工整整的平面圖，提前看見這棟房屋的正面外牆：富麗堂皇的清水牆面，沙岩女像石柱支撐著挑樓，屋頂是平的，克婁蒂妲拖長了聲調和氣地表示下午可以在那個平頂上喝咖啡。由於湯瑪斯打算把公司的辦公室也搬到費雪古魯伯街的新居，曼恩路大宅的一樓將會空出來，而這件事也很快就有了妥善的安排，因為本市的火災保險公司願意把那幾個房間租下來當作辦公室。

秋天來了，灰色的舊屋坍塌成瓦礫，隨著冬天來臨又漸漸失去威力，湯瑪斯．布登布洛克的新房子在寬敞的地下室上面拔地而起。城裡沒有比這棟房子更令人津津樂道的話題了！這將會是拔尖的，將會是遠近最漂亮的住宅！難道在漢堡會有比這更漂亮的房子嗎？可是想必貴得要命，老領事還在的話，肯定不會花這麼多錢。左鄰右舍的人，那些住在有三角牆立面的房屋裡的市民，都趴在窗戶上，看著工人在鷹架上工作，高興地看著那棟建築往上蓋，試圖算出將舉行封頂儀式的日期。

封頂儀式的日子到了，並且按照應有的禮數隆重舉行。一位泥瓦匠老工頭在屋子的平頂上致了詞，講完之後就把一個香檳酒瓶從肩膀上向後甩，巨大的封頂花環在飛揚的彩旗當中沉甸甸地隨風擺動，花環由玫瑰花、綠葉和彩葉編織而成。之後則在附近一家酒館設宴款待全體工人，在長桌旁享用啤酒、奶油麵包和雪茄，布登布洛克議員帶著妻子以及由保母德喬太太抱著的幼小兒子，在低矮的室內從一排排用餐者之間走過，向對著他歡呼的眾人致謝。

到了外面，翰諾又被放回嬰兒車裡，湯瑪斯和蓋爾妲則穿過馬路，再次仰望新屋的紅色正面和白色女像柱。對面是那家小花店，有著窄窄的門和簡陋的小櫥窗，櫥窗裡有幾盆球莖植物並排擺放在一塊綠色玻璃上。花店主人伊維爾森就站在店門口，他是個身材魁梧的金髮男子，穿著羊毛外套，旁邊是他的妻子，身材遠比他瘦弱，膚色較深，臉型像南歐人。她一隻手牽著一個四、五歲大的小男孩，另一隻手慢慢地來回推動一個小推車，車上睡著一個年紀更小的孩子，而且一眼就能看出她懷有身孕。

伊維爾森笨拙地深深一鞠躬，他的妻子沒有停止來回推動嬰兒車，一邊用她狹長的黑眼睛平靜而專注地打量正挽著丈夫手臂朝他們走過來的議員夫人。

湯瑪斯停下來，用手杖指著屋頂上那個封頂儀式用的花環。

「你把花環做得很漂亮，伊維爾森！」

「不是我的功勞，議員先生。是我太太做的。」

「啊！」議員短短地說了一聲，有點急促地抬起頭來，用明亮、堅定而親切的眼神看著伊維爾森太太的臉，就只看了一秒。他沒有再說一句話，做了個禮貌的手勢，就告辭了。

第六章

七月初的一個星期天——布登布洛克議員搬進新居大約四週了——已經是傍晚時分，東妮前來她哥哥家。她穿過涼爽的石板前廊，牆上飾有浮雕，風格近似托瓦爾森[1]的作品，右邊有一扇門通往辦公室。她拉響了擋風門的門鈴，這扇門可以從廚房藉由按壓一個橡皮球而打開。進到寬敞的前廳，提伯提烏斯夫婦贈送的那頭棕熊標本矗立在主樓梯底下，她從僕人安東口中得知議員還在工作。

「好的，」她說，「謝謝你，安東。我去找他。」

但是她還先往辦公室入口的右邊走了幾步，走到偌大的樓梯間下方，這個樓梯間在二樓是由鑄鐵欄杆延伸而成，但是到了三樓就成為有金色裝飾的白色列柱長廊，一個金光閃閃的巨大枝形吊燈從天窗那令人暈眩的高處懸垂下來。「真體面！」東妮心滿意足地輕聲說道，望著這富麗堂皇的景象，對她來說，這就意味著布登布洛克家族的權力、光彩和勝利。但她隨即想起自己來此是為了一件令人憂傷的事，於是她緩緩轉身走向辦公室入口。

辦公室裡就只有湯瑪斯一個人，他坐在靠窗的座位上，正在寫一封信。他抬起頭來，把一條淺色的眉毛向上一挑，向他妹妹伸出了手。

1 托瓦爾森（Bertel Thorvaldsen, 1770-1844），丹麥雕塑家，被視為丹麥新古典主義藝術的代表人物。

「晚安，東妮。妳帶來什麼好消息？」

「唉，不是什麼好消息，湯姆！噢，那個樓梯間實在太氣派了！而你坐在這麼昏暗的地方寫字。」

「是啊，一封緊急的信。妳剛才說不是好消息？不管怎麼樣，我們去花園裡邊走邊談吧，那樣比較舒服。來吧。」

當他們走過玄關，從二樓傳來小提琴的慢板顫音。

「你聽！」東妮說，暫時停下了腳步，「蓋爾妲在演奏。簡直是天籟！噢，天哪，這個女人……她是個仙女！翰諾好嗎，湯姆？」

「他正在和薙曼小姐一起吃晚飯。糟糕的是，他學習走路的事始終還沒有什麼進展。」

「遲早會學會的，湯姆，遲早會學會的！你們對伊妲滿意嗎？」

「噢，我們怎麼會不滿意呢。」

他們穿過後面的石板走廊，廚房在他們右手邊，再穿過一扇玻璃門，走下兩級臺階，走進花香撲鼻的美麗花園。

「是什麼事呢？」湯瑪斯問。

花園裡溫暖寧靜。花圃規畫得整整齊齊，傍晚的空氣中花香瀰漫，長得高高的淡紫色鳶尾花圍著一座噴泉，水柱射向昏暗的天空，水花噴濺的聲音平靜安詳，幾顆初升的星星開始在天空閃爍。後面有一小段露天臺階，夾在兩個低矮的方尖碑之間，往上通往一個鋪著碎石的高臺，高臺上有個木造的涼亭，遮陽篷底下擺著幾張戶外庭園用的椅子。左邊有一堵牆把這塊地產和鄰居的花園隔開；但是右邊鄰屋的側面牆壁則從上到下被一個木架包覆，隨著時間過去，這個牆面將會長滿爬藤植物。在露天臺階和涼亭高臺的兩側長著幾叢醋栗與鵝莓，但是只有一棵大樹，那是一棵長了許多節瘤的核桃樹，矗立在左側的圍牆邊。

「事情是這樣的，」東妮遲疑地說，當他們兄妹倆開始在碎石路上緩緩繞著前面那塊場地散步，「提伯提烏斯寫信來……」

「克拉拉？」湯瑪斯問，「拜託，請長話短說，不要拐彎抹角！」

「好吧，湯姆，她病倒了，情況很糟，醫生擔心是結核病，腦結核……雖然我很難說出口。你看，這是她丈夫寫給我的信。裡面還附著一封信，是寫給母親的，他說裡面寫的是同一件事，要我們先讓母親有點心理準備之後再給她。然後這裡還附著第二封信，也是寫給母親的，而且是由克拉拉親手用鉛筆寫的，字跡已經很不穩了。提伯提烏斯還說，她寫這封信時自己也說這是她寫的最後幾行字了，因為她一點也不想努力活下去，真令人難過。她一直都嚮往著天堂……」東妮說完，擦了擦眼淚。

湯瑪斯沉默地走在她旁邊，低著頭，把雙手擱在背後。

「你這樣默不吭聲，湯姆……而你不吭聲也沒錯；還能說什麼呢？而且偏偏是現在，當克里斯提昂在漢堡也病倒了……」

事實的確如此。克里斯提昂左半邊身體的「酸疼」最近在倫敦變得十分劇烈，成了真正的疼痛，使他忘了自己所有的其他小毛病。他不知如何是好，寫信給母親，說他必須回家來讓她照顧，隨即放棄了他在倫敦的職位，動身啟程。可是他才抵達漢堡就病倒了，醫生診斷他患有類風溼性關節炎，找人把克里斯提昂從旅館送進醫院，因為他目前無法繼續他的旅途。現在他就躺在醫院裡，請看護替他代筆，口述一封又一封極其消沉的信。

「是啊，」湯瑪斯小聲地說：「似乎是禍不單行。」

她伸手摟住他的肩膀一會兒。

「可是你不必沮喪，湯姆！你還遠遠沒有沮喪的權利！你需要鼓起信心……」

「是啊，老天在上，我是需要鼓起信心！」

「怎麼說，湯姆？告訴我：前天，也就是星期四聚會的時候，你為什麼一整個下午都那麼沉默，如果你不介意我問的話？」

「唉……生意上的事，老妹。我有一批為數可觀的黑麥賣的價錢不是很好。嗯，總之，有一大批黑麥不得不賠本出售……」

「噢，這是常有的事，湯姆！今天賠了，明天你就再賺回來了。不必讓這件事破壞你的心情。」

「妳錯了，東妮，」他搖著頭說。「我不是因為遭遇失敗而心情低落。正好相反，我是因為心情低落才遭遇失敗。我這麼相信，因此也的確是如此。」

「可是你的心情是怎麼回事？」她驚愕地問。「別人會認為……你應該心情愉快，湯姆！克拉拉還活著，靠著上帝保佑，一切都會好轉的！還有呢？我們此刻在你的花園裡散步，到處花香撲鼻。你的房子在那兒，一棟夢幻般的房子；相形之下，赫爾曼・哈根史托姆住的簡直是間陋室！這一切都是在你手中完成的。」

「是啊，幾乎是漂亮過頭了，東妮。我是說：這房子還太新了，還讓我有點心煩意亂，我的壞心情也許就源自於此，這消耗了我的精力，在所有的事情上對我造成損害。我原本真的很期待這一切，可是期待的快樂就是這件事最美好的部分了，人生的事向來如此，因為好事總是來得太遲，總是完成得太晚，當你不再能真正感受到喜悅……」

「不再能感受到喜悅，湯姆！你還這麼年輕！」

「一個人是年輕還是年老，這要取決於他的**感受**。當你所期望的好事姍姍來遲，附帶著一切煩人惱人的瑣碎事物，附帶著現實生活的所有塵埃，是你始料未及的，而且令你煩躁不安。」

「好吧，可是你說一個人是年輕還是年老，這要取決於他的**感受**？湯姆？」

「是的，東妮。也許這種感覺會過去……只是一時情緒低落，是有這個可能。但是最近我覺得自己比實際年齡更老。在生意上我有事情要擔心，而昨天在『比興鐵路監事會』裡，哈根史托姆領事把我駁斥得體無完膚，差點讓我成為眾人的笑柄。我感覺這種事情以前似乎不可能發生在我身上。我感覺彷彿有什麼東西開始從我手中溜走，彷彿我不再像以前一樣把這種無以名之的東西緊緊握在手裡……什麼是成功？一種難以形容的神秘力量，一種審慎、一種意願，憑藉著本身的存在而對周遭生活的運作施加一股壓力，相信生活自然會眷顧我，相信幸福和成功乃是我們與生俱來的。我們必須深深、緊緊地加以把握。一旦我們內心有些東西變得衰弱，開始鬆弛無力，那麼我們周遭的一切就會不受約束，會抗拒、反叛，擺脫我們的影響……然後壞事就接二連三發生，挫敗接踵而來，而你就完了。最近這幾天我常想起在哪裡讀過的一句土耳其諺語：『房子蓋好了，死神就來了。』嗯，來的還未必是死神。而是退步。衰敗，毀滅的開端……妳瞧，東妮，」他繼續說，一邊伸手挽住妹妹的手臂，而他的聲音更輕了：「妳還記得嗎？我們替翰諾舉行洗禮的時候，妳對我說：『現在我覺得一個全新的時代就要來臨了！』這句話此刻都還清清楚楚地在我耳中。後來看起來好像妳說對了，因為之後就碰上議員選舉，我幸運當選，而這棟房子也蓋了起來。可是『議員』和房子都是外在的東西，而我知道一些妳還沒有想過的事，這是我從生活和歷史中得知的。我知道，幸福與騰達的外在標誌與象徵，這些看得見、摸得著的標誌與象徵，往往是在一切已經開始走下坡的時候才出現。這些外在的標誌需要時間才能來到，就像天上那一顆星星的光芒，我們不知道它是否已經快要熄滅，是否在它散發出最明亮的光芒時已經熄滅……」

他沉默了，他們無言地走了一會兒，噴泉的水在寂靜中飛濺，風兒在核桃樹梢低語。然後東妮沉重地嘆了一口氣，聽起來彷彿像是啜泣。

「你說的話多麼悲哀，湯姆！你從來沒說過這麼悲哀的話！可是你能說出心裡的話是件好事，現在你就比較容易忘掉這一切。」

「是啊，東妮，我得盡量試著去忘記。現在把克拉拉和她丈夫所附的那兩封信給我吧。妳應該會同意把這件事交給我來處理，讓我明天早上自己跟母親談。可憐的母親！可是如果是結核病，那也只能聽天由命了。」

第七章

「而您都沒有問我一聲？您不在乎我的意見？」

「我做了我必須做的事！」

「您做的事糊塗過了頭，而且一點也不理智！」

「理智不是這世間的最高價值！」

「噢，別說這些陳腔濫調！問題在於您以令人氣憤的方式忽略了最簡單的公平原則！」

「兒子啊，讓我告訴你，你的語氣也忽略了你對我應有的尊敬！」

「而我要回答您，親愛的母親，我從來不曾忘記我對您應有的尊敬，可是一旦我以一家之主的身分代替父親站在您面前討論公司與家族的大事，我做為您兒子的身分就變得微不足道了！」

「現在我要你住口，湯瑪斯！」

「噢，不！我不會住口，直到您承認自己有多麼愚蠢和軟弱！」

「我的財產我愛怎麼處理就怎麼處理！」

「那也要在公道和理智的範圍之內！」

「我從來沒想到你會讓我這麼傷心！」

「我也從來沒想到您會這樣毫無顧慮地讓我難堪！」

「湯姆……求你了，湯姆！」可以聽見東妮用驚恐的聲音說。她坐在風景廳的窗邊，絞著雙手。她哥哥踩著激動萬分的步伐在房間裡走來走去，而老領事夫人則由於盛怒和痛心而亂了方寸，她坐在沙發上，一隻手撐著椅墊，另一隻手則在言語激動時敲著桌面。三個人都為了已經離開人世的克拉拉而穿著喪服，而三個人也都面色蒼白而且激動不已。

這是怎麼一回事？一件可怕、恐怖的事，一件就連當事人都覺得駭人聽聞而且難以置信的事！一次爭吵，母子之間一次激烈的衝突！

那是在八月一個悶熱的午後。在湯瑪斯小心翼翼地把克拉拉夫婦那兩封信交給母親之後，才過了十天，他就接到帶著克拉拉的死訊去見老夫人的沉重任務。之後他前往里加參加妹妹的葬禮，和妹夫提伯提烏斯一起回來。提伯提烏斯和亡妻的家人共度了幾天，也去漢堡的醫院探望了克里斯提昂。而此刻，當提伯提烏斯牧師返回故鄉已經兩天之後，老領事夫人才顯然遲疑地告訴了兒子這件事。

「十二萬七千五百馬克！」他喊道，把交握的雙手舉在臉前搖晃。「如果只是那筆陪嫁也就罷了！那八萬馬克就讓他留著吧，雖然他們夫妻倆沒有孩子[1]！可是這是遺產啊！把克拉拉將來可繼承的遺產交給他！而且您沒有先跟我說一聲！您背著我這樣做！」

「湯瑪斯，看在耶穌基督的分上，你該還我一個公道！我能不這樣做嗎？我能嗎？如今已離開人世去到上帝身邊的她在臨終之前寫信給我……用鉛筆……用顫抖的手……『母親，』她寫道，『我們再也不會在人間相見了，而我明白感覺到這將是我寫的最後幾行字……我用最後的意識寫下這幾行字，為了我的丈夫。上帝沒有賜給我們子女，但是有朝一日當您也跟隨我回到天家之後，假如我還在世的話原本

1 按照當時的法律，夫妻婚後若沒有子女，妻子的陪嫁費在妻子死後應該退還給娘家。

該給我的遺產，就請給他吧，讓他在活著的時候還能享用！母親，這是我最後的請求……一個垂死之人的請求……您不會拒絕我的……』不，湯瑪斯！我沒有拒絕她，我沒辦法拒絕！我給她拍了電報，而她就安詳地走了……」老領事夫人大哭起來。

「可是沒有人向我透露一個字！把這一切都瞞著我！背著我這樣做！」湯瑪斯一再重複地說。

「是的，我沒有說，湯瑪斯。因為我覺得我必須答應我這個垂死的孩子最後的請求……而我知道你會試圖阻止我！」

「對！老天在上！我是會阻止您這樣做！」

「可是你並沒有權利阻止我，因為我有三個孩子跟我意見一致！」

「噢，我認為我的意見要勝過兩位女士和一個生病的傻瓜……」

「你說起你的弟弟妹妹毫無友愛之情，就像你對我說話一樣無情！」

「克拉拉是個虔誠但無知的婦人，母親！而東妮就像小孩一樣，而且她也是直到此刻才知道這件事的，否則她早就說出來了，不是嗎？至於克里斯提昂？是的，這個提伯提烏斯取得了克里斯提昂的同意……誰料得到他會做出這種事？您難道還不知道，還不明白他是個什麼樣的人嗎？這個腦筋靈活的牧師？他是個卑鄙小人！是個圖謀別人遺產的傢伙……」

「女婿都是些騙子。」東妮悶聲悶氣地說。

「一個圖謀別人遺產的傢伙！他做了什麼？他搭車去漢堡，坐在克里斯提昂的床邊，說服了他。『好！』克里斯提昂說。『好的，提伯提烏斯。上帝保佑你。你能想像我左半邊身體的酸疼嗎？』噢，愚蠢和卑劣聯手與我作對！」湯瑪斯說著就用緊緊交握的一雙手抵住自己的額頭，他倚著壁爐爐龕的鑄鐵欄杆，激動得不能自持。

這件事本來不值得他這樣大發雷霆！不，從未有任何人見過他陷入這種盛怒的狀態，而引發這種狀態的並非那十二萬七千五百馬克！而是在他已經煩躁不安的心裡，他覺得這件事也屬於他這幾個月來在生意和市政上所遭受的一連串挫敗與屈辱……沒有一件事順利！沒有一件事按照他的心意進行！難道事情已經發展到這一步，就連在自己父親與祖父的家裡，家人在最重要的事情上也「背著他行事」？就連里加的一個牧師都能在背後擺了他一道？他本來可以阻止這件事的，可是他根本沒有施展影響力的機會！事情發生在他毫不知情的情況下！而他覺得這種情況在從前不可能發生，在從前不敢發生！這再次撼動了他對自身幸福、力量與前途的信心，而在這場情緒爆發中，他在母親和妹妹面前表現出的就只不過是他內心的軟弱與絕望。

東妮站起來擁抱了他。

「湯姆，」她說，「你冷靜一點！平靜下來！事情有這麼糟嗎？你會氣出病來的！提伯提烏斯也活不了太久……等他死後，這筆遺產就會再回到我們家！而且這件事應該也還可以更改，如果你想這麼做的話！媽媽，這件事不能更改了嗎？」

老領事夫人只用啜泣來回答。

「不……唉，不！」湯瑪斯說，他打起精神，揮了揮手，無力地表示拒絕。「事已至此，你們以為我會跑去法院跟自己的母親打官司嗎？在家醜之外再添一樁公開的醜聞？隨它去吧……」他就此打住，疲憊無力地走向那扇玻璃門，在門邊再次停下腳步。

「只是你們別以為我們家的景況很好，」他壓低了聲音說。「東妮損失了八萬馬克，而克里斯提昂不僅已經揮霍掉他原本那五萬馬克，而且還預支了三萬。這筆開銷還會增加，因為他沒有收入，將來還需要去巴特恩豪森療養。現在不僅是克拉拉的陪嫁費永遠不會再回來，而她能繼承的份額何時能再回到這個家裡也不可知……另外，生意很差，差得令人絕望，正是從我花了十幾萬蓋新房子那時候開始……不，對一個家庭來說，有事情導致剛才這種場面出現絕不是件好事。相信我——至少相信我這句話：假如父親還在世，假如他還在我們身邊，他將會雙手合十，為我們全家人祈求上帝的恩典。」

第八章

戰爭與交戰的呼喊[1]，部隊駐紮以及忙碌擾攘：普魯士軍官在布登布洛克議員新居的豪華二樓一整排房間的鑲木地板上來來去去，親吻女主人的手，並且由已經從巴特恩豪森回來的克里斯提昂引介他們去俱樂部。而在曼恩路大宅裡，老領事夫人新雇的女管家里克欣・塞弗林小姐帶著女僕把一大堆床墊拖進「門扉」，那間老舊的花園小屋裡住滿了士兵。

到處都是人潮、騷動和緊張的氣氛！一隊士兵開拔出了城門，另一隊士兵又進城來，他們湧入這座城市，吃飯，睡覺，使鼓聲、號角聲和發號施令的呼喊縈繞在市民耳中，然後就又列隊出發。王公貴族受到了歡迎，一列軍隊通過之後又有一列軍隊通過。然後是寂靜與期待。

軍隊在秋末冬初凱旋歸來，再度在城裡紮營，然後在市民如釋重負的歡呼聲中開拔回鄉。——和平了。一八六五年孕育著重大事件的短暫和平[2]。

在兩場戰爭之間，四歲半的小約翰不受影響地靜靜玩著他的遊戲，穿著有皺褶的圍裙式童裝，頂著一頭柔軟的鬈髮，在花園的噴泉旁邊，或是在三樓「大陽臺」上，那是特地為他打造的一個地方，用一

1 這是一八六四年由德意志聯邦對抗丹麥王國的「普丹戰爭」，爭奪什勒斯維希——霍爾斯坦兩地的主權，最終由德意志聯軍獲勝。

2 一八六六年隨即爆發了普魯士為了統一日耳曼地區而發動的普奧戰爭。

個石柱圍起的小平臺與三樓的前廳隔開。成年人不再能夠理解這些遊戲有何深意和引人之處，而這些遊戲也只需要三顆小石頭或一塊木頭，木頭上或許戴著一朵蒲公英的小花當成頭盔：但尤其需要的是那個幸福年齡的想像力，純粹強烈、熱情純潔，尚未受到干擾而且無所畏懼。在那個年紀，生活還不敢碰觸我們，責任和罪咎也還不敢對我們下手，我們還可以去看、去聽、去笑、去做夢，而這個世界還不會要求我們承擔任務。在那個年紀，我們想要深愛的家人還不會急於在我們身上尋找一些跡象，能初步證明我們將有能力擔當起這些任務，還不會用這份迫不及待來折磨我們……唉，再過不了多久，一切就會如泰山壓頂似地落在我們頭上，壓迫我們，操練我們，糟蹋我們，把我們拉長、縮短……

就在小翰諾玩著遊戲的時候，發生了大事。戰爭爆發了，勝利起初搖擺不定，然後決定了要歸屬哪一方。翰諾．布登布洛克的家鄉城市明智地站在普魯士這一邊，不免有點幸災樂禍地看向富裕的法蘭克福，該市選擇相信奧地利，結果不得不為此付出代價，喪失了自由市的地位。

但是在這年七月，就在停戰協定生效之前，由於法蘭克福一家大公司的破產，使得「約翰．布登布洛克公司」一下子損失了足足兩萬塔勒。

第八部

（獻給我哥哥海因里希，獻給他這個人，也獻給身為作家的他）

第一章

胡戈．魏宣克先生擔任本市火災保險公司的經理已有一段時間，他穿著扣子緊扣的合身長襬外套，蓄著伸進嘴角的細長黑色小鬍子，下脣略為下垂，看起來陽剛而嚴肅。當他踩著自信的步伐搖搖擺擺地走過寬敞的玄關，從前面的辦公室走到後面的辦公室，他把雙手握拳舉在身前，手肘則輕鬆地在身側擺動，呈現出一個積極活躍、生活富裕、頗有威儀的男子形象。

另一邊則是如今二十歲的艾芮卡．古倫里希：一個發育成熟的高挑女孩，膚色紅潤，健壯美麗。如果她要下樓或是走到樓上的欄杆旁，湊巧碰到魏宣克先生走過來──而這樣的巧合並不少見──這位經理就會摘下頭上的禮帽，露出鬢角已經漸漸灰白的黑色短髮，在合身長襬外套裡把腰部扭動得更加厲害，跟這個年輕女孩打個招呼，那雙大膽遊走的棕色眼睛流露出驚嘆的眼神。艾芮卡則會跑走，找個窗臺坐下，由於無措與困惑而哭上一個小時。

古倫里希小姐在魏希布洛特小姐的管教下規規矩矩地長大，她並沒有想得很遠。她之所以哭泣是因為魏宣克先生那頂禮帽，因為他看見她時讓眉毛揚起又落下，因為他那有如國王般威風凜凜的姿態和他那雙保持身體平衡的拳頭。但是她的母親東妮則看得更遠。

多年來她一直為女兒的前途擔憂，因為和其他處於適婚年齡的女孩相比，艾芮卡居於劣勢。東妮不僅跟社交圈沒有往來，甚至與之敵對。她認為由於自己離過兩次婚，上流階層的人認為她低人一等，這個想法成了她的執念。別人對她也許只是冷淡，她卻看出了蔑視和敵意。比如說，赫爾曼・哈根史托姆領事如果在路上遇見她，本來可能會跟她打招呼，因為他是個思想開明而念舊的人，他擁有的財富使他性格開朗而友善。可是她總是把頭向後仰，不正眼瞧他，目光從他的臉孔旁邊掃過，她稱之為「鵝肝醬臉」，用她激烈的措辭說她對這張臉「恨之如瘟神」，她的眼神嚴格禁止了他跟她打招呼。艾芮卡也因此而遠離了議員舅舅的社交圈，她不參加舞會，也很少有機會結識男士。

然而，東妮最熱切期盼的就是女兒能夠實現身為母親的她沒能實現的希望，結一門有利而且幸福的好親事，替家族增光，使別人忘記母親的命運。而這個心願尤其在她自己「經營不善」（用她自己的話來說）之後變得更加迫切。特別是在她哥哥面前，他最近表現出一副對未來不抱希望的樣子，東妮渴望有件事能夠證明這個家族的福氣尚未窮盡，證明自己絕非已經到了盡頭。她第二次婚姻的陪嫁費，佩曼尼德先生大方退回來的那一萬七千塔勒，她已經替艾芮卡準備好了。目光銳利而且經驗豐富的東妮一注意到女兒和那位經理之間的微妙關係，就開始向上天祈禱，希望魏宣克先生會登門拜訪。

他來了。出現在二樓，受到祖孫三代三位女士的接待，聊了十分鐘，並且答應在下午喝咖啡的時間再來輕鬆地聊一聊。

喝咖啡時他也來了，於是雙方對彼此有了些認識。這位經理來自西利西亞，他年邁的父親還住在那裡；他的家庭似乎談不上門當戶對，而胡戈・魏宣克算是個白手起家的人。他擁有白手起家的人那種並非與生俱來的自信，這種自信不是很堅實，有一點誇張，帶有幾分猜疑，他的禮儀不算完美，言談也很笨拙。此外他那件式樣有點俗氣的長襬外套有幾處已經磨得發亮，扣著黑玉大鈕釦的袖口不太清爽乾淨，左手中指的指甲由於某件意外事故而變得焦黑，看起來很不雅觀。但是這無礙於胡戈・魏宣克成為一個值得尊敬、勤奮而精力充沛的人，擁有一萬兩千馬克的年收入，而且在艾芮卡・古倫里希的眼中甚至還是個美男子。

東妮很快就看清了情勢，並且做了評估。她坦白地向老領事夫人和議員哥哥說出她的想法。顯然，雙方的利益相輔相成。魏宣克經理就跟艾芮卡一樣和社交圈沒有任何關係；這兩個人簡直只能互相倚靠，顯然是上天注定的良緣。如果這位年近四十、頭髮已經開始斑白的經理想要成家，這也符合他的地位與經濟情況，那麼和艾芮卡．古倫里希的結合將使他進入這座城市數一數二的望族，有利於他在職業上的發展與地位的鞏固。而就艾芮卡的福祉而言，東妮可以對自己說，至少女兒不會重蹈自己的覆轍。胡戈．魏宣克和佩曼尼德先生毫無相似之處，和班迪克斯．古倫里希的差別則在於他的經濟情況穩定，是個有固定薪水的公務員，將來也還可能有進一步的發展。

總而言之，雙方都懷著很大的誠意，魏宣克經理的午後來訪接連不斷，而在一月分——一八六七年一月——他就允許自己用幾句簡短直率、帶有男子氣概的話語向艾芮卡．古倫里希求婚了。

在這之後他就被視為這個家族的一員，開始參加「兒童日」的家族聚會，並且受到他未婚妻家人的殷勤接待。毫無疑問，他立刻就感覺到自己和他們有點格格不入，但是他用一種更加大膽的態度來掩飾這種感覺。而老領事夫人、尤思圖斯舅舅、布登布洛克議員也樂意體諒包容這個能幹的辦公人員，這個工作勤奮但是缺少社交經驗的人，雖然布萊特大街的布登布洛克三姊妹就未必如此寬容。

寬容是必要的。因為當全家人在餐廳裡圍坐在餐桌旁，如果這位經理以過度調皮的方式撫弄艾芮卡的臉頰和手臂，或是在談話中詢問橘子果醬是否是麵粉製品，並且特別強調「麵粉製品」這幾個字，還表示《羅密歐與茱麗葉》乃是席勒的作品。他總是漫不經心地搓著手，上半身斜靠在椅背上，把這些話說得又活潑又篤定。在這種時候，餐桌上就會出現一陣寂靜，而就得有人說句話來活絡氣氛並且轉移話題。

他和湯瑪斯最能溝通，這位議員懂得穩當地引導他針對政治與商業議題進行談話，而不至於出什麼差錯。可是他與蓋爾妲．布登布洛克的關係卻一籌莫展。這位女士的性格令他不解，乃至於他甚至找不出可以跟她聊上兩分鐘的話題。由於他知道她會拉小提琴，而這件事給他留下深刻的印象，於是每逢週四家族聚會的時候，他每次都開玩笑地問她：「您的小提琴還好嗎？」而在他問過第三次之後，這位議員夫人就不再回答了。

至於克里斯提昂則習慣皺著鼻子觀察這位新親戚，然後在第二天仔細模仿他的舉止和說話方式。已逝的約翰．布登布洛克領事的這個次子在巴特恩豪森療養時治癒了風溼性關節炎，但他的四肢仍有些僵硬，而他左半邊身體（就是「所有的神經都太短了」的那一邊）週期性出現的「酸疼」以及他自覺患有的其他毛病都沒有消除，像是呼吸困難與吞嚥困難、心律不整、容易有麻痺的情況或是害怕出現麻痺的情況。他的外表也完全不像個四十歲不到的人。他的頭頂整個禿了，只剩下後腦勺和太陽穴旁邊還有幾根稀疏的紅金色頭髮，而他那雙又小又圓、嚴肅不安地四下張望的眼睛比從前更加深陷在眼窩裡。大大的鷹鉤鼻則顯得比任何時候都更大、更瘦骨嶙峋，突出在乾瘦蒼白的臉頰之間，底下是垂在嘴上的濃密金紅色小鬍子，用考究耐穿的英國布料裁製而成的長褲寬鬆地裹著他細瘦彎曲的雙腿。

自從返家之後，他就跟從前一樣住在母親家二樓走道旁的一個房間，但是他待在俱樂部裡的時間要比待在曼恩路大宅的時間多，因為他在家裡過得並不怎麼舒服。原因在於塞弗林小姐，她接替了伊妲．雍曼，如今負責替老領事夫人管理僕人與家務。她二十七歲，身材矮壯，來自鄉下，有著紅嘟嘟的臉頰和厚厚的嘴唇。她以鄉下人的務實眼光看出她沒必要把這個遊手好閒、愛講故事的少主人放在眼裡，此人有時滑稽，有時病懨懨的，而她所尊敬的議員先生見到這個弟弟時總是揚起眉毛，對他視而不見，於是她對他的需求就乾脆置之不理。她會說：「啊，布登布洛克先生！我現在沒空招呼您！」而克里斯提昂就會皺起鼻子看著她，彷彿想說：妳都不會不好意思嗎？然後就邁開關節僵硬的雙腿走開了。

「妳以為我總是有蠟燭可用嗎？」他對東妮說，「很少！通常我上床睡覺的時候都只能擦亮一根火柴……」或是他會宣稱：「日子不好過！唉，以前的情況可大不相同！妳覺得呢？現在我常常得借個五先令去買牙粉！」因為他母親還能給他的零用錢很少。

「克里斯提昂！」東妮喊道。「多麼丟臉啊！只能擦亮一根火柴！連五先令都要借！你至少可以不要說出來！」她很生氣，很憤慨，因為她最神聖的情感受到了侮辱，可是這也改變不了什麼。

克里斯提昂買牙粉的那五先令是跟他的老朋友安德瑞亞斯．吉塞克借的，此人是民法暨刑法博士。擁有這份友誼是克里斯提昂的幸運，也是他的榮幸，因為吉塞克律師，這個懂得維持顏面的紈絝子弟，在去年冬天當選為議員，當年邁的市長卡斯帕．厄韋蒂克安詳辭世，而由朗哈爾斯博士繼任。但是吉塞克的生活方式並未因此受到影響。大家都知道，自從他和胡諾伊斯家族的一位小姐結婚之後，他除了在市中心擁有一棟寬敞的屋子，還在郊區的聖格特魯德擁有一間長滿綠色藤蔓、布置得十分舒適的小別墅，一位年輕貌美、來歷不明的女士獨自住在裡面。別墅的大門上方用精緻的鍍金字母寫著「**安樂居**」[1]，而這棟寧靜的小屋也就以這個名字為全城人所知。身為吉塞克議員最好的朋友，克里斯提昂．布登布洛克得以出入「安樂居」，並且在那裡以同樣的方式獲得成功，一如他在漢堡的阿琳娜．普沃格爾家裡，在倫敦、瓦爾帕萊索以及地球上許多其他地方的類似場合一樣。他「說了點故事」，他「稍微親切一點」，於是如今他造訪這間綠色小屋的次數就跟吉塞克議員一樣頻繁。至於吉塞克議員是否知情並同意，這就不得而知了。但可以確定的是，吉塞克議員必須花費妻子的大筆陪嫁而買到的愉快消遣，

1 原文Quisisana源自義大利文，意思是「療癒之處」，因此有許多飯店都以此為名。

克里斯提昂·布登布洛克在「安樂居」完全能夠免費取得。

胡戈·魏宣克與艾芮卡·古倫里希訂婚之後不久，這位火險公司經理就提議讓未婚妻的這位舅舅進入保險公司工作，而克里斯提昂也的確在火險公司工作了兩星期之久。只可惜，不僅是他左半邊身體的酸疼因此加劇，他其他那些無以名之的病痛也因此加重了，此外這個經理是個脾氣暴躁的上司，在克里斯提昂犯錯時毫不客氣地罵他是隻「海狗」，於是克里斯提昂只好離職。

但是東妮卻很快樂，她的愉快心情從她掛在嘴邊的人生金句中表達出來，像是「塵世間的生活偶爾也有美好的一面」。的確，她在這幾個星期裡再度容光煥發，忙得很起勁，腦子裡有各種計畫，煩惱住房的問題，忙著購置嫁妝，這些都讓她清楚憶起自己第一次訂婚時的情景，使她覺得自己也年輕起來，心中充滿無限的希望。她的表情與動作又恢復了幾分少女時期那種優雅的活潑奔放，事實上，她以肆無忌憚的歡樂褻瀆了一整個「耶路撒冷之夜」的莊嚴氣氛，就連蕾雅·葛哈德都擱下她祖先那本古書，睜大了聾人那雙不明所以而滿是猜疑的眼睛在大廳裡四下張望。

艾芮卡不該和母親分開。在魏宣克經理的同意下，東妮將與他們夫妻同住，至少是暫時的，讓她可以協助缺少經驗的艾芮卡操持家務，魏宣克甚至表示他希望如此。正是這一點在她心中喚起了那種美妙的感覺，彷彿這世上從不曾有過班迪克斯·古倫里希，從不曾有過阿洛伊斯·佩曼尼德，彷彿她人生中所有的失敗、失望和痛苦都化為烏有，彷彿她現在可以懷著全新的希望重新開始。雖然她提醒艾芮卡要感謝上帝賜給她唯一心愛的人，不像身為母親的她基於責任和理智不得不扼殺自己初次動心的真情；雖然她用喜悅得顫抖的手在家族紀事簿裡寫下的是艾芮卡和魏宣克經理的名字，但是她自己，東妮·布登布洛克，才是真正的新娘。是她再一次用內行的手檢視門簾和地毯，再一次翻閱家具雜誌和裝潢雜誌，再一次去選定一間**體面**的住宅並且租下來！是她再一次得以離開娘家這棟虔誠的大宅，不再只是個離過婚的婦人；她再一次有機會昂起頭來，展開一段新生活，可以引起大家的注意，並且提高家族的名望……啊，難道這是一場夢嗎？睡袍在她眼前浮現！兩件睡袍，給她和艾芮卡，用柔軟的針織布料裁製，有寬大的曳地裙裾和成排的絲絨蝴蝶結，從領口一直密密地綴到下襬！

時間一週一週地過去，艾芮卡・古倫里希的訂婚期間也逐漸接近尾聲。這對年輕的未婚夫妻只去拜訪過少數人家，因為魏宣克經理是個勤於工作而不善交際的人，打算把閒暇時間用於舒適的家庭生活。訂婚宴在湯瑪斯位於費雪古魯伯街的新居大廳舉行，齊聚一堂的有湯瑪斯、蓋爾妲、那對未婚夫妻、布登布洛克三姊妹弗麗德里珂、亨麗耶特與菲菲，還有議員湯瑪斯的幾位好友。在這場訂婚宴上，魏宣克經理又因為不斷輕拍艾芮卡裸露在外的脖頸而引人側目，而婚禮即將來臨。

婚禮儀式在圓柱大廳舉行，一如當年東妮頭戴香桃木花環成為古倫里希太太時。鑄鐘路的施篤特太太，就是跟上流社交圈有所往來的那一位，協助新娘整理白緞禮服上的皺褶和配戴花環。布登布洛克議員擔任第一男儐相，克里斯提昂的好友吉塞克議員擔任第二男儐相，伴娘由艾芮卡從前在寄宿學校的兩個同學擔任。魏宣克經理看起來魁梧而有男子氣概，在走向臨時搭起的聖壇時只踩到艾芮卡曳地的長頭紗一次。普林斯海姆牧師把雙手交握在下巴下，以他特有的喜樂莊嚴主持儀式，一切都按照習俗隆重進行。當雙方交換了戒指，兩聲略帶沙啞的「我願意」在寂靜中響起，新郎嗓音低沉，新娘嗓音清脆，東妮想起過去、現在和未來不禁百感交集，忍不住放聲大哭，仍舊是她孩提時那種不假思索、不加掩飾的哭泣。至於布登布洛克三姊妹，她們就跟往常碰到這種情況時一樣有點酸溜溜地竊笑，其中菲菲為了慶祝這個日子而在夾鼻眼鏡上繫了條金鍊子，而魏希布洛特小姐這幾年來變得更加矮小，細瘦的脖子上配戴著有她母親肖像的胸針，為了隱藏內心深處的激動，而過度堅定地說：「祝妳幸福，妳這個**好**孩子！」

隨後，在以一貫冷靜的姿態從藍色壁紙上凸顯出來的白色眾神像圍繞下，舉行了一場同樣莊嚴隆重的喜宴，那對新婚夫妻在宴席接近尾聲時離開，踏上旅途，展開造訪幾座大城市的蜜月旅行，那時是四月中旬，而在接下來那兩個星期裡，在室內裝潢師傅雅克布斯的協助下，東妮完成了她的一件傑作：把在貝克古魯伯街中段一棟房子裡租下的寬敞二樓裝潢得高雅體面，房間裡擺放了許多鮮花，歡迎這對新人歸來。

東妮．布登布洛克的第三次婚姻就此展開。

沒錯，這個說法很恰當，在一次週四的聚會中，當魏宣克夫妻不在場的時候，湯瑪斯自己就用過這個說法，而東妮也欣然接受。事實上，家裡所有的事都由她來操心，但是她也感到喜悅和自豪。有一天，她在街上巧遇出身哈根史托姆家族的茱爾欣．莫倫朵普領事夫人，她帶著勝利和挑戰的表情直視對方的臉，乃至於莫倫朵普夫人不得不先向她打招呼。每當有親戚來參觀新居，她帶著他們四處參觀，她表情和舉止中的自豪喜悅就變成了莊嚴肅穆，而艾芮卡．魏宣克則幾乎也像是個來欣賞新居的客人。

東妮把睡袍的長長裙裾拖在身後，肩膀微微聳起，把頭向後仰，手臂上挽著飾有緞帶蝴蝶結的鑰匙籃（她特別喜歡緞帶蝴蝶結），向訪客展示那些家具、門簾、透明瓷器、閃亮的銀器，還有魏宣克經理購置的大幅油畫：都是畫著食物的靜物畫和裸女畫，因為這就是胡戈．魏宣克的品味。這時，東妮的一舉一動似乎在說：看哪，在人生中我又一次有了這番成就。這裡幾乎就跟古倫里希的住宅一樣體面，而且肯定比佩曼尼德的住宅更體面！

老領事夫人來了，穿著灰黑條紋的絲綢衣裳，散發出一股淡淡的廣藿香芳香，用明亮的眼睛平靜地掃視了所有的東西，雖然沒有大聲表達出讚賞，卻流露出肯定和滿意。湯瑪斯帶著妻兒來了，他和蓋爾妲對東妮的洋洋得意感到好笑，費了很大的勁攔住她用葡萄乾麵包與波特酒撐壞她寵愛的小翰諾。布登布洛克三姊妹也來了，她們異口同聲地表示這一切都太漂亮了，像她們這樣樸素的姑娘不會想要住在這裡。可憐的克婁蒂妲來了，臉色灰白，擅長忍耐，身材瘦削，任由別人嘲笑，並且喝了四杯咖啡，然後拖長了聲調，用和氣的話語稱讚了每一樣東西。偶爾，當俱樂部裡沒有人在，克里斯提昂也會過來喝一小杯甜藥酒，說他現在有意接手代理一家銷售香檳與白蘭地的公司，說他對這一行很了解，說這是一件輕鬆愉快的工作，可以自己當家做主，隨便在筆記簿上記上幾筆，就能在反掌之間賺到三十塔勒。說完他就向東妮借了四十先令，為了買一束鮮花獻給市立劇院的首席女伶。然後，天曉得是哪一種聯想讓他說起了倫敦的「瑪麗亞」和「不良嗜好」，又講起那隻被裝在箱子裡從瓦爾帕萊索寄往舊金山的癩皮狗，他說得興起，講得繪聲繪影、生動滑稽，足以讓滿場的人都聽得津津有味。

他講得興高采烈，使用多種語言。他說英文、西班牙文、低地德語和漢堡方言，描述智利的持刀騙徒與倫敦白教堂區的竊案，接著讓人一窺他腦中儲存的滑稽小曲，開始連說帶唱，配上完美的面部表情和生動的手勢：

「有一天我出門散步，
沿著濱海大道閒逛，
前面走著一個小姑娘，
她身穿法國時裝，
走起路來搖曳生姿，
後腦上戴著一頂大帽子，
我說：『我的好姑娘，

妳長得多麼可愛，
能不能讓我挽起妳的臂膀？』
她轉過身來，
瞅了我一眼，然後說：
『回家去吧，小伙子，自己玩去吧！』」

這首歌才唱完，他就轉而說起「倫茨馬戲團」的相關報導，開始模仿一個插科打諢的英國小丑的整套表演，使人能夠想像自己就坐在馬戲團的表演場前面。聽得見幕後常有的喧鬧聲，有人在喊「替我開門！」有人在跟馬廄管理員爭吵，接著他用夾雜著英語的德語怪腔怪調地說了一串故事。講一個人在睡夢中吞下了一隻老鼠，因此去看獸醫，而獸醫建議他再吞下一隻貓。另一個故事是講「我硬朗的老奶奶」，這個老奶奶在前往火車站途中遇上了千奇百怪的各種奇遇，最後眼睜睜地看著火車開走了。說到笑點時，克里斯提昂打斷了自己，得意洋洋地高喊：「樂隊指揮，請奏樂！」當音樂並未響起，他彷彿如夢初醒，顯得十分驚訝。

然後他驀地沉默下來，表情變了，動作也鬆弛無力。他那雙又小又圓、深深凹陷的眼睛開始帶著不安的嚴肅看向四面八方，伸手由上而下撫摸自己的左半邊身體，彷彿身體內部發生了什麼奇怪的事，而他正在聆聽。他又喝了一小杯甜酒，心情稍微好轉，嘗試再講一個故事，然後在相當沮喪的情緒中告辭離去。

東妮這段時間特別愛笑，被克里斯提昂剛才這番表演逗得樂不可支，興高采烈地送她哥哥到樓梯口。「再見啦，代理商先生！」她說。「吟遊詩人！獵豔高手！老傻瓜！改天再來！」她在他身後大笑了一番，就走回自家住宅了。

可是克里斯提昂．布登布洛克並不在意；他聽而不聞，因為他正在思考。嗯，他心想，現在我要去「安樂居」一下。於是他歪戴著帽子，拄著那根有修女半身像的手杖，僵硬而微跛地慢慢走下樓梯。

第二章

一八六八年春，一天晚上十點鐘左右，東妮來到費雪古魯伯街那棟新房子的二樓。布登布洛克議員獨自坐在起居室，這個房間擺放著橄欖色羅紋布面家具，天花板上懸著一盞大煤氣燈，議員就在燈光下坐在中央那張圓桌旁。他把《柏林證券交易所報》攤開在面前讀著，微微俯身在桌上，香菸夾在左手的食指與中指之間，鼻子上戴著金邊夾鼻眼鏡，這段日子以來他在工作時已經必須戴眼鏡了。他聽見他妹妹的腳步聲從餐廳那邊走過來，就摘下眼鏡，凝神看進黑暗中，直到東妮穿過門簾，出現在燈光照射的範圍。

「喔，是妳。晚安。妳已經從波本拉德回來啦？妳的朋友都好嗎？」

「晚安，湯姆！謝謝，安姆噶爾德很好……就你一個人在這兒？」

「是啊，妳來得正好。今天晚上我不得不自己一個人吃飯，像羅馬教皇一樣。雍曼小姐算不上同伴，因為她隨時都會跳起來，跑上樓去看看翰諾怎麼樣了……蓋爾妲在俱樂部。塔馬佑在那裡演奏小提琴。克里斯提昂來接她去的……」

「怪了！用母親的話來說。是啊，湯姆，最近我也發現蓋爾妲和克里斯提昂很合得來。」

「我也發現了。自從他長時間待在城裡，她開始對他有了興趣。她也很認真地聽他描述自己那些病痛……我的老天，她覺得他這個人有趣。最近她對我說：『他不是個正經市民，湯瑪斯！他比你更不像個市民！』」

「市民……市民，湯姆？在我看來，在上帝創造的這個廣大世界上，再沒有比你更好的市民了。」

「嗯，她倒不是這個意思！把外套脫了吧，老妹。妳的氣色真好。鄉間的空氣對妳很有益處吧？」

「好得很！」她說，一邊脫下披風與飾有淡紫色絲帶的帽子擱在一邊，以莊嚴的姿態在桌旁的一張扶手椅上坐下，「腸胃和睡眠在這段短短的時間裡都好多了。剛擠出來的新鮮牛奶，還有香腸與火腿，讓人就像家畜和農作物一樣長得又好又壯。還有新鮮蜂蜜，湯姆，我一向認為那是最好的食物。是純粹的天然食品！讓人還知道自己吃下的是什麼！安姆噶爾德真的很親切，她還記得我們當年在寄宿學校的友誼，邀請我去小住。而她先生馮．麥布姆也殷勤有禮。他們很誠懇地請我再多住幾個星期，可是你知道的：我不在家，艾芮卡很難應付得來，尤其是小伊莉莎白出生之後……」

「說到這個，寶寶怎麼樣啊？」

「謝謝關心，湯姆，寶寶還好；謝天謝地，以四個月大的嬰兒來說，她看起來挺好，雖然弗麗德里珂、亨麗耶特和菲菲認為她活不下來。」

「魏宣克呢？他當上父親了，感覺如何？我其實只有在週四聚會時才見得到他。」

「喔，他還是老樣子！你知道，他是個勤奮的老實人，從某方面來說也是個模範丈夫，因為他討厭去酒館，下了班就直接回家，閒暇時間都待在我們身邊。但是湯姆，有一件事我可以私下坦白告訴你：他要求艾芮卡永遠都要高高興興地說說笑笑，因為他說當他在辦公室忙了一天，情緒低落地回到家裡，他希望妻子能夠用輕鬆愉快的方式來招呼他，逗他開心，讓他的心情好起來，他說這就是女人在這世上的用處。」

「蠢人！」湯瑪斯嘀咕著。

「嗄？嗯，糟糕的是，艾芮卡有點容易憂鬱，湯姆，這一定是遺傳到我。有時候她很嚴肅，悶不吭聲，若有所思，這時候他就會責怪她，大發脾氣，老實說，他用的字眼不總是很體貼。他太常讓人感覺到他不是出身於好家庭，而且很遺憾地沒有受過所謂的良好教養。是啊，我坦白對你說吧：就在我出發前往波本拉德的幾天前，他還把湯碗的蓋子砸碎在地上，因為湯煮得太鹹了。」

「這也太討人喜歡了！」

「不，正好相反。但是我們不要因此而評斷他。老天，我們每個人都有缺點，而他這麼能幹、可靠而且勤奮。不，絕不能說他不好，湯姆，外表粗魯而內心善良，這還不是這世上最糟的事。我想告訴你，我才目睹過比這更令人難過的生活情況。安姆噶爾德單獨和我在一起的時候哭得很傷心。」

「什麼！因為馮．麥布姆先生嗎？」

「是的，湯姆。這就是我想說的事。我們坐在這兒閒聊，但事實上我今天晚上到這兒來是為了一件很嚴肅也很重要的事。」

「是嗎？馮．麥布姆先生怎麼了？」

「拉爾夫．馮．麥布姆是個和藹可親的人，湯瑪斯。可是他是個浪蕩的貴族子弟，是個賭鬼。他在羅斯托克賭，也在瓦爾內明德賭，而他的賭債多得像海邊的沙子。如果只在他位於波本拉德的莊園住幾個星期，是無法相信這件事的！莊園宅邸很體面，周圍的一切都欣欣向榮，牛奶、香腸和火腿樣樣不缺。生活在這樣的莊園裡，有時候很難衡量這家人真實的經濟情況。總之，他們的實際情況已經糟糕得很，湯姆，這是安姆噶爾德一邊傷心地啜泣，一邊向我坦白的。」

「真令人難過啊。」

「可不是嗎。不過，後來我發現，他們邀請我去作客並非完全沒有自利的動機。」

「怎麼說？」

「這就是我要告訴你的，湯姆。馮．麥布姆先生缺錢，他馬上就需要一大筆錢，而因為他知道他太太和我從前是好朋友，也知道我是你妹妹，所以他急得沒辦法了就求他太太出面，而他太太又求我出面，你懂嗎？」

湯瑪斯用右手指尖在頭頂來回摸了摸，稍微皺起了臉。

「我想我懂，」他說。「妳說的這件嚴肅而重要的事，似乎是指用波本拉德莊園的收成來預借一筆錢，如果我想得沒錯的話？但是我認為，妳和妳朋友找錯人了。首先，我從來沒跟馮．麥布姆先生做過生意，而這種拉關係的方式實在很奇特。其次，曾祖父、祖父、父親和我雖然偶爾會預借些錢給務農的人，但是那是在對方人品可靠並且能提供其他保障的情況下。可是根據妳兩分鐘前的描述，馮．麥布姆先生的人品和經濟情況幾乎談不上能提供什麼保障。」

「你錯了，湯姆。我讓你把話說完，但是你錯了。這裡談的並不是預付款。馮．麥布姆需要三萬五千馬克……」

「老天爺！」

「三萬五千馬克，兩週內就得還清。刀子已經架在他脖子上了，把話說得更明白一些，他現在就必須馬上賣掉。」

「還沒收成就先賣掉？噢，這個可憐的傢伙！」湯瑪斯在桌布上擺弄著他的夾鼻眼鏡，搖了搖頭。「可是以我們的情況而言，這是相當罕見的事。」他說。「這種生意我聽說過，主要是在黑森地區，那裡有不少務農的人落在放高利貸的猶太人手裡。誰曉得可憐的馮．麥布姆先生落入了哪個放高利貸的人的圈套。」

「猶太人？放高利貸的人？」東妮十分驚訝地喊道，「可是我們談的是你呀，湯姆，是你！」

湯瑪斯．布登布洛克忽然把夾鼻眼鏡往面前一扔，使得它在報紙上滑動了一段距離，然後他猛地轉身，把整個上半身面向他妹妹。

「談的是——我？」他問，但是只動了動嘴脣，沒有發出聲音；然後他大聲地加了一句：「去睡吧，東妮！妳累過頭了。」

「喔，湯姆，你這話是從前伊妲．雍曼對我們說的，當我們在晚上玩得正開心的時候。但是我向你保證，我從來沒像現在這麼清醒、這麼有精神，讓我穿過夜霧來找你，把安姆噶爾德的提議——間接地也就是拉爾夫．馮．麥布姆的提議——轉達給你……」

「嗯，我把這個提議歸咎於妳的天真和麥布姆夫妻的束手無策。」

「束手無策？天真？我不明白你的意思，湯瑪斯，可惜我一點也不明白你的意思！這給了你一個做好事的機會，同時也能做成你這輩子最划算的一筆交易。」

「唉，老妹，妳這是在胡說八道！」湯瑪斯喊道，不耐煩地把身子向後仰。「原諒我這麼說，可是妳的單純會使人火冒三丈！難道妳不明白妳是在勸我做一件極端有失尊嚴的事，做一件骯髒的勾當？難道妳要我混水摸魚？殘酷地剝削別人？利用這個地主急著用錢的窘境來敲詐這個無助的人？逼著他把一整年的收成用半價賣給我，好讓我能夠從中牟取暴利？」

「啊，原來你是這麼想的。」東妮被嚇住了，若有所思地說。接著她又活潑起來，繼續說：「可是你沒必要這樣想，完全沒必要從這一方面來看待這件事，湯姆！逼他？是他找上你的呀。他需要這筆錢，而且他希望靠朋友的交情來解決這件事，在暗中悄悄解決。所以他才找出了我們之間這層關係，所以他才邀請我去作客！」

「總之，他錯看了我和我們公司的作風。我有我的傳統。一百年來我們都沒有做過這種生意，而我也不打算開這個先例、要這種手段。」

「沒錯，你有你的傳統，湯姆，而我對此非常尊重！假如父親還在世，他肯定不會這麼做，絕對不會，誰說他會呢？可是，雖然我很笨，我卻知道你和父親是完全不同的人，也知道你接手經營公司之後，作風與他截然不同。我還知道你這些年來做過一些他不會做的事，因為你年輕，有發展事業的頭腦。可是我一直擔心你最近被一、兩次失敗給嚇到了。如果說你現在做事沒有以前成功，那麼原因就在於你太過謹慎，畏首畏尾，讓做成一筆好生意的機會溜走了……」

「啊，拜託妳別說了，老妹，妳惹惱我了！」湯瑪斯用尖銳的聲音說，一邊把身體轉過來轉過去。

「我們談點別的吧！」

「對，你被激怒了，湯瑪斯，我看得出來。你從一開始就被激怒了，正因為這樣，我才繼續說下去，為了向你證明，你沒必要覺得受到侮辱。可是如果我問自己，你為什麼被激怒，那我就只能說，根本上你並非完全不願意去考慮這件事。雖然我是個笨女人，可是我從自己和其他人身上了解到一件事，就是在生活中，一個提議之所以會使我們激動生氣，就只是因為我們沒有十足的把握去抗拒這個提議，而內心其實很想接受。」

「說得很妙。」湯瑪斯說，咬斷了香菸的菸嘴，不再作聲。

「很妙嗎？哈，不，這是生活教給我的最簡單的經驗。不過，算了，湯姆。我不想勉強你。我能說服你去做這種事嗎？不能，我缺少這方面的知識。我只是個笨丫頭……可惜，算了，無所謂。我對這件事很感興趣。一方面我為了麥布姆夫妻而感到震驚和難過，可是另一方面我又替你感到高興。我心想：湯姆這段時間以來有點悶悶不樂。以前他會訴苦，現在他連訴苦都不會了。他在這裡、那裡賠了些錢，年頭不好，而且偏偏是在我的處境因為上帝的眷顧而好轉，而我感到幸福的這個時候。然後我想：這對他而言是個機會，是個妙招，是筆好生意。藉此他可以彌補一些虧損，讓別人看出『約翰·布登布洛克公司』直到如今都沒有完全失去好運。假如你同意了，我會因為自己替這件事牽線而感到自豪，因為你知道，我一向夢想和渴望著替我們家族的名聲做一點事……不說了，這個問題就說到這裡。但是讓我生氣的是，想到麥布姆無論如何都得在收成之前就先把農作物賣掉，湯姆，如果他在城裡打探一下，就肯定會找到買主……他會找到的，而那個買主將會是赫爾曼·哈根史托姆，哼，這個滑頭……」

「噢，是啊，倒是可以懷疑他是否會拒絕這樁生意。」湯瑪斯辛辣地說。而東妮連答了三聲：「你看吧，你看吧，你看吧！」

湯瑪斯·布登布洛克忽然開始搖頭苦笑。

「這很荒謬，我們在這裡一本正經地——至少妳是這樣——談論一件根本不確定、完全還沒有著落的事！據我所知，我連問都還沒問過妳，要交易的東西究竟是什麼，馮·麥布姆先生究竟有什麼東西可賣，我對波本拉德莊園一無所知。」

「噢，你當然得跑一趟，去那兒看看！」她熱心地說。「從這兒去羅斯托克很近，從羅斯托克到波本拉德更是沒有幾步路。他有什麼東西可賣？波本拉德是個大莊園。我很確定每年收成的小麥超過一千麻袋，但確切的數字我不清楚。至於黑麥、燕麥和大麥的產量，是各五百袋呢？還是多一點或少一點？這我不知道。作物全都長得很好，這一點我可以說。但是我沒辦法告訴你確切的數字，湯姆，我是個笨丫頭。你當然得自己跑一趟，去那兒看看。」

兩人都沉默了一會兒。

「好了，這件事不值得再多費脣舌。」湯瑪斯簡短而堅定地說，拿起夾鼻眼鏡，塞進背心口袋，扣上外套的鈕釦，站起來，開始在房間裡來回踱步，動作迅速有力而且坦然自在，刻意不流露出任何跡象，不讓人看出他正在思考。

然後，他停在桌旁，朝他妹妹微微俯下身子，用彎曲的食指指尖輕輕敲了敲桌面，說道：「親愛的東妮，我要講個故事給妳聽，讓妳明白我對這件事的看法。我知道妳對貴族有種偏好，尤其是對梅克倫堡的貴族，所以我請妳耐心聽完，如果在我要說的故事裡有這麼一位貴族先生受到了一點教訓……妳知道，他們當中有些人對商人不太尊重，雖然他們需要商人，就跟商人需要他們一樣。他們在商業交易中過度強調生產者的優越，認為生產者的地位要高於中間商，雖然這種優越在某種程度上也該受到承認。總之，他們看待商人的眼光就跟看待沿街收購舊衣服的猶太小販沒有兩樣，雖然意識到自己被對方占了便宜，還是把舊衣服賣了。我自詡一般而言並沒有讓那些地主先生覺得我是個道德低下的剝削者，在他們之中也遇到過遠比我更會討價還價的生意人。而其中一位，我卻得先用下面這個小小的險招，來拉近我跟他的社會地位。此人是大波根朵夫莊園的主人，妳肯定聽說過他，多年前我跟他打過許多次交道：史特雷里茲伯爵，一個思想很封建的人，一隻眼睛裡戴著方形鏡片，我從來都弄不懂他居然不會割傷自己，穿著漆面翻口長靴，手裡拿著金柄馬鞭。他習慣半張著嘴，半閉著眼睛，從一個難以理解的高度俯視我。我第一次去他那兒的拜訪意味深長。我們先通過信之後，我搭車去拜訪他，僕人通報過之後，我走進書房。史特雷里茲伯爵坐在書桌前。我向他鞠了個躬，他從椅子上欠了欠身，算是回禮，把一封信的最後一行寫完，然後朝我轉過身來，卻沒有看著我，開始討論他要出售的東西。我倚著茶几，交叉著雙臂和雙腿，覺得很有趣。我站著和他交談了五分鐘。又過了五分鐘之後，我就坐在茶几上，讓一條腿在半空中擺啊擺的。我們繼續交涉，過了十五分鐘，他十分寬大地把手一揮，隨口說道：『您不想找張椅子坐下來嗎？』『嗄？』我說，『噢，沒必要！我早就坐著了。』」

「你這樣說？你真的這樣說嗎？」東妮樂不可支地喊道。她立刻就把剛才的事幾乎全都忘了，完全沉浸在這件趣聞裡。「你早就坐下了！這個回答太棒了！」

「是啊，而且妳可以相信我，從那一刻起，這位伯爵對我的態度就徹底改變了，我再去拜訪他的時候，他會跟我握手，請我坐下。到後來我們簡直成了朋友。可是我為什麼講這個故事給妳聽呢？是為了問妳：如果在跟我交涉收購他收成的總價時，馮・麥布姆先生也忘了請我坐下的話，我敢不敢也這樣給他一個教訓？我有沒有這個權利？內心有沒有這個把握？」

東妮沉默了。然後她說了聲「好吧」，就站了起來。「我想你是對的，湯姆，就像我先前說過的，我不想勉強你。什麼該做，什麼不該做，你想必知道，就這樣，沒別的好說了。只要你相信我這番話是出於好意。一言為定啦！晚安，湯姆！噢，不，等一下。我得先去給小翰諾一個吻，並且跟伊妲問聲好……之後我再過來這裡看看……」

說完她就走了。

第三章

她走上通往三樓的樓梯，沒去右手邊專供小翰諾玩耍的「大陽臺」，而沿著長廊的鑲金白色欄杆往前走，穿過一個前廳，前廳通往走道的門是敞開的，左邊另有一個出口通往湯瑪斯的更衣室。接著她小心翼翼地按下正前方那扇門的門把，走了進去。

這是個異常寬敞的房間，窗戶被有皺褶的大花窗簾遮住，牆面略顯光禿。一幅很大的黑框版畫掛在雍曼小姐床頭，畫的是作曲家賈科莫．梅耶貝爾被他歌劇中的人物圍繞，除此之外就只有幾幅英國印刷彩圖，用大頭針固定在淺色壁紙上，圖上是黃頭髮紅衣裳的小寶寶。伊妲．雍曼坐在房間中央那張桌面可以拉開的大桌子旁，正在替小翰諾補襪子。這個忠誠的普魯士女子如今五十出頭，可是雖然她的頭髮很早就開始變得灰白，她梳得光滑的頭頂仍舊沒有整個變白，而是保持在某種斑白的狀態，而她挺直的身形仍舊骨架粗大、精力充沛，那雙棕色眼睛也仍舊清亮有神、毫無倦色，一如二十年前。

「晚安，伊妲，妳這個好人！」東妮愉快地說，因為她哥哥剛才說的小故事讓她心情大好，但她壓低了嗓音。「老婆子，妳好嗎？」

「哎，哎，小東妮，孩子呀，說什麼老婆子？這麼晚了妳還在這裡？」

「喔，我來找我哥哥，來談生意上的事，刻不容緩的事，可惜沒成……他睡了嗎？」她問，用下巴指了指擺在左側牆邊的小床，用綠色床帳遮住的床頭緊貼著一扇高高的門，門後是布登布洛克議員夫婦的臥室。

「噓，」伊妲說，「對，他睡了。」於是東妮躡手躡腳地走到小床邊，小心翼翼地把床帳掀開一點，彎著腰窺視她正在熟睡的姪兒的臉。

小約翰．布登布洛克仰躺著，但是那張被淺棕色長髮圍住的小臉面向房間，對著枕頭呼吸，輕輕發出聲音。他睡衣的袖子又長又寬，手指頭幾乎沒有露在外面，一隻手擱在胸前，另一隻手擱在旁邊的被子上，彎曲的手指不時輕輕顫動。看得出他半張開的嘴唇也微微有著動靜，彷彿在試圖說話。一種痛苦的表情偶爾會由下而上掠過整張小臉，先是下巴開始顫抖，再蔓延到嘴邊，使得幼嫩的鼻翼震動起來，再使得狹窄前額上的肌肉動了起來，長長的睫毛也遮不住眼角的淡青色陰影。

「他在做夢呢。」東妮憐愛地說。接著她彎腰俯身，輕輕親吻了他睡得溫熱的臉頰，仔細整理好床帳，再走回桌旁。伊妲正在黃色燈光下把另一隻襪子套上織補球，查看破洞，然後開始修補。

「妳在織補，伊妲。真奇怪，我幾乎總是看見妳在織補！」

「是啊，是啊，小東妮。自從這個孩子上學之後，他扯破的東西可多了！」

「可是他明明是個安靜溫和的孩子，不是嗎？」

「是啊，是啊，的確是的。」

「那他喜歡上學嗎？」

「不，不喜歡，小東妮！他本來寧願繼續跟著我學習。而我也希望能這樣，孩子呀，因為我是從小看著他長大的，但是學校的老師不像我這麼了解他，不知道該怎麼教他學習。他很難集中注意力，而且他很快就覺得累……」

「可憐的孩子！他挨過打了嗎？」

「那倒沒有！親愛的上帝……他們總不會這麼狠心！如果這孩子用那雙眼睛看著他們……」

「他第一次去上學的時候怎麼樣？他哭了嗎？」

「是啊，他哭了。他哭得很輕，聲音不大，但是哭在心裡……然後他想緊緊抓住妳哥哥的外套，一直求他待在那兒別走。」

「哦，是我哥哥帶他去的嗎？唉，那是個令人難受的時刻，伊妲，相信我。哈，我還清楚記得自己第一天上學的時候，就好像是昨天的事！我嚎啕大哭，你可以相信我，我哭得像隻被鍊子綁住的狗，心裡難受得要命。為什麼呢？因為我在家裡過得太舒服了，就跟小翰諾一樣。出身體面人家的小孩全都哭了，這一點我立刻就注意到了，其他的小孩卻一點也不在乎，就只是盯著我們傻笑……老天！他怎麼了，伊妲？」

她的手勢才打了一半，就驚恐地朝那張小床轉過身去，那裡傳來的一聲尖叫打斷了她的閒聊。那是一聲恐懼的尖叫，轉瞬之間又響起一聲更痛苦、更驚恐的叫喊，然後接連喊了三、四、五聲：「噢！噢！噢！」一聲憤怒而絕望的大聲抗議，出於驚恐，想必是針對某件出現了或發生了的可怕事物……下一刻，小約翰就直挺挺地站在床上，結結巴巴地說著別人聽不懂的話語，一雙獨特的金棕色眼睛睜得大大的，卻沒有看見現實世界裡的東西，而是凝視著另一個截然不同的世界。

「沒什麼，」伊妲說。「是夢魘。唉，有時候還要更嚴重呢。」她不慌不忙地擱下手裡的針線活，跟平常一樣踩著重重的大步走向翰諾，一邊用撫慰的低沉嗓音對他說話，一邊讓他再躺回被子底下。

「喔，原來是夢魘……」東妮重複著伊妲所說的話。「現在他會醒過來嗎？」

但是翰諾並沒有醒來，雖然他的眼睛睜得大大的，愣愣地直視前方，而他的嘴脣也還在動。

「怎麼啦？喔，喔……現在別再嘀嘀咕咕了。你說什麼？」伊妲問。東妮也走近了些，豎起耳朵傾聽那結結巴巴、含混不清的不安嘟噥。

「我要……去我的……小花園……」翰諾含混不清地說，「去給我的洋蔥澆水……」

「他在背他學到的詩，」伊妲．雍曼搖著頭解釋。「好了，好了！夠了，現在睡吧，乖孩子！」

「有個……駝背的矮人站在那裡……開始打起了噴嚏……」翰諾說，接著嘆了口氣。可是他臉上的表情忽然一變，半閉著眼睛，腦袋在枕頭上來回擺動，用痛苦的聲音繼續小聲背誦：

「月兒亮光光，
小孩淚汪汪，
鐘聲敲響十二點，
願上帝幫助所有生病的人！……」

可是背到這幾句時他深深啜泣起來，眼淚從睫毛後面流出來，緩緩流下他的臉頰，他就這樣醒了過來。他抱住了伊妲，用淚溼的眼睛環顧四周，滿足地喃喃喊了聲「東妮姑媽」，調整了一下姿勢，然後就平靜地繼續睡。

「真奇怪！」東妮說，當伊妲再度坐回桌旁。「那都是些什麼詩啊，伊妲？」

「這是他課本上的詩，」雍曼小姐回答，「下面印著：《少年的魔法號角》[1]。這些詩都很奇特，

1《少年的魔法號角》（*Des Knaben Wunderhorn*）是一本德文詩集，由德國浪漫主義時期作家阿希姆．馮．阿爾尼姆（Achim von Armim, 1781-1831）和克萊門斯．布倫塔諾（Clemens Brentano, 1778-1842）編輯而成，收集了從中古時期到十八世紀的七百多首民謠。

是他最近必須學習的，而他常常說起那個小矮人。妳讀過嗎？實在是很嚇人。這個駝背的小矮人無處不在，他打破了鍋子，吃掉了果泥，偷走了柴火，讓紡車轉不動，嘲笑你……然後，最後他還請你在禱告時別忘了他！唉，這孩子就是被這個小矮人給迷住了。妳知道他說了什麼嗎？他說過兩、三次：『對吧，伊妲，他這樣做不是使壞，不是因為他壞！他這樣做是因為心裡難過，而這樣做之後他心裡又更難過了。如果我們替他禱告，他就不需要再做這些事了。』今天晚上，他媽媽去聽音樂會之前來跟他道晚安的時候，他也問了她，問他是否也該替這個駝背的小矮人禱告……」

「那他也替他禱告了嗎？」

「沒有大聲說出來，但是可能默默地……可是還有另一首詩，叫作〈保母的時鐘〉，他根本沒有說起，只是一讀就哭。這孩子很容易哭，一哭就久久停不下來。」

「這首詩有什麼地方讓人這麼傷心呢？」

「我哪裡知道，開頭那段，就是剛剛還讓他在睡夢中啜泣的那一段，他每次背誦都會哭，還有後面說到馬車夫凌晨三點就得從麥桿堆上爬起來的那一段，背到這裡他也會哭。」

東妮感動地笑了，但是隨即擺出一副嚴肅的表情。

「可是我要告訴妳，伊妲，這樣不好，他這麼多愁善感不是件好事。馬車夫在凌晨三點起床，老天爺，這就是馬車夫呀！這孩子——這一點我已經看出來了——容易用太過透徹的目光去看待所有的東西，把所有的事都太放在心上，這一定會損耗他的精神，相信我。我們得要找機會和葛拉波夫醫生好好談一談……但問題就在這裡，」她繼續說，一邊交叉起雙臂，把頭歪向一邊，煩悶地用腳尖敲打著地板。「葛拉波夫年紀大了，而且撇開這點不提，儘管他心地善良，是個老實人，一個規規矩矩的人。但是作為一個醫生，我對他的評價卻不怎麼高，伊妲，上帝原諒我，如果是我錯看了他。就拿翰諾的焦慮不安來說吧，他會在夜裡驚醒，在夢中受到驚嚇……葛拉波夫知道這件事，而他所做的就只是告訴我們這是怎麼回事，給了我們一個拉丁文名稱：pavor nocturnus（夢魘）……老天爺，這是讓我們長了不少知識。不，他是個和善的人，是我們家的好朋友，這些都沒錯；但是他不是一盞明燈。一個重要的人物不是這副樣子，而是在年輕時就已經嶄露頭角。葛拉波夫也經歷了一八四八年那段革命時期，那時候他還是個年輕人。可是妳認為他曾經為了自由、正義、推翻特權和專制而激動過嗎？他上過大學，可是我敢說，他一點也不在乎當年針對大學與新聞界制定的那些荒謬的聯邦法律。他從來不曾有過稍微狂野的舉止，從來不曾有過逾矩的行為，他總是擺出一張溫和的長臉，要病人吃點鴿子肉和法國麵包，如果情況嚴重的話，就再加一匙蜀葵汁……晚安，伊姐……唉，不，我相信還有與他完全不同的醫生！可惜我今天見不到蓋爾妲了……好了，謝謝，走廊上還有燈光……晚安啦。」

東妮在經過時打開了通往餐廳的門，想對著起居室也向她哥哥喊聲晚安，她看見整排房間都亮著燈，湯瑪斯正背著手在裡面走來走去。

第四章

只剩下他獨自一人的時候，湯瑪斯又坐回桌旁，掏出夾鼻眼鏡，打算繼續讀他的報紙。可是兩分鐘後，他就把目光從那份印刷紙張上抬起來，從門簾中間望出去，直愣愣地久久凝視著黑暗的客廳，身體的姿勢也沒有改變。

當他獨自一人時，他的面容起了多大的變化，簡直讓人認不出來了！嘴邊和兩頰的肌肉平常嚴守紀律，被迫對堅持不懈的意志唯命是從，在他獨處時就放鬆下來，變得鬆弛無力。彷彿摘掉了一副面具，早就只是勉強維持的警醒、謹慎、親切和活力從這張臉上消失了，只留下愁苦疲憊。他的眼神憂鬱呆滯，盯著一件東西，卻是視而不見，眼睛泛紅，開始流淚——他沒有勇氣去試圖連自己都要欺騙，在滿腦子沉重而混亂不安的念頭中，他只能緊緊抓住那令人絕望的一個念頭：湯瑪斯·布登布洛克是個筋疲力盡的四十二歲男子。

他深深吸了一口氣，用手緩緩撫摸自己的額頭和眼睛，習慣性地又點燃一支香菸，雖然明知道這對他有害無益，然後透過煙霧繼續凝視那片黑暗。他面容的愁苦鬆垮與精心修飾過、近似軍人般的鬚髮形成鮮明的對比——小鬍子噴過香水，鬍尖撚得長長的，下巴和臉頰刮得乾乾淨淨，頭髮經過仔細梳理，盡量遮住髮量漸漸稀疏的頭頂，從柔軟的太陽穴向後縮成兩道彎弧，在頭頂形成窄窄一片，耳朵上方不再跟從前一樣留著長長的鬢髮，而是剪得很短，讓別人看不出此處的頭髮已經灰白。他自己也感覺出這個對比，而且他清楚知道，城裡人人都注意到他靈活敏捷的動作與他臉色的蒼白是多麼不協調。

並不是說他在外面不再像從前一樣是個不可或缺的重要人物，他的重要性並未減損。現任市長朗哈爾斯博士用眾人都能聽到的聲音證實了前任市長厄韋蒂克說過的話：布登布洛克議員是市長的得力助手。他的朋友經常轉述這句話，而嫉妒他的人也無法否認。可是「約翰．布登布洛克公司」已經今非昔比，這似乎也是眾所周知的事實，乃至於鑄鐘路的施篤特先生可以在中午和妻子一起喝醃肉湯時講給她聽。而湯瑪斯．布登布洛克為此長嘆。

然而，這種看法之所以產生，他自己要負最大的責任。他是個富有的人，他所遭受的損失都不至於嚴重危害公司的生存，即使是一八六六年的慘重損失也不例外。可是，儘管他理所當然地繼續維持適當的排場，宴客時菜餚的數量也符合賓客的期望，他卻認為自己的幸運和成功已經一去不返。這個想法與其說是建立在外部的事實上，不如說是一種內心的真相，使他陷入一種多疑的怯懦，他開始把錢抓得很緊，私底下開始以近乎小氣的方式節省開銷，而他以前從不曾這樣。他上百次咒罵自己花費鉅資蓋了這棟新居，他覺得這棟房子只給他帶來了厄運。每年夏季的旅行被取消了，用城裡那座小花園來代替去海邊或山間度假。在他一再嚴格要求下，他和妻子與小翰諾共餐時所吃的飯菜也極其簡單，和寬敞餐廳裡的鑲木地板、奢華的挑高天花板與精美的橡木家具形成可笑的對比。有很長一段時間，只在星期天才有飯後甜點……他的衣著仍舊體面，可是在家裡服務多年的僕人安東會在廚房裡對人說：議員先生現在每兩天才換一件白襯衫，因為那精緻的亞麻布料太常洗容易洗壞……安東知道的還要更多。他知道自己將被解雇。蓋爾妲反對這件事，說這麼大的屋子靠三個僕人來打理實在不夠。可是她的抗議沒有用：安東拿到一筆合理的遣散費，被打發走了，這麼多年來他都充當車夫送湯瑪斯．布登布洛克前往議會。

這些舉措與公司死氣沉沉的營運節奏相符。湯瑪斯．布登布洛克年輕時曾經以清新的朝氣給企業注入活水，如今這股朝氣已蕩然無存，而他的合夥人馬庫斯先生所占的股份很少，本來就不具有重大的影響力，況且此人天生就缺乏主動的精神。

這些年來，馬庫斯先生對細節的講究愈來愈嚴重，已經完全成了怪癖。單是剪個雪茄，把剪下的雪茄頭放進錢包，就要花掉他十五分鐘，他會一邊撫摸唇上的小鬍子，一邊清清嗓子，再從容地左顧右盼。到了晚上，當煤氣燈把辦公室的每個角落都照亮得有如白晝，他也總是不忘點燃一支硬脂蠟燭，擺在他的寫字檯上。每隔半小時，他就會站起來，走到水龍頭前面，把水淋在頭上。一天早上，一個裝穀物的空麻袋揉成一團躺在他的寫字檯底下，他以為那是一隻貓，大聲咒罵著試圖把牠趕走，讓全公司的人都忍俊不住……不，他不是在老闆目前欲振乏力的情況下還能夠振興生意的人。當湯瑪斯像此刻一樣用疲憊的眼神凝視著客廳的黑暗，想到「約翰．布登布洛克公司」最近淪落到做些無足輕重的小生意、賺點蠅頭小利，他往往會感覺到羞愧和心焦。

可是，這難道不是好事嗎？他心想，就跟好運一樣，厄運也有時而盡。在遭逢厄運的時候，不要輕舉妄動，靜靜地等待時機，好好蓄積內心的力量，這難道不是明智之舉嗎？為什麼別人要在此刻帶著這個提議來找他，提早使他從這種明智的認命狀態中驚起，使他心中充滿了疑慮！難道時機來了嗎？難道這是個暗示嗎？他應該要受到鼓勵站起來奮力一擊嗎？他盡可能用堅決的語氣拒絕了這個提議；可是在東妮起身離開之後，這整件事真的解決了嗎？似乎並沒有，因為他坐在這裡苦苦思索。「一個提議之所以會使我們激動生氣，就只是因為我們沒有十足的把握去抗拒這個提議。」這個小東妮真是個鬼靈精！

他說了什麼話來反駁她呢？就他記憶所及，他說得很好，很有說服力。「骯髒的勾當……混水摸魚……殘酷的剝削……敲詐一個無助的人……牟取暴利……」精彩極了！問題只在於，在辯論這件事情時是否有必要用上如此慷慨激昂的字眼。赫爾曼．哈根史托姆領事不會去找這些字眼來用，也找不出來。湯瑪斯・布登布洛克究竟是個生意人、是個有行動魄力的人，還是個瞻前顧後的沉思者？

噢，是的，這就是問題所在。自從他能夠思考以來，這就是他的疑問！生活是嚴苛的，而冷酷無情、毫不多愁善感的商業生活就是整個生活的寫照。湯瑪斯・布登布洛克是否和他的祖先一樣穩穩地立足於這種嚴苛而務實的生活中？一直以來他就經常有理由懷疑這一點！從年少時期開始，他就不得不在面對生活時修正自己的感受，嚴苛待人，也忍受嚴苛，並且不覺得那是嚴苛，而是天經地義——這件事他難道永遠無法完全學會嗎？

他想起一八六六年那場災難給他留下的印象，重新喚回當時排山倒海而來的那種難以言喻的痛苦感受。當時他損失了一大筆錢……唉，令人難以忍受的倒不是這筆損失！而是他第一次不得不徹底親身感受到商業生活的殘酷野蠻。在這種生活中，所有善良、溫柔和親切的情感都會在自保的本能之前退縮，這種本能原始、赤裸而且霸道。在這種生活中，一個人所遭遇的不幸在朋友心中（甚至是最好的朋友）引發的不是關心、不是同情，而是「猜疑」，冷酷而拒人於千里之外的猜疑。難道他原本不知道這一點嗎？他有資格為此感到驚訝嗎？當時他在失眠的夜裡感到憤怒，滿心厭惡，受到無法療癒的傷害，反抗生活這種醜陋而無恥的嚴苛；後來，在他心情好轉、比較堅強的時刻，他為此深深感到羞愧。

那是多麼愚蠢啊！他每次感覺到的那些情緒波動是多麼可笑！他心中怎麼可能產生這種情緒波動？因為他得要再問一次：他究竟是個務實的人還是個柔弱的夢想家？

唉，這個問題他已經問過自己千百次，在他堅強而有自信的時刻給了自己一種回答，在疲憊的時刻又給了自己另一種回答。可是他太過精明，也太過誠實，最終不得不承認事實：他是這兩者的混合體。

他這一生都以一個有為男子的形象在眾人面前出現；而即便他被視為這種人是有道理的——難道這不是出於他有意識的深思熟慮嗎？用他喜歡引用的歌德箴言來說？過去他曾經成功過，但是這些成功難道不是只靠著熱情和活力嗎？而如今他倒下了，他的力量似乎耗盡了（就算上帝保佑，並非永遠耗盡了）：難道這不是此種難以維持的狀態的必然結果嗎？難道不是這種不自然而且消耗精力的內心衝突的必然結果嗎？他的父親、祖父、曾祖父是否會買下波本拉德莊園尚未收成的農作物？這不重要！不重要……但可以確定的是：他們都是務實的人，都比他更完好、更完整、更堅強、更無拘無束、更自然……

一陣強烈的不安攫住了他，他需要活動、空間和光亮。他把椅子向後推，走進客廳，點亮正中央桌子上方枝形吊燈上的幾個煤氣燈芯。他站在那裡，使勁地緩緩捻著他那撇小鬍子的鬍尖，茫然環顧這個豪華的廳堂。這個客廳連同起居室占據了房子的整個正面，用淺色弧形家具裝潢，還擺著一架三角大鋼琴，上面擱著蓋爾妲的提琴盒，旁邊的書架上擺滿琴譜，連同一個雕花琴譜架以及門頂浮雕上演奏著樂器的小愛神，使得這裡有點像個音樂廳。凸窗前擺滿棕櫚盆栽。

布登布洛克議員一動也不動地站了兩、三分鐘。然後他打起精神，走回起居室，再走進餐廳，把餐廳的燈也點亮了。他在餐櫥旁邊忙了一會兒，給自己倒杯水喝，為了安定心神，也可能只是想做點什麼，之後就背著手，邁開快步，繼續走向屋子深處。「吸菸室」裡擺的是深色家具，牆面鑲著木板。他心不在焉地打開雪茄櫃，立刻就又關上，在牌桌旁掀開一個小橡木箱的蓋子，裡面裝著紙牌和計分簿之類的東西。他抓起一把骨製的籌碼，讓它們嘩啦啦地從手裡落下，再把蓋子蓋回去，轉身繼續往前走。

吸菸室旁邊是個小房間，有一扇彩色玻璃小窗。房間裡只有幾張輕便的「侍餐桌」疊放在一起，上面擺著一個裝利口酒的箱子。從這個房間走出去就是大廳，偌大的空間鋪著鑲木地板，四扇高窗掛著酒紅色窗簾，窗外是花園，這座大廳也占了這棟房子的整個面寬。大廳裡擺著兩張低矮沉重的沙發，跟窗簾一樣是酒紅色的，另外還有幾張高背椅，整齊地靠牆擺放。還有一個壁爐，爐柵後面放著假煤炭，裹著紅金條紋的亮光紙，看似在燃燒。鏡子前面的大理石檯面上聳立著兩個巨大的中國花瓶。

現在這整排廳室都浸浴在一盞盞煤氣燈的光亮中，就像一場宴會剛結束，最後一位賓客剛搭車離去時。湯瑪斯從大廳的一端走到另一端，然後停在面對小房間的那扇窗前，看向窗外的花園。

小小的月亮高懸在蓬鬆的雲朵之間，在核桃樹懸垂的枝葉下方，噴泉的水柱在寂靜中濺起水花。湯瑪斯看向花園盡頭的那座涼亭，看向那個閃著白光、有兩個方尖碑的小露臺，看向那些整齊的碎石小徑，剛翻過土、形狀規整的花圃和草地。可是這一幅精緻而且有條不紊的對稱畫面並未使他的心緒平靜下來，反而使他感到痛苦煩躁。他伸手抓住窗戶的把手，把額頭靠在上面，讓他的思緒重新痛苦地運轉。

他該何去何從？他想起自己剛才對妹妹說過的一句話，話才出口，他就覺得這句話極其多餘，因而懊惱不已。他那時談到了史特雷里茲伯爵，談到地主貴族，藉此明確表達出他的看法：生產者的社會地位要高於中間商，這一點應該受到承認。這個看法切合實際嗎？啊，天哪，這是否切合實際一點也不重要！可是他有資格說出這個想法嗎？有資格去衡量嗎？根本上有資格去想這件事嗎？他能夠想像他父親、他祖父、還是城裡哪個市民會沉溺於這種念頭並且將之表達出來嗎？一個人如果毫不懷疑地堅定從事自己的職業，就只認得這個職業，只懂得這個職業，只看重這個職業。

忽然，他感覺到血液熱燙燙地湧上頭部，想起另一件很久以前的往事，不禁臉紅了。他在腦海中看見自己和弟弟克里斯提昂在曼恩路老宅的庭園裡走來走去，正在爭吵，是那種令人深感遺憾的激烈衝突。克里斯提昂一向出言輕率、令人顏面盡失，那一次又在眾人面前說了一番輕佻的話，使湯瑪斯怒不可遏地質問他。克里斯提昂說的是：根本上，所有的商人其實都是騙子……怎麼？這句不值一提的蠢話跟他自己剛才向妹妹說的那句話在本質上不是相去不遠嗎？當年他為了弟弟那句話而大發雷霆，怒氣沖沖地表示抗議。而這個機靈的小東妮是怎麼說的？一個人之所以發怒……

「不！」湯瑪斯忽然大聲說，猛然抬起頭，鬆開窗戶把手，簡直像是把自己往後推，然後同樣大聲地說：「到此為止！」接著他清了清嗓子，以擺脫他獨語的聲音所引發的不悅感受，轉過身，低著頭、背著手，開始在這層樓的所有房間裡走來走去。

「到此為止！」他又說了一次。「必須到此為止！我在浪費時間，我在沉淪，我變得比克里斯提昂更愚蠢！」噢，真慶幸他很清楚自己的情況！現在要由他來糾正自己！要勉力為之！讓我想想……讓我想想……別人剛才向他提議的是樁什麼樣的買賣？農作物……波本拉德莊園尚未收成的農作物？「我要做這樁買賣！」他用熱情的低語說，甚至搖了搖伸出食指的手。「我要做這樁買賣！」

這可能就是大家所謂的妙招？是一次機會，說得誇張一點，能夠把一筆資本，比如說四萬馬克吧，輕鬆翻倍？是的，這是個暗示，提醒他該振作起來！這是一個開始，是第一擊，而此舉的風險只在於再次駁斥所有的道德顧慮。如果成功了，他就恢復了元氣，那麼他就會再次大膽起來，再次用內心那富有彈性的夾子緊緊夾住幸運與權力。

不，很遺憾，「史特倫克&哈根史托姆公司」要錯過這筆好生意了！本地有一家公司由於私人關係而在這件事情上占了先機！事實上，私人因素在此具有決定性。這不是一樁以尋常方式就能冷靜談成的普通生意。由於此事是由東妮居中牽線而啟動的，半帶著私人事務的性質，需要私下友好地處理。喔，不，赫爾曼．哈根史托姆不會是適合談這樁生意的人！湯瑪斯身為商人利用了這個良機，而老天在上，之後在出售時他也會知道該如何把握機會！另一方面，他也幫了這個手頭困窘的莊園主人一個大忙，由於東妮與馮．麥布姆夫人的友誼，只有他才有資格這麼做。所以，寫信吧，今天晚上就寫——不用印有公司商標的商務信箋，而用只印著「布登布洛克議員」的私人信箋——用最委婉的方式詢問在未來這幾天前去拜訪是否合適。這畢竟是件棘手的事。就像在有點滑溜的地面行走，得要小心行事……這更是適合由他來做！

他的腳步加快了，呼吸也更深了。他坐了一會兒，又跳起來，又一次在所有的房間裡走來走去。他把這整件事又想了一遍，想到馬庫斯先生，想到赫爾曼·哈根史托姆、克里斯提昂和東妮，彷彿看見波本拉德莊園黃澄澄的成熟莊稼在風中搖曳，想像著公司在使了這個妙招之後將蒸蒸日上，生氣地拋開所有疑慮，揮著手說：「我要做這樁買賣！」

東妮打開通往餐廳的門，喊道：「晚安！」他不知不覺地應了一聲。克里斯提昂在大門口跟蓋爾妲告別之後，蓋爾妲走進來，她那雙靠得很近的奇特棕色眼睛裡閃著音樂一向會賦予它們的神秘光芒。湯瑪斯不經心地在她面前停下腳步，不經心地問起那位西班牙演奏家和音樂會的演出情況，然後向她保證他馬上也要上床休息了。

但是他沒有上床休息，而是繼續在屋裡走來走去。他想著將會堆滿「獅子」、「鯨魚」、「橡樹」和「椴樹」那幾座倉庫的一袋袋小麥、黑麥、燕麥與大麥，思考著他打算出的價錢——噢，絕對不會有失公道——在午夜時分悄悄走到樓下的辦公室，點燃馬庫斯先生的硬脂蠟燭，一氣呵成地寫了一封信給波本拉德莊園的馮·麥布姆先生，當他腦袋沉重發熱地把這封信再讀一遍，他覺得這是他這輩子寫過最好、最婉轉的一封信。

這是五月二十七日夜裡的事。隔天他用輕鬆幽默的口吻向他妹妹宣布，說他從各方面考慮過這件事，不能就這樣讓馮·麥布姆先生碰釘子，讓他去被別人敲竹槓。當月三十日他就啟程前往羅斯托克，再從那裡搭乘出租馬車前往鄉間。

之後那幾天，他的情緒極佳，步伐輕快自在，表情和藹親切。他逗弄克斐蒂妲，開懷取笑克里斯提昂，和東妮開玩笑，星期天陪著小翰諾在三樓大陽臺上玩了足足一個小時，幫忙年幼的兒子用絞盤把小小的玩具糧袋搬進一座磚紅色小倉庫，一邊模仿倉庫工人沉著嗓子、拖長了尾音的吆喝聲。在六月三日的市民代表會上，他針對這世上最枯燥乏味的題材，某件稅務問題，發表了一篇精彩詼諧的演說，證明他在各方面都言之有理，而反對他的哈根史托姆領事則受到了大家的嘲笑。

第五章

不知道是湯瑪斯粗心大意，還是他故意疏忽——一件事實差點就被忽略，若非對家族文獻最在乎、最投入的東妮此刻向大家宣布：根據文件記載，一七六八年七月七日被視為公司成立的日期，而一百周年紀念日即將來臨。

當東妮用喜悅激動的嗓音提醒他這件事，湯瑪斯看起來幾乎像是感到難堪。他振奮起來的心情並沒有持續很久。很快他就又沉默下來，也許比以前更沉默。他會在工作到一半的時候離開辦公室，由於煩躁不安而獨自在花園裡走來走去，偶爾停下來，彷彿被擋住或攔住，嘆息著用手摀住眼睛。他什麼也不說，沒有說出心事。他又能對誰說呢？當他直截了當地把與波本拉德莊園的那筆生意告訴合夥人馬庫斯先生，馬庫斯先生這輩子第一次發了脾氣（那一幕令人吃驚），拒絕承擔任何責任，也拒絕參與其中。不過，湯瑪斯還是向妹妹東妮透露了一些。一次週四晚上的聚會結束後，兄妹倆在路上道別，東妮暗示地提到波本拉德莊園的莊稼，湯瑪斯只短暫地握了一下她的手，再小聲地匆匆說了一句：「唉，東妮，真希望我已經又賣掉了！」說完他驀地中斷了談話，轉身就走，留下錯愕而深受震撼的東妮。這突如其來的一握透露出爆發出來的絕望，那句低聲說出的話充滿了長久壓抑住的恐懼。可是當東妮在下一次找到機會試圖再談起這件事，他就更加不願去談，只是沉默，對於自己一時的軟弱感到羞愧，對於自己無力獨自承擔此舉的責任而滿心懊惱。

這會兒他悶悶不樂、慢吞吞地說：「唉，老妹，我希望我們能夠乾脆忽視這件事！」

「忽視，湯姆？不可能！沒法想像！你以為你能夠隱瞞這件事實嗎？你以為全城的人能夠忘記這個日子的意義嗎？」

「我沒說這是可能的；我說的是，我寧願悄悄慶祝這個日子。如果對現在與未來都充滿信心，那麼慶祝往昔才是件好事。如果知道自己和祖先心意一致，自覺總是按照祖先的意思行事，那麼緬懷祖先才是件愉快的事。假如這個周年紀念日在比較恰當的時候來臨……總之，我沒有什麼心情大肆慶祝。」

「你不該這麼說，湯姆。你也不是這個意思，而且你很清楚，如果讓『約翰．布登布洛克公司』的一百周年紀念日無聲無息地過去，那就太丟臉了，那會是件恥辱！你現在只是有點煩躁，而我也知道原因何在，雖然你其實根本沒有理由感到煩躁。等到那個日子到了，你就會又高興又感動，就跟我們大家一樣。」

她說得對，這個日子無法悄悄慶祝。沒過多久，《城市報》上就刊登了一則預告，主動承諾將在周年慶當天詳細介紹這家聲譽卓著的老商號的歷史——而值得讚許的商業界也幾乎不需要這則預告來提醒。在家人當中，首先在週四聚會時提起此事的是尤思圖斯．克羅格，而東妮則負責在甜點從桌上被撤走之後，把那個裝著家族文獻、令人肅然起敬的皮製檔案夾鄭重地擺在桌上，讓大家熟悉公司創辦人約翰．布登布洛克的生平，也就是小翰諾的高祖父。他何時得了粟粒疹，何時染上天花，何時從四樓摔進烘穀室，何時因為發高燒而神智不清，她都懷著宗教般的肅穆念誦出來。然後她意猶未盡，又往前追溯到十六世紀，追溯到布登布洛克家族最早有記載的那位祖先，再到在格拉包當上市議員的那位祖先，還有在羅斯托克擔任裁縫師的那一位，文獻上寫著他「家境十分富裕」——這幾個字下面畫了底線——而且生了很多孩子，有些死了，有些活下來，「真是個了不起的人！」她大聲讚嘆，接著又朗誦起那些古老泛黃的殘舊信件與節日祝賀詩。

理髮師溫策爾先生自然是七月七日這天早晨第一位表示祝賀的人。

「是啊，議員先生，一百年了！」他說，一邊靈活地在手裡擺弄剃刀和磨剃刀的皮帶，「而我可以說，這一百年裡大約有一半的時間是我在您府上伺候刮鬍子的，所以我也一起經歷過一些事，既然我總是每天第一個跟老爺說話的人。已經去世的老領事先生也總是在早晨最健談，他會問我：溫策爾啊，你覺得黑麥怎麼樣？我該賣掉嗎？還是說你認為價錢還會上漲？」

「是啊，溫策爾，我也沒辦法想像沒有你的情況。就像我偶爾對你說過的，你的職業的確有很多吸引人之處。每天早上，當你在城裡轉了一圈，完成了工作，你知道的就比任何人都多，因為你幾乎替所有大戶人家的老爺刮了鬍子，曉得他們每個人的情緒，這一點會讓每個人都羨慕你，因為這很有趣。」

「這番話有幾分道理，議員先生。可是說到議員先生您自個兒的情緒，容我斗膽說一句……議員先生今天早上的臉色又有一點蒼白？」

「哦？是啊，我有點頭痛，而且看來一時還不會消失，因為我想今天別人不會讓我閒著。」

「我也這麼認為，議員先生。大家都很關注，非常關注。待會兒議員先生您可以看看窗外。一片旗海飛揚呢！而『烏倫威爾號』和『弗麗德里珂．厄韋蒂克號』停泊在費雪古魯伯街尾的河道上，船上掛滿了旗幟。」

「那你得動作快點了，溫策爾，我沒有時間耽擱了。」

布登布洛克議員今天沒有先穿上辦公外套，而是在穿上淺色長褲之後，立刻穿上了一件黑色開襟外套，露出裡面的白色凸紋背心。料想上午將會有訪客上門。他最後再向梳妝鏡裡看了一眼，再一次用火鉗邊捲小鬍子的長長鬍尖，然後短嘆了一聲，轉身離開。這支舞要開始了……真希望這一天已經過去了！他會有片刻時間獨處嗎？讓他能放鬆一下臉部的肌肉？一整天都要接待賓客，得要莊重得體地應對上百人的祝賀，對各方人士都要找到合適的話語來答謝，措辭要審慎，而且要能穩穩掌握細微的差異，恭敬的、嚴肅的、友好的、諷刺的、詼諧的、寬容的、由衷的……而且要在市政廳地下室的餐廳裡設宴款待，從下午直到深夜……

他並非真的頭痛，只是累了。神經在晨間得享的片刻安寧一旦消逝，他就再次感覺到壓在心上的那股憂傷。他為什麼說謊呢？彷彿他一直對自己的身體不適感到內疚？為什麼？為什麼？……可是現在沒有時間去想了。

當他走進餐廳，蓋爾妲活潑地朝他走來。她也已經穿戴整齊，準備好接待賓客。她穿著一件蘇格蘭格紋布料的平滑裙子，白襯衫外面罩著一件薄薄的絲質短外套，和她濃密的秀髮一樣是深紅色的。她微笑著露出整齊有如編貝的牙齒，比她美麗的臉龐還要潔白，而她那雙靠得很近、有著淡青色陰影的神秘棕色眼睛今天也在微笑。

「我起床已經好幾個小時了，由此可見我的祝賀之情有多麼熱烈。」

「看哪！一百周年也令妳感到佩服嗎？」

「深深感到佩服！但是也可能就只是因為這種節慶的氣氛。多麼美好的一天！比如說那個，」她指著早餐桌，桌上擺著用花園裡採來的鮮花編成的花環，「是雍曼小姐的傑作。此外，如果你以為你現在有時間可以喝茶，那你就錯了。最重要的家族成員已經在客廳等你了，而且帶著一件賀禮，這件禮物我也有份。聽我說，湯瑪斯，今天上門的訪客將會絡繹不絕，這當然只是個開始。一開始我會撐得住，可是中午我就得回房休息，我先告訴你。氣壓計雖然下降了一點，但是天空還是一片蔚藍——雖然襯托著那些旗幟非常好看，因為全城都掛滿了旗幟——但是天氣將會熱得要命。快到客廳去吧。你的早餐得等等了。你應該要早點起床的。現在你只好空著肚子去接受第一波感動了。」

老領事夫人、克里斯提昂、克婁蒂妲、伊妲·雍曼、東妮與小翰諾都在客廳裡，東妮與小翰諾有點吃力地捧著家人的賀禮，一個大大的紀念牌匾。老領事夫人深深感動地擁抱了她的長子。

「我親愛的孩子啊，這真是個美好的日子……真是個美好的日子……」她說了一遍又一遍。「我們永遠不能停止在心中讚美上帝的所有恩典……所有的恩典……」她喜極而泣。

湯瑪斯在母親的擁抱中感到一陣軟弱。彷彿在他內心有某種東西鬆動了、脫離了他。他的嘴脣在顫抖，內心充滿一股脆弱的需求，想要閉上眼睛，留在母親懷裡，依偎在她胸前，留在她柔軟絲綢衣裳散發出的淡淡香氣裡，不必再看見什麼，也不必再說什麼。他親吻了母親，站直了，向弟弟伸出手，克里斯提昂握住他的手，表情半是心不在焉，半是尷尬，這是他在莊嚴的慶典上慣有的表情。克婁蒂妲拖長了聲調說了些和氣的話。雍曼小姐則只是深深一鞠躬，一邊用手把玩垂在她平坦胸前的銀錶鍊。「過來吧，湯姆，」東妮用顫抖的聲音說，「我們快要捧不住了，小翰諾和我。」她幾乎是獨力捧著那塊匾額，因為小翰諾的手臂還沒有多大力氣，她那副吃力而興奮的模樣就像是個如痴如醉的殉道者。她的眼睛溼潤，臉頰紅通通的，用舌尖舔著上脣，帶著半是絕望、半是淘氣的表情。

「我這就來了！」湯瑪斯說。「這是什麼？來，鬆手吧，我們來把它靠在牆上。」他把那塊牌匾豎起來，倚著大鋼琴旁邊的牆面擺放，在家人的圍繞下站在牌匾前面。

厚重的雕花胡桃木框圍著一塊厚紙板，上面罩著玻璃，厚紙板上是「約翰·布登布洛克公司」四任業主的肖像，每幅肖像底下用燙金字體印著名字與年分。上面有公司創辦人約翰·布登布洛克的肖像，是按照一幅古老的油畫繪製而成，他是個身材頎長、神情嚴肅的老先生，緊閉著嘴脣，目光掠過胸前的領巾，眼神嚴厲而堅毅；上面也有與尚・雅克・霍夫施泰德結為朋友的那一位約翰・布登布洛克平易近人的大圓臉；而約翰・布登布洛克領事的下巴縮在硬挺的高領底下，大大的嘴巴旁邊布滿皺紋，大大的鷹鉤鼻，一雙眼睛流露出聰明才智與宗教熱情，盯著觀看這幅肖像的人；最後則是湯瑪斯・布登布洛克自己，畫的是他比較年輕的時候。一條金色麥穗圖案連結了這四幅肖像，麥穗圖案下方也用燙金字體醒目地並排印著一七六八與一八六八這兩個年分。在上端則用哥特式字體、以留下這句家訓的那位祖先的書寫方式寫著：「吾兒，白天裡勤奮經商，但是只做能讓我們在夜裡安心就寢的生意。」

湯瑪斯背著手，久久端詳著這個牌匾。

「是啊，是啊，」他忽然用相當嘲諷的語氣說，「夜裡能夠安穩地睡覺是件好事……」然後，他改用嚴肅的語氣，雖然有點倉促，對所有在場的人說：「親愛的家人，我由衷感謝你們！這是一件美好而且有意義的禮物！我們該把它掛在哪裡呢？你們覺得呢？掛在我的私人辦公室？」

「對，湯姆，掛在你私人辦公室的書桌上方！」東妮回答，同時擁抱了她哥哥，然後她把他拉到凸窗前，指指外面。

在夏日的蔚藍天空下，家家戶戶都掛起了雙色旗幟——沿著整條費雪古魯伯街，從布萊特大街口一直到港口，停泊在港口裡的「烏倫威爾號」和「弗麗德里珂・厄韋蒂克號」也掛滿了旗幟向船東致敬。

「全城都是這樣！」東妮說，她的聲音在顫抖。「我已經出門去走了一圈，湯姆。哈根史托姆家也掛出了旗幟！哈，他們不掛不行，否則我會砸了他們家的窗戶。」

湯瑪斯微微一笑，接著她把他拉回客廳的桌旁。

「賀電在這裡，湯姆。當然就只是第一批私人電報，來自在外地的家人。商務朋友的賀電會送到辦公室。」

他們拆開幾封電報：來自漢堡的親戚、法蘭克福的親戚、阿姆斯特丹的阿爾諾德森先生及其家人、還有在維斯馬鎮工作的約爾根・克羅格……忽然，東妮臉紅了。

「他也還算是個好人。」她說，把一封拆開的電報推到她哥哥面前。署名是：**佩曼尼德**。

「可是時間過得真快，」湯瑪斯說，打開懷錶的蓋子看了看。「我想喝個茶，你們要陪我一起喝嗎？待會兒這屋裡就會鬧哄哄的了。」

伊妲・雍曼向蓋爾妲做了個手勢，於是蓋爾妲攔住了她先生。

「等一下，湯瑪斯。你知道的，翰諾馬上就要去補習了。他想要朗誦一首詩給你聽……來吧，翰諾。你就當作這裡沒有別人在，別緊張！」

雖然七月是放暑假的時候，但是為了在這門科目能跟上班級的進度，翰諾在假期當中也得要補習算術。在城郊聖格特魯德區的某個地方，在一個氣味難聞的悶熱房間裡，一個留著紅鬍子、指甲髒兮兮的男子正等著他，要和他練習那要命的九九乘法表。但是在那之前，他要先背誦這首詩給爸爸聽，這是伊妲帶著他在三樓大陽臺上認真背下來的。

他倚著大鋼琴站著，穿著哥本哈根水手服，亞麻布大翻領，白色領襯，領子底下繫著大大的水手結，細瘦的雙腿交叉著，頭部和上半身微微側向一邊，姿勢中充滿了羞怯與不自覺的優雅。他的長髮在兩、三個星期前被剪短了，因為在學校裡不只是同學嘲笑他的長髮，就連老師也笑他。但是他的頭髮仍舊鬈曲柔軟，並且深深垂在鬢角和細嫩的額頭上。他垂著眼簾，長長的棕色睫毛落在眼睛周圍的淡青色陰影上，閉著的嘴唇有點歪扭。

他很清楚將會發生什麼事。他將會忍不住哭出來，由於哭泣而無法把這首詩背完，這首詩令人心臟收縮，就像週日在聖瑪利亞教堂，當管風琴師費爾先生以一種動人肺腑的莊嚴方式演奏起來。他會忍不住哭出來，每次都是這樣，當別人要求他表現自己，當別人考問他什麼，考驗他的能力與沉著，爸爸就喜歡這樣做。假如媽媽沒有叫他別緊張，那就好了！媽媽的本意是想鼓勵他，但是他感覺得出那沒有發生作用。大家站在那裡看著他。他們擔心他會哭起來，也預期他會哭，那他還有可能不哭嗎？他抬起眼睫毛，尋找伊妲的眼睛，她正在把玩她的錶鍊，用她那副有點悶悶不樂的老實模樣向他點頭。他感覺到一股莫大的渴望，想要依偎著她，讓她帶他離開這裡，什麼都聽不見，除了她那令人心安的低沉聲音，說著：別哭了，小翰諾，我的寶貝，你不必朗誦了……

「好了，兒子，背來聽聽吧。」湯瑪斯簡短地說。他已經在桌旁的一張扶手椅上坐下，等待著。他臉上沒有一絲笑容——今天沒有，平常在類似情況下也沒有。他神情嚴肅，挑起一邊的眉毛，用審視的、甚至是冷冷的目光打量著小約翰的身形。

翰諾站直了。他用手撫摸著鋼琴光滑的木蓋，怯生生地環顧了一下在場的人，從奶奶和東妮姑媽眼中向他流露出的寬容得到一點勇氣，於是他用有點生硬的嗓音小聲說：「〈牧羊人的主日頌歌〉……作者是烏蘭德。」

「噢，孩子，這樣不行！」湯瑪斯喊道。「不要靠在鋼琴上，也不要把雙手交叉擱在肚子上。要落落大方地站著！落落大方地說話！這是第一件事。過來站在門簾中間！現在把頭抬起來，手臂自然下垂……」

翰諾走過來站在通往起居室的門檻上，讓手臂垂下來。他聽話地抬起頭，但是睫毛仍舊低垂，讓人看不見他的眼睛。他眼中可能已經噙著淚水了。

「『今天是主日』，」他開始背誦，聲音很小，因此父親打斷他的聲音聽起來格外響亮：「兒子，開始朗誦的時候要先鞠躬！聲音也要更大。請重來一遍！〈牧羊人的主日頌歌〉……」

這很殘忍，而湯瑪斯也知道，他奪去了這孩子僅剩的鎮靜與抵抗力。但是這孩子不該讓別人奪走自己的鎮靜和抵抗力！不該讓自己被別人動搖！而應該要養成堅定不移的男子氣概。「〈牧羊人的主日頌歌〉！」湯瑪斯又說了一次，意在鼓勵，但是毫不留情。

然而，翰諾已經不行了。他的頭低垂在胸前，右手痙攣地拽著門簾的織錦布料，蒼白的小手從水手服的深藍色衣袖裡探出來，袖口收得很緊，衣袖上繡著一支錨，手上的淡青色血管清晰可見。「『我獨自站在遼闊的田野上』，」他又背出一句，之後就再也無法往下背了。這詩句的氣氛使他感傷起來，他覺得自己萬分可憐，這股自憐的情緒使他完全發不出聲音，淚水抑制不住地湧出眼簾。他忽然想念起某些夜晚，當他生了點小病，喉嚨痛，有點發燒地躺在床上，而伊姐會過來，拿杯水給他喝，憐愛地換一條溼毛巾敷在他額頭上。他側身彎腰，把頭擱在拽著門簾的右手上，啜泣起來。

「哼，這實在掃興！」湯瑪斯惱怒地厲聲說道，同時站了起來。「你哭什麼呢？即使在今天這種日子，你也拿不出足夠的活力來讓我高興一下，這倒是值得一哭。難道你是個小女孩嗎？如果你繼續這樣下去，將來會成為什麼樣子？難道以後你每次對著一群人說話的時候都要這樣眼淚汪汪嗎？」

絕不，翰諾絕望地想著，我絕對不會對著一群人說話！

「你好好反省一下，直到今天下午。」湯瑪斯最後說，說完就走進餐廳，當伊妲・薙曼蹲在她負責照顧的小翰諾身旁，替他擦乾眼淚，半是責備、半是安慰地勸他別哭。

在湯瑪斯匆匆吃著早餐的時候，老領事夫人、東妮、克婁蒂妲和克里斯提昂向他道別。今天中午他們將和克羅格一家人、魏宣克一家人、還有布登布洛克三姊妹在這屋裡與蓋爾妲一起共進午餐，湯瑪斯則好歹都必須出席在市政廳地下室餐廳的盛宴，但是他不打算在那裡待太久，因為他希望晚上回家時全家人都還在。

他在那張有花環裝飾的桌旁用茶碟喝了幾口熱茶，匆匆吃了個蛋，然後走到樓梯上抽幾口菸。葛羅布雷本在樓梯底下迎向他的主人，雖然是夏季，他脖子上仍然圍著那條羊毛圍巾，一隻靴子套在左手下臂上，右手拿著擦鞋的刷子，鼻子底下懸著一條長長的鼻水。他剛才從花園過道走上玄關，走到主樓梯底下，那隻直立的棕熊標本如今就捧著名片盤站在那裡。

「啊，議員先生，都一百年了……有的人窮，有的人富……」

「好了，好了，葛羅布雷本！」湯瑪斯塞了一枚錢幣到那隻拿著刷子的手裡，接著就穿過玄關和緊挨著玄關的洽公接待室。在辦公室裡，出納員朝他走過來，這是個身材頎長、眼神忠厚的男子，用謹慎的措辭傳達了全體員工的祝賀。湯瑪斯答謝了兩句，就走到他位於窗前的座位。可是他才準備瀏覽一下擺在桌上的報紙，再拆開信件，通往前廊的門就被敲響了，前來祝賀的人到了。

這是由倉庫工人組成的一個代表團，六個虎背熊腰的壯漢大剌剌地走進來，極其老實地把嘴角往下拉，把帽子拿在手裡扭著。代表發言的人嘴裡嚼著菸草，把褐色的汁液往屋裡一吐，把長褲往上提了提，用激動的聲音說起「一百周年」以及「再有許多個一百年」。湯瑪斯承諾這一週給他們的工資將會大幅提高，就讓他們離開了。

稅務官員以部門名義前來向他們的業務主管道賀。他們要離去時在門口碰到一群水手，由兩名舵手率領，是海運公司旗下那兩艘正停泊在港口裡的貨船「烏倫威爾號」和「弗麗德里珂．厄韋蒂克號」派來的。一個由穀物搬運工人組成的代表團也來了，他們穿著黑襯衫與馬褲，頭上戴著禮帽。在那當中，也有個別的市民前來道賀。鑄鐘路的裁縫師施篤特先生來了，羊毛襯衫外面罩著一件黑色外套。也有幾個鄰居前來道賀，像是花店老闆伊維爾森。一個戴著耳環、老是眼淚汪汪的白鬚老郵差也來了，他是個怪老頭，布登布洛克議員心情好的時候如果在路上碰到他，就會跟他講幾句話，稱呼他為「郵政局長」。此人在門口就大聲喊道：「不是為了這個，議員先生，我不是為了這個來的！我知道大家都說，來這兒的每個人都會拿到謝禮……但是我可不是為這個來的……」儘管如此，他還是感激地收下了賞錢。上門的人絡繹不絕。等到十點半的時候，女僕來通報，說議員夫人在客廳裡接待第一批客人了。

湯瑪斯・布登布洛克離開辦公室，匆匆走上主樓梯。到了樓上，他在客廳入口稍停了半分鐘，對著鏡子整理一下領帶，吸一口手帕上的古龍水香味。他臉色蒼白，雖然身體在出汗，但手腳冰涼。剛才在辦公室裡接待來客幾乎已經耗盡了他的精力。他吸了一口氣，走進客廳，以便在這個充滿陽光的房間裡招呼胡諾伊斯領事夫婦和他們的女兒、女婿，胡諾伊斯領事是擁有五百萬財產的木材批發商，他的女婿則是市議員吉塞克博士。這家人七月分原本在特拉沃明德的海邊度假，就跟城裡上流階層的許多人家一樣，為了布登布洛克家族慶祝公司成立一百周年而中斷了水療假期，專程前來祝賀。

大家坐在弧形的淺色靠背椅上還不到三分鐘，已故市長的兒子厄韋蒂克領事就帶著出身齊斯登梅克家族的妻子來了；而胡諾伊斯領事告辭時正好遇到他兄弟，這個兄弟的財產雖然比他少了一百萬，卻多了個議員頭銜。

送往迎來的輪舞就此展開。客廳那扇白色大門上方的浮雕上刻著演奏樂器的小愛神，這扇門幾乎沒有一刻是關上的，讓人時時都能看見被陽光照得通亮的樓梯間，也能看見不斷有賓客上上下下的主樓梯。可是由於客廳很寬敞，而客人又三五成群地聚在一起談話，因此來的人遠比走的人多，不久之後，眾人就不只是待在客廳裡，而是免除了女僕開門關門的工作，就讓門一直開著，鋪著鑲木地板的走廊上也站了人。男士女士嘰嘰喳喳交談的聲音，握手，鞠躬，戲謔的話語，還有開懷大笑的聲音，從樓梯間的柱子之間往上迴蕩，再從天花板、從天窗的大片玻璃發出回聲。布登布洛克議員一會兒在樓梯口、一會兒在客廳的凸窗前接受賓客的祝賀，有些是含糊其詞的客套話，有些則發自內心。市長朗哈爾斯博士受到大家恭敬的歡迎，他是個身材矮壯的體面紳士，刮得很乾淨的下巴縮在白領結底下，留著短短的灰白頰鬚，帶著疲倦的外交官表情。葡萄酒商艾德華．齊斯登梅克帶著出身莫倫朵普家族的妻子來了，他的弟弟兼合夥人史提方是布登布洛克議員最忠實的支持者和朋友，也和妻子一同抵達，她是莊園大地主的女兒，身體非常健康。莫倫朵普議員的遺孀端坐在客廳沙發中央，她的兒子奧古斯特．莫倫朵普帶著妻子剛剛抵達，他的妻子就是出身哈根史托姆家族的茱爾欣，他們向主人表達過祝賀之後，就邊打著招呼穿過聚集的人群。哈根史托姆領事在樓梯欄杆旁找到可以支撐他笨重身軀的地方，扁平的鼻子貼著上脣，有點吃力地對著淡紅色的鬍鬚呼吸，他在和議員克雷默博士聊天，此人兼任警察局長，棕灰相間的頰鬚圍著一張笑臉，帶有幾分狡黠。檢察官莫里茲．哈根史托姆在某處微笑，露出縫隙很大的尖細牙齒；他出身漢堡普特法肯家族的美麗妻子也在場。有片刻時間可以看見老醫師葛拉波夫用雙手握住布登布洛克議員的右手，而在下一刻他就被建築師沃伊格特擠到一邊。普林斯海姆牧師穿著便服前來，只有那件小禮服的長度暗示出他的莊嚴身分，他張開雙臂，滿臉喜樂地走上樓梯。公司合夥人馬庫斯先生也在場。那些代表議會、市民代表會、商會等組織前來的男士都穿著燕尾服。十一點半了。天氣變得十分炎熱。女主人在十五分鐘前回房休息了。

忽然，樓下的擋風門前響起一陣腳步雜沓的聲音，彷彿有許多人同時走進玄關，一聲響亮的叫嚷同時響起，響徹了整間屋子……眾人都湧向樓梯欄杆，整個走廊上都擠滿了人，大家擠在客廳、餐廳和吸菸室的門口向下張望。樓下有十五到二十個手持樂器的男子排好隊形，由一位戴著棕色假髮、留著灰色大鬍子的男士指揮，他在大聲說話時露出一口又大又黃的假牙……這是怎麼回事？原來是彼得．德爾曼領事率領市立劇院的樂團進場了！他本人也已經得意洋洋地從樓梯走上來，手裡揮舞著一疊節目單！

於是，為了祝賀布登布洛克公司一百周年慶而獻奏的樂曲就此響起，在這種毫無節制、沒有章法的音響效果中，各種樂器的聲音混在一起，各種和弦蓋過彼此，失去了意義，尤其是低音小號哼哼唧唧的聲音太大，壓過了其他所有的聲音，吹奏低音小號的是個胖子，用一副拚命的表情吹著。首先演奏的是聖歌〈今當齊來謝主〉，接下來的曲子改編自奧芬巴赫那首〈美麗的海蓮娜〉，之後奏起的是一首民謠集錦，曲目相當多元。

德爾曼想出的這個主意真妙！眾人紛紛向德爾曼領事表示稱讚。這會兒在音樂演奏結束之前，誰都不想離開了。大家在客廳裡和走廊上或坐或站，一邊聽著音樂，一邊閒聊。

湯瑪斯．布登布洛克與史提方．齊斯登梅克、市議員吉塞克博士以及建築師沃伊格特一起站在主樓梯的另一側，在吸菸室門口，靠近通往三樓的樓梯。他倚著牆壁站著，偶爾在這幾人的交談中插上一句，其餘的時間就沉默著，目光越過欄杆凝視著空無。氣溫愈來愈高，變得更加悶熱，但現在也無法再排除下雨的可能，因為從天窗上方掠過的陰影來判斷，天空中出現了雲層。沒錯，這些陰影出現得如此頻繁，而且接續的速度如此之快，乃至於樓梯間的光線明暗不定，一會兒暗、一會兒亮，最後使人眼睛作痛。天花板與牆壁上的鍍金石膏花飾、黃銅枝形吊燈、樓下樂隊的銅管樂器一會兒在陽光下閃閃發亮，一會兒又光澤盡失。只有一次，陰影停留的時間比較長，這時可以聽見有某種堅硬的東西敲打在採光天窗的玻璃上，以較長的間隔發出劈劈啪啪的聲響，響了五、六聲或七聲，毫無疑問是幾顆冰雹。在那之後，陽光又由上而下灑滿了整間屋子。

有一種憂鬱的狀態，在這種狀態中，凡是平常會令我們生氣或讓我們自然而然發洩出心中不滿的一切，都會以一種深沉無力而且無言的憂傷壓在我們心上。湯瑪斯就感覺到這種憂傷，由於小約翰的舉止，由於這整個慶祝活動在他心中喚起的感觸，更由於他無論怎麼努力都感受不到的那些情感。他好幾次試圖振作，讓眼神明亮起來，告訴自己這是個美好的日子，這一天必然會使他的心情振奮愉悅。然而，儘管樂器轟鳴、人聲嘈雜，再加上視線中那許多人撼動了他的神經，連同他對往日時光的回憶、對他父親的回憶，常使他心中湧起一股微微的感動，但是這整個場面給他的印象主要還是可笑和尷尬。這種音響效果失真的劣質音樂，這群喋喋不休談論股票行情與宴會的庸俗之人。而正是這種混合了感動與厭惡的情緒使他陷入了無力的絕望之中。

十二點一刻，當市立劇院樂團的演奏節目逐漸接近尾聲，這時發生了一件事。這件事絲毫沒有影響或打斷正在進行中的慶祝活動，可是由於這件事與生意有關，使得男主人不得不暫時離開他的賓客幾分鐘。事情是這樣的，就在音樂暫停的時候，辦公室裡年紀最輕的學徒從主樓梯走上來。他身材矮小，而且嚴重駝背，把羞紅的腦袋深深縮在雙肩中間，深得沒有必要。為了顯得輕鬆自信，他誇張地來回擺動一隻出奇細長的手臂，另一隻手把一張摺起來的紙張拿在身前，那是一封電報。他上樓時用羞怯的目光四處尋找他的老闆，等他發現了老闆，就從擋住他去路的賓客當中擠過去，一邊匆匆地喃喃道歉。

他的害羞完全是多餘的，因為沒有人注意他。眾人沒有看他一眼，而是一邊繼續聊天，一邊稍微移動身體讓路給他，也幾乎沒有人在匆匆一瞥之下注意到他鞠了個躬，把電報遞給布登布洛克議員，而後者撇下了齊斯登梅克、吉塞克與沃伊格特，和他走到旁邊去讀那封電報。雖然絕大多數的電報內容都只是表達祝賀，但即使是今天，在辦公時間收到的每一封電報還是必須立刻送來，不管在任何情況下。

在通往三樓的樓梯口，走廊轉了個彎，順著大廳側面通往僕人用的樓梯，這個樓梯旁邊有一扇通往大廳的側門。通往三樓的樓梯對面是送餐升降機井狀通道的開口，廚房做好的餐點就從這裡送上樓來，旁邊靠牆擺著一張較大的桌子，女僕平常就在這裡擦拭銀器。布登布洛克議員就在這裡停下腳步，背對著那個駝背的學徒，拆開了電報。

他突然睜大了眼睛，睜得那麼大，假如有人看見他這副模樣，肯定會嚇得倒退一步。他短促地痙攣了一下，倒吸了一口氣，吸得那麼猛，頓時使他的喉嚨乾燥得咳了起來。

他勉強說了句：「好了，知道了。」但是在他身後的嘈雜人聲使人聽不清楚他說的話。「好了，知道了。」他又說了一次，但是只有前面兩個字有聲音，後面幾個字像是耳語。

由於布登布洛克議員一動也不動，沒有轉過身來，甚至沒有一點向後移動的意思，於是那個駝背的學徒還拿不定主意地躊躇了片刻，搖擺著身體，把重心從一隻腳移到另一隻腳上。然後他再次怪模怪樣地鞠了個躬，走僕人用的樓梯下樓了。

布登布洛克議員仍舊站在桌旁。手裡拿著那封展開的電報，雙手癱軟無力地垂在他面前，他仍舊用半張著的嘴吃力而急促地呼吸，上半身則吃力地前後搖擺，同時不斷地搖頭，彷彿嚇呆了。「那麼一點冰雹……那麼一點冰雹……」他無意義地重複著這句話。但是他的呼吸漸漸深沉、平靜下來，身體的動作也慢下來；他半閉的眼睛蒙上一種近乎失神的疲倦表情，他重重地點點頭，轉向一側。

他打開通往大廳的門走進去，低著頭，慢慢踱步穿過這個寬敞大廳光滑如鏡的地板，在最裡面靠窗的一張深紅色轉角沙發上坐下。這裡安靜而涼爽。聽得見花園裡噴泉飛濺的聲音，一隻蒼蠅嗡嗡嗡地撞著窗玻璃，只有一陣隱約的嘈雜聲從前廳傳來。

他無力地把頭擱在靠墊上，閉上眼睛。「這樣也好，這樣也好，」他喃喃地低聲說；然後他吐出一口氣，滿足了，解脫了，又再說了一次：「這樣也很好！」

他放鬆了四肢，面容安詳地休息了五分鐘。然後他直起身子，把那封電報摺好，塞進外套胸前的口袋，站起來，準備回到賓客之中。

可是就在這一刻，他又發出一聲厭惡的呻吟，頹然坐回椅墊上。那音樂……那音樂又響起了，以一陣預示著快步舞曲的愚蠢噪音開場，由定音鼓和銅鈸定出節奏，其他的樂器卻沒能配合這個節奏，不是太快，就是太慢，交響成一片雜亂無章的刺耳聲音，天真地毫不怯場，令人難以忍受地刺激著神經，唧唧嘎嘎，咚咚鏘鏘，啁啁啾啾，還不時被短笛的滑稽哨音劃破。

第六章

「噢，巴哈！塞巴斯蒂安．巴哈，我尊敬的夫人！」艾德蒙．費爾先生喊道。聖瑪利亞教堂的這位管風琴師邁著大步在客廳裡走來走去，當蓋爾妲微笑著坐在大鋼琴前面，用手撐著頭，小翰諾則坐在一張扶手椅上豎起耳朵聆聽，用兩隻手環住一個膝蓋。「沒錯，如同您所說……由於巴哈，和聲學勝過了對位法……是他創造了現代的和聲學，沒錯！可是他是怎麼創造出來的呢？這還需要我來告訴您嗎？是透過對位法風格的進步發展——這一點您就跟我一樣清楚！可是驅動此一發展的原理是什麼呢？是和聲學嗎？噢，不！絕對不是！而是對位法，我尊敬的夫人！是對位法！我請問您，純粹的和聲實驗會導致什麼結果？我要提出警告……只要我的舌頭還聽我指揮，我就要提醒您純粹的和聲實驗是危險的！」

他對這種交談展現出很大的熱情，也任由這分熱情自由流露，因為在這個客廳裡他感到自在。每個星期三下午，他微聳著肩膀的矮壯身形就會出現在客廳門口，穿著一件咖啡色小禮服，後襬遮住了膝蓋窩。在等待將與他合奏的女主人時，他會憐愛地打開那架貝希斯坦鋼琴的琴蓋，整理雕花立桌上的小提琴聲部樂譜，再輕鬆嫻熟地彈一會兒前奏，彈奏時愉快地搖頭晃腦。

他的髮量濃密得驚人，一頭夾雜著白髮的紅棕色鬈髮長得亂七八糟、密密麻麻，使得他的頭顱顯得特別大而沉重，雖然這顆腦袋不受拘束地高踞在長長的脖子上，從翻領中伸出來的脖子有個很大的喉結。未經梳理的蓬鬆小鬍子與頭髮同色，比那個又小又扁的鼻子更凸出於臉外。他的一雙棕色眼睛又圓又亮，在演奏音樂時，他的目光似乎做夢般地穿透了眼前的事物，停留在事物的表象之外，眼睛下面的皮膚有些腫脹，形成兩個眼袋。這張臉並無可觀之處，至少並沒有智力過人的聰明相。他的眼瞼通常半垂，刮得乾乾淨淨的下巴經常鬆垮而意志薄弱地耷拉著，雖然下唇並未與上唇分開，使得嘴巴帶有一種柔和、內向、呆滯和忘我的表情，就像一個酣睡之人臉上露出的表情。

此外，他柔和的外表和他嚴肅莊重的性格形成奇特的對比。艾德蒙・費爾是個備受推崇的管風琴師，而且他在對位法上的淵博知識使他的名聲遠播到家鄉城市之外。他出版過一本談「教會調式」[1]的小書，在兩、三所音樂學院被推薦為自學讀物，而他所編寫的賦格曲與合唱曲經常在以管風琴頌讚上帝之處被演奏。這些作品以及他每週日在聖瑪利亞教堂使出渾身解數演奏的幻想曲都無可挑剔、完美無缺，充滿了嚴謹作曲法那種毫不留情、氣勢恢弘、合乎道德的莊嚴。其本質不同於一切世俗之美，它們所表達的也打動不了一般俗眾純屬於人類的情感。這些作品表達出的是已經成為禁慾宗教的技巧，技巧勝過了一切，技巧本身成為目的，把作曲才華提升為絕對神聖的東西。艾德蒙・費爾瞧不起所有悅耳動聽的音樂，說起優美的旋律也語帶不屑，這是事實。但儘管令人費解，他卻不是個枯燥乏味的人，也並不僵化守舊。「帕萊斯特里納[2]！」他帶著令人敬畏的表情說道。可是緊接著，當他用樂器演奏出一連串古老的樂曲，他的表情是全然柔和、出神與陶醉，彷彿看見一切事物的終極必要性直接運作，他的目光停留在神聖的遠方……音樂家的這種眼神看起來朦朧空洞，因為它停留在另一個國度，比起語言概念和思想的國度，那裡的邏輯更深刻、更純粹、更無瑕、也更絕對。

他的一雙手大而柔軟，看起來好像沒有骨頭似的，而且布滿雀斑；他的嗓音則柔和低沉，彷彿食道

1 「教會調式」（Kirchentonarten）為中世紀羅馬教會統治歐洲時期所使用的音樂調式。

2 帕萊斯特里納（Palestrina, 1525-1594），義大利文藝復興時期的作曲家，被稱為「教會音樂之父」。

中卡著一口食物。當蓋爾妲．布登布洛克掀開門簾從起居室走進來，他就用這個嗓音跟她打招呼：「您的僕人在此，夫人！」

當他稍微從扶手椅上欠了欠身，低著頭，恭敬地握住蓋爾妲朝他伸出的手，他的左手就也已經在鋼琴上堅定而清晰地彈出五度音和弦，於是蓋爾妲拿起她的史特拉第瓦里名琴，用準確無誤的音感替小提琴調音。

「巴哈的G小調協奏曲，費爾先生。我認為整個慢板樂章都還練得不好……」

於是這位管風琴師開始彈奏。可是才彈了頭幾個和弦，通往走廊的門就被小心翼翼地慢慢打開，小約翰躡手躡腳地溜進來，從地毯上悄悄走向一張扶手椅。他就在那張椅子上坐下，用兩隻手抱住膝蓋，靜坐不動，豎耳聆聽，既聆聽琴聲，也聆聽大人的交談。

「喔，翰諾，你來偷聽一點音樂嗎？」蓋爾妲在中間休息的時候問，把她那雙靠得很近、圍著一圈陰影的眼睛瞥向他，剛才的演奏在她眼中燃起一層溼潤的光澤。

於是他就站起來，默默地鞠個躬，再伸出手與費爾先生相握。費爾先生會慈愛地輕輕撫摸翰諾的淺棕色頭髮，那柔軟的頭髮優雅地貼著額頭和太陽穴。

「你儘管聽吧，孩子！」他語氣溫和地強調，而翰諾有點害羞地看著這個管風琴師的大喉結在他說話時往上移動，於是悄悄地迅速回到他的位子上，彷彿等不及想聆聽演奏和談話繼續下去。

他們練習了海頓一首曲子的一個樂章、幾頁莫札特以及貝多芬的一首奏鳴曲。可是接下來，當蓋爾妲把小提琴夾在腋下，一邊翻找新琴譜時，一件令人驚訝的事發生了：費爾先生，艾德蒙．費爾，聖瑪利亞教堂的管風琴師，從隨手彈奏的間奏曲漸漸轉入一種十分奇特的曲風，一種靦腆的幸福同時在他望向遠方的眼神中閃現。在他的指尖下，樂音開始湧動綻放，開始搖曳吟唱，從中出現了一個古老宏偉、華麗奇妙的進行曲主題，起初輕輕出現，隨即又消失，然後愈來愈清晰有力，以巧妙的對位法呈現。逐漸增強，交織纏繞，轉換過渡，在轉變時小提琴以最強音加入。《名歌手》[1]的序曲就這樣結束了。

蓋爾妲．布登布洛克是這種新音樂的熱情愛好者。而費爾先生卻是個義憤填膺的反對派，乃至於蓋爾妲起初對於爭取他的支持不抱希望。

她第一次把歌劇《崔斯坦與伊索德》當中的幾段鋼琴曲擱在譜架上，請他彈給她聽的時候，他才彈了二十五個小節就從椅子上跳起來，表現得深惡痛絕，在凸窗和鋼琴之間快步走來走去。

「我不彈這個，夫人，我是您最忠誠的僕人，但是我不彈這個！這不是音樂……請相信我……我一向自認為還懂一點音樂！這是混亂！是蠱惑、褻瀆和瘋狂！這是加了香料的煙霧，從中發出閃光！這是藝術中所有道德的終結！我不彈這個！」說完，他就又重重地坐回鋼琴椅上，又再彈奏了二十五個小節，他的喉結上上下下地移動，一邊嚥口水，一邊乾咳，然後他闔上了鋼琴蓋，喊道：

「啊，不，上帝在上，這太過分了！夫人，請原諒我有話直說。您給我酬勞，多年來一直付錢給我讓我來替您效勞……而我的家境並不富裕。可是我要辭去這份工作，放棄這份收入，如果您要強迫我彈奏這種卑劣的東西！而這個孩子就坐在那兒！他悄悄地到這兒來聆聽音樂！難道您想要徹底毒害他的心靈嗎？」

可是，儘管他的反應如此激烈，蓋爾妲藉由勸說以及讓他逐漸適應，一步一步地慢慢把他拉到自己這一邊。

「費爾，」她說，「請公道一點，冷靜地看待這件事。他使用和聲的方式很不尋常，這使您感到困

1 係指華格納的歌劇作品《紐倫堡的名歌手》（*Die Meistersinger von Nürnberg*），於一八六八年六月二十一日在慕尼黑首次演出，正好是小說中布登布洛克家族慶祝公司一百周年慶的同一年。

惑。您覺得相形之下，貝多芬的音樂純淨、清晰而自然。可是您想一想，貝多芬也曾經令他同時代那些受老派教育的人驚慌失措……就連巴哈，我的老天，都有人指責他的音樂不夠清晰悅耳！您談到道德，可是您所謂的藝術道德是什麼呢？如果我想得沒錯，道德就是所有享樂主義的對立面？那麼，在這個音樂裡也有道德。就跟在巴哈的音樂裡一樣。而且比在巴哈的音樂裡更出色、更自覺、更深刻。相信我，費爾，這音樂與您內心深處的本質並沒有您所以為的那麼格格不入！」

「這是騙人的話，是詭辯——請原諒我這麼說。」費爾先生喃喃抱怨。可是蓋爾妲說得沒錯：這音樂根本上與他並沒有那麼格格不入，不像他起初所以為的那樣。儘管他始終沒能完全接受《崔斯坦與伊索德》（雖然他最終還是依照蓋爾妲的請求，把那首〈愛之死〉巧妙地改編成小提琴與鋼琴的合奏曲），但是《名歌手》中的某些樂段逐漸得到他的稱讚。如今他不由自主地愈來愈喜愛這種音樂藝術。他並不承認，為此幾乎大吃一驚，並且嘟嘟囔囔地加以否認。可是與他合奏的蓋爾妲不再需要勉強他，當他們已經練過很多古老大師的作品，他的指法就會變得複雜，眼神中帶著那種靦腆而近乎慍怒的幸福表情，轉而奏起《名歌手》中生動的主題旋律。不過，在彈奏過後，兩人也許會展開一番爭論，討論這種藝術風格與嚴謹作曲法之間的關係。而後有一天，費爾先生宣稱，雖然他個人對這個題目不感興趣，但他認為有必要在他那本談「教會調式」的小書裡添加一篇附錄：〈談理察・華格納在教會音樂與民俗音樂中對古老曲調的運用〉。

翰諾一動也不動地坐著，用一雙小手抱著膝蓋，習慣性地用舌頭用力舔著一顆臼齒，使得他的嘴巴有點歪扭。他把眼睛睜得大大的，目不轉睛地觀察著他母親和費爾先生，聆聽他們的演奏和談話。於是，他在自己的人生旅途上才邁出了最初幾步，就意識到音樂是件非常嚴肅、重要而且意義深刻的事物。他們所談的他幾乎聽不懂，而他們演奏的音樂往往也非年幼的他所能理解。儘管如此，他仍舊一次又一次地走過來，接連幾小時一動也不動地坐在他的位子上聆聽，而不覺得無聊，是信仰、愛和敬畏使他得以這麼做。

他才七歲時，就開始試圖自己動手在鋼琴上重新彈出讓他留下印象的某些音符組合。他母親微笑地看著他彈，糾正他默默努力拼湊出來的指法，教導他從這個和弦轉到另一個和弦時為什麼不能缺少某個音。而他的聽覺證實了母親對他說的話。

蓋爾妲．布登布洛克讓他自己這樣摸索了一段時間之後，決定讓他上鋼琴課。

「我認為他不適合獨奏，」她對費爾先生說，「而我其實很高興是這樣，因為獨奏有其缺點。我指的並不是獨奏者對於伴奏的依賴，雖然這種依賴有可能變得很嚴重，比如說，假如沒有您替我伴奏的話。可是獨奏總是有陷入炫技的危險，不管技巧完美的程度是高是低。您瞧，這是我親身體驗過的。我坦白向您承認，我認為對獨奏者來說，要具備了很高的能力之後，音樂才真正開始。費力地專注於上聲部、分句與音色的形成，使得複音音樂只以一種模糊籠統的東西進入意識中，在資質中等的人身上，這很容易導致和聲感以及對和聲的記憶發展不全，以後將很難改正。我喜愛我的小提琴，而且也有了相當高的造詣，但是鋼琴在我心目中的地位其實更高。我只想說：鋼琴涵蓋了最豐富多元的音色，是重現音樂最無與倫比的工具，熟悉這種工具對我來說意味著與音樂建立起更親密、更清晰、更全面的關係。聽我說，費爾，我希望現在就由您來教導他，請您不要推辭！我知道城裡還有兩、三個人在教鋼琴——據我所知都是女性，但她們就只是鋼琴教師……您明白我的意思。學會演奏一種樂器一點也不重要，更重要的是對音樂有一些了解，不是嗎？我信賴您。您看待這件事的態度比較嚴肅。而且您將會看出，教導他會很有成績的。他有著布登布洛克家族的手。布登布洛克家族的人都能彈到九度音和十度音。可是他們從來都不重視這一點。」她笑著結束了這番話，而費爾先生表示願意來給翰諾上課。

從那以後，他每週一下午也會來陪小約翰，當蓋爾妲坐在起居室裡。他沒有按照一般的方式上課，因為他感覺到如果只教這孩子彈一點鋼琴，未免辜負了這孩子默默的熱忱。最基本的東西才教完，他就開始以淺顯易懂的方式講起理論，讓他的學生了解和聲學的基本原理。而翰諾聽得懂，因為這只是向他證實了他一直以來就知道的事。

在可能的範圍內，費爾先生盡量滿足這孩子對於進一步學習的渴望。他擔心教材會有如沉重的鉛塊綁住了想像力和天賦，因此細心呵護，設法減輕這鉛塊的重量。在練習彈奏音階的時候，他並不嚴格要求指法的熟練，或者說他不認為熟練的指法是練習音階的目的。他的目的在於對所有的音調有清晰、全面而透徹的認識，既深且廣地熟悉各個音調之間的關連與相似之處，不久之後，就能迅速看出許多種可能的組合，能夠本能地掌控鋼琴鍵盤，誘發想像力與即興創作，而這個目的也很快就達成了。他體貼備至地尊重這個聽慣深刻樂曲的年幼學生在精神上對於嚴肅風格的需求，沒有藉由練習平庸的小曲來沖淡他心緒的深刻和莊嚴。他讓翰諾彈奏聖詠曲，每次轉換和弦都會向他指出此一轉換的規律性。

蓋爾妲一邊刺繡或看書，隔著門簾關注課程的進行。

「您的教學遠遠超出了我的期望，」她偶爾會對費爾先生說。「可是您會不會做得太過頭了？您的教法會不會太不尋常了？依我看來，您的教法非常具有創造性。有時候他真的已經開始試著自由彈奏。可是如果他配不上您這種教法，如果他在這方面沒有足夠的天賦，那麼他就什麼也學不到。」

「他配得上的，」費爾先生點著頭說。「有時候我端詳他的眼睛，他的眼睛裡有那麼多東西，可是他把嘴巴緊緊閉著。生活也許會使他把嘴巴愈閉愈緊，將來他必須要有表達的機會……」

她看著他，這個戴著紅棕色假髮的矮壯樂師，看著他眼睛下面的眼袋、蓬亂的小鬍子和大大的喉結，然後握著他的手說：「謝謝您，費爾。您是一番好意，我們還根本無法知道您對他的幫助會有多大。」

翰諾對這位老師充滿無比的感激，全心全意接受他的帶領。在學校裡，儘管他還花了許多時間補習，他對九九乘法表仍然百思不解，也沒有希望弄懂；可是在鋼琴前面，費爾先生對他說的話他全都聽得懂，不但聽得懂，而且能夠吸收，只有早就聽慣的東西才能吸收得這麼快。他覺得身穿棕色長襬小禮服的艾德蒙．費爾就像一個大天使，每個星期一下午把他擁入懷中，使他脫離日常生活的悲慘，帶他進入音樂的國度，這個國度在嚴肅中帶著溫柔甜蜜，而且充滿慰藉。

有時候上課是在費爾先生的家裡，那是一棟寬敞的老房子，有著三角牆和許多陰涼的走道與角落。這位管風琴師獨自和一個年老的女管家住在這裡。有時候，星期天在聖瑪利亞教堂做禮拜的時候，布登布洛克家的這個小孩被允許待在樓上的管風琴旁，這與和其他人一起坐在樓下的教堂中殿很不一樣。高於全體會眾之上，也高於普林斯海姆牧師的講壇，師生倆坐在那巨大音量的轟鳴中，那樂音由他們一起引發和控制，因為有時翰諾獲准幫老師拉推音栓，帶著幸福的熱忱與自豪。可是，等到合唱曲的結尾奏完，當費爾先生慢慢把十根手指都從鍵盤上鬆開，只剩下主音和低音還在莊嚴地輕輕迴盪——在為了營造出莊嚴氣氛的一陣刻意停頓之後，當普林斯海姆牧師抑揚頓挫的聲音開始從講壇的頂蓋底下傳出來，這時費爾先生常會逕自嘲笑起牧師的講道，嘲笑普林斯海姆牧師風格獨具的法蘭肯方言口音，嘲笑他把母音發得長而低沉或是突然加重，嘲笑他的嘆息，還有他在陰沉與喜樂之間驟然變換的臉部表情。於是翰諾也會深覺好笑地輕笑起來，因為坐在樓上的師生倆雖然沒有看著彼此，也沒有把話說出口，但是他們都認為牧師的講道只是愚蠢的廢話，而真正的禮拜儀式乃是音樂，雖然牧師及其會眾可能都認為音樂只是用來提升虔敬的附加物。

是啊，在樓下教堂中殿裡那些議員、領事、市民及其家屬對於費爾先生的音樂成就了解甚少，這一直令費爾先生感到鬱悶。正因為如此，他喜歡把這個年幼的學生帶在身邊，至少他可以小聲地向這孩子指出，他剛剛所演奏的是一段很難的曲子。他嘗試最奇特的技巧。做了一種「反向模仿」，譜寫了一段順著彈、倒著彈都相同的旋律，接著以此為基礎，彈奏了一整首「逆向」演奏的賦格。奏完之後，他帶著悶悶不樂的表情把雙手擱在腿上，無奈地搖著頭說：「沒有人聽得出來。」然後，趁著普林斯海姆牧師講道的時候，他會低聲說：「剛才那是『逆向模仿』，約翰。你還不知道這是什麼意思。這是從後面往前面模仿一段主題旋律，從最後一個音符到第一個音符……這是相當困難的事。以後你會學到『模仿』在嚴格作曲法中的意義，將來我絕對不會用『逆向模仿』來折磨你，不會強迫你去學……沒必要學會這個。可是如果有人說這只是些噱頭，沒有音樂上的價值，你千萬不要相信。在歷代偉大作曲家的作品中都能發現『逆向模仿』。只有缺少熱情的人以及平庸之輩才會傲慢地對這種練習不屑一顧。做人應該要謙虛；記住這一點，約翰。」

一八六九年四月十五日，在他八歲生日那一天，翰諾在全家人面前與他母親合奏了一首短短的幻想曲，是他自己創作的。他找到一個簡單的主題旋律，覺得很有意思，就稍微擴充了一下。他向費爾先生透露了此事，而費爾先生對這支曲子當然不免有些批評。

「這個結尾也太戲劇化了吧，約翰！跟其餘的部分未免太不協調？開頭的部分一切都很好，可是我想知道你怎麼會在這裡突然從B大調轉為減三度音的四級六四和弦呢？這是在胡鬧。而且你還加上了顫音。這是你從什麼地方聽來的……是從哪兒來的呢？我已經知道了。在我不得不彈奏某些曲子給你母親聽的時候，你聽得太用心了……把結尾改一下吧，孩子，那麼這就是一首乾淨俐落的小品了。」

可是翰諾最看重的偏偏就是這個小調和弦與這個結尾，這令他母親覺得非常有趣，於是最後就也沒改。她拿起小提琴，奏起高音部，當翰諾只是重複彈奏這個樂章，她用三十二分音符琶音連奏替高音聲部進行變奏，直到結束。那聽起來很棒，翰諾快樂得親吻了她，於是他們就在四月十五日演奏給全家人聽。

為了慶祝翰諾的生日，下午四點，老領事夫人、東妮、克里斯提昂、克婁蒂妲、克羅格領事夫婦、魏宣克經理夫婦、布萊特大街的布登布洛克三姊妹、還有魏希布洛特小姐在布登布洛克議員夫婦家裡共進午餐。現在，他們坐在客廳裡，豎起耳朵，看著身穿水手服的翰諾坐在鋼琴前面，也看著蓋爾妲奇特優雅的手姿，她首先用G弦演奏了一首華麗的抒情曲，接著以完美的技巧演奏了一連串如珍珠滾落、浪花飛濺的華彩樂段。琴弓握柄上的銀線在煤氣燈的光線中閃爍發光。

翰諾興奮得臉色發白，在餐桌上幾乎什麼都吃不下。而此刻他全心全意演奏他的作品，（唉，兩分鐘後就彈完了），在渾然忘我的情況下把周圍的一切全都忘了。這段旋律靠的主要是和聲而非節奏，運用的音樂手段原始、基本而稚拙，但是加以強調與發揮的方式卻煞有介事、熱情洋溢、幾乎絞盡腦汁，兩者之間形成奇特的對比。翰諾歪著頭，把頭向前伸，意味深長地彈出每一個過渡音；他坐在椅子的前緣，試圖用持續音踏板和柔音踏板賦予每個新和弦一種敏感的音色。事實上，當小翰諾製造出某種效果（就算這個效果只侷限在他自己身上），這個效果的本質並非善感，而是敏感。透過加重與延緩，一個簡單的和聲學技巧被提升為具有神秘的意義。翰諾揚起眉毛，抬起上半身前後搖晃，使用突然出現、微弱響起的音色轉換，使一段和弦、一個新的和聲、一個新的開端能夠製造出緊張不安而令人驚訝的效果……現在彈到結尾了，翰諾心愛的結尾，讓整首曲子那種原始的莊嚴達到頂峰。在小提琴如珍珠滾落、流水淙淙的琶音連奏中，e小調和弦以極弱音顫動著輕輕奏出，清脆有如銀鈴……這個結尾在增強，在擴展，慢慢地膨脹，翰諾用強音加入那不和諧的、導向主音調的升C調，當那把史特拉第瓦里小提琴的聲音也圍繞著這個升C調起伏，翰諾用盡全力把這個不諧和音逐漸增強到最強音。他拒絕鬆手讓這個音結束，不讓自己和聽眾聽到這個音的結束。這個結束將會是什麼？重新回到B大調的那一刻，那令人陶醉、令人得到解脫的一刻將會是什麼？那將是無與倫比的幸福，萬分甜蜜的滿足。寧靜！極樂！天國！……還不要結束……還不要結束！再推遲片刻，再拖延片刻，必須緊張到無法忍受，滿足的滋味才會更美好……最後一次，再最後一次享受這種迫切強烈的渴望，整個生命的這種渴求，這種緊繃到極致的意志張力，卻仍然拒絕完滿與解脫，因為他知道：幸福轉瞬即逝……翰諾的上半身慢慢挺直，眼睛睜得很大，緊閉的嘴脣在顫抖，他用鼻子一顫一顫地吸氣……然後，那種快感再也抑制不住了。快感朝他襲來，而他不再抗拒。他的肌肉放鬆下來，他的頭無力地、承受不了地垂在肩膀上，眼睛閉著，嘴角浮現一抹近乎痛苦的憂傷微笑，卻是出於難以言表的幸福。他踩著持續音踏板和柔音踏板，在小提琴琶音連奏的低語、搖曳、潺潺淙淙和波濤起伏中，他彈奏的顫音加上低音滑奏轉入B大調，旋即加重到最強音，然後以一聲短促的轟鳴戛然而止。

這場演奏對翰諾本身產生的影響不可能擴及到他的聽眾。例如，東妮就一點也不理解他所投注的全副精力。但是她看見了這孩子的微笑，看見了他上半身的搖晃，看見了他可愛的小腦袋幸福地垂向一邊。這一幕深深打動了她容易感動的好心腸。

「這孩子彈得多好！彈得多好呀！」她喊道，一邊幾乎泫然欲泣地跑過去抱住他。「蓋爾妲，湯姆，他將會成為莫札特，成為梅耶貝爾，成為……」由於她一時想不出可與前兩者相提並論的第三個名字，就只一個勁地親吻她的姪兒。翰諾把雙手擱在膝上，仍舊疲倦無力，兩眼無神。

「夠了，東妮，夠了！」湯瑪斯小聲地說。「拜託妳，別往他腦子裡灌輸什麼念頭……」

第七章

湯瑪斯．布登布洛克心裡並不贊同小約翰的天性與發展。

當年他把蓋爾妲．阿爾諾德森娶回家，儘管那些容易感到錯愕的俗眾不以為然，那是因為他感覺自己夠堅強、夠自由，可以展現出與眾不同的品味，而無損於他身為市民的精明幹練。可是如今這個孩子，這個他們期盼多年才終於得到的子嗣，在外表和身體上明明具有父系家族的某些特徵，難道將完全歸屬於母親嗎？他曾經希望這孩子將來能以更幸運、更灑脫的方式來接手自己畢生的事業，難道要讓這孩子在內心和天性上疏離他理應在其中工作與生活的這整個環境？甚至疏遠自己的父親？

到目前為止，對湯瑪斯來說，蓋爾妲的提琴演奏就跟她那雙他所愛的奇特眼睛一樣，也跟她那頭濃密的深紅色秀髮以及整個人的不凡丰姿一樣，都替她獨特的性格添加了魅力。可是現在他不得不看出，對音樂的熱情也早早就占據了他兒子的心，從一開始就從根本上占據了他兒子的心，而這種他本身不熟悉的熱情成為一股敵對勢力，擋在他和兒子之間。他原本希望把兒子養育成一個道地的布登布洛克家族成員，一個堅強而務實的人，有強烈的進取心，渴望掌握權力與征服。而在此刻這種煩躁的心境中，他覺得這股敵對勢力是種威脅，可能會使他在自己家裡成為一個陌生人。

他無法以蓋爾妲和她朋友費爾先生親近音樂的方式去親近音樂，而在與藝術有關的事情上，蓋爾妲的態度孤傲而不包容，以十分殘忍的方式使他更加難以去親近音樂。

現在看起來，音樂的本質與他的家族完全格格不入，而以前他從不這麼認為。他的祖父喜歡偶爾吹吹長笛，而他自己也總是樂於聆聽悅耳的旋律，不管那旋律表現出的是輕盈優雅、沉思憂鬱、還是活潑的朝氣。可是，如果他表達出對這類樂曲的喜好，他就能料到蓋爾妲會聳聳肩膀，露出同情的微笑對他說：「這怎麼可能呢，我的朋友！這種完全沒有音樂價值的東西……」

他討厭這個「音樂價值」，這個字眼只會讓他聯想到無情的高傲。當翰諾就坐在旁邊，他忍不住要起而反抗。碰到這種情況，他不只一次表示抗議，大聲地說：「啊，親愛的，在我看來，把這個『音樂價值』當成取勝的王牌是件相當傲慢而且無聊的事！」

而她回答：「湯瑪斯，我就只說這麼一次，你永遠也不會了解音樂這門藝術，雖然你很聰明，但是你永遠不會明白音樂不僅僅是茶餘飯後的消遣，也不僅僅是悅耳的聲音。在音樂上你鑑別不出平庸之作，雖然在其他事物上你並不缺少這種鑑賞力。而這種鑑賞力就是理解藝術的標準。你的音樂品味並不符合你在其他方面的需求與見解，由此就可以看出你對音樂是多麼外行。音樂裡讓你感到愉悅的是什麼？一種平庸乏味的樂觀主義精神，假如這種精神是寫在一本書裡，你就會被惹惱或是又生氣又好笑地把它扔到牆角。願望才被喚起就迅速得到實現，意志剛被激發就立刻被愉快地滿足。難道這世間的事會跟一段悅耳的旋律一樣嗎？這是可笑的理想主義……」

他了解她，了解她所說的話。但是在情感上他無法理解，為什麼那些使他振奮或感動的旋律一文不值，而那些在他聽來艱澀混亂的音樂作品卻具有最高的音樂價值。他站在一座廟宇前面，蓋爾妲毫不留情地把他拒於門外，而他憂傷地看著她帶著孩子消失在門裡。

他覺得自己和幼小的兒子愈來愈疏遠，憂心地觀察著這種情況，但並未讓別人察覺他的擔憂；另外他也唯恐別人會以為他在討好這個孩子。白天裡他很少有空跟孩子見面，但是在用餐時間他會用一種朋友般的親切對待孩子，親切中帶有一絲嚴厲，用意在於勉勵。「嗯，小傢伙，」他說，在孩子的後腦勺上拍了幾下，然後在餐桌旁就座，坐在孩子旁邊和妻子對面。「你好嗎！都做了些什麼呢？念書？彈了鋼琴？這很好！但是不要彈太久，否則就沒興趣做別的事了，等到復活節的時候就得留級了！」他焦慮地等待，想看看翰諾會如何接受他這番問候，會有什麼反應，但是他臉上沒有一塊肌肉洩露出這分焦慮，沒有什麼洩露出他內心痛苦地揪在一起，當孩子就只是怯生生地用那雙蒙著一圈陰影的金棕色眼睛瞄了他一眼，甚至沒有正視他的臉，就沉默地埋頭在盤子上。

假如為了孩子這種稚拙的舉止擔憂，未免太小題大作。在相聚的時刻，例如在用餐當中的休息時間，在更換餐具的時候，他有義務跟孩子互動一下，稍微考考他，測驗一下他對具體事實的常識。這座城市有多少居民呢？從特拉維河畔通往市區的街道是哪幾條？屬於公司的那幾座倉庫叫什麼名字？這些都應該要精神抖擻地對答如流！——可是翰諾默不吭聲。他並不是跟父親賭氣，不是要讓父親傷心。可是平常他對於城市居民人數、街道與倉庫的名稱就絲毫不感興趣，而這些東西一旦成為測驗的題目，就令他極度反感。也許在那之前他還很活潑，甚至跟父親閒聊了一下，可是只要談話稍微開始帶有測驗的性質，他的情緒就降到冰點，抵抗力也徹底瓦解。他的眼神黯淡下來，嘴巴流露出沮喪的表情，充滿他內心的主要是一種難過的深深惋惜：爸爸明明應該知道這樣考問他不會有什麼好結果，卻還是這麼粗心大意地破壞了大家吃飯的心情。他眼淚汪汪地低頭看著他的盤子。伊妲從旁邊碰了碰他，小聲地把答案告訴他。街道的名字，倉庫的名字。可是唉，那沒有用，完全沒有用！她誤解了他。這些名字他其實是知道的，至少知道一部分，而要在某種程度上滿足爸爸的願望本來很容易，假如他做得到的話，假如不是有某種難以克服的悲傷阻止他這麼做。父親說了句嚴厲的話，用叉子在刀架上敲了敲，把他嚇了一跳。他朝母親和伊妲看了一眼，試圖說話，可是頭幾個音節就被啜泣聲哽住了，他說不出話來。「夠了！」父親怒氣沖沖地說。「別說了！我也根本不想聽！你不必回答了！你就一輩子這樣當個啞巴，傻傻地發愣吧！」於是這頓飯就在悶悶不樂之中默默結束。

當湯瑪斯針對翰諾對音樂的熱衷提出疑慮，就會指出他這種軟弱愛做夢、愛哭、完全缺少朝氣與活力。

翰諾的健康一向很脆弱。尤其是他的牙齒一直以來都是某些疼痛不適的根源。隨著長乳牙而來的發燒與痙攣差點要了他的小命，而且他的牙齦一向容易發炎和長膿包，等膿包成熟了，雍曼小姐就會用大頭針把它戳破。而現在到了換牙的時候，他受的罪還要更大。那種疼痛幾乎不是翰諾所能承受，他整夜都睡不著覺，在低燒中輕聲呻吟和哭泣，就只是因為牙痛。新長出來的牙齒表面上就跟他母親的牙齒一樣美麗潔白，但卻非常柔軟脆弱，而且長得不整齊，互相擠壓。為了控制所有這些毛病，小約翰不得不看著一個可怕的人走進他幼小的生命：布瑞希特先生，磨坊路的牙醫。

單是這個人的名字就讓人聯想到牙根被拉扯、轉動而後拔出時在下頷發出的可怕聲響，讓翰諾的一顆心害怕得揪在一起。當他在布瑞希特先生的候診室裡，蜷縮在一張扶手椅上，坐在忠實的伊妲・雍曼對面，他聞著這屋裡刺鼻的氣味，讀著畫報，直到牙醫出現在手術室門口，說出那聲客氣而又令人不寒而慄的「請進」……

這個候診室具有一種吸引力，一種奇特的魔力，那就是一隻五彩斑斕的大鸚鵡，長著一雙惡毒的小眼睛，蹲踞在一個黃銅鳥籠的角落裡。基於不可知的原因，牠被叫作約瑟弗斯。牠習慣用老太婆發脾氣的聲音說：「請坐……請稍候……」雖然在當前的情況下，這聽起來像是一聲可惡的嘲諷，翰諾・布登布洛克卻對牠產生了一種又愛又怕的情感。一隻鸚鵡……一隻五彩斑斕的大鳥，名叫約瑟弗斯，而且會說話！難道牠不像是從一座魔法森林裡逃出來的嗎？從伊妲在家裡讀給他聽的《格林童話》裡？牠也會極其懇切地模仿布瑞希特先生開門時說的那聲「請進」，於是說也奇怪，病患會忍不住笑著走進手術室，在窗邊那張構造嚇人的大椅子上坐下，旁邊就是驅動鑽牙機的腳踏板。

至於布瑞希特先生本人，他看起來就跟約瑟弗斯很像，因為他的鼻子也跟那隻鸚鵡的鳥喙一樣又硬又彎，鉤在黑灰相間的小鬍子上。但真正可怕之處在於他很神經質，自己都承受不了他的職業迫使他施加於病患身上的折磨。「我們只能把牙拔掉了，小姐。」他對伊妲・雍曼說，自己都臉色發白。接著，當翰諾冒著冷汗、睜大了眼睛，無力抗議，也無力逃走，心情就和一個即將被處決的罪犯沒有兩樣，看著布瑞希特先生衣袖中揣著鉗子朝自己走過來，這時他可以看出這位牙醫光禿禿的前額上冒出小小的汗珠，看出他的嘴也因為害怕而扭曲……等到這可怕的過程結束，當翰諾臉色蒼白、全身顫抖、眼淚汪汪、面孔扭曲地把嘴裡的血吐在旁邊的藍色淺盤中，布瑞希特先生也不得不找個地方坐一會兒，擦乾額頭上的汗珠，喝一點水。

別人向小約翰保證，說這個人對他有很多好處，使他免於忍受更大的疼痛。可是，當翰諾把布瑞希特先生加諸在他身上的痛苦拿來和此人帶給他的具體好處相比較，那麼前者要遠遠大於後者，乃至於他不得不把前往磨坊路看牙醫的經驗視為無用之至的折磨。考慮到未來將會長出的智齒，必須先把四顆才剛長出來的臼齒拔掉，這幾顆牙齒潔白美麗，還完全健康。由於不想讓這孩子太辛苦，進行這件事花了四個星期。多麼恐怖的一段時間！這種漫長的折磨實在難以忍受，才剛受過一次酷刑，仍感覺到筋疲力竭的時候，就又為了即將受的酷刑而心生恐懼。等到最後一顆牙被拔掉，翰諾病倒了，在床上躺了八天，純粹就只是因為精疲力盡。

此外，牙齒的這些毛病不只影響了他的心情，也影響了各器官的功能。咀嚼困難一再導致消化不良，甚至導致了胃炎，而胃部的這些不適又伴隨著暫時性的心律不整和暈眩，發作的強烈程度不一。而在所有這些病痛之外，葛拉波夫醫生稱之為「夢魘」的那種奇特毛病也有增無減。幾乎在每個夜裡，小約翰都會驚醒一、兩次，絞著手呼救或求饒，流露出難以忍受的恐懼，彷彿他站在火焰中，彷彿有人要掐死他，彷彿發生了什麼難以言喻的恐怖事情。到了早上，他就什麼都不記得了。葛拉波夫醫生要他每晚喝杯藍莓汁，試圖藉此來治療這個毛病，但是一點幫助也沒有。

翰諾身體上的這些障礙，還有他所承受的痛苦，都不免在他身上喚起過早體驗到人生的那種嚴肅感受，所謂的早熟。儘管這種早熟並沒有常常顯露出來，也沒有表現得很明顯，彷彿被一種更強勢的天生好品味給壓抑住了，但偶爾還是會以一種哀傷的優越感流露出來。「你好嗎，翰諾？」親戚當中有人問他，也許是他的奶奶，也許是布萊特大街的幾位堂姑，而他只會聽天由命地微微抬起嘴角，聳一聳藍色海軍領底下的肩膀，這就是他的全部回答。

「你喜歡上學嗎？」

「不喜歡。」翰諾平靜地回答，帶著一份坦率，覺得不值得在這種事情上說謊，因為生活中還有更嚴肅的事。

「不喜歡？噢！可是學習是必須的呀：寫字、算術、閱讀……」

「諸如此類的東西。」小約翰說。

不，他不喜歡上學，不喜歡這所曾經附屬於修道院的老學校，校園有許多迴廊，教室有哥特式拱頂。他常因為身體不適而缺課，也常常心不在焉，當他腦子裡還在想著某種和聲連結，或是還想不透他從母親和費爾先生那兒聽來的某段樂曲的奧妙之處，這對他的學科學習當然也沒什麼幫助。而在低年級教他的那些助理教師與實習教師，他感覺到他們的社會地位低下、精神委靡、儀容邋遢，使得他在擔心受到懲罰之外，暗地裡也瞧不起他們。教數學的蒂特格先生是個矮小的老人，穿著油膩的黑外套，從已經去世的史登格老師還在時就在學校裡任教了。此人斜視得非常厲害，試圖用有如船艙圓窗玻璃一般又圓又厚的眼鏡鏡片來矯正。這位蒂特格先生在每一堂課上都要提醒小約翰，說他父親當年學習算術有多麼用功、多麼機敏……蒂特格先生經常咳得很厲害，把痰吐得講臺上到處都是。

一般而言，翰諾與那些年幼同學之間的關係是陌生而淺薄的。他只跟其中一個建立起親密的友誼，而且是從上學的第一天開始，這個孩子出身貴族家庭，可是外表卻十分邋遢，是個名叫凱伊的莫恩伯爵。

這個男孩的身材與翰諾相仿，但是身上穿的不是翰諾所穿的丹麥水手服，而是一套說不出是什麼顏色的寒酸西裝，這裡或那裡少了顆扣子，臀部有一塊大大的補丁。他的一雙手從太短的衣袖裡伸出來，始終帶著淺淺的灰色，像是浸染了灰塵和泥土，但是這雙手異常纖細，手指很長，長形的指甲前端尖細。他的頭與這雙手很相稱，雖然不修邊幅、頭髮沒梳、也不太整潔，但是天生就具有純淨高貴血統的所有特徵。紅黃色的頭髮隨便從中間一分，從雪白的額頭上向後攏，淺藍色的眼睛閃閃發亮，眼神深邃銳利，顴骨略微突出，鼻孔精緻，鼻梁窄，弓起的幅度很小，嘴巴的上唇微微噘起，即使在這個年紀也已經顯露出性格特徵。

翰諾．布登布洛克在入學之前就曾經匆匆瞥見這個小伯爵兩、三次，那是在伊妲帶著他穿過城堡門往北邊散步的途中。出了城外很遠，在靠近第一座村莊的某處有一個小小的農莊，只有一點點大，幾乎沒有什麼價值，連個名字都沒有。一眼望去，可以看見一個糞堆、幾隻雞、一間狗屋和一棟類似村舍的簡陋建築，紅色的屋頂斜度很大，邊緣離地面很近。這就是農莊主人的住宅，凱伊的父親艾伯哈德．莫恩伯爵就住在這裡。

他是個很少露面的怪人，以養雞、養狗和種菜為業，在他的小農莊過著與世隔絕的生活。他身材高大，穿著翻口長靴、綠色粗呢短外套，光頭，留著一把山怪般的灰白大鬍子，手裡拿著一支馬鞭，雖然他連一匹馬也沒有，一雙濃眉底下的一隻眼睛裡嵌著單眼鏡片。除了他和他兒子，這個國度裡再也找不到擁有莫恩伯爵稱號的人了。這個曾經富貴顯赫的家族的個別支系已逐漸凋零、衰微、沒落，只剩下小凱伊的一個姑媽還在世，但是她和小凱伊的父親沒有來往。她用一個稀奇古怪的筆名在家庭刊物上發表小說。至於艾伯哈德．莫恩伯爵，大家記得他在搬進城堡門外那個農莊之後，為了避免有人上門詢問、兜售和乞討，有很長一段時間在他低矮的大門上掛了一塊牌子，上面寫著：「莫恩伯爵獨居此處，他什麼都不需要，什麼都不買，也沒有任何東西可以捐贈。」等到這塊牌子發揮了作用，沒有人再來打擾他了，他就再把牌子取下。

小凱伊沒有母親，因為伯爵夫人在生下他的時候去世了，家務由一個上了年紀的婦人操持。他就像隻小動物一樣在雞群和狗群之中長大，而翰諾．布登布洛克就是在這裡遠遠地、怯生生地看見了他，看見他像隻小兔子一樣在甘藍菜田裡跳來跳去，和小狗扭打玩耍，並且翻起筋斗，把雞群嚇得四處亂竄。

後來翰諾在教室裡又看見了他，起初他對這個小伯爵粗野的外表仍然感到畏怯。但是沒有多久，一種可靠的直覺就讓他看穿了那個邋遢的外殼，讓他注意到那雪白的額頭、薄薄的嘴脣、細長的淡藍色眼睛，那雙眼睛帶著一種憤怒的詫異眼神。於是在所有同學當中，翰諾唯獨對這個同學產生了很大的好感。然而，他太過拘謹，無法鼓起勇氣去主動建立友誼，要不是小凱伊的魯莽主動，他們倆可能永遠都不會熟悉起來。是啊，凱伊以如此熱情的速度來接近他，一開始甚至嚇著了小約翰。這個邋裡邋遢的小傢伙以一種火熱、猛烈出擊的陽剛之氣來向文靜而衣著華美的翰諾示好，令人根本無法抗拒。雖然在功課上他也幫不了翰諾的忙，因為對他那未被馴服、自由散漫的心思來說，九九乘法表令人厭惡，而對翰諾．布登布洛克那做夢般心不在焉的心思來說也一樣。但是他把自己擁有的東西全都送給了翰諾：玻璃珠、木陀螺、甚至還有一把彎掉的錫製小手槍，雖然那是他擁有的東西中最好的一件。下課時間他和翰諾手牽著手，把家裡的事講給他聽，講他家裡那些小狗和雞群，到了中午，他也盡可能陪翰諾走一段路，雖然伊妲．雍曼總是拿著一小包塗了奶油的切片麵包在校門口等著帶翰諾去散步。他在這時候得知了布登布洛克家這個小孩在家裡叫作翰諾，於是他立刻記住了這個小名，從此再也不用別的名字喊他的朋友。

有一天，他要求翰諾不要去磨坊城牆散步，而和他一起散步去他父親的農莊，去看剛出生的天竺鼠，而雍曼小姐最後終於答應了他們倆的請求。他們走出城門外，一路漫步到伯爵的莊園，參觀了糞堆、蔬菜、狗群、雞群和天竺鼠，最後也走進那棟屋子，在一樓一個低矮的長形房間裡，艾伯哈德．莫恩伯爵坐在一張笨重的農家桌子旁看書，一副孤傲的模樣，沒好氣地問他們有何貴幹。

從那以後，就說服不了伊妲．雍曼再去拜訪伯爵的農莊；她堅持，如果這兩個孩子想要在一起，最好是讓凱伊來拜訪翰諾。於是這個小伯爵首次踏進他朋友父親家的豪宅，他由衷讚嘆，但是毫不畏怯。從那以後，他來訪的次數愈來愈多，如今他每天都要到翰諾．布登布洛克家裡待上幾個鐘頭，只有冬季高高的積雪才能阻止他，以免下午還得再走一段長路回家。

他們一起坐在三樓寬敞的兒童房裡寫作業。有長長的算術題目要解，等到他們把石板的兩面都寫滿了加減乘除的算式，最後得出的答案必須是零。如果答案不是零，就表示有某個地方算錯了，那就得要像搜尋搗蛋的小動物一樣把這個錯誤揪出來，加以消除，而且希望它不是躲在太高的地方，否則就幾乎得把整個題目重寫一遍。此外他們還得練習德語文法，學習比較級的用法，乾乾淨淨、整整齊齊地把一些觀察並排寫下來，例如：「牛角是透明的，玻璃更透明，空氣最透明。」接著他們再拿出聽寫簿，研究像下面這樣的句子：「我們家的海德薇很聽話，可是她從來都不會把地上的垃圾好好掃在一起。」[1]這個練習充滿陷阱，用意在於引誘學生把該寫ig的地方拼成ich，該寫ich的地方又拼成ig，而他們也的確中了這個圈套，因此得要逐一訂正。等到功課都做完了，他們就把作業收拾好，坐在窗臺上，聽伊妲朗誦書裡的故事給他們聽。

這個善良的保母讀《格林童話》給他們聽，〈弗德烈克與凱瑟琳〉、〈傻大膽學害怕〉、〈名字古怪的小矮人〉、〈長髮姑娘〉和〈青蛙王子〉，她的聲音低沉而有耐性，半閉著眼睛，因為這些童話故事她這輩子已經不知道講過多少遍，幾乎都能背誦出來了，但她仍舊習慣性地用沾溼的食指翻動書頁。

可是在這種消遣中發生了一件奇怪的事：小凱伊的心中漸漸萌發了一種欲望，想要自己來講點故事，就跟書本一樣。由於書上的故事他們漸漸已經全都聽過了，再加上伊妲偶爾也得休息一下，所以他們也樂於聽聽凱伊自己編故事。凱伊編的故事起初很短，也很簡單，可是後來就愈來愈有創意，也愈來愈複雜，引人之處在於這些故事不完全是憑空想像出來的，而是從現實生活出發，再把現實生活挪移到奇特神秘的光線中。翰諾特別喜歡聽的故事是講一個本領高強的邪惡魔法師，他把一個聰明英俊、名叫約瑟弗斯的王子變成了一隻五彩斑斕的鸚鵡，關在自己身邊，並且用他的陰險魔法折磨所有的人。但是上天選定的英雄已經在遠方成長茁壯，有朝一日，他將率領一支勢不可擋的大軍，由狗群、雞群和天竺鼠組成，無畏地前來討伐這個魔法師，把寶劍一揮，就解救了那個王子和整個世界，尤其是解救了翰諾．布登布洛克。約瑟弗斯王子被解救之後恢復人身，將返回他的國家，成為國王，並且讓翰諾與凱伊當上大官……

1 這句的原文如下：Unsere Hedwig ist zwar sehr willig, aber den Kehricht auf dem Estrich fegt sie niemals ordentlich zusammen.

布登布洛克議員偶爾會從兒童房旁邊經過，看見這兩個朋友在一起，而他並不反對這種交往，因為很容易就能看出，這兩個孩子對彼此都有好的影響。翰諾使凱伊變得溫順、馴服、甚至是高貴，凱伊溫柔地愛著他，讚嘆他雙手的潔白，因此也願意讓雍曼小姐用刷子和肥皂刷洗他自己的手。另一方面，如果翰諾從這位小伯爵身上沾染了一些活力和野性，這也是值得高興的事，因為布登布洛克議員很清楚，一直由女性來照顧這孩子並不適合激發並培養他的男子氣概。

善良的伊妲・雍曼在布登布洛克家族服務已經超過三十年了，她的忠誠與竭心盡力是千金難買。她懷著奉獻的精神愛護並照顧了翰諾的上一代，至於翰諾則是被她捧在手掌心。她對翰諾溫柔無比，把他照顧得無微不至，對他寵愛有加，天真而固執地相信他在這世上擁有絕對優越的地位，享有特權，她的這種執念往往到了荒謬的地步。只要是為了他，她的行事會粗魯無禮得令人吃驚，有時甚至令人尷尬。例如，去糖果店買東西時，她每次都會毫不客氣地把手伸進那些陳列著糖果的盤子，把這顆糖或那顆糖塞給他，卻沒有付錢——難道店家不該感到榮幸嗎？在擠滿了人的櫥窗前面，她立刻就會用她那一口西普魯士方言客氣但堅決地請別人替翰諾讓出位置。是的，在她眼裡，翰諾是如此特別，乃至於她幾乎不認為別的孩子有資格跟他接觸。至於小凱伊，是因為這兩個孩子對彼此的好感勝過了她的猜疑；此外，小凱伊的貴族姓氏也稍微打動了她。可是，她和小翰諾在磨坊城牆上散步時，如果在一張長椅上坐下，這時若有別的小孩在大人陪同下過來加入他們，雍曼小姐幾乎就會立刻站起來，隨便找個藉口離開，比如說時間晚了或是風太大。她給小翰諾的解釋很容易讓他以為所有與他同齡的孩子都患有嚴重的淋巴結核和「惡質血液」——只有他沒有。他原本就怕生，在外人面前感到侷促不安，而雍曼小姐此舉顯然也無益於改善這種情況。

布登布洛克議員並不知道這些細節，但是他看出他兒子目前並沒有朝著他所希望的方向發展，不管是由於天性，還是由於外部的影響。要是他能夠接掌他的教育、每天時時刻刻影響他的心智，那就好了！可是他沒有時間，而且他不得不痛心地看見自己偶爾的嘗試一敗塗地，只使得父子關係變得更冷淡、更陌生。他腦海中有個形象，是他想把兒子塑造成的樣子：那就是翰諾的曾祖父，也是他自己小時候熟悉的爺爺——聰明、開朗、單純、風趣，而且堅強……難道翰諾不能成為這樣的人嗎？這是不可能的事嗎？為什麼呢？要是他至少能夠壓抑這孩子對音樂的熱情、把音樂從他的生活中逐出，那就好了。音樂使得這孩子脫離了現實生活，肯定對他的身體健康毫無助益，而且占用了他的全部心力！他那種愛做夢的天性有時候不是簡直接近心神喪失嗎？

一天下午，翰諾獨自下樓走到二樓，那時距離四點鐘吃飯還有四十五分鐘。他練了一會兒鋼琴，此刻在起居室裡閒晃。他在躺椅上半坐半躺，擺弄著胸前的水手服領結，目光不經意地掠向旁邊，看見他母親那張精緻的胡桃木書桌上擺著一個打開的皮製檔案夾——裝著家族文獻的檔案夾。他把手肘撐在靠墊上，用手托著下巴，遠遠地打量了那些東西一會兒。毫無疑問，一定是爸爸在第二頓早餐之後處理過這些文件，因為之後還要用，所以就先擱著。一張紙夾在檔案夾裡，擺在外面的零散紙張則用一把金屬直尺暫時壓住，那本燙著金邊、夾著各式紙張的大筆記本攤開在桌上。

翰諾漫不經心地從躺椅上滑下來，走到書桌旁。那個大筆記本打開的地方正是布登布洛克家族的整個家譜，上面有他歷代祖先的筆跡和他父親的筆跡，用括號與標題清楚標註出日期，依序排列。翰諾一條腿跪在書桌前的椅子上，用手掌托著柔軟微捲的淺棕色頭髮，從側面打量了那張手寫的家譜一會兒，在無動於衷之中帶著一股嚴肅，隱隱帶著批判和輕蔑。他用另一隻手把玩著母親那支烏木鑲金的筆桿。他的目光從所有這些男性和女性的名字上掃過，這些名字有的並排相鄰，有的上下排列，一部分是用龍飛鳳舞的舊式花體字寫的，黑色的墨跡有些已經泛黃褪色，有些則又濃又黑，上面還殘留著吸墨的金粉……在家譜的最後面，他也看到了自己的名字，是爸爸用細小的字跡在紙上一揮而就寫下的：尤思圖斯・約翰・卡斯帕，一八六一年四月十五日生。這讓他覺得有趣，然後他稍微直起身子，隨手拿起直尺和墨水筆，把直尺擺在自己的名字下面，目光再次掃視了族譜上那一堆名字，然後他面色平靜、心不在焉、做夢般不經意地拿起那支金筆，在整張紙上仔細斜畫了一道乾淨漂亮的雙線，上面那條線比下面那條線略粗一些，一如他在算術練習本的每一頁都忍不住要畫來當裝飾……然後他歪著頭審視了一會兒，就轉身離開了。

飯後，父親把他叫來，皺著眉頭厲聲責問他。

「這是什麼？這是怎麼來的？是你做的嗎？」

他不得不思索了一會兒，想想是否是他做的，然後怯生生地說：「是的。」「這是什麼意思！你在想什麼！回答我！你怎麼會這樣胡鬧！」湯瑪斯大喊，一邊把筆記本略微捲起，往翰諾的臉頰上打了一下。

小約翰向後退了一步，伸手摸著臉，結結巴巴地說：「我以為……我以為……後面不會再有什麼了……」

第八章

每逢週四，當全家人在壁紙上安詳微笑的眾神像圍繞之下一起用餐，最近有了一個十分嚴肅的新話題，這個話題讓布萊特大街的布登布洛克三姊妹臉上流露出冷漠的觀望，但是卻讓東妮的表情和手勢都異常激動。她說話時把頭向後仰，把一雙手臂往前伸或是高高舉起，帶著怒氣和憤慨，由衷地深感忿忿不平。她從這件具體的特殊事例談到一般的情況，談起所有的壞人，使用她在生氣時特有的喉音，像吹奏小喇叭似地發出厭惡的呼喊，只偶爾被胃病所引起的緊張乾咳給打斷，聽起來像是「淚汪汪特里施克！」──「古倫里希！」──「佩曼尼德！」……奇怪之處在於後面還出現了一個新名字，是她帶著難以形容的不屑與憎恨喊出來的。那就是：「檢察官！」

等到由於公務繁忙而一向姍姍來遲的魏宣克經理走進大廳，把雙手握拳舉在身前保持平衡，異常活潑地在長襬外套裡扭動著腰身，走到他的座位上，下脣下垂，在細長的小鬍子底下流露出魯莽的表情。這時餐桌上就會籠罩著一股沉悶難堪的寂靜，直到湯瑪斯把大家從這分尷尬中解救出來，輕鬆地向魏宣克經理詢問事情目前的進展，彷彿這就只是隨便哪件公事。於是胡戈．魏宣克就會回答，說事情進展得非常順利，不可能不順利……接著他就輕鬆愉快地談起別的事來。他比以前快活得多，一雙眼睛肆無忌憚地四下張望，問候了蓋爾妲的小提琴好幾次，儘管並沒有得到回答。他聊得很多，興致也很高，讓人不自在之處只在於他口無遮攔，不總是注意自己的措辭，情緒太好的時候偶爾會說出一些時地不宜的故事。例如，他說過一則趣聞，是講一個奶媽有脹氣的毛病，因而損害了她所照顧的孩子的健康；他無疑自認為很幽默地模仿那個家庭醫師喊道：「這裡是誰這麼臭！是誰把這裡弄得臭氣沖天！」遲遲沒有察覺他的妻子脹紅了臉，老領事夫人、湯瑪斯和蓋爾妲不為所動地坐著，布登布洛克三姊妹交換著尖刻的眼神，就連坐在餐桌末端的女管家塞弗林小姐都露出不悅的表情，頂多只有克羅格老領事輕輕地撲哧笑了一聲……

魏宣克經理出了什麼事呢？這個嚴肅、勤奮、粗壯的人，這個不善交際、外表粗魯、但是恪盡職守、埋頭苦幹的人，據說他犯下了嚴重的過失，而且不只一次，而是很多次。沒錯，他已經被控告了，已經在法院被起訴，控告他多次採用的一種商業手段不只是有問題，而是不清白而且違法，一場控告他的官司正在進行，審判結果尚未可知！——他被指控的是什麼事呢？——在不同的地點發生了火災，大型火災會使承保火險的公司必須支付高額理賠金。可是據說魏宣克經理在透過職員密報得知火災消息之後，才向另一家再保險公司投保，亦即以刻意欺騙的方式把損失轉嫁給另一家公司。現在這個案子已交由檢察官處理，這位檢察官就是莫里茲．哈根史托姆博士……

「湯瑪斯，」老領事夫人私底下問她兒子，「我請教你……我一點也不懂。我該怎麼看待這件事呢！」

而他回答：「嗯，親愛的母親……這該怎麼說呢！很可惜，若要說一切都沒有問題，這個說法是有疑問的。但是若要說魏宣克像某些人所宣稱的那樣犯了大罪，我也認為不太可能。在作風比較新式的商業生活中，有一種大家稱之為「慣例」的東西……要知道，「慣例」是一種並非完全無可指責的手段，不完全符合法律條文，在圈外人看來已經是種不誠實的做法，但是按照圈內人的默契在商業界卻很普遍。慣例與勾當之間的界線很難劃分清楚……不管怎麼說……如果魏宣克犯了法，那麼他做的事很可能也沒有比其他許多逍遙法外的同行更惡劣。可是……我也不會因此就認為這場官司會得到有利的判決。假如是在一座大城市，他也許會被宣判無罪；可是在這裡，一切到頭來都取決於派系關係與個人動機……他在挑選辯護律師的時候應該要多考慮到這一點。我們這座城裡沒有出類拔萃的律師，沒有智力過人、能言善辯、老謀深算的人物，有經驗處理最棘手的事。另一方面，我們這兒的律師都是一夥的，他們彼此之間都有關連，有共同的利益，會一起共進午餐，可能還有親戚關係，因此必須要顧慮彼此的情面。依我的看法，魏宣克如果是個聰明人，就該找個當地的律師。可是他怎麼做呢？他認為有必要——我說『有必要』，這就讓人不得不懷疑他是否問心有愧——從柏林請來一位辯護律師，布瑞斯勞爾博士，此人是個厲害角色，是個巧舌如簧的人，精通法律到能夠玩弄法律，據說他曾經幫助過許多詐欺破產者躲過牢獄之災，因此聲名遠播。毫無疑問，此人將會接受一筆豐厚的報酬，使出渾身解數來打這場官司……可是這樣做有用嗎？我已經可以預見，我們這兒那些能幹的律師一定會用盡全力反抗，不讓這個外地來的律師得逞，而法庭也會更樂意聽取檢察官哈根史托姆博士的訟詞……至於證人呢？說到他自己的公司職員，我認為他們不會特別親切地站在他這一邊。我們出於善意說得比較好聽，說他是『外表粗魯』——而且我認為他自己也這麼說——但是這沒有給他帶來多少朋友……總之，母親，我有一種不祥的預感。如果發生了不幸的事，對艾芮卡來說當然很糟，可是我會最替東妮感到難過。您知道，她說得沒錯，當她說哈根史托姆檢察官拿到這件案子很得意。這件事關係到我們全家人，一個不光彩的結果會影響我們全家，因為魏宣克是我們家族的一員，和我們同桌吃飯。至於我，我可以置身事外。我知道自己該怎麼做。在公開場合我必須跟這件事保持距離，不能去旁聽審訊過程——雖然我對布瑞斯勞爾律師在法庭上的表現很感興趣——而且我根本不能表現出任何關心，以免被指責我想要影響審判。可是東妮呢？假如魏宣克被判有罪，我無法想像她會有多難過。雖然她大聲抗議，說這是毀謗，是出於嫉妒的陰謀，但是我們不得不從她的抗議中聽出恐懼……她害怕在遭遇過那麼多不幸之後，還會失去最後這個有尊嚴的地位，失去她女兒的體面家庭。唉，您看著吧，她愈是被迫去懷疑魏宣克的清白，就會更大聲地強調他的無辜……當然，他也可能是清白的，是完全無辜的……我們只能拭目以待，母親，並且要體恤他、東妮和艾芮卡。可是我有種不祥的預感……」

這一年的聖誕節就在這種情況下逐漸接近，伊妲替小約翰做了一本一天撕去一頁的日曆，在最後一頁上畫著一棵聖誕樹，靠著這份日曆，小約翰懷著雀躍的心情，關注著這個無與倫比的節日逐漸來臨。

節日即將來臨的預兆愈來愈多，從聖誕節前的第四個星期日開始，奶奶家餐廳的牆上就掛起一張真人大小的彩色圖像，畫的是聖尼古拉的僕人魯普雷希特[1]。一天早上，翰諾發現他的被子、床前的小地毯和衣服上都灑著沙沙作響的金箔。過了幾天，下午在起居室裡，當爸爸躺在躺椅上看報，翰諾正在讀格羅克詩集《棕櫚葉》裡寫隱多珥女巫的那首詩[2]，這時僕人通報有個「老人」來找「家裡的小孩」，就跟每年一樣，老人這一次也來得出人意料。他被請進來，這個老人拖著腳步，穿著毛皮長袍，戴著毛皮帽子，粗糙的皮面朝外，上面灑著金箔和雪花，臉上塗黑了，留著一把很大的白鬍子，綴著閃亮的金絲銀線，就跟那兩道出奇濃密的眉毛一樣。就跟每一年一樣，他用斬釘截鐵的聲音說明：他左肩上扛的那個麻袋裡裝著蘋果和金色核果，要給會禱告的好孩子；而他右肩上的藤條則是要用來教訓壞孩子

1 聖尼古拉是悄悄贈送禮物的聖徒，也是聖誕老人的原型，僕人魯普雷希特（Knecht Ruprecht）在德國民間傳說中是聖尼古拉的隨從，也被稱為「黑色聖誕老人」。

2 格羅克（Karl Gerok, 1815-1890）是德國神學家兼詩人，詩集《棕櫚葉》（*Palmblättern*）出版於一八五七年。隱多珥女巫是出現在《聖經》《撒母耳記》中的人物。

的……他就是聖尼古拉的僕人魯普雷希特。意思是說，他當然不竟然是那個真正的魯普雷希特，其實也許就只是理髮師溫策爾反穿著爸爸的毛皮長袍；但是如果真有這麼個僕人魯普雷希特，那麼他就是了。於是翰諾這一年也又一次由衷受到震撼地背出了主禱文，只被一陣不自覺的緊張啜泣打斷了一、兩次，然後就獲准伸手從那個替好孩子準備的麻袋裡抓一把東西，而老人要離開的時候根本忘了再把麻袋帶走。

假期開始了，把成績單拿給爸爸看的那一刻也順利地度過，即使在聖誕節期間，學校也必須發出成績單。大廳已經神秘地關閉，杏仁糖和薑餅已經出現在餐桌上，城裡也已經有了聖誕節的氣氛。下雪了，降霜了，在冷冽清澈的空氣中，轉動著手搖風琴的義大利樂師奏出熟悉或憂傷的旋律，響徹了街道，他們穿著絲絨外套，留著黑色小鬍子，為了慶祝節日而來到此地。商店櫥窗裡擺滿了聖誕節飾品。市集廣場上，聖誕市集五花八門的攤位圍著高大的哥特式噴泉搭設起來。不管走到哪裡，都能在等待出售的聖誕樹的清香裡聞到節慶的芬芳。

然後，十二月二十三日的夜晚終於來臨，隨之而來的是最親密的家人在費雪古魯伯街家中大廳互贈禮物，而這只是個開場、只是個前奏，因為聖誕夜的慶祝活動照例由老領事夫人舉辦，而且邀請了整個家族的人。因此在二十四日的下午，平時固定在週四聚餐的全體家人都聚集在風景廳裡，再加上從維斯馬回來的約爾根．克羅格，還有魏希布洛特小姐和她姊姊凱特森太太。

老夫人穿著厚重的黑灰條紋絲綢衣裳，臉頰緋紅，眼神激動，籠罩在廣藿香的淡淡香氣中，迎接一批批先後抵達的客人，她的金手鐲在無言的擁抱中輕輕叮噹作響。這天晚上她處於難以言喻的激動中，沉默而顫抖。「老天，您在發燒，母親！」湯瑪斯說，當他帶著蓋爾妲和翰諾抵達。「一切都可以輕鬆進行的。」但是當她親吻他們一家三口時，她輕聲低語：「紀念耶穌……也紀念我已故的親愛丈夫……」

的確，已逝的老領事替聖誕夜慶典制定的隆重節目必須繼續維持，這個晚上的莊嚴流程必須充滿深刻嚴肅而熱烈的歡樂氣氛，老夫人覺得這是她的責任，而這份責任感驅使她歇不住地走來走去。她從圓柱大廳——聖瑪利亞教堂的男童唱詩班已經在那裡集合了——走到餐廳，女管家塞弗林在那裡替聖誕樹和禮物桌做最後的修飾，再走出去到走廊上，幾個陌生的老人家羞怯而尷尬地站在那裡，他們是受這家人救濟的窮人，將也會收到分贈的禮物，然後她再走回風景廳，用無聲的一瞥責備每一句多餘的話語和多餘的聲音。屋裡靜悄悄的，連遠處一具手搖風琴的聲音都能聽見，那琴聲溫柔清晰，就像音樂鐘的聲音從某條白雪皚皚的街道上傳來。因為雖然有大約二十個人在這個房間裡或站或坐，卻比在教堂裡還要安靜，湯瑪斯小心翼翼地對尤思圖斯舅舅低聲耳語，說這個氣氛有點像在舉行喪禮。

此外，幾乎不必擔心這種氣氛會被年輕人過於興奮的歡聲笑語打破。只要看上一眼，就會察覺聚集在此的家庭成員都已經到了一個年紀，生命的表現早就有了成熟的形式。湯瑪斯．布登布洛克議員蒼白的臉色顯示出他那警醒而有活力、甚至是幽默的表情都是裝出來的；他的妻子蓋爾妲靠坐在椅子上一動也不動，美麗白皙的臉龐向上仰望，那雙眼睛靠得很近，罩著淡青色陰影，閃著奇特光芒，被枝形吊燈閃爍的玻璃稜鏡所吸引；他的妹妹東妮．佩曼尼德；他的表弟約爾根．克羅格，那個沉默寡言、衣著樸實的公務員；他的三個堂姊弗麗德里珂、亨麗耶特和菲菲，前兩位變得更加瘦長，後一位則比以前更加矮胖，但是她們三個都有一個典型的面部表情，一種懷著惡意的尖刻微笑，對所有的人事物都普遍帶著尖酸刻薄的懷疑，彷彿時時在說：「真的嗎？此事我們暫時存疑……」最後是可憐的、灰撲撲的克婁蒂妲，她的心思可能直接放在晚餐上了。他們全都已經年過四十，而女主人與她哥哥尤思圖斯以及她嫂嫂、還有矮小的魏希布洛特小姐都已經六十好幾，至於另一位布登布洛克老領事夫人（娘家姓氏為史特溫的那一位），還有已經全聾的凱特森太太則都七十多歲了。

正值青春年華的其實只有艾芮卡．魏宣克；可是當她那雙淺藍色的眼睛——酷似她父親古倫里希先生的眼睛——瞥向她丈夫時，可以察覺她豐滿的胸脯正隨著無聲的沉重呼吸起起伏伏。魏宣克經理站在沙發旁邊，一頭短髮在鬢角已經灰白，細長的黑色小鬍子伸進嘴角，在壁毯的田園風光前面格外顯眼。焦慮而混亂的念頭可能折磨著艾芮卡，關於商業慣例、簿記帳冊、證人、檢察官、辯護律師和法官，事實上，這房間裡可能沒有人不懷著這些不符合聖誕氣氛的念頭。東妮的女婿成了被告，全家人都意識到一個在場的家族成員被指控犯下了一樁罪行，違反了法律、社會秩序與商業道德，而且也許要蒙受恥辱，還得去坐牢，這賦予這場聚會一種全然陌生、令人害怕的氛圍。布登布洛克家族的聖誕夜有一個被告在他們當中！東妮更加莊嚴肅穆地靠坐在椅子上，而布萊特大街布登布洛克三姊妹臉上的微笑則又多了一分尖刻……

而小孩子怎麼樣呢？那稍嫌單薄的後代？他們是否也能感受到這種全新的陌生情況有點恐怖？說到幼小的伊莉莎白，我們無從判斷她的情緒狀態。她穿著一件小洋裝，上面綴著許多緞帶蝴蝶結，一看就知道是東妮的品味。這孩子由保母抱著，把拇指緊緊握在小小的拳頭裡，吸著自己的舌頭，用略微凸出的眼睛愣愣地看著前方，偶爾發出咿咿呀呀的聲音，這時保母就會抱著她稍微搖一搖。翰諾則坐在母親腳邊的矮凳上，跟母親一樣仰頭直視著枝形吊燈的玻璃稜鏡。

還少了克里斯提昂！克里斯提昂在哪裡？直到最後一刻大家才察覺他還沒來。老領事夫人更加焦急地伸手從嘴角摸向頭髮，彷彿要把一根垂落的髮絲撩回原位，這是她特有的一個習慣性動作。她趕緊吩咐了塞弗林小姐幾句，於是這位女管家就穿過圓柱大廳，經過唱詩班那群男童，從走廊上那些等待禮物的窮人之間穿過，去敲布登布洛克先生的房門。

克里斯提昂隨即出現。他用那雙細瘦的彎腿從容不迫地走進風景廳，一邊用手揉著光禿禿的額頭，自從患過類風溼性關節炎，他的一雙腿就有點跛。

「天哪，孩子們，」他說，「我差點忘了！」

「你差點……」他母親重複著他說的話，呆住了。

「是啊，差點忘了今天是聖誕夜……我坐在房裡看書，一本關於南美洲的旅遊書……我的老天，我曾經度過不一樣的聖誕夜……」他又說，正打算說起他在倫敦一家五流舞廳裡度過的平安夜，當這房間裡有如教堂般肅穆的氣氛突然對他起了作用，於是他皺起鼻子，踮著腳尖走到他的座位上。

「歡呼吧，錫安的兒女們！」男童唱詩班唱了起來，剛才他們還在外面嬉鬧，使得湯瑪斯不得不走到門口站了一會兒，讓他們放尊重一點，而此刻他們唱得非常美妙。這些清亮的嗓音由較低沉的聲部襯托，歌聲純淨悠揚，歡呼著，頌讚著，帶著所有人的心一起升騰，讓那幾個老姑娘臉上的微笑變得柔和一些，讓那些老人家審視自己的內心，思索自己的人生，也讓那些正忙於生活的人暫時忘了自己的煩憂。

翰諾鬆開了他之前一直抱著的膝蓋。他的臉色十分蒼白，撫弄著他坐的那張矮凳的流蘇，用舌頭舔著一顆牙齒，半張著嘴，看起來好像覺得冷。他不時感覺到自己需要深深吸一口氣，因為此刻，當這個歌聲，這個如銀鈴般清脆的無伴奏人聲合唱在空中迴蕩，他的一顆心在一種近乎痛苦的幸福中收縮。聖誕節……那道高高的白漆雙扇門還緊閉著，從門縫裡透出聖誕樹的香氣，那股甜香喚起了他對門後大廳裡那幅奇妙景象的想像，每一年他都會又一次怦然心動地渴望見到那不可思議、不屬於塵世間的燦爛輝煌。那裡面替他準備的禮物會是什麼呢？當然是他表示過想要的東西，因為除非大人早就說過那不可能，要他打消這個念頭，他就毫無疑問會得到他想要的東西。那個木偶劇場將會立刻躍入他的眼簾，將會指引他走過去，他渴望已久的木偶劇場。在他寫給奶奶的願望清單上，這個劇場排在最上面，底下還重重地畫了底線，自從他看過《費德里歐》[1]之後，他腦子裡就幾乎只有這個念頭。

是的，做為他去布瑞希特先生那裡看牙的補償與獎勵，翰諾最近第一次去了劇院，在市立劇院一樓的座位上坐在母親旁邊，屏氣凝神地聆聽《費德里歐》的音樂，觀賞這齣歌劇的演出。從那以後，他就只夢想著歌劇場景，心中充滿了對舞臺的熱愛，使他幾乎難以成眠。他懷著說不出的羨慕看著街上那些眾所周知的劇院常客，包括他的叔叔克里斯提昂，還有德爾曼領事和房地仲介商葛許……像他們這樣幾乎每天晚上都能坐在劇院裡，這種幸福承受得了嗎？假如他能夠每週一次，只要一次就好，在演出開始之前往表演廳裡看一眼，聽聽各種樂器調音的聲音，看一看那尚未拉開的布幕！因為他喜歡劇院裡的一切：煤氣燈的氣味、觀眾的座位、演奏音樂的樂師、那塊布幕……

他的木偶劇場會很大嗎？又大又寬？布幕會是什麼樣子？他得盡快在布幕上剪個小洞，因為市立劇院的布幕上也有一個窺視孔……不知道奶奶或是塞弗林小姐──因為奶奶沒辦法自己去買所有的東西──是否找到了演出《費德里歐》所需要的布景？明天他就要找個地方躲起來，自己一個人演出一場……在腦海中他已經讓他劇場中的角色演唱起來，因為音樂和戲劇在他心中已經緊密相連……

「大聲歡呼吧，耶路撒冷！」男童唱詩班唱到了尾聲，原本像賦格一般並排唱出的聲音在最後一個音節歡樂祥和地匯聚在一起。清晰的和弦餘音裊裊，漸漸無聲，一片深深的寂靜籠罩著圓柱大廳和風景廳。受到這片寂靜的壓抑，一家人都低下了頭；只有魏宣克經理的目光肆無忌憚地四處游移，東妮也忍不住乾咳了幾聲。老領事夫人慢慢走到桌旁，在家人當中坐下，她坐的那張沙發不再像從前那樣和桌子

1《費德里歐》（*Fidelio*）是貝多芬創作的唯一一部歌劇作品，於一八〇五年在維也納首演。

隔得很遠。她調整了一下檯燈，拿出那部大本《聖經》，厚得嚇人的切口燙金由於年代久遠已經泛白。她戴上眼鏡，打開闔上這本大書的兩個皮扣，翻到夾著書籤的地方，露出又粗又厚的泛黃紙頁，上面印著特大號的字體，她喝了一口糖水，然後開始朗讀聖誕夜那一章。

她緩緩讀出這些熟悉的古老字句，用簡單而深入人心的語調，嗓音清晰、激動而快活，在虔誠的肅穆中格外分明。「平安歸與他所喜悅的人！」她說。話聲才落，圓柱大廳裡就響起了三聲部合唱的〈平安夜〉，而風景廳裡的一家人也跟著一起唱。大家唱得小心翼翼，因為在場之人大多沒有什麼音樂天賦，偶爾會聽到有人唱得低沉走調，但是這無損於這首歌的效果。東妮用顫抖的嘴唇唱著，因為凡是歷經滄桑、在紀念聖誕的片刻安寧中回顧人生的人，這首歌最甜蜜也最痛苦地觸動了他們的心，凱特森太太暗自飲泣，雖然她幾乎什麼也聽不見。

接著老領事夫人站起來，牽起孫子約翰與曾外孫女伊莉莎白，穿過這個房間。年紀較長的家人跟在她後面，年紀比較輕的一輩殿後，在圓柱大廳裡，僕人和那些等待受贈的窮人也加入了他們，大家齊聲唱起〈噢，聖誕樹〉。克里斯提昂叔叔走路時像個木偶一樣把腿抬得老高，搞笑地故意唱錯了歌詞，逗得兩個小孩哈哈大笑，大家就這樣穿過大大敞開的高大雙扇門，臉上帶著微笑，目眩眼花地直接走進了天堂。

整座大廳裡瀰漫著杉樹枝燃燒時散發出的香味，數不清的小火光熠熠生輝，天藍色壁紙和上面的白色眾神像使得這座大廳顯得更加明亮。高大的聖誕樹矗立在掛著深紅窗簾的窗戶之間，幾乎頂到了天花板，用銀絲彩帶與大朵白色百合花裝飾，樹梢立著一個閃閃發亮的天使，樹下擺著聖嬰降生馬槽的立體模型，樹身點滿了蠟燭，在一片光海中閃爍，有如遠方的點點繁星。一張鋪著白色桌布的長桌上擺滿禮物，這張桌子又長又寬，幾乎從窗戶延伸到門口，桌上也擺著一排比較小的聖誕樹，樹上掛著糖果，也點著燭火熒熒的小蠟燭。牆壁上伸出的煤氣燈也亮著，四個角落裡的鍍金枝形燭架上也燃著粗大的蠟燭。桌子上放不下的大件禮物並排擺放在地板上。雙扇門的兩側擺著小一點的桌子，同樣鋪著白色桌巾，用點滿蠟燭的小聖誕樹裝飾著，桌上也擺滿禮物：這是替家裡的僕人和那些窮人準備的。

大家唱著歌，目眩眼花地在大廳裡繞了一圈，這個原本熟悉的房間完全變了一個樣子。眾人列隊從聖嬰降生的馬槽旁邊走過，馬槽裡的聖嬰蠟像似乎在畫著十字，等到大家把一件件物品大致瀏覽了一遍，就安靜下來，停留在自己的位置上。

翰諾的腦子裡一片混亂。一走進大廳，他那雙焦急搜尋的眼睛很快就瞧見了那個玩具劇場。它顯眼地擺在桌上，看起來又大又寬，這個尺寸是他從來不敢想像的。可是他的位置換了，與去年的位置正好相對，這使得翰諾在驚訝之餘認真懷疑起這個美妙的劇場是否果真是要給他的。另外，在劇場舞臺的腳下，在地板上，還擺著一件體積很大的陌生物品，這件東西並不在他的願望清單上，像一件家具，像個五斗櫃……這是要給他的嗎？

「過來，孩子，看看這個，」老領事夫人說著就打開這件東西的蓋子。「我知道你很喜歡彈奏聖歌……費爾先生會給你必要的指導……必須要一直踩踏板……有時候輕一點，有時候重一點……另外，手也不要抬起來，換指的時候每次都只要淺淺地換……」

那是一架風琴，一架小巧漂亮的風琴，晶亮的棕色外殼，兩側有金屬把手，彩色的腳踏風箱，還有一張小巧的旋轉椅。翰諾按下一個和弦，一陣柔和的風琴聲響起，使得周圍的人從他們收到的禮物上抬起頭來。翰諾擁抱了奶奶，她溫柔地摟住他，然後鬆手讓他走開，以便接受其他人的道謝。

他把注意力轉向那座玩具劇場。那架風琴是個令人陶醉的夢，但是他暫時還沒有時間去玩賞。在幸福過度的時候，我們只能匆匆碰觸一切，先學習綜觀整體，顧不得個別的東西……噢，這個劇場有提詞人藏身的暗門，是貝殼形狀的，在這道暗門後面，紅金兩色的寬大布幕莊嚴地向上捲起。舞臺上擺設的是《費德里歐》最後一幕的場景。可憐的囚犯雙手交握。典獄長唐．皮扎羅穿著蓬蓬袖上衣，擺出一副嚇人的姿態。一身黑色絲絨的大臣從後面疾步趕來，將扭轉整個局勢，使故事歡喜收場。這場景就跟在市立劇院裡一樣，而且幾乎還要更美。劇終的歡樂大合唱在翰諾耳中迴蕩，於是他坐到那架風琴前面，憑著記憶奏出一小段……但是他又站起來，去把他想要的那本希臘神話書拿在手裡，那是本紅色精裝書，封面上印著金色的雅典娜女神。他吃著自己盤子上的糖果、杏仁糖和薑餅，端詳著那些比較小件的禮物，那些文具和筆記本，被一支筆桿吸引住，暫時忘了所有其他的東西。那支筆桿上有一粒小小的玻璃，只要拿在眼睛前面，就能像變魔法一樣看見一整片遼闊的瑞士風景……

此刻，塞弗林小姐和女僕四處走動，給大家端來茶和餅乾，當翰諾把餅乾浸在茶裡，他有了一些空暇，從他的位置抬起頭來看了看。大家站在長桌旁，或是沿著長桌走來走去，說說笑笑，互相展示自己的禮物，也欣賞別人的禮物。那些形形色色的東西各種材質都有：瓷器、鎳器、銀器、金器、木器、絲綢與布料。長長一排餅乾和麵包在桌上交替擺放，大片薑餅上鑲著對稱的杏仁與糖漬橙皮，大塊巧克力杏仁糕的內餡新鮮溼潤。由東妮手做或裝飾的幾件禮物都繫著大大的緞帶蝴蝶結，包括一個工作袋、一個盆栽墊和一個腳墊。

不時有人過來看看小約翰，用手臂摟住他水手服的衣領，瞧一瞧他收到的禮物，流露出帶有幾分嘲諷的誇張讚嘆，大人習慣用這種表情來讚嘆小孩子擁有的寶貝物品。只有克里斯提昂叔叔絲毫沒有這種成年人的傲慢，他手指上戴著母親送他的一只鑽戒，悠閒地踱步經過翰諾的位子，當他看見那座木偶劇場，他的喜悅之情和他姪兒不相上下。

「天哪，這太有趣了！」他說，一邊把劇場的布幕拉上拉下，再後退一步，打量著舞臺上的場景。

他的表情異樣嚴肅，腦中充滿不安的念頭，目光四處游移了好一會兒，然後忽然說：「這是你想要的禮物嗎？——嗯，原來這就是你想要的禮物啊。為什麼呢？你怎麼會想到這個主意？你已經去過劇院了嗎？……去看了《費德里歐》？是啊，那齣戲演得很好……而你現在想要模仿，是嗎？想要自己模仿著演出歌劇？……那齣戲給你留下這麼深刻的印象嗎？……聽著，孩子，聽我勸你一句話，不要把太多心思放在這種事情上……戲劇……之類的事……沒啥用處，相信叔叔的話。我一向也對這些事太感興趣，所以我這輩子沒有什麼成就。我犯了大錯，你得要知道……」

當翰諾好奇地抬頭看著他，他嚴肅而懇切地這樣告誡他的姪兒。可是接著他沉默了一會兒，一邊打量著這個玩具劇場，那張瘦骨嶙峋、兩頰凹陷的臉漸漸開朗起來，忽然把舞臺上的一個木偶人物往前面一移，用沙啞顫抖的嗓音唱了起來：「啊，多麼可怕的罪行！」接著他把那架風琴的椅子推到玩具劇場前面，自己坐上去，開始演出一齣歌劇，一邊唱，一邊打手勢，輪流表演樂團指揮與劇中人物的動作。好幾個家人湊過來站在他背後，一邊笑一邊搖頭，被逗樂了。翰諾看著他，打從心底享受這番表演。可是過了一會兒，克里斯提昂出人意料地停了下來。他不再吭聲，一陣不安的嚴肅從他臉上掠過，伸手撫摸自己的頭顱，順著左半邊身體一路往下摸，然後皺著鼻子，一臉憂愁地轉過身來面向他的觀眾。

「唉，你們瞧，這會兒又完了，」他說，「懲罰又來了。每次我允許自己找點樂子，馬上就會受到報應。這不是痛，你們知道的，這是一種酸疼……一種隱隱的酸疼，因為這半邊身體的所有神經都太短了，就是太短了……」

可是這些親戚不把他這番訴苦當一回事，一如他們也沒有認真看待他的滑稽演出。大家無動於衷地散開了，留下克里斯提昂默默地坐在玩具劇場前面好一會兒，若有所思地眨著眼睛，端詳著這座劇場，然後他站了起來。

「嗯，孩子，開心地玩你的劇場吧，」他說，一邊摸摸翰諾的頭髮。「可是不要玩得太厲害……不要忘了你該做的正經事，聽到了嗎？我犯過許多錯誤……不過，現在我要到俱樂部去了……我要去俱樂部一下！」他向那些大人喊道。「那裡今天也在慶祝聖誕節。待會兒見啦。」說完他就邁開那雙僵硬的彎腿，穿過圓柱大廳走了出去。

今天大家都提早吃了午餐，因此這會兒喝茶吃餅乾都吃了不少。可是餅乾還沒吃完，就又上了點心，有顆粒的黃色糊狀物用大水晶碗盛著，在眾人之間傳遞。那是杏仁奶油霜，用雞蛋、磨碎的杏仁和玫瑰水調製而成，味道好極了，可是如果多吃了一匙，就會引起胃部嚴重不適。儘管如此，大家還是盡情享用，雖然老領事夫人拜託大家「留點肚子」吃晚餐。至於克婁蒂妲，她辦到了神奇的事，感激地默默吃著杏仁奶油霜，一匙接一匙，就像吃燕麥粥一樣。另外還有裝在玻璃杯裡的葡萄酒凍，配著英式果乾蛋糕一起吃。漸漸地，大家端著自己的盤子移到風景廳去，三三兩兩地圍在桌旁。

翰諾獨自留在大廳裡，因為年紀更小的伊莉莎白・魏宣克已經被帶回家去了，而他今年第一次獲准留在曼恩路的奶奶家共進聖誕晚餐。家裡的僕人和那些接受賑濟的窮人在拿到禮物之後就退下了，而伊妲・雍曼在圓柱大廳裡和塞弗林小姐聊天，雖然負責教養翰諾的伊妲平常在這位女管家面前總是保持著嚴格的社交距離。大聖誕樹上的蠟燭已經燃盡，燭光已經熄滅，使得樹下的聖嬰馬槽位於黑暗中；可是長桌上那些小聖誕樹上的蠟燭有幾支還在燃燒，偶爾有一根杉樹枝被燭火燒到，發出劈劈啪啪的聲音，使得大廳裡瀰漫的那股杉木清香更加濃郁。每次有微風輕輕拂過那些聖誕樹，就會使得掛在樹上的金箔裝飾輕輕抖動，微微叮噹作響。此刻大廳裡又安靜下來，靜到足以聽見一具手搖風琴的聲音穿過寒夜從遠處的街道傳來。

翰諾全心全意享受聖誕節的這些香氣與聲響。他用手撐著頭，讀著那本希臘神話，不經意地吃著糖果、杏仁糖、杏仁奶油霜與果乾蛋糕，因為這也是聖誕節的一部分。由於胃吃得太撐而引發的焦慮不安和這個夜晚的甜蜜興奮交織在一起，成為一種憂傷的幸福。他讀著宙斯為了取得統治權而必須進行的戰鬥，偶爾豎起耳朵傾聽大人在起居室裡仔細談論克婁蒂妲堂姑的未來。

克婁蒂妲是這天晚上所有人當中最開心的一個，面帶微笑地接受來自各方的祝賀與揶揄，那笑容使她灰暗的臉煥發出光彩；由於喜悅的感動，她說話時的聲音都沙啞了。原來她已經被「聖約翰修道院」接納。布登布洛克議員在管理委員會裡私下促成了她被接納，雖然有幾位先生暗中嘀咕，說這是假公濟私。家人聊起這個值得感謝的機構，就跟梅克倫堡、多伯廷以及里布尼茨的幾所貴族女子修道院一樣，其宗旨在於照顧那些出身本地名門望族、但卻孤苦伶仃的老姑娘，讓她們能有尊嚴地安享晚年。可憐的克婁蒂妲如今能夠得到一筆養老津貼，雖然微薄，但卻有保障，而且金額會逐年增加；等到她的年紀達到最高一級，她甚至可以在修道院裡有個寧靜乾淨的住所。

小約翰在大人那邊待了一會兒，但隨即又回到大廳，大廳裡不再像一開始時那樣燈火通明，它的富麗堂皇不再令人在驚嘆中感到膽怯，而散發出另一種魅力。這是一種奇特的享受，好像在一場演出結束後在昏暗的舞臺上漫步，稍微探看一下幕後的景象：從近處端詳裝飾在大聖誕樹上的百合花的金色花蕊，把聖嬰馬槽模型裡的動物和人物拿在手裡，找到那支讓伯利恆馬廄上方的透明星星發出亮光的蠟燭，掀開那條垂下來的長長桌布，看看堆放在桌子底下的那許多紙盒和包裝紙。

風景廳裡的談話也變得愈來愈不吸引人了。那件不祥之事無可避免地逐漸成為談話的主題，之前為了避免破壞這個節慶夜晚的氣氛，大家雖然絕口不提，但是此事幾乎沒有一刻離開過大家的心頭：魏宣克經理的訴訟案。魏宣克本人針對此案發表了一番演說，表情與動作中帶著幾分狂野的活潑。他述說了傳訊證人的一些細節，由於碰上節日，對證人的傳訊暫時中斷；他強烈指責審判長菲蘭德博士明顯懷有成見，也帶著自信的嘲諷批評檢察官哈根史托姆博士用譏笑的口氣來詰問他和辯方證人。此外，布瑞斯勞爾律師非常機智地駁斥了對他不利的各種陳述，並且堅定地向他保證目前根本不可能做出判決。湯瑪斯出於禮貌會偶爾插嘴問個問題，東妮則高聳著肩膀坐在沙發上，不時嘀咕一句難聽的話咒罵莫里茲・哈根史托姆。其他人卻都沉默不語。這份沉默是這麼深，乃至於魏宣克經理也漸漸不再吭聲；當小翰諾在大廳裡快樂地感覺時光飛逝有如置身天堂，風景廳卻籠罩著一片沉重而令人焦慮不安的寂靜，當克里斯提昂在八點半從俱樂部那些單身漢與紈綺子弟的聖誕晚會回來，風景廳裡仍然一片寂靜。

他嘴裡叼著一個已經熄滅的雪茄菸頭，瘦削的臉頰上泛著紅暈。他穿過大廳走進來，踏進風景廳時說道：「孩子們，大廳實在布置得太美了！魏宣克，我們今天其實應該把布瑞斯勞爾律師也請來才對；這種場面他肯定還沒見過。」

老領事夫人默默地從旁邊瞪了他一眼。他則輕鬆自在地露出不明所以的詢問表情做為回應。——九點鐘大家上桌吃晚餐。

就跟每一年一樣，聖誕夜的餐桌擺放在圓柱大廳裡。老領事夫人誠心誠意地說出傳統的餐前禱告：

「來吧，主耶穌，請祢當我們的客人
並且賜福給祢所贈與我們的一切。」

接著她就同樣依循這一晚的慣例，做了一番簡短的訓誡，主要是要大家懷想一下那些無法像布登布洛克家族一樣歡度聖誕夜的人。等她說完，大家就心安理得地坐下來享用一頓豐盛的大餐，首先上桌的是奶油燉鯉魚和陳年的萊茵葡萄酒。

湯瑪斯把幾片魚鱗塞進錢包，祈求未來一整年都有用不完的錢；克里斯提昂卻垮著臉說這樣做一點用處都沒有，克羅格領事也放棄了這個確保財運的預防措施，說他已經無須擔心股市行情的波動，他和他的那一點財產早已獲得保障。這位老先生坐在盡可能遠離他妻子的地方，他已經好幾年幾乎不再跟她說話，因為她始終在暗中接濟失去繼承權的長子雅克伯，這個兒子四處飄蕩，在倫敦、巴黎或美國過著浪蕩的生活，確切的地點只有他母親知道。第二道菜上桌時，話題轉到那些不在場的家人身上，克羅格領事面色陰沉地皺起眉頭，當他看見兒子的軟弱母親在擦眼淚。大家談起住在法蘭克福和漢堡的親戚，也不懷惡意地想起住在里加的提伯提烏斯牧師，湯瑪斯還悄悄地和妹妹東妮舉杯，祝福古倫里希先生和佩曼尼德先生身體健康，在某種意義上他們也仍是家人……

塞了栗子泥、葡萄乾和蘋果作為填料的烤火雞獲得了一致的讚賞。大家拿來和過去幾年的火雞相比，得出的結論是今年這隻是許多年來最大的。此外還有煎馬鈴薯、兩種蔬菜和兩種糖漬水果，這些都裝在大碗裡在桌上傳遞，分量很多，彷彿那不是配菜和佐料，而是要讓大家吃飽的主菜。大家喝的是「莫倫朵普公司」的陳年紅酒。

小約翰坐在爸媽中間，費力地把一塊雞胸肉連同餡料塞進胃裡。他不像克斐蒂妲堂姑還能吃下那麼多東西，他覺得疲倦，而且身體不太舒服。他只是因為獲准與大人同桌吃飯而感到自豪，在他那條摺成精美花式的餐巾上也擺著一個灑上罌粟籽的牛奶小餐包，在他面前也擺著三個葡萄酒杯，而平常他用的都是那個小金杯，是克羅格舅公擔任他教父時送他的禮物。可是等到舅公開始替大家把一種油黃色的希臘葡萄酒斟入最小的酒杯，冰淇淋蛋白霜餅也上桌了，有紅、白、棕三色，於是他又有了胃口。儘管他牙疼得幾乎難以忍受，他還是吃了一個紅色的和半個白色的，最後當然也少不了要嘗一口棕色的，裡面是巧克力冰淇淋，配上鬆脆的威化餅，再喝一小口甜甜的葡萄酒，聽著克里斯提昂叔叔滔滔不絕地說起話來。

他談起俱樂部的聖誕晚會，說那裡的氣氛非常歡樂。「我的老天！」他用的語氣就像他談起老同事強尼．桑德史東的故事時一樣。「那些傢伙把瑞典香料熱紅酒當成開水喝！」

「噓。」老領事夫人哼了一聲，垂下了眼簾。

可是克里斯提昂不予理會。他的目光開始游移，思緒和回憶在他腦中是如此鮮活，如同暗影一般從他瘦削的臉上掠過。

「你們當中有誰知道，」他問，「喝了太多瑞典香料熱紅酒會怎麼樣嗎？我指的不是喝醉，而是第二天會發生的後果……那種感覺怪異又噁心……對，既怪異又噁心。」

「所以你覺得有足夠的理由仔細描述一下。」湯瑪斯說。

「夠了，克里斯提昂，我們對這個一點也不感興趣。」老領事夫人說。

可是他置若罔聞。這是他的獨特性格，在這種時刻別人說什麼他都聽不進去。他沉默了一會兒，然後突然之間，他似乎準備好把腦中所想的事說出來了。

「你走來走去，覺得渾身不對勁，」他說，皺起了鼻子，轉身面向他哥哥。「頭痛，腸胃不適……嗯，這種不舒服在其他情況下也會出現。可是你會覺得自己**很髒**——」克里斯提昂一邊說一邊搓著雙手，整張臉都扭曲了。「你覺得自己渾身上下都很髒，好像沒有洗乾淨。你去洗手，但是沒有用，你的手感覺溼溼黏黏的，而你的指甲油膩膩的……你去洗澡，但是沒有用，你覺得全身都黏黏的洗不乾淨。你的整個身體都惹你生氣，都使你煩躁，你覺得自己很噁心……你有過這種感覺嗎？湯瑪斯，有過嗎？」

「嗯，嗯！」湯瑪斯不耐煩地把手一揮。可是克里斯提昂的不識相是少見的，而且一年比一年明顯，使他絲毫沒有想到這番說明讓全桌的人都感到尷尬，沒有想到這個話題在今晚這個場合完全不恰當。他繼續描述瑞典香料熱紅酒飲用過量的不適，直到他認為他已經描述得淋漓盡致了，才漸漸不再吭聲。

在品嘗奶油和乳酪之前，老領事夫人又一次對全家人講了幾句話。她說這些年來即使並非事事如人所願，他們明顯得到的福分還是很多，足以讓他們心懷感激，何況他們的願望也許是目光短淺而且並不明智。福禍的交替正好顯示出上帝從來不曾撒手不管這一家人，而是按照祂睿智的意圖來帶領我們，也將繼續帶領我們，我們不該沒有耐性地妄自臆測祂的意圖。現在，讓我們心中懷著希望，一起為了全家人的幸福舉杯，為了家族的未來舉杯，在這個未來，在座的老人家和年紀較長的一輩早已安息在清涼的泥土中……讓我們為了孩子們舉杯，因為今天這場慶典其實是屬於孩子們的……

由於魏宣克經理的小女兒已經不在場了，小約翰只好獨自繞著餐桌走一圈，逐一和大家碰杯，上至祖母，下至塞弗林小姐，同時大人也互相舉杯祝賀。當他走到父親面前，湯瑪斯把酒杯靠近這孩子的酒杯，輕輕抬起了翰諾的下巴，為了看進他的眼睛……他沒有和他四目相接，因為翰諾金棕色的長睫毛深深低垂，垂得很低、很低，一直垂到眼睛底下的淡青色陰影中。

魏希布洛特小姐則用雙手捧住他的頭，「啵啵」兩聲在他兩頰上各吻了一下，用上帝都無法抗拒的真摯語調說：「祝你幸福，你這個**好**孩子！」

一個小時後，翰諾躺在床上，他的床現在擺在臨著三樓走廊的前廳，左邊是他父親的更衣間。他仰躺著，為了替他的胃著想，他的胃在這天晚上陸陸續續塞進了這麼多東西，還根本沒有消化完畢。他興奮地睜著眼睛，看著好心的伊妲從她房間裡朝他走過來，她已經換上了睡袍，把一個水杯舉在身前輕輕搖晃。翰諾迅速喝掉了那杯蘇打水，做了個鬼臉，就又倒回床上。

「我覺得現在我才真的是要吐了，伊妲。」

「別瞎說，小翰諾。你只要仰躺著別動就好……可是你看到了吧？剛才是誰好幾次向你使眼色，要你少吃一點？是哪個小男孩不願意聽話……」

「好啦，好啦，也許待會兒就好了……伊妲，我的東西什麼時候送來？」

「明天一早，孩子。」

「讓他們把東西放在這裡！這樣我馬上就能拿到！」

「好啦，小翰諾，現在你先好好睡一覺吧。」伊妲親吻了他，熄了燈，走開了。

他一個人靜靜地躺著，讓蘇打水發揮舒緩胃部不適的效果，這時那座輝煌燦爛、擺滿禮物的大廳又在他閉上的眼睛前面浮現。他看見他的玩具劇場、他的風琴、他的神話書，聽見唱詩班男童所唱的「大聲歡呼吧，耶路撒冷」從遠方某處傳來。一切都閃閃發亮。輕微的發燒使他腦中嗡嗡作響，由於反胃，他的心有點忐忑和害怕，心臟的跳動緩慢有力而不規則。在一種混合了不適、興奮、焦慮、疲倦與幸福的狀態中，他躺在那裡久久無法入睡。

明天輪到了第三場聖誕晚會，魏希布洛特小姐要在她家裡分送禮物，翰諾期待著這個晚會就像期待著一齣小小的滑稽劇。魏希布洛特小姐在去年徹底放棄了她經營的寄宿學校，於是磨坊邊街那棟小屋裡如今就只住著她們姊妹倆，她姊姊凱特森太太住二樓，她自己住一樓。她那先天不足的瘦弱身體給她帶來的病痛逐年增加，所以天性溫順的魏希布洛特小姐本著基督徒的精神，心甘情願地認為她蒙主寵召的日子快到了。因此好幾年來，她把每一個聖誕節都當成她的最後一個聖誕節來慶祝，在她那間暖氣太足的小客廳裡舉辦晚會，並且就她微弱的力量所及，盡可能把晚會辦得有聲有色。由於她買不起太多東西，她每年都從自己為數不多的家當中拿出一部分來當作禮物，把她用不著的東西都擺在聖誕樹底下：小擺飾、紙鎮、針插、玻璃花瓶、還有從她藏書中挑揀出的幾本書，開本與裝幀都很滑稽的古老書籍，像是《一個自我觀察者的祕密日記》[1]、黑貝爾的阿勒曼尼語詩集[2]、庫倫馬赫的寓言故事[3]……翰諾已經收到過她贈送的一本《巴斯卡沉思錄》[4]，是本非常袖珍的小書，必須要用上放大鏡才能閱讀。

她調製的「主教雞尾酒」多得喝也喝不完，她烘焙的薑汁餅乾也非常可口。可是，由於魏希布洛特小姐每次都戰戰兢兢、全心全意地慶祝她的最後一個聖誕節，這一晚總是會發生一件意料之外的事，出一點小差錯，造成一番小小的混亂，逗得賓客哈哈大笑，也使女主人默默的熱情更加高漲。比如說一壺「主教雞尾酒」打翻了，又甜又香的紅色汁液流得到處都是……或是掛滿裝飾的聖誕樹從木製底座上倒下來，就在大家莊嚴鄭重地走進來準備分送禮物的那一刻……在入睡之際，翰諾眼前浮現了去年發生的小事故：就在分送禮物之前。魏希布洛特小姐先是朗誦了《聖經》裡聖嬰誕生的那一章，特別強調抑揚頓挫，使得所有的母音都換了位置，然後她向後退了幾步，退到門邊，面對她的賓客，打算簡短地講幾句話。她站在門檻上，駝著背，身材瘦小，蒼老的雙手交握在扁平的胸前，軟帽上的綠色絲帶垂在她瘦弱的肩膀上，而在她頭頂上，有一個用杉樹枝裝飾的橫幅，寫著「在至高之處榮耀歸與上帝！」接著她說起上帝的仁慈，提到這是她的最後一個聖誕節，最後引用使徒的話，叫大家要喜樂，她全身上下都在

1 《一個自我觀察者的祕密日記》（*Geheimes Tagebuch von einem Beobachter Seiner Selbst*）是瑞士哲學家約翰・卡斯帕・拉瓦特（Johann Caspar Lavater, 1741-1801）的作品，一七七一年出版。
2 黑貝爾（Johann Peter Hebel, 1760-1826），德國作家，被視為阿勒曼尼語方言文學的先驅。
3 庫倫馬赫（Friedrich Adolf Krummacher, 1767—1845），德國神學家，他所寫的民俗寓言故事於一八〇五年出版。
4 法國哲學家巴斯卡（Blaise Pascals，1623-1662）的《沉思錄》（*Pensées*）係由他所遺留的札記集結而成，在他死後才出版，是歐洲思想史上的重要著作。

顫抖，瘦小的身體徹底投入這句訓誡。「你們要喜樂！」她說，說時把頭歪向一邊，並且用力搖著頭。「我再說一次：你們要喜樂！」可是就在這一瞬間，她頭頂上那條橫幅突然著了火，發出吱吱嘶嘶、劈哩啪啦的聲響，使得魏希布洛特小姐發出一聲驚呼，往旁邊一跳，動作敏捷得出人意料，躲過了如下雨般朝她落下的點點火星……

翰諾回想起這位老小姐的那一跳，覺得很好笑，於是把頭埋在枕頭裡，心情激動而煩躁不安地小聲笑了好幾分鐘。

第九章

東妮走在布萊特大街上，她的腳步很急，神態有點倉皇，只有肩膀和頭部流露出幾分她平時走在街上時渾身散發出的那股威嚴。困窘、焦急、而且極度匆忙，彷彿她只能勉強擠出一絲威嚴，像個戰敗的國王召集殘餘的軍隊，準備一起逃亡……

唉，她的氣色不太好！她微翹的弧形上脣從前曾使她的臉龐增添了幾分俏麗，此刻卻顫抖著，一雙眼睛害怕地睜得大大的，激動地眨動，彷彿要向前衝似地直視著前方……從兜帽底下露出來的頭髮顯然散亂了，她的面容呈現出一種暗黃色，每當她的胃病惡化時就會這樣。

是的，這段時間她的胃不好；在週四的家族聚會中，全家人都能看出她的胃病惡化了。不管大家再怎麼努力避開暗礁，談話還是會擱淺在魏宣克經理的訴訟案上，是東妮自己忍不住把話題帶到了那上頭。然後她就會異常激動地向上帝和全世界發問：莫里茲．哈根史托姆檢察官夜裡怎麼能睡得安穩！她不明白，永遠也不會明白……而且她愈說愈激動。「謝了，我什麼都不吃。」她說，把食物全都推開，聳起肩膀，把頭向後仰，獨自高高在上地義憤填膺，只顧著把啤酒往空空的胃裡灌。那種冰涼的巴伐利亞啤酒是她嫁到慕尼黑的那幾年開始喝慣了的，她的胃部神經原本就不安寧，這下子更是會狠狠報復她。因為用餐時間快結束時，她就得站起來，下樓到花園或院子裡，在伊妲．雍曼或是塞弗林小姐的攙扶下忍受要命的嘔吐。等她把胃裡的東西都吐出來了，她的胃就會痛苦地抽搐，這種痙攣的狀態會持續好幾分鐘，胃裡已經沒有東西可吐了，她只能乾嘔著難受很長一段時間。

這是一月裡一個風雨交加的日子，時間是下午三點左右。當東妮走到費雪古魯伯街的轉角，她就轉進去，急忙沿著這條下坡路往下走，走到她哥哥家。她匆匆敲了門，從門廳走進辦公室，目光從那些寫字檯上掠過，投向布登布洛克議員位於窗邊的座位，帶著懇求的表情擺了擺頭，於是湯瑪斯立刻擱下筆，朝她走過來。

「什麼事？」他問，揚起了一道眉毛。

「我要打擾你一下，湯瑪斯……是件急事……不能耽擱……」

他替她打開通往他私人辦公室的軟墊門，等到他們兄妹倆都走進去了，他就在身後把門關上，帶著詢問的表情看著他妹妹。

「湯姆，」她用顫抖的聲音說，在毛皮手籠裡絞著雙手，「你得拿出這筆錢來……暫時墊一下……你得要拿出這筆保證金，求求你……我們沒有這筆錢……我們現在要從哪裡弄到兩萬五千馬克？……將來你會全數拿回來的……很快就會拿回來……你了解的……事情發生了……長話短說，審判已經進行到這一步，哈根史托姆已經申請立刻逮捕或是繳交兩萬五千馬克的保證金。而魏宣克以他的名譽向你保證他會留在原地，不會潛逃……」

「事情真的到了這個地步了嗎？」湯瑪斯搖著頭說。

「是的，他們把事情搞到了這一步，那些壞蛋，那些可惡的傢伙……！」東妮在束手無策的憤怒中啜泣起來，頹然倒坐在她身旁一張鋪著油布的椅子上。「而且他們還不會罷手，湯姆，他們會把事情鬧到底……」

「東妮，」他說，在那張桃花心木製成的書桌前面斜斜地坐下，蹺起一條腿，用一隻手撐著頭。

「老實說吧，妳還相信他是清白的嗎？」

她抽噎了幾聲，然後絕望地小聲回答：「唉，不，湯姆……我怎麼還能相信呢？尤其是我已經遇過那麼多壞事？我從一開始就沒辦法完全相信，雖然我真心地努力想要相信。你知道，生活讓人很難再相信有誰是清白的……唉，不，很久以來我就懷疑他是否問心無愧了，這份懷疑折磨著我，而艾芮卡都快被他搞瘋了……她哭著向我承認……說她快被他在家裡的舉止給搞瘋了。我們當然沒有說出去……他的言行愈來愈粗魯……而且他愈來愈嚴格地要求艾芮卡要開朗，要替他排解憂愁，如果她表情嚴肅，他就砸碗摔盤。你不知道，當他在夜裡還把自己關在房間裡弄他那些檔案，一弄就是好幾個鐘頭……如果有人去敲門，就會聽到他在房間裡跳起來大喊：『是誰！什麼事！』……」

他們倆都沉默了。

「可是就算他有罪好了！就算他做錯了！」東妮又重新開口，而且嗓門大了起來。「他也沒有把錢放進自己口袋，而是為了公司；再說……老天在上，人生在世總有些情面要顧，湯姆！既然他和我們家結了親……他和我們就是一家人……總不能讓別人把我們的一個家人關進監獄，老天爺行好！……」

他聳了聳肩膀。

「你在聳肩，湯姆……意思是你願意忍受，願意容忍這個惡棍放肆到這個地步？我們總要做點什麼！絕不能讓他被判刑！……你不是市長的左右手嗎……老天，難道議會不能馬上赦免他嗎？……我要跟你說……剛才，在我來找你之前，我正打算要去找克雷默，想要用盡方法來央求他，請他插手干預這件事……他是警察局長……」

「噢，老妹，這個想法太蠢了。」

「太蠢了？湯姆？——那艾芮卡呢？還有他們的孩子呢？」她說，央求地把插在手籠裡的一雙手朝他伸過去。然後她沉默了一會兒，垂下雙臂；她張大了嘴巴，縮起的下巴顫抖起來，兩顆大大的淚珠從她低垂的眼皮下流出來，她又小聲地加了一句：「那我呢……？」

「噢，東妮，鼓起勇氣來！」湯瑪斯說，被她的無助給打動了，他湊近她身邊，安慰地撫摸她的頭髮。「事情還沒有定論。他還沒有被判刑。一切還可能會好轉。現在我先把保證金付了，我當然不會拒絕。而且布瑞斯勞爾是個精明的律師……」

她哭著搖頭。

「不，湯姆，事情不會好轉，我不相信事情還會好轉。他們會判他有罪，把他關進牢裡，到時候艾芮卡、那孩子和我的日子都不會好過。她的陪嫁已經花掉了，用來辦嫁妝、買家具和那些油畫……如果把這些東西賣掉，拿回來的錢連四分之一都不到……他的薪水我們一向都花掉了……魏宣克一點儲蓄都沒有。我們將得搬回去跟母親一起住，如果她同意的話，直到他出獄……可是到那時候情況幾乎還會更糟，因為他和我們能去哪裡？……我們可能就只能坐在石頭上了。」她啜泣著說。

「坐在石頭上？」

「喔，這是句俗話……是個比喻……唉，不，事情不會有好結果。我遇到過許多打擊……我不知道我造了什麼孽……可是我沒法再抱有希望了。現在艾芮卡也要遭遇到古倫里希和佩曼尼德讓我遭遇到的事……可是現在你可以看到，現在你可以就近判斷這是怎麼回事，可以看見事情是怎麼發生的，是怎麼樣落在一個人的頭上！我們又能做些什麼？湯姆，我問你，我們又能做些什麼！」她又說了一次，神色淒涼，帶著詢問的表情，睜著淚汪汪的大眼睛看著他。「我做的事全都失敗了，都變成了不幸……而上帝知道，我原本懷著那麼好的意圖！……我一直由衷希望在人生中能夠有點成就，替家族增添一點光榮……現在這一次也完了。這就是結局了……這最後一次……」

他撫慰地伸出手臂摟住她，她靠在他的手臂上，為自己失敗的人生哭泣，如今她生命中最後的希望也已破滅。

一個星期後，魏宣克經理被判處三年半的徒刑，而且立刻就被拘留。

進行辯護的那一次開庭，湧來了前來旁聽的人潮，從柏林請來的律師布瑞斯勞爾博士慷慨陳辭，大家從沒聽過這麼能言善道的人說話。房地仲介商葛許對於這番諷刺、激昂、動人的演說佩服得五體投地，津津樂道了好幾個星期。克里斯提昂·布登布洛克也在場旁聽，事後在俱樂部裡，他往一張桌子後面一站，把一疊報紙擺在面前充當文件檔案，維妙維肖地模仿了辯護律師的演說。此外他還在家裡宣稱法學家是最棒的職業，他真該選擇這一行的……就連檢察官哈根史托姆博士（他畢竟是個鑑賞家）都在私底下表示他很欣賞布瑞斯勞爾的演說。但是這位知名律師的才華也無法阻止本市的同行拍拍他的肩膀，一團和氣地告訴他，說他們是不會被愚弄的……

在魏宣克經理入獄後被迫進行的拍賣也結束之後，城裡的人就漸漸把他遺忘了。可是布萊特大街的布登布洛克三姊妹在每週四家族聚餐時就要表白一番：她們第一次見到這個人，就從他的眼神看出他不夠規矩，看出他的性格想必有許多缺陷，將來不會有好下場。她們之所以隱而未言，乃是為了顧及情面，如今她們感到遺憾，早知道就該不顧情面地講出來了。

第九部

（獻給勇敢的畫家保羅．埃倫伯格[1]，紀念我們在慕尼黑共度的許多音樂與文學之夜）

1 保羅．埃倫伯格（Paul Ehrenberg, 1876-1949），德國印象派畫家，也是傑出的小提琴手，曾與托瑪斯．曼來往密切，其弟卡爾．埃倫伯格（Carl Ehrenberg, 1878-1962）為作曲家兼小提琴家，三人經常一起合奏。

第一章

布登布洛克議員跟在兩位醫生後面，從老領事夫人的臥房走進早餐室，然後把門關上。除了老醫生葛拉波夫之外，另一位是年輕的朗哈爾斯醫生，他出身朗哈爾斯家族，在城裡開業行醫已有一年。

「兩位先生，我想請你們……再多留一會兒。」他說，領著他們上樓，經過走廊，穿過圓柱大廳，走進風景廳，由於秋季天氣溼冷，那裡已經升起爐火。「兩位一定能了解我的緊張心情……請坐！如果可能的話，請讓我放下心來！」

「哪兒的話，親愛的議員先生！」葛拉波夫醫生回答，他把下巴縮在領結裡，舒舒服服地靠著椅背坐著，用兩隻手拿著帽子，把帽簷抵在胃部。朗哈爾斯醫生身材矮壯，一頭短而直的褐髮，留著修剪得尖尖的鬍子，有一雙漂亮的眼睛，臉上帶著虛榮的表情，把他的禮帽擱在身旁的地毯上，打量著自己那雙小得出奇、長著黑色毛髮的手。「目前當然還沒有理由需要嚴重擔心，請放心……以一個病人來說，老領事夫人的抵抗力相當好……真的，在下替府上提供醫藥建議這麼多年，我很了解她的抵抗力。以她的年紀來說實在很驚人……我告訴您……」

「是啊，她的年紀……」布登布洛克議員不安地說，捻著他那撇小鬍子的長長鬍尖。

「我的意思當然不是說令堂明天就能下床散步了，」葛拉波夫醫生語氣溫和地繼續說。「病人想必也沒有給您這種印象，親愛的議員先生。不能否認，這二十四個小時以來，傷風的情況惡化了。我覺得昨天晚上那陣寒顫不是好現象，而今天果然就有些側胸刺痛和呼吸急促。另外也有一點發燒——噢，不嚴重，但確實發燒了。總之，親愛的議員先生，我們可能必須接受這件棘手的事實，亦即令堂的肺部受到了一點感染……」

「所以說是肺部發炎嗎？」布登布洛克議員問，看看這位醫生，再看看那位醫生。

「是的，是肺炎。」朗哈爾斯醫生說，嚴肅得體地欠了欠身。

「不過，是右肺的局部發炎，」身為家庭醫師的葛拉波夫回答，「我們必須很謹慎地設法確定發炎的部位……」

「這麼說來，還是有認真擔憂的理由囉？」布登布洛克議員一動也不動地坐著，目不轉睛地盯著說話者的臉。

「擔憂？噢……剛才說過了，我們必須要控制住病情，減輕咳嗽的症狀，設法退燒……嗯，奎寧應該會發揮效果……另外還有一件事，親愛的議員先生……不要因為個別的症狀而感到驚慌，好嗎？如果呼吸困難的情況稍微加重了一點，也許在夜裡會稍微出現譫妄的情況，或是明天咳了一點痰……您知道的，那種紅褐色的痰，就算摻有血絲……這一切都是合理的，都是這種疾病本來就有的症狀，完全正常。請您也讓我們親愛的佩曼尼德夫人做好心理準備，她非常盡心盡力地在照顧老夫人……說到這裡，她還好嗎？我完全忘了問她的胃病這幾天怎麼樣了……」

「還是老樣子。我沒聽到什麼新的消息。現在我們自然暫時顧不到去擔心她的身體……」

「這是當然。對了……說到這件事，我有個想法。令妹需要休息，尤其是在夜裡，而塞弗林小姐一個人可能照顧不來……要不要找個看護呢？親愛的議員先生？我們有天主教會的灰衣修女可以擔任看護，您一向懷著善意支持她們……修女會長將會很高興能為您效勞的。」

「所以說，您認為有必要請個看護？」

「這是我的建議。這樣做大有好處……那些修女非常難得。她們經驗豐富，言行謹慎，能讓病人安心……尤其是這種疾病會伴隨許多令人不安的症狀，如同剛才所說……所以，我再說一次：別緊張，好嗎？親愛的議員先生？另外我們會再看看情形……再看看情形……我們今天晚上會再來探視……」

「要有信心。」朗哈爾斯醫生說，拿起他的禮帽，與比他年長的老醫師同時站起來。可是布登布洛克議員仍然坐著，他的話還沒有說完，還想再問一個問題，還想再探問一下。

「兩位先生，」他說，「我還有一句話想說……我弟弟克里斯提昂是個神經緊張的人，簡單地說，他承受不了打擊……兩位會建議我把母親生病的事告訴他嗎？也許……勸他早點回來？」

「令弟克里斯提昂不在城裡嗎？」

「不在，他在漢堡。暫時到那兒去。為了生意上的事，據我所知……」

葛拉波夫醫生看了他的同事一眼，就笑著握住布登布洛克議員的手，說：「那我們就讓他安心去忙他的事吧！何必讓他白白受一場虛驚呢？假如病情有了變化，需要他在場，比如說，為了讓病人安心，為了提振她的心情……那都還來得及……都還來得及……」

當主客三人穿過圓柱大廳，經過走廊往回走，在樓梯平臺上稍微站了一會兒，他們談起別的事，談起剛結束的戰爭所帶來的動盪與變革[1]。

「嗯，好日子要來了，對吧，議員先生？大家有錢可賺……到處人心振奮……」

布登布洛克議員有所保留地表示同意。他證實戰爭的爆發使得來自俄國的穀物運輸量大幅增加，也

1 係指一八七一年一月結束的普法戰爭，由普魯士大獲全勝，建立起統一的德意志帝國。

提到當時為了供應軍糧而進口了大量燕麥。但是他也說穀物貿易的利潤分配很不平均……

兩位醫生離開了，布登布洛克議員轉個身，準備再度回到病人的房間。他思索著葛拉波夫剛才說的話……那番話中含有許多玄機……感覺得出他在避免做出確切的陳述。唯一明確的字眼是「肺部發炎」，而朗哈爾斯醫生把這個字眼翻譯成醫學用語也並未更使人放心……在老領事夫人的年紀染患肺炎……單是有兩位醫生同進同出這一點就使得病情令人有點不安。這是葛拉波夫的安排，安排得很自然，讓人幾乎沒有察覺。他說自己遲早要退休，既然年輕的朗哈爾斯醫生將要接替他的工作，因此他很樂意現在就偶爾帶著朗哈爾斯一起出診……

當布登布洛克議員走進那間昏暗的臥室，他的表情開朗，姿態充滿活力。他習慣了用優越自信的表情來遮掩憂愁與疲倦，乃至於在打開房門時，這副面具幾乎是在一念之間就自動罩在他臉上。

東妮坐在那張天篷床的床邊，床帷拉開了，她握著母親的手。老領事夫人靠著枕頭躺坐在床上，把頭轉向走進來的湯瑪斯，用淡藍色的眼睛探詢地看著他的臉。那道目光中充滿了自制鎮靜與不可避免的專注迫切，由於她稍微側著頭，這道目光幾乎帶有焦急等候之感。除了臉色蒼白，使得臉頰上由於發燒而起的幾處紅斑更加明顯，這張臉完全沒有流露出疲倦和虛弱。這位老夫人十分注意自己的病情，比她周圍的人更注意，畢竟這與她最為切身。她對這場病心懷戒備，完全不打算躺下來聽天由命地任由病情發展下去。

「他們怎麼說？湯瑪斯？」她問，聲音堅定有力，使她立刻劇烈地咳了起來。她緊閉雙唇，想把這陣咳嗽壓下去，但還是忍不住咳了出來，迫使她伸手按住身體右側。

等到這陣咳嗽過去，湯瑪斯撫摸著她的手，答道：「他們說我們的好母親再過幾天就能下床了。說您之所以還不能下床，原因在於這討厭的咳嗽當然對肺部造成了一點損害……這還不算是肺部發炎，」

他說，當他看出她的眼神變得更加迫切。「雖然就算是肺炎也不必太緊張，比這更嚴重的病多得是呢！總之，他們兩位說您的肺受了一點刺激，而他們說的應該沒錯……塞弗林小姐去哪兒了？」

「去藥局了。」東妮說。

「你們看，她又去藥局了，而妳，東妮，看起來就像是隨時會睡著。不，這樣下去不行。哪怕只有幾天……我們得請個看護來，你們覺得呢？等等，我現在就去問一下灰衣修女會的會長，看她能否馬上派個人來……」

「湯瑪斯，」老領事夫人說，這一次的發聲比較謹慎，以免再引起咳嗽。「你要相信我說的話，相較於新教的黑衣修女，你總是偏袒天主教的灰衣修女，這引起了一些不滿。你直接給了一方好處，卻沒有替另一方做些什麼。相信我，普林斯海姆牧師最近毫不掩飾地向我抱怨過這件事……」

「他抱怨也沒有用。我深信灰衣修女要比黑衣修女更忠誠、更盡心盡力、更有犧牲奉獻的精神。新教的那些修女不是真心的，一有機會她們就想結婚……簡單地說，她們是世俗的、自私的、庸俗的……灰衣修女則沒有世俗的牽絆，沒錯，她們肯定更接近天堂。而且正因為她們欠了我人情，所以請她們來比較好。翰諾因為長牙齒而發生痙攣的時候，莉安德拉修女幫了我們多大的忙！但願她現在有空……」

於是莉安德拉修女來了。她悄悄放下小手提包，脫下披肩與罩在白色護士帽上面的灰色修女帽，用溫柔和善的言語與動作著手工作，掛在腰帶上的念珠輕輕作響。她不分晝夜地照顧這個嬌生慣養、不總是很有耐性的病人，然後默默告退，為了自己不得不休息而幾乎感到羞愧，由另一位修女來接替她，自己回家稍微睡一下，而後再回來。

因為老領事夫人要求床邊隨時有人服侍。她的病情愈是惡化，她的全部心思與全副注意力就愈發放在自己的疾病上，她觀察著自己的病，懷著恐懼和一份天真而毫不掩飾的憎恨。她曾經是社交界的貴婦，一直自然而然地默默熱愛著舒適的生活，熱愛生活本身，而她卻以虔誠與慈善工作填滿她晚年的歲月……為什麼呢？也許不僅是出於對亡夫的虔敬，而也出於一種不自覺的本能，希望上天諒解她旺盛的生命力，儘管她對生命戀戀不捨，有朝一日仍然賜予她安詳辭世的福分？但是她無法安詳地死去。雖然她也經歷過一些痛苦的事，她的身形仍舊挺拔，眼神仍舊清澈。她喜歡享用豐盛的三餐，打扮得貴氣體面，忽視或掩飾身邊那些令人不愉快的事，不管是既有的事實還是正在發生的事，並且心滿意足地分享她的長子替她贏得的崇高聲望。這場病，這次肺炎侵襲了她挺拔的身軀，但她的心靈尚未準備好接受疾病的摧毀力量……病痛的那種暗中蛀蝕，讓我們在疼痛中漸漸疏離了生活本身，或者至少是疏離了使我們能夠擁抱生活的情境，而在我們內心喚起對生命盡頭的甜蜜渴望，渴望著不同的情境或安息……不，老領事夫人清楚感覺到，儘管她在晚年過著篤信基督教的生活，她其實尚未準備好死去。而她隱約想到這若是她此生最後一場病，這場病勢必將在最後一刻以可怕的速度用肉體的痛苦破除她的抗拒，迫使她放棄自己，這個念頭使她心中充滿恐懼。

她經常祈禱；但是她幾乎更常監測自己的病情，自己量脈搏、量體溫、對抗咳嗽，只要她神智還清醒……可是脈搏很弱，熱度稍微降低之後又升得更高，使她從打寒顫轉為發燒譫妄，咳嗽加劇，伴隨著體內疼痛，使她吐出帶血的痰，呼吸困難令她感到害怕。這一切都源自於現在發炎的不只是右肺的一個肺葉，而是整個右肺，而且如果沒有弄錯的話，就連左肺也已經有了「肝樣化」的痕跡，朗哈爾斯醫生說出這個醫學名詞時看著自己的指甲，葛拉波夫醫生則寧願不要對此多說什麼……發燒不斷耗損病人的身體。胃開始失去功能。體力逐漸衰弱的過程雖然緩慢，卻阻止不了。

她密切注意著這個過程，只要她還吃得下，她就努力吃下替她準備的濃縮營養品，她比看護更仔細地遵守吃藥的時間，而且全神貫注於這一切，乃至於她幾乎就只還跟那兩位醫生交談，至少是只有在跟醫生交談時才由衷表現出興趣。起初醫生還允許一些人來探病，女性朋友、「耶路撒冷之夜」的成員、社交圈內的幾位老夫人、還有牧師太太，她接見她們時態度冷淡，或是雖然親切卻心不在焉，而且很快就把她們打發走了。她的家屬難堪地感受到老夫人對待他們的冷漠，那股冷漠就像是一種蔑視，彷彿在說：「你們反正幫不了我。」就連在她精神尚可的時刻被允許進去探視的小翰諾，她也只是隨便摸了一下他的臉頰就不再搭理。彷彿她想要說：「孩子們，你們都很可愛，但是我——我也許活不久了！」反倒是那兩位醫生受到她更親切的接待，她與他們詳盡地商談……

有一天，葛哈德家的雙胞胎老姊妹來了，她們是神學家保羅．葛哈德的後代。她們披著披肩，戴著盤子狀的帽子，提著去賑濟窮人用的食物袋，前來探望這位生病的朋友。家人也不好阻攔她們，就讓她們和老夫人獨處，而只有上帝知道她們坐在她床邊時跟她說了些什麼。當她們離開時，她們的眼神與面容比先前更加清澈溫和，也更加幸福內斂；而躺在室內的老領事夫人也露出同樣的眼神和表情，一動也不動地躺著，十分安詳，比任何時候都更安詳，她呼吸的間隔時間很長，但卻平緩，而她顯然愈來愈虛弱。東妮在兩位葛哈德老太太背後嘀咕了一句難聽的話，立刻派人去請醫生來，而那兩位醫生才一進門，老領事夫人就有了驚人的徹底改變。她醒來了，有了動作，幾乎直起身子。看見這兩位男士，這兩位接獲簡略通報的醫生，她就頓時重返塵世。她向他們伸出雙手，開口說：「兩位先生，歡迎你們！情況是這樣的，今天白天裡……」

可是那個日子早已來臨，當醫生無法再否認兩邊的肺均已發炎。

「欸，親愛的議員先生，」葛拉波夫醫生說，一邊握住湯瑪斯．布登布洛克的雙手。「我們沒有能夠阻止，現在兩邊都發炎了，而這種情況總是令人擔憂，這一點您跟我一樣清楚，我不會說假話來騙您……不管病人是二十歲還是七十歲，這都是必須認真看待的情況。如果您今天再問我一次，問您是否該給令弟克里斯提昂寫封信還是拍封電報，那我就不會勸阻您，不會想要阻止您這麼做……對了，他好嗎？他是個風趣的人，我一向都很喜歡他……看在上帝的分上，請不要從我這番話推論出誇張的結論，親愛的議員先生！並不是說眼前就有什麼直接的危險……唉，我太愚蠢了，不該用這個字眼！可是在這種情況下，您曉得，我們總是得把目光放遠一點，考慮到無法預見的偶發情況……對於令堂這位病人，我們感到十二萬分的滿意。她勇敢地幫助我們，沒有讓我們失望……不，這不是恭維，她實在是個模範病人！因此，親愛的議員先生，我們要懷著希望！讓我們永遠希望最好的情況將會發生！」

可是那一刻來臨了，從那一刻開始，家屬的希望變得惺惺作態、不再真誠。病人已經完全改變，不再是他這輩子所展現出的模樣，舉止與從前不再相同。從他嘴裡吐出某些奇特的話語，讓我們不知道該如何回答，而這些話語彷彿切斷了他的後路，使他必須走向死亡。即使他是我們最親愛的人，我們在經歷了這一切之後也無法再希望他會站起來行走。假如他居然還是站起來行走了，那麼他就會散發出一股陰森恐怖，宛如一個從棺材裡爬出來的人……

雖然身體器官在頑強意志的支撐下仍在運作，但是身體開始衰敗的可怕跡象已經顯露出來。自從老領事夫人因為感冒而下不了床，已經過了好幾個星期，她的身體由於躺臥太久已經長了好幾處褥瘡，傷口無法再癒合，情況很糟。她不再睡覺；一來是因為疼痛、咳嗽和呼吸困難使她難以入睡，二來是因為她自己抗拒睡眠，拚命保持清醒。她只在發燒中短暫失去意識幾分鐘，但即使在有意識的時候，她也會大聲跟那些早已死去的人說話。一天傍晚，她忽然用有點恐懼但卻熱切的聲音大聲說：「尚，我親愛的尚，我來了！」這一聲回答是如此直接，彷彿她真的在回答她的亡夫，乃至於事後大家真以為聽見了已逝的老領事呼喚她的聲音。

克里斯提昂回來了。他從漢堡回來，據他自己說他在漢堡有事要辦，而他在病人的臥房裡只待了一會兒就離開了。他摸摸自己的額頭，目光四處游移，說：「這實在太可怕了……實在太可怕了……我待不下去了。」

普林斯海姆牧師也來了，冷冷地瞥了莉安德拉修女一眼，用抑揚頓挫的嗓音在老領事夫人床邊祈禱。

之後病情短暫好轉，迴光返照，熱度下降，體力看似恢復了，疼痛也減輕了，病人說了幾句清楚而充滿希望的話，使得周圍的人流下喜悅的眼淚。

「孩子們，她會留在我們身邊的，你們看著吧，無論如何她還是會留在我們身邊的！」湯瑪斯・布登布洛克說。「今年聖誕節她還會跟我們一起過，而我們不能讓她跟往常一樣太過興奮……」

可是就在隔天夜裡，湯瑪斯夫婦才剛上床睡覺，東妮就派人把他們召喚到曼恩路老宅，因為病人在跟死神搏鬥。寒風吹著冷雨，雨滴劈哩啪啦地敲打在窗玻璃上。

當議員夫婦走進由桌上兩個枝形燭臺的燭火照亮的病室，兩位醫生也已經在那裡了。克里斯提昂也從他的房間被叫下來，他坐在房間某處，背對著那張天篷床，深深彎著腰，用兩隻手撐著額頭。大家在等待病人的哥哥尤思圖斯・克羅格領事，已經派人去請他過來了。東妮和艾芮卡站在床尾輕聲啜泣。莉安德拉修女和塞弗林小姐已經不能再做些什麼，只能憂傷地看著垂死病人的臉。

老領事夫人仰躺著，用好幾個枕頭支撐，她的一雙手在顫抖，不斷焦急地撫摸著被子，這雙美麗而布滿淡青色血管的手如今如此瘦削，如此憔悴。戴著白色睡帽的頭不停地轉過來轉過去，規律得令人毛骨聳然。她的嘴脣似乎向內縮，每次痛苦地試圖呼吸時嘴巴就會猛然一開一闔，凹陷的眼睛求助地四下張望，目光偶爾停留在某個在場之人身上，露出令人震驚的羨慕眼神。這些穿著整齊、能夠呼吸的人，生命屬於他們，而他們能做的就只是為了愛而做出犧牲，這個犧牲就在於眼睜睜地目睹這幕景象。夜愈來愈深了，卻沒有發生任何變化。

「這還會持續多久？」湯瑪斯．布登布洛克小聲地問，趁著朗哈爾斯醫生正在替病人注射某種針劑，他把老醫生葛拉波夫拉到房間後面。東妮用手帕摀著嘴，也湊了過去。

「很難說，親愛的議員先生，」葛拉波夫醫生回答。「令堂有可能在五分鐘後就得到解脫，也可能會再活幾個鐘頭……我什麼都無法告訴您。現在的情況是所謂的肺部積水……一種肺水腫……」

「這我知道，」東妮說，嘴上摀著手帕點了點頭，眼淚順著她的臉頰流下來。「這是肺部發炎常常會有的情況……水樣的液體聚集在肺泡裡，情況嚴重的時候，病人就會無法呼吸……是啊，這我知道……」

湯瑪斯把雙手交握在胸前，朝著那張天篷床看過去。

「她一定很痛苦！」他小聲地說。

「不！」葛拉波夫醫生說，聲音也很小，卻非常有權威，同時堅決地皺起他那張溫和的長臉。「這是假象，請相信我，親愛的朋友，這是假象！病人的意識很模糊……你們所看到的絕大多數都是反射動作……請相信我……」

湯瑪斯回答：「但願如此！」可是就連小孩子都能從老領事夫人的眼神看出她完全清醒，什麼都感受得到……

大家又回到自己的位子上，克羅格領事也到了，他拄著枴杖，彎著腰坐在病床邊，眼睛紅紅的。

病人動得更厲害了。一種可怕的不安，一種難言的恐懼與痛苦，一種被遺棄而無助的感覺，擺脫不了，無邊無際，想必從頭到腳充滿了這具落入死神手中的身體。她可憐的眼睛在央求、在訴苦、在尋找，有時隨著臨終前頭部的轉動而眼神渙散地閉上，有時又睜得大大的，使得眼球上血紅色的微血管都凸顯出來。而她並沒有失去知覺！

凌晨三點剛過，就看見克里斯提昂站了起來。「我受不了了。」他說，一路扶著家具，一瘸一拐地走出門外。艾芮卡與塞弗林小姐則坐在椅子上睡著了，可能是病人單調的呻吟聲起了催眠的作用，她們熟睡的臉頰紅撲撲的。

凌晨四點，情況愈來愈糟。他們把病人撐扶著，替她擦掉額上的汗水。她幾乎完全無法呼吸了，恐懼也愈來愈深。「讓我睡吧……！」她喊道。「給我一點藥……！」可是別人完全無意給她可以讓她入睡的藥物。

忽然，她又開始回答其他人聽不見的問題，就像之前一樣。「是的，尚，要不了太久了！」接著又說：「是的，親愛的克拉拉，我來了！……」

接著那場搏鬥又重新展開……那還是在跟死神搏鬥嗎？不，現在她是為了跟死神走而在與生命扭鬥。「我很想……」她喘著氣說，「我沒辦法……給我一點藥，讓我睡吧！……醫生，可憐可憐我！讓我睡吧……！」

這一句「可憐可憐我」使得東妮放聲大哭，湯瑪斯則低聲呻吟，用兩隻手抱住了頭。可是兩位醫生明白自己的職責。在任何情況下都必須替家屬保住病人的生命，盡可能把病人留在世上久一點，而麻醉劑則會使病人立刻不加抵抗地離開人間。醫生存在於世上不是為了讓人死去，而是不計代價保住人的性命。此外這樣做也有一些宗教上與道德上的理由，他們在讀大學的時候想必聽過，即使在此刻他們未必想到這些。他們反倒是用各種方法來強化心臟功能，並且藉由催吐，多次暫時緩解病人的痛苦。

清晨五點，這番搏鬥變得可怕得無以復加。老領事夫人在痙攣中直起身子，睜大眼睛，把手臂伸向四面八方，彷彿在尋找一個支撐點，或是想要握住朝她伸過來的手，不斷對著四面八方回答只有她聽得見的呼喚，而這些呼喚似乎愈來愈多，也愈來愈急切。彷彿不僅是她已逝的丈夫和女兒在房間某處，而是還有她的父母、公婆以及許多先她而去的親人，她喊出一些名字，在場之人都無法立刻想到她指的是哪些已逝之人。「好！」她喊道，朝著不同的方向轉過頭去⋯⋯。「我現在就來了⋯⋯馬上⋯⋯只要再一會兒⋯⋯就這樣⋯⋯我沒辦法⋯⋯給我一點藥，醫生⋯⋯」

清晨五點半的時候，出現了片刻平靜。然後，非常突然地，她痛苦變形的蒼老面容抽搐了一下，流露出一陣突如其來的驚喜，一種深刻、戰慄、膽怯的溫柔，她驀地張開雙臂，脫口喊道：「我來了！」這聲叫喊是那麼冷不防地衝口而出，讓人感覺到：在她聽見的呼喚與她的回答之間相距不到一瞬，她喊得很大聲，流露出絕對的服從與又愛又懼的百依百順⋯⋯然後她就離開了人間。

大家都嚇壞了。那是怎麼回事？是誰在呼喚她，使她立刻就隨之而去？

有人拉開窗簾，熄滅了蠟燭，當葛拉波夫醫生臉色溫和地闔上死者的眼睛。

秋天早晨的灰白曙光灑進整個房間，大家都微微打了個寒顫。莉安德拉修女把一塊布罩在梳妝鏡上。

第二章

從死者房間敞開的房門可以看見東妮正在禱告。她獨自一人跪在床邊一張椅子旁，身上的喪服裙襬攤開在她周圍的地板上，緊緊交握的雙手擱在椅座上，低著頭喃喃祈禱。她清楚聽見了她的兄嫂走進早餐室，他們不由自主地在早餐室中央停下腳步，等她禱告完畢；可是她並未因此而加快速度，在禱告結束時乾咳了幾聲，緩慢而鄭重地整理了衣裙，站起來，以十分莊重的姿態朝她的兄嫂走過去，沒有一絲慌亂。

「湯瑪斯，」她說，語氣有點嚴厲，「說到塞弗林小姐，我覺得我們已逝的母親是把一條毒蛇養在懷裡。」

「怎麼說？」

「她惹得我一肚子氣。簡直會讓人氣得發瘋，失去自制……這個女人有權利用這麼粗俗的方式來破壞這些日子的哀傷嗎？」

「究竟是怎麼回事？」

「首先，她這個人貪婪得令人憤怒。她走到衣櫥前面，取出母親的絲綢衣裳，往手臂上一搭，就要拿走。我說：『里克欣，妳要拿去哪裡？』她說：『老領事夫人答應要給我的！』我說：『親愛的塞弗林小姐！』我忍著怒氣，要她想想自己這樣做未免操之過急。你認為我這番話有用嗎？她不僅拿走了那些絲綢衣裳，還拿走一包內衣。我總不能跟她打起來，對吧？……而且不是只有她一個人這樣……那些女僕也一樣……洗衣籃裡裝滿了衣服和床單桌布，一籃一籃地從屋裡往外搬……那些傭人當著我的面把那些東西給分了，因為櫥櫃的鑰匙在塞弗林手裡。我說：『塞弗林小姐！請把鑰匙給我。』她怎麼回答我呢？她毫不含糊地用粗俗的言語說我沒有資格命令她，說她不是替我服務，雇用她的人不是我，說她會一直保管鑰匙直到她離開！」

「放銀器的櫃子鑰匙在妳這兒嗎？——那就好。其他的東西就順其自然吧。最後這段日子，這個家本來就已經管理得比較鬆散，在要解散的時候免不了會有這種事。現在我不想把事情鬧大。那些桌巾什麼的反正也已經破舊了……再說我們會看看還剩下些什麼。妳有清單嗎？在桌上？好。我們馬上就來看看。」

他們走進臥室，東妮先把蓋在死者臉上的白布掀開，然後他們默默在床邊並肩站了一會兒。老領事夫人已經穿著今天下午在大廳入殮時要穿的絲綢衣裳，從她嚥下最後一口氣到現在已經過了二十八個小時。由於假牙拿掉了，她的嘴巴和臉頰像個老人一樣凹陷，下巴則稜角分明地往上抬。他們看著這雙無情地深深緊閉的眼瞼，三個人都努力想在這副面孔上認出母親的容顏。而在老夫人每逢週日戴著的那頂軟帽底下，就跟她生前一樣戴著那頂光滑的紅棕色假髮，就是布萊特大街的布登布洛克三姊妹經常取笑的那一頂……被子上撒了鮮花。

「最華麗的花圈已經送來了，」東妮小聲地說。「家家戶戶都送了花來……啊，簡直是來自全世界！我讓人全都擺在走廊上了；蓋爾妲和湯瑪斯，你們待會兒一定要去看一看。那既悲傷又美麗。這麼寬的緞帶……」

「大廳布置得怎麼樣了？」湯瑪斯問。

「就快完成了，湯姆。幾乎準備好了。室內裝潢師傅雅克布斯花了很多心力。另外……」她吞吞吐吐了一會兒。「棺木也已經送來了。但是你們倆應該先脫掉外套，親愛的，」她繼續說，一邊小心翼翼地把那塊白布拉回原位。「這裡很冷，但是早餐室裡稍微升了火。讓我來幫妳，蓋爾妲；這麼漂亮的斗篷穿脫時得要小心……我可以親妳一下嗎？妳知道我愛妳，就算妳一直都討厭我……讓我替妳摘下帽子，我不會弄亂妳的頭髮的……妳的頭髮真美！母親年輕時也有這樣的頭髮。她從來都沒有妳這麼漂亮，但是曾經有過一段時間，那時我已經出生了，而她真的是明豔照人。可是現在呢，不就像你們家那個工人葛羅布雷本常說的：我們全都得回到土裡去？雖然他是個粗人……喏，湯姆，最主要的清單都在這裡。」

他們回到相鄰的早餐室，在那張圓桌旁坐下，湯瑪斯把那幾張紙拿在手裡，紙上列出了該分給子女繼承的物品清單。東妮一直盯著她哥哥的臉，帶著激動緊張的表情觀察哥哥的臉色。她滿腦子就只焦慮地想著一件事，一個迴避不了的沉重疑問，在接下來這一小時裡必須要提出來。

「我想，」湯瑪斯開口說，「我們就按照一般的規矩，凡是禮物就送還原主，所以……」

他的妻子打斷了他。

「抱歉打斷你，湯瑪斯，我覺得……克里斯提昂……他人在哪裡？」

「哎呀，老天，克里斯提昂！」東妮喊道。「我們把他給忘了！」

「的確，」湯瑪斯說著就放下手中拿著的清單。「難道沒有叫他來嗎？」

於是東妮走過去拉鈴。可是就在這一瞬間，克里斯提昂已經自己打開房門走了進來。他的腳步相當急促，關門時發出不小的聲響，然後皺著眉頭停下腳步，那雙又小又圓、深深凹陷的眼睛左顧右盼，但並沒有看著誰，嘴巴在那撇濃密的淡紅色小鬍子底下不安地一開一闔，似乎被激怒了，而且想要反抗。

「我聽說你們在這裡，」他不客氣地說。「如果要討論這些事，那就也應該要通知我。」

「我們正要去通知你，」湯瑪斯冷淡地回答。「坐吧。」

可是他的目光卻始終盯著克里斯提昂襯衫上扣著的白鈕釦。他自己穿著無可挑剔的喪服，襯衫衣領繫著寬邊黑領結，白閃閃的襯衫前襟從黑布外套裡露出來，黑鈕釦取代了他平日習慣配戴的金鈕釦。克里斯提昂察覺了這道目光，一邊拉了張椅子坐下，一邊用手摸摸自己的胸前，說：「我知道我戴的是白鈕釦。我還沒來得及去買黑扣子，或者應該說我沒有去買。過去這幾年裡，我經常得借個五先令去買牙粉，上床睡覺時只能點根火柴照亮……我不知道這是否全都得怪我自己。再說黑扣子也不是這世上最重要的事。我不喜歡這些表面工夫，從來都不看重這些。」

蓋爾妲在他說話時一直觀察著他，此刻小聲地笑了。湯瑪斯說：「長遠來看，你可能沒辦法堅持你最後那個主張，老弟。」

「是嗎？也許你知道得更清楚，湯瑪斯。我只想說我不看重這些。我見過的世面太廣，在太多不同的人群當中生活過，見識過太多不同的風俗習慣，所以我……再說我是個成年人了，」他突然大聲說，「我四十三歲了，我的事我自己作主，我可以拒絕任何人來干預我的事。」

「看來你心裡有事，老弟。」湯瑪斯驚訝地說。「至於那些鈕釦，我根本一句話也沒說，如果我沒記錯的話。你的喪服要怎麼穿都隨你，只是別以為我會被你這種自認為沒有成見的空洞言論打動……」

「我根本沒想要打動你。」

「湯姆，克里斯提昂，」東妮說。「我們別用這麼激動的語氣說話吧……在今天這種日子，在這個地方，隔壁房間裡還……湯瑪斯，你繼續處理吧。所以說，禮物要送還原主嗎？這很合理。」

於是湯瑪斯繼續分配母親的遺物。他從較大型的物件開始，把他在自家屋裡用得著的東西劃歸給自己：餐廳裡的枝形燭架、門廳裡的雕花大木櫃。東妮表現得特別熱切，只要某件物品未來的物主稍有遲疑，她就會以一種無可比擬的方式說：「嗯，那我願意接收。」臉上的表情就像是全世界都該感謝她這樣樂於犧牲。她替自己、她女兒以及她的外孫女要到了大部分的家具。

克里斯提昂得到幾件家具，一座帝政風格的座鐘，甚至還得到了那架風琴，他對此表示滿意。可是等到要分配銀器、桌巾與各種餐具的時候，他卻表現出近乎貪婪的熱切，令所有的人都感到驚訝。

「那我呢？那我呢？」他問，「請不要完全把我給忘了。」

「誰把你給忘了？我不是已經給你……你自己看吧，我已經把一整套茶具和一個銀托盤分給你了。節日用的那套鍍金茶具反正只有我們家才用得到，另外……」

「那套平日用的洋蔥圖案茶具我願意接收。」東妮說。

「那我呢？」克里斯提昂忿忿不平地大喊，他有時候的確會這樣發怒，使他的臉頰顯得更加憔悴，表情十分怪異。「我也想要分到一些餐具！我會分到多少湯匙和叉子？我看我幾乎什麼都沒分到！」

「可是老弟，你要這些東西做什麼！你根本就用不到啊！我不懂，這些東西明明就是留給有家庭的人用比較好。」

「就算只是當作紀念品，用來紀念母親。」克里斯提昂倔強地說。

「老弟，」湯瑪斯相當不耐煩地回答。「我沒有心情開玩笑，但是聽你這麼說，好像你想把一個湯盅擺在五斗櫃上，用來紀念母親？拜託你不要認為我們想占你便宜。日用物品你少拿的部分，當然會以別種形式得到補償。桌巾之類的東西也一樣……」

「我不要錢，我想要床單和餐具。」

「可是你要這些東西究竟有什麼用呢？」

這時克里斯提昂回答了一句話，使得蓋爾妲急忙朝他轉過頭來，用難以捉摸的眼神打量著他，湯瑪斯迅速把夾鼻眼鏡從鼻子上摘下，愣愣地盯著他的臉，而東妮甚至交握起雙手。他說的是：「喔，用一句話來說，我想我遲早要結婚。」

他這句話說得很輕也很快，同時把手一揮，彷彿把什麼東西從桌上朝他哥哥扔過去，表情悶悶不樂，彷彿被得罪了似的，而且異樣地心不在焉，目光四處游移。大家沉默了好一會兒。最後湯瑪斯說：「你得承認，克里斯提昂，這些計畫來得有點遲……當然，前提是這乃是切實可行的計畫，不像你從前曾經貿然向我們已逝的母親提出過的計畫……」

「我的打算跟從前一樣。」克里斯提昂說，始終沒有看著任何人，也始終帶著同樣的表情。

「這不可能吧。難道你是等著母親去世，以便……」

「沒錯，我是為了顧念母親。湯瑪斯，你似乎認為只有你才懂得人情世故和體貼周到。」

「我不知道你憑什麼這樣說。再說，我不得不佩服你顧念母親的程度。在母親去世的隔天，你就宣布要違逆她的心意。」

「因為話題談到了這件事上。而且最重要的是，母親不會再因為我做的事而生氣了。不管是今天，還是一年之後。老天，湯瑪斯，母親的看法也未必就是對的，那只是從她的觀點來看，而她還在世的時候，我就顧及她的觀點。她是個老人家，是上一代的人，看待事物的方式也不同……」

「嗯，那我就告訴你，在這件事情上，她的觀點和我完全相同。」

「這我不在乎。」

「你必須在乎，老弟。」

克里斯提昂看著他。

「不！」他大喊。「我做不到！如果我告訴你我做不到……我該做什麼我自己知道。我是個成年人……」

「喔，『成年人』在你身上是非常表面的東西！你根本就不知道你該做什麼……」

「誰說我不知道！首先，我做的是正人君子該做的事……你沒有考慮到這件事的情況，湯瑪斯！東妮和蓋爾妲坐在這裡……我們不能細談。可是我明明跟你說過，我是有責任的！最小的那個孩子，小吉瑟拉……」

「我不知道有什麼小吉瑟拉，也不想知道！我確信你是被騙了。總之，對於你心裡所想著的那個人，除了法律上的義務，你沒有其他義務，而法律上的義務你可以一如既往地繼續履行……」

「那個人？湯瑪斯，那個人？你錯看她了！阿琳娜……」

「住口！」湯瑪斯用雷鳴般的聲音大吼。兩兄弟此刻隔著桌子互相瞪視，湯瑪斯臉色蒼白，氣得發抖，克里斯提昂用力睜大他那雙又小又圓、深深凹陷的眼睛，眼瞼忽然泛紅，在憤怒中也張大了嘴巴，使得他憔悴的臉頰顯得更加凹陷。他的眼睛底下出現了幾塊紅斑。蓋爾妲帶著嘲弄的表情看看湯瑪斯，再看看克里斯提昂，東妮則絞著雙手，央求地說：「唉，湯姆……唉，克里斯提昂……母親還躺在隔壁房間裡呢！」

「你一點羞恥心都沒有，」湯瑪斯繼續說，「居然開得了口……不，根本就毫不在乎地在此時此地、在這種情況下提起這個名字！你的不懂分寸已經到了病態的地步……」

「我不懂為什麼我不能提起阿琳娜的名字！」克里斯提昂非常激動，使得蓋爾妲更加專注地打量他。「你也聽見了，我剛才又提了一次，湯瑪斯，我打算跟她結婚——因為我渴望有個家，渴望過平靜安詳的生活——而我禁止你，你聽好了，這就是我要用的字眼，我禁止你來干涉！我是自由的，我的事我自己作主……」

「你這個傻子！宣讀遺囑那一天你就會明白，你自己能夠作主到什麼程度！你應得的遺產已經預先揮霍掉三萬馬克了，讓我告訴你，事情已經安排好了，不會讓你再把母親的遺產揮霍掉。你剩下的財產將會由我來管理，而我向你發誓，你永遠都只拿得到每個月的生活費……」

「哼，你自己應該最清楚，是誰唆使母親採取這種手段的。但我還是不得不納悶，為什麼母親沒有把這件事託付給一個與我更親近的人，一個比你對我更有兄弟之情的人……」克里斯提昂此刻完全氣瘋了，開始把他從不曾說出口的話說了出來。他俯身在桌子上，用彎曲的食指指尖不停敲打著桌面，吹鬍子瞪眼地仰視他哥哥；湯瑪斯則直挺挺地坐著，臉色蒼白，半垂著眼瞼俯視著他。

「你的心裡對我就只有冷漠、惡意和輕視。」克里斯提昂繼續說，他的聲音既低沉又沙啞。「從我有記憶以來，你對我就一直都是冷冰冰的，讓我在你面前總覺得冷得發抖……對，這個說法也許很奇怪，可是如果這就是我的感覺呢？你嫌棄我……你只要看著我就嫌棄我，而你幾乎也從來沒有正眼看過我。而你憑什麼這樣？你也是個人，也有你的弱點！對爸媽來說，你一直都是比較好的那個兒子，可是如果你與他們真的更親近，那你至少也該從他們那裡學到一點基督徒的精神，即使你完全不懂得手足之情，我總該可以指望你有一絲基督徒的博愛精神吧。可是你是這麼無情，甚至沒有來探望過我。當我在漢堡因為類風溼性關節炎而住院的時候，你連一次都沒有來探望過我……」

「比起你的病，我有更重要的事要考慮。再說，我本身的健康情況也……」

「不，湯瑪斯，你的健康情況好極了！假如你的健康情況不是比我好得多，你就不會是現在坐在這裡的這個你了……」

「我也許病得比你更重。」

「你說你……不，你這話說得太過火了！東妮！蓋爾妲！他說他病得比我更重！這是什麼話！難道你曾經因為類風溼性關節炎在漢堡病得快死掉嗎？難道你也因為身體有一點不對勁就得忍受難以形容的痛苦嗎？難道你左半邊身體所有的神經都太短嗎？我的情形就是這樣，這是專家認證過的！難道你會在黃昏時分回到你房間，看見一個人坐在你的沙發上向你點頭，而這個人卻根本不存在嗎？」

「克里斯提昂！」東妮震驚地喊了出來。「你在說些什麼！老天，你們究竟在吵什麼？好像病得比較嚴重是件光榮的事似的！假如是這樣的話，那蓋爾妲跟我也有話要說呢！而母親還躺在隔壁房間裡……」

「你就是不懂，小子，」湯瑪斯激動地大喊，「所有這些困境都是你自己造成的！由於你的壞習慣、你的無所事事、你的胡思亂想！去工作吧！別再老是關心你的這些毛病，也別再老是掛在嘴邊！如果你發瘋了——而我明明白白地告訴你，這不是不可能——我沒有辦法為此掉一滴眼淚，因為那是你的錯，就只是你一個人的錯……」

「不，就算我死了，你也不會流淚的。」

「你不會死的。」湯瑪斯輕蔑地說。

「我不會死？好吧，所以說我不會死。讓我們看看我們兩個當中誰會先死吧……工作！可是如果我沒辦法工作呢？老天爺在上，如果我沒辦法長時間工作呢？我沒辦法長時間做同一件事，那會讓我很痛苦！如果你做得到，那你就感到慶幸吧，但是不要來評斷我，因為那並不是你的功勞。上帝給了某個人力量，卻沒有給另一個人，可是你就是這樣，湯瑪斯，」他繼續說，臉孔愈來愈扭曲，俯身在桌子上，愈來愈猛烈地敲著桌面。「你自以為是……等一下，我想要說的不是這個，這也不是我要用來反駁你的話……可是我不知道該從何說起，而我能夠說出的就只是我心中對你的不滿的千分之一……不，就只是百萬分之一！你在生活中贏得了一席之地，擁有受人尊敬的地位，而你就站在那個位置上，刻意地冷冷拒絕一切可能會有片刻使你動搖、打亂你內心平衡的東西，因為對你來說最重要的就是內心的平衡。可是那並不是最重要的，湯瑪斯，在上帝面前那不是最重要的！你很自私，沒錯，你就是個自私自利的人！你罵人、擺姿態、大發雷霆的時候我還比較喜歡你。而最糟的是你的沉默，最糟的是當別人說了些什麼，而你突然默不吭聲，退縮回去，拒絕一切責任，表現得高尚得體，讓對方無助地自慚形穢……你完全沒有同情心、愛心和謙遜之心……啊！」他忽然大喊一聲，把兩隻手伸到自己腦後，再用力往前甩，彷彿想把全世界都推開，「我受夠了這一切，受夠了這種懂得分寸、圓滑周到和內心的平衡，受夠了這種沉著自制和尊嚴……我厭煩死了！」最後這一聲呼喊是如此情真意切，發自肺腑，表達出如此強烈的嫌惡與厭倦，確實震懾人心，使得湯瑪斯有點頹然，一時無言以對，神情疲憊地垂下眼睛看著身前。

最後湯瑪斯終於開口了，聲音聽起來有點感傷：「我之所以成為現在的我，是因為我不想變得像你一樣。如果我在內心迴避你，那是因為我必須防著你，因為你的存在與你的本性對我來說是一種危險……我說的是實話。」

他沉默了一會兒，然後用比較冷淡而堅定的口吻繼續說：「再說，我們已經離題太遠了。你針對我的性格發表了一番演說……這番話有點混亂，但也許含有幾分事實。可是現在我們要談的不是我，而是你。你打算要結婚，而我想要盡可能徹底讓你死心，讓你明白你的計畫是行不通的。首先，我能夠付給你的利息不會太多……」

「阿琳娜有一點積蓄。」

湯瑪斯嚥了一口口水，按捺住自己的情緒。

「嗯……有一點積蓄。所以說，你打算把母親的遺產和這位女士的積蓄混在一起……」

「對。我渴望有個家，渴望在我生病的時候能有人同情我。再說我們很適合彼此。我們兩個都做過糊塗事……」

「你還打算收養她現有的幾個孩子，也就是說，讓他們成為你的婚生子女？」

「沒錯。」

「這樣等你死後，你的財產就會轉移到那些人名下？」當湯瑪斯這樣說的時候，東妮把一隻手擱在他手臂上，低聲懇求：「湯瑪斯！母親還躺在隔壁房間裡……」

「沒錯，」克里斯提昂回答，「這是理所當然的。」

「哼，這些事你一件也不能做！」湯瑪斯跳起來大喊。克里斯提昂也站起來，走到自己的椅子後面，用一隻手抓著椅子，把下巴抵在胸前，半羞半怒地看著他哥哥。

「你不能這樣做……」湯瑪斯．布登布洛克又說了一次，幾乎氣瘋了，他臉色蒼白，渾身顫抖抽搐。「只要我還活著，這種事就不會發生……我向你發誓！你小心了……給我小心點！這個家由於不幸、愚蠢和卑鄙無恥而損失的錢已經夠多了，你敢再把母親財產的四分之一奉送給這個女人和她的私生子女！而且是在提伯提烏斯已經騙走了另外四分之一之後！你給這個家丟的臉已經夠多了，小子，犯不著再讓我們跟一個交際花成為姻親，讓她的小孩冠上我們家的姓氏。我不准你這樣做，你聽見了嗎？我不准你這樣做！」他的吼聲使房間都震動了，使得東妮縮在沙發一角哭了起來。「而且我奉勸你，不要膽敢違背我的禁令！到目前為止我只是瞧不起你，對你視而不見，可是如果你來挑戰我，如果你把事情做絕了，那我們就來看看吃虧的會是誰！我告訴你，你給我小心點！我不再顧念什麼情面了！我會讓人宣告你心智不成熟，我會讓你被關起來，我會把你毀掉！毀掉！你聽懂了嗎？」

「我也告訴你……」克里斯提昂開口了，接著這整件事成了一場口舌之爭，一場零碎、無謂、可悲的口舌之爭，沒有實際的主題，沒有別的目的，除了侮辱對方、用言語字字見血地傷害對方。克里斯提昂重新談起他哥哥的性格，從遙遠的過去找出哥哥的一些性格特徵、一些令人難堪的陳年往事，來證明湯瑪斯的自私自利，這些事都是克里斯提昂忘不了的，他一直懷恨在心。湯瑪斯則以誇張的輕蔑言詞與恐嚇話語來回答，這些話他在十分鐘後就會後悔自己說出了口。蓋爾妲用手輕輕撐著頭，用朦朧的目光打量著這兩兄弟，臉上的表情難以捉摸。東妮在絕望中不斷重複地說：「母親還躺在隔壁房間裡……母親還躺在隔壁房間裡……」

在最後一番言語交鋒時，克里斯提昂已經在房間裡走來走去，現在他終於決定退出戰場。

「好！我們走著瞧！」他喊道，鬍子凌亂，兩眼通紅，敞著外套，垂下的手裡攥著手帕，怒氣沖沖地走出門外，把門在身後「砰」地關上。

房間裡頓時安靜下來，湯瑪斯還直挺挺地站了一會兒，看著他弟弟離開的地方。然後他默默坐下，迅速地重新拿起那些文件，用不帶感情的話語把尚待處理的事宜處理完畢，之後他就仰靠在椅背上，用手指捻著鬍尖，陷入了沉思。

東妮害怕得一顆心狂跳！那個疑問，那個大哉問，現在不能再拖延了；她必須要提出來，而湯瑪斯必須要回答……可是，唉，此刻他有心情去顧念孝道並且寬厚為懷嗎？

「還有，湯姆——」她開口了，起初看著自己膝上，然後猶豫地試圖解讀他的表情，「這些家具……你當然已經考量過一切……屬於我們的東西，我的意思是艾芮卡、她的寶寶還有我……會留在這裡……留在我們這兒……長話短說，這棟房子呢？這房子會怎麼處理？」她問，一邊暗中絞著雙手。

湯瑪斯沒有馬上回答，而是繼續捻著鬍鬚，面色陰鬱地陷入沉思。然後他深深吸了一口氣，挺直了腰。

「這棟房子？」他說，「這房子當然屬於我們大家，屬於妳、克里斯提昂與我……另外，說來滑稽，提伯提烏斯牧師也有一份，因為他那一份是克拉拉應得的遺產。我不能獨自決定該怎麼處理，需要你們同意。可是情況很清楚，當然是要盡快賣掉。」他聳聳肩膀，做出結論。然而有種神情從他臉上一閃而過，彷彿他被自己說的話嚇了一跳。

東妮的頭深深低垂，雙手不再緊握，四肢忽然癱軟無力。

「需要我們同意！」過了一會兒她重複著他剛才說的這句話，語氣悲傷，甚至帶有幾分怨恨。「老天，湯姆，你很清楚，你認為怎麼做才對，你就會怎麼做，而我們其他人遲早都得同意！可是，如果我們可以說句話……可以向你提出請求，」她繼續說，聲音輕到幾乎聽不見，而她的上唇開始顫抖，「這棟房子！母親的房子！我們爸媽的房子！我們在這屋裡曾經那麼幸福！而我們要把它賣了……」

湯瑪斯又一次聳聳肩膀。

「相信我，老妹，妳能向我提出的異議，都是我原本也就考慮過的。可是這些並不構成反對的理由，而是感情用事。該怎麼做是確定的。我們有這麼大一塊地產，我們該拿來做什麼呢？許多年以來，自從父親去世以來，整個後棟建築就荒廢失修了。撞球室裡現在住著一窩野貓，如果有人走進去，就有踩破地板的危險……假如我沒有費雪古魯伯街那棟房子的話，就又另當別論。可是我已經蓋了那棟房子呀，該怎麼辦？難道我應該選擇賣掉我那棟房子嗎？妳自己判斷吧，要賣給誰？而且我所投入的錢大概會損失一半。唉，東妮，我們擁有的地產夠多了，其實是太多了！有那幾座倉庫和兩棟大房子！地產價值與流動資本的比例太不相稱了！不，還是要賣掉，賣掉……」

可是東妮沒有聽進去。她低著頭、彎著腰坐在那裡，怔怔地出神，淚眼朦朧地茫然看著前方。

「我們家的房子！」她喃喃地說，「我還記得我們慶祝搬進來住的時候……那時我們年紀還小。全家人都在。霍夫施泰德伯伯還朗誦了一首詩，那首詩還收在檔案夾裡，我還會背呢：『自海中升起的維納斯』……那座風景廳！那間餐廳！那些客人……」

「是啊，東妮，祖父買下這棟房子的時候，不得不從這裡搬出去的那一家人，他們大概也有過這些念頭吧。他們散盡了家財，不得不搬走，如今已經死了，化為塵土。萬物皆有定時。我們應該感到慶幸並且感謝上帝，如今我們還沒有落到拉滕坎普家族當年的處境，我們是在更有利的情況下跟這棟房子告別的……」

一陣啜泣打斷了他，一陣緩慢而痛苦的啜泣。東妮全心沉浸在她的憂傷裡，甚至沒有想到要擦乾順著她臉頰滑落的眼淚。她頹喪地坐著，彎著腰，俯身向前，雙手無力地擱在腿上，一滴熱淚落在她手上，她也不在意。

「湯姆，」她說，原本幾乎泣不成聲的她此刻的嗓音帶有幾分堅定，令人感動。「你不了解我此刻的心情，你不了解。你妹妹的人生並不順遂，命運捉弄了她。但凡你想得到的厄運都讓我碰上了……我不知道自己造了什麼孽。但是我逆來順受，接受了這一切，沒有灰心喪志，湯姆，不管是古倫里希那件事，佩曼尼德那件事，還是魏宣克那件事。因為，每次上帝又讓我的生活崩潰瓦解的時候，我總是沒有完全絕望。我知道我有個地方可去，可以說是個安全的港口，在那裡我就回到了家，感到安全，是我可以躲避人生所有逆境的地方，即使是如今也一樣，當他們把魏宣克送進監獄，當一切全都完了……我說：『母親，我們可以搬去跟您一起住嗎？』而母親說：『可以，孩子，回來吧。』……湯姆，小時候我們玩的抓人遊戲總是有一個『安全點』，一小塊標記出來的地方，被逼得走投無路的時候就可以跑到那裡去，在那裡別人不能進攻，躲在那裡的人可以好好休息。母親的房子，這棟房子就是我人生中的

『安全點』，湯姆……而現在……現在……卻要賣掉……」

她往後靠，把臉埋在手帕裡，痛哭起來。

湯瑪斯把她的一隻手拉下來，握在自己的手裡。

「這我知道，親愛的東妮，這一切我都知道！可是我們現在是不是該理性一點？母親已經走了……再也喚不回來了。現在該怎麼辦？把這棟房子當成死資產留著已經沒有意義了。這種事我比較懂，對吧。難道我們要把這棟房子變成出租公寓嗎？想到會有陌生人住在這裡，妳心裡很難過；那就不如眼不見為淨，不如帶著妳女兒和外孫女搬進一間漂亮的小屋子，或是在哪裡租一層樓，比如說在城門外，還是說妳寧願與好幾個房客一起住在這裡？再說，妳仍舊還有妳的家人啊，妳有蓋爾妲和我，還有布萊特大街的堂姊，還有舅舅他們和魏希布洛特小姐。姑且不提克婁蒂妲，我不知道她是否還方便跟我們來往；自從她住進了修道院，她就有點深居簡出……」

東妮發出一聲半是笑聲的嘆息，轉過身去，把按在眼睛上的手帕按得更緊了，噘起嘴巴，像個被逗得破涕為笑的小孩。但她隨即下定決心把臉露出來，坐直了，把頭向後仰，但仍舊努力把下巴抵在胸前，每當她想要表現出個性與尊嚴的時候就會擺出這副姿態。

「是的，湯姆，」她說，眨著哭紅的眼睛看向窗外，露出嚴肅鎮定的眼神，「我也想要明理一點，我已經理解了。你得要原諒我……妳也一樣，蓋爾妲……原諒我剛才哭了。有時候我就是忍不住……這是個弱點。但這只是在表面上，相信我。你們很清楚，根本上我是個被生活磨練得很堅強的女人……是的，湯姆，關於死資產的那番話我覺得有道理，這點理智我還有。我只能再說一次，你認為該怎麼做才對，你就必須去做。你必須要代替我們思考與行動，因為蓋爾妲和我是女人家，而克里斯提昂……唉，願上帝保佑他！我們不能反對你，因為我們能夠提出的不是反對的理由，而是感情用事，這是顯而易見的。湯姆，你要把房子賣給誰呢？你認為很快就會脫手嗎？」

「唉，老妹，要是我知道就好了。總之，今天早上我已經跟老仲介商葛許談過幾句話，他似乎願意接手這件事。」

「這樣很好，如果他願意的話就好極了。西吉斯蒙・葛許當然也有他的毛病，聽說他在翻譯西班牙文的什麼作品——我不知道那個詩人叫什麼名字——你得承認這件事有點古怪，湯姆。可是他當年跟父親是朋友，而且為人十分誠實。再說他是個有感情的人，這一點大家都知道。他會明白這不是一樁普通買賣，要賣的不是一棟普通房子……你認為呢，湯姆，你打算賣多少錢？至少要賣十萬馬克吧，對不對？」

「至少要賣十萬馬克，湯姆！」她還又說了一次，當她握著門把，目送著她的兄嫂走下樓梯。然後，當房間裡剩下她獨自一人，她靜立在房間中央，把垂下的雙手交握在身前，掌心向下，睜著無助的大眼睛環顧四周。戴著黑色蕾絲軟帽的頭不停地輕輕搖動，被沉重的思緒壓得愈來愈低，漸漸垂在一邊的肩膀上。

第三章

小約翰被要求向祖母的遺體道別，這是他父親的命令，而他雖然心裡害怕，卻連吭都不敢吭一聲。在老領事夫人臨終前劇烈掙扎過後，第二天在吃飯時，布登布洛克議員向妻子批評了克里斯提昂的行為，而且似乎是故意當著兒子的面批評這個叔叔，說他在病人情況最危急的時候竟然偷偷溜去睡覺了。「那是因為他的神經承受不了，湯瑪斯。」蓋爾妲回答；但是湯瑪斯看了翰諾一眼（翰諾也明確感受到父親這道目光），就用幾近嚴厲的口吻反駁她，說在這件事情上任何辯解都不適用。他說母親承受了那麼大的痛苦，坐在旁邊的家人幾乎得要為了自己沒有病痛而感到羞愧，不該怯懦地想要逃避由於目睹她垂死掙扎而起的那一丁點痛苦。聽了父親這番話，翰諾決定他不能斗膽反對去棺材旁邊瞻仰祖母的遺容。

當他在葬禮前一天夾在父母親中間，從圓柱大廳走進餐廳，這個大房間變了一個樣子，就跟在聖誕節時一樣。正前方，托瓦爾森那座「基督賜福」雕像的複製品矗立在黑色基座上，大型盆栽與高高的銀製燭架交替擺放，形成一個半圓形，在深綠色的盆栽植物襯托之下，那座原本放在外面走廊上的雕像白得發亮。四面牆上都掛上了黑紗，在風中輕輕搖曳，遮住了天藍色的壁紙以及白色眾神像的微笑，在祂們的注視下，大家曾在此處歡聚共餐。小約翰夾在一身黑衣的親戚當中，自己身上那套水手服的衣袖上也戴著寬寬一圈黑紗，那許多花束與花圈散發出的香氣弄得他恍恍惚惚，在這股芳香之中還摻有另一種淡淡的香味，陌生而又異樣熟悉，不是每次呼吸都會聞到。他就這樣站在靈柩旁，看著面前那具一動也不動的軀體莊嚴肅穆地躺在白色綢緞之間……

這不是奶奶。這是她那頂繫著白絲帶的軟帽和帽子底下的紅棕色頭髮。但是這個尖尖的鼻子、往內縮的嘴唇、翹起來的下巴，還有那一雙透明泛黃、交握著、看起來冰冷僵硬的手都不是她的。這是個蠟製的人偶，用這種方式擺放著供人瞻仰有點嚇人。他朝風景廳看過去，彷彿真正的奶奶下一刻就會在那裡出現。但是她沒有出現。她死了。死神把她跟這個蠟製的人偶永遠地交換了，這個人偶的眼皮和嘴唇緊緊閉著，這麼無情，這麼難以接近……

他站著，把重心放在左腿上，右膝彎曲，使右腳尖輕輕著地保持平衡，一隻手捏著水手服的領結，另一隻手無力地垂下。他的頭歪向一邊，淺棕色鬈髮垂在太陽穴上，他皺著眉頭，眨著籠罩在淡青色陰影中的金棕色眼睛，帶著厭惡和苦苦思索的表情，看著這具屍體的臉。他的呼吸緩慢而猶豫，因為每一次吸氣都預期會吸進那股香氣，那股既陌生又異樣熟悉的香氣，即使是濃郁的花香也不總是遮蓋得住。當這股香氣襲來，而他聞到了，那麼他的眉頭就會皺得更緊，他的嘴唇則會顫抖一會兒，最後他嘆了口氣；可是那聽起來太像是無淚的啜泣，於是東妮姑姑彎下腰來親吻了他，把他帶出去了。

等到布登布洛克議員夫婦和東妮．佩曼尼德與艾芮卡．魏宣克花了好幾個鐘頭在風景廳接受了全城人士的弔唁，出身克羅格家族的伊莉莎白．布登布洛克就要下葬了。外地的親戚從法蘭克福和漢堡趕來，最後一次在曼恩路大宅受到接待。死者的親族擠滿了大廳與風景廳、圓柱大廳和走廊，當聖瑪利亞教堂的普林斯海姆牧師在燭光中致起悼詞，他莊嚴地站在棺木前端，一張臉刮得乾乾淨淨，由輪狀皺領托著，仰望著天空，交握的雙手抵著下巴，表情時而陰鬱狂熱，時而溫和喜樂。

他用抑揚頓挫的聲音稱讚故人的各種美德，稱讚她的高尚與謙遜、開朗與虔誠、善舉和寬容。他提到了「耶路撒冷之夜」和「主日學校」，讓已得永生的死者在塵世間豐富幸福的長長一生在他辯證修辭法的華彩中再次閃耀。而由於「辭世」這個字眼需要一個形容詞，於是他最後說到死者安詳辭世。

東妮很清楚她在這種時刻應該為自己和所有在場之人表現出的莊嚴與風範。她和女兒艾芮卡、外孫女伊莉莎白占據了最顯眼的光榮位置，緊挨著牧師，站在覆蓋著花環的棺木前端，而湯瑪斯、蓋爾妲、克里斯提昂、克婁蒂妲和小約翰則像是二等親似地站在比較不顯眼的位置上參加典禮，坐在椅子上的克羅格老領事也一樣。她站得筆直，肩膀微微聳起，鑲著黑邊的亞麻手帕握在交疊的雙手之間。她對於自己在這場莊嚴儀式中扮演的重要角色感到非常自豪，這股自豪有時徹底蓋過了痛苦，使她把痛苦給忘了。她意識到全城人的目光都在打量她，於是大多時候都垂下眼瞼，但偶爾也會忍不住朝人群中瞄上一眼，看見出身哈根史托姆家族的茱爾欣．莫倫朵普和她丈夫也在場……是啊，他們全都得來，莫倫朵普家族、齊斯登梅克家族、朗哈爾斯家族還有厄韋蒂克家族！在東妮．布登布洛克搬出她父母家之前，這些人得要再一次聚集在這裡，來向她敬表哀悼！儘管發生過古倫里希那件事，儘管發生過佩曼尼德那件事，儘管發生過魏宣克那件事！

而普林斯海姆牧師用他的悼詞戳動死亡所造成的創傷，他讓每個人都明白自己失去了什麼，他懂得使本來不會流淚的人也擠出眼淚，而那些被他的悼詞感動的人為此感謝他。當他提到「耶路撒冷之夜」，死者的那些老朋友都開始啜泣，除了凱特森太太以外，耳聾的她什麼都聽不見，帶著聾人那種封閉內向的表情直視著前方。另外，身為保羅．葛哈德後裔的那對孿生姊妹也沒哭，她們手牽著手站在角落裡，眼神清澈，為了朋友蒙主寵召而感到高興，之所以不是感到羨慕就只是因為她們的心靈不懂得羨慕和嫉妒。

至於魏希布洛特小姐，她不停地擤鼻子，發出短促有力的聲響。而布萊特大街的布登布洛克三姊妹也沒有哭，因為她們沒有這個習慣。至少她們的表情沒有平日那麼尖刻，只流露出淡淡的心滿意足，覺得死神畢竟是公正無私的。

然後，當普林斯海姆牧師的最後一聲「阿門」逐漸消失，四名負責扛棺木的人走進來，他們戴著黑色三角帽，穿著黑色大衣，腳步很輕，但步伐很快，使得大衣在他們身後鼓了起來。他們是人人都認得的四個僕役，四個臨時工，在上等人家的每一場宴席上負責把沉重的菜餚端上桌，在走廊上從酒壺裡暢飲莫倫朵普家族生產的紅酒。不過，在上等人家與二等人家的每一場葬禮上，他們也同樣不可或缺，而且他們做起這件工作來駕輕就熟。他們很清楚，棺木被幾個外人從遺族中間永遠抬走的這一刻必須處理得乾淨俐落。他們用兩、三個敏捷有力的動作把沉重的棺木從靈架上扛到肩上，沒有發出一點聲音，大家還來不及意識到這一刻的恐怖，覆蓋著鮮花的靈柩就已經被搖搖晃晃地抬了出去，沒有絲毫耽擱，但也不急不徐，穿過圓柱大廳，然後消失了。

女士們小心翼翼地擠到東妮和她女兒身邊，和遺屬握手致意，她們垂著眼睛，喃喃說些在這種場合該說的話，不多也不少，男士們則動身準備去搭馬車。

接著，長長一列黑色車隊緩緩駛上送葬的長路，經過灰暗潮溼的街道，穿過城堡門，沿著樹葉已經落盡、在冷冷細雨中瑟瑟顫抖的林蔭道，抵達了墓園。在墓園裡，一支送葬進行曲從一個葉片稀疏的矮樹叢後面響起，眾人徒步跟在棺木後面，走在泥濘的小路上，直到小樹林邊上，布登布洛克家族祖墳的哥特式墓碑聳立之處，墓碑頂端是一個砂岩鑿成的十字架。墳墓的石蓋上飾有雕刻的立體家徽，旁邊是漆黑的墓穴，被潮溼的綠草圍繞。

下面已經替新來者準備好位置。在布登布洛克議員的監督下，過去這幾天把墓穴稍微整理了一下，把祖先的遺骸移到旁邊。此刻，隨著奏樂聲漸漸停歇，棺木由抬棺人拉著的繩索繫著，懸在深深的墓穴上方；隨著一聲輕響，棺木滑落穴底，戴著保暖腕套的普林斯海姆牧師又開始念念有詞。他那訓練有素的聲音聽起來清晰動人而虔誠，越過敞開的墓穴，越過在場男士低垂或憂傷地歪向一邊的頭，傳進秋季寒涼平靜的空氣中。最後他俯身在墓穴上方，呼喚著死者的全名，並且畫了個十字為她祈福。等到他不再作聲，所有的男士都用戴著黑手套的雙手把禮帽舉在臉前，默默祈禱，這時太陽稍微露出臉來。雨停了，零星的雨滴從樹木和灌木上落下，雨滴聲中偶爾夾雜著一聲鳥鳴，短促清脆，彷彿在詢問什麼。

然後，在場之人一一走到死者的兒子與兄長面前，再次和他們握手。

湯瑪斯．布登布洛克站在弟弟克里斯提昂和舅舅尤思圖斯中間接受賓客的列隊弔唁，深色厚大衣的布料上沾著細密的銀色雨珠。最近他開始有點發胖——這是他精心修飾的外表上唯一的衰老跡象。他的臉頰變得豐潤，鬍尖拉得長長的小鬍子伸出臉頰之外，但他的臉頰白慘慘的，沒有血色，毫無生氣。他短暫地握了握每一位男士的手，用微微泛紅的眼睛看著對方的臉，露出疲倦無力的禮貌表情。

第四章

八天後，在布登布洛克議員的私人辦公室，一個矮小的老人坐在書桌旁的皮椅上，他的鬍子刮得乾乾淨淨，一頭白髮垂在額頭與太陽穴上。他駝著背，用兩隻手拄著枴杖的白色杖柄，把突出的尖下巴擱在手上，不懷好意地緊抿著嘴脣，嘴角下垂，目光由下而上望著議員，那眼神令人嫌惡而且狡詐逼人，讓人無法理解議員為什麼沒有寧可避免跟此人打交道。可是湯瑪斯．布登布洛克向後靠坐在椅子上，神色自若，跟這個看起來陰險邪惡的人物交談，就像是在跟一個不懷惡意的市民交談。「約翰．布登布洛克公司」的老闆正在與房地仲介商西吉斯蒙．葛許商議出售曼恩路老宅的價錢。

這花了很多時間，因為葛許先生出價兩萬八千塔勒，布登布洛克議員覺得這個價錢太低，但仲介商咒天罵地，說這個金額哪怕只再多加一個銀幣都是瘋狂之舉。湯瑪斯．布登布洛克說這棟老宅位於市中心，而且土地大得出奇，但是葛許先生嘴脣歪扭、打著嚇人的手勢、咬牙切齒地發表了一篇演說，說起他所承擔的沉重風險，這番說明生動懇切，簡直可以稱為一首詩……哈！他什麼時候才能再把這棟房子轉賣出去？要賣給誰？能賣多少錢？幾百年來，買賣這樣一塊地產的需求出現過幾次？議員是他深深敬重的朋友與老主顧，但是議員能夠保證明天就會有個印度富豪從比興鎮搭乘火車來到此地，準備搬進布登布洛克家的老宅定居嗎？他——西吉斯蒙．葛許——會賣不掉這棟房子。賣不出去……那麼他就完了，就徹底毀了，不會再有時間東山再起，因為他的壽命已經到了盡頭，他的墳墓都已經挖好……由於這個說法深深吸引了他，他就又添油加醋地說起顫抖的鬼魂與沉沉落在棺木頂蓋上的泥土。

然而，布登布洛克議員還是不滿意這個價錢。他說這塊地產很容易就能分割出售，強調他對弟弟妹妹負有的責任，堅持要價三萬塔勒，然後又一次聆聽葛許先生頭頭是道的反駁，心中固然煩躁，卻也樂在其中。這一來一往持續了大約兩個鐘頭，在這個過程中，葛許先生有機會使出渾身解數來進行角色扮演。他彷彿在扮演一個雙面人，在扮演一個虛情假意的壞人。「您就接受吧，議員先生，我年輕的老主顧……那等於是八萬四千馬克……這是一個誠實老人的報價！」他用諂媚的嗓音說，把頭歪向一邊，在那張做盡各種怪相的臉上擠出一個天真老實的微笑，同時把他的手向前伸，那隻手又大又白，長長的手指顫抖著。可是那是謊言與欺詐！就連小孩子都能看穿這副虛偽的面具，此人內心深處的卑鄙狡詐從面具底下猙獰地顯露出來。

最後湯瑪斯．布登布洛克聲明他需要一些時間考慮，至少得和他的弟弟妹妹商量一下，才能接受這兩萬八千塔勒的報價，雖然要接受這個價錢幾乎是不可能的。他暫時把話題轉移到無關痛癢的事情上，問起葛許先生的生意情況與身體健康。

葛許先生的情況不好；議員說他應該自認為很幸福，而他把手臂用力一揮，用優美的動作駁回這個假定。病痛纏身的老邁年紀已經接近，已經來到，剛才說過了，他的墳墓都已經挖好。每天晚上他喝一杯摻水烈酒的時候，幾乎總是會灑出一半，因為魔鬼讓他的手臂抖得這麼厲害。咒罵也無濟於事，意志力不再能勝過一切……話說回來！他已經活了一輩子，他的人生並不貧乏。他用警醒的目光看著這個世界。革命與戰爭轟轟烈烈地過去了，掀起的波濤也衝擊了他的心。可以這麼說。哈，去他的，那是截然不同的時代，在那次歷史性的市民代表會上，當他站在議員的父親身旁，站在約翰．布登布洛克領事身旁，無懼那群憤怒的暴民！那真是驚心動魄……不，他的人生並不貧乏，他的內心生活也不貧乏。去他的，他曾經感受到力量，而就像費爾巴哈[1]說的，有力量就有理想。即使是現在也一樣，即使是現在。他的心靈並不貧瘠，他的心仍舊年輕，始終能夠感受偉大的體驗，能夠熱情而忠實地擁抱自己的理想，永遠也不會失去這種能力。他死了也會把理想一起帶進墳墓，毫無疑問！可是理想之所以存在，難道是為了被達成、被實現嗎？絕對不是！人類並不會渴望得到天上的星辰，可是希望……噢，人生中最美好的東西乃是希望，而非希望的實現。希望固然虛幻，卻至少能夠指引我們走在一條愉快的路上，直到生命終點。這是拉羅什福柯[2]說的，而且他說得很好，不是嗎？啊，他深深敬重的朋友與老主顧不需要知道這些！那些被現實生活的波濤高高抬在肩上的人，那些眉宇洋溢著幸福的人，沒必要把這些話記在腦子裡。可是那些在底層的黑暗中孤單地做夢的人就需要這些話語！

「您是幸福的，」他忽然說，把一隻手擱在布登布洛克議員的膝蓋上，用迷濛的眼睛仰頭看著他。「噢，的確是的！請不要否認，否則那會是造孽！您是幸福的！您用手臂把幸福抱在懷裡！您出去闖蕩，用強壯的手臂征服了幸福……用強壯的手！」他修正了自己的用詞，因為他不能忍受自己這麼快就又重複使用「手臂」一詞。然後他沉默了，議員婉拒這番稱讚的無奈回答他一句也沒聽進去，而是繼續帶著做夢般的陰鬱表情看著議員的臉。他忽然直起身子。

「可是我們這是在閒聊，」他說，「而我們見面是為了談生意。時間寶貴——我們不要把時間浪費在考慮上！請聽我說，因為主顧是您……您明白我的意思嗎？因為……」葛許先生看起來好像又要陷入沉思，但是他打起精神，把手用力一揮，做了個熱情洋溢的手勢，喊道：「我就用兩萬九千塔勒……也就是八萬七千馬克，買下令堂這棟房子！一言為定？」

---

1 費爾巴哈（Ludwig Andreas von Feuerbach, 1804-1872），德國哲學家。

2 拉羅什福柯（Francois de La Rochefoucauld, 1613-1680），法國思想家，著名的箴言作家。

布登布洛克議員接受了。

不出所料，東妮覺得這個價錢低得可笑。考慮到這棟屋子帶給她的回憶，假如有人拿出一百萬來買，她才會認為這是樁像樣的買賣——如此而已。不過，她很快就習慣了哥哥告訴她的這個數字，尤其是因為她對未來的計畫完全占據了她的心思。

她分到的那許多高級家具令她由衷感到高興，雖然暫時還沒有人想到要把她從父母的房子趕出去，她卻急切地在替自己和女兒還有外孫女尋租下一個新的住處。要離開這棟老宅使人心情沉重，這是當然的，單是想到這件事就使她熱淚盈眶。可是另一方面，換個環境重新開始，這樣的前景也有其吸引力。這不幾乎像是第四次重新建立一個家嗎？她又開始看房子，又一次和裝潢師傅雅克布斯討論，又一次在商店裡選購門簾和地毯。她的心怦怦地跳，真的，這個飽經生活磨練的堅強老婦再次心情飛揚！

幾個星期就這樣過去，過了四週、五週、六週。下了第一場雪，冬天來了，爐火燒得劈啪作響，布登布洛克一家人難過地想著這一年的聖誕節要如何慶祝。這時忽然發生了一件事，一件戲劇化的事，一件令人無比驚訝的事；事情的發展有了一個轉折，值得眾人關注，也得到了大家的關注；一個事件發生了……發生得突如其來，使得正在忙碌的東妮忙到一半就僵住了，愣愣地站在那裡！

「湯瑪斯，」她說，「是我瘋了嗎？還是葛許在胡說八道？這怎麼可能！這太荒謬，太不可想像，太……」她沉默了，用雙手緊緊按住太陽穴。可是湯瑪斯聳聳肩膀。

「老妹，事情還沒有決定；但是這個想法、這個可能性浮現了，而且如果妳平心靜氣地思考一下，就會發現這根本不是什麼不可想像的事。的確有一點令人吃驚，沒錯。葛許告訴我的時候，我也驚訝得倒退了一步。但是『不可想像』？這事有哪裡行不通嗎？」

「這會讓我活不下去。」她說，在一張椅子上坐下，然後就一動也不動。

發生了什麼事？——這房子已經找到了一個買主，或者說已經有人表現出興趣，並且表示想仔細看看這處待售的房產，以便進行進一步的交涉。而此人就是大商人兼葡萄牙皇家領事赫爾曼·哈根史托姆先生。

當最初的風聲傳到東妮耳中，她動彈不得，目瞪口呆，大吃一驚，不敢置信，無法深入理解這個念頭。可是現在，當這個問題變得愈來愈具體，當哈根史托姆領事來曼恩路大宅造訪的日子就在眼前，這時她振作起來，而她又有了活力。她不是抗議，而是反抗。她找到了話語，把熾熱尖銳的話語當成火炬和戰斧來揮舞。

「不能讓這件事發生，湯瑪斯！只要我還活著，就不能讓這件事發生！就算是把自己的狗賣掉，也得要考慮一下牠會得到什麼樣的主人。而我們要賣的是母親的房子呀！我們家的房子！那座風景廳……」

「可是我倒要問妳，這件事究竟有哪裡行不通呢？」

「哪裡行不通？我的老天爺，哪裡行不通！應該要有幾座山來擋住他，擋住這個胖子，湯瑪斯！幾座山！可是他看不見！他一點也不在乎！他對這種事沒有感受力！難道他是個畜生嗎？從很久以前，哈根史托姆家跟我們家就是死對頭。他們家老一輩的亨利希就對祖父和父親要過手段，如果說赫爾曼還沒有能夠對你做什麼嚴重的壞事，還沒有找過你的麻煩，那是因為他還沒有找到機會。小時候，我在大街上賞過他一巴掌，我有那樣做的理由，而他嬌滴滴的妹妹茱爾欣為了這件事差點把我的臉都抓爛了。那是小孩子的幼稚行為……也罷！可是當我們遭遇不幸的時候，他們總是幸災樂禍地看著，而大多數時候是我給了他們這番樂趣……這是上帝的意思。可是哈根史托姆領事在生意上讓你吃了什麼虧，是多麼厚顏無恥地勝過了你，這只有你自己最清楚，湯姆，沒辦法由我來告訴你。最後當艾芮卡結了一門好親事，弄得他們心裡不是滋味，直到他們設法解決了魏宣克經理，把他關進牢裡，藉由他們的兄弟之手，那個魔鬼檢察官。而現在他們居然這麼不要臉，竟敢……」

「聽我說，東妮，首先，這件事其實已經沒有我們說話的份了，因為我們已經和葛許談妥了，現在他想跟誰交易都由他作主。我承認，這件事的確帶有一點命運的嘲諷……」

「命運的嘲諷？喔，湯姆，這是你的表達方式！我卻要稱之為一種恥辱，是被別人一拳打在臉上，就是這樣！你難道沒有想一想這意味著什麼嗎？那就請你想一想吧，湯瑪斯！這將會意味著：布登布洛克家族已經沒戲唱了，他們徹底完蛋了，他們搬了出去，而哈根史托姆家族敲鑼打鼓地搬了進來……不行，湯瑪斯，我絕對不參與這齣鬧劇！我絕對不會參與這種卑鄙的事！就讓他來好了，就讓他放肆地來看房子吧。我不會接待他，相信我吧！我會和我的女兒還有外孫女坐在一個房間裡，然後把門鎖上，不讓他進來，我就會這麼做。」

「妳覺得怎麼做比較明智，妳就怎麼做吧，老妹，事前先考慮一下，遵守社交禮節是否比較妥當。也許妳以為哈根史托姆領事會因為妳的舉止而深受打擊？不，才不會呢，老妹。他既不會因此感到高興，也不會因此而感到憤怒，只會感到訝異，冷淡而無動於衷的訝異。問題在於，妳對他懷有反感，而妳預設他對妳和我們也同樣懷著反感。妳錯了，東妮！他一點也不恨妳。他為什麼要恨妳呢？他不恨任何人。他事業成功、生活幸福，滿心都是喜悅和善意，相信我這句話吧。我已經跟妳保證過不只十次，假如妳在街上遇到他的時候能夠克制自己，不要那樣好鬥而且高傲地看著空氣，那麼他就會極其親切地跟妳打招呼。妳那樣目中無人只是讓他感到納悶，令他有兩分鐘的時間感到訝異，平靜中帶點揶揄，不足以讓一個無可指謫的人失去內心的平衡。妳能指責他什麼呢？如果他在生意上遠遠勝過了我，偶爾在公眾事務上和我唱反調並且獲得成功——這很好，這表示他應該是個比我更能幹的商人，也比我更有政治手腕，完全沒有理由讓妳這樣氣得冷笑！不過，再回來談這棟房子，這棟老宅對我們家族來說早就已經沒有什麼實質的意義了，實質的意義已經逐漸完全轉移到我那棟房子上。我這樣說，是想多少安慰妳一下。另一方面，是什麼讓哈根史托姆領事動了買下這棟老宅的念頭，理由也顯而易見。他們的地位提高了，家族壯大了，和莫倫朵普家族結成了親家，在財富和聲望上與最上等的家族不相上下。可是他們還缺少一些東西，一些外在的東西，歷史的榮光，地位的鞏固……之前他們不在乎擁有這些外在的東西，因為他們自認為優越而且不懷有世俗的成見，現在他們似乎對這些東西有了興趣，而他們藉由搬進一棟像這樣的房子來獲得一些歷史的榮光。妳看著吧，哈根史托姆領事將會盡可能保留這屋裡的一切，他不會把房子改建，門楣上方那句Dominus providebit（耶和華必預備）也會留下來。雖然說句公道話，『史特倫克＆哈根史托姆公司』能夠經營得這樣欣欣向榮，全是靠著他個人的努力，而不是靠著上帝。」

「說得好，湯姆！聽你說句他的壞話，真令人感到痛快！我想要的其實也就只是這樣！老天，假如我有你的頭腦，看我不給他點顏色瞧瞧！可是你就只是……」

「妳也看到了，我的頭腦對我其實沒有多大用處。」

「而你就只是站在這裡，冷靜得令人難以置信地談這件事，向我解釋哈根史托姆為什麼這麼做。唉，隨你怎麼說，你跟我一樣有一顆肉做的心，而我實在不相信你心裡也像你表現出來的這麼冷靜！你回應了我的抱怨……也許你只是想安慰自己……」

「現在妳說話太大膽了，東妮。我怎麼『做』才重要——拜託妳！其餘的一切不關任何人的事。」

「就只說這一件事，湯姆，我求你：這難道不是一場惡夢嗎？」

「徹頭徹尾。」

「一個夢魘？」

「未嘗不可。」

「一齣讓人想哭的鬧劇？」

「夠了！夠了！」

於是哈根史托姆領事出現在曼恩路大宅，與葛許先生同行，後者把耶穌會士帽子拿在手裡，彎著腰，狡詐地環顧四周。女僕替他們遞了名片，幫他們打開玻璃門，兩人就一前一後走進風景廳。赫爾曼．哈根史托姆穿著一件長及足踝的厚重毛皮大衣，前襟敞開，露出黃綠色的英國製冬季西裝，是耐穿的粗呢布料。他有大城市人物的派頭，是證券交易所裡叱吒風雲的人物。他胖得出奇，不僅有雙下巴，而是整個下半張臉都有兩層，剪得短短的金色落腮鬍也遮掩不住；事實上，隨著他額頭與眉毛的某些動作，他腦蓋上剃掉頭髮的皮膚也會皺出肥厚的皺紋。他的鼻子比以前更扁平地貼著上脣，吃力地對著脣上那撇小鬍子呼吸；可是嘴巴偶爾也得來幫忙，張開嘴來大吸一口氣。而且由於舌頭逐漸脫離了上顎和咽喉，總是會發出一聲輕輕的咂嘴聲。

聽見這個熟悉的咂嘴聲，東妮的臉色一變。她腦中浮現了夾著松露香腸的檸檬餅和史特拉斯堡的鵝肝醬，一時差點撼動了她那冷漠莊嚴的姿態。她頭上戴著服喪的黑色軟帽，平滑的頭髮分得整整齊齊，穿著剪裁合身的黑色衣裳，裙子上綴著一層層的荷葉邊。她交叉著雙臂坐在沙發上，微微聳著肩膀，在這兩位男士進來時還跟她的議員哥哥說了句平靜而無關痛癢的話。她哥哥無法扔下她一個人面對這種時刻，他擔不起這個責任。布登布洛克議員走到房間中間迎接兩位來客時，她仍舊坐著沒動，議員先親切地跟仲介商葛許打了招呼，然後合乎禮節地和領事互相問候了幾句，這時東妮才站起來，同時向那兩位先生從容不迫地鞠了個躬，然後不慌不忙地和她哥哥一起用手勢與言語請客人就座。此外，她幾乎一直半閉著眼睛，擺出一副無動於衷的冷淡表情。

主客就座之後的頭幾分鐘裡，領事與仲介商輪流講話。葛許先生擺出一副虛假的謙卑表情，令人厭惡，他請求主人原諒他們登門打擾，但是哈根史托姆領事先生希望能參觀一下這棟房子，因為他考慮買下來……接著哈根史托姆領事用不同的辭令把同樣的話再說了一次，他的嗓音又使東妮想起夾餡的檸檬餅。他說是啊，他的確起了這個念頭，而且很快就成了他希望能替自己和家人實現的願望，前提是葛許先生沒打算在這樁買賣中大賺一筆，哈哈！他相信這件事最後將會處理得讓各方都皆大歡喜。

他舉止大方，無拘無束，怡然自得，而且擅於交際，這自然也令東妮印象深刻，尤其是他為了展現紳士風度，幾乎總是對著她說話。他甚至用近乎道歉的語氣來詳細說明自己何以想要買下這棟房子。「空間！我們需要更多空間！」他說。「我在桑德街上的那棟房子……你們可能不會相信，親愛的夫人還有議員先生，那房子對我們來說實在是太小了，有時候我們在屋裡簡直動彈不得。我指的甚至不是社交聚會，絕對不是。其實單只是親戚就擠不下了，胡諾伊斯家的人、莫倫朵普家的人、我弟弟莫里茲一家人……我們簡直就像沙丁魚一樣擠在一起。這是何苦呢——對吧？」

他的語氣帶點輕微的惱怒，表情和手勢似乎在說：你們會明白的，我犯不著忍受這種擁擠，那樣我未免太蠢了。既然我明明有能力改善這種情況，感謝老天……

「本來我是想等一等的，」他繼續說，「我想等到澤琳和鮑伯需要一棟房子的時候，再把我現在的房子讓給他們，我自己再去找一間大一點的房子。可是，你們知道，」他打斷了自己的話，「我女兒澤琳和我那個檢察官弟弟的長子鮑伯已經訂婚好幾年了，而婚禮應該也不會再拖太久了。頂多再兩年吧，他們還年輕——可是這樣更好！但總而言之，我又何必等到他們結婚，而錯過眼前這個大好機會呢？這樣做實在一點也不明智呀。」

大家都同意他這番話，而話題就也暫時停留在這件家務事上，這樁即將來到的婚事；由於堂表兄弟姊妹通婚對家族有利，在這座城市裡並不是什麼不尋常的事，因此也沒有人對這個安排起反感。大家問起年輕人的計畫，甚至連蜜月旅行都問到了，他們打算去地中海的濱海勝地，去尼斯……等地。年輕人想去嘛——那又有何不可，不是嗎？年紀比較小的幾個孩子也被提起，而哈根史托姆領事愉快得意地談起他們，態度輕鬆地聳聳肩膀。他自己有五個孩子，他弟弟則有四個：有兒子也有女兒……喔，謝謝，他們都很健康。沒理由不健康嘛——不是嗎？總之，他們都很好。接著他又談起家中人口的增加以及家裡的擁擠。「是啊，這裡的情況就不同了！」他說。「我在來這兒的路上就已經看出來了——這房子是顆珍珠，毫無疑問是顆珍珠，如果我可以把這麼大的東西比喻成珍珠的話，哈哈！單是這房間裡的壁紙……我向您承認，親愛的夫人，我說話的時候一直在欣賞這些壁紙。這實在是個迷人的房間！當我想到，您這輩子都能夠住在這裡……」

「是的，但中間離開過幾次。」東妮說，用的是她有時會使用的那種喉音。

「離開過幾次——對。」哈根史托姆領事陪著笑臉重複了一次。接著他瞄了一眼布登布洛克議員和葛許先生，看見那兩位先生正在交談，於是他就把自己的椅子挪近東妮所坐的沙發，朝她俯下身子，使得他沉重的鼻息就在她鼻子底下響起。基於禮貌，她不能轉過頭去避開他的呼吸，只好僵硬地坐著，盡可能挺起上半身，垂著眼瞼俯視著他。可是他完全沒有察覺她這個姿勢的勉強與不自在。

「怎麼樣，親愛的夫人，」他說，「我覺得我們以前就曾經做過一次交易？當然，那時候我們交易的就只是……是什麼來著？點心、糖果之類的，對吧？而現在我們要交易的是一整棟房子……」

「我不記得了。」東妮說，把脖子伸得更直了，因為他的臉靠得太近，讓她覺得不成體統而且難以忍受。

「您不記得了？」

「不，說實話，我不記得什麼糖果。我想到的是夾著肥香腸的檸檬餅，一份相當噁心的早餐……我不記得那是我的、還是您的，當時我們還是小孩子。但是今天買賣這棟房子完全是葛許先生的事……」

她感激地匆匆看了她哥哥一眼，因為他看出她的窘迫，過來幫她解圍，詢問兩位先生是否願意先在屋子裡到處看一看。客人很樂意，於是他們暫時向東妮告別，因為他們希望待會兒還有榮幸再見到她。接著布登布洛克議員就帶著兩位客人穿過餐廳走了出去。

他帶著他們上樓下樓，讓他們參觀了三樓的房間以及位在二樓走廊旁邊的房間，也參觀了一樓的空間，甚至看了廚房和地下室。至於租給保險公司的辦公室，他們就沒有進去，因為參觀時正是上班時間。他們針對保險公司的新任經理聊了幾句，哈根史托姆領事說那個經理的為人非常誠實，接連說了兩次，而布登布洛克議員就沒有吭聲。

然後他們穿過積雪半融、光禿禿的花園，朝他們稱為「門扉」的庭園小屋裡看了一眼，再回到洗衣房所在的前院，從那裡沿著狹窄的鋪石小路穿過圍牆之間，經過那棵橡樹矗立的後院，來到後棟建築。這裡就只有年久失修的破敗景象。院子裡鋪著的石頭之間長滿了野草和苔蘚，屋裡的樓梯已經完全朽壞，而撞球室裡的那一窩野貓只在門被打開時暫時受到一點驚嚇，他們沒有進去，因為裡面的地板已經不牢固了。

哈根史托姆領事沉默了，顯然在心裡盤算計畫。「嗯嗯——」他不斷地說，語氣平淡，不置可否，暗示出如果他將成為屋主，這裡的一切當然不能維持現狀。他也帶著同樣的表情在堅硬的泥土地上站了一會兒，抬眼看向那荒廢的儲藏室。「嗯嗯——」他又說了一次，搖了搖那條絞盤粗繩，使之擺動了幾下，那條殘破的繩索末端綁著一個生鏽的鐵鉤，多年來一動也不動地懸掛在這個房間的正中央。然後他立定腳跟，轉了個身。

「喔，多謝您費了這麼大的功夫，議員先生，我想我們看完了。」他說，然後就幾乎沒再說話，在迅速返回前棟建築的途中如此，稍後在風景廳向東妮告辭的時候也一樣。兩位客人都沒有再坐下來，當湯瑪斯．布登布洛克送他們下樓穿過門廳時，哈根史托姆領事也很沉默。可是就在雙方道別之後，哈根史托姆領事一走到街上，才轉身面向陪同他前來的仲介商，這兩人之間就展開了熱烈的交談。

湯瑪斯回到風景廳，東妮正坐在窗邊用兩根大棒針織著一件黑色毛線小裙子，那是替她的外孫女小伊莉莎白織的。她挺直了腰，神情嚴肅，偶爾側眼朝窗外的反光鏡瞄一眼。湯瑪斯把雙手插在褲袋裡，默默地來回踱步，走了好一會兒。

然後他說：「嗯，現在我把他交給仲介商了。我們只能靜待事情的發展。我想他會把整片房產買下來，住在前面這邊，而把後面的土地改做其他用途……」

她沒有看著他，也沒有改變上半身的挺直姿勢，織毛線的動作也沒有停。正好相反，棒針在她手裡穿梭移動的速度明顯加快了。

「噢，當然，他會買下來的，他會把整片房產都買下來。」她說，而她用的又是那種喉音。「他為什麼不該買呢，對吧？不買的話實在一點也不明智呀。」

她揚起眉毛，從夾鼻眼鏡後面直愣愣地盯著手上的棒針，如今她在做針線活的時候已經必須要戴眼鏡了，但是完全不懂得該如何正確戴上。她看著兩支棒針以令人眼花撩亂的速度繞著彼此轉動，發出輕輕的碰撞聲。

聖誕節到了，這是少了老領事夫人的第一個聖誕節。十二月二十四日晚上是在湯瑪斯家裡度過的，沒有邀請布萊特大街的布登布洛克三姊妹，也沒有邀請克羅格老夫婦；因為隨著定期的「兒童日」聚會已經停辦，湯瑪斯．布登布洛克也無意再把老領事夫人慶祝聖誕夜時的所有賓客都聚集在他家裡並且餽贈禮物。受邀的只有東妮連同艾芮卡和小伊莉莎白、克里斯提昂、住進了修道院的克婁蒂妲、還有魏希布洛特小姐。而魏希布洛特小姐仍然跟過去一樣，會在二十五日晚上在她熱烘烘的小屋裡舉辦意外連連的聖誕晚會。

往年在曼恩路大宅接受鞋子和毛衣這類聖誕禮物、和大家一起合唱聖誕歌曲的那幾個窮人沒有出現，也沒有男童唱詩班的歌聲。大家就只是在客廳裡簡單地唱起〈平安夜〉，接著由魏希布洛特小姐一板一眼地朗誦《聖經》裡有關聖嬰誕生的那一章，由於議員夫人不太喜歡做這件事，所以就由魏希布洛特小姐代勞。然後大家就低聲唱起〈噢，聖誕樹〉的第一段，穿過那排房間走進大廳。

並沒有什麼特別的理由來舉行歡樂的慶祝活動。眾人的臉色並不喜氣洋洋，談話也並不歡暢。該聊些什麼呢？這世上並沒有太多令人高興的事。大家緬懷已逝的母親，談起老宅的出售，談談東妮在霍爾斯滕城門外租下的那層樓，那層樓光線明亮，位在一棟宜人的屋子裡，面向著「椴樹廣場」的綠地，另外也談到胡戈．魏宣克出獄之後將如何安排……在那當中，小約翰在大鋼琴上彈奏了幾首費爾先生教他練習過的曲子，並且替他母親伴奏了一首莫札特的奏鳴曲，雖然彈錯了幾個地方，但音色優美，得到了大人的稱讚與親吻。但他隨即就由伊姐．雍曼帶去休息，由於他染患腸炎尚未痊癒，這天晚上看起來仍舊蒼白無力。

就連克里斯提昂也絲毫沒有興致說話和搞笑。自從上次在早餐室裡和湯瑪斯起了衝突之後，他就沒有再提起結婚的念頭，於是他就繼續和哥哥維持著從前那種對他而言並不光彩的關係。他眼神游移地短暫嘗試了一下，試圖讓在場之人稍微理解他左半邊身體的「酸疼」，然後早早就去了俱樂部，直到晚餐時分才回來，晚餐是按照傳統方式準備的。布登布洛克一家人就這樣過完了聖誕夜，他們幾乎覺得鬆了一口氣。

一八七二年初，已逝的老領事夫人原有的家解散了。女僕都離開了，當塞弗林小姐也帶著她接收的絲綢衣裳與家用布品告辭，東妮讚美了上帝，因為在這之前，這個女管家在處理家務上總是挑戰她的權威，令她忍無可忍。然後就有搬運家具的馬車停在曼恩路上，騰空老宅的工作就此展開。那個雕花大木櫃、幾個鍍金枝形燭架、還有其他幾件劃歸布登布洛克議員夫婦的物品被搬到費雪古魯伯街；克里斯提昂帶著他分到的東西搬進一間有三個房間的單身漢公寓，位在俱樂部附近；而東妮則帶著女兒和外孫女住進椴樹廣場旁邊那個布置得不失體面的明亮樓層。那是間漂亮的小公寓，門前掛著一塊閃亮的銅牌，用優美的字體刻著：**寡婦A．佩曼尼德—布登布洛克**。

曼恩路那棟老宅才剛騰空，就來了一群工人，開始動手拆除後棟建築，弄得空氣中瀰漫著老舊的灰泥粉塵。這片房產如今徹底成為哈根史托姆領事的財產。他買下了這片房產，似乎把他的好勝心用在購買這片房產上，因為不來梅也有個買主向葛許先生出了價，而他毫不猶豫地出了更高的價錢，如今他開始善用他的財產，以他素來受人欽佩的機靈手法。這年春季他就帶著家人搬進前棟建築，屋裡盡可能一切維持原狀，只做了幾處小小的翻修，另外為了符合新時代的需求也立刻做了一些改變，例如把屋裡所有的拉鈴都換成電鈴，而後棟建築已經被拆除，在原地蓋起一棟漂亮通風的新建築，正面朝向貝克古魯伯街，替商店與倉庫提供了挑高的寬敞空間。

東妮在她哥哥湯瑪斯面前信誓旦旦地說她將再也不看父母的故居一眼，說這世間沒有任何力量能說動她。可是這個誓言是不可能遵守的。改建後的後棟建築很快就以高額的租金租了出去，偶爾她走在路上，不得不經過那些商店和櫥窗，或是必須經過故居正面宏偉的三角牆，如今在Dominus providebit那句拉丁文底下刻著哈根史托姆領事的名字。這時候東妮・佩曼尼德—布登布洛克就會忍不住在大街上當著眾人的面放聲大哭。她把頭向後仰，就像一隻準備鳴唱的小鳥，用手帕按住眼睛，一再發出哀鳴，那當中有抗議也有哀嘆，任由眼淚滾滾流下，不在乎路人的眼光，也不在乎她女兒的勸阻。

那仍舊是她孩提時那種不假思索、發洩心中委屈的哭泣，儘管經歷了人生的大風大浪與失敗挫折，她哭泣的方式始終沒變。

第十部

第一章

在心情陰鬱的時刻，湯瑪斯．布登布洛克經常捫心自問，他究竟還算個什麼，他究竟有什麼資格覺得自己高人一等，比起他那些頭腦簡單、規矩老實、小家子氣的同胞。他年輕時那種充滿豐富想像的活力與開朗的理想主義已經蕩然無存。在遊戲中工作，把工作當成遊戲，懷著半認真半開玩笑的野心，去追求那些只有象徵意義的目標——要做到這種樂觀懷疑的妥協與巧妙的折衷，需要許多朝氣、幽默感和信心；可是湯瑪斯．布登布洛克卻感到說不出的疲憊和厭倦。

他能夠達成的目標已經達成了，而且他很清楚自己人生的顛峰早已過去，如果這般平庸卑微的人生也有顛峰可言的話，他這樣對自己說。

純粹從生意上來看，大家普遍認為他的財產減少了很多，公司的業務也在衰退。然而，把他從母親那兒得到的遺產、出售曼恩路老宅連同那塊土地所得的份額都算進去，他的身家仍超過六十萬馬克。但是公司資金已經閒置多年，當年在他決定收購波本拉德莊園尚未收成的農作物時，他抱怨自己做的都是些無足輕重的小生意，而自從他受到那次打擊之後，這種情況不但沒有改善，反而更加惡化。而在如今這段時間，各行各業都欣欣向榮，自從這座城市加入關稅同盟，小生意在幾年之間就可能發展成大商號，而「約翰．布登布洛克公司」卻沉寂下來，沒有從這個時代的成就沾到任何好處。如果有人問起生意的情況，老闆就會無精打采地把手一揮，答道：「唉，沒有什麼令人高興的事……」一個比較活躍的競爭對手，同時也是哈根史托姆家族的親密好友，有一次說：湯瑪斯．布登布洛克在證券交易所裡其實只有裝飾作用，這句玩笑話是用來影射布登布洛克議員精心打扮的外表，但是城裡的市民覺得這句話說得妙趣橫生，大感佩服並且哈哈大笑。

如果說布登布洛克議員由於所遭受的挫折與內心的疲憊，而無力繼續好好經營這家他曾經滿腔熱情為之效力的老字號公司，那麼他在市政職務上的晉升則是受到無法逾越的外在限制。許多年來，自從他當選議員，他在市政職務上就也已經達成了他所能達到的目標。他還能做的就只剩下保持地位以及擔任各種職務，但已經沒有更進一步的目標可以追求。剩下的就只有當下與瑣碎的現實，但是不再有未來，也不再有遠大的計畫。雖然他懂得擴大自己在這座城市的權勢，換作是其他人在他這個位置上是做不到的，即使是他的敵人也無法否認他是「市長的左右手」，但是湯瑪斯．布登布洛克卻無法當上市長，因為他是個商人而不是學者，他沒有讀完文理中學，不曾攻讀法律，而且根本沒有受過大學教育。可是他一向以閱讀歷史書籍和文學作品來度過閒暇時光，自認在心智、理性以及內在與外在的教養上都勝過周圍所有的人，對於自己由於缺少法定資格而無法在他出生長大的這個小王國坐上市長的寶座，他感到忿忿不平。「我們當年實在太傻了，」他對崇拜他的好友史提方．齊斯登梅克說，但是他所謂的「我們」指的其實只是他自己，「我們太早就進入商號工作，沒有想到應該先把學業完成！」而史提方．齊斯登梅克回答：「喔，你說得很對！不過你為什麼這麼說呢？」

如今，布登布洛克議員工作時大多是獨坐在他私人辦公室的桃花心木大書桌前；首先是因為在那裡沒有人會看見他用手撐著頭閉目沉思，但最主要的原因是他受不了公司合夥人馬庫斯先生那種令人發毛的謹小慎微，此人在大辦公室裡坐在他對面，總是不斷重新整理桌上的文具、捋著自己的鬍鬚，使得議員放棄了自己在大辦公室窗邊的位子。

這些年來，馬庫斯老先生那種慢條斯理的拖泥帶水已經完全成了狂熱與怪癖。可是最近湯瑪斯・布登布洛克之所以覺得這種怪癖刺眼難耐，是因為他在自己身上也經常觀察到類似的情況，令他感到震驚。是的，從前極其討厭拘泥於小事的他也養成了謹小慎微的毛病，雖然這是出自另一種人格特質與心境。

他的內心空虛，他看不見什麼令人振奮的計畫，也看不見什麼吸引人的工作，能讓他欣喜而滿足地全心投入。可是他仍有行動的欲望，他的腦袋無法靜止不動，他的活動力一向與他祖先那種自然而持久的工作欲望截然不同：那是種不自然的東西，是他神經的一股衝動，基本上就像一種麻醉劑，如同他時時抽著的那種短小辛辣的俄國香菸。這種行動力並未離他而去，而且比以前更難以駕馭，這種行動力占了上風，成為一種折磨，消耗在許多瑣碎的事情上。幾百件雞毛蒜皮的小事需要他處理，大多數都只涉及維持家務運作和他的服裝儀容，他對這些事感到厭煩，拖延著不去處理，他的頭腦無法同時裝進這些瑣事，他討厭這些事，因為他在這些瑣事上浪費了太多心思與時間。

在他身上被這座城市裡的人稱為「虛榮心」的那一面愈來愈嚴重，連他自己都早已開始感到羞愧，但是卻無法改掉他已養成的這些習慣。夜裡他睡得並非不安穩，但卻睡得昏昏沉沉，起床時並不感到神清氣爽，當他穿著睡袍走進更衣室，讓老理髮師溫策爾先生替他理容修面，時間是上午九點，而他從前起床的時間要早得多。從這一刻起，他要足足花上一個半小時的時間來更衣，直到他覺得自己打扮整齊，下定決心展開這一天，下到二樓去喝茶吃早餐。他整理服裝儀容的步驟非常繁複，而且每個細節都有一定的次序，從在浴室裡沖冷水澡開始，到結束時撣掉外套上最後一點灰塵，再用火鉗把鬍子末稍燙捲最後一次，這整個過程都一絲不苟而且一成不變。這些數不清的微小動作和微小工作一再重複，時時刻刻都令他感到絕望。儘管如此，如果他意識到自己漏做了其中某件小事，或是做得有點馬虎，他就無法走出更衣間，因為他害怕自己會失去這種清新、平靜和端正整潔的感覺，雖然這種感覺在一個小時之後就會消失，必須要再勉強重新恢復。

只要不至於引起閒言閒語，所有的開銷他都能省則省，唯獨在衣著上絕不節省。他的衣服都由漢堡最時髦的裁縫師替他縫製，他也毫不吝惜花費金錢來保存和添購這些衣物。更衣室有一扇門，看似通往另一個房間，但是門後是個寬敞的壁龕，嵌在更衣室的一面牆裡。裡面有好幾排鉤子，掛著用衣架撐著的西裝上衣、晚禮服、小禮服、燕尾服，適合各種不同的季節以及隆重程度不一的各種社交場合，摺得整整齊齊的長褲則疊放在好幾張椅子上。五斗櫃上嵌著一面大鏡子，鏡臺上擺滿了梳子、刷子以及打理頭髮和鬍鬚所用的藥劑，五斗櫃裡則放著各式各樣的內衣，不斷地被更換、清洗、損耗和補充。

他在這個小房間裡消磨了很多時間，不只是每天早晨，而是在每場宴會之前、每次議會開會之前、每場公眾集會之前，總之，就是在他必須在人群中現身和活動之前。就連每天在家裡吃飯之前也一樣，雖然同桌吃飯的除了他以外就只有他的妻子、小約翰和伊妲．雍曼。當他走出這個小房間，貼身的乾淨內衣、低調優雅得無可挑剔的西裝、仔細洗過的臉、鬍子裡的髮蠟氣味、還有漱口水澀澀涼涼的味道帶給他一種滿足和準備就緒的感覺，就像一個演員在登臺之前仔仔細細地畫好了臉譜……的確！湯瑪斯．布登布洛克就是過著演員的生活，他的全部生活成了單單一齣節目，包括最微小、最平常的細節，除了少數短暫獨處與放鬆的時間，這齣節目時時要求他全力以赴，消耗了他的全部精力。他完全缺少發自真心的強烈興趣，他的內心變得貧瘠荒蕪——這種荒蕪感是如此強烈，幾乎時時刻刻都感受得到，是一種壓在心上的隱隱憂傷——再加上內心堅定的責任感與頑強的決心，要不計一切代價表現得體面莊重，用盡手段掩蓋自己的衰弱而維持住「門面」，這就使得他的生活變得矯揉造作、刻意、勉強，使得他在眾人之間的一言一行、一舉一動都成了耗神費力的演出。

他身上出現了一些奇怪的行為，一些獨特的需求令他自己也感到驚訝與厭惡。有些人本身並不扮演什麼角色，只想不受注意、在旁人目光所不及之處默默進行觀察，而湯瑪斯．布登布洛克則和這些人相反，他不喜歡背對著日光，不喜歡自己站在暗處、卻看見別人在明亮的光線裡站在自己面前；他寧願感覺到光線照得他睜不開眼，看見他的觀眾只是他面前昏暗處黑壓壓的一群，而他扮演著和藹可親的社交名流、活躍的商人、體面的公司老闆或是在公開場合發表演說的人……只有這種情況給了他區隔感與安全感，那種成功演出自己角色的盲目陶醉。是的，正是這種置身於表演中的陶醉狀態逐漸成為他最能夠忍受的狀態。當他舉著葡萄酒杯站在桌旁，用和藹可親的表情、殷勤的手勢、嫻熟的辭令說出一段敬酒的賀詞，讓眾人喝采叫好，那麼，他看起來就仍然像是從前的湯瑪斯．布登布洛克，儘管他臉色蒼白。對他來說，要在靜坐無事時掌控自己遠遠更難。這時疲憊和厭倦就從他心裡油然而生，使他的眼神黯淡，控制不住自己的面部肌肉與身體姿勢。這時他心中就只有一個願望：屈服於這種無力的絕望，偷偷溜走，回家去把頭擱在清涼的枕頭上。

東妮在費雪古魯伯街的兄嫂家吃了晚餐，而且是一個人來。因為她女兒雖然也受到邀請，但是下午先去監獄探望了丈夫，而她每次探監之後都感到疲倦不適，因此就留在家裡。

東妮在飯桌上談起了女婿胡戈．魏宣克，據說他的情緒極其低落，接著提出一個問題，問何時能向議會提出可望獲准的赦免申請。此刻東妮和兄嫂圍坐在起居室中央那張圓桌旁，在那盞大煤氣燈底下。蓋爾妲．布登布洛克坐在她小姑對面，兩人都在做針線活。蓋爾妲低垂著她美麗白皙的臉龐，在一塊絲綢上刺繡，濃密的秀髮在燈光照耀下紅得發亮。東妮的夾鼻眼鏡歪戴在鼻子上，看來發揮不了什麼作用，她正小心翼翼地替一個黃色小籃子繫上一個又大又漂亮的紅色緞帶蝴蝶結。這是她要送給某個熟人的生日禮物。湯瑪斯則坐在桌子一側一張斜椅背的寬大安樂椅上，蹺著二郎腿在看報，偶爾吸一口他的俄國菸，再從小鬍子裡吐出淡灰色的煙霧。

這是夏天裡一個溫暖的週日夜晚。高高的窗戶敞開著，讓略微潮溼的溫暖空氣流進整個房間。坐在桌旁，可以看見對面那排房屋的灰色三角牆上方，星星在緩緩飄動的雲朵之間閃耀。對面伊維爾森經營的那間小花店裡還有燈光。在更遠處的寂靜街道上有人在彈奏手風琴，彈得荒腔走板，那人可能是馬車夫丹克瓦德手下的伙計。外面偶爾會響起一陣喧鬧。一群水手經過，他們唱著歌、抽著菸、手挽著手從碼頭邊一間名聲可疑的酒館走出來，趁興要去找一家名聲更可疑的酒館。他們粗啞的聲音和蹣跚的腳步聲在一條橫街裡迴蕩。

湯瑪斯把報紙擱在旁邊的桌上，把夾鼻眼鏡塞進背心口袋，伸手揉了揉額頭和眼睛。

「差勁，差勁透了，這些《城市報》！」他說。「每次讀這些報紙就讓我想起祖父怎麼形容那些淡而無味的菜餚：那味道就像把舌頭伸出窗外一樣，枯燥無味地讀個三分鐘就讀完了。根本毫無內容。」

「是啊，老天爺也知道，這句話你大可以再說一次，湯姆！」東妮說，她擱下手邊的針線活，從夾鼻眼鏡旁邊看著她哥哥，「這報紙上能有什麼內容呢？我一向都這麼說，在我還是個少不更事的傻丫頭時就說過了：這些城市報是些可悲的小報！我當然也會讀，因為通常我手邊也沒有別的報紙可看。可是大批發商某某領事打算要慶祝他的銀婚紀念日，在我看來這實在不是什麼震撼人心的新聞。大家該讀讀別的報紙，像是《柯尼斯堡報》或是《萊茵報》。在那些報紙上……」

她沒有把話說完，拿起那份報紙，再次展開，一邊說話一邊用不屑的目光從那一欄欄文字上掃過。可是此刻她的目光停留在某處，一則四、五行的短訊……她不再吭聲，用一隻手扶著眼鏡，嘴巴緩緩張開，把那則短訊讀完，然後發出兩聲驚呼，用雙手的掌心緊緊壓住臉頰，手肘張開，離開身體很遠。

「不可能！這不可能……不，蓋爾妲……湯姆……你居然沒有讀到！這太可怕了……可憐的安姆噶爾德！事情竟然走到了這一步……」

蓋爾妲從她的刺繡上抬起頭來，湯瑪斯則嚇了一跳，轉身面向他妹妹。東妮深受震撼，用顫抖的喉音大聲讀出這則消息，攸關命運地強調每一個字。這則消息來自羅斯托克：昨天夜裡，出身貴族的莊園主人拉爾夫・馮・麥布姆在波本拉德自家宅邸的書房裡用一把手槍飲彈自盡。「原因似乎是財務困窘。馮・麥布姆先生身後留下妻子與三名子女。」她念完了，然後讓報紙落在膝上，向後靠坐，不知所措地用哀傷的眼神默默看著她的兄嫂。

她還在念出那則消息的時候，湯瑪斯・布登布洛克就已經又轉過頭去，目光從她身旁掠過，穿過門簾，看向昏暗的客廳。

室內一片寂靜，過了大約兩分鐘，湯瑪斯問：「用一把手槍？」然後他又沉默了一會兒，才用嘲諷的口氣慢慢地小聲說：「是啊，是啊，這麼個貴族……」

說完他又陷入沉思。他用手指捻著鬍尖，速度之快，和他迷濛呆滯的茫然眼神形成奇怪的對比。他沒有理會他妹妹的哀嘆以及她對她朋友安姆噶爾德未來生活的種種臆測，也沒有察覺蓋爾妲的目光緊盯著他；她並沒有轉頭面向他，就只是用她那雙靠得很近、眼角帶著淡青色陰影的棕色眼睛窺視著他。

第二章

湯瑪斯．布登布洛克用愁悶無神的目光等待著自己的餘生，但是他從來無法用這種目光去瞻望小約翰的未來。他的家族意識使他無法這麼做，這種對於自身家族歷史（不管是回顧或前瞻）的崇敬既是繼承而來，也受到後天培養；而眾人對他兒子懷有的期望也影響了他的想法，這些人包括他在城裡的朋友與熟人、他妹妹、甚至包括了布萊特大街的布登布洛克三姊妹，他們對於小約翰都懷著關愛或好奇的期望。他滿足地告訴自己：無論他自己感到多麼疲憊和無望，他卻總是能夠夢想著他年幼繼承人令人振奮的未來，夢想著這個孩子將會是精明能幹，能夠務實而自然地工作，獲得成功、成就、權力、財富與榮耀……是的，在這一點上，他冰冷虛矯的生活變成了溫暖由衷的擔憂、恐懼和希望。

在瞻望自己的晚年時，他能否從安歇的角落看見昔日那個時代重新展開？翰諾曾祖父的那個時代？難道這個希望絕無可能實現嗎？他曾經把音樂視為他的敵人，但是這件事真有那麼嚴重嗎？誠然，這個孩子喜歡不看樂譜而即興演奏，這證明了他在這方面具有不尋常的天分，可是他在費爾先生的正規課程裡卻並沒有什麼非凡的進步。這孩子對音樂的愛好無疑是受到他母親的影響，而母親對孩子的影響在童年初期比較大，這也不足為奇。但是從現在開始，作父親的也有機會對兒子產生影響，稍微把兒子拉到自己這一邊來，用男性的薰陶來中和之前的女性影響。布登布洛克議員決心好好把握這種機會。

翰諾現在十一歲了，在復活節時勉強升上三年級，算術和地理這兩科還得補考，就跟他的朋友莫恩小伯爵一樣。家裡已經決定讓他去讀實科班，因為他理所當然必須成為商人，有朝一日要接管公司。當父親問他對自己將來的職業是否有興趣，他回答「有」。一句簡簡單單的「有」，有點畏縮，沒有再多說什麼。父親又再追問了幾個問題，試圖得到更有活力、更詳細的回答，但多半是徒勞。

假如布登布洛克議員有兩個兒子，那麼他肯定會讓第二個兒子去讀文理中學，然後去讀大學。但是公司需要有人繼承，除此之外，他認為讓兒子免於白費精力去學習希臘文也是件好事。他認為實科班的課業比較容易應付。翰諾的理解力往往有些遲鈍，喜歡作白日夢，注意力不集中，加上體弱多病，經常被迫缺課，上實科班比較不吃力，可以學得快一點，成績好一點。如果小約翰．布登布洛克有朝一日要達成他的使命，滿足家人對他的期望，那麼首先得要改善他不夠強壯的體質，一方面固然要加以體諒，另一方面則要藉由合理的照顧與鍛鍊來強健體魄。

小約翰．布登布洛克的一頭棕髮現在是旁分，從白皙的額頭上斜斜地往後梳，但是那柔軟的鬈髮還是很容易垂下來貼在太陽穴上。這頭棕髮加上金棕色的眼睛與長長的棕色睫毛，使得他雖然穿著哥本哈根水手服，在校園裡和街道上卻都顯得有點與眾不同，與他那些金髮藍眼、有著北歐人長相的同學相比。最近他長高了不少，但是他穿著黑襪的雙腿以及深藍色絎縫蓬鬆衣袖裡的手臂都像女孩子一樣纖細柔軟，而且他的眼角也始終仍有淡青色的暗影，就跟他母親一樣。這雙眼睛流露出猶豫而排拒的眼神，尤其是在側目斜視的時候，而他的嘴巴仍舊憂傷地閉著，或是嘴脣微微歪扭變形，當他若有所思地用舌尖去舔一顆他覺得不太對勁的牙齒，露出一副畏寒的表情。

如今擔任布登布洛克一家人家庭醫生的是朗哈爾斯醫生，他已經完全接手了老醫師葛拉波夫的診所。從這位醫生口中得知，翰諾體力不足、膚色蒼白都是有原因的，而這個原因就在於這孩子的身體組織無法製造出足夠的紅血球，而紅血球對身體健康至關重要。但是有一種藥物可以彌補這種不足，一種十分有效的藥物，朗哈爾斯醫生開出的劑量很大：魚肝油，上好的鱈魚肝油，濃稠的黃色油脂，每天用瓷湯匙服用兩次；在布登布洛克議員堅決的命令下，伊妲．雍曼以充滿關愛的嚴格確保他按時服用。起初翰諾每次吃下一匙就會嘔吐，他的胃似乎無法吸收這上好的魚肝油，但是他漸漸習慣了，如果在吞下一匙魚肝油之後馬上塞一塊黑麥麵包到嘴裡，再屏住呼吸把麵包咬爛，那種噁心的感覺就會稍稍平息。

其他所有的病痛都只是紅血球不足所造成的後果，是「併發症」，如同朗哈爾斯醫生所說，他一邊說一邊看著自己的指甲。不過，這些併發症也必須毫不留情地加以解決。要治療牙齒、補牙、必要時拔牙，就找布瑞希特先生，他和那隻名叫約瑟弗斯的鸚鵡住在磨坊路；若要調節消化功能，世上有蓖麻油這種東西，黏稠銀亮的上好蓖麻油，吃下一匙，就好像有一隻滑溜溜的蠑螈從喉頭滑下去，之後整整三天都還聞得到、嘗得到、在咽喉裡感覺得到，不管你走到哪裡，站在哪裡……唉，為什麼這些藥物全都如此令人作嘔，難以下嚥？只有一次，當翰諾病得很厲害，躺在床上，心跳特別不規則，朗哈爾斯醫生有點緊張地開了一種藥，讓翰諾很高興，也讓他的身體感覺非常舒服：那是含砷的藥丸。在那之後，翰諾就經常問起這種藥丸，近乎依戀地渴望這種甜甜的、讓他感到幸福的小藥丸，但是他再也沒有拿到過。

魚肝油和蓖麻油都是好東西，但是朗哈爾斯醫生和布登布洛克議員都一致認為，單靠這兩樣東西不足以使小約翰成為一個能幹而經得起風吹雨打的男子漢，如果他自己不付出一些努力。例如，夏季時，體操老師弗里徹先生每週都會在戶外的「城堡廣場」上舉辦體操比賽，讓本城的年輕人有機會展現並培養出勇氣、力量、靈活與沉著。可是，翰諾對這些有益健康的活動就只表現出反感，一種沉默內向、近乎傲慢的反感，使他父親十分生氣。為什麼他這麼少接觸同班同學與同齡男孩？這些人將來要和他一起生活、一起工作呀！為什麼他總是跟這個臉都沒洗乾淨的小凱伊一起廝混？小凱伊雖然是個好孩子，但畢竟有點古怪，很難成為將來的朋友。一個男孩子必須從一開始就懂得贏得周圍之人的信任與尊重，不管是以什麼方式，因為這些人將和他一起成長，他一輩子都得仰賴他們對他的尊敬。就拿哈根史托姆領事的兩個兒子來說吧：一個十四歲，一個十二歲，是兩個出色的小伙子，又胖又壯，精力充沛，在附近的樹林裡舉行正規的拳擊比賽。他們是學校裡最優秀的體操運動員，游起泳來就像海豹，抽著雪茄，什麼壞事都做得出來。他們受人敬畏，受人歡迎，也受到尊敬。而他們的堂兄弟，也就是檢察官莫里茲．哈根史托姆博士的兩個兒子，體格比較柔弱，舉止比較文雅，在需要動腦的領域表現傑出，是學校裡的模範生，進取、聽話、安靜而且勤奮，全神貫注，一心只想永遠都拿第一名，拿到最好的成績，幾乎被這種渴望所折磨。而他們也拿到了最好的成績，因此受到那些比較笨、比較懶的同學的尊敬。然而，翰諾呢？撇開老師對他的看法不談，他的同學是怎麼看待他的呢？他是個十分平庸的學生，此外還是個膽小鬼，凡是需要一點勇氣、力量、靈活與朝氣的事，他都避之唯恐不及。當布登布洛克議員在前往更衣室的途中經過三樓的大陽臺，他從翰諾房間裡聽見的是風琴聲或是凱伊用神秘的嗓音小聲地在講故事，自從翰諾長大了，不能再睡在伊妲．雍曼的房間，他就住在那三個房間的中央那一間。

說到凱伊，他也迴避著「體操比賽」，因為他討厭比賽時必須遵守的紀律與規矩。「不，翰諾，」他說，「我不去。你要去嗎？去他的，凡是有趣的事在比賽中都不算數。」「去他的」這類口頭禪是他從他父親那裡學來的。翰諾卻回答：「假如弗里徹老師哪一天聞起來沒有汗臭味和啤酒味，那這件事倒還可以商量。嗯，現在就別管這個了，凱伊，再繼續講故事吧。你從沼澤裡拿到戒指的那個故事還沒講完呢。」「好，」凱伊說，「可是我給你打信號的時候，你就要彈琴。」於是凱伊就繼續講故事。

如果他說的話可以相信，那麼不久之前，在一個悶熱的夜裡，在一個難以辨識的陌生地方，他從一個滑溜溜、深不見底的斜坡滑了下去，滑到底下，在閃爍的鬼火微弱的光線裡，發現了一個黑色水潭，銀色的水泡不斷從水裡冒出來，伴隨著咕嚕咕嚕的聲響。其中一個靠近岸邊的水泡每次破裂之後就會重新出現，形狀像一枚戒指，而他冒著危險，經過長時間的努力，終於用手抓住了它。它沒有再破裂，而是成為一個光滑堅固的指環箍在他手指上。他合理地認為這枚戒指具有非凡的魔力，靠著這枚戒指的幫助爬上那道陡峭滑溜的斜坡，然後在不遠處的一片紅霧中發現了一座戒備森嚴、一片死寂的黑色城堡。於是他偷偷溜進城堡中，在那枚戒指的幫助下一再破解了魔法，解救了許多人……當故事進行到最匪夷所思的時刻，翰諾就會在風琴上奏出一連串動聽的和弦。此外，這些故事也會在音樂伴奏下搬上木偶劇場演出，只要在舞臺布置上沒有無法克服的困難。至於「體操比賽」，翰諾只有在父親明確而嚴厲的命令下才會去參加，這時候小凱伊就也會陪他一起去。

冬季裡去溜冰，夏季裡去阿思穆森先生在河邊的木造泳池游泳，也是同樣的情況。「泡水！游泳！」朗哈爾斯醫生說，「這孩子必須去泡水和游泳！」而布登布洛克議員完全同意這個看法。可是翰諾對於溜冰、游泳和那些「體操比賽」總是盡可能迴避，主要的原因在於哈根史托姆領事那兩個兒子都會參加這些活動，而且表現出色，而他們總想欺負他。雖然他們住在從前屬於翰諾祖母的那棟屋子裡，卻不放過任何機會用他們的強壯來羞辱他、折磨他。他們在「體操比賽」當中掐他，嘲笑他，在溜冰場上把他推倒在髒雪堆上，在泳池裡發出氣勢洶洶的叫喊從水裡朝他衝過來。翰諾沒有試圖逃走，因為那反正也沒有用。他站在水深及腰的池水中，一雙手臂有如少女般纖細，池水相當渾濁，水面上漂浮著被稱為鵝菜的綠色植物，他皺著眉頭，垂著眼，眼神陰鬱，嘴唇微微扭曲，看著這兩兄弟朝他衝過來。他們看準了獵物，踩著跳躍的長長步伐，水花四濺地衝向他。哈根史托姆家的這兩兄弟有著肌肉發達的手臂，緊緊抱住他，把他浸在水裡，浸了很久很久，使他吞下不少髒水，之後左右掙扎著拚命想要吸氣。只有一次，對方受到了一點小小的報復。一天下午，當哈根史托姆家的兩兄弟把他壓在水面下，兩兄弟之一忽然又氣又痛地大叫一聲，抬起一條肉墩墩的腿，鮮血從腿上大滴大滴地流出來。這時莫恩小伯爵凱伊從他旁邊的水裡冒了出來，他設法弄到了購買泳池入場券的錢，出其不意地從水裡游過來，像一隻狂怒的小狗，用上全部的牙齒狠狠咬了哈根史托姆家男孩的腿。他紅金色的頭髮溼漉漉地垂在臉上，一雙藍眼睛在頭髮之間閃閃發亮。唉，小伯爵此舉也沒有好下場，爬出泳池時被揍得很慘。但是好歹哈根史托姆領事的那個強壯兒子在回家途中瘸得很厲害。

有益健康的藥物以及各種體育鍛鍊——這就是布登布洛克議員關心照顧兒子的基礎。但是議員也同樣注意在心智上影響兒子，讓他從他注定要走進的現實世界獲得鮮活的印象。

布登布洛克議員開始引導兒子進入將來的工作領域，出門辦事時把他帶在身邊，一起去港口，讓他在旁邊看著，當議員用夾雜著丹麥語的北德方言和碼頭上的卸貨工人聊天，在倉庫陰暗狹小的辦公室裡與負責人商議，或是在倉庫外面對工人發號施令，他們拖長了低沉的嗓音吆喝著，把一袋袋穀物搬上樓。對湯瑪斯．布登布洛克來說，港口邊的這塊小天地是他從小就最喜歡、覺得最有趣的地方，在那些船隻、貨棧和倉庫之間，那裡瀰漫著奶油、魚貨、海水、瀝青以及上過油的鐵器散發出的氣味。既然他兒子沒有主動表現出對這些東西的興趣和喜愛，那麼他就得要設法喚起他的興趣。行駛在本地與哥本哈根之間的那幾艘貨輪叫什麼名字呢？「納亞丁號」、「哈姆斯塔特號」、「弗麗德里珂．厄韋蒂克號」……「嗯，你至少知道這幾個名字，這就很不錯了。將來你還會記住另外幾個名字。親愛的孩子呀，在那些把麻袋扛上去的工人當中，有幾個跟你一樣名叫約翰，因為他們的名字是跟著你祖父取的。而他們的孩子經常取了跟我一樣的名字，或是你母親的名字。這些人每年都會收到我們贈送的一件小禮物……喔，前面這座倉庫我們就只是經過，我們不跟那兒的工人說話；在那裡沒有我們說話的餘地，那屬於我們的競爭對手……」

「翰諾，你想一起來嗎？」又有一次他說，「我們的船隊有一艘新船今天下午要下水了。我要替它命名……你有興趣嗎？」

翰諾表示他有興趣。他和父親一起去了，聽了父親在命名典禮上的致詞，看著父親把一瓶香檳摔向船頭砸破，用陌生的目光看著那艘船從塗滿綠色肥皂的斜面往下滑，滑進高高湧起的海浪中。

在一年當中的某幾個日子，例如復活節前的那個週日，亦即舉行堅信禮的日子，或是在新年期間，布登布洛克議員會搭乘馬車逐一去拜訪那些他在社交上理應前往拜訪的人家。由於他的妻子往往以神經不安或偏頭痛為藉口婉拒同行，他就要求翰諾陪他一起去。而翰諾對此也有興趣。他跟著父親坐上馬車，在別人家的接待室裡默默坐在父親身旁，安靜地觀察父親在別人面前那種輕鬆得體、因人而異、仔細斟酌過的舉止。他看著父親向轄區司令官馮．林霖根中校告辭，對方強調議員來訪令他深感榮幸，而父親露出受寵若驚的表情，用手臂摟住對方的肩膀一會兒；而在另一個人家，主人在道別時也說了類似的話，父親卻只是平靜而嚴肅地接受了；在第三個人家碰上類似的情況，父親用一句誇張得帶有諷刺意味的客氣話加以婉謝。父親的言行舉止都十分正式老練，顯然想要得到兒子的欽佩，也希望能達到教學的效果。

可是小約翰看到的比他應該看到的更多，而他那雙羞怯、帶有淡青色陰影的金棕色眼睛太善於觀察。他不只看見父親沉穩地對每個人都表現得和藹可親，也用他那奇特的、令他感到痛苦的銳利目光看出要做到這一點是多麼困難，看見他父親每次拜訪過一個人家，就會變得沉默寡言，臉色蒼白，眼皮泛紅，閉著眼睛靠坐在車廂角落裡。而在踏進下一家人的門檻之前，一副面具就會立刻滑下來落在這張臉上，父親疲倦的身體也會突然又充滿活力，這種轉變令翰諾感到震驚。在小約翰眼中，在人群中的言談舉止、工作與行動並不是一種天真自然、半自覺的對實質利益的維護，不管是與其他人共有的利益，還是想對別人主張的利益，而是本身就是一種目的，一種自覺而且造作的努力，那不是真誠單純的內心參與，而必須用上極其困難並且耗費心神的高超技巧，來保持沉著與骨氣。想到有朝一日，別人也會期待他出席公眾集會，在眾目睽睽之下發言、做手勢，翰諾就閉上了眼睛，由於恐懼和不情願而顫抖。

唉，這並不是湯瑪斯．布登布洛克希望以身作則對兒子產生的效果！他念茲在茲的是喚起兒子的落落大方、無所顧忌、以及對現實生活的單純理解。

「孩子呀，你似乎喜歡過好日子，」他說，當翰諾在飯後請求多吃一份甜點或是喝半杯咖啡，「那你就得成為一個能幹的商人，並且賺很多錢！你想這麼做嗎？」而小約翰就會回答：「是的。」

偶爾，當布登布洛克議員邀請全家人來家裡共餐，東妮姑媽和克里斯提昂叔叔會按照舊日的習慣取笑可憐的堂姑克婁蒂妲，模仿堂姑那種拖長了聲調、謙卑和善的說話方式與她交談。這時候，在格外濃烈的紅酒的作用下，翰諾也會模仿一下這種聲調，跟克婁蒂妲堂姑開起玩笑。這時湯瑪斯．布登布洛克就會大笑——那笑聲響亮而由衷、帶著鼓勵、幾乎充滿感激，就好像一個人遇上了令他心花怒放的大喜事。他甚至會開始支持兒子，自己也加入戲弄克婁蒂妲的行列，雖然多年來他其實早已放棄了用這種口氣跟這個可憐的堂妹說話。要在這個遲鈍、謙卑、乾瘦、永遠飢腸轆轆的克婁蒂妲面前展現自己的優越，這實在太輕而易舉，也毫無風險可言，因此他覺得這樣做很卑鄙，雖然大家這樣做時都沒有惡意。他不情願地感受到，每天在實際生活中他都必須用這種絕望的不情願來對抗自己的審慎天性，當他又一次無法理解，無法置之不理，何以他能夠看清一種情況，卻仍然不覺羞恥地去加以利用。可是他對自己說，能夠不覺羞恥地去利用一種情況，這就是生活能力呀！

啊，他是多麼高興、多麼快樂、多麼滿懷希望地樂於見到小約翰表現出這種生活能力，哪怕只有一絲一毫！

第三章

這些年來，布登布洛克一家人已經戒除了從前的習慣，不再在夏季做長途旅行，就連去年春天，當議員夫人按照自己的心願前往阿姆斯特丹探望她年邁的父親，也讓他們父女倆在相隔多年之後能再合奏幾曲小提琴雙重奏，她丈夫也只是勉強同意。可是蓋爾妲、小約翰和雍曼小姐每年夏天都會去特拉沃明德的度假飯店住上一整個暑假，這個慣例之所以維持下來主要是為了翰諾的健康。

在海邊度過暑假！這世上有誰能明白這意味著何等的幸福？在無數個上學日那種緩慢單調、充滿煩惱的生活之後，能有四個星期過著無憂無慮、與世隔絕的平靜生活，空氣中瀰漫著海藻的氣味與輕柔的海浪聲……四個星期，這段時間在剛開始時感覺好長好長，無法想像這段時間也會有盡頭，而談論這段時間將會結束則是種愛講壞話的粗暴行為。小約翰從來也不明白，有些老師怎麼能夠在下課之前說出這類慣用語：「假期結束之後我們將從這裡接著講，接下去要教這個和那個……」假期結束之後！這個穿著精紡毛料外套的老師似乎還期待著假期結束呢！真是令人費解！假期結束之後！這是什麼念頭！在這四週之後的事全都美妙地位在灰濛濛的遙遙遠方！

度假飯店有兩棟小木屋，中間以長長的穿廊相連，與糕餅點和飯店的主要建築形成一條直線。第一天早晨在其中一棟木屋裡醒來是多麼美妙：前一天好歹把成績單拿給爸媽看過了，搭乘裝滿行李的馬車之旅也已經完成！一種隱隱的幸福感在他體內升起，使他的心臟收縮，驚醒過來。他睜開眼睛，用貪婪而幸福的目光環顧這個乾淨的小房間裡那些舊式家具，有一秒鐘，他在睡眼朦朧中感覺到喜悅的茫然，然後他意識到自己是在特拉沃明德，要在特拉沃明德度過長長的四個星期！他一動也不動，仰躺在窄窄的黃木床上，床單由於老舊而格外單薄柔軟，他不時重新閉上眼睛，感覺到他的胸口在深沉緩慢的呼吸中由於幸福與不安而顫抖。

房間浸浴在淡黃色的日光裡，晨光已經穿過條紋捲簾照進室內，然而四周仍是一片寂靜，伊妲・雍曼和媽媽都還在睡。只聽得見工友在樓下耙著飯店花園碎石路面那規律而祥和的聲音，還有一隻蒼蠅的嗡嗡聲，牠在捲簾和窗戶之間不斷地衝向窗玻璃，可以看見牠的影子在捲簾的條紋帆布上衝過來衝過去，畫出長長的之字形線條……寧靜！孤單的耙子聲和單調的嗡嗡聲！這片微微帶有生機的祥和很快就使小約翰感受到海濱度假地那種平靜、整潔而講究的幽靜，這是他最喜愛的。啊，感謝上帝，那些穿著精紡毛料外套的老師沒有一個會到這兒來，這些在世上代表交叉相乘與文法的人不會到這兒來，因為住在這裡要花不少錢。

他一時高興得從床上跳下來，光著腳跑到窗前。他把捲簾拉高，鬆開窗戶的白漆鉤子，打開一扇窗，看著那隻蒼蠅越過飯店花園的碎石小路與玫瑰花圃，飛走了。飯店對面的音樂廳被排成半圓形的黃楊木圍繞，此時還安安靜靜、空無一人。燈塔矗立在右邊某處，因燈塔而得名的「燈塔草原」在白茫茫的天空下延伸出去，直到夾雜著光禿土塊的短草變成高大堅硬的海灘植物，再過去就是沙灘，依稀可以看見一間間私人木棚與一排排藤椅面向著大海。大海就在那裡，在晨光下一片祥和，瓶綠色與藍色的帶狀海水有時光滑，有時捲起波浪，一艘汽船從哥本哈根駛來，行駛在標示出航道的紅漆浮標中間，誰也不需要知道這艘船是「納亞丁號」還是「弗麗德里珂・厄韋蒂克號」。於是翰諾・布登布洛克再一次深深吸進大海朝他送過來的濃郁氣息，感覺到寧靜的幸福，用一雙眼睛溫柔地問候大海，一聲充滿感激與愛意的默默問候。

這一天就這樣展開了，這少得可憐的二十八天的第一天，這四個星期起初就像一種永恆的幸福，可是等到頭幾天過去了，就令人絕望地迅速流逝。早餐是在陽臺上吃的，不然就是在兒童遊戲場前面那棵大栗樹底下，一個大鞦韆就掛在那裡，而早餐的一切都令小約翰著迷：服務生攤開剛洗過的桌布時散發出的氣味，紙做的餐巾，樣子奇特的麵包，水煮蛋是放在金屬杯子裡用普通的茶匙舀著吃，而不像在家裡是用骨製的茶匙吃。

早餐之後的活動也都安排得輕鬆自在，那是一種悠閒美好、受到良好照顧的舒適生活，不受打擾、無憂無慮地進行：上午在沙灘上，聽著飯店的樂隊演奏晨間節目，躺在藤椅腳邊休息，一邊做白日夢一邊溫柔地玩著不會把人弄髒的柔軟細沙，目光在那片無邊無際的碧綠與蔚藍上徜徉、沉醉，毫不費力，毫無痛苦。一股清新強勁、狂野而芬芳的氣息從那裡吹來，一路暢通無阻，輕輕地颼颼作響，縈繞在耳中，使人感到一陣愜意的暈眩，一種淺淺的麻醉，在這種狀態中，對時間、空間與一切有限事物的意識都幸福地悄悄消失了。接著是海水浴，在這裡游泳要比在阿思穆森先生的泳池裡來得愉快，因為這裡的水上沒有漂浮著「鵝菜」，碧綠清澈的海水在攪動之下泛起白沫，盪向遠方，腳底下不是黏黏的木板，而是柔軟起伏的沙地輕撫著腳底，而且哈根史托姆領事的兩個兒子在很遠、很遠的地方，在挪威或是提洛爾。哈根史托姆領事喜歡在夏天做一趟長程的度假旅行——而且有何不可，不是嗎？之後沿著海灘散步，讓身體暖和起來，走到「海鷗石」或「海神廟」，坐在藤椅上吃些點心——然後就到了該回房間的時候，在打扮整齊去飯店與其他客人同桌共餐之前先休息一會兒。吃飯時很熱鬧，這時正是海濱度假的旺季，飯店大廳裡擠滿了人，有些來自與布登布洛克一家人熟識的家族，另外也有些人是從漢堡來的，甚至還有英國人與俄國人。在一張布置得喜氣洋洋的小桌旁，一位身穿黑衣的男士從一個閃亮的大銀盅裡替大家盛湯。這一餐有四道菜，比家裡的菜餚更可口、更有滋味，至少是更像宴會菜色，而且在長桌上有許多客人都喝著香檳。經常也有些男士從城裡過來，他們不願意一整個星期都被生意綁住，到這兒來找點樂子，在晚餐後玩幾回輪盤賭：就像彼得．德爾曼領事，他把女兒留在家裡，扯著嗓門用北德方言一點也不害臊地講著故事，使那些漢堡來的女士笑岔了氣，拜託他暫時別講了；還有議員克雷默博士，那位老警察局長；另外還有克里斯提昂叔叔與他的老同學吉塞克議員，這位議員也沒有帶家人同行，他會替克里斯提昂．布登布洛克支付所有的開銷。之後，當那些大人坐在糕餅店的遮陽篷底下，一邊聽音樂，一邊喝咖啡，翰諾就坐在一張椅子上豎耳聆聽，在露天音樂臺的階梯前，下午的活動也安排好了。飯店花園裡設有遊戲用的射擊攤位，在小木屋的右邊有幾間馬廄與棚舍，養著馬匹、驢子和乳牛，下午吃點心時可以喝到有奶泡和奶香的溫熱牛奶。可以去小鎮上散散步，沿著水岸第一排的房屋走；也可以從那裡搭乘小船前往普里瓦半島，在那個半島的海灘上能撿到琥珀；可以在兒童遊戲場上參加一場槌球遊戲，或是去飯店後面長滿樹林的山坡，坐在長椅上聽伊妲．雍曼朗讀，通知大家吃飯時間到了的那口大鐘就掛在這座山坡上。但是最明智的選擇還是回到海邊，趁著黃昏，面向遼闊的海平線，坐在碼頭堤岸前端，朝著悠悠駛過的大船揮動手帕，豎耳傾聽小小的波浪拍打在石塊上的輕聲呢喃，這輕柔又偉大的淙淙聲充滿了周圍整個遼闊的空間，這聲音親切地對小約翰說話，說服他心滿意足地閉上眼睛。這時候伊妲．雍曼就會說：「走吧，小翰諾，我們該走了；要吃晚餐了；要是想在這裡睡覺，你會沒命的……」從海邊回來時他的心總是多麼平靜滿足，心臟跳動得多麼舒坦規律！等他在房間裡吃了麵包配牛奶或麥芽啤酒當晚餐，而他母親則會晚一點才在飯店裝有玻璃窗的露臺上與其他客人一起用餐，當他再次躺在床上洗薄了的床單與被單之間，聽著這顆滿足的心輕柔而飽滿的跳動以及晚間音樂會隱約傳來的節奏，睡意就朝他襲來，在睡眠中他沒有受到任何驚嚇，也沒有發燒。

到了星期天，布登布洛克議員就會來此和家人團聚，一直待到週一上午，就跟另外幾位由於經營生意而必須在週間留在城裡的男士一樣。雖然這一天在飯店用餐時會送上冰淇淋與香檳，還會有騎驢子或搭乘帆船出海的活動，小約翰卻並不怎麼喜歡這些星期天。浴場的安寧和與世隔絕被打破了。一大群人從城裡來到此地，他們根本不屬於這裡，伊妲．雍曼稱呼這些人為「中產階級的一日遊客」，這話雖然帶著輕蔑，但是並無惡意。這些人在下午占據了飯店花園與海灘，在那裡喝咖啡、聽音樂、做海水浴，而翰諾恨不得把自己關在房間裡，等待這股在假日裡盛裝打扮前來擾亂此地安寧的人潮退去。等到星期一，當一切又回復常軌，當父親的眼睛離開了這裡，他感到高興，這雙眼睛有六天的時間離他很遙遠，而星期天一整天他又清楚感覺到父親的眼睛正挑剔地打量著他。

十四天過去了，而翰諾對自己說，也向每個願意傾聽的人強調，剩下的假期還有米迦勒節那麼長[1]。只不過這是一種自欺欺人的安慰，因為當假期到達了顛峰，接著就會走下坡，很快就會結束，而且速度快得可怕，使他想緊緊抓住每一個小時，不要讓時光溜走，放慢吸進每一口海邊空氣的速度，免得不經心地浪費了這份幸福。

可是時間還是在天氣的變化中不斷流逝，雨水和陽光交迭，海風與陸風交替，酷熱的氣溫以及轟隆隆的雷雨，那雷雨滯留在水面上，似乎無意結束。有些日子颳起東北風，使海灣裡漲滿墨綠色的潮水，使海藻、貝殼和水母遍布在海灘上，潮水逼近沙灘上的木棚。這時放眼望去，波濤洶湧的渾濁海水都被白沫覆蓋。威猛的巨浪以無情而令人生畏的冷靜滾滾湧來，威風凜凜地聳起，形成一道金屬般閃亮的墨綠色曲線，再呼嘯著撲向沙灘，發出雷鳴般的巨響。另外有些日子，西風吹得海水向後退去，露出有著

1 米迦勒節是基督教慶祝天使長聖米迦勒的節日，西方基督教將之訂在九月二十九日，昔日德國有些中學在那前後會放假兩週。

美麗波紋的大片海底，到處都能看見裸露的沙岸。同時大雨傾盆而下，天空、地面與海水交融在一起，疾風吹進雨中，使得雨水敲窗，順著窗玻璃流下的不是雨滴，而像小河，使得玻璃不再透明。在這種時候，翰諾大多待在飯店大廳，坐在那架小鋼琴前面。那架鋼琴雖然因為在舞會上演奏華爾滋舞曲和蘇格蘭舞曲而有點被彈壞了，不像在家裡那架大鋼琴上能夠做音色悅耳的即興演奏，但是用那咕咚咕咚的暗沉音色卻能製造出相當具有娛樂性的效果。又有一些日子，如夢似幻，天空蔚藍，平靜無風，高溫炎熱，「燈塔草原」上的藍色蒼蠅在陽光下嗡嗡盤旋，大海安靜無聲，平滑如鏡，沒有一絲動靜。等到假期只剩下三天了，翰諾就會告訴自己，也讓每個人明白，剩下的時間還與聖靈降臨節的假期一樣長。可是儘管這個計算無可爭辯，他自己卻也不相信了。他內心早已不得不承認，穿著精紡毛料外套的老師說得沒錯，這四週的暑假終歸要結束，老師終歸要從打住的地方接著講課，接下去要教這個和那個……

滿載行李的馬車停在飯店前面，這一天來臨了。翰諾一大早就向大海與沙灘說過再見，現在他跟那些收下小費的服務生道別，跟露天音樂臺、玫瑰花圃以及這一整個暑假告別。然後，在飯店員工的鞠躬歡送下，馬車出發了。

馬車經過通往小鎮的林蔭道，沿著水岸第一排的房屋行駛，翰諾把頭抵在車廂角落，看向窗外，沒有看著坐在他對面的伊妲．雍曼，她的眼睛清亮，一頭白髮，瘦骨嶙峋。清晨的天空布滿泛白的雲層，特拉維河泛起輕波，隨即被風吹開了。偶爾有幾顆雨滴敲打在窗玻璃上。在水岸第一排房屋的盡頭，有些人坐在自家門口修補漁網；赤腳的孩童跑過來，好奇地打量這輛馬車。這些人將留在這裡……

等到馬車把最後幾間屋子拋在後面，翰諾把身子向前傾，好再一次看看那座燈塔；然後他向後靠坐，閉上眼睛。「明年還會再來，小翰諾。」伊妲．雍曼用低沉的嗓音安慰他；可是這句安慰卻使他的下巴開始顫抖，眼淚從他長長的睫毛底下流出來。

他的臉和手都在海邊晒黑了，但是如果送他去海水浴場度假是為了使他變得更強壯、更有活力與朝氣、更有抵抗力，這個目的就完全沒有達到，他滿心都是這件無望的事實。經過這四週凝神眺望大海和與世隔絕的平靜生活，只讓他的心變得更柔軟、更嬌慣、更愛做夢、更加敏感，在想到蒂特格老師教的交叉相乘時更加提不起勇氣，想到要背熟那些歷史日期與文法規則，想到絕望地索性扔開書本，為了逃避這一切而沉沉睡去，想到早晨醒來時與上課之前心中的恐懼，想到那些災難，想到敵視他的哈根史托姆家兩兄弟，還有父親對他的種種要求，他就更加無法不徹底感到絕望。

不過，隨著馬車在啁啾的鳥鳴聲中行駛在公路積水的車轍上，早晨這趟車程又使他的心情稍微開朗起來。他想起了凱伊，想到即將再與他相見，想起了費爾先生、鋼琴課、那架大鋼琴和屬於他的風琴。再說，明天是星期天，而開學的第一天，也就是後天，還不會有什麼危險。啊，他腳上的鈕釦靴裡還能感覺到海灘上的一點沙子，他想拜託擦鞋的老葛羅布雷本就讓沙子永遠留在靴子裡，就算一切又將重新開始，不管是穿著精紡毛料外套的老師，哈根史托姆家的兩兄弟，還是其他的事。他仍然擁有他所擁有的。當一切再度朝他襲來，他想要記起大海以及度假飯店的花園，短暫地想起微波細浪在寧靜的夜晚拍打著碼頭堤岸的聲音，那聲音從很遠的地方傳來，從神秘沉睡的遠方，這個聲音將能夠安慰他，使一切逆境都奈何不了他。

然後渡輪來了，再來是伊司瑞斯村大道，耶路撒冷山，城堡廣場。馬車抵達了城堡門，監獄的圍牆在城門右側聳立，魏宣克叔叔就在監獄裡。馬車轆轆地行駛在城堡街上，越過柯貝格市集廣場，過了布萊特大街，煞了車駛進費雪古魯伯街陡峭的下坡路……那棟有著紅色外牆、挑樓和白色女像石柱的房子就在眼前了。當他們從中午暖熱的街道走進涼爽的石廊，布登布洛克議員從辦公室走出來迎接他們，手裡還拿著筆。

而慢慢、慢慢地，小約翰暗中流著淚，重新學會思念大海，學會提心吊膽而又百無聊賴地過日子，學會時時提防哈根史托姆家那兩兄弟，而用凱伊、費爾先生和音樂來安慰自己。

布萊特大街的三位堂姑和克婁蒂妲堂姑一見到他，就會問他在暑假過後又去上學是什麼滋味——她們調皮地眨著眼睛，假裝非常理解他的處境，帶著成年人那種奇怪的傲慢，凡是與小孩子有關的事都盡可能用開玩笑的膚淺方式來對待；翰諾忍受了這些問題。

回到城裡三、四天後，家庭醫生朗哈爾斯博士來到費雪古魯伯街，來確認海水浴的效果。他先和議員夫人做了一番長談，然後翰諾被帶過來，半裸著接受一次徹底檢查，檢查他的「身體現況」，這是朗哈爾斯醫生的用語，醫生一邊說一邊看著自己的指甲。他檢查了翰諾不太發達的肌肉，量測他的胸圍，檢查他的心臟功能，聽取有關他各種生命徵象的報告，最後用針筒從翰諾細瘦的手臂上抽了一滴血，打算拿回去化驗。整體而言，醫生似乎還是不太滿意。

「這孩子晒得滿黑的，」他說，他摟著站在他面前的翰諾，用長著黑色毛髮的小手圈住翰諾的肩膀，抬起頭來看著議員夫人和雍曼小姐，「可是他還是愁眉苦臉的。」

「他想念大海。」蓋爾妲．布登布洛克說。

「哦，這樣啊。所以說，你這麼喜歡待在海邊啊！」朗哈爾斯醫生問，一邊用那雙自負的眼睛看著小約翰的臉。翰諾的臉色變了。朗哈爾斯醫生顯然期待他回答的這個問題是什麼意思？一種異想天開的希望在他心中升起，源自一種狂熱的信念：儘管世上有那麼多穿著精紡毛料外套的老師，在上帝面前沒有不可能的事。

「是的……」他說，睜大眼睛盯著這位醫生。可是朗哈爾斯醫生問這個問題根本沒有什麼特別的意思。

「嗯，海水浴和新鮮空氣的效果遲早會顯現出來的……遲早會顯現出來！」他說，一邊拍拍小約翰的肩膀，把他推開，然後向議員夫人和伊妲．雍曼點點頭，這是內行的醫生那種優越、善意、帶著鼓勵的點頭，大家都全神貫注地留心他的眼神和話語。醫生站了起來，診治就此結束。

翰諾因為想念大海而感到痛苦，這個傷口很慢才結痂，只要碰觸到日常生活最微小的艱辛，就又熱辣辣地開始流血。而最願意理解他這種痛苦的人是東妮姑媽，她顯然很喜歡聽他述說在特拉沃明德的生活，並且衷心附和他對那地方充滿懷念的頌讚。

「是啊，翰諾，」她說，「事實永遠是事實，而特拉沃明德真是個好地方！我跟你說，在我進墳墓之前，我都會愉快地回憶起那年夏天我在那裡度過的幾個星期，那時候我還是個年輕的傻丫頭。我住在一戶人家那裡，我很喜歡他們，而他們似乎也不討厭我，因為那時候我是個活潑漂亮的小姑娘——現在我是個老太婆了，這樣說出來也沒關係了——而且幾乎總是興高采烈。我想告訴你，他們都是好人，老實、善良、直率，而且聰明博學又熱情，我這輩子後來再也沒有見過像這樣的人。是啊，跟他們來往真的給我很多啟發。我在那裡學到了很多東西，不管是看事情的觀點還是在知識上，一輩子受用，要不是當時發生了一些別的事，各式各樣的事……總之，人生就是這樣，那我這個傻丫頭說不定還能得到更多益處呢。你想知道我那時候有多傻嗎？我想要從水母身上取出那些彩色的星星。我用手帕包了一大堆水母回家，整整齊齊地放在陽臺上晒太陽，好讓它們的水分蒸發，然後就會剩下那些彩色的星星！唉，等到我去看的時候，那裡就只有一大片溼漉漉的水漬。聞起來就只有點像腐爛的海草……」

第四章

一八七三年初，議會批准了胡戈·魏宣克請求赦免的申請，於是這位火險公司的前經理在刑期還剩半年時提前獲得自由。

假如東妮肯講實話，她就會承認這件事並沒有讓她很開心，她寧願看見一切都維持現狀，就這樣一直過下去。她帶著女兒和外孫女住在椴樹廣場旁，過著平靜的生活，和費雪古魯伯街的兄嫂家保持來往，另外也與她在寄宿學校的老同學安姆噶爾德——婚前的馮·席林小姐，婚後的馮·麥布姆夫人——有所往來。安姆噶爾德在丈夫去世之後就搬進城裡。東妮早就知道，出了故鄉的城牆之外，其實她再也找不到適合她、能讓她過得有尊嚴的地方。對生活在慕尼黑那段日子的回憶，還有她愈來愈常犯的胃病，再加上她愈來愈覺得需要休息，這些都使她完全無意在晚年再遷居到已經統一的祖國的另一座大城市，更別提移居國外了。

「親愛的孩子，」她對她女兒說，「現在我得要問妳一件事，一件很嚴肅的事！妳仍然全心全意愛著妳丈夫嗎？可惜如今他沒辦法待在這裡了，妳是否愛他愛到願意帶著孩子跟隨他，不管他現在要去哪裡？」

聽見這話，艾芮卡·魏宣克，婚前的古倫里希小姐，流下了眼淚。這眼淚有各種可能的含意，她按照本分回答了母親的問題，就像東妮自己當年在類似情況下，在漢堡近郊的自家別墅裡回答她父親的提問一樣，於是漸漸可以料到這對夫妻即將勞燕分飛。

東妮搭乘一輛門窗緊閉的馬車去監獄把女婿接回來，那一天幾乎就跟魏宣克經理被收押的那個日子一樣可怕。她帶他回到椴樹廣場旁的住處，他手足無措地向妻子和女兒打過招呼，之後就待在家人替他準備的房間裡，從早到晚抽著雪茄，不敢上街，大多數時候也沒有和家人一起吃飯。他的頭髮已經白了，成了一個膽小怯懦的人。

牢獄生活並未損害他的身體健康，因為胡戈．魏宣克的體格一直都很健壯，可是他的處境卻實在可憐。他所犯下的罪行很可能是他大多數同行每天都在大膽犯下的，假如他沒有被逮到，他毫無疑問將會昂首闊步地繼續走在自己的道路上，良心不會有任何不安。可是由於他的民事案件，由於他被法院定罪的事實以及這三年徒刑，他在精神上徹底崩潰了。看見此人落到這種下場實在令人震驚。在法庭上，他秉持堅定的信念宣稱：他為了自己和公司的榮譽與利益而採取的大膽手段，在業界被視為慣例，這一點也得到專家證人的證實。可是那些司法人員，那些在他看來根本不了解這些事的人，那些活在完全不同的觀念、完全不同的世界觀裡的人，卻判定他犯了詐欺罪。這個得到國家公權力支持的判決徹底撼動了他的自尊，使他再也不敢正視任何人。他那輕快的步伐、在長襬外套底下扭動腰部、雙手握拳保持身體平衡、轉動眼珠的逗趣模樣，他由於無知和缺乏教養而肆無忌憚地提出問題與講述故事時所帶來的新鮮感——這些全都消失了！消失得這麼徹底，使他的家人都害怕見到他這副消沉膽怯、喪盡尊嚴的模樣。

胡戈．魏宣克先生有八到十天的時間成天就只是抽菸，在那之後他開始看報、寫信。又過了八到十天，他含糊其詞地宣布他在倫敦似乎找到了一個職位，但是他想先獨自前往，親自去處理這件事，等到一切都安排妥當，再把妻子和小孩接過去。

在艾芮卡的陪同下，他搭乘門窗緊閉的馬車前往火車站，沒有跟其餘的親戚再見一面就啟程離開了。

幾天之後，他給妻子寄了一封信來，是他還在漢堡時寄出的。他在信裡說他已經下定決心，在他能夠提供妻女適當的生活之前，他絕對不會跟她們團聚，甚至不會再跟她們聯絡。這就是胡戈・魏宣克最後一次捎來音訊。在那之後就再也沒有人聽說過他的任何消息。雖然東妮還讓法院傳喚了她女婿好幾次（她對這些事很內行，而且行事周到，說做就做），目的在於提供充分的根據替女兒以惡意遺棄為由提出離婚申請，她擺出煞有介事的表情這樣解釋，但是他仍舊杳無音訊。於是艾芮卡・魏宣克就帶著小伊莉莎白繼續留在她母親在椴樹廣場旁租下的明亮樓房。

第五章

使小約翰來到這世上的那樁婚姻在這座城裡始終是眾人津津樂道的話題。一如這對夫妻雙方都有些奇特神秘之處，這樁婚姻本身的性質也非比尋常而且可疑。儘管表面的事實有限，稍微去了解一下這件事的內情，稍微深入地去加以探究，這似乎是件雖然困難卻值得去做的任務。於是在客廳和臥房、在俱樂部與賭場，甚至是在證券交易所，大家對湯瑪斯和蓋爾妲．布登布洛克知道得愈少，議論就愈多。

這兩個人當初是怎麼找到彼此的？他們之間的關係又是如何？大家回想起十八年前的事，當時三十歲的湯瑪斯．布登布洛克突然下定決心要結婚。「就是她了，不然就誰都不娶。」這是他當時所說的話；而蓋爾妲的情形應該也與此相似，因為她在二十七歲之前，在阿姆斯特丹拒絕了所有的追求者，卻很快就接受了這一位。所以說，這樁婚姻乃是基於愛情，大家心裡這麼想；因為他們不得不承認，蓋爾妲那三十萬馬克的嫁妝在這樁婚事當中只扮演著次要角色，雖然要他們承認這一點很難。可是從一開始，在這對夫妻之間就很難察覺得到一般人所理解的愛情。在他們夫妻的相處中，大家從一開始就只察覺得到禮貌，一種在夫婦之間極其罕見的禮貌，中規中矩、充滿尊敬。可是令人費解的是，這種禮貌並非出於內心的距離與陌生，而似乎出自一種十分獨特、無言而深刻的親密與互相了解，出自一種持續的互相體諒與包容。歲月絲毫沒有改變這一點。歲月帶來的唯一改變就只在於兩人間的老少差距變得明顯，引人注目，雖然他們的年齡其實相差很少。

看著他們倆，別人會覺得這是個嚴重衰老、已經有點發福的男子在一個年輕妻子身旁。大家覺得湯瑪斯．布登布洛克看起來很衰老——是的，這是唯一適合用來形容他的字眼，儘管他用那幾乎顯得滑稽的虛榮來修飾自己的外表——而蓋爾妲在這十八年裡卻幾乎一點都沒變。她的外貌彷彿保存在那種神經質的冷淡中，經久不變，她在這種冷淡中生活，也散發出這種冷淡。她深紅色的頭髮仍舊維持著原本的色澤，美麗白皙的臉龐依舊勻稱，身形仍舊修長高雅。那雙略微嫌小、稍微靠得太近的棕色眼睛在眼角仍舊有著淡青色陰影。這雙眼睛令人難以信任。那眼神有點奇特，讓人無法解讀其中的含意。這個女人的天性如此冷淡孤僻、內向矜持而拒人於千里之外，似乎只在音樂上才略微展現出生命的熱情，這引起了眾人莫名的懷疑。大家拿出自己那一點陳腐的識人之明，應用在布登布洛克議員夫人身上。靜水往往流深。深藏不露的人心機也深。由於人們想把這整件事弄明白，總想知道點什麼，了解一點什麼，於是他們有限的想像力就使得他們假定：美麗的蓋爾妲如今想必對她衰老的丈夫不太忠實，事情肯定是這樣沒錯。

他們留心觀察，沒多久就一致認為蓋爾妲．布登布洛克與馮．特羅塔少尉之間的關係不尋常，說得委婉一點，這份關係逾越了禮俗的界線。

雷尼．馬利亞．馮．特羅塔出身萊茵地區，官拜少尉，隸屬於駐紮在本城的一個步兵營。制服的紅色衣領與他的一頭黑髮十分相稱，旁分的頭髮在右邊往後梳成一道濃密鬈曲的高高山脊，露出白皙的額頭。不過，雖然他看起來高大強壯，他的整個外貌舉止、說話方式和保持沉默的方式都非常不像軍人。他喜歡把一隻手伸進半敞開的外套的鈕釦之間，或是坐著時用手背托著臉頰；他鞠起躬來完全稱不上英挺，根本聽不見他併攏鞋跟的聲音，而且他把自己肌肉發達的身上所穿的制服當成便服一樣隨隨便便地對待。年輕人剛留不久的小鬍子還不夠長，既不能捻出鬍尖，也不能捻出弧度，只能斜斜地垂在嘴角上，這也使得他看起來更不像軍人。但是他身上最奇特之處在於他的眼睛：又大又亮，黑得像是深不見底的發光深潭，不管是看著東西還是看著別人的臉，他的目光都熱情嚴肅而閃亮。

他毫無疑問並非自願參軍，或者說並不熱愛軍旅生活。儘管他身強體壯，他服役的表現並不稱職，在同袍之中的人緣也不好，因為他太少參與他們的喜好和娛樂——那些剛從一場戰役中凱旋歸來的年輕軍官的喜好和娛樂。在同袍之間，他被視為一個不討人喜歡的古怪傢伙，他會一個人去散步，既不喜歡騎馬，也不喜歡打獵，不喜歡賭博，也不喜好女色。他把全副心思都投注在音樂上，因為他會演奏好幾種樂器，在每一場歌劇演出和音樂會上都能看見他的身影，都能看見他那雙閃亮的眼睛以及他那不像軍人、有點隨便、又有點像演員的舉止。但是他對俱樂部與賭場卻不屑一顧。

他勉強去城裡的名門望族進行了必要的拜訪，但是對於所接到的邀請幾乎一律拒絕，事實上就只在布登布洛克議員家出入。次數太頻繁了，別人這麼認為，議員自己也這麼認為。

誰也猜不到湯瑪斯．布登布洛克心裡怎麼想，也不許讓任何人猜到，而恰恰是這一點：不讓世人知道他的煩惱、他的怨恨、他的無能為力，這是件極其困難的事！別人開始覺得他有點可笑，可是他們也許會按捺住這種感覺並且感到同情，假如他們能料想到他是多麼戰戰兢兢地害怕自己會顯得可笑，哪怕只料想到一絲一毫，假如他們知道他對這種情況早有預感，早就看見這種情況逼近，早在別人開始有了這種想法之前。而他那經常受人嘲弄的「虛榮」，主要也是源自這種擔憂。是他最先注意到自己和蓋爾妲在外表上愈來愈不相稱，並且起了猜疑。蓋爾妲特殊之處在於歲月沒有在她身上留下任何痕跡，而現在，自從馮．特羅塔先生成為他家中常客，他必須用僅存的精力來對抗並掩飾他的擔憂，他必須這樣做，因為單是讓別人知道他的擔憂就足以讓他的名字成為笑柄。

想當然耳，蓋爾妲．布登布洛克與這位獨特的年輕軍官在音樂的領域意氣相投。馮．特羅塔先生能演奏多種樂器，包括鋼琴、小提琴、中提琴、大提琴和長笛，而且樣樣精通。布登布洛克議員往往能夠預先知道這位年輕軍官即將登門造訪，當他看見馮．特羅塔先生的僕人背著大提琴的琴盒，從他私人辦公室的綠色外窗前面經過，接著消失在屋裡。然後湯瑪斯．布登布洛克就會坐在辦公桌前等待，直到他看見妻子的這位朋友也走進他家，直到他頭頂正上方的二樓客廳裡響起如波濤湧動的和聲，如歌如訴，如同超越凡俗的歡呼，彷彿痙攣地伸出交握的雙手，在迷亂恍惚的狂喜之後，在軟弱與啜泣中陷入黑夜與沉默。就讓這些和聲翻騰、咆哮、哭泣、歡呼，在湧動中交纏，隨心所欲地作出超乎自然的舉動吧！難堪的是接續在這些和聲之後的悄然無聲，那才真正令人痛苦，這片寂然無聲在樓上客廳裡持續了好久、好久，太過深沉，也太過了無生氣，無法不讓人感到恐怖。沒有震動天花板的腳步聲，也沒有挪動椅子的聲音；那是一種陰險、沉默、不純正的寂靜，彷彿隱瞞著什麼……這時湯瑪斯．布登布洛克就會心驚膽戰地坐在那裡，有時甚至會輕聲呻吟。

他在害怕什麼呢？別人又一次看見馮．特羅塔先生走進這棟屋子，而他彷彿透過別人的眼睛看見了呈現在別人面前的畫面：他自己，這個衰老疲憊、情緒欠佳的丈夫坐在樓下辦公室的窗邊，他美麗的妻子則在樓上與情人合奏，而且不只是合奏……是的，他知道在別人眼中事情就是這樣。然而他也知道，用「情人」這個字眼來形容馮．特羅塔先生其實一點也不恰當。唉，假如他能用這個字眼來稱呼他、理解他，假如他能把他當成一個輕浮無知而庸俗的年輕人來理解並且加以鄙視，明白他就只是把年少輕狂注入到一點藝術中，藉此來贏得女性的芳心，假如是這樣，那麼他幾乎會感到幸福。他想盡辦法把此人塑造成這種人物。為了這麼做而喚醒自己心中遺傳自祖先的本能：安居樂業、勤儉持家的商人在面對喜歡冒險、舉止輕率、在生意上不可靠的軍人階層時那種不信賴與敬而遠之。在腦海中與交談中，他總是用輕蔑的語氣稱呼馮．特羅塔先生為「那個少尉」，但是他清楚感覺到這個頭銜其實最不適合用來說明這個年輕人的本質。

湯瑪斯．布登布洛克在害怕什麼呢？沒什麼……說不出是什麼。唉，假如他要對抗的是某種明確、單純、殘忍的事，那就好了！他羨慕那些外人對這件事簡單明瞭的想像；可是當他坐在這裡，雙手捧著頭，痛苦地豎耳聆聽，他內心清楚地知道，在樓上發生的事，那些如歌的旋律與深不可測的寂靜，無法用「欺騙」和「外遇」來稱呼。

有時候，當他望出窗外，看著對面房屋的灰色三角牆和路過的市民，當他的目光停留在那個掛在他面前的紀念牌匾，公司一百周年慶的那件禮物，看著牌匾上的祖先肖像，想起自己家族的歷史，這時他就會對自己說：這就是一切的終點，就只差現在發生的這件事。是的，就只差他這個人成為笑柄，他的名字與家庭生活遭人議論，讓一切淪落到無以復加的地步。這個念頭幾乎令他感到舒暢，因為他覺得這個念頭簡單易懂而且健康，可以想像而且說得出口，相較於去苦苦思索在他頭頂上方這個可恥的謎題、這個神秘的醜聞……

他再也忍不住了，把椅子往後一推，離開辦公室，走上二樓。他該去哪兒呢？他該走進客廳嗎？去跟馮．特羅塔先生打招呼，態度大方而且帶點輕蔑，邀請他留下來吃晚餐，然後像之前許多次一樣遭到婉拒？因為最令人難以忍受的是這位少尉完全避免跟他打交道，幾乎拒絕了所有正式的邀請，只想私下維持與議員夫人的自由往來。

等待嗎？隨便找個地方，也許在吸菸室裡，等到這個人離開，然後走到蓋爾妲面前，把心裡的話說出來，質問她？——他不能質問蓋爾妲，也不能對她說出心裡的話。說什麼呢？他們的婚姻是建立在理解、體諒與沉默之上。沒必要在她面前也把自己弄得可笑。表現得像個吃醋的丈夫就等於證明那些外人想的沒錯，就等於在宣布這樁醜聞，弄得人盡皆知。他感覺到嫉妒嗎？嫉妒誰呢？嫉妒什麼？唉，事情遠非如此！像嫉妒這樣強烈的情感會引發行動，那行動也許是錯誤而愚蠢的，但也是一種能夠使人解脫的插手干預。唉，不，他感覺到的就只是一點恐懼，對這整件事感到一點令人痛苦而惶惶不安的恐懼。

他走到三樓的更衣室，用古龍水洗了洗額頭，然後再回到二樓，決心打破客廳裡的沉默，不惜一切代價。可是當他已經握住那扇白門的黑色鑲金門把，音樂忽然又如暴風雨般響起，使他又向後退。

他從僕人用的樓梯下到一樓，穿過玄關和冷冷的走廊，一直走到花園裡，然後又走回來，在前廳端詳一下那隻棕熊標本，再看一看擺在主樓梯平臺上的金魚缸，不管走到哪裡都靜不下來，總是在豎耳傾聽，總是在等待，滿心的羞愧與悲傷，由於害怕醜聞在暗中發生，也害怕醜聞將會人盡皆知，他心情抑鬱地在屋裡四處遊走。

有一次，在這樣的時刻，當他在三樓倚著長廊，從明亮的樓梯間向下看，那裡一切都靜悄悄的，這時小約翰從他的房間走出來，走下大陽臺的臺階，穿過走廊，為了某件事要去找伊妲．雍曼。他用手裡拿著的書一路摩擦著牆壁，垂著眼睛，輕聲跟父親打了招呼，就從父親身旁走過。可是湯瑪斯叫住了他。

「嗯，翰諾，你在忙什麼？」

「我在做功課，爸爸；我要去找伊妲，請她聽聽我的翻譯……」

「進展如何？你有哪些功課？」

翰諾始終垂著睫毛，但是顯然努力想要迅速做出一個正確清楚而且果斷的回答，他先匆匆嚥下一口口水，然後說：「我們要預習一篇奈波斯[1]的文章，謄寫一份商業帳目，法文文法，北美洲的河流……

1　奈波斯（Cornelius Nepos）為古羅馬時期的歷史學家和傳記作者。

訂正德文作文……」

他沉默了，遺憾自己在最後一項作業之前沒說「還有」，也沒有果決地降低語調；因為現在他不知道接下來還能說什麼，於是這整個回答就又戛然而止，沒有結尾。——「沒別的了。」他盡可能堅定地說，雖然並未抬起眼睛。可是父親似乎並沒有注意到。他用雙手握住翰諾空著的那隻手，把玩著，心不在焉，而且顯然沒有聽進去翰諾剛才所說的話，他無意識地緩緩觸摸著翰諾纖細的指節，一句話也沒說。

然後，翰諾忽然聽見頭頂上方有個聲音在說話，與剛才的對話完全無關，那個聲音很輕，流露出恐懼，幾乎像在懇求，是他從未聽過的，卻仍然是他父親的聲音。那個聲音在說：「那個少尉在媽媽那兒已經待了兩小時了，翰諾……」

而看哪，聽見這個聲音，小約翰抬起他那雙金棕色的眼睛，睜得大大的，看著他父親的臉，他從未用如此清澈而充滿愛意的眼神看著父親的臉。父親那雙淺色眉毛下的眼瞼泛紅，蒼白的臉頰有點浮腫，拉得長長的鬍尖僵硬地突出於臉頰之外。天曉得翰諾明白了多少。但是有一點是肯定的，而且父子倆都感覺到了，在這幾秒鐘裡，當他們的目光交會，他們之間所有的陌生與冷漠、所有的拘束和誤解都消融了。當事情不涉及活力、能幹以及蓬勃的朝氣，而涉及恐懼和痛苦，湯瑪斯．布登布洛克就能得到兒子的信賴與忠誠，不管是在這裡，還是在任何地方。

湯瑪斯沒有理會這一點，不願意去理會。在這段時間裡，他比以前更加嚴格地要求翰諾為了將來的職業生活去做實際的預備練習，考查他的心智能力，逼他對未來的職業堅定地表露出興趣，如果翰諾表現出一絲抗拒或無精打采，他就會大發雷霆。因為四十八歲的湯瑪斯．布登布洛克愈來愈覺得自己時日無多，開始考慮到自己可能不久於人世。

他的身體情況愈來愈差。食慾不振、失眠、頭暈，還有他一向就容易發作的寒熱，迫使他好幾次去請教朗哈爾斯醫生。可是醫生的囑咐他又做不到。他沒有足夠的意志力，因為多年來棲棲遑遑的無所作為已經消蝕了他的意志力。他開始在早上睡到很晚，雖然每天晚上他都氣惱地決定第二天要早起，按照醫生的囑咐，在喝茶吃早餐前先去散步。事實上，他只做到了兩、三次……而且在所有的事情上都是這樣。他的意志力時時都處於緊繃狀態，卻沒有獲得成功和滿足，這消磨了他的自尊心，令他感到絕望。他完全無意放棄抽菸這種麻醉自己的享受，他從年輕時就每天抽這種辛辣的俄國短菸，而且抽得很多。他直截了當地對著朗哈爾斯醫生那張自負的臉說：「聽我說，醫生，禁止我抽菸是您的職責……這個職責實在是輕鬆愉快！要遵守這個禁令卻是我的事！而您可以袖手旁觀……不，我們應該要為我的健康一起努力，可是任務的分派卻太不公平，大部分的工作都落在我身上！您別笑……我不是在說笑話。我實在太孤立無援了……我要抽菸。您也來一根嗎？」

說著他就把菸盒遞過去。

他的所有力量都在衰退，唯一增強的是他的信念，認為這一切持續不了多久了，認為他將不久於人世。他有了一些奇怪而不祥的預感。有幾次在餐桌上，他感覺自己其實已經不再是和家人坐在一起，而是退到了某個模糊的遠方，從遠處遙望他的家人……我快要死了，他對自己說，於是他又把翰諾叫到跟前，對他說：「兒子啊，我可能會走得比我們所想的更早。屆時你就得接替我的位子！我自己當年也是早早就接了父親的位子……你要知道，你這種無所謂的態度讓我很難過！你現在下定決心了嗎？『是的』——『是的』——這算不上回答，每次都這樣！我問的是，你是否欣然鼓起勇氣下定了決心……你以為你有足夠的錢，將來什麼都不必做嗎？你什麼都沒有，你有的少得可憐，你將完全得靠你自己！如果你想活下去，甚至想要過好的生活，那你就必須工作，辛苦地努力工作，比我更努力……」

可是事情不僅止於此，使他煩惱的不只是兒子和家族事業的前途。另一種新的煩惱襲上他心頭，占據了他的心思，推動著他疲倦的思緒。亦即，當他不再把自己生命的終結視為一件在很久以後才必然會發生的事、一件理論上必然會發生的事、一件微不足道的事，而是一件近在眼前、伸手可及的事，必須要立刻做好準備；他就開始苦苦思索，開始探究自己的內心，開始檢視自己面對死亡與來世的態度。而頭幾次這樣的嘗試所得出的結果讓他意識到：面對死亡，他的心智還完全不成熟，完全沒有做好準備。

他父親篤信《聖經》經文，懂得把這種熱情的基督教信仰與一種十分務實的生意頭腦結合起來，後來他母親也接受了這種信仰，但是湯瑪斯對這種信仰一向感到陌生。他這一生在面對各種事物時，都抱持著他祖父那種見多識廣之人的懷疑態度。可是，在有關永恆與不朽的問題上，他無法滿足於祖父那種輕鬆愜意的膚淺答案，而需要深刻、有見解、形而上學的解答。於是，他從歷史的角度來回答這些問題，對自己說，他曾經活在他祖先身上，也將活在他的後代身上。這個想法不僅符合他的家族觀念、名門望族的自信、對歷史的崇敬，也在他的工作、野心和整個生活方式上給了他支持與鼓舞。可是現在發現，在死神的近身逼視之下，這個想法破滅了，無法讓他感到心安與甘願，哪怕只有一小時。

雖然湯瑪斯．布登布洛克在一生中偶爾對天主教表現出一點興趣，但他心中卻充滿了真正熱情的新教徒那種嚴肅深刻、嚴格到接近自我折磨的強烈責任感。不，面對死亡這件終極大事，不會有外援，不會有調解、赦免、麻醉與安慰！一個人必須在為時已晚之前孜孜不倦地努力解開這個謎，全然孤單自主，並且靠著自己的力量，明確地做好死亡的準備，否則就只好在絕望中離開人世。湯瑪斯．布登布洛克原本希望能在兒子身上繼續活下去，充滿活力而且回復青春，現在他感到失望，對他的獨生子不再抱有希望，而開始惶恐地尋找真理，他能接受的真理一定存在於某個地方……

這是一八七四年的盛夏。銀白的雲朵飄過深藍的天空，越過優美對稱的城市花園上空，小鳥在那棵核桃樹的枝頭啁啾鳴唱，帶著詢問的語氣，噴泉的水花四濺，周圍種著一圈高高的淡紫色鳶尾花，空氣中瀰漫著丁香花的芬芳，只可惜摻雜了糖漿的味道，是隨著一陣暖風從附近那座糖廠飄過來的。令員工感到驚訝的是，布登布洛克議員現在經常在上班時間離開辦公室，背著手在花園裡走來走去，耙耙碎石上的落葉，撈出噴泉裡的淤泥，或是撐起一株玫瑰的花莖。他臉上的一道淺色眉毛微微上揚，在做這些事情時他的面容顯得認真專注；可是他的思緒在黑暗中走得很遠，走在自己那條艱辛的小路上。

有時候，在那個位在高處的小露臺上，他會坐進那座完全被葡萄藤遮蔽的涼亭，目光越過花園，望向他這棟房子的紅色後牆，卻並沒有看著什麼。空氣溫暖香甜，周圍寧靜的聲響彷彿在撫慰他，想要哄他入睡。茫然凝視著虛空令他疲倦，孤獨和沉默也令他疲倦，於是他偶爾會閉上眼睛，卻很快就又打起精神，急忙趕走那分寧靜。我必須思考，他差點大聲說出來：我必須在為時已晚之前把一切都安排好……

而就是在這裡，在這座涼亭裡，在那張小小的黃藤搖椅上，有一天他懷著愈來愈激動的心情讀著一本書，讀了整整四小時，他找到這本書有一半是出於偶然，在吃過第二頓早餐之後，嘴裡叼著香菸，他在吸菸室書櫃深處的一個角落裡發現了這本書，藏在那些裝幀精美的書籍後面。他想起來這本書是許多年前他無意中從書商那裡廉價購得的：這部作品的篇幅很長，印在泛黃的薄薄紙張上，印刷很差，裝訂也差，是一個著名的形而上學體系的第二部分[1]。他來花園時帶著這本書，此刻正全神貫注地讀了一頁又一頁。

一種從未有過的巨大滿足感洋溢在他心中，令他心懷感激。他感到無比暢快，看見一個思想卓越的

1　係指德國哲學家叔本華（Arthur Schopenhauer, 1788-1860）的著作《作為意志和表象的世界》。

人攻克了人生，這個強大殘酷而且譏諷的人生，將之征服，並且加以批判。這是受苦之人感覺到的暢快，在冰冷嚴酷的生活中，他一直羞愧而且良心不安地隱藏自己的痛苦，如今突然從一位睿智的偉人手中得到了在這世上受苦的權利，一種根本的、莊嚴的權利。這位智者以戲謔的方式證明了這個「所有想像得出的世界中最好的世界」乃是最糟的世界。

他並不能讀懂書中的一切；那些原理和前提他還是弄不清楚，他沒有受過閱讀這類文章的訓練，無法理解某些思路。但正是這種光明與黑暗的交迭，這種茫然不解、隱約猜到和恍然大悟之間的交替，讓他一直屏氣凝神，幾個小時過去了，他都沒有從這本書上抬起頭來，甚至連坐在椅子上的姿勢都沒有改變。

一開始，他跳過了好幾頁沒讀，快速往前翻，不自覺地急著讀到主文，讀到真正重要的部分，只詳讀了某些吸引他的段落。可是接下來他把篇幅很長的一章從頭到尾一字不漏地讀完，緊抿著嘴唇，皺著眉頭，表情嚴肅，一種全然的嚴肅，幾乎如同死去一般，不受周圍任何動靜的影響。而這一章的標題是：〈論死亡以及死亡與生命本質不滅的關係〉。

當女僕在四點鐘穿過花園來請他回家吃飯，他還差幾行沒有讀完。他點點頭，讀完剩下幾句，闔上書本，環顧四周，他覺得他整個人以令人難以置信的方式膨脹起來，充滿了一種沉重幽微的酩酊之感；他心神恍惚，完全沉醉於某種全新的、迷人而且蘊含著希望的東西，這東西讓人想起最初的、懷著希望的愛戀。可是當他用冰冷而且不穩的雙手把那本書收進花園那張桌子的抽屜，他的腦袋熱燙燙的，腦中感受到一股奇特的壓力，一種令人害怕的緊繃，彷彿有什麼東西會在腦中爆裂，他無法完整地思考。

這是怎麼回事？他問自己，當他走進屋裡，走上主樓梯，在餐廳裡坐下來與家人共餐。我怎麼了？我聽到了什麼？有誰對我說了什麼？我，湯瑪斯．布登布洛克，這座城市的議員，經營穀物買賣的「約翰．布登布洛克公司」的老闆……那是說給我聽的嗎？我承受得了嗎？我不知道那是什麼，我只知道，那不是我這個平凡市民的頭腦所能理解的……

一整天他都處於這種狀態，一種沉重、幽微、酩酊、無法思考但深受感動的狀態。而當夜晚來臨，他再也無力把腦袋撐在雙肩上，於是早早上床睡覺。他睡了三個小時，睡得很沉，深沉得無法觸及，他這輩子從不曾睡得這麼沉過。然後他醒過來，醒得十分突然，十分驚喜，就像一個人孤單地醒來時心中萌生著愛意。

他知道這間大臥室裡只有他一個人，因為蓋爾妲現在睡在伊妲．雍曼的房間，而伊妲．雍曼則在不久之前搬進三樓大陽臺上那三個房間當中的一間，為了離小約翰近一點。他周圍是濃濃的夜色，因為那兩扇高窗的窗簾緊緊關上了。在深沉的寂靜中，在輕輕籠罩著室內的悶熱中，他仰躺著，仰望著上方的黑暗。

而看哪：忽然之間，彷彿黑暗在他面前被撕裂，彷彿絲絨般的夜幕從中裂開，一分為二，露出被光線揭開的遠景，一幅深不可測的永恆遠景……我將活下去！湯瑪斯．布登布洛克差點大聲說出來，感覺到他的胸膛由於內心的啜泣而顫抖。這就是了，我將活下去！它將活下去……而認為這個「它」不是我，這個想法就只是種錯覺，只是個錯誤，而死亡將會糾正這個錯誤。就是這樣，就是這樣！為什麼呢？——這個問題一提出，夜幕就又在他眼前合攏。他看出，他又什麼都不知道、什麼都不明白了，他更深地躺回枕頭上，被他剛才得以窺見的那一點真理弄得目眩神迷、疲倦不堪。

他靜靜地躺著，熱切地等待，甚至想要祈求這份頓悟再次降臨，使他豁然開朗。而它來了。他雙手交握，一動也不敢動地躺著，得以看見……

死亡是什麼？這個問題的答案並非以裝腔作勢的可悲言語呈現給他：他感受到這個答案，在內心深處擁有這個答案。死亡是一種幸福，如此深刻，只有在像此刻這種天賜的瞬間才能衡量得出。死亡是在痛苦難堪的迷途之後回返，是糾正了一個嚴重的錯誤，是從極其可憎的枷鎖與桎梏中解脫——死亡彌補了一樁令人遺憾的不幸。

終結與解體？誰要是覺得這兩個虛無的概念是種可怕的東西，那就太可憐了！終結的是什麼？解體的又是什麼？是他的這具軀體……是他的人格與個性，是這個笨重、固執、有缺陷而可恨的阻礙，**阻礙了他成為某種不同的、更好的東西！**

每個人不都是一種「失手」和「失足」嗎？不是一出生就陷入了痛苦的牢籠嗎？監牢！監牢！到處都是桎梏與枷鎖！人類從自己個體性構成的鐵柵窗無望地凝視由外在情況構成的圍牆，直到死亡來臨，召喚他回家並且迎向自由。

個體性！……唉，一個人是什麼，他能做的、能擁有的都顯得貧乏不足而且灰暗無趣；而一個人所不是、不能、沒有的，卻正是他以渴慕的目光所嚮往的，這種羨慕成為愛戀，因為它害怕自己會成為憎恨。

我身上蘊藏著世上所有能力與活動的胚芽、開端和可能性……假如我不在這裡，我會在哪裡？假如我不是我，假如我沒有被鎖在我個人的形象裡，把我的意識與所有其他人的意識分開，那麼我會是誰？會是什麼？會是什麼樣子？有機體！湧動之意志力的爆發，盲目輕率、令人遺憾的爆發！說真的，讓這股意志力在沒有時間與空間的黑夜裡自由遨翔不是更好嗎？比起讓它在監牢裡受苦受難，只被搖晃顫動的理智火苗勉強照亮！

我希望在我兒子身上延續自己的生命嗎？在一個比我更怯懦、更軟弱、更加搖擺不定的人身上？這個想法是種幼稚、受到誤導的愚蠢！兒子對我有什麼用？我不需要兒子！我死了之後將會在哪裡？答案是如此簡單明瞭！我將存在於所有那些曾經說過、正在說、將要說「我」這個字的人身上：**尤其是存在於那些把這個字說得更飽滿、更有力、更歡快的人身上……**

在這個世界的某處有個男孩正在長大，他得天獨厚，有稟賦去發展他的能力，長得挺拔，無憂無慮，純淨、殘忍而快活，看見他會使幸福之人更加幸福，使不幸之人陷入絕望——這才是我的兒子。**這才是我**，快了，快了……一旦死亡使我擺脫「不認為他與我同時都是我」的那種可悲錯覺……

我曾經憎恨過生命嗎？這純淨、殘忍而強大的生命？這是愚蠢和誤會！我只恨過我自己，恨我承受不了這生命。可是我愛你們，我愛你們所有這些幸福之人，而不久之後我就將不再因為受到禁錮而與你們隔絕；不久之後，愛著你們的我、我對你們的愛將會自由，將會與你們同在，將會和你們融為一體，與你們所有人同在，與你們所有人融為一體！

他哭了，把臉貼在枕頭上哭了，全身顫抖，陶醉在一種幸福感中，覺得全身輕飄飄的，那種痛苦的甜蜜是世上任何一種幸福都無法相比的。這一切就是從昨天下午以來隱隱充滿在他心中的東西，令他感到酩酊，就是半夜裡在他心中湧動、把他喚醒的東西，有如萌芽中的愛情。當他得以明白這一點，看清這一點——不是以言語和連貫的思想去理解，而是內心豁然開悟——他就已經自由了，其實就已經解脫了，擺脫了所有天然與人為的桎梏枷鎖。他家鄉城市的城牆打開了，他曾經自願而刻意地把自己關在這些城牆之內，打開的城牆把世界呈現在他眼前，他年輕時曾見過這個世界的一鱗半爪，而死亡承諾將會把整個世界都送給他。那些虛假的認知形式，關於空間、時間和歷史，想要在後代子孫身上代代相傳地繼續光榮地存在，害怕這代代相傳的歷史將會有時而盡，將會崩潰瓦解——這一切都不再糾纏他的心智，也不再阻礙他去理解亙古不變的永恆。無始，無終，就只有無盡的當下，以及在這個當下之中所蘊含的力量，這股力量熱愛生命，以一種痛苦甜蜜、迫切而渴望的愛，而他這個人就只是這股力量的一個表現，一個失敗了的表現——這股力量永遠找得到通往這個當下的入口。

我的生命將會長存！他對著枕頭低語，哭了起來……在下一刻就不再知道自己為何而哭。他的大腦停止運轉，乍現的靈光熄滅了，心中忽然又只有一片緘默的黑暗。但是它會再回來的！他向自己保證。我不是曾經擁有那乍現的靈光嗎？他一邊感覺到昏沉的睡意籠罩著他，令他難以抗拒，一邊向自己立下鄭重的誓言：絕不要讓這莫大的幸福溜走，而要鼓起力量去學習、閱讀和研究，直到他把衍生出這一切的整個世界觀牢牢據為己有，不會再失去。

只可惜這是做不到的。隔天早晨，他醒來時為了昨天自己心智上這番恣意放蕩而感到一絲難為情，這時他就已經有了預感，知道他下定的這些美好決心很難實現。

他很晚才起床，隨即得去參加市民代表會的幾場辯論。在這座有著三角牆房屋與蜿蜒街道的中型貿易城市，公眾事務、商業活動和市民生活再度占據了他的心神與精力。雖然他心裡仍舊想著要繼續閱讀那本奇妙的書，他卻還是開始自問，那一夜的經歷對他而言是否真的具有持久的意義，在死亡來臨時是否經得起考驗。他那市民階層的本能覺得答案是否定的。而他的虛榮心也開始作祟：害怕扮演一個奇怪可笑的角色。這種事符合他的身分嗎？是他——湯瑪斯．布登布洛克議員，「約翰．布登布洛克公司」的老闆——該做的事嗎？

他再也沒有機會去翻閱那本蘊藏著許多寶藏的奇書，更別提去買下這部偉大著作的另外幾冊。多年來他養成了神經質地拘泥於細節的毛病，而這種毛病消蝕了他的時間。每天忙著處理幾百件雞毛蒜皮的小事，想要井井有條地解決這些事就令他絞盡腦汁，而他沒有足夠的意志力把自己的時間分配得更合理、更有效率。在那個值得紀念的下午過後大約兩個星期，他終於放棄了先前的所有打算，吩咐女僕立刻去把一本不該放在花園桌子抽屜裡的書拿上樓去放回書櫃裡。

就這樣，湯瑪斯．布登布洛克一度伸出雙手探求崇高的終極真理，卻頹然回到他兒時別人灌輸給他的概念與圖像上。他四處來去，回想起那個人格化的唯一真神，人類的天父，祂把自己的一部分肉身派到世間，讓他為了我們而受苦流血，將在世界末日進行最後的審判，那些義人將匍匐在他腳邊，從此得到永生，補償他們在塵世苦海的煩憂。這整個故事有點含混、也有點荒謬，但是不需要我們去理解，只需要我們乖乖相信，當臨終的恐懼來臨，這個以篤定而天真的話語述說的故事就將派上用場……真的嗎？

唉，在這件事情上他也得不到平靜。這個成天為了家族榮譽、妻子、兒子、自己的名聲與家庭而擔憂的人，這個努力設法維持外貌的優雅端正與挺拔的人，他為了一個疑問而苦惱了好幾天，想知道事情究竟是如何：靈魂是否在人死後立刻升上天堂？還是那種極樂狀態要等到肉體復活之後才會開始？那麼在那之前，靈魂待在哪裡呢？在學校或教會裡曾經有人教過他這個嗎？讓人對此一無所知也未免太不負責任了吧？——於是他打算去拜訪普林斯海姆牧師，向他尋求建議和安慰，可是由於害怕自己會顯得可笑，他在最後一刻還是打消了這個念頭。

最後他放棄了一切，把一切都交在上帝手中。可是由於他在永生這件事情上沒有得出令他滿意的結論，他決定至少要認真安排好自己在塵世間的事，把他很久以來就打算要做的一件事付諸實現。

有一天，午餐過後，小約翰在爸媽喝咖啡的起居室裡聽見爸爸對媽媽說，擔任律師的某某博士今天會到家裡來和他一起訂立遺囑，說這件事不能再拖延了。之後翰諾在客廳的大鋼琴上練習了一個小時。當他想要穿過走廊離開時，他遇到父親和一位穿著黑色長大衣的男士正從主樓梯走上來。

「翰諾！」布登布洛克議員簡短地喊了一聲。於是小約翰停下腳步，嚥了一口口水，急忙小聲地回答：「是的，爸爸。」

「我和這位先生有重要的事要處理，」他父親繼續說。「我想請你站在這扇門的門口，」他指了指通往吸菸室的門，「留心不要讓任何人打攪我們，你聽見了嗎？絕對不能讓任何人打攪我們。」

「好的，爸爸，」小約翰說，等到那扇門在那兩人的身後關上，他就站在門前。

他站在那裡，一隻手捏著胸前水手服的領結，用舌頭用力舔著一顆他覺得有問題的牙齒，聽著從房間裡傳出的談話聲，那聲音嚴肅低沉。他把頭歪向一邊，淺棕色的鬈髮垂在太陽穴上，他皺著眉頭，眨著籠罩在淡青色陰影中的金棕色眼睛，帶著厭惡和苦苦思索的表情看向旁邊，那表情就跟他在祖母靈柩旁露出的表情十分相似，當他聞到了花香還有那股既陌生又異樣熟悉的香氣。

伊妲．雍曼走過來，說：「小翰諾，我的乖孩子，你到哪兒去了，你站在這裡做什麼呢！」

那個駝背的學徒從辦公室裡過來，拿著一封電報，詢問議員人在哪裡。

而每一次，小約翰都把藍色水手服繡著船錨的衣袖裡那隻手臂橫擋在門前，搖搖頭，在沉默片刻之後小聲而堅定地說：「誰都不准進去。——爸爸在立遺囑。」

第六章

這年秋天，朗哈爾斯醫生說：「是神經的問題，議員先生……一切都只是神經的問題。此外血液循環也不盡如人意。我可以給您一個建議嗎？今年您應該要多放鬆一下！夏季裡偶爾去海邊度過週日當然起不了太大的作用。現在是九月底，特拉沃明德的浴場還在營運，度假的人還沒有全部離開。您就搭車過去吧，議員先生，去海灘上坐一坐。兩、三個星期就能有一些療效……」他說話時像個女人似地轉動著他那雙漂亮的眼睛。

於是湯瑪斯．布登布洛克同意了。可是當家人得知這個決定，克里斯提昂主動表示要陪他一起去。

「我也一起去，湯瑪斯，」他直截了當地說。「你應該不會反對吧。」雖然湯瑪斯其實有很多理由反對，他也還是同意了。

事情是這樣的，克里斯提昂如今比任何時候都更能自由支配自己的時間，因為他的健康情況不穩定，他覺得自己不得不放棄身為商人的最後一件工作，亦即香檳與白蘭地代理商。幸好，有個人在黃昏時分坐在他沙發上向他點頭的這個幻覺沒有再出現。可是他左半邊身體的週期性「酸疼」可能變得更嚴重了，還伴隨著許多其他毛病。克里斯提昂細心觀察著這些毛病，皺著鼻子描述給別人聽，不管他走到哪裡。常常，就跟以前一樣，他負責吞嚥的肌肉在吃飯時突然不聽使喚，於是他坐在那兒，一口食物卡在喉嚨裡，任由那雙又小又圓、深深凹陷的眼睛四處游移。常常，就跟以前一樣，他會害怕自己的舌頭、咽喉、四肢、乃至他的思考能力會突然癱瘓，這種恐懼無以名之，但也無法克服。雖然他身上沒有哪個部位癱瘓了，可是對癱瘓的恐懼不是幾乎更糟嗎？他詳細敘述了有一天他要燒茶的時候，本來要把點燃的火柴拿在茶炊上，結果卻拿在打開的酒精瓶上，不但他自己差點送命，就連那棟房屋的其他住戶也差點送命，甚至就連住在左鄰右舍的人也會慘遭不幸……這個故事說得太過火了。而他描述得特別詳細、特別迫切、特別賣力，想要讓別人理解的，則是他最近在自己身上發現的一種可怕的異常現象。那就是在某些日子裡，意思是在某種天氣與心情下，他只要看到一扇敞開的窗戶，就會感到一股莫名其妙的可怕衝動，想要從窗戶一躍而下……一股難以抑制的狂野衝動，一種荒唐而絕望的亢奮！一個星期天，當全家人在湯瑪斯位於費雪古魯伯街的家裡一起吃飯，克里斯提昂描述自己如何鼓起全部的道德力量，不得不匍匐著用雙手雙腳爬到敞開的窗前，把窗戶關上……可是聽到這裡，大家全都喊了起來，誰也不想再聽他說下去了。

他注意到這類事情，帶著某種陰森的心滿意足。而他沒有觀察到、沒有察覺的是他異常缺少應對進退的分寸，這種情形隨著歲月的流逝在他身上愈來愈明顯，而由於他始終沒有意識到，這種情況就更加惡化。糟糕的是，他會在家族聚會中說起頂多只適合在俱樂部裡說的軼聞趣事。除此之外，也有明確的跡象顯示出他對於自己身體的羞恥感已經麻木了。他和他嫂嫂蓋爾妲相處和睦，為了向她展示他的英國襪子多麼耐穿，也想讓她看看他消瘦了多少，他竟然在她面前把他格紋長褲的寬大褲管拉到膝蓋之上，「妳看看我有多瘦……這不是很顯眼，也很奇怪嗎？」他煩惱地說，皺著鼻子指著他裹在白色毛料衛生褲裡的腿，那條腿瘦骨嶙峋，而且嚴重向外彎曲，瘦削的膝蓋可憐兮兮地從衛生褲底下凸顯出來。

如前所述，如今他已放棄從事任何商務工作；可是每天他還是想方設法來填滿他沒有消磨在俱樂部裡的時間，而且他喜歡強調自己從不曾完全停止工作，儘管他的身體有各種殘疾。他擴展了他的語言知識，最近開始學習中文，純粹是為了求知，沒有實際的目的，而且有兩週的時間學得非常勤奮。目前他正忙著「補充」一本他認為不夠完善的英德字典。不過，既然他反正也需要去空氣好的地方療養一下，況且有人陪伴湯瑪斯前往也比較好，因此他不會為了增補字典這件事而留在城裡。

兩兄弟搭車前往海邊；雨滴擂鼓般地敲在車頂上，公路成了水窪，兩人幾乎一句話也沒說。克里斯提昂的目光四處游移，彷彿在傾聽某種可疑的聲音；湯瑪斯裹在大衣裡，坐在車裡打著寒顫，眼睛發紅，眼神疲憊，拉得長長的髫尖僵硬地突出於蒼白的臉頰之外。他們就這樣坐在車上駛進濱海度假飯店的花園，車輪軋在積水的碎石上，發出嘎吱嘎吱的聲音。年邁的房地仲介商西吉斯蒙·葛許坐在飯店主樓裝有玻璃窗的露臺上，喝著摻了熱水的蘭姆酒。他站起來，從牙縫裡發出嘶嘶聲，兩兄弟就過去與他同桌而坐，在等待行李被搬上樓的時候也喝點熱飲。

葛許先生也還在海濱度假，就跟少數幾個人一樣，包括一個英國家庭、一位單身的荷蘭女士和一位單身的漢堡男士。此刻他們大概都在房間裡小憩，在飯店客人共餐時間之前，因為到處都一片死寂，只聽得到雨滴四濺的聲音。就讓他們睡吧。葛許先生不在白天裡睡覺。如果夜裡他能有幾個小時睡得不醒人事，他就很高興了。他的身體不好，他在這麼晚的季節來海邊度假是為了改善四肢顫抖的毛病……該死的！他幾乎連酒杯都拿不穩了，而且他很少還能夠寫字——這更要命！因此翻譯羅培·德·維加劇作全集的工作進展得十分緩慢。他的情緒很低落，而他那些褻瀆上帝的咒罵也並沒有什麼真正的喜悅。「去他的！」他說，而這句話似乎成了他的口頭禪，因為他不斷重複地說，而且往往跟上下文毫無關連。

議員先生呢？他哪裡不舒服？兩位先生打算在這裡待多久？

喔，朗哈爾斯醫生要他到這兒來放鬆一下神經，湯瑪斯·布登布洛克回答。他當然聽話照辦了，儘管天氣這麼差，因為醫生的吩咐誰敢不聽！他的確覺得身體不太舒服。他們會在這裡待到他身體感覺好一點……

「喔，順便一提，我的身體情況也很糟。」克里斯提昂說，語氣中滿是羨慕與忿忿不平，因為湯瑪斯就只談了他自己。他正準備要說起那個坐在沙發上朝他點頭的男子、那個酒精瓶事件、還有他想從敞開的窗戶跳出去的那股衝動，他哥哥就起身離桌，準備進飯店房間了。

雨下個不停。雨水把地面打成了爛泥，雨滴在海面上跳躍，西南風把海水吹得從海灘向後退。所有的東西都灰濛濛的。幾艘汽船宛如灰影和幽靈船一樣從海面上駛過，消失在模糊不清的地平線上。

他們只有在吃飯時會遇到那些外地來的度假客。布登布洛克議員與仲介商葛許穿上雨衣和雨鞋出去散步，克里斯提昂則待在糕餅店，和餐檯的女服務生一起喝瑞典香料熱紅酒。

有兩、三次，在太陽似乎打算露臉的下午，度假飯店的餐桌旁會出現幾個從城裡來的熟人，他們喜歡暫時撇開家人找點樂子：議員吉塞克博士，他是克里斯提昂的老同學，還有德爾曼領事，他的氣色很差，因為他毫無節制地飲用「匈亞提．亞諾什治療水」[1]，把身體搞壞了。這時候這幾位男士就會穿著雙排扣大衣坐在糕餅店的遮陽篷底下，面朝著已經不再有樂隊奏樂的露天音樂臺，一邊喝著咖啡，消化剛才吃下的五道菜，望向秋日的飯店花園，一邊閒聊。

他們聊起城裡發生的事：上一次的水災，洪水灌進許多房屋的地下室，居民在比較低窪的街道上划起小船；一場火災，港口旁的棚屋失火了；一次議員選舉，「史圖曼&勞里岑公司」的阿弗雷德．勞里岑在上週當選了議員，而布登布洛克議員並不贊成，該公司是販售殖民地商品的批發商兼零售商。布登

1 「匈亞提．亞諾什治療水」（Hunyadi-Janos-Wasser）提煉自布達佩斯附近的一座礦泉，主要成分是硫酸鈉和硫酸鎂，具有清腸通便的效果。

布洛克議員裹在翻領大衣裡抽著菸，在眾人的談話中只針對這個話題發表了一些意見。他說他沒有把票投給勞里岑先生，這是事實。勞里岑毫無疑問是個正直的人，也是個優秀的商人；可是他屬於中產階級，中上階層，他父親還曾經親手從桶子裡撈出酸鯡魚，包好交給被派來買魚的女僕。而現在議會裡有了一家零售商店的老闆。他（湯瑪斯．布登布洛克）的祖父當年跟自己的長子鬧翻了，因為這個長子娶了一家小商店的女兒，當年是講究這些的。「可是水準降低了，是的，議會的社會階級水準正在下降，議會民主化了，親愛的吉塞克，而這不是件好事。單是具備生意人的幹練還不足以擔任議員，依我之見，我們仍然應該對議員的資格有更多要求。想到阿弗雷德．勞里岑那雙大腳和那張船夫面孔將會出現在議會大廳，我心裡就覺得不太舒服……我不知道該怎麼說。這違反了體統，簡而言之，就是缺少品味。」

可是吉塞克議員有點不服氣，畢竟他也只是個消防隊長的兒子。不，有功勞的人才配戴上冠冕。所以他才擁護共和政體。「順帶一提，布登布洛克，你不該抽這麼多菸，否則你根本就沒法從海邊的空氣得到什麼好處。」

「對，我不抽了。」湯瑪斯．布登布洛克說，把菸頭扔了，然後閉上眼睛。

談話有一搭沒一搭地緩緩進行，雨免不了又下了，模糊了視線。大家談起城裡最近的一樁醜聞，「菲利普．卡斯包姆 & Co.公司」的批發商卡斯包姆開了一張假匯票，此人目前已經在牢裡了。眾人談起這件事來一點也不激動，把卡斯包姆先生犯下的罪行稱為一件愚蠢的行為，就只笑了笑，聳聳肩膀。議員吉塞克博士順帶一提地說這個批發商還一直保持著幽默感，進了監獄之後立刻要求給他一面鏡子來整理儀容，說他的牢房裡少了一面鏡子。「我要在這裡待上不只一年，而是好幾年，」他說，「那我總得有一面鏡子！」此人也曾經是已逝的馬歇魯斯．史登格老師的學生，就跟克里斯提昂．布登布洛克和安德瑞亞斯．吉塞克一樣。

眾人面不改色地又從鼻子裡哼笑了一聲。西吉斯蒙．葛許點了一杯摻熱水的蘭姆酒，特別加重了語氣，彷彿想要表達出：這差勁的生活有什麼用呢？德爾曼領事暢飲一瓶阿夸維特酒，克里斯提昂則又喝起了瑞典香料熱紅酒，那是吉塞克議員替他和自己叫來的。沒過多久，湯瑪斯．布登布洛克就又開始抽菸。

而眾人一再談起生意的事，用一種慵懶、輕蔑、漫不經心而帶著懷疑的口氣。由於剛剛吃飽、正在喝酒，而且又在下雨，大家頭腦昏沉，對什麼事都漠不關心。他們談起在座每個人的生意，但是這個話題也沒有令任何人感到興奮。

「唉，沒什麼令人高興的事。」湯瑪斯．布登布洛克呼吸沉重地說，帶著厭惡的表情把頭向後靠在椅背上。

「那您呢，德爾曼？」吉塞克議員打著呵欠問道，「您把自己完全獻給了阿夸維特酒，是嗎？」

「沒有柴火，煙囪又怎麼會冒煙呢？」德爾曼領事說。「我每隔幾天會進辦公室看一看。那一點事很快就處理完了。」

「而且所有重要的生意都在『史特倫克&哈根史托姆公司』手裡。」仲介商葛許陰鬱地表示，他把手肘撐在桌面上，撐得離自己很遠，用手托著老邁而凶惡的腦袋。

「你沒辦法跟一堆糞去比誰比較臭。」德爾曼領事故意把話說得很粗俗，使得每個人都不禁由於一種無望的憤世嫉俗而感到心情鬱悶。「那您呢，布登布洛克，您還在做生意嗎？」

「沒有，」克里斯提昂回答，「我沒辦法再做生意了。」接著他突然把帽子斜斜地往額頭上一推，說起了他在瓦爾帕萊索的辦公室和強尼．桑德史東，完全沒有過場，就只是出於他對現場氣氛的理解，並且想要加深這種氣氛。「哈，那麼熱的天氣。我的老天！工作？No, Sir！如您所見，Sir！」然後他們全都把香菸的煙往老闆臉上吹。我的老天！克里斯提昂的表情和動作流露出一種無與倫比的懶散，既帶有厚顏無恥的挑釁意味，又帶有好脾氣的放蕩不羈。他哥哥不為所動。

葛許先生試圖把他那杯摻了熱水的蘭姆酒拿到嘴邊，氣呼呼地把酒杯又放回桌上，用拳頭敲了一下自己那不聽使喚的手臂，接著又重新把酒杯湊到他薄薄的脣邊，灑出了好些酒，才生氣地把杯裡殘餘的酒一飲而盡。

「唉，葛許，您這個顫抖的毛病！」德爾曼說。「您應該跟我一樣偶爾率性而為。這該死的匈亞提．亞諾什治療水……如果我不每天喝個一公升，那我就會完蛋，我已經到了這個地步了，而我要是喝了，那我才真的是會完蛋。您知道從來沒辦法把午餐吃完是什麼感覺嗎？連一天都沒辦法……我的意思是，如果胃不舒服的話……」接著他就滔滔說起自己身體情況的一些噁心細節，克里斯提昂．布登布洛克皺著鼻子，興味盎然地聽著，令人心裡發毛，然後簡短而迫切地描述了他身體的「酸疼」做為回答。

雨勢又變大了。綿密的雨水垂直落下，淅瀝嘩啦的雨聲填滿了飯店花園的寂靜，一成不變、沉悶而絕望。

「是啊，人生爛透了。」吉塞克議員說，他喝多了。

「我根本不想再活在這世上。」克里斯提昂說。

「去他的！」葛許先生說。

「菲珂．達爾貝克走過來了。」吉塞克議員說。

那是個飼養乳牛的婦人，提著牛奶桶從這兒經過，向這幾位男士露出微笑。她大約四十歲，身材豐滿，個性輕佻。

吉塞克議員用粗野的眼神看著她。

「好大的胸脯！」他說，於是德爾曼領事開了個粗俗不堪的玩笑，只讓那幾位男士又輕蔑地從鼻子裡哼笑了一聲。

然後他們把服務生叫過來。

「我把這瓶酒喝完了，施若德，」德爾曼說。「我們也差不多該付帳了。遲早得付……克里斯提昂，您呢？嗯，吉塞克大概會替您付吧。」

這時候布登布洛克議員卻回過神來。先前他裹在翻領大衣裡，一雙手擱在腿上，嘴角叼著香菸，坐在那裡幾乎沒有參與談話。但他忽然直起身子，尖銳地說：「克里斯提昂，你身上沒帶錢嗎？那就允許我替你墊了這點小錢吧。」

眾人撐開雨傘，從遮篷底下走出來，打算稍微散散步。

東妮偶爾會來此地探望她哥哥。這時他們兄妹倆就會去「海鷗石」或「海神廟」散步，基於不可知的理由，東妮・布登布洛克每次都會流露出一種莫名叛逆的興奮情緒。她一再強調所有人都自由平等，斷然拒絕所有的階級制度，嚴詞反對特權與專制，並且明確要求有功績的人才配戴上冠冕。然後她就會講起自己的人生。她能言善道，很能夠娛樂她哥哥。她是個幸運兒，行走世間從來不需要忍氣吞聲。不管世人對她說的是奉承話還是侮辱，她都不曾沉默以對。她道出了所有的快樂與悲傷，用幼稚而裝腔作勢的陳腔濫調滔滔不絕地道出一切，這些話語完全滿足了她吐露心聲的需要。她的胃不太健康，可是她的心卻輕鬆自由，雖然她自己並不知道她的心有多麼輕鬆自由。沒有什麼難言之隱在折磨她，沒有什麼言語難以述說的經歷沉重地壓在她心上。因此她也根本無須承擔她過去人生的包袱。她知道自己有過坎坷的命運，但是這一切都沒有給她留下沉重與疲憊，而且基本上她根本不相信自己命運多舛。只不過，這似乎是眾所公認的事實，於是她就善加利用，以此自誇，帶著一本正經的表情去談。她開口咒罵，由衷憤慨地喊出那一個個名字，那些人曾經損害了她的生活，從而對布登布洛克家族造成了損害，而隨著歲月流逝，這些人的人數變得相當可觀。「淚汪汪特里施克，」她喊道。「古倫里希！佩曼尼德！提伯提烏斯！魏宣克！哈根史托姆一家！那個檢察官！塞弗林小姐！全都是些無賴，湯瑪斯，有朝一日上帝將會懲罰他們，這一點我堅信不疑！」

當他們走到位在高處的「海神廟」，暮色已經降臨，秋意漸漸濃了。他們站在一個面向海灣敞開的小隔間裡，裡面有木頭的氣味，就和浴場的更衣間一樣，牆壁用未經加工的木料築成，上面刻滿了題字、姓名字母縮寫、心形圖案和詩句。他們並肩而立，目光越過潮溼油綠的斜坡與狹長的海岸石灘，望向波濤起伏的渾濁海水。

「大片海浪……」湯瑪斯．布登布洛克說。「看它們湧過來，碎成浪花，再湧過來，又碎成浪花，一道接一道，無休無止，沒有目的，蒼涼而迷茫。然而，這卻有種安慰的作用，使人心安，就像那些單純而必要的東西。我愈來愈懂得去愛大海……也許以前我之所以更喜歡山岳，就只是因為山在更遠的地方。現在我不再想去山上了。假如我去了，我想我會感到害怕與羞愧。山岳太過難以捉摸，太不規律，太過複雜……我肯定會覺得自己相形見絀。什麼樣的人會更喜歡大海的單調呢？在我看來，是那些對複雜的內心事物探究得太久、太深的人，於是至少對外在事物他們只有一個首要的要求：單純。在山裡勇敢地四處攀爬，在海邊則安靜地在沙灘上休息，這只是最基本的差異。可是我知道一個人用什麼表情崇拜高山，也知道一個人用什麼表情崇拜大海。用來掃視一座座山峰的眼神是自信、倔強而快樂的，充滿了奮發、堅定與生活的勇氣；而看著大海的目光則是朦朧、無望而洞悉一切的，曾經在某處深深看進悲傷的紛擾，而後看著遼闊的大海以這種令人麻木的神秘宿命掀起波濤……健康與病態，這就是兩者的差別。一個人大膽攀登巍峨嶙峋而崎嶇的高山，探索那奇妙的豐富多樣，以考驗自己尚未消耗的生命力。可是當一個人由於內心的迷惘而感到疲憊，他就藉由外在事物的廣闊單純而得以休憩。」

東妮默然無語，她被嚇到了，也感到不自在。心思單純的人就是這樣，當身邊的人忽然說了些深刻嚴肅的話。怎麼能說這種話呢！她心想，目光堅定地望向遠方，以免和他四目相接。她因為自己替他感到羞愧而想默默向他表達歉意，於是挽住了他的手臂。

第七章

入冬了，聖誕節也過了，時間來到一月，一八七五年一月。積雪覆蓋著人行道，摻雜了沙土與煤渣的積雪被踩得硬梆梆的，高高地堆在車道兩側。雪堆的顏色由白變灰，裂縫和孔隙也愈來愈多，因為此刻氣溫上升到了零度以上。路面又溼又髒，融化的雪水從灰色的三角牆上滴落。可是淡藍的天空清澄無瑕，億萬個光原子在藍天裡閃爍舞動，宛如水晶。

市中心很熱鬧，因為這天是星期六，也是市集日。肉販在市政廳拱廊的尖頂拱門下擺起攤子，用沾血的雙手秤肉。魚市場則位在市集廣場上的噴泉周圍。那裡坐著體態臃腫的賣魚婦，把雙手擱在毛皮暖手筒裡，毛皮上的毛已經脫落大半，雙腳擱在燒著煤炭的盆子旁邊取暖，守護著冰冷溼滑的魚貨，對著來逛市場的廚娘與主婦大聲叫賣。顧客沒有受騙上當的危險。買到的東西保證新鮮，因為那些肥碩而且肌肉發達的魚幾乎都還活著。有些魚的運氣不錯，牠們在水桶裡游來游去，雖然活動範圍很小，卻優游自在，不需要忍受什麼。另一些魚卻痛苦地躺在砧板上，眼睛嚇人地瞪得大大的，鼓動著魚鰓，生命力強韌，拚命甩動尾巴，直到終於被人抓起來，被一把血淋淋的尖刀喀嚓一聲割斷了咽喉。又粗又長的鰻魚扭動著身體，把自己盤捲成各種奇形怪狀。波羅的海所產的海蝦在深桶中黑壓壓地蠕動。偶爾會有一條強壯的比目魚抽搐著縮起身體，在瘋狂的恐懼中從砧板上一躍而起，遠遠地落在骯髒溼滑的鋪石地面，使得叫賣牠的賣魚婦不得不追過去，一邊厲聲斥責，再把牠抓回來善盡自己的本分。

中午時分，布萊特大街上人來人往。學童背著書包走來，使空氣中瀰漫著歡聲笑語，拿起半融化的雪塊互相扔來扔去。出身良好家庭的年輕商行學徒戴著丹麥水手帽，或是穿著英國流行式樣的高雅服裝，手裡拿著公事包，不失莊重地走過，對於自己擺脫了實科中學而感到自豪。老成持重、鬍鬚花白而德高望重的市民拄著手杖前行，臉上流露出不可動搖的民族自由主義信念，聚精會神地望向市政廳的釉面磚外牆。市政廳的大門口站了兩名衛兵，因為議會正在召開。這兩名步兵穿著大衣，肩上扛著槍，沿著指定的路線邁步行走，冷靜地踩在地面半融的泥濘積雪中。他們在門口中央會合，對看一眼，交談了一句，然後就又各自朝兩側前進。偶爾會有個豎起大衣衣領、雙手插在口袋裡的軍官走近，他跟在某位小姑娘後面，同時也讓那些大家閨秀欣賞一下自己的英姿。這時兩個衛兵就會各自站在自己的崗哨亭前面，眼觀鼻，鼻觀心，然後舉槍致敬……還要再過一段時間，他們才需要向散會後走出來的議員敬禮。會議才召開了四十五分鐘。在散會之前可能就會有下一批衛兵來和他們交接。

就在這時候，兩名士兵之一聽見門裡傳出一陣短促而謹慎的低語，同時市政廳差役烏勒費德的紅色燕尾服也已經在入口處閃現，他戴著三角帽，繫著儀仗佩劍，極其匆忙地走出來，小聲地喊聲「立正！」就又急忙退了回去，同時也已經可以聽見踩在門內地磚上的腳步聲逐漸接近。

兩名步兵立正致敬，併攏腳跟，伸直脖子，挺起胸膛，把長槍豎在腳邊，接著用幾個敏捷的操槍動作向來者致敬。一位先生相當迅速地從他們中間走出來，微微掀了掀禮帽回禮，他的身高勉強算得上中等，一道淺色眉毛微微向上挑起，拉得長長的鬍尖突出於蒼白的臉頰之外。湯瑪斯．布登布洛克議員今天在會議遠遠尚未結束之前就離開了市政廳。

他向右轉，亦即沒有走上回家的路。他儀容端正，整潔優雅得無可挑剔，踩著他特有的那種略微跳躍的步伐，沿著布萊特大街往前走，一路上不停地跟四面八方的人打招呼。他戴著白色羔羊皮手套，有著銀製杖柄的手杖夾在左臂下。在他毛皮大衣的厚厚翻領底下，可以看見燕尾服的白色領結。可是他精心修飾過的頭臉卻顯得睡眠不足。好幾個人從他身邊經過時注意到他泛紅的眼睛忽然湧出淚水，也注意到他以一種十分怪異、謹慎而歪扭的方式緊抿著嘴脣。有時他會吞嚥一下，彷彿嘴裡充滿了液體；這時別人就能從他臉頰與太陽穴的肌肉動作中看出他咬緊了下頷。

「怎麼啦，布登布洛克，你沒去開會嗎？這倒是新鮮事！」在磨坊路口有人對他說，先前他並沒有看見對方走過來。這個突然站在他面前的人是史提方．齊斯登梅克，他的朋友與崇拜者，此人在公眾事務上總是附和他的每一個看法。他留著花白的落腮鬍，修剪成圓形，兩道眉毛濃得嚇人，長長的鼻子毛孔粗大。幾年前他在賺了一大筆錢之後退出了家族經營的葡萄酒生意，交由他哥哥艾德華獨自繼續經營。從那以後他就靠著既有的財產過日子。可是由於他對這種情況基本上感到有點羞愧，於是他總是假裝自己有忙不完的事。「我忙得不可開交！」他會說，伸手撫摸他用火鉗燙捲的灰髮。「可是人活在這世上不就是為了忙得不可開交嗎？」他會煞有介事地在證券交易所站上幾個鐘頭，雖然他在那裡根本無事可做。他擔任了許多無關痛癢的職務。最近才讓自己當上市立泳池的主管。他熱心地擔任陪審員、仲介人、遺囑執行人，然後拭去額頭上的汗水。

「議會明明在開會，布登布洛克，」他又說了一次，「而你卻在散步？」

「喔，原來是你，」布登布洛克議員勉強動了動嘴脣，小聲地說，「我有好幾分鐘什麼都看不見。我疼得要命。」

「疼？哪裡疼？」

「牙疼。昨天就開始了。我一整夜都沒能闔眼……我還沒有去看醫生，因為今天上午公司裡有事，然後議會開會我也不想缺席。可是現在我實在疼得受不了，要去布瑞希特的診所。」

「是哪顆牙？」

「在左邊下排，是顆臼齒。這顆牙當然是被蛀空了，實在疼得受不了……再見了，齊斯登梅克！你明白我在趕時間……」

「喔，你以為我不趕時間嗎？要做的事多得要命……再見啦！順便祝你早日康復！讓醫生拔掉吧！馬上拔掉是最好的辦法。」

湯瑪斯．布登布洛克繼續往前走，咬緊了下頷，雖然這只是使情況變得更糟。那是一種灼熱刺骨的劇烈疼痛，一種惡毒的疼痛，從一顆生病的臼齒蔓延到下頷的整個左側。發炎的部位宛如用熾熱的小鎚子在裡面敲打，使得他臉上發燙，淚水奪眶而出。一夜無眠嚴重損傷了他的神經。剛才他說話時必須強打起精神，以免聲音沙啞。

到了磨坊路，他走進一棟漆成黃褐色的房屋，爬上二樓，二樓門上掛著一個黃銅牌子，上面寫著「牙醫布瑞希特」。他沒有看見來替他開門的女僕。走道上熱騰騰地瀰漫著牛排與花椰菜的氣味。然後他忽然聞到了別人請他進去的候診室裡的刺鼻氣味。「請坐……稍等一下！」一個老婦人的聲音喊道。那是約瑟弗斯，牠坐在房間深處的金屬鳥籠裡，用一雙惡毒的小眼睛陰險地斜瞪著他。

布登布洛克議員在那張圓桌旁坐下，試圖用一冊《飛葉》週刊[1]裡的笑話讓自己放鬆下來，但隨即又厭惡地把書闔上，用枴杖冰涼的銀製杖柄抵住臉頰，閉上灼熱的雙眼，呻吟起來。四周一片寂靜，只有約瑟弗斯嘎吱嘎吱咬著鳥籠鐵柵的聲音。布瑞希特先生認為有必要讓病人等一等，即使他並沒有很忙。

1《飛葉》週刊（*Fliegende Blätter*）是德國一八四五年至一九二八年間出版的一份幽默雜誌，配有許多插圖。

湯瑪斯．布登布洛克急忙站起來，從擺在一張小桌上的水瓶裡倒了一杯水喝，那水聞起來與喝起來都有氯仿的味道。然後他打開通往走道的門，語氣煩躁地喊道：如果布瑞希特先生沒有被什麼急事耽擱，就請快點過來，他牙齒很痛。

那個牙醫花白的小鬍子、鷹鉤鼻和光禿禿的前額隨即出現在手術室門口。「請進，」他說。「請進！」約瑟弗斯也跟著喊。布登布洛克議員沒有發笑，接受了走進手術室的邀請。病況很嚴重！布瑞希特先生心想，臉色隨之一變。

兩人迅速穿過那個有兩扇窗戶的明亮房間，走向那張可以調整高度的大椅子，那張椅子有著頭枕和綠色絨布扶手，擺在一扇窗戶前面。湯瑪斯．布登布洛克一邊在椅子上坐下，一邊簡短說明了自己的情況，把頭向後仰，閉上了眼睛。

布瑞希特先生調整了一下椅子的高度，然後用一面小鏡子和一根小鋼棒檢查那顆牙齒。他的手散發出杏仁肥皂的氣味，嘴裡散發出的則是牛排與花椰菜的味道。

「我們得把這顆牙拔掉。」過了一會兒之後他說，他的臉色更加蒼白了。

「那您就拔吧。」布登布洛克議員說，把眼皮閉得更緊了。

接著出現一小段空檔。布瑞希特先生在一個櫥櫃旁邊做了些準備工作，把要用的器械找出來。然後他再度走到病患身旁。

「我要抹點東西上去。」他說。接著就把這個決定付諸行動，把一種氣味刺鼻的液體大量抹在牙齦上。然後他親切地小聲請求病人坐著別動，盡量把嘴巴張大，隨即動手拔牙。

湯瑪斯．布登布洛克用雙手緊緊握著有絲絨軟墊的扶手。他幾乎沒感覺到牙醫在他嘴裡操作鉗子，但隨即從他嘴裡的喀嚓聲以及他整個頭部感受到的壓力意識到一切都將順利解決，那股壓力愈來愈大、愈來愈痛、愈來愈劇烈。上帝保佑！他心想。現在想必會按部就班地進行。這種感覺會愈來愈強烈，直到難以估量、無法忍受，直到真正的災難發生，直到一陣瘋狂、尖銳、非人的疼痛撕裂整個大腦，然後這場災難就結束了，我只需要等待。

這個過程持續了三、四秒。湯瑪斯・布登布洛克全身都感受到布瑞希特先生在顫抖著用力，他的身體從椅子上被稍微拽了起來，同時他聽見牙醫的喉嚨裡輕輕地唧唧作響。忽然，他感覺到一股可怕的推撞，一陣搖撼，彷彿他的脖子被扭斷了，伴隨著一陣短暫的喀嚓聲。他急忙睜開眼睛，那股壓力消失了，但是他的腦袋嗡嗡作響，疼痛在他發炎而慘遭虐待的下頷肆虐，而他清楚感覺到這不是原本想要達成的目的，不是真正解決問題的辦法，而是使災難提前來到，只會使情況更加惡化。布瑞希特先生向後退。他倚著器械櫃，面如死灰，說：「是牙冠……我原本就料到了。」

湯瑪斯・布登布洛克吐了一點血到身側那個藍色淺盤裡，因為牙肉被弄傷了。然後他在半昏迷的狀態下問道：「您認為是什麼情況？牙冠怎麼了？」

「牙冠斷了，議員先生……我原本就擔心會這樣，這顆牙損壞得很厲害，可是我有義務大膽地嘗試一下……」

「現在怎麼辦？」

「把一切都交給我處理吧，議員先生。」

「該怎麼處理？」

「必須把牙根拔出來。用一支槓桿……一共有四個。」

「四個？所以必須要拔四次？」

「是的，很遺憾。」

「喔，今天就到此為止吧！」布登布洛克議員說著就打算趕緊站起來，卻仍舊坐著，把頭向後靠。「親愛的醫生，您只能要求我做到凡人能做到的事，」他說。「我連站都有點站不穩了……總之，這一次我只能到此為止。可以麻煩您把那邊的窗戶打開一下嗎？」

布瑞希特先生照辦了，然後答道：「議員先生，如果您明天或後天找個您方便的時間再來一趟，我們可以把手術延後到那個時候，我完全樂意這樣做。我得承認，我自己也……現在請讓我再替您沖洗一下，塗點藥，以便暫時緩解疼痛。」

他替議員沖洗了牙齒，也塗了藥，然後布登布洛克議員就走了，臨別前臉色慘白的布瑞希特先生遺憾地聳聳肩膀，這耗盡了他最後的力氣。

「請稍等一下！」約瑟弗斯喊道，當他們經過候診室，直到湯瑪斯．布登布洛克已經走下樓梯，牠還在叫。

用一支槓桿……好吧，那是明天的事。現在呢？回家休息，試著睡一覺。原本的神經痛似乎被麻醉抑制住了，只是嘴裡隱隱有種嚴重的燒灼感。所以，回家吧。於是他緩步穿過街道，碰到有人跟他打招呼時不經心地回應，眼神若有所思而又茫然，彷彿他在思索自己究竟是什麼心情。

他走到了費雪古魯伯街，開始從左邊的人行道上往下走。走了二十步之後他感覺到一陣噁心。我得去對面的酒館喝杯白蘭地，他想。於是他穿越了馬路。等到他大約走到馬路中央的時候，發生了下面這件事。彷彿有一股不可抗拒的力量抓住了他的大腦，使之以愈來愈快、快得嚇人的速度旋轉，轉動的圈子由大而小，愈來愈小，最後以無比巨大而且殘酷無情的力道撞上這個圓圈堅硬如石的中心點。他轉了半圈，向前伸出雙臂，倒在溼漉漉的鋪石路面上。

由於這條街是陡峭的下坡路，他的上半身倒下的位置要比他的雙腳低得多。他倒下時面朝下，一灘血立刻從他的臉下面蔓延開來。他的帽子順著馬路往下滾了一段路。他的毛皮大衣濺上了汙泥和雪水。他戴著白色羔羊皮手套的雙手伸在一個水窪裡。

他就這樣躺著，躺了好一會兒，直到幾個人走過來把他翻了個身。

第八章

東妮從主樓梯走上樓，一隻手提著裙襬，另一隻手把那個棕色大手籠壓在臉頰上。她一路跌跌撞撞，頭上的兜帽戴得歪歪扭扭，臉頰發燙，微翹的上唇上冒出小小的汗珠。儘管她一路上沒有遇到誰，她在匆匆前行時仍不斷地說話，從她的喃喃低語中不時忽然冒出一句話，由於恐懼而大聲起來。「這沒什麼……」她說。「這根本就不意味著什麼……親愛的上帝不會希望這樣……祂知道自己在做什麼。我會保持這個信念……這肯定不意味著什麼……啊，主啊，我會每天祈禱……」她害怕得胡言亂語，衝上通往三樓的樓梯，穿過走廊。

通往前廳的門敞開著，她的嫂嫂從那裡朝她走過來。

蓋爾妲·布登布洛克美麗白皙的臉龐由於驚恐與厭惡而整個扭曲了，那雙靠得很近、籠罩在淡青色陰影中的棕色眼睛眨動著，眼神憤怒、嫌惡而且心煩意亂。當她認出了東妮，就迅速伸出手臂向她招手，然後擁抱了她，把頭埋在她肩膀上。

「蓋爾妲，蓋爾妲，這是怎麼回事！」東妮喊道。「出了什麼事了！這意味著什麼！摔倒了，我聽說？昏迷？他怎麼樣了？親愛的上帝不會希望最糟的情況發生……妳就發發慈悲，快點告訴我吧……」

可是她沒有馬上得到回答，只感覺到蓋爾妲全身都在顫抖。然後她聽見一陣低語從自己肩膀上傳來。

她聽到的是：「他們把他送來的時候，他那副模樣！他這一輩子都不讓別人見到他身上有一點灰塵……最後卻落得這個下場，這是一種譏嘲，一種卑鄙……」

一陣隱隱的聲響傳到她們耳中。通往更衣室的門打開了，伊妲・雍曼站在門框裡，穿著白色圍裙，雙手捧著一個盆子。她的眼睛紅紅的。當她看見東妮，她就低著頭向後退了一步，讓出路來。她的下巴在顫抖。

當東妮與她嫂嫂先後走進臥房，有花卉圖案的高高窗簾在微風中飄動。苯酚、乙醚和其他藥物的氣味撲鼻而來。湯瑪斯・布登布洛克仰面躺在那張桃花心木製的大床上，蓋著紅色被褥，身上的衣服已經被脫掉，換上了繡花睡衣。他半睜著的眼睛翻白，嘴唇在凌亂的小鬍子底下蠕動，發出含混不清的聲音，不時有咕嚕咕嚕的聲音從喉嚨裡傳出來。年輕的朗哈爾斯醫生朝他俯下身子，從他臉上取下一條帶血的繃帶，再把一條乾淨的繃帶浸在床頭櫃上的一個淺盤裡。然後他聽了聽病人的胸膛，摸了摸病人的脈搏。小約翰坐在床尾的有蓋洗衣籃上，擰著他身上那套水手服的領結，帶著苦苦思索的表情豎耳傾聽著父親在他背後發出的聲音。那些被弄髒的衣服掛在某處的一張椅子上。

東妮在床邊蹲下，握住她哥哥冰冷而沉重的手，凝視著他的臉。她開始明白，不管親愛的上帝是否知道自己在做什麼，祂還是想讓「最糟的情況」發生。

「湯姆！」她哭喊著。「你認不出我了嗎？你怎麼了？你要離開我們了嗎？你不會想要離開我們吧？唉，這可不行啊……」

她沒有得到類似回答的回應。她求助地抬頭看向朗哈爾斯醫生。他站在那兒，低垂著他漂亮的眼睛，臉上的表情不無自負地表達出親愛上帝的旨意。

伊妲・雍曼又走進來，在還能幫得上忙的事情上提供協助。老醫生葛拉波夫親自過來，表情肅穆溫和地跟每個人握了手，看著病人搖了搖頭，然後把朗哈爾斯醫生已經做過的事又做了一遍。消息迅速傳遍全城。樓下的門鈴一直響起，探詢議員身體情況的問話傳進了臥室。每個人得到的回答都一樣：沒有變化，沒有變化……

兩位醫生都認為這一夜無論如何都該請一位修女看護過來，於是派人去請了莉安德拉修女，而她就來了。她走進來時臉上沒有流露出一絲訝異與驚慌。這一次她也把她的小皮包、修女帽和披肩悄悄擱在一邊，用溫柔和善的動作開始工作。

小約翰坐在那個有蓋洗衣籃上，坐了一小時又一小時，看著那一切，聽著父親喉嚨裡發出的咕嚕聲。他本來該去補習算術的，但是他明白碰到此刻所發生的事，那些穿著精紡毛料外套的老師也必須沉默。他也只帶著嘲弄短暫想起他的學校作業。有時候，當東妮姑媽走到他身旁，緊緊摟住他，他會流淚；但大多數時候他的眼睛都是乾的，帶著厭惡和苦苦思索的表情眨動著，呼吸不規律而且小心翼翼，彷彿預期將會聞到那股既陌生又異樣熟悉的香氣……

大約四點鐘的時候，東妮做了個決定。她請朗哈爾斯醫生跟她到隔壁房間去，把雙臂交叉，把頭向後仰，儘管如此，她仍舊努力把下巴抵在胸前。

「醫生，」她說，「有一件事是您能做的，而我就請求您做這件事！把真相坦白告訴我吧，拜託您！我是個被生活磨練得很堅強的女人，我學會了承受真相，相信我……我哥哥還能活到明天嗎？您就坦白說吧！」

朗哈爾斯醫生移開他那雙漂亮眼睛的視線，看著他的指甲，說起凡人的無能為力，說她的兄長能否活過今夜，還是在下一刻就會蒙主寵召，這個問題他無法回答。

「那我知道我該做什麼了。」她說著就走了出去，派人去請普林斯海姆牧師。

牧師來了，沒有穿著全套牧師服，沒戴輪狀皺領，但是穿著長袍。他冷冷地瞥了莉安德拉修女一眼，然後在床邊別人替他推過來的一張椅子上坐下。他請求病人認出他來，聽他說幾句話；由於他的請求沒有得到回應，他就直接向上帝求助，用風格獨具的法蘭肯方言和祂說話，用抑揚頓挫的嗓音發出時而低沉、時而突然加重的聲音，表情時而陰鬱狂熱，時而溫和喜樂。當他以油膩而靈活的獨特方式讓r音在軟顎上滾動，小約翰明確地想像出他剛才想必吃了奶油麵包配咖啡。

牧師說他與在場的諸位不再祈求上帝讓這個親愛可敬之人活下來，因為他們看出把他召喚到主的身邊乃是主的神聖旨意。現在他們只懇求上帝的慈悲，讓他能安詳地得到解脫。接著牧師又以效果十足的強調語氣念誦了兩段在這種情況下常做的禱告，然後就站了起來。他和蓋爾妲・布登布洛克還有東妮・佩曼尼德握了手，用雙手捧住小約翰的臉，凝視著他低垂的睫毛一分鐘之久，由於悲傷與真摯而顫抖。他向雍曼小姐打了個招呼，又再冷冷地瞥了莉安德拉修女一眼，然後就走了。

朗哈爾斯醫生先回自己家一趟，等他在不久之後再度回來，發現情況一切如故。他只和看護簡短地商量了幾句，就又告辭了。葛拉波夫醫生也再次登門造訪，帶著溫和的表情看了看病人的情況，然後就走了。湯瑪斯・布登布洛克繼續翻著白眼，蠕動著嘴唇，發出咕嚕咕嚕的聲音。黃昏來臨了。窗外有一點冬日的夕陽透過窗戶照進來，柔和地照著那些被弄髒的衣服，那些衣服掛在房間某處的一張椅子上。

五點鐘的時候，東妮做了件粗心大意的事。她坐在床邊，坐在她嫂嫂對面，忽然雙手合十，用喉音大聲念出一首聖歌的歌詞。「主啊，結束這一切吧，」她說，而大家都一動也不動地聽著她念。「結束他的所有苦難，讓他的雙手雙腳更加有力，直到死去……」[1]可是她的禱告是如此發自內心深處，乃至

1 這是前文中提過的德國神學家保羅・葛哈德（Paul Gerhardt）所寫的一首聖歌，歌名為〈以爾行徑〉（Befiehl du deine Wege）。

於她始終只專注於當下她正念出的字句，而沒有考量到她根本記不得完整的歌詞，念了三節之後勢必會可悲地卡住。而她也的確卡住了，在嗓音提高時戛然而止，只好用更加莊重的姿態來取代這首聖歌的結尾。房間裡的每個人都在等著她念完，尷尬地縮起身子。小約翰重重地清了清嗓子，聽起來像在呻吟。在接下來的寂靜中就只聽得見湯瑪斯．布登布洛克垂死之際發出的咕嚕聲。

當女僕來通報，說她端了些食物放在隔壁房間，大家都覺得鬆了一口氣。可是正當他們在蓋爾妲的臥室裡喝點湯的時候，莉安德拉修女出現在門口，和善地招了招手。

布登布洛克議員死了。他輕聲抽噎了兩、三次，不再作聲，嘴唇也停止蠕動。這就是在他身上發生的全部變化，他的眼睛早在那之前就已經了無生氣。

朗哈爾斯醫生在幾分鐘後抵達，把黑色的聽診器擱在屍體的胸口，聽了好一會兒，在認真檢查過後說：「是的，結束了。」

於是莉安德拉修女伸出她蒼白溫柔的手，用無名指闔上死者的眼瞼。

這時東妮在床邊跪下，把臉埋在被子上，放聲大哭，毫無保留、毫不節制地發洩自己的情感，她的天性使她能夠這樣縱情發洩情感，然後振奮起來，這是她的幸運。她的臉被淚水溼透，但是她有了精神，心裡輕鬆了些，心靈完全得到平衡。等她站起來，她立刻想到要發訃聞的事，這件事刻不容緩，必須火速完成——一大疊印刷精美的訃聞……

克里斯提昂出現了。他在俱樂部裡得知布登布洛克議員摔倒的消息之後就立刻動身。可是由於他害怕會見到某種可怕的場面，就先去城門外散步，走了很遠，乃至於沒有人找得到他。但此刻他還是來了，還在玄關就得知他哥哥已經去世。

「這怎麼可能！」他說著就一瘸一拐、目光四處游移地走上樓梯。

然後他站在死者床邊，站在妹妹和嫂嫂中間。他站在那兒，頭頂光禿禿的，臉頰凹陷，鬍尖下垂，大大的鷹鉤鼻，一雙彎曲細瘦的腿略彎著，有點像個問號，那雙深深凹陷的小眼睛看著他哥哥的臉，這張臉顯得如此沉默、冷漠、拒人於千里之外，而且無可指謫，不受任何凡人的批判。湯瑪斯的嘴角向下撇，帶著近乎輕蔑的表情。克里斯提昂曾經指責他，說自己若是死了，他也不會掉淚，現在他自己卻死了，一句話也沒說，就這樣死了，體面而完好地退居於沉默中，毫無憐憫之心地讓別人感到羞愧，他還活著時就老是這樣！對於克里斯提昂的苦惱，他的「酸疼」、坐在沙發上向他點頭的男子、差點被點燃的酒精瓶、從敞開的窗戶一躍而下的衝動，湯瑪斯一向只有冷冷的蔑視，湯瑪斯這樣對待他是正確的還是可恥的？這個問題不必問了，變得沒有意義，因為死亡以固執而且無法捉摸的方式站在死者那一邊，表彰了他，替他辯解，接受了他，也收容了他，使他變得可敬，並且專橫地讓他贏得眾人畏怯的關注。另一方面，死亡卻鄙夷克里斯提昂，只會繼續用五十種無人重視的花招與刁難來戲弄他。湯瑪斯・布登布洛克從不曾比此刻更令他弟弟佩服。這是決定性的成功。只有死亡能使別人尊重我們的痛苦，哪怕是最微不足道的痛苦也會由於死亡而變得可敬。你是對的，我向你鞠躬，克里斯提昂心想，於是他以迅速而笨拙的動作單膝下跪，親吻了被褥上那隻冰冷的手。然後他向後退，開始在房間裡走來走去，眼神飄忽不定。

其他的訪客也到了：克羅格老夫婦、布萊特大街的布登布洛克三姊妹、馬庫斯老先生。可憐的克蒂妲也來了，身形瘦削、臉色灰白地站在床邊，帶著麻木的表情交握著她戴著棉紗手套的雙手。「東妮和蓋爾妲，」她把聲調拖得好長好長，無限哀嘆地說，「你們不要因為我沒有哭泣就認為我冷酷無情。我已經沒有眼淚可流了……」看見她那樣灰撲撲而乾癟地站在那裡，每個人都相信她這番話。

最後，大家讓開位置給一個模樣不討喜的老太婆，她動著無牙的嘴巴，像在咀嚼什麼似地，她是來與莉安德拉修女一起清洗屍體，然後替死者更衣。

夜漸漸深了，蓋爾妲．布登布洛克、東妮、克里斯提昂和小約翰仍舊坐在起居室裡，圍著中央那張圓桌，在那盞大大的煤氣燈底下忙著。他們必須列出名單，看哪些人應該收到訃聞，再把地址寫在信封上。每個人都振筆疾書。偶爾有人想到了什麼，就在名單上再添一個名字……翰諾也得幫忙，因為他的字跡工整，而且時間緊迫。

屋裡和街上都很安靜。很少有腳步聲響起再漸漸消失。煤氣燈輕輕地噗噗作響，有人喃喃念出一個名字，紙張沙沙作響。有時大家看著彼此，想起了所發生的事。

東妮極其忙碌地寫著。可是彷彿算好了時間似的，每隔五分鐘她就會把筆擱下，把交握的雙手舉到嘴巴的高度，然後發出悲嘆。「我不能理解！」她喊道，藉此表示出她逐漸開始理解究竟發生了什麼事。「可是現在一切全完了！」她在強烈的絕望中出人意料地喊道，大哭著摟住她嫂嫂的脖子，然後又恢復了精神，重新提筆書寫。

克里斯提昂的情況就與可憐的克妻蒂妲相似。他還沒有流下一滴眼淚，為此感到有點羞愧。丟臉的感覺勝過所有其他感受。這些年來一直關注著自己的身體情況與異常之處也使他變得疲憊而麻木。他不時直起身子，摸摸自己光禿禿的前額，壓低了聲音說：「唉，真教人難過！」他這句話是對自己說的，強迫自己面對這件事實，並且勉強自己的眼睛變得有點溼潤。

忽然發生了一件事，令所有的人都心神不寧。小約翰笑了起來。他寫到一個聽起來很滑稽的名字，使他忍俊不住。他又念了一次，從鼻子裡哼了一聲，俯身向前，全身顫抖，笑岔了氣，而且克制不住自己。起初大家以為他在哭泣，但事情並非如此。大人們看著他，不敢置信，也不知所措。於是他母親就叫他去睡了。

第九章

因為一顆牙齒……布登布洛克議員因為一顆牙齒而死，城裡的人這麼說。可是，天哪，哪有人會因為這樣而死掉！他牙疼，布瑞希特先生弄斷了他的牙冠，然後他就那樣在街上摔倒了。有人聽過這種事嗎？

但是如今這也不重要了，這是他的事。大家首先要做的是送花圈去喪家，又大又貴的花圈，能讓致贈者面上有光的花圈，將會在報紙上被提到的花圈，能讓人看出致贈者的心意與付款能力。這些花圈被送來了，它們來自四面八方，有些是以機關團體的名義送的，有些是以家族與個人的名義送的；有些用月桂葉編成，有些用的是香氣濃烈的鮮花，也有銀製的花圈，繫著黑色絲帶或市旗顏色的絲帶，有些印著黑字獻詞，有些則用金色字母。還有棕櫚葉，巨大的棕櫚葉……

城裡所有的花店都大發利市，尤其是布登布洛克宅邸對面伊維爾森開的那家花店。伊維爾森太太每天都來按門鈴好幾次，送來各式各樣的花圈，由某某議員、某某領事、某某官員致贈。有一次她問她是否可以上樓去看一下議員？得到的回答是她可以。於是她跟在雍曼小姐後面走上主樓梯，她默默仰望那光彩奪目的樓梯間。

她的步伐很沉重，因為她又有喜了。隨著歲月流逝，她的外貌變得有點平凡，但是那雙狹長的黑眼睛以及有如馬來人的顴骨很迷人，看得出她以前想必曾經非常漂亮。她獲准進入客廳，湯瑪斯．布登布洛克的靈柩就放在那裡。

他躺在這個寬敞明亮的房間中央，原本的家具都搬走了，他躺在棺木的白綢襯墊上，身上穿著白綢衣物，也蓋著白綢，在一股濃郁刺鼻的香氣中，混合著晚香玉、紫羅蘭與上百種其他植物的氣味。在他頭頂後方矗立著托瓦爾森那座「基督賜福」雕像的複製品，在擺成半圓形的銀製燭架中央，雕像的基座周圍擺滿鮮花。盆花、花圈、花籃和花束擺在牆邊、地板上與被褥上；棕櫚葉倚著靈柩，垂在死者雙腳上方。他的臉上有幾處傷痕，鼻子上的挫傷尤其明顯。但是他的頭髮仍舊梳理得與生前一樣，老理髮師溫策爾先生又一次用火鉗把那撇小鬍子燙捲，長長的鬍尖僵硬地突出於蒼白的臉頰之外。他的頭微微偏向一側，交疊的雙手之間夾著一個象牙十字架。

伊維爾森太太差點就停在門邊，眨著眼睛從那裡望向靈柩，直到一身黑衣、涕淚交流的東妮從起居室走出來，出現在門簾之間，柔聲邀請她走近一些，她才敢在鑲木地板上稍微往前走。她站在那裡，雙手在她隆起的腹部交疊，用狹長的黑眼睛看著那些植物、燭架、緞帶、所有那些白綢以及湯瑪斯・布登布洛克的臉。很難說出這個待產婦人蒼白而模糊的面容上流露出的是什麼表情。最後她說了聲「喔……」抽噎了一聲——就只有一聲——短促而且含混不清，然後就轉身離去。

東妮喜歡這些訪客。她一步也不離開這棟屋子，不覺疲倦地密切注意著眾人競相前來向她哥哥的遺體致敬。有許多次，她用上她的喉音來朗讀報紙上的文章，就像公司慶祝一百周年慶那時候一樣，這些文章稱頌了他的貢獻，同時也哀悼他的去世造成了無可彌補的損失。蓋爾妲在客廳裡接待前來弔唁的客人時，東妮也在隔壁的起居室裡一起在場。而前來弔唁的賓客絡繹不絕，人數眾多。她與各方人士商量葬禮事宜，葬禮必須要辦得無比隆重。她安排了告別式，讓辦公室員工上樓來向老闆做最後的告別。然後倉庫的工人也得來。他們的一雙雙大腳慢吞吞地踩在鑲木地板上，極其老實地把嘴角向下拉，散發出混合了燒酒、口嚼菸草與體力勞動的氣味。他們看著這富麗堂皇的靈堂，把帽子拿在手裡扭絞，先是感到驚奇，然後感到無聊，直到有一個人鼓起勇氣動身離開，接著一整群人都拖著腳步跟在他後面。東妮很高興。她聲稱有好幾個人的眼淚流進了粗硬的鬍子裡。這根本不是事實。並沒有發生這種事。可是如果她說她看到了呢？如果這令她感到欣慰？

下葬的日子來臨了。金屬棺材被密封起來，覆蓋了鮮花，燭架上的蠟燭點燃了，屋裡擠滿了人。普林斯海姆牧師莊嚴地肅立在棺木前端，把他表情豐富的頭顱端放在寬大的輪狀皺領上，宛如擱在一個盤子上。死者的遺族團站在他身旁，包括本地與外地的親屬。

一個訓練有素的臨時雇員負責典禮的外部指揮工作，這個伶俐的人介於服務員與招待員之間。他把禮帽拿在手裡，腳步很輕地跑下主樓梯，用急切的低語對著玄關喊道：「房間裡已經滿了，但是走廊上還有點空間……」玄關裡剛剛湧進了穿著制服的稅務官員以及身穿襯衫馬褲、頭戴禮帽的穀物搬運工人。

然後所有的人都安靜下來；普林斯海姆牧師開始講話，他運用自如的嗓音抑揚頓挫、滔滔不絕地響徹整棟屋子。當他在樓上站在基督雕像旁邊，把雙手舉在臉前，再攤開雙手祈福，由四匹馬拉著的靈車停在樓下屋前蒼白的冬日天空下，其餘的馬車跟著排成長長一列，順著這條街道往下，一直排到河邊。而在大門對面站著一連士兵，他們排成兩排，把槍豎在腳邊，馮．特羅塔少尉站在最前面，手持出鞘的佩劍，用他閃亮的眼睛仰望著那扇凸窗，周圍房屋的窗戶裡和鋪石路面上都有許多人翹首仰望。

前廳裡終於有了動靜，少尉輕聲發號施令，士兵併攏腳跟敬禮，馮．特羅塔少尉把佩劍往下一揮，棺木出現了。由那四名身穿黑大衣、頭戴三角帽的男子扛著，搖搖晃晃、小心翼翼地出了前門。寒風把那股花香從周圍看熱鬧的人的頭上吹過，吹亂了靈車車頂的黑色羽飾，吹動了一路排到河邊的所有馬匹的鬃毛，扯動了送葬馬車的車夫與馬夫帽子上的黑絲帶。寥寥幾朵雪花從天空緩緩飄落，劃出大大的弧線。

拉著靈車的馬匹全都披著黑布，只露出不安的眼睛，由那四名身穿黑衣的僕人帶領，慢慢出發了。那隊士兵跟在後面，其餘的馬車一輛接一輛地駛來。克里斯提昂．布登布洛克和牧師坐上第一輛。小約翰與一位來自漢堡、模樣福態的親戚坐上第二輛。湯瑪斯．布登布洛克的送葬隊伍就這樣緩緩向前移動，隊伍拖得很長，一路上所有的房屋都下了半旗，寒風把旗幟吹得啪啪作響，那些官員與穀物搬運工人則是步行。

到了城外，棺木以及跟在後面的送葬親屬走在墓園的道路上，經過那些十字架、雕像、小教堂與光禿禿的垂柳，逐漸接近布登布洛克家族的祖墳，而儀仗隊也已經就位，並且再次行禮致敬。一支送葬進行曲的沉重節奏在一個小樹叢後面響起。

墓穴上那塊飾有立體家徽的大石蓋再次被掀開來擺在一旁，在光禿禿的樹叢邊上，城裡的仕紳又一次圍著那個襯砌過的深穴站立，此刻湯瑪斯．布登布洛克將被垂放下去，長眠在他父母身旁。這些擁有功名利祿的仕紳站在那裡，有些低著頭，有些哀傷地把頭歪向一邊，那些議員站在他們當中，從他們所戴的白手套和領帶很容易就能認出。那些公務員、穀物搬運工人、辦公室員工與倉庫工人則擁擠地站在遠處。

奏樂聲停止了，普林斯海姆牧師開始講話。當他的祝禱聲在冷冽的空氣中漸漸消失，眾人就準備再次來和逝者的弟弟與兒子握手致哀。

逐一與眾人握手花了很長的時間。克里斯提昂．布登布洛克帶著半是恍惚、半是尷尬的表情接受了所有的弔唁，這是他在莊嚴的場合特有的表情。小約翰站在他旁邊，穿著飾有金色鈕釦的水手服厚外套，那雙籠罩在淡青色陰影中的眼睛俯視著地面，沒有看著任何人，他把頭迎著風斜斜地向後仰，敏感地皺起了臉。

第十一部

（獻給我的朋友奧圖．葛勞托夫[1]）

1 奧圖．葛勞托夫（Otto Grautoff, 1876-1937）是托瑪斯．曼的中學同學，後來成為藝術史學家，托瑪斯．曼在一八九四至一九〇一年之間寫給葛勞托夫的信是了解這位作家早年生活的重要文獻。

第一章

我們會憶起這個人或那個人，心想對方現在不知過得如何，然後突然想到他們已經不再在人行道上四處散步，他們的聲音不再與眾人的聲音合鳴，他們已經從人生舞臺上永遠消失了，長眠在城門外某處的地下。

娘家姓氏為史特溫的布登布洛克領事夫人死了，她是戈特豪德伯父的遺孀。她曾經是造成父子嚴重失和的原因，但死亡也替她戴上了和解與美化的冠冕，使她的三個女兒——弗麗德里珂、亨麗耶特和菲菲——覺得有權利擺出一副受委屈的臉孔來接受親戚的弔唁，彷彿想說：「看吧，你們的迫害逼得她進了墳墓！」雖然領事夫人已經很老、很老了……

凱特森太太也已經安息了。天真單純、像孩童一樣充滿信任的她在最後那幾年飽受痛風的折磨，然後就安詳地離開了人間，讓她博學的妹妹——魏希布洛特小姐——羨慕不已。魏希布洛特小姐始終仍得不時對抗理性主義的小誘惑，儘管她的背愈來愈駝，身形愈來愈瘦小，卻由於體質較為強韌而被繼續留在這惡劣的塵世上。

彼得·德爾曼領事也蒙主寵召了。他把財產全部揮霍殆盡，最後死於飲用過度的「匈亞提·亞諾什治療水」，留給他女兒每年兩百馬克的養老金，有賴於公眾對德爾曼這個姓氏的敬重，讓「聖約翰修道院」接納她，照顧她的晚年。

尤思圖斯・克羅格也已經不在人世了，而這很糟糕。因為如今再也沒有人能夠阻止他軟弱的妻子賣掉僅剩的銀器，以便寄錢去給她墮落的長子雅克伯，他在這世界上的某處過著浪蕩的生活。

至於克里斯提昂・布登布洛克，若要在這座城市裡尋找他的身影將會是徒勞；他已經不住在這座城市的城牆之內了。他的議員哥哥去世之後不到一年，他就移居漢堡，在那裡和一位早就與他很親近的女士在上帝和世人面前結了婚，亦即阿琳娜・普沃格爾小姐。誰都阻止不了他。他從母親那兒得到的遺產，沒有預先花掉的部分按照他哥哥的遺囑交由史提方・齊斯登梅克先生負責管理，而這筆遺產的利息一向有一半都去了漢堡。但是在其他事情上，克里斯提昂可以自己作主。他結婚的事一傳開，東妮就寫了一封充滿敵意的長信去漢堡給阿琳娜・布登布洛克太太，用「夫人！」這個稱呼開頭，然後用刻意帶刺的措辭聲明，她永遠不打算承認收信人或其子女為親戚。

齊斯登梅克先生是遺囑執行者、布登布洛克家族財產的管理者、也是小約翰的監護人，而他十分重視這些任務。這些任務讓他有了一件極其重要的工作，讓他有資格在證券交易所摸著頭髮、流露出勞累過度的種種跡象，口口聲聲說自己忙得不可開交。也別忘了，他十分準時地從收益中抽取百分之二做為他辛苦管理的酬勞。可是他把事情處理得並不順利，很快就引起了蓋爾妲・布登布洛克的不滿。

事情是這樣的：公司將被解散，不再存在，而且要在一年之內完成。這是布登布洛克議員在遺囑中的交代，這個決定令東妮激動萬分。「那小約翰呢？翰諾呢？」她哥哥沒有顧及兒子與唯一的繼承人，沒有打算讓公司繼續經營下去，這件事令她感到非常失望難過。有時候她會為此哭泣，想到公司這塊可敬的招牌、這個傳承了四代的瑰寶將被處理掉，想到公司的歷史將就此結束，雖然明明有個親生的繼承人在。但是她隨即安慰自己，公司的終結不代表家族的終結，她的姪兒將來只好開創一家新公司，以實現他的崇高使命，這個使命在於讓祖傳的姓氏繼續發光、繼續響亮，讓家族再度興旺起來。他和曾祖父長得如此相像不是沒有道理的……

於是，解散公司的事就在齊斯登梅克先生與馬庫斯老先生的主導下展開，而整個過程極其可悲。預定的期限很短，必須一絲不苟地遵守，於是時間很緊迫。有待處理的事情以對己方不利的方式倉促解決。資產一筆一筆虧本地草率出售。貨棧和穀倉賤價出售換成了現金。而沒有被齊斯登梅克先生的操之過急給毀掉的東西，就毀於馬庫斯老先生的拖拖拉拉。根據城裡的傳聞，馬庫斯先生在冬天裡出門之前，不僅要把他的雙排扣大衣和帽子放在火爐邊好好暖一暖，就連手杖都要暖一下，而碰到景氣好的時候，他肯定會讓機會溜走。總之，損失愈來愈多。在帳面上，湯瑪斯·布登布洛克留下了六十五萬馬克的遺產，而遺囑宣讀一年之後，發現能指望拿到的遺產與這個金額相差甚遠。

對於該公司以這種虧本的方式解散，城裡流傳著語焉不詳而又誇大其詞的謠言，而蓋爾妲·布登布洛克打算出售那棟大宅的消息更助長了這些傳言。針對她何以需要賣房子以及布登布洛克家族財產的大幅縮水，眾人說得天花亂墜，乃至於城裡逐漸瀰漫著一股氣氛，這股氣氛起初想必令布登布洛克議員的遺孀感到訝異與困惑，後來則令她愈來愈感到不滿。有一天，她向她的小姑東妮說起有好幾個工匠與供應商不客氣地要求更正幾張金額不小的帳單，東妮聞言愣了很久，然後發出一陣嚇人的笑聲。蓋爾妲·布登布洛克非常氣憤，甚至說出了一個尚未定案的決定，說她打算帶著小約翰離開這座城市，搬回阿姆斯特丹和她的老父親同住，再與父親一起演奏小提琴二重奏。但是這使得東妮萬分震驚，於是蓋爾妲不得不暫時放棄這個計畫。

一如預料，東妮也對出售她哥哥建造的這棟房子表達了抗議。她大聲抱怨這可能會給別人留下不好的印象，說這將又一次損及家族的名聲。但是她也不得不承認，這棟房子本是湯瑪斯·布登布洛克的昂貴嗜好，要蓋爾妲繼續住在這棟富麗堂皇的大宅並加以維護其實不切實際，而蓋爾妲想要在城門外的綠地上擁有一間舒適的小別墅，這個願望乃是合理的。

房地仲介商西吉斯蒙・葛許先生意識到一個莊嚴的日子來臨了。這個經歷使他的暮年有了光彩，甚至使他的四肢有好幾個小時不再顫抖。事情是這樣的：他得以出現在蓋爾妲・布登布洛克的客廳，坐在她對面的一張扶手椅上，與她當面交涉她這棟房屋的價格。他雪白的頭髮披散在臉上，他昂起下巴，由下而上凝視著她，看起來徹底像個駝背之人。他的聲音嘶啞，但是語氣冷淡而且公事公辦，絲毫沒有洩露出他心靈受到的震撼。他表示願意接手這棟房子，伸出了手，帶著狡詐的微笑出價八萬五千馬克。這個價錢可以接受，因為在這樁買賣中損失是免不了的。只不過，這件事還得聽聽齊斯登梅克先生的意見，於是蓋爾妲沒有與葛許先生談妥交易就讓他離開了。事實證明，齊斯登梅克先生不願意讓任何人干涉他的職權。他對葛許先生出的價錢嗤之以鼻，不屑一顧，信誓旦旦地說這房子能賣到遠遠更好的價錢。他這樣堅稱了很久，直到他為了讓這件事有個了結，最後不得不把這棟房子以七萬五千馬克賣給一個上了年紀的單身漢，對方剛結束長程旅行歸來，打算在這座城市定居。

齊斯登梅克先生也負責購買蓋爾妲的新居，一棟宜人的小別墅，也許買得稍微貴了一點，但是座落在城門外一條古老的栗樹林蔭道旁，周圍有一座漂亮的花園與蔬果園，符合蓋爾妲・布登布洛克的願望。一八七六年秋天，布登布洛克議員夫人帶著兒子、僕人和一部分家具與用品搬進這棟小別墅，另一部分的家具和用品則不得不留下，轉而成為那個老單身漢的財產，令東妮惋惜不已。

而改變還不只這些！雍曼小姐，替布登布洛克家族服務了四十年的伊妲・雍曼退休了，回到她位於西普魯士的故鄉，將在親戚家度過她人生的晚年。說實話，她是被議員夫人解雇的。當這個家族的上一代都長大成人，不再需要她的照顧，善良的她隨即找到了小約翰來撫育和照顧，她可以讀格林童話給他聽，也可以講她那個死於打嗝的叔叔的故事給他聽。可是小約翰如今其實一點也不小了，他已經是個十五歲的少年，儘管體弱多病，她對他的用處已經不那麼大了。而她跟他的母親長久以來相處得並不愉快。蓋爾妲很晚才進入這個家族，比雍曼小姐自己進入這個家族的時間晚得多，她其實從未把蓋爾妲視為真正屬於這個家族的正統成員；另一方面，當她的年紀愈來愈大，她開始有了老僕人的傲慢，賦予自己過大的權限。她把自己看得太過重要，在家務事上干涉太多，引起女主人的反感。這個情況無法持續下去，激動爭執的場面出現了，儘管東妮費了許多唇舌替她求情，就像她替那兩棟大宅和那些家具求情一樣，年邁的伊妲還是被解雇了。

當她必須跟小約翰道別的時刻來臨，她哭得很傷心。小約翰擁抱了她，然後把雙手擱在背後，把身體重心放在一條腿上，踮起另一隻腳的腳尖，目送著她離去，帶著沉思默想的表情。在祖母的屍體旁邊，在父親去世之際，在那棟大宅解散之時，以及在經歷不這麼明顯的其他類似事件時，他那雙有著淡青色陰影的金棕色眼睛都流露出這種表情。在他看來，與老伊妲道別這件事出現在他所目睹的其他過程之後乃是順理成章，那些土崩瓦解、曲終人散的過程。這種事情不再令他感到訝異；說也奇怪，這種事情從不曾令他感到訝異。有時候他抬起頭來，一頭淺棕色鬈髮，嘴脣總是微微扭曲，纖細的鼻翼敏感地張開，彷彿他正小心翼翼地嗅著周圍的空氣與生活氣息，預期將會聞到那股異樣熟悉的香氣，祖母靈柩旁所有的花香都無法掩蓋的那股香氣。

每當東妮來拜訪她大嫂，她就會把姪兒拉到一邊，對他述說陳年往事，也跟他談起未來，布登布洛克家族的未來除了要仰賴上帝的恩典，也要仰賴他，小約翰。目前的情況愈是令人沮喪，她就更加不厭其煩地描述從前在她父母和祖父母家中的生活是多麼體面，還有翰諾的曾祖父如何駕著四匹馬拉的車跑遍全國。有一天，她的胃部嚴重痙攣，由於她的三個堂姊弗麗德里珂、亨麗耶特和菲菲異口同聲地宣稱哈根史托姆家族的人乃是社會菁英。

有關克里斯提昂的消息令人難過。婚姻對他的身體健康似乎沒有什麼好處。陰森恐怖的妄想與強迫觀念在他身上出現得愈來愈頻繁，他的妻子和一名醫生安排他住進一間療養院。他不喜歡住在那裡，寫信給家人訴苦，表達了想要出院的強烈願望，他在那裡似乎受到很嚴苛的對待。可是他還是被強留下來，而這樣對他來說可能也最好。總之，這使他的妻子得以無所顧慮、不受阻礙地繼續過她從前那種獨立的生活，同時也無損於她從這樁婚姻得到的好處，不管是實質上還是名義上。

第二章

鬧鐘的機械裝置發出一聲喀嗒，接著就盡忠職守而且殘忍地響起。那是一種沙啞的爆裂聲，不像鈴聲，更像一陣啪噠啪噠，因為這個鬧鐘很老舊了；可是這個聲音響了很久，久得令人絕望，因為鬧鐘的發條上得很足。

翰諾・布登布洛克從內心深處受到驚嚇。就跟每天早晨一樣，當這個既惡毒又忠實的噪音緊貼著他耳邊在床頭櫃上驟然響起，他的五臟六腑就由於惱怒、埋怨與絕望而收縮。但是表面上他仍舊十分平靜，躺在床上的姿勢也沒有改變，只是迅速睜開眼睛，從清晨的某個模糊夢境中被逐出。

冬天冷颼颼的房間裡一片漆黑，他辨識不出任何東西，也看不見鬧鐘的指針。但是他知道現在是六點，因為昨天晚上他把鬧鐘調到這個時間。昨天……昨天……當他繃緊神經，一動也不動地仰躺著，掙扎著想要下定決心點亮蠟燭然後起床，昨天充滿他內心的一切又一點一滴地逐漸回到他意識中。

昨天是星期天，在他接連幾天不得不忍受牙醫布瑞希特先生的摧殘之後，他得到的獎勵是獲准陪同母親前往市立劇院聆聽歌劇《羅恩格林》。一整個星期他就一心期待著這個夜晚。只可惜在這樣歡欣的節慶之前還有那麼多討厭的事，直到最後一刻都破壞了那自由愉快的企盼。不過，在星期六總算熬到了放學，而腳踏驅動式鑽牙機最後一次在他嘴裡令人作痛地嗡嗡鑽動……現在，一切障礙都被排除了，因為他決定把學校作業推遲到週日晚上以後。星期一有何重要？它有可能會到來嗎？要在週日晚上聆聽

《羅恩格林》的人不會相信還有星期一……他打算在星期一提早起床，把這些愚蠢的功課做完——這樣就夠了！之後他就自由自在地走來走去，滋養著心中的喜悅，在鋼琴前面作著白日夢，把討厭的事統統忘記。

然後幸福成真。幸福朝他襲來，帶著莊嚴和狂喜，帶著祕密的戰慄與震顫，帶著內心的驟然啜泣，帶著情感奔放和永不饜足的陶醉……誠然，管弦樂團的廉價小提琴在序曲中的表現欠佳，而一個蓄著金黃落腮鬍的自負胖子乘著輕舟出現時有點搖搖晃晃。而他的監護人史提方·齊斯登梅克先生就坐在隔壁包廂裡，嘀咕著上劇院會分散這孩子的注意力，讓他偏離了自己的責任與義務。但是他豎耳聆聽那甜蜜幸福的美妙音樂，使他無視這一切。

然而，劇終的時刻最後還是來臨了。那吟唱著的幸福戛然而止，那閃亮的幸福驟然黯淡下來，他腦袋發燙，發現他回到家中自己的房間裡，意識到在他與灰暗的日常生活之間就只隔著他躺在床上的幾小時睡眠。這時他又陷入了他所熟悉的那種萬念俱灰。他再次感受到美好的事物多麼令人痛苦，使人深深墜入羞愧和渴盼的絕望之中，也消耗了去過普通生活的勇氣與能力。這種感覺壓在他心上，沉重如山，無比絕望，使得他再一次對自己說，壓在他身上的想必不只是他個人的煩惱，而是從生命之初就壓在他心靈上的重擔，總有一天會使他的心靈窒息。

然後他就撥了鬧鐘，睡了一覺，睡得很沉、很沉，彷彿再也不想醒來。現在星期一來臨了，時間是早晨六點，而他還根本沒做功課！

他坐起來，點燃了床頭櫃上的蠟燭。可是他的手臂和肩膀在冰冷的空氣中馬上就要凍僵，於是他很快又縮回床上，把被子拉過來蓋在身上。

鬧鐘的指針指著六點十分，唉，現在起床做功課沒有意義，作業太多了，幾乎每一堂課都有，現在開始做是不值得的，而且他替自己設定的時間點反正已經過去了。昨天他覺得自己今天在拉丁文和化學這兩門課上都會被老師叫到，可是這件事真的這麼確定嗎？的確可以這麼假定，根據常理來推測很可能是這樣。拉丁文課上到古羅馬詩人奧維德，最近被老師叫到的同學是姓氏開頭字母位在字母表最後的那幾位，所以今天想來又會輪到字母表最前面，姓氏以A或B開頭的同學。但這也不是絕對肯定的，不是百分之百毫無疑問！凡是規則都有例外！偶然與巧合有時會發生莫大的作用，老天！……當他忙著這樣自欺欺人、強詞奪理，他的思緒模糊了，而他又重新睡著了。

這個給學生住的小房間冰冷而簡陋，床頭掛著西斯廷聖母像的銅版畫，房間中央擺著一張桌面可以伸縮的桌子，書架上凌亂地塞滿了書，還有一個桌腳平直的桃花心木寫字檯、那架風琴、窄小的盥洗檯，都默默靜立在搖曳的燭光中。霜花在窗玻璃上綻放，遮光簾沒有放下來，以便讓日光能早點照進來。而翰諾·布登布洛克睡著了，臉頰貼在枕頭上。他的嘴唇張開，低垂的睫毛緊緊閉著，那表情像是熱情而痛苦地投入了睡眠的懷抱，而他那柔軟的淺棕色鬈髮覆蓋在太陽穴上。慢慢地，床頭櫃上的小小燭火失去了紅黃色的光亮，因為朦朧的晨光穿過窗玻璃上結的那層冰，微弱地照進房間裡。

七點鐘的時候，他再次驚醒。現在這個期限也已經過了。起床，然後承擔這一天的工作——這是他迴避不了的。在學校開始上課之前還剩下短短一小時。時間緊迫，更別提做功課了。儘管如此，他仍舊躺著沒動，心中充滿了憤懣、悲傷和控訴，由於這種殘酷的強迫，必須在冰冷的昏暗中離開溫暖的床鋪，出去走進那些嚴厲而不懷好意的人群，讓自己置身於困境與危險之中。唉，再睡兩分鐘吧？就只不過是寥寥兩分鐘。他柔情洋溢地問他的枕頭。然後，出於倔強，他送給自己整整五分鐘，再稍微閉上眼睛，偶爾睜開一隻眼睛，絕望地凝視著時鐘的指針，那指針麻木不仁、無知而準確地向前走。

七點十分，他跳下床，開始極其倉促地在房間裡走動。蠟燭還在燃燒，因為單靠日光還不夠明亮。

當他對著一朵霜花呵氣，使得霜花融化，他看見戶外一片濃霧。

他凍得要命。嚴寒有時會使他全身痛得發抖。他的指尖有燒灼感，腫脹得厲害，連指甲刷都不知從何刷起。當他清洗自己的上半身，他那幾乎凍僵的手把海綿掉到了地上，有那麼一瞬間，他僵直無助地站在那裡，鼻子冒出白氣，像一匹汗流浹背的馬。

最後他總算梳洗完畢，呼吸急促、兩眼無神地站在那張可伸縮的桌子旁，抓起書包，在絕望中鼓起僅存的精神力量，把今天上課要用的書本放進去。他站在那兒，眼神茫然地費力思索，焦慮地喃喃自語：「宗教……拉丁文……化學……」然後把那些已經破損而且沾了墨漬的精裝書塞進書包。

嗯，小約翰已經長得相當高了。他已經超過十五歲，不再穿著哥本哈根水手服，而穿著一套淺棕色西裝，繫著藍底白點的領帶。在他的背心上可以看見那條從曾祖父傳下來的細長金錶鍊，而那枚鑲著綠寶石的圖章戒指戴在他右手的無名指上，這枚戒指現在也屬於他了，他的手稍微嫌寬，但是形狀優美。他穿上冬季的羊毛厚外套，戴上帽子，抓起書包，熄了蠟燭，衝下樓梯來到一樓，經過那隻棕熊標本，走進右手邊的餐廳。

他母親的新女僕克雷曼婷小姐已經在餐廳裡，正在早餐桌旁忙著，她是個瘦削的女孩，留著髮瀏海，鼻子尖尖的，是個近視眼。

「現在幾點了？」他從齒縫間問道，雖然他明知道答案。

「八點差一刻，」她回答，用細瘦的手指著牆上的時鐘，她的手紅紅的，像是患有痛風。「你得留心該出門的時間了，翰諾……」說著她就把冒著熱氣的杯子放在他座位前的桌上，再把麵包籃與奶油、鹽罐和蛋杯推到他面前。

他沒有再說什麼，伸手拿起一個小麵包，就站著喝下那杯熱可可，帽子還戴在頭上，書包夾在胳臂下。那杯熱飲讓他的一顆臼齒疼得要命，那是布瑞希特先生剛治療過的一顆牙。他剩下半杯沒喝，蛋也不吃了，歪著嘴輕輕出了個聲，可以理解為他在說再見，然後他就跑出了家門。

時間是八點差十分，當他穿過屋前的花園，把那棟紅色小別墅留在身後，向右轉，開始沿著冬季的林蔭道疾行。還剩十分鐘，九分鐘，八分鐘。而這條路很長。在濃霧中幾乎看不出自己走了多遠！他吸進這冰冷的濃霧又再吐出，鼓起窄小胸膛的全部力量，用舌頭抵住那顆因為喝了熱可可而仍在灼痛的牙齒，讓雙腿的肌肉拚命使勁。他汗流浹背，卻仍然感覺四肢都凍僵了。身體兩側開始感到刺痛。那一點早餐在這趟晨間步行中在他的胃裡翻騰，他覺得想吐，而他的心臟就只是顫抖著不停跳動，時快時慢，使他喘不過氣來。

城堡門，先走到城堡門，再過四分鐘就八點了！當他流著冷汗，在疼痛、想吐與急迫中拚命趕路，他向四面八方張望，想看看是否還能看見其他學生。沒有，沒有誰還在路上。大家都已經就位，而這時八點整的鐘聲也已經響起！所有塔樓的鐘聲響徹濃霧，而為了慶祝這一刻，聖瑪利亞教堂的鐘甚至奏出了〈今當齊來謝主〉的旋律……根本奏得荒腔走板，翰諾在絕望中生氣地察覺，那些鐘不懂得節奏，而且調音也調得極其差勁。可是此刻這一點也不重要，一點也不重要！是的，他遲到了，這一點再無疑問。學校的時鐘走得稍微慢一點，可是他還是遲到了，這一點是確定的。他凝視著從他身旁走過的路人的臉。他們要進辦公室去忙他們的生意，他們一點也不匆忙，也不必擔心什麼。他羨慕而忿忿不平地看著他們，有些人回應了他的目光，打量著他那失魂落魄的模樣，然後露出了微笑。這個微笑把他氣壞了。這些人在想什麼？這些無憂無慮的人是怎麼判斷這個情況的？這個微笑是出於粗魯無禮，他很想對這些人大喊，你們的微笑，各位先生！你們可能以為在關閉的校門前面昏倒死掉是件值得衷心期盼的事……

一道嵌著兩扇鑄鐵小門的圍牆把校園的前半部與街道隔開，當他距離那道長長的紅色圍牆還有二十步遠的時候，持續不斷的刺耳鈴聲傳進他耳中，這表示週一的祈禱會即將開始。他已經沒有力氣再邁開大步行走或奔跑，只能讓上半身向前傾，而為了避免身體摔倒，一雙腿也不得不踉踉蹌蹌地跟著向前移動，他就這樣抵達了第一扇小門前面，當鈴聲已經沉寂下來。

管理員施雷米爾先生正準備關上鐵門，他身材矮壯，留著粗獷的鬍鬚，一張臉長得像個工人。「嗯……」他說，就讓學生布登布洛克溜進門裡。也許他得救了，也許。現在他得偷偷溜進教室，在那裡暗中等待在體育館舉行的祈禱會結束，假裝若無其事。他氣喘吁吁，筋疲力盡，在冷汗中全身僵硬，拖著身子走過鋪著紅磚的院子，穿過一扇鑲著彩色玻璃的漂亮折疊門，走了進去。

學校裡的一切都嶄新整潔而且漂亮。它跟上了時代。如今這一代學生的父輩還曾經在從前附屬於修道院的那所老學校求知，而那所老學校灰暗老朽的部分已被夷為平地，在原地蓋起了宏偉通風的新建築。整體的風格則被保留下來，哥特式拱頂莊嚴地聳立在走廊和十字形迴廊上方。至於照明與暖氣、教室的寬敞明亮、教師辦公室的舒適，以及化學教室、物理教室、繪畫教室的實用設備，則完全具備現代化的舒適。

筋疲力竭的翰諾．布登布洛克貼著牆壁走，一邊環顧四周。感謝上帝，沒有人看見他。從遠處的走廊上傳來眾師生的熙熙攘攘，他們正緩慢地朝體育館移動，以便在那裡替本週的教學得到一點宗教上的支持。在他前面一片死寂，那道鋪著油氈的寬敞樓梯也暢通無阻。他小心翼翼，躡手躡腳地爬上樓，屏住呼吸，緊張地豎起耳朵。他的教室——實科中學六年級——位在二樓，就在樓梯對面；教室的門敞開著。他站在最上面一級的臺階上，探出身子，順著長廊張望，長廊兩邊各有一排教室，每間教室門口都掛著註明班別的瓷牌。他悄悄地迅速向前跨出三步，人就進了教室。

教室裡空無一人。三扇寬窗的窗簾尚未拉開，懸掛在天花板上的煤氣燈在一片寂靜中輕聲燃燒。綠色燈罩把燈光灑在那三排有雙人座位的淺色木頭課桌椅上，課桌椅面對著散發出教誨與審慎氣息的深色講臺，講臺後面的牆上掛著一塊黑板。牆壁的下半部鑲著黃色木板，上半部則是光禿禿的石灰牆面，貼著幾張地圖做為裝飾。講臺一側還有一塊黑板斜擺在一個畫架上。

翰諾走到他的座位，大約位在教室中央，把書包塞進抽屜，跌坐在堅硬的椅座上，把雙臂擱在傾斜的桌面，再把頭枕在手臂上。他全身感到一股說不出的舒暢。這間光禿禿、硬梆梆的教室醜陋而且可恨，而這個蘊藏著千百種危險的上午沉重地壓在他心上。可是他暫時是安全的，身體得到了保護，能夠靜待事情的發生。而且第一堂課是巴勒史提特老師的宗教課，這門課沒什麼好怕的。牆壁上方那個圓洞前面的細長紙條在振動，由此可以看出暖氣正湧入室內，而煤氣燈的火焰也使得室溫升高。啊，他可以伸個懶腰，讓僵硬潮溼的四肢緩緩放鬆解凍。一股舒適但不健康的熱氣湧上他的頭部，在他耳中嗡嗡作響，使他的目光變得模糊。

忽然他聽見身後有個聲響，把他嚇了一跳，猛地轉過身去。而看哪，凱伊．莫恩小伯爵的上半身從最後一排椅子的後面冒出來。這個少年費了一點功夫爬出來，站直了，旋即把兩隻手輕輕互拍了一下，拍掉手上的灰塵，滿臉笑容地朝著翰諾．布登布洛克走過來。

「啊，原來是你，翰諾！」他說。「你來的時候，我還以為你是哪個老師呢，所以我就躲在那後面。」

他說話時嗓音沙啞，顯然正在變聲，而他的朋友翰諾卻還沒有變聲。他跟翰諾一樣長高了，但除此之外，他一點都沒變。他仍舊穿著一套說不出是什麼顏色的西裝，這裡那裡少了顆扣子，臀部有一塊大大的補丁。他的手還是不太乾淨，但是形狀修長而且非常優美，手指纖細，指甲前端尖尖的。隨便從中間一分的紅黃色頭髮仍舊垂在雪白無瑕的額頭上，底下一雙淺藍色眼睛閃閃發亮，眼神深邃銳利。他的鼻弓只微微隆起，上唇微翹，清秀的臉龐呈現出純淨高貴的血統，與他邋遢的裝扮形成強烈的對比，而這個對比如今更加引人注目。

「噢，凱伊，」翰諾說，他歪扭著嘴，用一隻手揉著心臟的部位。「你怎麼可以這樣嚇我一大跳！你為什麼在這裡？為什麼躲起來？你也遲到了嗎？」

「才不是呢，」凱伊回答。「我早就來了。星期一早上大家都迫不及待地想再回到學校，這一點你自己最清楚，兄弟。不，我留在樓上只是為了好玩。早上是那個『思想深刻的老師』負責監督，他不認為把大家趕下樓去參加祈禱會是蠻橫的。所以我就一直緊緊跟在他背後……不管他這個神秘主義者怎麼轉身，怎麼東張西望，我始終緊跟在他背後，直到他離開，所以我就得以留在樓上……可是你，」他同情地說，動作溫柔地在翰諾旁邊的椅凳上坐下。「你剛才是跑著來的，對吧？真可憐！你看起來很趕。頭髮都黏在太陽穴上了。」說著他就從桌上拿起一把直尺，認真仔細地把小約翰的頭髮撥鬆。「所以說，你睡過頭了？噢，我坐在阿道夫．托登豪特的位子上了，」他打斷了自己的話，環顧四周，「坐在班長的神聖座位上！嗯，就坐這麼一次應該沒關係……所以說，你睡過頭了嗎？」

翰諾又把臉枕在交叉的手臂上。「昨天晚上我去劇院了。」他重重地嘆了一口氣說。

「喔，對，我把這件事給忘了！有那麼棒嗎？」

凱伊沒有得到回答。

「你很好命，」凱伊繼續說服他，「你得考慮到這一點，翰諾。你瞧，我還從來沒去過劇院呢，而且未來這許多年也絲毫沒有上劇院的機會……」

「只要事後不會像喝醉一樣這麼難受就好了。」翰諾抑鬱地說。

「喔，這種情況我倒是很熟悉。」凱伊說著就彎腰拾起他朋友擱在椅子旁邊地板上的帽子和外套，悄悄地拿到走廊上。

等他再度走進來，他問：「那奧維德的《變形記》裡該背的那一段你大概也沒背熟了？」

「沒。」翰諾說。

「還是說你準備好了地理課的抽考？」

「我什麼都沒準備，什麼都不會。」翰諾說。

「所以說化學和英語也一樣！All right！我們真是心靈相通的難兄難弟！」凱伊顯然鬆了一口氣。

「我的情況完全一樣，」他愉快地說明。「星期六我沒有做功課，因為隔天是星期天嘛，然後星期天我也沒做功課，出於虔誠，因為那是安息日……不，這是胡說……主要是因為我有更好的事情要做，當然，」他忽然嚴肅起來，淡淡的紅暈從他臉上掠過。「嗯，今天會有好戲看了，翰諾。」

「如果我再被申誡一次，」小約翰說，「那我就要留級了；而我肯定會被申誡，如果老師在拉丁文課叫到我的話。今天輪到姓氏是B開頭的學生了，凱伊，這是改變不了的……」

「我們等著瞧吧！哈，『凱撒一定要出門。危險一向只敢在我背後裝腔作勢，一看見凱撒的臉就會……』[1]」可是凱伊沒有繼續朗誦下去。他的心情也很糟。他走到講臺上，坐了上去，表情陰鬱地開始在那張扶手椅上前後搖晃。翰諾．布登布洛克仍舊把額頭擱在交叉的雙臂上。有好一會兒，他們就這樣沉默地相對而坐。

突然，在遙遠的某處響起一陣低沉的嗡嗡聲，很快就成了嘈雜喧嘩，在半分鐘之內就來勢洶洶地接

---

1 此處係引用莎士比亞劇作《凱撒大帝》第二幕第二場中凱撒所說的話。

近了。

「是同學，」凱伊惱怒地說。「老天，他們這麼快就祈禱完了！這堂課只少了不到十分鐘……」

他走下講臺，走到門口，準備混進走回教室的同學當中。至於翰諾，他就只把頭抬起來一下，撇了撇嘴，繼續坐著沒動。

那股騷動接近了，有拖著腳步的啪吖聲、跺腳聲和混亂的男聲，尖細的高音與變聲期的刺耳嗓音順著樓梯湧上來，傾瀉在走廊上，也湧進了這間教室，教室裡頓時充滿了生命、動靜與聲響。他們進來了，這群少年，翰諾和凱伊的同學，實科中學六年級的學生，一共大約二十五名，他們把雙手插在褲袋裡或是搖擺著雙臂，慢慢晃到自己的座位上，把《聖經》翻開。他們當中有些人長相討喜，也有些人長相可疑，有的看起來身體健康，有些看起來令人擔心；有身高體壯的調皮鬼，他們想要成為商人，甚至想要出海，根本什麼也不在乎。也有身材矮小、上進心超齡的書呆子，在需要死背硬記的科目表現出色。而班上第一名的阿道夫．托登豪特卻無所不知，他這輩子還沒有答不出來的時候。部分原因在於他安靜的勤奮學習，部分原因則在於老師們都很小心，不會向他提出他可能答不出來的問題。假如看見阿道夫．托登豪特啞口無言，會使得老師們感到心痛與慚愧，會動搖他們對於人類有可能臻於完美的信念。他的頭顱奇怪地隆起，一頭金髮平滑如鏡地貼在頭顱上，灰色眼睛有著黑眼圈，晒成褐色的雙手很長，從外套過短的衣袖裡伸出來，外套刷得很乾淨。他在翰諾．布登布洛克旁邊坐下，露出溫和而略帶狡猾的微笑，向這個鄰座同學道了聲早安，用的是時下的流行語，把這聲招呼發成一個輕佻而漫不經心的單音。可是接下來，當周圍的同學都在小聲聊天、預習、打呵欠和大笑，他卻伸直了細長的手指，以無比正確的方式拿著筆，默默地書寫教室日誌。

過了兩分鐘，外面響起了腳步聲，坐在前面幾排的同學不慌不忙地站起來，後面幾排的同學也有

一、兩個跟著站起來，其他人則繼續忙著自己原本在做的事，幾乎沒有注意到巴勒史提特老師走進了教室，把帽子掛在門上，走上了講臺。

他的年紀四十多歲，有個圓滾滾的肚子，頭頂禿了很大一塊，紅黃色的落腮鬍剪得短短的，臉色紅潤，溼潤的嘴脣周圍流露出的表情混合了油滑與享樂的欲望。他拿起他的筆記本，默默地翻閱；可是由於班上不夠安靜，他抬起頭來，把手臂在講桌上伸直了，一張臉慢慢脹成了深紅色，使得鬍子顯得像是淺黃色，把蒼白無力的拳頭軟趴趴地一上一下動了幾次，嘴脣顫抖著囁嚅了半分鐘，最後就只擠出了短短一聲有如呻吟的「嗯……」接著他還花了一點時間思索，想用其他方式來表達責備之意，最後又看起他的筆記本，脹紅的臉慢慢恢復原狀，作罷了。這就是巴勒史提特老師的作風。

他曾經想成為傳教士，可是因為他容易口吃，也喜歡世俗的舒適生活，於是決定還是從事教育工作。他是個單身漢，擁有一些財產，手指上戴著一枚小鑽戒，而且由衷地喜歡吃吃喝喝。他雖然身為老師，但是只在工作上與學校同事有所來往，其他時候主要都和城裡那些喜好享樂的未婚商人以及駐紮此地的軍官來往，每天都在上等的餐館用餐兩次，也是「俱樂部」的會員。如果他在凌晨兩、三點在城裡某處遇到年紀大一點的學生，他就會脹紅了臉，吐出一句「早安」，雙方心照不宣地息事寧人。翰諾．布登布洛克一點也不怕他，也幾乎從不曾被他叫起來回答問題。這位老師太常以暴露出人性弱點的方式與他叔叔克里斯提昂聚在一起，因此不會想在教學時與克里斯提昂的姪兒發生衝突。

「嗯……」他又說了一次，環顧了一下整個班級，又動了動他軟軟握成拳頭、戴著小鑽戒的手，然後看著他的筆記本。「裴勒曼。概述。」

裴勒曼在教室的某處站了起來。別人幾乎察覺不出他站起來了。他屬於那些矮個子，那些上進心超齡的書呆子。「概述，」他乖巧地小聲說，帶著焦慮的微笑把頭向前伸。「《約伯記》分為三部分。第一部分是約伯受到磨難之前，或者說受到主的懲罰之前。包括第一章的一至六節。第二部分是磨難本身以及所發生的事。包括第一章的……」

「答得很正確，裴勒曼，」巴勒史提特老師打斷了他，被這名學生的俯首貼耳所感動，在他的小筆記本上寫下一個好成績。「海恩里希，你接著講。」

海恩里希屬於那種身高體壯、什麼也不在乎的調皮鬼。他把先前把弄著的折疊小刀塞進褲袋，站起來時弄出了很多聲音，耷拉著下唇，用粗糙沙啞的男性嗓音清了清嗓子。老師沒讓溫順的裴勒曼繼續回答，而叫到了海恩里希，這令全班同學都不滿意。這些學生在溫暖的教室裡發著呆，做著白日夢，在輕輕嗡嗡作響的煤氣燈焰底下半睡半醒。星期天剛過，大家都很累，而且在這個寒冷有霧的早晨，大家都是唉聲嘆氣、牙齒打顫地從溫暖的被窩裡爬出來的。每個人都寧願聽矮小的裴勒曼繼續輕聲細語地說上一整堂課，而現在海恩里希卻肯定會惹事。

「講這一篇的時候我沒來上課。」他粗聲粗氣地說。

巴勒史提特老師的臉漸漸脹紅了，動了動他軟弱的拳頭，蠕動著嘴唇，揚起眉毛瞪著少年海恩里希的臉。他深紅色的頭顱由於竭力使勁而顫抖，直到他終於吐出一聲「嗯……」從而打破了沉默，贏了這場比賽。「永遠都不能指望你會有好的表現，」他滔滔不絕地往下說，一點也不費力，「而且你總是有藉口，海恩里希。如果你上一堂課請了病假，那你大可以在這幾天打聽一下那堂課都上了些什麼，而如果第一部分講的是約伯受到磨難之前，第二部分講的是磨難本身，那麼你扳著手指頭數一下就能知道第三部分講的是苦難發生之後的情況。可是你不用心，而且你不僅是個軟弱的人，還總是想要美化自己的缺點，想替自己的缺點辯護。但是你要記住，這樣下去你就不可能有所進步、有所改善，海恩里希。你坐下吧。瓦瑟佛格，你接著回答。」

海恩里希臉皮很厚而且個性倔強，他坐下時弄出了唧唧嘎嘎的聲音，對鄰座的同學講了句粗話，又把口袋裡那把折疊小刀抽出來。瓦瑟佛格站了起來，這個學生的眼睛發炎，長著朝天鼻和招風耳，指甲都被啃壞了。他用輕柔尖細的嗓音講完了「概述」，開始敘述住在烏斯地的約伯以及他的遭遇。他在前座同學的背後把《舊約聖經》翻開，帶著全然無辜與用心投入的表情偷偷讀了一下，然後盯著牆壁上的一個點，結結巴巴地把剛才偷看到的內容翻譯成拙劣的現代德語，一邊尖聲尖氣地咳嗽。他身上有種極其惹人厭的地方，但是巴勒史提特老師大大稱讚了他的努力。就這一點而言，瓦瑟佛格這個學生的日子很好過，因為大多數的老師都喜歡稱讚他與他的好表現，以便向他、向自己、也向其他人表明他們不會因為他長相醜陋就對他不公平。

這堂宗教課就這樣繼續上下去。還有好幾個學生被叫起來證明自己知道「烏斯地的約伯」的故事，而戈特利布·卡斯包姆拿到了好成績，因為他能準確說出約伯擁有七千隻羊、三千頭駱駝、五百對牛、五百頭驢和許多僕婢，雖然這個學生的家庭破碎了，他父親就是因為開立假匯票而入獄的大商人卡斯包姆。

然後學生就獲准把《聖經》翻開（雖然大多數人都已經翻開了），大家接著閱讀。讀到巴勒史提特老師覺得需要講解的地方，他就會漸漸脹紅了臉，說聲「嗯……」在做完他說話前慣有的準備動作之後，針對需要講解之處發表一段簡短的演說，夾雜了老生常談的道德教誨。沒有人在聽他講課。教室裡瀰漫著平靜安詳與昏昏欲睡的氣氛。由於暖氣持續運作，煤氣燈也一直開著，教室裡的溫度已經相當高，而由於這二十五具在呼吸與散發熱氣的身體，室內的空氣已經相當渾濁。溫暖的室溫、燈燄嘶嘶燃燒的聲音以及朗誦經文的單調嗓音籠罩著這些感到無聊的大腦，使他們睡意朦朧。凱伊·莫恩小伯爵面前攤開的除了《聖經》還有愛倫坡的短篇小說集《離奇事件與神秘罪行》，他用那隻流露出貴族氣質卻又不太乾淨的手撐著頭，正在讀那本小說。翰諾．布登布洛克蜷縮著身體，靠在椅背上坐著，嘴巴鬆垮，眼神渙散，看著《約伯記》的一行行字母漫漶成黑黑的一團。有時候，當他回想起《羅恩格林》裡的「聖杯動機」或是「行進至大教堂」那一段，他就會緩緩垂下眼瞼，感覺到內心在啜泣。而他的心在祈禱，但願這段沒有危險、平靜安詳的早晨時光永遠不要結束。

然而，這堂課還是結束了，按照萬事應有的規律，管理員搖響了下課的鐘聲，刺耳的鐘聲在走廊上迴蕩，把這二十五個大腦從溫暖的朦朧睡意中叫醒。

「下課！」巴勒史提特老師說，要班長把教室日誌遞給他，簽上他的名字，證明他這個小時善盡了職責。

翰諾．布登布洛克闔上了《聖經》，顫抖著伸了個懶腰，不安地打了個呵欠；可是當他放下手臂，放鬆了四肢，他必須吃力地匆匆吸一口氣，好讓他有一瞬間虛弱不穩而暫停跳動的心臟稍微恢復節奏。下一堂課是拉丁文，他側著頭朝著凱伊投去求助的眼神，凱伊似乎根本沒有察覺已經下課了，仍然專心讀著他私底下在讀的書。翰諾從書包裡抽出那本有著大理石紋精裝封面的奧維德作品，翻到今天必須背熟的詩句。這一行行用鉛筆做了記號的黑字，編了號，每五句一節地排列下來，無比模糊而陌生地盯著他看，現在還想要稍微讀熟根本就毫無希望。他幾乎不理解這些詩句的意思，更別提要背誦出來了，哪怕只有一句。而接下來該替今天上課事先預習的那幾行，他一句也看不懂。

「『decíderant, patula Jovis arbore, glandes』是什麼意思？」他用絕望的聲音轉頭去問阿道夫．托登豪特，坐在他旁邊的這位同學正在寫教室日誌。「這一切都沒有意義！就只是為了整人……」

「嗄？」托登豪特說，一邊繼續書寫，「意思是朱比特之樹落下的橡實……這棵橡樹是……嗯，我也不太清楚……」

「輪到我的時候，就提示我一下，托登豪特！」翰諾央求，一邊把書本推開。這個班上第一名的同學漫不經心、不置可否地點了點頭，翰諾用陰鬱的目光看著他，然後就從椅子的一側離開座位，站了起來。

教室裡的情況有了改變。巴勒史提特老師離開了教室，此刻筆挺地站在講臺上的是一個矮小瘦弱的男子，留著稀疏的白鬍子，紅紅的細瘦脖子從窄小的翻領中伸出來，用一隻長著白色毛髮的小手把他的禮帽拿在身前，帽口朝上。學生給他取的綽號是「蜘蛛」，而他的真實姓名則是徐克普教授。由於這個下課時間他負責在走廊上監督秩序，他就也走進各間教室來檢查一下。「把燈關掉！拉開窗簾！打開窗戶！」他說，盡可能讓他細聲細氣的嗓音具有發號施令的力量，一邊笨拙地在半空中用力揮動手臂，彷彿在轉動一根曲柄。「大家都下樓去，出去呼吸一點新鮮空氣，真要命！」

燈火熄滅了，窗簾被掀開，黯淡的日光照進教室，寒冷的霧氣從敞開的大窗戶湧進來，當這班中學六年級的學生從徐克普教授身旁擠向出口。只有班長被允許留在樓上。

翰諾和凱伊在教室門口碰頭，並肩走下寬敞的樓梯，穿過樓下雅致的前庭。翰諾的模樣看起來很可憐，凱伊則在沉思。等他們走到了大院子，就開始來回踱步，夾在一群不同年齡的學生當中，大家都鬧烘烘地在潮溼的紅磚地上胡亂走動。

這裡由一位年紀還輕、蓄著金色山羊鬍的老師負責監督。這是個衣著光鮮的老師，名叫戈德納博士，他經營一間男孩寄宿學校，學生是來自霍爾斯坦與梅克倫堡的富裕貴族地主子弟。受到那些託付給他管教的貴族少年的影響，他以一種在學校同事之間罕見的方式來修飾自己的外表。他繫著彩色絲質領帶，穿著花俏的短外套和淺色踩腳長褲，有彩色鑲邊的手帕上還灑了香水。這種華麗的裝扮其實一點也不適合出身寒微的他，例如他那雙大腳穿上尖頭鈕釦靴顯得相當可笑。令人難以理解的是，他對自己那雙又粗又紅的手沾沾自喜，不停地揉搓雙手，把十指交纏，並且憐愛地仔細端詳。他習慣把頭歪著向後仰，眨著眼睛，皺著鼻子，半張著嘴，時時擺出一副表情，彷彿他正要說：「這會兒又怎麼啦？」然而，他太過自持身分，對於操場上發生的各種違反規定的小事一概擺出尊貴的姿態視而不見。有一、兩個學生為了臨時抱佛腳而把課本從樓上帶下來，他視而不見；他寄宿學校裡的貴族少爺拿錢給管理員施雷米爾先生，讓管理員去替他們買糕餅，他視而不見；兩個四、五年級的學生在較量力氣，結果打了起來，周圍立刻圍了一圈品頭論足的專家，他也視而不見；後面有個學生以某種方式表現得不講義氣、懦弱或是可恥，而被同班同學架到了唧水筒旁邊，讓他丟臉地被水淋溼，戈德納博士還是視而不見。

凱伊和翰諾在這群學生當中來來回回地散步，這是勇敢而有點粗野的一代，他們在振興了的祖國獲得軍事勝利的氣氛中長大，崇尚粗獷的男子氣概。他們慣用的說話方式既隨便又大膽，充斥著專業術語。喝酒與抽菸的能力、強壯的體魄和優異的運動能力受到高度推崇，而最被瞧不起的惡習是軟弱與浮華。誰要是豎起外套衣領而被人遇見，就得準備好被架到唧水筒旁邊。誰要是居然被人看見拿著一根手杖走在街上，就會在體育館裡受到丟臉而痛苦的公開懲罰。

在充斥於溼冷空氣中的嘈雜人聲裡，翰諾和凱伊之間的交談顯得陌生而奇特。很久以來，全校師生就都知道他們兩人是朋友。老師們心中不滿地容忍這分友誼，因為他們揣測這背後藏有蹊蹺與反抗；同學們猜不出這份友誼的本質，習慣了隱約懷著反感加以接受，把這兩個同學視為化外之民與怪胎，任由他們自生自滅。此外，凱伊．莫恩小伯爵也受到一些尊敬，由於大家都見識過他的狂野與肆無忌憚。至於翰諾．布登布洛克，即使是身材高大、到處打架的海恩里希也下不了決心為了懲罰他的膽怯與浮華而對他動手，基於莫名的恐懼，害怕他柔軟的頭髮與纖細的四肢，也害怕他那陰鬱羞怯而冰冷的眼神。

「我很害怕，」翰諾對凱伊說，他在操場一側的牆邊停下腳步，倚著圍牆，冷得發抖地打了個呵欠，把外套拉得更緊了。「我害怕極了，凱伊，害怕得全身都在痛。難道曼特薩克老師會讓人怕成這樣嗎？你自己說吧！要是這堂討厭的拉丁文課已經結束了，那就好了！假如我在課堂上被記了申誡，得要留級也沒關係的話，那就好了！我怕的不是留級，我怕的是這件事會引起軒然大波……」

凱伊陷入了沉思。「這個羅瑞克·亞瑟是有史以來寫得最精彩的虛構人物[1]！」他冷不防地脫口而出。「剛才我讀了整整一節課……假如有一天我也能寫出這麼棒的故事就好了！」

事情是這樣的：凱伊在從事寫作。今天早上他說自己有比做功課更好的事情要做，指的就是這個，而翰諾也明白他的意思。他小時候喜歡講故事，由此發展出寫作的嘗試，最近他剛完成一篇作品，是一則童話，一個天馬行空的冒險故事，一切都浸浴在陰森的光芒中，故事發生在地球深處最神聖的工坊，在神秘的金屬火光中，也發生在人類的心靈中，大自然和心靈的原始力量以一種奇特的方式混合、翻轉、變化與淨化，這個故事以一種發自內心、意味深長、有點過於奔放和渴望的語言寫成，充滿了溫柔的熱情。

翰諾讀過這篇故事，也很喜歡。但是此刻他沒有心情談論凱伊的作品，也沒有心情去談愛倫坡。他又打了個呵欠，嘆了一口氣，同時哼出他最近在鋼琴上創作出的一個音樂動機。這是他的習慣。他習慣經常嘆氣，深深吸一口氣，由於迫切需要讓他那顆跳動無力的心臟稍微活躍起來，而他習慣在哼出一段音樂主題之後再吐氣，不管那段旋律是他自己創作的還是別人創作的。

「你瞧，親愛的上帝來了！」凱伊說。「他在他的花園裡漫步。」

「一座漂亮的花園。」翰諾說著就笑了起來。他神經質地笑個不停，用手帕摀住嘴巴，朝著凱伊稱

1 羅瑞克·亞瑟（Roderich Usher）是愛倫坡短篇小說〈亞瑟府的沒落〉（The Fall of the House of Usher）中的人物。

為「親愛的上帝」的那人看過去。

出現在操場上的是巫里克博士，這所學校的校長。他戴著黑色寬邊軟帽，蓄著短短的落腮鬍，肚子尖尖的，褲子太短，漏斗狀的袖口總是很不乾淨。他一臉怒氣，氣得露出近乎痛苦的表情，迅速走過石磚地，伸直了手臂指著唧水筒。水在流！好幾個學生跑到他前面，急忙把水關掉，以彌補損害。但是把水關掉之後，那幾個學生仍然久久站在那裡，表情不安地看看唧水筒、又看看校長。校長轉身面向紅著臉急忙趕過來的戈德納博士，用低沉激動的聲音對他說話。他說話時夾雜著含混不清的唇音。

這個巫里克校長是個可怕的人。前一任校長是位和藹可親的老先生，翰諾的父親和叔叔求學時就是由他治理學校。而他在一八七一年過後不久就去世了。當時在普魯士一所文理中學任教的巫里克博士被任命為新任校長，一種與從前不同的新精神隨著他進入這所古老的學校。從前，古典教育被視為目的本身，一種愉快的目的，用平靜、閒適而愉悅的理想主義來追求；如今最受尊崇的概念則是權威、義務、權力、工作與事業。而「我們的哲學家康德的無上命令」是巫里克校長每次致詞時威嚇地揮舞的旗幟。學校成了國家中的國家，瀰漫著普魯士的嚴格效忠精神，不單是老師，就連學生也覺得自己是公務員，只關心自己的晉升，只在乎跟掌權者維持良好的關係。這位新校長上任之後不久，就從衛生與審美的觀點開始改建學校並更新設施，而一切也都極其順利地完成。問題只在於，從前的校舍裡固然少了些現代的舒適，卻多了些溫厚、感情、愉悅、善意與愜意，因此從前的學校是否更令人喜愛、更讓人幸福呢。

至於巫里克校長個人，他就像《舊約聖經》裡的上帝一樣可怕，神秘莫測、模稜兩可、固執而且善妒。他笑起來就跟生起氣來一樣可怕。他握有的巨大權威使他變得喜怒無常、難以捉摸。他有辦法說些開玩笑的話，而在大家發笑時瞬間變臉。他的子民全都戰戰兢兢，在他面前手足無措。他們沒有別的辦法，除了匍匐在泥土中向他膜拜，表現出無比的恭順，以免他在怒氣中把你抓走，在正義中把你碾碎。

凱伊替這個校長取的綽號只有他和翰諾．布登布洛克會用，而且他們避免在同學面前大聲說出來，以免看見同學由於無法理解而露出呆滯冰冷的目光，這種目光他們太熟悉了。不，他們兩個沒有在哪一點上跟同學意見一致。他們甚至不能理解令其他人感到滿足的反抗與報復，而他們也瞧不起大家常用的那些綽號，因為他們感受不到其中的幽默，就連笑都笑不出來。把細瘦的徐克普教授叫作「蜘蛛」，把巴勒史提特老師叫作「鳳頭鸚鵡」，這太低級、太平淡、也太無趣了，想藉此來掙脫義務教育帶來的束縛未免太可悲！不，凱伊．莫恩小伯爵要更尖刻一些！他和翰諾在稱呼那些老師時照例只使用他們的真實姓名，後面再加上「先生」這兩個字：「巴勒史提特先生」、「曼特薩克先生」、「徐克普先生」。彷彿這產生了一種排斥而諷刺的冷漠，一種帶有嘲弄的距離感與陌生感。他們會用「全體教師」這個詞，在下課時間想像這個詞代表著一種真實存在的生物，一種形狀噁心離奇的怪物，以此自娛。而且他們平時提到這所「機構」時所用的語氣，就好像把它視為翰諾的叔叔克里斯提昂所住的那種機構。

看見這個「親愛的上帝」，使得凱伊心情大好。校長還在向四面八方厲聲咆哮，指著散落在石磚地上的紙屑，讓大家都嚇得臉色發白。凱伊把翰諾拉到一扇門邊，來上第二堂課的老師從這扇門走進校園，凱伊對著那些紅著眼睛、臉色蒼白、衣著寒酸的實習教師深深鞠躬，他們經過這裡前往後院去他們所教的一、二年級班級。凱伊把腰彎得太低，讓手臂下垂，由下往上專心仰望那些可憐的小伙子。可是當年邁的算術老師蒂特格先生出現，用顫抖的手把幾本書按在背上，以難以想像的方式斜睇著眼，身形佝僂，臉色蠟黃，吐著痰，這時凱伊就用響亮的聲音說：「早安，你這具屍體。」然後用清澈銳利的目光看著半空中某處。

這時，上課的鐘聲刺耳地響起，院子裡的學生立刻從四面八方湧向教室入口。但是翰諾還在笑，就連走上樓梯時也還在大笑，使得在他和凱伊周圍的同學用訝異的目光冷冷看著他，對於他這樣傻笑甚至感到有點厭惡。

當曼特薩克博士走進教室，全班同學都不約而同地站了起來。他是班導師，按照慣例，大家要起立致敬。他把門在身後關上，伸長了脖子，看看大家是否都站起來了，把他的帽子掛在釘子上，然後迅速走向講臺，一邊很快地抬頭又低頭。他在講臺上站定，稍微看向窗外一會兒，把伸直的食指在衣領與脖子之間來回移動，食指上戴著一枚大大的印章戒指。他身材中等，稀疏的頭髮已經灰白，蓄著天神朱比特一般的鬈曲鬍鬚，寶藍色的眼睛由於近視而凸出，在磨亮的鏡片後面閃閃發光。他穿著一件敞開的長外套，由柔軟的灰色衣料裁製而成，他喜歡用手指粗短、布滿皺紋的手去撫摸外套的腰際。他穿的長褲太短，就跟所有的老師一樣（只有衣著光鮮的戈德納博士除外），露出靴子的靴筒，那雙靴子出奇寬大，被擦得像大理石一樣光亮。

他忽然把視線從窗戶移開，發出一聲和善的輕輕嘆息，看著鴉雀無聲的教室，對著好幾個同學露出親切的微笑。他顯然心情很好。全班都鬆了一口氣。有太多事取決於曼特薩克博士心情的好壞，幾乎是一切都取決於此，因為大家都知道他不自覺地被自己的心情左右，而且絲毫不覺得這有什麼不對。他是個非常不公平的老師，無比天真地不公平，他的恩寵就像幸運一樣美好而且反覆無常。總是有兩、三個學生特別受他寵愛，他對他們親暱地直呼前名，而這些學生就像生活在天堂裡。他們幾乎可以想說什麼就說什麼，儘管如此還是都算答對。而下課之後，曼特薩克博士會極其親切地跟他們聊天。然而有一天，也許是在假期過後，只有上帝知道原因何在，這個寵兒就跌落神壇，被摧毀、被廢掉、被拋棄了，而曼特薩克博士會轉而親暱地直呼另一個學生的前名。在抽考的時候，他會在這些幸運兒考卷上答錯的地方輕輕畫上一條細線，即使他們的回答錯誤百出，考卷看起來仍然乾乾淨淨。在其他人的考卷上他卻用憤怒的大筆一揮，弄得滿篇紅字，看起來凌亂嚇人。而因為他打分數不是計算考卷上有幾個錯誤，而是看考卷上有多少批改的紅字，因此受他偏愛的那些學生就占了很大的便宜。他對自己這種做法絲毫不以為意，認為這樣做完全沒有問題，一點也不認為自己有偏袒之嫌。假如有人鼓起可悲的勇氣，對這種做法提出抗議，那麼他就會永遠失去被曼特薩克博士直呼前名的機會。而誰也不想放棄這個希望。

此刻曼特薩克博士站著把雙腿交叉，翻閱著他的筆記本。翰諾．布登布洛克垂著頭坐著，在桌子底下絞著雙手。今天輪到姓氏B開頭的同學被叫到了！他的名字馬上就會響起，而他將得站起來，一句也背不出來，掀起軒然大波，掀起一場可怕的大災難，不管班導師今天的心情有多好。時間折磨人地一秒一秒慢慢過去。「布登布洛克」，老師馬上就會喊出「布登布洛克」……

「艾德加！」曼特薩克博士說，闔上他的筆記本，把食指夾在筆記本裡，在講臺上坐下，彷彿一切都天經地義。

什麼？這是怎麼回事？艾德加，那是呂德斯的前名，坐在窗戶旁邊的胖子呂德斯，姓氏的第一個字母是L，根本就還輪不到他！不，這可能嗎？曼特薩克博士的心情太好，所以隨便挑了個他偏愛的學生，根本不在乎今天按照順序應該叫到誰。

胖子呂德斯站起來。他長著一張像哈巴狗的臉，有一雙無精打采的棕色眼睛。雖然他的座位位置很好，其實可以輕鬆地偷偷看著書念出來，但是他連這樣做都懶。他覺得自己在天堂裡十分安全，就只乾脆地回答：「昨天我因為頭痛所以沒辦法背書。」

「噢，艾德加，你要讓我失望嗎？」曼特薩克博士悶悶不樂地說，「你不想把黃金時代的詩句背給我聽嗎？多可惜呀，我的朋友！你昨天頭痛嗎？但我認為你應該在剛開始上課的時候就告訴我，在我叫到你之前……你最近不是也頭痛過嗎？你應該要想辦法解決這個毛病，艾德加，不然你就有退步的危險……蒂姆，你來代替他吧。」

呂德斯坐下了。在這一刻大家都討厭他。大家明顯看出班導師的心情大幅低落，說不定在下一堂課就又會改用姓氏來稱呼呂德斯。蒂姆站了起來，他坐在最後一排，是個鄉下人模樣的金髮男孩，穿著淺棕色短外套，手指又粗又短。他把嘴巴張開成漏斗狀，表情急切而蠢笨，趕緊把打開的書本擺好，吃力地直視著前方。然後他低著頭開始朗誦，慢吞吞的，結結巴巴，而且沒有抑揚頓挫，就像一個小學生在讀初級課本：「Aurea prima sata est aetas...[1]」

顯然，曼特薩克博士今天考問學生完全沒有順序可言，根本就不在乎最久沒被叫到的學生是誰。現在翰諾被叫到的可能性沒那麼大了，這件事只有在不幸的巧合之下才會發生。他高興地和凱伊交換了一個眼色，開始稍微放鬆四肢休息一下。

忽然，蒂姆的朗誦被打斷了。不知道是因為曼特薩克博士聽不太懂他的朗誦，還是因為他想要走動一下：他離開了講臺，從容不迫地漫步穿過教室，手裡拿著他的奧維德讀本，在蒂姆旁邊站定，蒂姆剛才很快地偷偷把書收了起來，此刻完全手足無措。他張著漏斗狀的嘴巴喘氣，用誠實而迷惘的藍眼睛看著班導師，再也說不出一個字。

「嗯，蒂姆，」曼特薩克博士說，「現在忽然背不出來了？」

蒂姆搔搔頭，轉了轉眼珠，重重地呼吸，最後露出困惑的微笑說：「老師您站在我旁邊的時候，我腦筋就糊塗了。」

曼特薩克博士也露出了微笑，覺得自己受到了恭維，說：「好，你集中一下精神，再繼續背吧。」說著他就又慢慢走回講臺。

---

1 這幾句拉丁文出自奧維德的作品《變形記》第一卷，意思是「首先出現的是黃金時代……」

於是蒂姆設法集中精神。他把書本重新拿到面前，打開來，同時在教室裡環顧了一下，顯然在努力保持鎮靜，然後低下頭，回過神來繼續念誦。

「我很滿意，」蒂姆背完之後，班導師說。「你很用功，這一點毫無疑問。但是你太缺乏節奏感，蒂姆。句子之間的連結你很清楚，但是你念出來的其實不是六音步詩行。我的感覺是你好像把整首詩當成散文來背了……不過，就像我剛才所說，你很用功，你已經盡力了，而不管是誰，只要肯努力……你可以坐下了。」

蒂姆得意洋洋地坐下來，曼特薩克博士在他的名字後面寫下一個想來令人滿意的分數。奇怪之處在於，在這一刻不只是老師認為蒂姆的確是個勤奮的好學生，完全配得上他拿到的好成績，而是就連蒂姆自己還有全班同學都由衷地這麼認為。翰諾．布登布洛克也無法擺脫這個印象，雖然他感覺到內心有某種東西在抗拒這個念頭，他又緊張地豎耳聆聽接下來將被叫到的名字。

「穆莫！」曼特薩克博士說。「再重頭開始背！Aurea prima...？」

所以下一個是穆莫！感謝上帝，現在翰諾安全了！老師幾乎不可能讓這一段詩被背誦到第三遍，而在預習的部分，姓名字首字母是B的同學最近才剛剛輪到過。

穆莫站了起來。他是個面色蒼白的高個子，雙手顫抖，戴著一副特別大的圓框眼鏡。他的眼睛不好，近視很嚴重，沒辦法在站著的時候還能看清擺在他面前的書。他必須用功背誦，而他也背了。可是因為他天資欠佳，此外也不認為自己今天會被叫到，所以他只背熟了一點點，背出頭幾句之後就背不出來了。曼特薩克博士給了他提示，又用比較尖銳的語氣給了他第二次提示，再用極其惱怒的語氣給了他第三次提示；可是等到穆莫完全卡住了，班導師就氣得火冒三丈。

「這完全不及格，穆莫！你坐下吧！你是個可悲的人物，這一點你可以相信！你這個白痴！又笨又懶，實在太過分了……」

穆莫頹然坐下。他看起來就像不幸的化身，而在這一刻，教室裡沒有人不鄙視他。翰諾心裡又湧起一陣反感，一種噁心想吐的感覺，使得他透不過氣來。但他同時驚恐地觀察到正在發生的事。曼特薩克博士在穆莫的名字後面重重畫下一個不祥的記號，然後皺著眉頭在他的筆記本裡查看。毫無疑問，他因為生氣而轉為按照規矩來，正在查看究竟該輪到誰！而就在這份認知完全占據了翰諾的心思時，他也已經聽到了自己的名字，就像在一場惡夢中一樣。

「布登布洛克！」曼特薩克博士說了，「布登布洛克。」聲音還在空中迴盪，然而翰諾卻不相信。他耳中響起一陣嗡嗡聲。他仍舊坐著沒動。

「布登布洛克**先生**！」曼特薩克博士說，用凸出的寶藍色眼睛瞪著他，那雙眼睛在磨亮的鏡片後面閃閃發光，「可以麻煩你嗎？」

好吧，所以是命該如此。這是命中注定的。雖然與他先前所想的截然不同，這下子卻還是全完了。他做好了心理準備。老師會大聲咆哮嗎？他站起來，正打算說出一個荒謬可笑的藉口，說他「忘了」背熟這段詩句，這時他忽然發現坐在他前面的同學把打開的書拿在他面前。

坐在他前面的是漢斯．赫曼．齊里安，他是個矮個子，皮膚晒得很黑，頭髮油膩，肩膀很寬。他想要成為軍官，很重視同伴之間的義氣，儘管他根本不喜歡約翰．布登布洛克，卻也沒有棄他於不顧。他甚至用食指指著要背誦的那一段的開頭。

於是翰諾盯著那一段，開始念誦。他皺著眉頭，噘著嘴脣，用顫抖的聲音念出描述黃金時代的那段詩句，那個最早出現的時代，在沒有復仇者、也沒有法律規定的情況下，出於自由意志而培養出忠誠與正義。「那時候沒有刑罰，也沒有恐懼，」他用拉丁文念著。「既沒有威嚇的話語被刻在鐵板上頒布出來，陳情的群眾也不害怕看見法官的臉……」他帶著痛苦和厭惡的表情念著，刻意念得差勁而且不連貫，故意忽略齊里安用鉛筆在書本上標出的幾個連接處，念出錯誤不全的詩句，結結巴巴，看似吃力地往下背，始終意識到班導師可能會發現這一切，然後朝他撲過來。看見打開來的書本就擺在眼前，這種竊喜讓他起了雞皮疙瘩；但是他滿心不情願，故意作弊得差勁一點，只為了讓作弊顯得不那麼卑鄙。然後他不再吭聲，出現了一陣沉默，他不敢抬起頭來。這片沉默很可怕；他確信曼特薩克博士全都看見了，而他嚇得嘴唇發白。可是班導師最後卻嘆了一口氣，說：

「噢，布登布洛克，si tacuisses![1]，原諒我例外地用了拉丁文裡的暱稱！你知道你做了什麼嗎？你毀掉了這首詩的美，你表現得像個破壞文化的人，像個野蠻人。你缺少藝術感，布登布洛克，從你的鼻子就能看出來！如果我問自己，你剛才究竟是一直在咳嗽還是在背誦莊嚴的詩句，那我更傾向於認為是前者。蒂姆也沒有什麼節奏感，可是和你相比，他就像個天才了，像個吟遊詩人……坐下吧，你這個不幸的人。你下了工夫，的確下了工夫。我不能給你差勁的分數。想來你已經盡力了……聽著，聽說你不是很有音樂天分嗎？聽說你會彈鋼琴？這怎麼可能呢？嗯，好了，你坐下吧，你應該是很用功，這就夠了。」

他在筆記本上寫下一個及格的分數，而翰諾．布登布洛克坐下了。此刻的情況就跟先前發生在吟遊詩人蒂姆身上的情況一樣。他免不了為了曼特薩克博士話語中所包含的讚美由衷感動。在這一刻，他真的認為自己是個天資欠佳、但是勤奮用功的學生，相對光榮地全身而退，而且他明顯感覺到全班同學也都這樣認為，包括漢斯．赫曼．齊里安在內。他心中又湧起一種類似噁心想吐的感覺，可是他太過疲

1 這句拉丁文的意思是「你還不如保持沉默」。

倦，無力再去思考這些。他臉色蒼白，全身顫抖，閉上眼睛，昏昏欲睡。

曼特薩克博士卻繼續上課。他開始抽問今天該要預習的那一段，叫到了彼得森。彼得森站起來，他神清氣爽，活潑自信，態度勇敢，具有戰鬥力，而且準備好大膽接受挑戰。然而，他今天卻注定要失敗！是的，如果沒有一場災難發生，這堂課就不會結束，而這場災難遠比發生在可憐的近視眼穆莫身上的災難更可怕。

彼得森開始翻譯，不時把目光投向書本另一側他其實根本沒必要去看的地方。他做得很有技巧，假裝那裡有什麼東西在干擾他，伸手去摸，又吹了吹，好像有一根棉絮之類的東西令他心煩而得要移除。可是接下來發生了那件可怕的事。

曼特薩克博士忽然做了個急遽的動作，而彼得森也用同樣急遽的動作來回應。就在同一瞬間，班導師離開了講臺，簡直是衝了下來，勢不可擋地邁開大步朝著彼得森走過去。

「你的書裡有小抄，有現成的翻譯。」他說，當他站在彼得森身旁。

「小抄……我……不……」彼得森結結巴巴地說。他是個美少年，濃密的金髮垂在額頭上，一雙美得出奇的藍眼睛此刻滿是恐懼，不安地閃動。

「你的書裡沒有小抄？」

「沒有……老師先生……博士先生……小抄？我真的沒有小抄……您弄錯了……您對我的懷疑是莫須有的……」彼得森用了大家平常不會用的方式說話。由於害怕，他字斟句酌地說話，想藉此動搖班導師的懷疑。「我沒有作弊，」他說，被逼急了。「我一向都很誠實……這一輩子都很誠實！」

可是曼特薩克博士對於這件可悲的事太有把握了。

「把你的書交給我。」他冷冷地說。

彼得森緊緊抓著他的書，懇求地用兩隻手把書高高舉起，用嚇得有點不聽使喚的舌頭宣稱：請您相信我……老師先生……博士先生……書裡什麼都沒有……我沒有小抄……我沒有作弊……我一向都很誠實……」

「把你的書交給我。」班導師又說了一次，一邊跺腳。

這時彼得森癱軟無力，面如死灰。

「好吧，」他說，把書交了出去，「書在這裡。對，裡面是有一張小抄！您自己看吧，就夾在那裡……可是我沒有用上！」他忽然對著空氣大喊。

只不過曼特薩克博士對這句在絕望中吐出的謊言置若罔聞。他把那張小抄抽出來看了看，臉上的表情就好像手裡拿著發臭的垃圾，然後塞進口袋，再輕蔑地把彼得森的奧維德讀本扔回他的座位。「把教室日誌給我。」他沉著嗓子說。

阿道夫．托登豪特盡職地把教室日誌拿過來，而彼得森因為試圖作弊而被記了一次申誡，這將會毀掉他很長一段時間，也使他在復活節時確定無法升級。「你是這個班級的恥辱。」曼特薩克博士又說，然後走回講臺上。

彼得森坐下來，就像被判了死刑。大家看得很清楚，他鄰座的同學從他身旁挪開了一點。大家看著他，表情中混合了厭惡、同情和驚恐。他重重地摔了一跤，孤單，而且徹底被遺棄，原因在於他被逮到了。大家對彼得森只有一種看法，就是他的確是「這個班級的恥辱」。大家不加抗拒地承認並接受了他的墜落，一如大家先前承認並接受了蒂姆與布登布洛克的成功以及穆莫的不幸，而他自己也一樣。

這二十五個少年當中，凡是生性老實、身強體壯而且生活能力強的，在這一刻就完全接受事情的現狀，不覺得自己受到侮辱，覺得一切都理所當然而且天經地義。可是也有幾雙眼睛在陰鬱的思索中凝視著一個點。小約翰凝視著漢斯・赫曼・齊里安寬闊的背部，籠罩著淡青色陰影的金棕色眼睛裡充滿了嫌惡、抗拒和畏懼。曼特薩克博士卻繼續上課。他叫了另一名學生起來，隨便叫了一個，被叫到的是阿道夫・托登豪特，因為班導師今天再也沒有興致去抽問那些不可靠的學生。之後又有一個學生被叫到，他預習得不太充分，甚至連patula Jovis arbore, glandes這一句是什麼意思都不知道，因此老師又叫了布登洛克來回答。他沒有抬起頭，小聲地回答了，因為曼特薩克博士問了他，而老師對他的回答點了點頭。

等到對學生的考問結束，這堂課就也失去了所有的趣味。曼特薩克博士讓一個資賦優異的學生憑著自己的本事繼續翻譯下去，而老師也沒怎麼在聽，就跟另外那二十四名學生一樣，他們開始替下一堂課作準備。現在發生的事不重要了。不會有人因此得到成績，更不會用這個成績來評斷學習的熱忱。而且這堂課也即將結束。鈴聲響起，下課了。對翰諾來說，該來的就這樣來了。老師甚至向他點了點頭。

「看吧，」凱伊說，當他們夾在同學當中沿著哥特式走廊走進化學教室，「現在你怎麼說，翰諾！『他們一看見凱撒的臉就會……』你實在太走運了！」

「我很不舒服，凱伊，」小約翰說，「我根本不想走運，那讓我想吐……」

而凱伊知道，假如他和翰諾易地而處，他也會有同樣的感覺。

化學教室有著拱頂和露天劇場般逐階升高的座位，還有一張做實驗用的長桌，和兩個裝滿試管的玻璃櫃。剛才那間教室裡的空氣到後來又熱又渾濁，可是這裡的空氣中卻瀰漫著剛才做實驗用的硫化氫氣味，臭得要命。凱伊用力打開窗戶，然後偷走了阿道夫・托登豪特謄寫過的筆記，開始急忙抄寫今天要拿給老師看的作業。翰諾和另外好幾個同學也動手抄寫。這花掉了整個下課時間，直到鈴聲響起，馬羅茨克博士出現在教室裡。

凱伊和翰諾稱他為「思想深刻的老師」。他中等身材，一頭褐髮，膚色黃得出奇，額頭上有兩個隆起，鬍鬚粗硬而油膩，頭髮也一樣。他看起來總像是沒有睡好也沒有洗臉，但是這可能只是個錯覺。他教的是自然科學，但他的專長是數學，而且被視為這個領域的傑出思想家。他喜歡談論《聖經》中富有哲理的段落，有時候，當他心情好得有如做夢一般，他會在高年級學生面前針對神秘的經文段落做出奇特的解釋。此外他也是一名後備軍官，而且對這個身分充滿熱忱。身兼公職與軍職，他最受巫里克校長青睞。在所有的老師當中，他最重視紀律，用挑剔的目光審視在他面前立正站好的學生，並且要求學生答話要簡短明快。這種神秘主義與軍事作風的混合令人有點反感。

作業被拿出來檢查，馬羅茨克博士在教室裡走來走去，用手指敲著每一本作業簿，而有些沒寫作業的學生把舊的作業或是根本不相干的簿子擺在桌上，老師也沒有發現。

接著他開始上課。一如剛才這二十五個少年要用奧維德的詩句來證明自己是否用功，現在他們要用硼、氯或鍶來證明。漢斯．赫曼．齊里安受到了嘉獎，因為他知道硫酸鋇或者說重晶石乃是最常被用來造假的材料。在老師眼中他本來就是最優秀的，因為他想成為軍官。翰諾和凱伊什麼都答不出來，在馬羅茨克博士的筆記本上他們的分數很糟。

等到檢查作業、抽問和打分數都結束之後，大家對這堂化學課的興趣也就差不多耗盡了。馬羅茨克博士開始做了幾個實驗，製造出一些爆裂聲以及有顏色的煙霧，但是這樣做彷彿就只是為了填補這堂課剩餘的時間。最後他交代了下次要講的課程。接著鈴聲響起，這第三節課就也結束了。

大家都很高興，除了今天受到重大打擊的彼得森，因為接下來這堂課很有趣，就只有胡鬧搞笑而已，誰都不需要感到害怕。這是由候補教師莫德松先生負責教的英文課，他是個年輕的語文學者，從幾週以前開始在這所學校試教，或者用凱伊．莫恩小伯爵的說法，是應聘做一場客座演出。但是他被正式聘用的希望很渺茫，因為他課堂上的氣氛過於歡樂。

有幾個人留在化學教室，另一些人則回到樓上的教室；但是現在誰也不需要到操場上去受凍了，因為在這節下課時間已經由莫德松先生負責監督樓上的走廊，而他不敢叫哪個同學下樓到操場上去。再說，大家也得準備好迎接他。

當第四節課的上課鈴聲響起，教室裡完全沒有安靜下來。大家都在嘰嘰喳喳地說說笑笑，滿心喜悅地期待即將開始的鬧局。凱伊．莫恩小伯爵用兩隻手撐著頭，繼續讀愛倫坡小說中羅瑞克．亞瑟的故事，翰諾則安靜地坐著，靜觀這場騷動。有幾個同學在模仿動物的叫聲。一聲雞啼劃破了空氣，坐在教室後面的瓦瑟佛格學豬叫學得維妙維肖，而且別人看不出這個聲音是他發出來的。黑板上用粉筆畫了一個眼睛歪斜的大鬼臉，是吟遊詩人蒂姆的傑作。等到莫德松先生走進教室，不管他再怎麼用力都無法把門關上，因為有一個大毬果塞在門縫裡，得先由阿道夫．托登豪特把它移除。

莫德松老師身材矮小，其貌不揚，走起路來歪著一個肩膀，帶著悶悶不樂的表情，留著稀稀疏疏的黑鬍子。他尷尬得要命。一直眨著眼神空洞的眼睛，吸著氣，張開嘴巴，彷彿想說些什麼。但是他想不出該說的話。進門後他走了三步，就踩到一個甩炮，一個品質特佳的甩炮，發出的響聲就好像他踩到了炸藥似的。他嚇了一大跳，然後受窘地笑了笑，假裝若無其事，站到中間一排課桌椅前面，按照他的習慣斜彎著身子，把一隻手掌撐在最前面那張課桌的桌面上。可是大家都知道他喜歡站在這裡，因此在這一塊桌面上塗了墨水，於是莫德松先生那隻笨拙的小手就被弄髒了。他假裝沒注意到，把沾溼弄黑了的手放在背後，眨了眨眼，用軟弱無力的聲音說：「教室裡的秩序有待改善。」

翰諾．布登布洛克喜歡這一刻的他，目不轉睛地盯著他無助而扭曲的臉。可是瓦瑟佛格學豬叫的聲音愈來愈大，也愈來愈自然，忽然有一大把豌豆撞在窗玻璃上，彈回來，然後劈哩啪啦地掉回教室裡。

「下冰雹了。」有人大聲說；莫德松先生似乎相信了，因為他沒說什麼就走回講臺，要班長把教室日誌拿給他。他這樣做不是為了登記誰的名字，而是因為他雖然已經在這個班級上過五、六堂課，卻只認得少數幾個學生，因此要抽問時不得不從學生名單上隨便挑幾個。

「費德曼，」他說，「請你背誦這首詩。」

「他沒來！」一群同學異口同聲地大喊。而費德曼正大剌剌地坐在座位上，以不可思議的靈巧把豌豆扔出去，穿過整間教室。

莫德松先生眨了眨眼，又拼出另一個名字。

「瓦瑟佛格。」他說。

「他死了！」彼得森大聲說，他被黑色幽默給感染了。於是大家都用腳摩擦地面，咕咕噥噥，喳喳呼呼，大聲哄笑地跟著說瓦瑟佛格死了。

莫德松先生又眨了眨眼，環顧四周，悶悶不樂地抿緊了嘴，然後又看著教室日誌，用笨拙的小手指著他現在要喊出來的名字。

「裴勒曼。」他沒什麼把握地說。

「很遺憾，他發瘋了。」凱伊・莫恩小伯爵用堅定的語氣清楚地說，而大家在音量愈來愈大的喧鬧聲中也證實了這一點。

這時莫德松先生站起來，對著那片嘈雜喊道：「布登布洛克，我要罰你寫一份作業。如果你再笑，我就必須記你一次申誡了。」

說完他就又再坐下。——的確，布登布洛克笑了，他被凱伊說的笑話逗笑了，笑聲雖小，但是笑得很厲害，停不下來。翰諾覺得這個笑話很妙，尤其是那句「很遺憾」讓他覺得很滑稽。可是當他受到莫德松先生的責備，他安靜下來，用陰鬱的眼神默默看著這位候補教師。在這一刻，他看見了他身上的一切，看見他可憐兮兮的每一根鬍鬚，到處都露出底下的皮膚，也看見他那雙眼神空洞絕望的棕色眼睛；看見他那雙笨拙的小手宛如戴著兩副硬袖口，因為他的衣袖在手腕關節處就跟真正的硬袖口一樣又長又寬；看見他整個人可憐而絕望的身形。他也看進了他的內心。翰諾．布登布洛克幾乎是唯一被莫德松先生記住了名字的學生，而莫德松先生利用這一點來不斷要求他守秩序，罰他寫作業，壓迫他。莫德松先生之所以記得布登布洛克這個學生，就只是因為這個學生的安靜舉止與其他人不同，而他利用了這分溫厚，不斷地讓這個學生感受到他的權威，他不敢在那些大聲吵嚷、調皮搗蛋的學生面前展現的權威。由於人性的卑鄙，在這個世上就連同情別人都變得不可能，翰諾心想。莫德松老師，我沒有參與大家對您的折磨與利用，因為我覺得那樣做殘忍、醜陋而且粗俗，而您卻怎麼回報我呢？但是事情就是這樣，世道就是如此，永遠都會是這樣，在哪裡都一樣，他心想，於是他心中又湧起了恐懼和噁心的感覺。而我還得如此清楚得令人作嘔地把您看透！

老師終於叫到一個既沒死也沒瘋、而且願意背誦這首英文詩的同學。這是一首題為〈猴子〉的詩，一首幼稚的拙劣作品，這些少年大多渴望著出海、做生意、投入嚴肅的生活，卻被要求背熟這首詩。

Monkey, little merry fellow,（猴子，快活的小傢伙）
Thou art nature's punchinello...（你是大自然的小丑）

這首詩有好幾段，而卡斯包姆同學光明正大地看著書朗誦。在莫德松老師面前絲毫不需要勉強自己。而喧鬧聲仍舊愈來愈大。每一雙腿都在動，在滿是灰塵的地板上來回摩擦。雞鳴聲依舊，豬叫聲依舊，豌豆繼續飛。這二十五個少年陶醉在這種放縱之中。十六、七歲這個年紀的狂野本能被喚醒了。用鉛筆畫了淫穢素描的紙張被高高舉起，傳來傳去，引發色迷迷的笑聲……

突然，大家全都安靜下來。正在背誦詩句的同學打住了。莫德松先生站起來豎耳聆聽。一件迷人的事發生了。從教室後面傳來銀鈴般清脆優美的聲響，甜蜜、感性、溫柔地流淌在突如其來的寧靜中。那是個音樂盒，不知道是誰帶來的，在這堂英文課上奏起德國民謠〈你常在我心中〉[1]。然而，就在這優美的旋律逐漸消逝之際，一件可怕的事情發生了，它向所有在場之人襲來，殘酷、出人意料、如排山倒海而來，使人呆若木雞。

事情是這樣的：在沒有人敲門的情況下，教室的門忽然猛地被整個推開，一個高大嚇人的身影走進來，用脣音發出一聲低吼，橫跨了一步，就站在課桌椅前方正中央。此人是「親愛的上帝」。莫德松先生面如死灰，把扶手椅從講臺上拉下來，一邊用他的手帕擦拭。全班學生整齊劃一地站起來。他們把手臂緊貼在身側，用腳尖站立，低著頭，畢恭畢敬地咬住舌頭不敢再吭聲。室內鴉雀無聲。有人因為太過使勁而嘆了口氣，接著一切就重歸寂靜。

巫里克校長打量了這一排排立正敬禮的隊伍，舉起手臂，連帶舉起了漏斗狀的骯髒袖口，放下手臂時把手指大大張開，彷彿要按下琴鍵彈奏八度音似的。「坐下。」他用有如低音提琴的嗓音說。他對每個人說話都不用敬稱。

學生們落座了。莫德松先生用顫抖的雙手把那張扶手椅拉過來，於是校長就在講臺旁邊坐下。「請儘管繼續上課，」他說，而這話聽起來很可怕，就彷彿他說的是：「我們走著瞧吧，看誰會遭殃……」

校長為什麼出現？理由很明顯。他要考驗一下莫德松先生的教學技巧，看看實科中學六年級這班學

1〈你常在我心中〉（Du, du liegst mir am Herzen）這首德國民謠曾被翻譯成多國語言，也曾在多部電影中被演唱。

生讓他教了六、七堂課之後都學到了什麼；這關乎莫德松先生的生存與未來。這位候補教師看起來很可憐，當他再度站上講臺，把某個學生叫起來背誦〈猴子〉那首詩。在這之前，只有學生接受了測驗與評鑑，而現在老師也同時在接受測驗與評鑑。唉，師生雙方都表現欠佳！巫里克校長的出現是一次奇襲，除了兩、三個人之外，其他的人都沒有準備。莫德松先生不可能一整堂課都只考問無所不知的阿道夫・托登豪特。由於校長在場，大家無法再看著書念出〈猴子〉這首詩，所以背誦得七零八落，等到該閱讀《撒克遜英雄傳》的時候，其實就只有凱伊・莫恩小伯爵能夠稍微翻譯，因為他本身對這本小說感興趣。其他人一邊乾咳，一邊無助地在那些英文字彙中四處碰壁。翰諾・布登布洛克也被叫起來，但是一句也翻不出來。巫里克校長哼了一聲，就好像低音提琴的最低音弦被重重撥動了。莫德松先生絞著他那雙被墨水弄髒的笨拙小手，一再哀嘆：「平常上課一直都很順利的！平常上課一直都很順利的！」

當下課鈴聲響起，他還在重複這句話，一半是對著學生說的，一半是對著校長說的。可是「親愛的上帝」嚇人地站起來，雙臂交叉，站在他的椅子前面，不屑地點點頭，定睛看著全班。然後他下令把教室日誌交給他，慢慢地寫，把剛才表現欠佳或根本什麼都不會的學生全都記了一次申誡，理由是懶惰，一次就懲戒了六、七個學生。莫德松先生無法被寫進去，但是他的處境比所有人都更糟。他站在那裡，臉色灰白，神情沮喪，完蛋了。而翰諾・布登布洛克也在那些被記申誡的學生之列。「我要毀掉你們的前途。」巫里克校長還說了一句，然後他就走了。

鈴聲響起，這堂課結束了。該來的就這樣來了。是啊，事情總是這樣。彷彿是出於命運的嘲諷，在你最擔心的時候，你過得幾乎還不錯；可是當你沒料到會有壞事發生的時候，不幸就會降臨。翰諾現在確定不可能在復活節時升級了。他站起來，眼神疲倦地走出教室，一邊用舌頭去蹭那顆有毛病的臼齒。

凱伊走過來，用手臂摟住他，和他一起下樓走到操場上，夾在一群激動的同學當中，大家對剛才發生的不尋常事件議論紛紛。凱伊擔心而關切地看著翰諾的臉，說：「對不起，翰諾，我剛才不該翻譯的，我應該要默不吭聲，讓自己也被記一個申誡！這太過分了……」

「我在拉丁文課上不也回答了patula Jovis arbore, glandes是什麼意思嗎？」翰諾答道。「事情就是這樣，凱伊，算了吧。我們就只能算了。」

「是啊，也只能算了吧。所以說，『親愛的上帝』要毀掉你的前途。那你大概就只能認了，翰諾；因為如果這是他莫測高深的旨意……前途，多麼好聽的字眼！莫德松先生的前途現在也毀了。他永遠當不上高級教師了，真可憐！是啊，你要知道，有所謂的助理教師，也有所謂的高級教師，但是沒有單純的教師。這一點不太容易理解，因為只有成年人還有世故成熟的人才會懂。我們可以說：某人是教師或不是教師；但某人要怎麼樣是個高級教師，這我就不懂了。我可以帶著這個疑問走到『親愛的上帝』面前，或是走到馬羅茨克博士面前，去跟他們爭論。那麼會發生什麼事呢？他們會把這視為侮辱，以違抗為由把你毀掉，當你明明表現出你比他們更看重他們的職業……唉，隨他們去吧，走吧，他們都是些皮厚的犀牛。」

他們去操場上散步，翰諾樂於聆聽凱伊為了讓他忘記自己被記了申誡而說的話。

「你看，這裡有一扇門，一扇校門，門是開著的，外面就是街道。我們出去在人行道上走一圈如何？現在是下課時間，我們還有六分鐘，而且我們可以準時回來。但問題是：這是不可能的。你明白嗎？門就在這裡，門是開著的，門前沒有柵欄，沒有任何障礙，而門檻就在這裡。儘管如此，要走出去卻是不可能的，單是這個念頭就是不可能的，哪怕只是走出去一秒鐘……好，不說這個！我們再舉另一個例子。如果說現在的時間大約是十一點半，這就完全不對勁。不，必須要說現在輪到上地理課了：事情就是這樣！可是我要問問大家：這也算生活嗎？一切都被扭曲了……唉，老天，但願這個機構能把我們從它關愛的擁抱中釋放出來！」

「喔，然後呢？不，算了吧，凱伊，放出來之後也還是一樣。我們要做什麼呢？在這裡我們至少是受到保護的。自從我父親去世之後，史提方．齊斯登梅克先生和普林斯海姆牧師就代替父親每天來問我將來想做什麼。我不知道答案。我沒辦法回答。我什麼志向都沒有。我害怕這一切……」

「不，你怎麼能說這種洩氣話！你有你的音樂……」

「我的音樂有什麼用，凱伊？什麼用都沒有。難道我要到處巡迴演出嗎？首先，家人不會允許我這麼做；其次，我永遠不會有那個水準。我幾乎什麼也不會彈，就只會在我獨自一人的時候即興演奏一下。而且到處旅行在我想像中也很可怕……你的情況卻完全不同。你更有勇氣。你在這裡走來走去，嘲笑這一切，能說出一番道理來反駁他們。你想要寫作，想要述說稀奇而迷人的故事，這很好，這算是個志向。而你是這麼機靈，將來肯定會成名。原因何在？你比較開朗快活。在課堂上我們有時候會互看一眼，就像先前在曼特薩克老師的拉丁文課上，當彼得森被記了申誡的那一刻，在所有作弊的同學中只有他被逮到了。在那一刻我們兩個腦中的念頭是一樣的，可是你做了個鬼臉，為此感到得意……我卻做不到。這些事讓我太疲倦了。我想要睡覺，睡得不省人事。我想要死掉，凱伊！不，我不會有出息。我什麼都不想要，甚至不想要成名。我害怕成名，就好像那樣是不對的！我肯定會一事無成。最近在上完堅信禮課之後，普林斯海姆牧師對某個人說不要對我抱任何期望，說我來自一個腐化的家庭……」

「他這樣說嗎？」凱伊深感興趣地問。

「對，他指的是我叔叔克里斯提昂，他待在漢堡的一間療養院裡。牧師說的肯定沒錯。別人是不該對我抱任何期望。那樣我會很感激……我有太多的煩惱，而一切對我來說都這麼困難。舉個例子吧，如果我割傷了手指，傷到了哪裡……換作是別人，這個傷口在八天之後就會痊癒。在我身上卻要四個星期。傷口就是不癒合，會發炎，會惡化，弄得我非常難受……最近，布瑞希特先生告訴我，說我的牙齒情況很糟，幾乎全都已經蛀空或是磨損了，更別提那些已經被拔掉的牙齒。現在就已經是這種情況了，那等到我三、四十歲的時候，我要用什麼來咀嚼呢？我根本就毫無希望……」

「喔，」凱伊說著就加快了步伐，「現在跟我說一下你的鋼琴演奏。因為我現在想寫些奇妙的東西，奇妙的故事……也許晚一點在繪畫課上我會開始寫。你今天下午要彈琴嗎？」

翰諾沉默了片刻。他的眼神中泛起一絲憂鬱、迷惘和熾熱。

「對，我大概會彈，」他說，「雖然我不該彈。我應該練習彈那些練習曲和奏鳴曲就好。但是我大概會彈，我沒辦法不彈，雖然那只是使一切變得更糟。」

「更糟？」

翰諾沉默了。

「我知道你在彈些什麼。」凱伊說。然後他們倆都沉默了。

他們正處於一個奇怪的年紀。凱伊的臉變得通紅，看著地面，但沒有低頭。翰諾臉色蒼白，表情異常嚴肅，一雙矇矓的眼睛看向旁邊。

然後施雷米爾先生搖響了上課鈴，於是他們就上樓了。

接下來這堂是地理課，隨之而來的是抽考，一次非常重要的抽考，關於黑森—拿騷省[1]。一個留著紅鬍子、穿著棕色長襬外套的男子走進來。他臉色蒼白，毛孔粗大的手背上一根汗毛都沒長。他是繆薩姆博士，那個聰明詼諧的高級教師。他偶爾會有肺出血的毛病，總是用諷刺的口吻說話，因為他覺得自

1 黑森—拿騷省（Hessen-Nassau）是普魯士王國的一個省分，在一八六六年的普奧戰爭之後成立，包括從前獨立的拿騷公國、法蘭克福自由市以及從巴伐利亞王國和黑森大公國取得的領土。

己既有病痛又風趣。他在家裡擁有一個「海涅資料庫」，收藏了與這個狂妄而且疾病纏身的詩人有關的文件與物品。此刻他在黑板上標出黑森—拿騷省的邊界，然後露出既憂鬱又嘲諷的微笑，請各位同學在自己的簿子上畫出這個省分特殊之處。他似乎同時想要嘲笑這群學生和黑森—拿騷省，然而這卻是大家都很害怕的一次非常重要的抽考。

翰諾・布登布洛克對黑森—拿騷省一無所知，或者說所知有限，就跟一無所知差不多。他想偷瞄一下阿道夫・托登豪特的簿子，但是「海涅先生」儘管高高在上地冷嘲熱諷，卻極其專注地監視著學生的一舉一動，立刻就發現了，說道：「布登布洛克先生，我很想闔上你的簿子，不讓你繼續考試，但是我只怕那反倒是對你做了件善事。請繼續作答。」

這番話包含了兩個笑點。首先是繆薩姆博士稱呼翰諾為「先生」，其次是所謂的「善事」。但是翰諾・布登布洛克就只是繼續對著他的簿子苦苦思索，最後幾乎交了白卷，然後他就又跟凱伊一起走出了教室。

現在，這一天算是熬過去了。那些幸運逃過一劫、沒有因為受到申誡而心情沉重的人是有福的。這些人現在可以自由自在、心情愉快地去上德瑞格繆勒先生的繪畫課，坐在明亮的畫室裡畫畫。

繪畫教室寬敞明亮。靠牆的架子上擺著古典風格的石膏像，一個大櫃子裡放著各式各樣的木塊和玩偶家具，同樣是用來作為素描的模型。德瑞格繆勒先生身材矮壯，一臉大鬍子剪成圓形，戴著平直的廉價棕色假髮，在後頸處翹了起來，讓人一眼就看出那是一頂假髮。他有兩頂假髮，一頂長一點，另一頂短一點；如果他剛去剪了鬍子，他就會戴上那頂短一點的假髮。除此之外，他也有一些滑稽的怪癖。比如，他不說「鉛筆」，而說「鉛芯」。此外他不管走到哪裡都散發出一股混合了油與酒精的氣味，有人說他喝煤油。當他偶爾被允許替其他老師代課，去教繪畫以外的課程，那就是他最得意的時光。這時候他就會針對俾斯麥的政策發表演說，一邊說一邊熱切地用手比劃出螺旋狀的弧形，從鼻子一路比到肩膀，並且懷著憎恨和恐懼談起社會民主主義。「我們必須團結一致！」他常對功課不好的學生說，一邊抓住學生的手臂。「社會民主主義就要逼近了！」他身上有一種浮躁。他會在一個學生旁邊坐下，散發出濃烈的酒精氣味，把戴著印章戒指的手往學生的額頭前面一揮，吐出幾個不連貫的字眼，像是「透視畫法！」「加上陰影！」「鉛芯！」「社會民主主義！」「團結一致！」然後就又匆匆走開。

凱伊用這節課寫他的下一篇文學作品，翰諾則在腦海中演奏一首管弦樂序曲。然後這堂課就結束了，大家收拾好自己的東西下樓，穿過校門的路現在可以自由通行了，大家走路回家。

翰諾和凱伊走的是同一條路，他們會把書本夾在手臂下，一起走到郊外的那棟紅磚小別墅。然後莫恩小伯爵還得獨自走一段長路，才能抵達他父親的住所。他甚至連大衣都沒穿。

早晨的濃霧變成了雪，軟軟的雪花大片大片地飄落，化為汙泥。他們在布登布洛克家的庭院門口道別；可是當翰諾已經走到前院一半的地方，凱伊又追上來，用手臂摟住他的脖子。「不要絕望……而且最好也別彈琴了！」他小聲地說。然後他那不修邊幅的修長身影就消失在紛飛的大雪中。

在走廊上，翰諾把課本擱在那隻棕熊標本捧著的盤子裡，然後走進起居室，去跟母親打招呼。她坐在躺椅上，讀著一本黃色封面的書。她用那雙靠得很近、眼角有淡青色陰影的棕色眼睛看著他從地毯上走過來。當他站在她面前，她用雙手捧住他的頭，在他額頭上親吻了一下。

他上樓回到他的房間，克雷曼婷替他在房裡準備了一些點心，他洗了手，把點心吃了。等他吃完，就從寫字檯抽屜拿出一包香菸，抽了起來，他對這種短小辛辣的俄國菸也已不再陌生。然後他坐在風琴前面，彈起巴哈一首艱深嚴謹的賦格曲。最後，他把雙手交叉，擱在腦袋後面，看出窗外，看著那無聲飄落的雪花。除了雪花也看不見別的了。在他的窗外不再有美麗的花園和水聲潺潺的噴泉。隔壁那棟別墅的灰色邊牆阻斷了視線。

四點鐘的時候吃午餐。就只有蓋爾妲．布登布洛克、小約翰和克雷曼婷小姐三個人。飯後翰諾在客廳裡替演奏音樂做好準備，在大鋼琴前面等待他母親。他們演奏了貝多芬作品第二十四號的小提琴奏鳴曲。小提琴在慢板樂章有如天使一般地吟唱，可是蓋爾妲仍舊不滿意地把樂器從下巴底下拿開，悶悶不樂地打量著，說它的音沒有調準。她沒有繼續演奏，而上樓去休息了。

翰諾獨自留在客廳。他走到通往狹長門廊的玻璃門前，看向門外溼軟的前院，看了好幾分鐘。可是他忽然後退一步，用力拉上淡黃色的門簾，使得房間籠罩在昏黃的光線中，然後走向大鋼琴。他在鋼琴旁邊又站了一會兒，目光恍惚地凝視著一個點，眼神逐漸黯淡下來，變得朦朧、模糊……他坐下來，彈起他創作的一首幻想曲。

他彈的是一個很簡單的音樂動機，什麼也不是，就只是一段還不存在的旋律的殘片，一個半小節的音型，當他第一次讓這個音型在低音域作為個別的聲部響起，用上別人不會相信他能擁有的力量，彷彿這個音型應該由長號齊聲發號施令地吹奏出來，做為之後所有旋律的原始材料與出發點，那時還根本聽不出其含意。可是，當他在高音域用和聲重複這個音型，用有如暗銀色澤的音色，就能聽出它基本上是由單單一個音調轉換構成，由一個音調渴望而痛苦地降為另一個音調。這是個短促而微不足道的發明，卻以莊嚴做作的堅決表達出來，因此而有了奇特神秘、意義深長的價值。接著展開了激動的樂段，切分音不安定地來來去去，在尋覓，在徘徊，被吶喊撕裂，彷彿一個靈魂對於所聽到的一切充滿不安，而它所聽到的一切卻不願意噤聲，而是一再以不同的和聲重複出現，在詢問，在哀嘆，在竊竊私語，在渴求。而那些切分音變得愈來愈激烈，無助地被匆忙的三連音推來推去；然而加進來的恐懼呼喊逐漸成形，匯聚在一起，成為旋律，接著那一刻來臨，當這些呼喊有如管樂器合奏出熱情懇切的歌聲，堅定而謙卑地占據了主導地位。那止不住的推擠、湧動、徘徊與滑脫不再作聲，被戰勝了，而在始終簡單的節奏中響起了這真心悔悟而天真祈禱的合唱，以類似教堂音樂結尾的方式結束。接著是一個延長符號，然後是一片寂靜。而看哪，忽然之間，很小聲地，以有如暗銀色澤的音色，那第一個音樂動機又出現了，這個微不足道的發明，這個愚蠢或神秘的音型，一個音調甜蜜而痛苦地降為另一個音調。這時起了嚇人的騷動與狂亂的忙碌，由類似軍號聲的重音掌控，表達出狂野的決心。發生了什麼事？什麼正在醞釀？聽起來就像法國號在呼喚出發。然後出現了一種像是匯聚與集中的東西，更堅定的節奏連接在一起，一個新的音型響起，一段大膽的即興演奏，像一首狩獵之歌，磨拳擦掌而且猛烈狂躁。但是這首歌並不歡快，其深處充滿絕望的狂妄，在其中響起的信號就像是恐懼的呼喊，而在這一切之間，那神秘的第一個音樂動機一再以扭曲怪異的和聲出現，痛苦、瘋狂而甜蜜……現在展開了一連串的事件交替，猜不出其意義與本質，一組音調、節奏與和聲的冒險，它們並不聽命於翰諾，而是在他彈奏的手指下形成，他在事先並不知道的情況下經歷了這些冒險。他坐著，稍微俯身在琴鍵上，嘴脣張開，眼神遙遠而深沉，柔軟的棕色鬈髮遮住了太陽穴。發生了什麼事？他經歷了什麼？難道是克服了可怕的障礙，殺死了惡龍，攀上了峭壁，游過了大河，穿過了火焰？就像一陣刺耳的笑聲或一個令人費解的幸福預兆，那第一個音樂動機一路纏繞，這個微不足道的音型，從一個音調降為另一個音調……是的，彷彿它激起了一波又一波激烈的努力，接著以飛快的八度音起頭，在吶喊中逐漸沉寂，然後展開了一股膨脹，一種緩慢而不斷的升高，狂野而無法抗拒的渴望以半音音階掙扎著往上，被突然出現的極輕音猛然打斷，嚇人而且具有煽動性，就像是地面在腳底下滑開，就像是沉陷在欲望之中。有一次，那央求、悔悟的禱告的頭幾個和弦彷彿想被遠遠地、輕輕地聽見；但是一股雜音的洪流洶湧地衝過來，匯聚起來，向前滾動又向後退，向上攀升又再下沉，再次朝著一個難以言喻的目的地努力前進，那個目的地就要抵達，現在必須抵達，在這個瞬間，在這個可怕的高潮，當那可怕的折磨變得無法忍受……然後它來了，再也無法阻擋，渴望的痙攣無法再被延長，它來了，就像是簾幕被撕裂，大門猛然開啟，有刺的圍籬豁然敞開，火牆逐漸崩塌……一舉襲來的是解答、放鬆、完滿、這種全然的滿足，隨著一聲陶醉的歡呼，一切化為一陣悅耳的聲響，甜蜜而渴望地逐漸放慢速度，旋即沒入另一陣悅耳的聲響……此刻響起的是那第一個音樂動機！接著展開的是一場慶典、一次勝利，是這個音型肆無忌憚的狂歡，在各種音色變化中呈現，透過所有的八度音傾洩而出，哭了起來，在顫音中顫抖、歌唱、歡呼、啜泣，帶著管弦樂叮叮咚咚、錚錚鏦鏦、澎湃呼嘯的全副華麗凱旋歸來……這當中有種野蠻與遲鈍，同時也有種苦行主義的宗教情懷，像是信仰與放棄自我，在對這微不足道的一小段旋律的狂熱崇拜中，這幼稚的、只有短短一個半小節的和聲創作。這個音型被不知節制、不知饜足地享受與利用，這當中有種放蕩，也有種憤世嫉俗的絕望，貪婪地從中吸吮最後的甜蜜，想在這份貪婪中獲得狂喜並走向毀滅，直到消耗殆盡，直到感到噁心與厭倦，直到最後，終於在所有的放縱之後筋疲力竭，一段小調的長長琶音涓涓流淌，升高了一個音，融入一個大調，在憂傷的躊躇中漸漸止息。

翰諾還靜坐了一會兒，把下巴抵在胸前，雙手擱在腿上。然後他站起來，闔上了鋼琴。他的臉色十分蒼白，膝蓋一點力氣也沒有，而且眼睛灼痛。他走到隔壁房間，伸長了身體在躺椅上躺下，就這樣一動也不動地躺了很久。

後來吃了晚餐，飯後他和母親下了一盤棋，誰也沒贏。可是午夜過後，他仍然坐在他房間裡的風琴前面，由於這個時間不能再有聲音響起，他就在燭光下在腦海中彈奏，雖然他打算明天早上在五點半起床，把最重要的幾項學校作業完成。

這就是小約翰人生中的一天。

第三章

傷寒這種疾病是這樣的。

患者會感覺到情緒低落，而這種情緒低落會迅速惡化成虛弱的絕望。同時他的身體會感到疲倦無力，不僅會影響肌肉和筋腱，也會影響所有內臟器官的功能，尤其是胃部功能，使得患者不願意進食。患者有強烈的睡眠需求，但儘管極度疲倦卻睡不安穩，淺眠，焦慮，不神清氣爽。頭痛，腦袋昏昏沉沉，迷迷糊糊，彷彿被籠罩在霧中，而且感到暈眩。四肢都隱隱作痛。有時會在沒有特殊理由的情況下流出鼻血。——以上是對這種疾病的初步介紹。

然後會發生劇烈的寒顫，使患者全身發抖，牙齒打顫，這是發燒的前兆，立刻就燒到最高溫。胸部和腹部的皮膚上開始出現一個個扁豆大小的紅斑，用手指按一下，紅斑就會消失，但是手指一拿開就會再出現。脈搏加快，可以跳到每分鐘一百下。在攝氏四十度的體溫下，第一週就這樣過去了。

在第二週，患者不再感到頭痛與四肢疼痛，但是暈眩的情況明顯加劇，耳鳴嚴重，簡直會造成患者重聽。面部表情變得呆滯。嘴巴開始張開，目光朦朧，漠然無神。患者的意識不清，嗜睡，經常陷入昏迷狀態，卻沒有真正入睡。在這當中，房間裡充斥著他的囈語和大聲說出的激動幻想。他的癱軟無助惡化為不潔淨與令人作嘔。他的牙肉、牙齒和舌頭也被一層黑垢覆蓋，使他發出口臭。他的腹部腫脹，一動也不動地仰躺著。他的身體深陷在床上，雙膝張開。他身上的一切都運作得淺而急促，呼吸和脈搏都是如此，脈搏每分鐘匆匆顫動一百二十下。眼瞼半閉，臉頰不再像發病之初由於發燒而泛紅，而是呈淡青色。胸腹上那些扁豆大小的紅斑愈來愈多。體溫達到攝氏四十一度。

到了第三週，患者虛弱到了極點。大聲囈語的譫妄停止了，沒有人知道患者的心智是否陷入空洞的黑夜，還是無視身體的狀態，沉浸在遙遠、深沉而寧靜的夢境中，從夢裡沒有發出任何聲音與信號。身體處於全然的麻木。——這是關鍵時刻。

在某些患者身上的特殊情況會使診斷變得困難。例如，假定這種疾病最初的症狀——心情低落、疲倦無力、食慾不振、睡不安穩、頭痛——在病人（他是全家人的希望）還完全健康時就已經存在？即使這些症狀忽然加重，也幾乎不會被認為太不尋常？而一個基礎知識紮實的醫生——比如朗哈爾斯醫生，英俊、小手上長著黑色毛髮的朗哈爾斯醫生——很快就能說出這種疾病的正確名稱，而患者胸腹上出現的危險紅斑讓人更加確定無疑。他對於應該採取的措施和應該運用的方法不會有任何疑問。他會吩咐替患者準備一個盡可能寬敞、經常通風的房間，室溫不能超過攝氏十七度。他將要求保持病房極度清潔，並且藉由一再重新整理床鋪，盡可能避免患者的身體長出褥瘡（在某些情況下時間一長就無法避免）。他會吩咐經常用小塊的溼麻布清潔病人的口腔，至於藥物，他會使用碘和碘化鉀的混合物，開立奎寧與安替比林的藥方，尤其是吩咐替患者準備容易消化而且能大幅增強體力的飲食，由於患者的腸胃受到嚴重的影響。他會用泡澡來對抗持續不退的高燒，讓病人全身浸泡在浴缸裡，每隔三小時，不分晝夜，從不間斷，把患者抱進浴缸，再從浴缸的末端開始緩緩讓水變冷。每次泡澡之後，醫生也會迅速給病人喝一點活血提神的東西，白蘭地，或是香檳。

但是他採用所有這些手段都只是碰碰運氣，彷彿只是因為它們有可能發揮效果，卻不知道採取這些手段是否毫無價值、也毫無意義。因為有一點他不知道，針對一個問題他是在黑暗中摸索，直到第三週都拿捏不定，直到病危的生死關頭都猶豫不決。他不知道他稱為「傷寒」的這種疾病在這個病例中意味著一種基本上無足輕重的不幸，是一次感染帶來的不適後果，這個感染本來也許是可以避免的，而且可以用科學方法來對抗——還是說這個病就只是崩解的一種形式，是死神的偽裝，死神也可能戴著另一副面具出現，而且無藥可治。

傷寒這種疾病是這樣的：生命以清晰而帶著鼓勵的聲音被喚進患者遙遠的夢境與灼熱的無望中。這個聲音堅定而清新，將會在那條陌生、炙熱的道路上傳到那個靈魂的耳中，靈魂在這條通往涼蔭與寧靜的道路上踽踽前行。那人會豎耳聆聽這明亮、快活、略帶譏嘲的聲音，這聲音來自他遠遠拋在身後、已經遺忘的地方，提醒他折返和歸來。如果這時候在他心中湧起了一種感覺，覺得自己懦弱地沒有盡到責任，感覺到羞愧，感覺到重新有了精力和勇氣，對自己拋下的那個作弄人的、熱鬧而殘忍的熙攘人間感受到喜悅、熱愛與歸屬感：那麼，不管他在那條陌生而炙熱的小路上走了多遠，他都會折返，然後活下去。可是，如果他在聽見生命的聲音時，由於恐懼和厭惡而吃了一驚，那麼這份記憶以及這個歡樂而挑釁的聲音就會使他搖頭，抗拒地把手伸向身後，向前方逃跑，在那條展開在他面前讓他可以逃脫這一切的道路上……不，事情很明顯，那麼他就會死亡。

第四章

「這是不對的，這是不對的，蓋爾妲！」年邁的魏希布洛特小姐難過地說，語氣中帶著責備，這句話她說了大概不下一百次了。她坐在昔日學生家中起居室的沙發上，參加了今天晚上的聚會。蓋爾妲·布登布洛克、東妮和她的女兒艾芮卡、可憐的克婁蒂妲、還有布萊特大街的布登布洛克三姊妹圍著中央那張圓桌而坐。魏希布洛特小姐那頂軟帽上的綠色絲帶垂在她有如孩童般細瘦的肩膀上，她必須把一個肩膀高高抬起，才能把上臂擱在桌面上打手勢；七十五歲的她變得如此瘦小。

「這是不對的，聽我說，這樣做是不對的，蓋爾妲！」她用急切而顫抖的聲音一再重複這句話。「我一隻腳已經進了墳墓，我活不了多久了，而妳卻要拋下我……卻要拋下我們，要永遠離開我們……要搬走……如果這只是一趟旅行，如果妳只是回阿姆斯特丹看看……可是妳卻要永遠離開！」她搖搖頭，她的頭像小鳥一樣，那雙聰明的棕色眼睛流露出憂傷。「沒錯，妳的確失去了很多……」

「不，她失去了一切，」東妮說。「我們不能太自私，特瑞莎。蓋爾妲想走就會走，我們無能為力。她在二十一年前和湯瑪斯一起來到這裡，而我們大家都愛她，雖然她可能一直都討厭我們……是這樣沒錯，蓋爾妲，妳別反駁我！可是湯瑪斯已經不在了，而……誰都不在了。我們對她來說算什麼呢？什麼都不算。我們會傷心，但是願上帝保佑妳一路平安，蓋爾妲，而且謝謝妳沒有更早離開，當年在湯瑪斯去世之後……」

這是在晚餐過後，時序是秋天；小約翰（尤思圖斯·約翰·卡斯帕）長眠在地下已經大約六個月了，在普林斯海姆牧師的祝禱下，在那座小樹叢邊上，在沙岩十字架與家徽底下的家族墓穴裡。此刻下著雨，雨水淅瀝淅瀝地落在林蔭道上葉片尚未落盡的樹上。偶爾颳起一陣風，吹得雨點敲窗。八位女士全都一身黑衣。

這是一場小型的家族聚會，為了道別，跟蓋爾妲·布登布洛克道別，她打算離開這座城市，搬回阿姆斯特丹，跟從前一樣再與她年邁的父親一起演奏雙重奏。她不再有義務留下。東妮沒有理由再反對這個決定。她認命地接受了這個決定，但內心卻深深感到難過。假如布登布洛克議員的遺孀留在這座城市，假如她維持著自己在社交界的身分與地位，並且把她的財產留在這裡，那麼這個家族就還能保住一些聲望。但無論如何，東妮還是會昂首挺胸，只要她還在人世，只要還有人看著她。她的祖父曾經駕著四匹馬拉的馬車跑遍全國……

儘管她歷經滄桑，儘管她的胃不好，別人卻看不出她有五十歲了。她臉上的皮膚稍微有點鬆弛，膚色有點暗沉，上唇——東妮·布登布洛克的漂亮上唇——上方的汗毛長得更多了，但是在那頂服喪期間戴的黑色軟帽底下看不見一絲白髮。

她的堂姊，可憐的克婁蒂妲，平靜溫和地看待蓋爾妲的離去，一如她看待塵世間的一切。先前吃晚餐時，她靜靜地吃了很多，此刻坐在那裡，就跟平常一樣灰撲撲的，而且又乾又瘦，說話和善而且拖長了音調。

艾芮卡·魏宣克現在三十一歲了，她也不會為了與舅媽道別而感到激動。她經歷過更沉重的打擊，早早就養成了認命的個性。在她那雙眼神疲憊的水藍色眼睛裡——那是古倫里希先生的眼睛——可以看出她對失敗人生的逆來順受，而從她偶爾帶點哀怨的平靜嗓音中也聽得出來。

至於布登布洛克三姊妹，戈特豪德伯父的三個女兒，她們的表情就跟平常一樣挑剔不悅。隨著歲月流逝，老大弗麗德里珂和老二亨麗耶特變得愈發乾癟尖瘦，而五十三歲的老么菲菲則顯得過於矮小臃腫。

克羅格老夫人也受到了邀請，她是尤思圖斯舅舅的遺孀；可是她身體不適，也可能是沒有像樣的衣裳可穿，這一點難以確定。

大家談起蓋爾妲的旅程，談到她打算搭乘的火車，也談到這棟別墅連同家具的出售事宜，這件事已交由房地仲介商葛許處理。因為蓋爾妲什麼都不打算帶走，當年她怎麼來，現在就怎麼走。

接著，東妮談起了人生，談起人生最重要的面向，並且針對過去和未來進行了思考，雖然針對未來幾乎根本沒有什麼可說的。

「是啊，等我死了，我不在乎艾芮卡也搬到別的地方去。」她說，「可是我受不了住在其他任何地方，所以只要我還活著，我們就要一起待在這裡，我們所剩無幾的這幾個人……每週一次，你們到我這兒來吃飯，然後我們就讀一下家族文獻……」她摸了摸擺在她面前的那個檔案夾。「是的，蓋爾妲，我懷著感謝接管這批文獻。就這樣說定了……妳聽到了嗎？蒂妲？蒂妲？雖然現在其實也可以由妳來邀請我們，因為基本上妳的境況根本不再比我們差。是啊，事情就是這樣。別人費心努力，衝鋒奮戰，而妳就只是坐在那裡耐心等待一切。所以才說妳是隻駱駝，蒂妲，妳別介意我這麼說……」

「噢，東妮？」克婁蒂妲微笑著說。

「我很遺憾沒能跟克里斯提昂道別。」蓋爾妲說，於是話題轉到了克里斯提昂身上。他幾乎沒有希望離開他所住的精神病院，雖然他的情況並沒有糟到不能自由行動。可是目前的情況對他的妻子來說太過愜意，東妮聲稱她和醫生串通好了，料想克里斯提昂將會在精神病院度過餘生。

接著出現了短暫的沉默。談話小聲而猶豫地轉向最近所發生的事，當小約翰的名字被提起，房間裡又是一片靜默，只聽見屋前淅瀝淅瀝的雨聲更大了。

翰諾臨終前的這場病宛如被籠罩在一個沉重的祕密中，那場病想必以極其可怕的方式發生。大家迴避彼此的目光，壓低了聲音，欲言又止地用暗示的方式談起這場病。然後大家又回想起最後那段插曲，那個衣衫襤褸的小伯爵來探病，幾乎是強行闖入了病人的房間……翰諾聽見他的聲音時露出了微笑，雖然他已經認不出其他人了，而凱伊不斷地親吻他的雙手。

「他親吻了他的雙手？」布登布洛克三姊妹問。

「對，吻了好幾次。」

大家都沉思了一會兒。

忽然，東妮的眼淚奪眶而出。

「我是那麼愛他，」她啜泣著，「你們不知道我有多愛他……我比你們所有人都更愛他……啊，蓋爾妲，請原諒我這麼說，畢竟妳是他母親……啊，他曾經是個天使……」

「現在他是個天使了。」魏希布洛特小姐糾正她。

「翰諾，小翰諾，」東妮繼續說，淚水順著她臉頰鬆弛暗沉的皮膚流下來，「湯姆、父親、祖父還有所有其他人！他們都去了哪裡？我們再也見不著他們了。啊，這實在太殘酷、太令人難過了！」

「我們會再見的。」弗麗德里珂．布登布洛克說，她把雙手緊緊交疊在腿上，垂下了目光，而把鼻子翹向半空中。

「喔，話雖如此……唉，弗麗德里珂，有時候這話安慰不了我，就讓上帝懲罰我吧，有時候我會懷疑上帝的公平與善良……想不透這一切。你們知道的，生活會破壞我們心中的某些東西，會毀掉某些信念……再次相見……如果真是這樣……」

可是這時候魏希布洛特小姐在桌旁站了起來，盡她所能地站得高一點。她踮起腳尖，伸長了脖子，敲著桌面，那頂軟帽在她頭上顫動。

「**是這樣沒錯！**」她使出全身的力氣說，挑戰地看著所有人。

她站在那裡，她這一生都在對抗自己身為教師的理性所提出的反駁，而她在這場爭論中勝出，她駝著背，身形瘦小，由於確信自己所說的話而顫抖，一個激動而帶有責備之意的矮小先知。

NEW BLACK　36

布登布洛克家族 Buddenbrooks

托瑪斯・曼（Thomas Mann）　著
姬健梅　譯

堡壘文化有限公司
總編輯：簡欣彥｜副總編輯：簡伯儒
企劃選書：張詠翔｜責任編輯：梁燕樵｜裝幀設計：mollychang.cagw

出版：堡壘文化有限公司｜發行：遠足文化事業股份有限公司（讀書共和國出版集團）｜地址：231新北市新店區民權路108-2號9樓｜電話　02-22181417｜Email：service@bookrep.com.tw｜郵撥帳號：19504465 遠足文化事業股份有限公司｜網址：www.bookrep.com.tw｜法律顧問：華洋法律事務所／蘇文生律師｜印製：呈靖印刷有限公司｜初版1刷：2025年5月｜定價：799元｜ISBN 978-626-7728-02-4／9786267728017（PDF）／9786267728000（EPUB）

封面插圖：Max Beckmann, *Kleine Sterbeszene*, 1906

布登布洛克家族／托瑪斯・曼（Thomas Mann）著；姬健梅譯. -- 初版. -- 新北市：堡壘文化有限公司：遠足文化事業股份有限公司發行，2025.5｜面；公分. --（NEW BLACK；36）｜譯自：Buddenbrooks｜ISBN 978-626-7728-02-4（平裝）｜875.57｜114005561